A Mulher do Tenente Francês

ALFAGUARA

John Fowles

A Mulher do Tenente Francês

Tradução
Adalgisa Campos da Silva

ALFAGUARA

Rua Cosme Velho, 103
Rio de Janeiro — RJ — Cep: 22241-090
Tel.: (21) 2199-7824 — Fax: (21) 2199-7825
www.objetiva.com.br

Título original
The French Lieutenant's Woman

Capa
Andrea Vilela de Almeida

Imagem de capa
© John Cancalosi / Age Fotostock / Keystone

Revisão
Fátima Fadel
Rita Godoy
Onézio Paiva

Editoração eletrônica
Abreu's System Ltda.

CIP-BRASIL. CATALOGAÇÃO-NA-FONTE
SINDICATO NACIONAL DOS EDITORES DE LIVROS, RJ

F862m Fowles, John
A mulher do tenente francês / John Fowles ; tradução Adalgisa Campos da Silva. - Rio de Janeiro : Objetiva, 2008.

500p. ISBN 978-85-60281-37-4
Tradução de: *The French Lieutenant's Woman*

1. Romance inglês. I. Silva, Adalgisa Campos da. II. Título.

07-4603. CDD: 823
CDU: 821.111-3

Agradecimentos

Agradeço às seguintes pessoas e entidades pela autorização de inserir as citações referidas: a The Hardy Estate e Macmillan & Co. Ltd, pelos trechos de *The Collected Poems,* de Thomas Hardy; ao Sr. William Manchester e a Michael Joseph Ltd, pela citação de *A morte do presidente Kennedy*; à Oxford University Press, pelas citações de *Victorian Essays* e *Portrait of an Age*, de G. M. Young; ao Sr. Martin Gardner e à Penguin Press por uma citação ligeiramente condensada de *The Ambidextrous Universe;* e finalmente ao Sr. E. Royston Pike e Allen & Unwin Ltd, não só pela permissão de citar diretamente sua obra *Human Documents of the Victorian Golden Age,* como também pelos três trechos contemporâneos nela contidos e inúmeros outros pequenos detalhes que dela "roubei". Recomendo vivamente essa brilhante antologia a todo leitor que desejar saber mais sobre a realidade que há por trás da minha ficção.

J. F.

1

Deitando os olhos para leste
Sobre o mar,
Vendaval ou viração
Sempre estava ela
Impressa na paisagem;
E só naquele longe
Seu olhar pousava
Em nenhuma outra parte
Parecia haver encanto

HARDY "The Riddle"[1]

O vento leste é o mais desagradável na baía de Lyme — o maior golfo da costa meridional da perna da Inglaterra que avança para sudoeste —, e uma pessoa curiosa poderia imediatamente tirar várias conclusões razoáveis sobre o casal que passeava pelo cais em Lyme Regis, a pequena e antiga cidade que deu nome à enseada, naquela manhã de vendaval cortante de fins de março de 1867.

Há pelo menos setecentos anos, o Cobb induz ao tratamento criado pela convivência, e os legítimos habitantes de Lyme nunca verão nele muito mais do que uma velha muralha cinzenta que se curva contra o mar como uma garra. Aliás, como fica afastado da cidade principal, um minúsculo Pireu de uma Atenas microscópica, os nativos parecem quase lhe virar as costas. Decerto, já lhes custou o bastante em reparos através dos séculos para justificar uma dose de ressentimento de sua parte. Mas, para quem é um pouco mais seletivo e não o vê tanto com olhos de contribuinte, o Cobb é simplesmente o mais belo quebra-mar da costa sul da Inglaterra. E não só porque, como dizem os guias turísticos, está impregnado de sete séculos de história da Inglaterra, por ter sido o local de onde partiram os navios para enfrentar a Armada ou pelo fato de Monmouth ter desembarcado na praia ao lado... mas também porque é um magnífico exemplo de arte folclórica.

Primitivo, mas complexo, pesado, mas delicado; tão cheio de curvas e volumes sutis como um Henry Moore ou um Michelangelo; e puro, limpo, pungente, um modelo de volume. Exagero meu? Talvez, mas posso comprovar o que digo, pois o Cobb mudou muito pouco desde o ano sobre o qual escrevo. Embora a cidade de Lyme tenha mudado, e por isso não seria justo pôr à prova minha afirmação olhando para o continente.

No entanto, se você se voltasse para o norte e em direção à terra em 1867, como fez o homem naquele dia, veria um panorama harmonioso. Um aglomerado pitoresco de algumas dezenas de casas e um pequeno estaleiro — em que, como uma arca sobre suas traves, repousava o tórax de um lúgar —, amontoados no ponto em que o Cobb vira para a terra. Oitocentos metros para leste, do outro lado dos montes, viam-se os telhados de colmo e ardósia da cidade de Lyme, que teve seu apogeu na Idade Média e desde então só fez decair. Para oeste, os penhascos cinzentos e sombrios, conhecidos como Ware Cleeves, erguiam-se abruptamente da praia de seixos onde Monmouth desembarcou para dar início à sua empreitada idiota. Acima deles, mais além, fincados maciçamente no interior, erguiam-se outros penhascos, encobertos por matas fechadas. É nesse aspecto que o Cobb mais se parece com um último baluarte contra a brutal erosão da costa oeste. Aí também o que digo pode ser comprovado. Naquela direção, não se via casa alguma naquela época, como não se vê hoje, excetuando uma ou outra cabana de praia.

O espião local — e havia um — poderia assim ter deduzido que aqueles dois fossem forasteiros, pessoas de um certo gosto, que não dispensariam seu passeio pelo Cobb por causa de um simples vendaval. Por outro lado, se focalizasse melhor seu telescópio, o espião poderia desconfiar que ambos estivessem mais interessados na solidão compartilhada do que na arquitetura marítima; e sem sombra de dúvida teria reparado que eram pessoas de extremo bom gosto a julgar pelo aspecto que tinham.

A jovem estava vestida na última moda, porque em 1867 começavam a soprar novos ventos: iniciava-se uma revolução contra a crinolina e a touca de abas. O olho atrás da lente do telescópio poderia ter vislumbrado uma saia magenta quase ousada de tão justa — e curta, uma vez que deixava à mostra dois alvos tornozelos embaixo do farto casaco verde e acima das botinas pretas que pisavam elegantemente o calçamento; e, pousado sobre o *chignon* guarnecido de rede, um daqueles audaciosos chapéus de copa pequena e aba reta com uma delicada egrete na lateral — um estilo de chapéu que as senhoras de Lyme só iriam ter coragem de usar dali a um ano, no mínimo; ao passo que o homem, mais alto, impecavelmente vestido de cinza-claro, segurando a cartola na mão livre, reduzira drasticamente as suíças, declaradas um tanto vulgares pelos árbitros da melhor moda masculina inglesa — isto é, ridículas aos olhos de um estrangeiro —, já havia um ou dois anos. Hoje acharíamos as cores das roupas da senhora nitidamente gritantes; mas então o mundo estava extasiado com a descoberta das tinturas de anilina. E o que a mulher exigia de uma cor, como compensação pelo comportamento que se esperava dela, era que fosse vibrante, não discreta.

Mas o que teria deixado o homem do telescópio mais perdido seria a outra figura que se via naquele molhe sombrio e curvo. Estava postada na ponta que avançava para o mar, aparentemente encostada num cano de um velho canhão colocado em pé para servir de poste de amarração. Suas roupas eram pretas e se agitavam com o vento. Mas a figura permanecia imóvel, o olhar parado, fitando o mar, mais como um monumento vivo aos afogados, uma figura mítica, do que qualquer outro detalhe daquele dia provinciano e insignificante.

2

Naquele ano (1851) havia cerca de 8.155.000 mulheres de mais de dez anos na população inglesa, e só 7.600.000 homens. É evidente, pois, que se o destino aceito pela moça vitoriana era casar-se e ter filhos, não havia homens suficientes para todas.

E. ROYSTON PIKE, *Human Documents of the Victorian Golden Age*

Içarei as velas de prata e singrarei rumo ao sol,
Içarei as velas de prata e singrarei rumo ao sol,
E meu falso amor há de chorar, e meu falso amor há de chorar,
E meu falso amor há de chorar por mim quando eu partir.

CANTIGA POPULAR DO OESTE: "As Sylvie was walking"

— Minha querida Tina, já prestamos nossa homenagem a Netuno. Ele há de nos perdoar se agora lhe dermos as costas.

— Você não é muito *galante.*

— O que significa isso, quer me dizer?

— Pensei que talvez quisesse prolongar a oportunidade de segurar meu braço sem ser indecoroso.

— Como ficamos delicados!

— Já não estamos em Londres.

— Estamos no Pólo Norte, se não me engano.

— Eu *quero* ir até a ponta.

Então o homem, depois de lançar um olhar de desespero, como se fosse o último, para o continente, deu meia-volta, e o casal continuou caminhando pelo Cobb.

— E eu gostaria de saber o que houve entre você e papai quinta-feira passada.

— Sua tia já me arrancou todos os detalhes dessa noite agradável.

A moça estacou e olhou nos olhos dele.

— Charles! Ora, Charles, você pode bancar o engraçadinho com qualquer pessoa. Mas comigo isso não cola.

— Mas então, minha querida, como vamos nos unir pelos sagrados laços do matrimônio?

— E guarde suas piadas infames para seu clube. — Com um ar pedante, ela o fez seguir adiante. — Recebi uma carta.

— Ah. Eu já receava isso. De sua mãe?

— Sei que aconteceu alguma coisa... na hora do vinho do Porto.

Andaram mais um pouco antes que Charles respondesse; por um momento, pareceu propenso a falar sério, mas mudou de idéia.

— Confesso que seu digno pai e eu tivemos um pequeno desentendimento filosófico.

— Não foi nada gentil de sua parte.

— Eu tentava ser bastante sincero.

— E qual era o assunto da conversa?

— Seu pai manifestou a opinião de que o Sr. Darwin deveria ser exibido numa jaula no jardim zoológico. Na jaula dos macacos. Tentei explicar alguns dos argumentos científicos que fundamentam a posição darwiniana. Não consegui. *Et voilà tout.*

— Como pôde fazer isso, conhecendo as idéias de papai!

— Fui respeitosíssimo.

— O que significa que foi insuportabilíssimo.

— Ele declarou que não deixaria a filha se casar com um homem que se considerava neto de macaco. Mas, pensando melhor, vai se lembrar que, no meu caso, era um macaco com títulos.

Ela o fitou enquanto caminhavam e inclinou a cabeça para o lado num gesto curioso de distanciamento característico seu quando queria demonstrar preocupação, nesse caso com o que considerava efetivamente o maior obstáculo ao seu noivado. Seu pai era um homem muito rico; mas seu avô fora um comerciante de tecidos, e o de Charles, um baronete. Ele sorriu e apertou a mão enluvada pousada de leve em seu braço esquerdo.

— Querida, já resolvemos isso entre nós. É perfeitamente normal você ter medo de seu pai. Mas não vou me casar com ele. E você se esquece que sou um cientista. Já escrevi uma monografia, então devo ser. E, se você ficar rindo assim, hei de dedicar todo o meu tempo aos fósseis e não vai sobrar nada para você.

— Não estou propensa a ter ciúmes de fósseis. — Fez uma pausa estudada. — Uma vez que você está pisando neles há pelo menos um minuto e nem percebeu.

Charles olhou depressa para o chão e se ajoelhou de forma igualmente abrupta. O Cobb tem partes pavimentadas com pedras incrustadas com fósseis.

— Caramba, veja só! *Certhidium portlandicum.* Esta pedra deve ter vindo das rochas oolíticas de Portland.

— Em cujas pedreiras vou condená-lo a trabalhar para sempre, se não se levantar já. — Charles obedeceu com um sorriso. — Ora, e não fui delicada trazendo você aqui? Olhe só. — Ela o levou até o lado do molhe em que uma fileira de pedras chatas inseridas de lado na parede servia de toscos degraus para baixar a um nível inferior. — Estes são os mesmíssimos degraus em que Jane Austen fez Louisa Musgrove cair em *Persuasão.*

— Que romântico.

— Os cavalheiros eram românticos... naquela época.

— E agora são cientistas? Vamos enfrentar a descida perigosa?

— Na volta.

De novo, continuaram passeando. Só então ele viu a figura na ponta do molhe, ou pelo menos se deu conta de qual era seu sexo.

— Nossa, pensei que fosse um pescador. Mas não é uma mulher?

Ernestina olhou, mas seus olhos cinzentos e muito bonitos eram míopes, e ela só enxergava um vulto escuro.

— É jovem?

— Não dá para ver, está muito longe.

— Mas posso adivinhar quem é. Deve ser a pobre Tragédia.

— Tragédia?

— É um dos apelidos dela.

— E quais são os outros?

— Os pescadores têm um nome chulo para ela.

— Minha querida Tina, você não pode...

— Eles a chamam de Mulher... do Tenente Francês.

— É mesmo. E ela foi tão degredada que tem que passar os dias ali.

— Ela é... meio louca. Vamos voltar. Não gosto de chegar perto dela.

Os dois pararam. Charles olhava para o vulto escuro.

— Mas estou intrigado. Quem é esse tenente francês?

— Um homem por quem, segundo dizem, ela...

— Se apaixonou?

— Pior que isso.

— E ele a abandonou? Tem algum filho na história?

— Não. Acho que não. É tudo intriga.

— Mas o que ela faz ali?

— Dizem que espera que ele volte.

— Mas... ninguém se preocupa com ela?

— Ela é uma espécie de criada da velha Sra. Poulteney. Nunca aparece quando vamos visitar essa senhora, mas mora com ela. Por favor, vamos voltar. Eu não a tinha visto.

Mas Charles sorriu.

— Se ela avançar em você, hei de defendê-la e testar minha galanteria deficiente. Venha.

Então se aproximaram da figura ao lado do canhão. A mulher tirara o chapéu e o segurava na mão; tinha o cabelo todo puxado para trás, enfiado dentro da gola do casaco preto, que era estranho e mais parecia um paletó masculino de montaria do que qualquer casaco feminino que tivesse estado na moda naqueles últimos quarenta anos. Ela também não usava crinolina, mas era igualmente óbvio que isso se devia ao seu desligamento e não ao seu conhecimento da última moda de Londres. Charles fez uma observação banal em voz alta, com a intenção de adverti-la de que já não estava sozinha, mas ela não se virou. O casal se colocou num ponto do qual podia vê-la de perfil, e notou que tinha os olhos fixos apontados como um rifle para a linha do horizonte. Bateu uma rajada de vento mais forte que obrigou Charles a passar o braço em volta da cintura de Ernestina, para sustentá-la, e a mulher a se agarrar com mais firmeza ao canhão. Sem saber por que, talvez para mostrar a

Ernestina que não era tímido, Charles se adiantou tão logo o vento permitiu.

— Minha amiga, não podemos vê-la aí sem ficar aflitos com a sua segurança. Uma rajada mais forte...

A mulher se virou e olhou para ele — ou, como pareceu a Charles, através dele. E, o que ele guardou depois desse primeiro encontro não foi tanto o que viu efetivamente naquele rosto quanto o que não contava encontrar ali; pois aquela era uma época em que a expressão mais apreciada numa mulher era a que denotava recato, obediência, timidez. Charles teve imediatamente a sensação de ter invadido uma propriedade privada; como se o Cobb pertencesse àquele rosto, e não ao Velho Burgo de Lyme. Não era um rosto bonitinho como o de Ernestina. Certamente não era um belo rosto pelos padrões de gosto de qualquer época. Mas era inesquecível, e trágico. A tristeza brotava dele tão pura, tão natural e tão incontida como a água de uma nascente. Ali não havia artifício, hipocrisia, histeria ou máscara de espécie alguma; e sobretudo, não havia sinal de loucura. A loucura estava no mar vazio, no horizonte vazio, na ausência de razão para tanta tristeza; como se a nascente fosse natural em si, mas anormal por brotar no deserto.

Várias vezes depois disso, Charles pensou naquele olhar como uma lança; e essa analogia, naturalmente, não se refere ao objeto em si, mas sim ao seu efeito. Sentiu-se naquele breve instante como um inimigo injusto, transpassado e merecidamente diminuído.

A mulher nada disse. Seu olhar durou no máximo dois ou três segundos, depois ela se virou de novo para o sul. Ernestina puxou a manga de Charles, ele deu de ombros e virou-se para ela sorrindo. Quando estavam mais perto do continente, disse:

— Gostaria que você não tivesse me contado os detalhes sórdidos. Esse é o mal da vida provinciana. Todo mundo se conhece e não há mistério. Não há romantismo.

Ernestina então implicou com ele: o cientista, o que desprezava o gênero romance.

3

Mas uma consideração ainda mais importante é que a parte principal do organismo de toda criatura vivente é determinada pela hereditariedade. Conseqüentemente, embora, sem dúvida, cada ser esteja apto a ocupar seu lugar na natureza, muitas estruturas já não têm uma relação mais direta e imediata com os atuais hábitos de vida.

DARWIN, *A origem das espécies*

De todas as décadas de nossa história, um homem sábio escolheria a de 1850 para viver sua juventude.

G. M. YOUNG, *Portrait of an Age*

Depois do almoço, já de volta a seu apartamento no White Lion, Charles se olhou no espelho. Seus pensamentos eram muito vagos para serem descritos. Mas continham elementos misteriosos; uma vaga sensação de derrota, sem qualquer relação com o incidente no Cobb, mas ligada a certas coisas banais que ele dissera no almoço em casa de tia Tranter, a certas evasivas que lhe eram características; ao fato de não saber se seu interesse pela paleontologia lhe permitia aproveitar todos os seus dotes naturais e se Ernestina algum dia o compreenderia assim como ele a compreendia; a uma insatisfação generalizada causada talvez apenas, como acabou concluindo, pela ameaça de ter pela frente uma longa e agora chuvosa tarde. Afinal, o ano era só 1867, ele só tinha trinta e dois anos, e sempre fora muito questionador.

Embora Charles gostasse de se ver como um jovem cientista e provavelmente não se surpreendesse muito se, do futuro, lhe chegasse a notícia do advento do aeroplano, do motor a jato, da televisão e do radar, o que o deixaria perplexo seria a mudança de atitude em relação ao tempo em si. A grande desgraça de nosso século, é, segundo se supõe, a falta de tempo; nossa noção desse fato, e *não* um amor desinteressado pela ciência ou pela sabedoria, é o que nos impele a dedicar uma enorme parcela de engenho e dos recursos de nossas sociedades para encontrar formas mais rápidas de fazer as coisas, como se o objetivo final do homem fosse se aproximar não da perfeição humana, mas sim da perfeição do relâmpago. Mas, para Charles, e para quase todos os seus contemporâneos e seus pares na sociedade, o andamento que o tempo impunha à existência era seguramente o adágio. O problema não era encaixar tudo o que se queria fazer, mas sim prolongar o que se fazia para ocupar os vastos intervalos de lazer disponíveis.

Atualmente, um dos sintomas mais comuns da riqueza é a neurose destrutiva; no século de Charles, era o tédio tranqüilo. É verdade que a onda de revoluções em 1848, a lembrança dos agora extintos cartistas,[1] assomava como uma sombra sinistra por trás desse período. Mas para muitos — entre eles Charles — o mais significativo em relação a esses longínquos rumores de insatisfação fora que acabaram não dando em nada. Os anos 1860 foram inegavelmente prósperos; os artesãos e até a classe trabalhadora conquistaram uma afluência que afastava a possibilidade de revolução, pelo menos na Grã-Bretanha. É óbvio que Charles nada sabia a respeito do judeu alemão com seu chapéu de castor que trabalhava em silêncio exatamente naquela tarde na biblioteca do Museu Britânico; e cuja obra, elaborada entre aquelas paredes sombrias, produziria frutos de um vermelho tão vivo. Se você lhe tivesse descrito esses frutos, ou o efeito subseqüente de seu consumo indiscriminado, Charles quase certamente não teria acreditado, embora apenas seis meses depois daquele março de 1867, o primeiro volume de *O Capital* seria publicado em Hamburgo.

Havia também vários motivos pessoais que impediam Charles de se encaixar no agradável papel de pessimista. Seu avô, o baronete, pertencia à segunda das duas grandes categorias em que se dividia a nobreza rural inglesa: a dos caçadores de raposa bebedores de clarete e a dos eruditos colecionadores de tudo o que existe sob o sol. Colecionara sobretudo livros; mas, no fim da vida, dedicara parte de seu dinheiro e uma parte ainda maior da paciência da família à escavação dos inofensivos montículos de terra que pontuavam sua propriedade de mil e duzentos hectares em Wiltshire. Perseguia implacavelmente cromeleques e menires, implementos de sílex e sepulturas neolíticas; e seu filho mais velho, ao entrar na posse da herança, tirou de casa os troféus portáteis com o mesmo zelo. Mas os céus puniram, ou abençoaram esse filho, cuidando para que ele nunca se casasse. O caçula do velho, o pai de Charles, ficou bem contemplado, tanto em terras como em dinheiro.

Em sua vida, só houve uma tragédia — a morte simultânea da jovem esposa e da filha natimorta ocorrida quando Charles tinha um ano de idade. Mas ele superou a dor. Cumulou o filho, a quem, grosso modo, amou apenas um pouco menos que a si próprio, se não com uma grande afeição, pelo menos com uma série de preceptores e instrutores militares. Vendeu suas terras, investiu com bastante inteligência em ações da estrada de ferro e sem nenhuma inteligência nas mesas de jogo (para consolar-se, preferia recorrer ao clube Almack do que ao Altíssimo). Em suma, viveu mais como se tivesse nascido em 1702 que em 1802, dedicando grande parte da vida ao prazer... e, em grande parte, morreu em decorrência disso, em 1856. Charles era, portanto, seu único herdeiro; herdeiro não só da fortuna reduzida do pai — o bacará afinal desbancou o *boom* das ferrovias —, mas também da considerável fortuna do tio. É bem verdade que, em 1867, apesar de seu gosto pelo clarete, o tio não dava nenhum sinal de que iria morrer.

Charles gostava do tio, e o tio gostava dele. Mas nem sempre essa simpatia mútua ficava patente em suas relações. Embora aceitasse em participar de caçadas a perdizes e faisões quando convocado, Charles negava-se a participar da caça à raposa. Estava pouco ligando que a presa não fosse comestível, mas detestava a estupidez dos caçadores. E o pior é que, inexplicavelmente, gostava muito mais de andar a pé do que a cavalo; e andar a pé não era um passatempo para um cavalheiro, a não ser nos Alpes suíços. Nada tinha contra o cavalo em si, mas, como todo naturalista, não gostava de não poder observar as coisas de perto e com calma. No entanto, a sorte estivera do seu lado. Num dia de outono, muitos anos antes, atirara num pássaro estranho que saíra correndo da divisa de um dos campos de trigo de seu tio. Quando viu o que matara e se deu conta de sua raridade, sentiu uma vaga irritação consigo mesmo, pois se tratava de um dos últimos espécimes das Grandes Abetardas abatidos na planície de Salisbury. Mas seu tio ficou encantado. A ave foi empalhada, e desde então fitava o vazio com aqueles olhos de vidro, de dentro de sua vitrine colocada na sala de estar em Winsyatt.

O tio aborrecia interminavelmente seus visitantes da pequena nobreza com a história de como se dera a façanha; e, sempre que se sentia inclinado a deserdar o sobrinho — um assunto que por si só o deixava apoplético, já que a transmissão da propriedade era vinculada aos herdeiros masculinos —, bastava olhar para a imortal abetarda caçada pelo sobrinho para voltar a simpatizar com ele. Pois Charles tinha seus defeitos. Nem sempre escrevia semanalmente; e, quando estava em Winsyatt, tinha a sinistra predileção de passar as tardes na biblioteca, uma sala que o tio raramente usava.

Mas tinha defeitos mais graves que esses. Em Cambridge, depois de ter dado uma virada para ler os clássicos e aceitado os Trinta e Nove Artigos, começara de fato (diferentemente da maioria dos jovens de seu tempo) a aprender alguma coisa. Mas em seu segundo ano ali, começou a andar com más companhias e, numa noite enevoada em Londres, encontrou-se em possessão carnal de uma moça nua. Precipitou-se de seus vulgares braços rechonchudos para os da Igreja e, pouco depois desse incidente, deixou o pai horrorizado ao anunciar seu desejo de se tornar sacerdote. Só havia uma solução para uma crise daquela magnitude: o jovem libertino foi despachado para Paris. Ali, a mancha em sua virgindade ficou tão negra que já não se reconhecia essa virtude; mas também, como seu pai esperara, seu pretendido casamento com a Igreja ficou esquecido. Charles percebeu o que havia por trás do sedutor apelo do Movimento de Oxford — um catolicismo à inglesa. Recusou-se a desperdiçar sua alma inglesa negativa mas confortável — metade ironia e metade convenção — com o incenso e a falibilidade papal. Quando voltou a Londres, identificou e passou superficialmente por umas dez teorias religiosas da época, mas saiu incólume (*voyant trop pour nier, et trop peu pour s'assurer*), transformado num agnóstico* sem culpa.

* Embora não usasse esta denominação para si, pela simples razão de que o termo só foi cunhado (por Huxley) em 1870, quando passara a ser muito necessário.

O pouco de Deus que conseguiu perceber na existência, achou-o na Natureza, não na Bíblia. Cem anos antes, teria sido considerado um deísta, talvez até um panteísta. Tendo companhia, ia ao culto matinal dos domingos, mas sozinho, quase nunca.

Voltou de seus seis meses na Cidade do Pecado em 1856. Seu pai morreu três meses depois. O casarão em Belgravia foi alugado, e Charles se instalou numa residência menor em Kensington, mais adequada a um rapaz solteiro. Ali era cuidado por um criado, uma cozinheira e duas arrumadeiras, uma criadagem de uma modéstia quase extravagante para alguém com suas relações e sua fortuna. Mas sentia-se feliz ali, e, ademais, passava muito tempo viajando. Escreveu um ou dois ensaios para as revistas da moda sobre suas viagens a lugares mais remotos; aliás, depois dos nove meses que passara em Portugal, foi solicitado por um editor empreendedor a escrever um livro, mas pareceu-lhe que a profissão de escritor tinha algo de indigno, e envolvia algo muito parecido com trabalho duro e concentração constante. Divertiu-se com a idéia, depois a abandonou. Na verdade, divertir-se com idéias foi sua principal ocupação na terceira década da sua vida.

Mas não se pode dizer que, embora se deixasse levar pela lenta correnteza da época vitoriana, ele fosse um jovem essencialmente frívolo. Uma conversa fortuita com uma pessoa que sabia da mania de seu avô o fez compreender que só a família não levava a sério as horas sem fim que o velho passava supervisionando escavações de perplexos camponeses. Outros se lembravam de Sir Charles Smithson como um pioneiro da arqueologia da Bretanha pré-romana. Alguns objetos de sua coleção banida foram acolhidos com reconhecimento pelo Museu Britânico. E, lentamente, Charles percebeu que tinha um temperamento mais parecido com o do avô que qualquer dos filhos dele. Nos últimos três anos, ficara cada vez mais interessado em paleontologia; seria a sua especialidade — tinha decidido. Começou a freqüentar as *conversazioni* da Sociedade Geológica. O tio não gostava quando via Charles saindo de Winsyatt munido de alavancas e uma sacola de colecionador. Segundo ele, os únicos objetos que um cavalheiro podia levar ao campo eram um chicote e uma espingarda. Mas pelo menos aquilo já era um progresso em relação aos malditos livros da maldita biblioteca.

Mas havia outra característica de Charles que agradava ao tio menos ainda. As fitas amarelas e os narcisos, a insígnia do Partido Liberal, eram execrados em Winsyatt. O velho era o mais azul dos conservadores — e tinha seus interesses. Mas Charles recusava educadamente tudo o que se tentava para fazê-lo candidatar-se ao Parlamento. Declarava não ter convicções políticas. No íntimo, admirava bastante Gladstone, mas, em Winsyatt, Gladstone era o arquitraidor, aquele cujo nome não se podia nem mencionar. Assim, o respeito pela família e a indolência social lhe fecharam convenientemente as portas do que poderia ter sido uma carreira natural para ele.

Receio que a indolência fosse o traço característico de Charles. Como muitos de seus contemporâneos, ele sentia que o senso de responsabilidade existente no início do século estava se transformando em auto-suficiência; que o que movia a nova Bretanha era mais o desejo de parecer respeitável do que o desejo de fazer o bem pelo bem. Ele sabia que era exigente demais. Mas como alguém poderia escrever história com Macaulay ainda tão perto? E ficção ou poesia, em meio à maior plêiade de talentos de toda a história da literatura inglesa? Como poderia alguém ser um cientista criativo, com Lyell e Darwin ainda vivos? Ou um estadista, com Disraeli e Gladstone polarizando todo o espaço disponível?

Você verá que Charles tinha aspirações elevadas. Todos os ociosos inteligentes têm, para justificar sua ociosidade perante sua inteligência. Ele tinha, em suma, todo o tédio byroniano sem as válvulas de escape byronianas: o gênio e o adultério.

Mas, embora a morte possa ser protelada, como bem sabem as mães com filhas casadouras, ela sempre acaba chegando. Mesmo se não tivesse tido um futuro tão promissor, Charles era um rapaz interessante. Suas viagens ao exterior lamentavelmente haviam apagado um pouco daquela pátina de uma profunda ausência de humor (que os vitorianos chamavam de seriedade, retidão moral, probidade e mil outros nomes enganadores) que se exigia de um autêntico cavalheiro inglês da época. Ele tinha, na aparência, um certo cinismo, sintoma seguro de uma decadência moral intrínseca; mas nunca chegava a uma reunião social sem que as mães o olhassem com cobiça, os pais lhe dessem tapinhas nas costas e as moças lhe abrissem sorrisos afetados. Charles gostava muito de moças bonitas e não era avesso a levá-las na conversa, assim como a seus ambiciosos pais. Com isso, ganhou fama de indiferente e frio, prêmio que não deixava de ser merecido pela forma com que farejava a isca e virava as costas para as armadilhas matrimoniais colocadas em seu caminho. Aos trinta anos, era um azougue nisso.

Seu tio muitas vezes censurava-lhe esse comportamento; mas, como Charles logo ressaltava, sua munição era fraca. O velho resmungava.

— Nunca encontrei a mulher certa.

— Bobagem. Nunca a procurou.

— Procurei, sim. Quando eu tinha a sua idade...

— Vivia para seus perdigueiros e para a temporada das caçadas de perdizes.

O velho olhava melancólico para seu vinho. Na verdade, não se arrependia de não ter se casado; mas sentia amargamente a falta de filhos para quem pudesse comprar pôneis e espingardas. Via seu modo de vida desaparecer sem deixar vestígios.

— Eu estava cego. Cego.

— Meu caro tio, tenho uma vista excelente. Console-se. Eu também ando procurando a moça certa. E ainda não a encontrei.

4

O que se FEZ *é o que fica! Ah, felizes os que*
deixaram provas de amor duradouras
E respondem em silêncio por elas, quando morrem,
Sua vida não foi inútil, apesar de breve.

MRS. NORTON, *The Lady of La Garaye* (1863)[1]

A maioria das famílias inglesas das classes média e alta
morava em cima das próprias fossas...

E. ROYSTON PIKE, *Human Documents of the Victorian Golden Age*

A cozinha no porão do casarão em estilo Regência da Sra. Poulteney, que, em clara e elegante analogia à sua posição social, erguia-se sobranceiro no alto de uma das ladeiras íngremes que havia atrás de Lyme Regis, hoje seria considerada quase intolerável em termos de funcionalidade. Embora seus ocupantes em 1867 identificassem com bastante clareza quem era a tirana em suas vidas, o verdadeiro monstro, para uma época como a nossa, sem sombra de dúvida teria sido o enorme fogão que ocupava toda a parede dos fundos do cômodo grande e mal iluminado. Possuía três fornos, que deviam ser alimentados e limpos duas vezes por dia. E, uma vez que o bom andamento da administração da casa dependia dele, nunca se devia deixar que se apagasse. Mesmo no calor abafado do verão, ou em dias de vento sudoeste que fazia o monstro soltar nuvens negras de fumaça asfixiante, era preciso alimentar os implacáveis fornos. E depois, a cor daquelas paredes! Clamavam por tons claros, por um pouco de branco. Mas não, eram pintadas de um verde-chumbo bilioso, que, embora os ocupantes do local não soubessem (e, justiça seja feita, a tirana lá de cima também não), era rico em arsênico. Talvez fosse uma sorte o cômodo ser úmido e o monstro expelir tanta fumaça e gordura. Pelo menos o pó venenoso não se espalhava.

O sargento-mor desse império estigiano era uma tal Sra. Fairley, uma mulher miúda que sempre se vestia de preto, menos pela viuvez que por temperamento. Talvez sua melancolia profunda fosse conseqüência da procissão interminável de mortais inferiores que ela via passar por sua cozinha. Mordomos, lacaios, jardineiros, cavalariços, arrumadeiras do andar de cima, arrumadeiras do andar de baixo, que, quando não agüentavam mais as regras e as manias da Sra. Poulteney, fugiam dali, o que era uma atitude vergonhosa e covarde da parte deles. Mas, quando se exige que a pessoa se levante às seis, trabalhe das seis e meia às onze, depois, das onze e meia às quatro e meia, e novamente das cinco às dez, *e* todos os dias, perfazendo com isso cem horas por semana, suas reservas de indulgência e coragem talvez não sejam muito grandes.

Uma síntese lendária dos sentimentos da criadagem foi feita pelo anteantepenúltimo mordomo da Sra. Poulteney:

— Minha senhora, prefiro passar o resto da vida num asilo de pobres a ficar mais uma semana debaixo deste teto.

Havia quem duvidasse seriamente de que alguém de fato tivesse tido a coragem de dizer uma coisa dessas à temível senhora. Mas todos compreenderam a razão do desabafo quando o homem desceu com as malas e assumiu o que disse.

Um dos mistérios que intrigavam os habitantes do lugar era que a própria Sra. Fairley tivesse podido agüentar por tanto tempo a patroa. Certamente, era porque, se o destino assim determinasse, ela seria, por si mesma, uma Sra. Poulteney. Era a inveja que a mantinha ali, e também o prazer perverso que lhe proporcionavam as catástrofes domésticas que se abatiam tão amiúde sobre a casa. Em suma, as duas mulheres possuíam um sadismo incipiente; e era vantajoso para as duas tolerarem-se mutuamente.

A Sra. Poulteney tinha duas obsessões, ou sua obsessão tinha dois aspectos. Uma era a Sujeira — embora abrisse uma espécie de exceção para a cozinha, uma vez que só os criados viviam ali — e a outra era a Imoralidade. Nesses dois campos, seus olhos de águia não deixavam escapar o menor deslize.

Ela era como um abutre gordo, sempre rondando durante suas intermináveis horas de ócio, dotada de um sexto sentido milagroso para descobrir pó, marcas de dedos, roupas mal engomadas, cheiros, manchas, objetos quebrados e todas as mazelas que afetam as casas. Despedia o jardineiro que entrasse em casa com as mãos sujas de terra, o mordomo que se apresentasse com uma mancha de vinho na jaqueta e a arrumadeira debaixo de cuja cama encontrasse pó.

Mas o pior de tudo era que não reconhecia limites à sua autoridade mesmo fora de sua própria casa. O não comparecimento à igreja aos domingos, tanto nas matinas quanto nas vésperas, era uma prova do pior relaxamento moral. Que os céus ajudassem a criada que, numa de suas raras tardes de folga — uma por mês era o que lhe concediam com relutância —, fosse vista passeando com um rapaz. E que ajudassem também ao rapaz apaixonado a ponto de se aproximar secretamente da casa Marlborough para ter um encontro, pois os jardins eram uma verdadeira floresta de armadilhas indulgentes — eram "indulgentes" porque, embora tivessem força suficiente para quebrar a perna de um homem, as grandes mandíbulas de ferro não tinham dentes. Esses criados de ferro eram os mais prezados pela Sra. Poulteney. *Esses*, ela nunca havia demitido.

A Gestapo poderia ter oferecido um lugar para aquela senhora. Ela possuía um método de interrogatório capaz de levar às lágrimas a mais resistente das moças nos primeiros cinco minutos. À sua maneira, era a síntese de todos os traços mais grosseiramente arrogantes do Império Britânico então em ascensão. Sua única noção de justiça era a razão estar obrigatoriamente com ela; e sua única noção de governo era bombardear furiosamente o impertinente populacho.

Mas, entre as pessoas de sua classe, um círculo muito restrito, tinha fama de caridosa. E, se você contestasse essa reputação, seus interlocutores apresentariam uma prova irrefutável: a bondosa e querida Sra. Poulteney não acolhera em sua casa a Mulher do Tenente Francês? Não preciso acrescentar que, na época, a bondosa e querida senhora só conhecia o outro apelido, mais grego.

Esse fato notável acontecera na primavera de 1866, exatamente um ano antes da época sobre a qual escrevo, e estava ligado ao grande segredo da vida da Sra. Poulteney. Era um segredo muito simples. Ela acreditava no inferno.

O vigário de Lyme naquela época era um homem relativamente liberal em matéria de teologia, mas que sabia muito bem que lado de seu pão pastoral estava untado de manteiga. Era muito conveniente para Lyme, uma congregação tradicionalmente pertencente à facção mais conservadora da Igreja Anglicana. Sabia imprimir uma certa eloqüência ardente a seus sermões, e mantinha sua igreja livre de crucifixos, imagens, ornamentos e quaisquer outros signos do câncer romano. Quando a Sra. Poulteney lhe expunha suas teorias sobre a outra vida, ele não discutia, pois os beneficiários de contribuições não notadamente polpudas não discutem com paroquianos ricos. E a Sra. Poulteney era tão generosa com suas solicitações quanto mesquinha com o salário de seus treze empregados domésticos. No inverno do ano anterior (um inverno em que houve a quarta grande epidemia de cólera na Grã-Bretanha vitoriana), a Sra. Poulteney andara meio adoentada, e as visitas do vigário eram tão freqüentes quanto as dos médicos que precisavam lhe assegurar todas as vezes que ela sofria de uma indisposição estomacal banal e não da temida peste oriental assassina.

A Sra. Poulteney não era idiota. Aliás, tinha talento para as questões práticas, e seu futuro destino, como todas as questões pertinentes a seu conforto, era uma preocupação eminentemente prática. A imagem que se fazia de Deus tinha os traços do duque de Wellington, mas Sua personalidade era mais a de um esperto advogado, uma raça pela qual a Sra. Poulteney tinha grande respeito. Deitada em seu quarto, ela refletia sobre a terrível dúvida matemática que cada vez mais a assaltava: se o Senhor computava a caridade pelo que a pessoa dera ou pelo que teria tido condição de dar. Sobre esse ponto, ela possuía mais dados que o vigário. Fizera doações consideráveis à igreja; mas sabia que estavam aquém do dízimo estipulado para os candidatos sérios ao Paraíso. Decerto havia feito seu testamento de forma a garantir que a conta ficasse generosamente equilibrada após sua morte. Mas talvez Deus não assistisse à leitura daquele documento. Ademais, aconteceu que, quando ela estava doente, a Sra. Fairley, que lia a Bíblia para ela todas as noites, escolheu a parábola da viúva pobre. Essa parábola sempre parecera excessivamente injusta à Sra. Poulteney, e já estava alojada em seu coração havia muito mais tempo que as enterobactérias em seus intestinos. Um dia, quando já convalescia, ela aproveitou uma das solícitas visitas do vigário para fazer um cuidadoso exame de consciência. A princípio, o religioso tentou não levar a sério suas preocupações espirituais.

— Minha cara senhora, seus pés estão sobre a Rocha. O Criador tudo vê e tudo sabe. Não devemos duvidar de Sua misericórdia nem de Sua justiça.

— Mas suponhamos que ele me pergunte se minha consciência está tranqüila.

O vigário sorriu.

— A senhora responderá que ela está perturbada. E com sua infinita compaixão, Ele vai...

— Mas suponhamos que não vá.

— Minha cara Sra. Poulteney, se falar assim, terei que repreendê-la. Não nos cabe contestar a compreensão d'Ele.

Fez-se silêncio. A Sra. Poulteney via no vigário duas pessoas. Uma lhe era socialmente inferior e dependia dela para muitos dos prazeres de sua mesa, para uma parcela substancial das despesas de manutenção de sua igreja e também para o bom cumprimento de seus deveres não litúrgicos para com os pobres; a outra era o representante de Deus, perante quem, metaforicamente, ela devia se ajoelhar. Então, sua atitude em relação a ele era muitas vezes incongruente. Ora tratava-o *de haut en bas,* ora *de bas en haut,* e às vezes juntava ambas as posições numa única frase.

— Se ao menos o pobre Frederick não tivesse morrido! Ele teria me aconselhado.

— Sem dúvida. E os conselhos dele seriam parecidos com os meus. Pode estar certa disso. Sei que ele era cristão. E o que digo se baseia na doutrina cristã tradicional.

— Foi um aviso. Um castigo.

O vigário lançou-lhe um olhar sério.

— Cuidado, minha cara senhora, cuidado. Ninguém usa levianamente as prerrogativas do Nosso Criador.

Ela mudou de assunto. Nem todos os vigários do mundo poderiam ter justificado para ela a morte prematura de seu marido. Isso permanecia entre ela e Deus; um mistério como uma opala negra, que ora brilhava como um presságio solene, ora permanecia como uma espécie de amortização das penitências que ela precisava pagar.

— Faço caridade. Mas não faço boas ações.

— Fazer caridade é uma ação excelente.

— Não sou como Lady Cotton.

Essa descida brusca ao plano temporal não surpreendeu o vigário. Já era do seu conhecimento, por conversas anteriores, que a Sra. Poulteney sabia que estava mal colocada naquela corrida especial da caridade. Lady Cotton, que morava a alguns quilômetros de Lyme, era famosa por sua vida fanaticamente caridosa. Visitava os pobres, presidia uma sociedade missionária, fundara um lar para mulheres decaídas — é bem verdade que exigia um arrependimento tão severo que a maioria das beneficiárias de sua Sociedade das Madalenas voltava a cair no abismo da iniqüidade tão logo podia —, mas a Sra. Poulteney desconhecia isso assim como desconhecia o apelido mais vulgar com que chamavam a Tragédia.

O vigário tossiu.

— Lady Cotton é um exemplo para todos nós. — Isso era pôr lenha na fogueira, o que talvez ele soubesse.

— Eu devia visitar os pobres.

— Seria excelente.

— É que essas visitas sempre me angustiam. — O vigário não ajudou muito. — Sei que isso é uma ruindade minha.

— Ora. Ora.

— É, sim. Muita ruindade.

Seguiu-se um longo silêncio, em que o vigário ficou meditando sobre seu jantar, para o qual ainda faltava uma hora, e a Sra. Poulteney, sobre sua ruindade. Finalmente sugeriu, com uma timidez que não lhe era peculiar, uma solução de meio-termo para seu dilema.

— Se o senhor soubesse de alguma senhora, de alguma pessoa requintada que esteja passando por um mau momento...

— Não entendo exatamente qual é sua intenção.

— Desejo uma companhia. Começo a ter dificuldade de escrever. E a Sra. Fairley lê muito mal. Eu gostaria de dar guarida a uma pessoa dessas.

— Muito bem. Se assim deseja, vou me informar.

A Sra. Poulteney arrependeu-se um pouco dessa sua proposta delirante de se lançar no seio do verdadeiro cristianismo.

— Deve ser uma pessoa de moral irrepreensível. Tenho que levar em consideração os meus criados.

— Claro, minha cara senhora, claro. — O vigário se levantou.

— E, de preferência, não ter parentes. Os parentes dos dependentes podem vir a ser muito desagradáveis.

— Fique descansada que não apresentarei ninguém inconveniente.

Ele apertou sua mão e encaminhou-se para a porta.

— E, Sr. Forsythe, que não seja uma pessoa muito jovem.

O vigário fez uma mesura e retirou-se. Mas, no meio da escada para o andar térreo, parou. Lembrara-se de alguma coisa. Refletiu. E talvez um sentimento não totalmente desprovido de malícia, resultado de tantas horas de hipocrisia, ou, pelo menos, nem sempre de franqueza absoluta, ao lado da Sra. Poulteney sempre de preto — em resumo, um impulso —, o fez dar meia-volta e subir de novo a escada. Parou à porta da sala e disse:

— Acabei de me lembrar de alguém. O nome dela é Sarah Woodruff.

5

Oh, que adianta fazer
Conjeturas? Se a morte fosse vista
Simplesmente como Morte, o Amor não existiria,
Ou seria algo limitado ao extremo,

Mera associação de ânimos indolentes,
Ou em sua forma mais grosseira, própria dos sátiros,
Pisotearia a relva e esmagaria as vinhas,
A saltitar e brincar pelos bosques.

TENNYSON, *In Memoriam* (1850)[1]

Os jovens estavam loucos para visitar Lyme.

JANE AUSTEN, *Persuasion*

Ernestina tinha o rosto ideal para sua época, isto é, oval com um queixinho pequeno, delicado como uma violeta. Ainda se pode vê-lo nos desenhos dos grandes ilustradores daquela época — na obra de Phiz, de John Leech. Seus olhos cinzentos e a palidez de sua pele realçavam ainda mais a delicadeza do resto. Ao ser apresentada às pessoas, costumava baixar os olhos com muito encanto, como se fosse desfalecer se algum cavalheiro se atrevesse a se dirigir a ela. Mas havia uma contração imperceptível nas comissuras de suas pálpebras e de seus lábios, para usar a mesma comparação, tênue como a fragrância das violetas de fevereiro, que negava, de forma sutil mas inconfundível, sua aparente submissão total ao grande deus Homem. Um vitoriano ortodoxo talvez desconfiasse daquele imperceptível indício de que ali existisse uma Becky Sharp.[2] Mas, para um homem como Charles, ela era irresistível. Era muito parecida com aquelas mocinhas afetadas — Georginas, Victorias, Albertinas, Matildas e outras que se exibiam em todos os bailes em grupos bem vigiados; mas não totalmente.

Quando Charles saiu da casa de tia Tranter na Broad Street para ir a pé até o seu hotel a uns cem passos dali, onde, com um ar solene — não são ridículos os homens apaixonados? —, subiu para seus aposentos para interrogar seu belo rosto no espelho, Ernestina pediu licença e foi para o quarto. Queria entrever pela última vez o noivo através das cortinas de renda e também estar no único cômodo da casa da tia que conseguia de fato tolerar.

Tendo devidamente admirado seu modo de andar e especialmente a forma como ele tirou a cartola para cumprimentar a criada de tia Tranter, que por acaso fazia um serviço na rua; *e* odiando-o por ter feito isso, porque a moça tinha olhinhos vivos de camponesa de Dorset e uma cútis provocantemente cor-de-rosa, e ademais Charles fora terminantemente proibido de olhar para qualquer mulher de menos de sessenta anos — uma condição da qual felizmente tia Tranter escapava por apenas um ano —, Ernestina saiu da janela. Seu quarto fora mobiliado para ela e de acordo com seu gosto, que era veementemente francês e tão pesado na época quanto o inglês, mas um pouco mais dourado e extravagante. O resto da casa de tia Tranter era um exemplo inexorável, maciço e irrefutável do estilo em moda um quarto de século antes: isto é, um museu de objetos criados quando houve a primeira grande rejeição a tudo o que era decadente, leve e gracioso, e a que se pudesse associar a lembrança ou a ética do odioso *Prinny,* George IV.

Ninguém podia deixar de gostar de tia Tranter; era absurda a simples idéia de que alguém pudesse se irritar com aquele rosto que sorria e, especialmente, falava com inocência. Ela possuía o otimismo profundo das solteironas bem-sucedidas. A solidão ou azeda as pessoas ou as ensina a ser independentes. Tia Tranter começara tirando o melhor partido das coisas para si mesma e terminara tirando o melhor partido delas para o resto do mundo também.

No entanto, Ernestina fazia de tudo para implicar com ela; reclamava da impossibilidade de se jantar às cinco horas; dos móveis fúnebres que entulhavam os demais cômodos; do excesso de zelo da tia em relação à preservação de seu bom nome (a tia não achava que o casal de noivos pudesse desejar ficar a sós ou passear desacompanhados); e, sobretudo, de ser obrigada a estar em Lyme.

A pobre moça teve que suportar a agonia de todos os filhos únicos desde que o mundo é mundo, ou seja, o peso da preocupação esmagadora e obstinada dos pais. Desde que nasceu, o mais leve acesso de tosse trazia os médicos à sua casa. Na puberdade, seu menor capricho fazia com que se convocassem decoradores e costureiros. E a todo momento, bastava ela franzir o cenho para que sua mãe e seu pai ficassem horas se recriminando. Ora, tudo isso estava muito bem quando se tratava de vestidos ou cortinas novas, mas havia uma questão sobre a qual nem seus amuos nem suas queixas surtiam efeito. Era a saúde. Os pais estavam convencidos de que a filha tinha propensão à tísica. Bastava sentirem cheiro de umidade no porão para se mudarem de casa, ou pegar dois dias seguidos de chuva no local onde estivessem de férias para mudar de distrito. Metade dos médicos da Harley Street[3] já a examinara e nada encontrara. Ernestina nunca tivera uma doença grave na vida, nem apresentava a letargia nem a fraqueza crônica próprias da doença. Era, ou seria capaz, se lhe permitissem, de passar a noite inteira dançando e, no dia seguinte, jogar peteca a manhã toda sem sentir o mais leve mal-estar. Mas sua possibilidade de tirar essa idéia da cabeça dos pais era a mesma que uma criança tinha de demolir uma montanha. Se tivessem podido ver o futuro! Pois Ernestina sobreviveria a toda sua geração. Nasceu em 1846 e morreu no dia em que Hitler invadiu a Polônia.

Uma parte indispensável de seu bastante desnecessário regime era passar todos os anos uma temporada com a irmã de sua mãe em Lyme. Em geral, ia ali para se refazer da temporada social, mas naquele ano, foi enviada antes para ganhar forças para o casamento. Sem dúvida os ares do Canal lhe faziam bem, mas ela sempre descia da carruagem em Lyme com a tristeza de um prisioneiro chegando à Sibéria. A sociedade local era tão moderna quanto a pesada mobília de mogno de tia Tranter; e, quanto às diversões, para uma jovem acostumada com o que Londres podia oferecer de melhor, não havia absolutamente nada. Então, sua relação com tia Tranter era mais a de uma menina cheia de vivacidade, uma Julieta inglesa com a aia de pés chatos, do que a que era de se esperar entre tia e sobrinha. Aliás, se Romeu, por sorte, não tivesse aparecido em cena no inverno anterior e prometido compartilhar de sua solidão forçada, Ernestina teria se rebelado, ou pelo menos era o que imaginava. Ernestina possuía muito mais força de vontade do que julgavam as pessoas à sua volta — e mais do que sua época permitia. Mas, felizmente, tinha um respeito absoluto pelas convenções e, como Charles, possuía um senso de auto-ironia que contribuiu bastante para que se sentissem atraídos um pelo outro. Sem essa ironia e sem senso de humor, ela teria sido uma insuportável menina mimada. E, sem dúvida, redimia-a o fato de tantas vezes se repreender chamando-se de "sua insuportável menina mimada".

Em seu quarto naquela tarde, desabotoou o vestido e ficou diante do espelho de combinação e anáguas. Por alguns momentos, entregou-se a uma autocontemplação altamente narcisista. O pescoço e os ombros faziam jus a seu rosto; era de fato muito bonita, uma das moças mais bonitas que conhecia. E, como se para provar isso, levantou os braços e soltou o cabelo, uma coisa que sabia ser vagamente pecaminosa, mas necessária, como um banho quente ou uma cama aquecida numa noite de inverno. Por um momento realmente pecaminoso, imaginou ser uma mulher má — uma dançarina ou uma atriz. E, se estivesse olhando, você teria visto algo muito curioso. Pois, de repente, ela parou de se virar e se admirar de perfil e olhou para o teto. Seus lábios se moveram. E ela abriu depressa um dos guarda-roupas e pegou um *peignoir*.

Pois o que lhe passara pela cabeça — após ter visto um canto da cama refletido no espelho enquanto fazia piruetas — — foi um pensamento sexual: uma fantasia, uns corpos nus, vagamente vislumbrados, unidos num abraço como o de Lacoonte. Não a assustava apenas sua profunda ignorância da realidade da cópula. O pior era a aura de dor e brutalidade que aquele ato parecia exigir, tão em desacordo com a delicadeza e o comedimento em relação às carícias que tanto a atraíam em Charles. Vira uma ou duas vezes animais copulando e a violência da cena não lhe saía da cabeça.

Assim, desenvolvera uma espécie de mandamento particular, cujas palavras inaudíveis eram simplesmente "Não devo", para repelir qualquer pensamento relacionado com as implicações físicas de sua condição de mulher no que se referia ao ato sexual, à menstruação e ao parto. Mas embora possam ser mantidos longe da casa, os lobos continuam uivando lá fora na escuridão. Ernestina desejava um marido, desejava que Charles fosse esse marido, desejava filhos; mas adivinhava que isso teria um custo que lhe parecia excessivo.

Às vezes se perguntava por que Deus havia permitido que uma versão tão animal do Dever estragasse um desejo tão inocente. A maioria das mulheres de sua época pensava da mesma forma, assim como a maioria dos homens. E não é de espantar que o dever tenha se tornado um conceito tão fundamental para nossa compreensão da era vitoriana — e aliás, um estorvo tão grande nesta em que vivemos.*

Tendo domado os lobos, Ernestina foi até sua penteadeira, abriu uma gaveta e pegou seu diário, encadernado em marroquim preto com um fecho de ouro. Tirou de outra gaveta uma chave que tinha escondida e abriu o livro. Foi imediatamente para a última página. Ali, no dia de seu noivado com Charles, ela havia anotado todos os meses e dias que faltavam para seu casamento. Dois meses já haviam sido riscados com firmeza; ainda faltavam noventa números. Ernestina pegou a lapiseira de marfim em cima do diário e riscou o dia 26 de março. Ainda faltavam nove horas para terminar o dia, mas ela sempre se permitia essa pequena fraude. Depois foi para o início do livro, ou quase o início, porque o havia recebido de presente de Natal. Mais ou menos na página quinze, num espaço deixado em branco entre as anotações feitas com uma letra apertada, ela havia prendido um raminho de jasmim. Contemplou-o um instante, depois se curvou para cheirá-lo. Sua cabeleira solta caiu sobre a página, e ela fechou os olhos para tentar evocar o dia mais delicioso, aquele

* As estrofes do poema *In Memoriam* que citei no início deste capítulo são muito relevantes aqui. Seguramente, argumento mais estranho de todos naquela célebre antologia da ansiedade em relação à vida após a morte é apresentado neste poema (XXXV). Afirmar que o amor só pode ser concupiscente se não existir a imortalidade da alma é nitidamente uma fuga apavorada das teorias de Freud. O céu, para os vitorianos, praticamente só era céu porque o corpo ficava para trás, junto com o Id.

em que achara que morreria de alegria, que chorara sem parar, o dia inefável...

Mas ouviu os passos de tia Tranter na escada, guardou depressa o livro e começou a pentear os finos cabelos castanhos.

6

Ah Maud, corça branca, não serves para esposa.

TENNYSON, *Maud* (1855)[1]

A cara da Sra. Poulteney, naquela tarde em que o vigário voltou para fazer o anúncio, exprimia um desconhecimento total. E, pelo raciocínio de senhoras de seu tipo, pedir por algo que elas desconhecem, em geral, é pedir a sua desaprovação. Seu rosto era admiravelmente apropriado para manifestar este sentimento. Seus olhos não eram de forma alguma "as moradas da prece silenciosa" de que fala Tennyson, e suas bochechas caídas, quase como papos, apertavam os lábios numa expressão de rejeição a tudo que ameaçasse seus dois princípios de vida, a saber (cito aqui a máxima sarcástica de Treitschke): "Civilização é Sabão" e "Respeitabilidade é o que não me ofende". Lembrava um pouco um pequinês branco; para ser exato, um pequinês empalhado, uma vez que trazia escondido no busto um saquinho de cânfora como preventivo contra o cólera... portanto, onde quer que estivesse, um leve odor de naftalina sempre se fazia sentir.

— Não a conheço.

O vigário sentiu-se rechaçado, e se perguntou o que teria acontecido se o Bom Samaritano tivesse encontrado a Sra. Poulteney e não um pobre viajante.

— Não imaginei que conhecesse. É uma moça de Charmouth.

— Uma moça?

— Bom, não sei bem qual é a idade dela. É uma mulher, uma senhora de uns trinta anos, talvez mais. Eu não gostaria de arriscar um palpite. — O vigário percebeu que havia começado mal a defesa da ré ausente. — Mas é um caso muito triste que bem merece sua caridade.

— Ela tem alguma instrução?

— Tem, sim. Foi educada para ser governanta, e era governanta.

— E agora, o que faz?

— Acho que está sem emprego.

— Por quê?

— É uma longa história.

— Sem dúvida, eu gostaria de ouvi-la antes de continuar a conversa.

Então o vigário tornou a se sentar e contou-lhe tudo o que sabia, ou quase tudo (pois em sua corajosa tentativa de salvar a alma da Sra. Poulteney, decidiu arriscar a sua), sobre Sarah Woodruff.

— O pai da moça era arrendatário das terras de Lorde Meriton, perto de Beaminster. Um simples fazendeiro, mas um homem de excelentes princípios e respeitadíssimo na vizinhança. Sabiamente, deu à filha uma educação melhor do que se poderia esperar.

— Ele já morreu?

— Há alguns anos. A moça foi ser governanta na casa do capitão John Talbot, em Charmouth.

— Ele dá uma carta de referências?

— Minha cara Sra. Poulteney, se bem entendi o que discutimos em nossa conversa anterior, trata-se de um assunto de caridade, não de emprego. — A senhora fez um pequeno movimento de cabeça, no gesto mais próximo de um pedido de desculpas que já a haviam visto fazer. — Não há dúvida de que essa carta poderia ser obtida. Foi ela quem pediu demissão. O que aconteceu foi o seguinte: a senhora se lembra do barco francês (acho que procedente de Saint Malo) que encalhou perto de Stonebarrow na tempestade de dezembro passado? E sem dúvida se lembrará que três tripulantes foram resgatados e acolhidos pela gente de Charmouth. Dois eram simples marinheiros. O outro, pelo que eu soube, era o tenente do navio. Teve a perna esmagada no primeiro impacto, mas agarrou-se a uma verga e foi dar na praia. Deve ter lido sobre isso.

— Provavelmente. Não gosto dos franceses.

— O capitão Talbot, como oficial de marinha, bondosamente incumbiu as pessoas de sua casa de cuidar do... oficial estrangeiro. Ele não falava inglês. E a Srta. Woodruff foi chamada para servir de intérprete e se ocupar dele.

— Ela fala francês? — O susto da Sra. Poulteney diante dessa terrível revelação quase desanimou o vigário. Mas ele terminou fazendo que sim com a cabeça e sorrindo educadamente.

— Minha cara senhora, quase todas as governantas falam. Não têm culpa se o mundo exige delas esse requisito. Mas, voltando ao cavalheiro francês, sinto dizer que ele não merecia o título.

— Sr. Forsythe!

A Sra. Poulteney se empertigou, mas não com muita severidade, para não levar o pobre homem a um silêncio sepulcral.

— Apresso-me a esclarecer que nada de condenável ocorreu em casa do capitão Talbot nem, aliás, em qualquer outro lugar ou ocasião, no que diz respeito à Srta. Woodruff. Tenho a palavra do Sr. Fursey-Harris quanto a isso. Ele conhece os fatos muito melhor do que eu. — A pessoa mencionada era o vigário de Charmouth. — Mas o francês conseguiu ganhar a afeição da Srta. Woodruff. Quando sua perna sarou, ele tomou a diligência para Weymouth a fim de embarcar dali para sua terra. Dois dias após sua partida, a Srta. Woodruff solicitou à Sra. Talbot, nos termos mais prementes, que lhe permitisse deixar o emprego. Fui informado de que a Sra. Talbot tentou obter uma explicação da mulher, mas em vão.

— E deixou-a ir embora na hora?

O vigário habilmente aproveitou a oportunidade.

— Concordo que foi uma grande imprudência. Ela deveria ter pensado melhor. Se a Srta. Woodruff tivesse uma patroa mais sensata, não tenho dúvida de que esse caso triste não teria acontecido. — Fez uma pausa para que a Sra. Poulteney entendesse o cumprimento implícito. — Vou encurtar a história. A Srta. Woodruff foi ao encontro do francês em Weymouth. Sua conduta é altamente reprovável, mas fui informado de que se hospedou em casa de uma prima.

— Isso não a desculpa aos meus olhos.

— Certamente não. Mas a senhora deve lembrar que ela não é uma moça bem-nascida. A gente do povo não é tão escrupulosa como nós quanto às aparências. Além do mais, não lhe contei que o francês lhe prometera casamento. A Srta. Woodruff foi para Weymouth convencida de que iria se casar.

— Mas ele não era católico?

A Sra. Poulteney se via como uma ilha de Patmos ilibada cercada por um oceano revolto de papismo.

— Sua conduta mostra que ele não tinha fé cristã nenhuma. Mas sem dúvida disse a ela que era um de nossos infelizes correligionários naquele país perdido. Após alguns dias, regressou à França, depois de prometer à Srta. Woodruff que, tão logo tivesse estado com sua família e arranjado um novo navio (outra de suas mentiras era que, na volta, seria promovido a capitão), voltaria a Lyme para casar-se com ela e a levaria consigo. Desde então, ela espera. É evidente que o homem era um farsante desalmado. Sem dúvida esperava cometer algum ato abominável com a pobre criatura em Weymouth. E, quando os firmes princípios cristãos dela lhe mostraram a futilidade de seus objetivos, ele embarcou.

— E o que aconteceu com ela depois? Seguramente, a Sra. Talbot não a aceitou de volta.

— Minha senhora, a Sra. Talbot é uma pessoa meio excêntrica. Ela se prontificou a isso. Mas agora chego às tristes conseqüências de minha história. A Srta. Woodruff não é louca, longe disso. Está perfeitamente apta a executar quaisquer tarefas que lhe sejam dadas. Mas tem crises profundas de melancolia, sem dúvida causadas em parte pelo remorso. Mas receio que também pela permanente ilusão de que o tenente é um homem honrado e um dia voltará para ela. Por essa razão, pode ser vista com freqüência rondando pelo porto. O próprio Sr. Fursey-Harris tem tentado mostrar-lhe a inutilidade, para não dizer, a impropriedade, de seu comportamento. Para não ser excessivamente rígido, digo que ela é ligeiramente perturbada.

Fez-se silêncio. O vigário se pôs então nas mãos de um deus pagão — o da sorte. Percebeu que a Sra. Poulteney fazia seus cálculos. A opinião que tinha de si mesma exigia que parecesse chocada e alarmada com a idéia de admitir uma criatura daquelas na casa Marlborough. Mas havia Deus para se levar em conta.

— Ela tem parentes?

— Que eu saiba, não.

— Como se sustenta desde que...?

— Da maneira mais miserável. Eu soube que anda fazendo alguns trabalhos de bordado. Acho que a Sra. Tranter lhe faz algumas encomendas. Mas ela vive basicamente do que poupou no emprego anterior.

— Ela então poupou.

O vigário respirou de novo.

— Se a senhora a admitir, acho que a moça será realmente poupada. — Jogou o último trunfo. — E talvez, embora não me caiba julgar sua consciência, ela, por sua vez, pode ser a salvação.

A Sra. Poulteney de repente teve uma deslumbrante visão celestial: era de Lady Cotton, com sua tromba de carola. Franziu o cenho e ficou olhando para o tapete felpudo.

— Gostaria que o Sr. Fursey-Harris viesse falar comigo.

Uma semana depois, acompanhado pelo vigário de Lyme, o Sr. Fursey-Harris esteve lá, bebeu um copo de Madeira e contou — e omitiu — como lhe aconselhara seu colega eclesiástico. A Sra. Talbot enviou uma interminável carta de referência, que fez mais mal do que bem, uma vez que não condenava suficientemente a conduta da governanta. Uma frase em particular irritou a Sra. Poulteney. "Monsieur Varguennes era uma pessoa encantadora, e o capitão Talbot me pede que eu lhe lembre que a vida de um marinheiro não é a melhor escola de moral." Também não lhe interessava que a Srta. Sarah fosse uma "professora talentosa e responsável" nem que "meus filhos pequenos sentem profundamente sua falta". Mas a patente falta de rigidez de princípios da Sra. Talbot e seu sentimentalismo tolo acabaram ajudando Sarah. Fizeram com que a Sra. Poulteney se impusesse um desafio.

Então Sarah se apresentou para uma entrevista, acompanhada pelo vigário. Desde o início a Sra. Poulteney, no íntimo, gostou dela, vendo-a abatida e arrasada com a situação. É bem verdade que, de um modo suspeito, aparentava a idade que tinha — mais próxima de vinte e cinco que de "trinta, ou talvez mais". Mas seu ar triste demonstrava claramente que era uma pecadora, e a Sra. Poulteney não queria nada com pessoas cujo aspecto não evidenciasse que pertenciam a esta categoria. E havia sua reserva, que a Sra. Poulteney achou por bem interpretar como muda gratidão. O que a velha senhora mais abominava, quando pensava na quantidade de criados que a haviam abandonado, era impertinência e atrevimento, termos que para ela significavam falar antes de lhes ser dirigida a palavra e antecipar-se às suas ordens, o que a privava do prazer de lhes perguntar por que não as haviam antecipado.

Depois, por sugestão do vigário, a Sra. Poulteney ditou uma carta. A letra era excelente, e a ortografia, impecável. Aplicou um teste mais sutil. Entregou sua Bíblia a Sarah e mandou-a ler. A Sra. Poulteney pensara antes de escolher a passagem. Ficara indecisa entre o Salmo 119 ("Abençoados são os puros") e o 140 ("Livrai-me, ó Senhor, do homem maligno"). Acabara escolhendo o primeiro, e ficara prestando atenção não só no timbre da voz, mas também em qualquer sinal de que as palavras do salmista não estivessem calando fundo no coração da leitora.

A voz de Sarah era firme, bastante grave. Conservava um certo sotaque do interior, mas, naquela época, um sotaque aristocrático não era o grande requisito social que se tornou depois. Havia homens na Câmara dos Lordes, até mesmo duques, que ainda falavam com o sotaque de sua província, e ninguém os menosprezava por isso. Talvez o contraste com o insípido gaguejar da Sra. Fairley é que tenha feito com que aquela voz agradasse à Sra. Poulteney. Mas encantou-a, como também a encantou a maneira como a moça leu: "Ó, que meus caminhos me levem a obedecer a teus preceitos!"

Restava fazer um breve interrogatório.

— O Sr. Forsythe me disse que você conserva uma afeição por esse estrangeiro.

— Não desejo falar sobre isso, minha senhora.

Ora, se alguma criada tivesse tido a ousadia de dizer semelhante coisa para a Sra. Poulteney, o mundo viria abaixo. Mas a frase foi dita com franqueza e sem medo, embora num tom respeitoso. E, pela primeira vez, a Sra. Poulteney deixou passar uma oportunidade de ouro de intimidar alguém.

— Não admito livros franceses em minha casa.

— Não possuo nenhum. Nem ingleses, minha senhora.

Não possuía, devo acrescentar, porque vendera todos, não porque fosse uma precursora do egrégio McLuhan.

— Não tem uma Bíblia?

A moça fez que não com a cabeça. O vigário interveio.

— Eu cuidarei disso, minha cara Sra. Poulteney.

— Fui informada de que é assídua freqüentadora dos cultos religiosos.

— Sim, senhora.

— Que continue assim, então. Deus nos consola na adversidade.

— Tento compartilhar sua crença, minha senhora.

A Sra. Poulteney fez a pergunta mais difícil, uma pergunta que o vigário, na verdade, já lhe pedira para não fazer.

— E se essa... pessoa voltar? E aí?

De novo, Sarah fez o que havia de melhor a fazer: limitou-se a baixar a cabeça, movendo-a negativamente. Em sua disposição cada vez mais favorável, a Sra. Poulteney considerou este gesto um sinal de arrependimento mudo.

E assim iniciou sua boa ação.

Não lhe ocorrera, obviamente, perguntar por que Sarah, que recusara ofertas de trabalho de outras almas não tão rigorosamente cristãs como a Sra. Poulteney, gostaria de ir para sua casa. Havia duas razões muito simples. Uma era que da casa Marlborough se tinha uma vista magnífica da baía de Lyme. A outra era ainda mais simples. Tudo o que Sarah possuía neste mundo eram exatamente sete pence.

7

A extraordinária produtividade da indústria moderna... permite o emprego improdutivo de uma parcela cada vez maior das classes trabalhadoras, e a conseqüente reprodução, numa escala sempre crescente, dos antigos escravos domésticos sob o nome de classe de serviço, que inclui criados, criadas, lacaios etc.

MARX, *O Capital* (1867)

Quando Sam abriu as cortinas, a luz da manhã derramou-se sobre Charles da forma como a Sra. Poulteney — então ainda audivelmente adormecida — gostaria que o paraíso se derramasse sobre ela, após uma pausa adequadamente solene, no dia de sua morte. Umas dez vezes por ano, o clima da aprazível costa de Dorset oferece um dia como esse — não apenas dias agradavelmente amenos fora da estação, mas também deslumbrantes fragmentos do calor e da luminosidade do Mediterrâneo. A natureza enlouquece um pouquinho. Aranhas que deveriam estar hibernando correm pelas rochas escaldantes no mês de novembro, melros cantam em dezembro, prímulas florescem em janeiro, e março imita junho.

Charles sentou-se na cama, tirou a touca de dormir e mandou Sam abrir as janelas de par em par. Apoiou-se nas mãos e ficou olhando a luz do sol que inundava o quarto. A leve melancolia que o oprimira na véspera dissipara-se com as nuvens. Com a camisola desabotoada no peito, sentia a carícia do ar cálido da primavera lhe subir até o pescoço. Sam afiava a navalha, e, da jarra de cobre que havia trazido, subia um vapor convidativo, impregnado de uma espécie de riqueza evocativa proustiana — trazendo à mente muitos outros dias felizes como aquele, a segurança associada a uma boa posição, à ordem, à tranqüilidade e à civilização. Lá embaixo, na rua calçada de pedras, um cavaleiro seguia calmamente a caminho do mar. Um sopro ligeiramente mais forte da brisa agitou as surradas cortinas de veludo vermelho da janela, mas, com essa luz, até aqueles panos pareciam bonitos. Tudo estava absolutamente perfeito. O mundo seria sempre assim, como aquele momento.

Ouviu-se um estalar de cascos pequenos acompanhado de balidos alvoroçados. Charles levantou-se e olhou pela janela. Dois velhos vestidos com túnicas grosseiras conversavam parados ali defronte. Um era pastor, e se apoiava no cajado. No meio da rua, alvoroçavam-se doze ovelhas e um número muito maior de cordeirinhos. Essas relíquias folclóricas de uma Inglaterra muito mais antiga já eram pitorescas em 1867, embora não fossem raras. Cada vilarejo tinha a sua cota de velhos que usavam túnica. Charles desejou saber desenhar. De fato, o campo era encantador. Virou-se para o criado.

— Palavra, Sam, num dia como este, eu poderia cogitar nunca mais voltar a Londres.

— Se continuar aí parado na corrente, não vai mesmo.

O patrão lhe lançou um olhar seco. Ele e Sam já estavam juntos havia quatro anos e se conheciam bem melhor do que os parceiros de muitos relacionamentos supostamente mais íntimos.

— Sam, você andou bebendo de novo.

— Não, senhor.

— O quarto novo é melhor?

— É, sim, senhor.

— E a sala de jantar?

— É muito aceitável, senhor.

— *Quod est demonstrandum.* Você está de tromba numa manhã que deixaria um miserável cantando. *Ergo,* andou bebendo.

Sam testou o fio da navalha na ponta do polegar miúdo, com uma expressão que sugeria que a qualquer momento poderia mudar de idéia e testá-lo na própria garganta, ou talvez até na do seu sorridente patrão.

— É aquela ajudante de cozinha da casa da Sra. Tranter, senhor. Não admito que...

— Faça a gentileza de largar esse instrumento. E de se explicar.

— Eu a vi. Lá fora — disse, apontando para a janela com o polegar. — Gritou para mim do outro lado da rua.

— E o que ela gritou, faça o favor de me dizer?

A cara de Sam ficou mais grave ao se lembrar do insulto.

— "Ei, seu saco de fuligem?" — Fez uma pausa lúgubre. — Senhor.

Charles riu.

— Conheço essa moça. Não é uma que estava de vestido cinza e é muito feia? — Charles estava sendo implicante, já que se referia à moça para quem tirara o chapéu na tarde anterior, uma das criaturinhas mais atraentes de que Lyme podia se vangloriar.

— Não é propriamente feia. Pelo menos de cara.

— Ah-ah! Pois bem. Cupido não está agindo bem com os *cockneys*.

Sam disparou-lhe um olhar indignado.

— Eu não encostaria nela nem com uma vara! Empregadinha desclassificada.

— Espero que esteja dizendo isso da boca para fora, Sam. Você pode ter nascido, como sempre diz, numa taberna...

— Na casa ao lado, senhor.

— Nas *imediações* de uma taberna, mas não admito que use essa linguagem num dia como esse.

— É a humilhação, Sr. Charles. Todos os cavalariços ouviram. — Como "todos os cavalariços" eram exatamente dois, um deles surdo como uma porta, Charles não se mostrou muito solidário. Sorriu e acenou para que Sam despejasse a água quente para suas abluções.

— Agora vá buscar o meu café, como um bom sujeito. Hoje eu mesmo vou me barbear. E me traga uma dose dupla de bolinhos.

— Sim, senhor.

Mas Charles deteve o enfezado Sam à porta e o acusou com o pincel de barba.

— Essas moças do interior são muito tímidas para gritar grosserias desse tipo para um distinto cavalheiro de Londres, a menos que tenha havido uma grande provocação. Estou muito desconfiado, Sam, que você foi apressado. — Sam ficou parado, boquiaberto. — E, se não se apressar em dobro para trazer o meu *café*, eu vou me apressar em chapar minha bota na parte posterior da sua triste anatomia.

A porta se fechou, então, e sem muita delicadeza. Charles deu uma piscadela para si mesmo no espelho. E, de repente, fez seu rosto envelhecer dez anos, adotando o ar solene do jovem pai de família, todo circunspecto, depois sorriu com indulgência para suas duas caras e para a própria euforia. Controlado, mergulhou numa contemplação afetuosa das próprias feições. Tinha de fato feições muito regulares — uma testa larga, um bigode tão preto quanto o cabelo que, depois de tirada a touca, estava revolto, deixando-o com um ar mais jovem. Sua pele era convenientemente pálida, embora não tanto quanto a de muitos cavalheiros londrinos — pois, naquela época, um bronzeado não era um símbolo social e sexual cobiçado, mas sim o oposto: indicava uma origem inferior. Sim, examinando bem, naquele momento era uma cara ligeiramente tola. Alguma coisa da sensação de tédio da véspera lhe voltou. Era uma cara muito inocente quando despojada da máscara formal para uso externo, sem muito acabamento. Só se destacavam de fato o nariz dórico e os frios olhos cinzentos. Educação e autoconhecimento, era evidente que as possuía.

Começou a cobrir a cara ambígua com sabão.

Sam tinha dez anos menos que ele, e era muito moço para ser um bom criado. Ademais, era distraído, malcriado, vaidoso e convencido. Gostava de se divertir e ficar à toa, encostado em algum lugar com um fiapo de palha ou um galhinho de salsa no canto da boca. E, quando o patrão o chamava aos berros, gostava de bancar o entendido em cavalos ou de apanhar pardais com uma peneira.

Naturalmente, qualquer criado *cockney* inglês chamado Sam imediatamente nos lembra o imortal Weller, e certamente foi deste meio que o nosso Sam emergiu. Mas já se haviam passado trinta anos desde o lançamento dos *Pickwick Papers*. Sam não nutria um amor de fato muito profundo pelos cavalos. Era mais ou menos como um operário da época de hoje que acha que entender muito de carros mostra sua ascensão social. Até já ouvira falar em Sam Weller, não através do livro, mas sim de sua adaptação para o teatro; e sabia que os tempos haviam mudado. Sua geração de *cockneys* estava um estágio acima daquilo, e, se ele rondava os estábulos, era principalmente para mostrar essa superioridade aos cavalariços e aos atendentes de taberna provincianos.

Em meados do século, apareceu no cenário inglês um tipo novo de dândi. A antiga variedade aristocrática de descendentes murchos do Belo Brummel era conhecida como a dos "janotas", mas artesãos jovens e prósperos da nova geração e os criados que se queriam superiores como Sam haviam entrado na competição com elegância. Eram chamados de "esnobes" pelos próprios janotas. Sam era um ótimo exemplo de esnobe, naquele sentido concreto. Tinha um agudo senso de elegância masculina — tão agudo quanto o de um "mod"[1] dos anos 1960, e gastava em roupa quase todo o salário. Outra marca desta nova classe que se percebia em Sam era a luta para dominar a língua.

Em 1870, a famosa incapacidade de Sam Weller de pronunciar o *v* a não ser como *w,* característica secular do londrino comum, era tão menosprezada pelos "esnobes" como pelos novelistas burgueses que continuaram por algum tempo, e de maneira bastante incorreta, a usá-la nos diálogos de seus personagens *cockneys.* A luta dos esnobes era muito mais com as letras aspiradas; uma luta feroz, no caso de nosso Sam, em que as derrotas eram mais comuns que as vitórias. Mas seus *erros de pronúncia* não eram propriamente engraçados, mas sim um sinal de uma revolução social, e isso foi uma coisa que Charles não conseguiu identificar.

Talvez porque Sam lhe proporcionasse algo de que estava muito necessitado — uma oportunidade diária de conversar, de voltar ao tempo de colégio, e dar vazão ao seu deplorável pendor para piadas e insinuações elaboradas: um humor baseado, de uma forma singularmente revoltante, nos privilégios que sua educação lhe dava. Porém, embora pudesse parecer que, com essa atitude, Charles agravasse o já cruel ultraje da exploração econômica, devo salientar que seu relacionamento com Sam não deixava de revelar uma certa afeição, um vínculo humano que era muito melhor que a barreira gelada que tantos novos-ricos daquela época erguiam entre si mesmos e seus criados.

De fato, Charles tinha muitas gerações de patrões atrás dele; os novos-ricos de sua época não tinham nenhuma — aliás, muitos deles eram filhos dos criados. Charles não podia conceber um mundo sem criados. Os novos-ricos podiam, e isso os tornava muito mais rigidamente exigentes. Tentavam transformar os criados em máquinas, enquanto Charles sabia muito bem que o seu também era, em parte, um companheiro — seu Sancho Pança, o bufão que contracenava com sua adoração espiritual da Ernestina-Dorotéia. Em resumo, conservava Sam porque, em geral, ele o divertia; não porque não pudesse encontrar "máquinas" melhores.

Mas a diferença entre Sam Weller e Sam Farrow (ou seja, entre 1836 e 1867) era a seguinte: o primeiro era feliz em seu papel, o segundo o suportava. Se tivessem chamado Weller de saco de fuligem, ele teria respondido com outros impropérios. Sam se empertigara, "erguera a cabeça" e virara as costas.

8

O oceano se estende onde cresciam árvores.
Ó terra, quantas mudanças já viste!
Onde ruge a extensa rua, antes
Havia o silêncio do mar central.

As colinas são sombras, e mudam
Sem cessar de forma, e nada perdura;
Como névoa, se dissolvem as terras firmes.
Como nuvens, se moldam e se vão.

TENNYSON, *In Memoriam* (1850)[1]

Mas hoje, se quiser viver sem fazer nada e ao mesmo tempo ser respeitado, o melhor pretexto é estar ocupado com algum estudo profundo...

LESLIE STEPHEN, *Sketches from Cambridge* (1865)

A de Sam não era a única cara emburrada em Lyme naquela manhã. Ernestina acordara com um humor que a promessa de um dia luminoso só agravava. O problema era habitual, mas não havia dúvida de que ela deveria infligir suas conseqüências a Charles. Assim, quando ele apareceu conscienciosamente às dez da manhã na casa de tia Tranter, foi recebido apenas por esta: Ernestina passara uma noite ligeiramente agitada e desejava descansar. Ele não poderia voltar à tarde para tomar chá, quando, sem dúvida, ela já estaria restabelecida?

Tendo tido suas perguntas — não se deveria chamar o médico? — educadamente respondidas na negativa, Charles se retirou. E, tendo mandado Sam comprar todas as flores que pudesse e as levar à casa da encantadora inválida, com a permissão e o conselho de oferecer de sua parte um ou dois botões à jovem senhora tão hostil à fuligem, e dizer-lhe que depois de fazer aquele pequeno serviço podia tirar o dia de folga como recompensa (nem todos os patrões vitorianos foram diretamente responsáveis pelo comunismo), Charles enfrentou as próprias horas livres.

Sua escolha foi fácil. Naturalmente, teria ido aonde quer que a saúde de Ernestina exigisse, mas há que se admitir que fora maravilhoso para ele que seus deveres pré-nupciais o tivessem levado para Lyme. Stonebarrow, Black Ven, Ware Cliffs — esses nomes podem significar muito pouco para você. Mas Lyme está situada no centro de um dos raros afloramentos de uma pedra conhecida como lias azul. Para um mero apreciador de paisagens, trata-se de uma pedra pouco atraente, de um tom tristíssimo de cinza e textura de lama petrificada, mais ameaçadora do que pitoresca. E é também traiçoeira, uma vez que seus estratos são quebradiços, propensos a deslizamentos, daí resultando que este pequeno trecho de cerca de dezoito quilômetros de costão de lias azul já perdeu mais terreno para o mar ao longo da história do que qualquer outra região da Inglaterra. Mas sua riqueza em fósseis e sua instabilidade fazem dela a Meca dos paleontólogos britânicos. Nos últimos cem anos, o animal mais comum encontrado em seu litoral é o homem — munido de um martelo de geólogo.

Charles já visitara o que talvez fosse a loja mais famosa de Lyme naquela época — a Loja dos Fósseis, fundada pela extraordinária Mary Anning, uma mulher sem educação formal, mas dotada de grande talento para descobrir bons espécimes — muitos deles ainda não classificados. Foi a primeira pessoa a ver os ossos do *Ichthyosaurus platyodon;* e uma das grandes vergonhas da paleontologia britânica, embora muitos cientistas da época tenham usado descobertas de Mary Anning para fazer um nome, é que nenhum espécime nativo traz a especificação *anningii.* Charles lhe prestou homenagem — além de um tributo em dinheiro em troca de várias amonites e *Isocrina* que cobiçava para exibir nas vitrinas que cobriam as paredes de seu estúdio em Londres. Mas teve uma decepção, pois estava se especializando num ramo de que havia poucos exemplares à venda na Loja dos Fósseis.

Tratava-se do equinodermo, ou ouriço-do-mar petrificado. Alguns o chamam de *testa* (do latim *testa,* vaso de barro ou cerâmica), e os americanos, de "dólar de areia". Os ouriços-do-mar variam de forma, embora sejam sempre perfeitamente simétricos e todos apresentem um padrão de estrias delicadamente gravadas. Afora seu valor científico (uma série vertical extraída em Beachy Head no início da década de 1860 constituiu uma das primeiras confirmações práticas da teoria da evolução), são pequenos objetos muito bonitos, e ainda têm o encanto adicional de serem sempre difíceis de encontrar. Podemos passar dias procurando sem encontrar nenhum; e a manhã em que encontramos dois ou três deve ser considerada memorável. Talvez tenha sido isso que atraiu Charles inconscientemente, uma vez que era um diletante nato e tinha que preencher seu tempo. Naturalmente, tinha razões científicas e, com seus colegas de hobby, dizia indignado que o *Echinodermia* fora "vergonhosamente esquecido", uma desculpa freqüente para justificar a dedicação de um tempo excessivo a um campo de estudos tão restrito. Mas fossem quais fossem seus motivos, o fato é que os ouriços o apaixonavam.

Mas, como estes não ocorrem no lias azul, mas sim nos estratos de sílex que se sobrepõem, a dona da loja de fósseis o aconselhara a realizar suas buscas na zona situada a oeste da cidade e não necessariamente na costa. Meia hora depois de ter passado em casa de tia Tranter, Charles estava de novo no Cobb.

O grande molhe nada tinha de deserto naquele dia. Havia pescadores calafetando barcos, remendando redes e preparando os covos para caranguejos e lagostas. Havia também gente de uma classe melhor, turistas madrugadores e moradores da região, passeando à beira do mar, ainda grosso, mas já mais calmo. Da mulher que fitava o horizonte não havia sinal, reparou Charles. Mas não pensou mais nela — nem no Cobb. Com um passo rápido e elástico muito diferente do que usava nos lânguidos passeios pela cidade, seguiu para seu destino pela praia, na base de Ware Cleeves.

Ele o faria rir, pois se achava cuidadosamente equipado para seu papel. Usava pesadas botas com solas de pregos e polainas de lona em que se embutiam as bombachas de flanela grossa de Norfolk. Completavam o conjunto um paletó justo e ridiculamente comprido, um chapéu de lona bege de aba larga, um bordão que comprara a caminho do Cobb e uma volumosa mochila carregada de martelos, envelopes, cadernos de notas, caixinhas, enxós, e só Deus sabe o que mais. Nada é mais incompreensível para nós que esse comportamento metódico dos vitorianos. Podemos detectá-lo em sua melhor forma (e mais ridícula) nos conselhos tão generosamente dispensados aos turistas pelas primeiras edições do Baedeker. É de se perguntar que proporção do prazer da descoberta era deixada para eles? Voltando ao caso de Charles, como era possível que não tivesse percebido que roupas leves seriam muito mais confortáveis? Que não havia necessidade de chapéu? Que botas pesadas e com solas de pregos eram tão apropriadas para andar numa praia coalhada de seixos quanto um par de patins de gelo?

Bem, a gente ri. Mas talvez haja alguma coisa de admirável na dissociação entre o que é mais confortável e o que é mais recomendável. Encontramos aqui, mais uma vez, esse motivo de discussão entre os dois séculos: devemos ser dirigidos pelo dever,* ou não? Se encararmos como mera estupidez e cegueira no que tange os conhecimentos práticos essa obsessão de nossos antepassados em se vestir de acordo com a ocasião e em estar preparados para qualquer eventualidade, cometemos, creio eu, um erro grave, ou antes, muito leviano, em relação a eles, pois foram homens não muito diferentes de Charles, trajados e equipados com o mesmo exagero, que lançaram as bases de toda a nossa ciência moderna. Sua extravagância nesse aspecto não era mais que uma manifestação de sua seriedade em relação a outro muito mais importante. Percebiam que as explicações correntes do mundo de então estavam inadequadas e que haviam permitido que sua visão da realidade se tornasse embaçada pelas convenções, a religião e o imobilismo social. Em resumo, sabiam que havia descobertas a fazer e que essas descobertas eram de suma importância para o futuro do homem. Pensamos (a menos que moremos num laboratório de pesquisas) que nada temos a descobrir, e que as únicas coisas que realmente importam para nós

* Seria melhor eu citar aqui — para lembrar que em plena época vitoriana, diferentemente do que acontece hoje, o agnosticismo e o ateísmo eram estreitamente relacionados ao dogma teológico — o famoso epigrama de George Eliot: "Deus é inconcebível, a imortalidade, inacreditável, mas o dever é peremptório e absoluto." E tanto mais peremptório — poderíamos acrescentar — diante daquela terrível dupla de falta de fé.

dizem respeito ao presente do homem. Melhor para nós? Talvez. Mas não seremos nós que vamos julgar em última instância.

Sendo assim, eu não deveria estar tão propenso a rir naquele dia, quando Charles, ao seguir pela praia batendo com seu bordão aqui e ali e se abaixando para examinar o terreno, tentou pela décima vez saltar um vão muito grande entre duas pedras, escorregou e caiu ignominiosamente de costas. Não que Charles ligasse muito quando escorregava, pois o dia estava lindo, os fósseis liásicos eram abundantes e ele logo se achou inteiramente só.

O mar cintilava, os maçaricos guinchavam. Um bando de ostraceiros, de plumagem preta, branca e vermelho-coral, seguia voando à sua frente, como arautos de sua passagem. Agora surgiam poças sedutoras na rocha, e terríveis heresias passavam pela mente do pobre rapaz: não seria mais divertido... não, não, mais útil, em termos científicos, dedicar-se à biologia marinha? Deixar Londres talvez, e ir morar em Lyme... mas Ernestina jamais aceitaria isso. Chegou mesmo a haver — tenho a satisfação de registrar — um momento totalmente humano, em que Charles, depois de olhar cautelosamente em volta para certificar-se de que estava só, tirou as botas, as polainas e as meias. Um momento que evocava seus tempos de escola, e ele tentou recordar um verso de Homero que tornaria clássico aquele momento, mas foi distraído pela necessidade de pegar um pequeno caranguejo que corria onde a gigantesca sombra subaquática caiu sobre seus olhos atentos e esbugalhados.

Assim como pode desprezar Charles pelo excesso de equipamento, você também talvez o despreze pela falta de especialização. Mas não se esqueça de que a história natural não tinha então esse sentido pejorativo que tem hoje de fuga da realidade — e, quase sempre, para o sentimentalismo. Ademais, Charles era um botânico e um ornitólogo bastante competente. Se nos ativermos ao progresso científico, talvez teria sido melhor que ele tivesse fechado os olhos a tudo que não fosse fósseis de ouriços-do-mar ou à distribuição das algas. Mas pensemos em Darwin e em *The Voyage of the Beagle. A origem das espécies* é uma vitória da generalização, não da especialização. E ainda que você pudesse me provar que esta última seria melhor para Charles como cientista canhestro, eu ainda afirmaria que a primeira seria melhor para Charles como ser humano. Não é que os amadores podem se dar ao luxo de se meter em tudo; eles têm o dever de se meter em tudo — e que se danem os cientistas pedantes que tentam trancafiá-los dentro de uma estreita masmorra qualquer.

Charles se dizia darwinista, mas não compreendera Darwin realmente. Aliás, nem o próprio Darwin o conseguira. O que esse gênio derrubou foi a *Scala Naturae*, a escala da natureza de Lineu, cuja pedra angular, tão essencial para ela quanto a divindade de Cristo para a teologia, era o princípio da *nulla species nova*: não pode surgir uma espécie nova no mundo. Esse princípio explica a obsessão de Lineu com a classificação e a nomenclatura, sua idéia fixa de fossilizar tudo o que existe. Podemos ver isso agora como uma tentativa que já nasceu predestinada a estabilizar e fixar o que na realidade é um fluxo constante, e nos parece compreensível que o próprio Lineu tenha acabado louco. Sabia que estava num labirinto, mas não que as paredes e passagens desse labirinto estavam sempre mudando. O próprio Darwin jamais conseguiu livrar-se inteiramente da influência do sueco, portanto Charles não pode ser condenado pelas idéias que lhe passaram pela mente ao contemplar os estratos liásicos nos penhascos que se erguiam à sua frente.

Ele sabia que o princípio de *nulla species nova* era uma asneira e no entanto via nos estratos um sinal imensamente tranqüilizador da ordem da existência. Teria podido ver neles um simbolismo da sociedade em que vivia pela forma como aqueles veios de pedra cinza-azulados se esboroavam, mas o que de fato viu foi uma espécie de característica estrutural do tempo que, graças a leis inexoráveis (portanto divinas e benéficas — pois quem iria contestar que a ordem representava o maior bem da humanidade?), dispunha que só os melhores e os mais aptos sobreviveriam, *exempli gratia*, Charles Smithson naquele belo dia de primavera, sozinho, indócil e curioso, querendo compreender, aceitar, anotar tudo com gratidão. O que faltava, naturalmente, era o corolário do colapso da escala natural: que, se novas espécies podem surgir, as velhas têm muitas vezes que lhes ceder o lugar. Da extinção individual, Charles estava consciente — nenhum vitoriano poderia deixar de estar. Mas a idéia da extinção geral estava tão ausente de sua cabeça naquele dia como estavam ausentes as nuvens no céu que se estendia no alto. Mesmo assim, quando finalmente tornou a calçar as meias, as botas e as polainas, logo teve nas mãos uma prova bem concreta dessa idéia.

Era um magnífico fragmento de lias com marcas claríssimas de amonites, microcosmos de macrocosmos, galáxias arremessadas que se insinuaram como uma girândola sobre trinta centímetros de pedra. Tendo conscienciosamente preenchido uma etiqueta com a data e o local do achado, tornou a saltar fora da casa da ciência — desta vez para dentro da do amor. Decidiu dar a pedra a Ernestina quando voltasse. Era bastante bonita para que a agradasse e, afinal de contas, logo a recuperaria, quando se casassem. E o que era ainda melhor, aquele novo peso que agora carregava tornava a pedra, além de um presente, um trabalho. O Dever — aquela aceitação das tendências da época — chamava.

Então Charles percebeu que caminhara mais devagar do que havia pretendido. Desabotoou o paletó e sacou o cebolão de prata. Duas horas! Olhou bruscamente para trás então e viu as ondas lambendo a base de um ponto a um quilômetro e meio dali. Não corria o risco de ficar ilhado, já que avistava logo à frente um caminho íngreme mas seguro que subia pelo penhasco e ia dar na mata fechada da parte superior. Mas não podia voltar pela praia. Seu objetivo de fato fora aquela trilha, mas tivera a intenção de andar mais depressa e subir até o nível em que os estratos de sílex apareciam. Como castigo por sua lentidão, começou a subir a trilha depressa demais e teve que se sentar para recobrar o fôlego, suando copiosamente dentro das abomináveis roupas de flanela. Mas ouviu o rumor de um córrego ali perto e matou a sede. Molhou o lenço, refrescou a cara e então começou a olhar em volta.

9

... esse coração, eu sei,
Nunca foi feito para um grande amor;
Mas algo no fundo dele brilha
Estranho, indócil, indomado.

MATTHEW ARNOLD, "A Farewell" (1853)[1]

Já mencionei os dois motivos mais óbvios que levaram Sarah Woodruff a se apresentar à inspeção da Sra. Poulteney. Mas ela era a última pessoa a enumerar as razões de seus atos, ainda que instintivamente, e havia outras muitas, tinha que haver, pois Sarah não desconhecia a fama da Sra. Poulteney nos meios populares de Lyme. Passou o dia todo indecisa, depois foi se aconselhar com a Sra. Talbot. Ora, a Sra. Talbot era uma pessoa boníssima, mas não muito perspicaz, e embora desejasse ficar com Sarah de volta — de fato, já lhe fizera uma proposta concreta nesse sentido —, estava ciente de que a moça já não tinha condições de dar a atenção constante que seus pupilos precisavam. Mas mesmo assim, desejava muito ajudá-la.

Sabia que Sarah estava na miséria, e passava noites em claro imaginando cenas da literatura mais romântica de sua adolescência, em que heroínas famintas ficavam encolhidas nas soleiras cobertas de neve, ou ardiam em febre em alguma mansarda vazia cheia de goteiras. Porém havia uma cena — uma ilustração de uma das edificantes histórias da Sra. Sherwood — que sintetizava seus piores temores. Uma mulher perseguida atirava-se do alto de um penhasco. Relampejava, e os clarões revelavam as caras cruéis de seus perseguidores. Mas o pior de tudo era o pavor estampado no rosto pálido da infeliz criatura e o sinistro tremular de sua capa negra, qual enorme asa de corvo a anunciar uma morte terrível.

Então, a Sra. Talbot guardou para si as dúvidas a respeito da Sra. Poulteney e aconselhou Sarah a aceitar o emprego. A ex-governanta despediu-se com um beijo do pequeno Paul e da pequena Virginia e voltou a pé para Lyme como uma condenada. Confiava no bom senso da Sra. Talbot, e nenhuma mulher inteligente que confie numa estúpida, por mais bondosa que seja, pode esperar outra coisa.

Sarah *era* inteligente, mas sua verdadeira inteligência pertencia a uma espécie rara, que certamente passaria despercebida em qualquer de nossos modernos testes universitários. Nada tinha de analítica, nem era apta a resolver problemas, e é sem dúvida sintomático que a matéria que mais tenha lhe custado aprender fosse a matemática. Tampouco se manifestava sob a forma de uma vivacidade ou agudeza de espírito especial, mesmo em seus tempos mais felizes. Era antes uma capacidade misteriosa — misteriosa em alguém que nunca estivera em Londres e não conhecia o mundo — de avaliar as pessoas, de compreendê-las, no mais amplo sentido da palavra.

Possuía uma espécie de equivalente psicológico do tino de um experiente negociante de cavalos — o dom para distinguir quase à primeira vista o cavalo bom do ruim. Era como se, saltado um século, tivesse nascido com um computador no coração. E digo no coração porque os valores que ela processava vinham mais dali que do intelecto. Detectava as pretensões de um argumento vazio, uma falsa erudição, uma lógica preconceituosa. Mas também via de maneiras mais sutis através das pessoas. Sem saber dizer como, assim como um computador não sabe explicar o próprio funcionamento, via as pessoas como elas eram, e não como procuravam parecer. Não bastaria dizer que era ótima juíza moral das pessoas. Sua visão era mais ampla e, se a simples moralidade fosse sua pedra de toque, ela não teria feito o que fez — considerando que, na verdade, não se hospedara na casa da prima em Weymouth.

Essa profunda perspicácia instintiva foi sua primeira desgraça. A segunda foi a educação. Não era uma educação muito completa, nem melhor do que a que poderia ser oferecida numa escola feminina de terceira classe em Exeter, onde estudava de dia e, à noite, remendava roupas e fazia outras tarefas ingratas muitas vezes pela noite adentro para pagar os estudos. Não se dava bem com as outras alunas. Elas a olhavam de cima, e ela erguia a cabeça e fazia que não as via. Assim foi que leu muito mais romances e muito mais poesia — esses dois refúgios dos solitários — do que a maioria das meninas de sua idade. Serviram-lhe de substitutos da experiência. Inconscientemente, passou a julgar as pessoas pelos padrões tanto de Walter Scott e Jane Austen quanto por qualquer outro estabelecido empiricamente. Via os que a rodeavam como personagens de ficção, e fazia julgamentos poéticos a respeito deles. Mas, infelizmente, o que aprendia assim às próprias custas era bastante deturpado pela educação que havia recebido. Ao adquirir o verniz de uma dama, ela se tornou a vítima perfeita de uma sociedade de castas. Seu pai forçara-a a sair de sua própria classe, mas não conseguiu guindá-la à que vinha acima. Para os rapazes de seu meio, ela se tornara muito fina para que a desposassem, e, para os que pertenciam à classe a que aspirava entrar, continuava sendo muito vulgar.

Esse pai, que o vigário de Lyme descrevera como sendo um "homem de excelentes princípios", era exatamente o oposto, uma vez que possuía uma bela coleção de todos os princípios errados. Não foi a preocupação com a filha única que o levou a mandá-la para um internato, mas sim sua obsessão com a própria linhagem. Pelo lado paterno, quatro gerações atrás, havia fidalgos comprovados. Havia até um parentesco remoto com a família Drake, uma ligação insignificante que, com o passar dos anos, transformou-se na idéia de uma descendência em linha direta do grande Sir Francis. No passado, sem dúvida, a família fora dona de uma espécie de castelo naquela terra-de-ninguém fria e verde entre Dartmoor e Exmoor. O pai de Sarah fora vê-lo três vezes com os próprios olhos, e voltara para a fazendola que arrendara na vasta propriedade de Meriton para ruminar, maquinar e sonhar.

Talvez tenha ficado desapontado quando a filha, aos dezoito anos, saiu do colégio e voltou para casa — quem sabe que milagres ele julgava que choveriam sobre sua cabeça? — e, sentada à sua frente na mesa de olmo, escutava calada suas bravatas, observando-o com uma serena reserva que o exasperava, exasperava-o como uma máquina imprestável (pois ele era de Devon, e os homens de Devon só pensam em dinheiro), e tanto o exasperou que ele acabou louco. Desistiu de ser arrendatário e comprou uma fazenda, adquirida por um preço muito baixo, mas o que julgou ser uma pechincha vantajosa acabou sendo um péssimo negócio. Durante muitos anos, lutou para pagar a hipoteca e manter uma ridícula aparência de fidalgo. Acabou ficando literalmente louco e foi mandado para o Asilo de Dorchester, onde morreu um ano depois. Nessa época, Sarah já trabalhava havia um ano para se sustentar — primeiro para uma família em Dorchester, para ficar perto do pai. Quando este morreu, ela se empregou na casa dos Talbot.

Era uma moça muito interessante e, apesar de não ter dote, não lhe faltavam pretendentes. Mas, aí, sempre entrava em ação aquela sua perspicácia; ela não se deixava enganar pelos candidatos muito confiantes. Via o que tinham de mesquinhos, de condescendentes, de caridosos, de idiotas. E assim, parecia irremediavelmente condenada ao destino que a natureza havia procurado evitar para ela com uma evolução de milhões de anos: o celibato.

Vamos imaginar o impossível, que a Sra. Poulteney tivesse feito uma lista dos prós e contras em relação a Sarah no mesmo dia em que Charles dava aquela escapada altamente científica das onerosas obrigações impostas por sua condição de noivo. Pelo menos é concebível que ela tivesse feito isso naquela tarde, uma vez que Sarah — Srta. Sarah, para todos os da casa Marlborough — havia saído.

Vamos começar, auspiciosamente, pela coluna de crédito. O primeiro item seria sem dúvida o menos esperado na época da contratação, um ano atrás. Poderia estar redigido assim: "Um ambiente doméstico mais agradável." O espantoso era que nem um só criado, homem ou mulher, havia sido demitido (estatisticamente, as mulheres o eram com mais freqüência).

Essa estranha mudança começara certa manhã, poucas semanas depois de Sarah ter assumido suas funções, ou seja, sua responsabilidade pela alma da Sra. Poulteney. A velha senhora havia detectado com o seu faro habitual uma grave negligência: a arrumadeira do andar superior, que às terças-feiras sem falta devia regar as samambaias da segunda sala — a Sra. Poulteney tinha uma para seu uso e outra para receber as visitas —, não o fizera. As samambaias continuavam tolerantemente verdes, mas a Sra. Poulteney, ao contrário, perdeu a cor. A culpada foi chamada e admitiu o esquecimento. Com esforço, a Sra. Poulteney poderia tê-la perdoado, mas a moça já tinha na folha corrida dois ou três pecadilhos recentes do mesmo tipo. Sua hora chegara. E a Sra. Poulteney, com o feroz senso de dever de um buldogue prestes a cravar os dentes na perna de um ladrão, começou a tocar o dobre fúnebre.

— Eu tolero muita coisa, mas isso não.

— Nunca mais vou fazer isso, madame.

— Na minha casa, estou certa de que não vai mesmo.

— Por favor, madame.

A Sra. Poulteney saboreou intensamente, durante aqueles momentos instrutivos, as lágrimas da moça.

— A Sra. Fairley lhe dará seu salário.

A Srta. Sarah assistia a essa conversa, pois a velha senhora andara ditando cartas, quase todas para bispos, ou pelo menos no tom de voz com que a pessoa se dirige a eles. Então, fez uma pergunta, cujo efeito foi surpreendente. Em primeiro lugar, era a primeira pergunta que fazia na presença da Sra. Poulteney sem ligação direta com suas obrigações. Depois, contradizia tacitamente o julgamento da velha senhora. E por fim, dirigia-se não à Sra. Poulteney, mas sim à moça.

— Você está bem, Millie?

Fosse por ter ouvido uma voz solidária naquela sala, ou por seu estado de saúde, o fato é que a moça surpreendeu a Sra. Poulteney ao cair de joelhos, ao mesmo tempo em que sacudia a cabeça e escondia o rosto nas mãos. Sarah logo se aproximou dela e, menos de um minuto depois, já havia comprovado que a moça de fato não estava bem, que desmaiara duas vezes na última semana e que tivera medo de contar o problema...

Quando, algum tempo depois, a Srta. Sarah voltou do quarto onde dormiam as criadas, e onde acabara de pôr Millie na cama, foi a vez de a Sra. Poulteney fazer uma pergunta surpreendente.

— Que devo fazer?

Sarah a olhara diretamente nos olhos, com uma expressão que tornava suas palavras subseqüentes apenas uma concessão às convenções.

— O que achar melhor, minha senhora.

E assim foi dada a mais rara das flores, o perdão, uma base precária na casa Marlborough. E quando, depois de examinar a criada, o médico diagnosticou clorose, a Sra. Poulteney descobriu o prazer perverso de fingir ser realmente boa. Houve mais um ou dois incidentes, que, embora não tão dramáticos, resolveram-se do mesmo modo, mas apenas um ou dois, pois Sarah se incumbiu de realizar suas próprias rondas de inspeção preventivas. Passou a entender a Sra. Poulteney, e em pouco tempo manejava-a com tanta habilidade quanto um cardeal experiente maneja um papa fraco, embora para fins mais nobres.

O segundo e mais aguardado item na hipotética lista da Sra. Poulteney teria podido ser "Sua voz". Se era deficiente em questões mais materiais pertinentes à sua criadagem, a dona da casa era excessivamente zelosa no que se referia à saúde espiritual desta. Era obrigatório ir duas vezes à igreja todos os domingos e, diariamente, havia também um culto matutino, composto de hino, leitura da Bíblia e orações, presidido pomposamente pela velha senhora. Ora, sempre a irritara o fato de que nem mesmo os seus olhares mais fulminantes eram capazes de reduzir seus criados àquele estado de absoluta docilidade e arrependimento que, em sua opinião, o Deus deles (e mais ainda o dela) devia exigir. A expressão normal deles era um misto de medo da Sra. Poulteney e de muda incompreensão — antes como ovelhas inseguras do que pecadores arrependidos. Mas Sarah mudou tudo isso.

Sua voz era sem dúvida muito bonita, educada e clara, embora sempre velada pela tristeza e muitas vezes por uma emoção intensa, mas acima de tudo, era uma voz sincera. Pela primeira vez em seu ingrato mundinho, a Sra. Poulteney viu os criados com uma cara genuinamente atenta e, às vezes, positivamente recolhida.

Isso era bom, mas havia um segundo momento de oração a vencer. Os criados tinham permissão para fazer a oração da noite na cozinha, sob o olhar indiferente da Sra. Fairley e guiados por sua voz brusca e inexpressiva. Lá em cima, a Sra. Poulteney tinha que ter alguém que lesse exclusivamente para ela. E era nessas cerimônias mais íntimas que a voz de Sarah ficava mais bonita e mais eficaz. Por uma ou duas vezes Sarah havia conseguido o impossível: arrancar daqueles olhos empapuçados e invencíveis uma lágrima furtiva. Este efeito não foi provocado intencionalmente, antes, foi conseqüência da profunda diferença entre as duas mulheres. A Sra. Poulteney acreditava num Deus que nunca tinha existido, e Sarah conhecia um Deus que existia.

Ela não imprimia à sua voz, como fazem tantos honrados sacerdotes e dignitários quando solicitados a ler a passagem das sagradas escrituras, um inconsciente efeito de estranhamento brechtiano ("Este é o vosso prefeito lendo uma passagem da Bíblia"). Muito pelo contrário: falava dos sofrimentos de Cristo, um homem nascido em Belém, com toda a naturalidade, como se a história fosse atemporal, e, às vezes, quando o quarto ficava na penumbra, parecia se esquecer da presença da Sra. Poulteney e estar vendo diante de si o Cristo pregado na Cruz. Um dia, ao chegar à passagem *Eli, Eli, lama sabachthani,* sua voz ficou embargada e ela se calou. A Sra. Poulteney virou-se para olhá-la e viu que tinha o rosto banhado de lágrimas. Esse momento redimiu uma infinidade de dificuldades futuras e, quem sabe, já que a velha senhora se levantou e tocou nos ombros curvados da moça, um dia há de redimir a alma da Sra. Poulteney, hoje já bem assada.

Corro o risco de fazer Sarah parecer uma beata. Mas ela não tinha conhecimento de teologia. Assim como enxergava como as pessoas eram, enxergava também o que havia por trás das tolices, dos vulgares vitrais coloridos, dos conceitos estreitos e literais da igreja vitoriana. Sabia que o sofrimento existia, e rezava para que chegasse ao fim. Não imagino o que ela teria sido em nossa época; em outra mais remota, talvez tivesse sido santa ou amante de algum imperador. Não por sua religiosidade ou sua sexualidade, mas sim por causa daquela rara combinação de forças que constituíam a sua essência — compreensão e sentimento.

Havia outros itens: a habilidade — extraordinária em si, e quase única — de não irritar a Sra. Poulteney com muita freqüência, a maneira silenciosa como assumiu as várias responsabilidades domésticas sem invadir o terreno alheio, seu talento com a agulha.

No aniversário da Sra. Poulteney, Sarah presenteou-a com um protetor para o encosto de sua cadeira (não que uma cadeira em que se sentasse a Sra. Poulteney necessitasse de um protetor desses, mas naquela época uma poltrona sem tal acessório pareceria de certa forma nua), delicadamente bordado com uma borda de samambaias e lírios do vale. O presente agradou muito à bruxa, lembrando-lhe de forma furtiva mas constante, cada vez que se sentava em seu trono, o lado perdoável de sua *protégée*. Talvez, afinal de contas, Sarah tivesse mesmo algo de cardeal experiente. Guardadas as proporções, o presente fez por Sarah o que a imortal abetarda tantas vezes fizera por Charles.

Finalmente — e essa foi a prova mais cruel imposta à vítima — Sarah passou no teste dos panfletos. Como muitas velhas damas da época vitoriana que viviam isoladas, a Sra. Poulteney confiava muito na eficácia dos panfletos. Não importava que nem dez por cento das pessoas que os recebiam conseguissem lê-los — de fato, muitas eram completamente analfabetas —, nem que as poucas que conseguissem fazê-lo não entendessem o que os reverendos redatores queriam dizer... Mas sempre que Sarah partia com um lote para distribuir, a Sra. Poulteney via um número equivalente de almas salvas acrescentado à sua conta corrente no Céu. E via também a Mulher do Tenente Francês fazendo uma penitência pública, um deleite adicional. E assim pensavam os outros habitantes de Lyme, ou pelo menos os mais pobres destes, que eram pessoas mais bondosas do que a Sra. Poulteney poderia imaginar.

Sarah desenvolvera uma pequena fórmula:

— É da parte da Sra. Poulteney. Leia, por favor, e guarde no coração.

Dizia isto olhando a pessoa nos olhos. As que sorriam com cumplicidade logo perdiam o panfleto, as faladoras ficavam sem saber o que dizer. Acho que aprendiam mais com aqueles olhos do que com os textos compactos que recebiam.

Mas agora temos que passar à coluna do débito da relação. Em primeiríssimo lugar, sem dúvida estaria: "Ela sai para passear sozinha." Inicialmente, o acordo estipulava que a Srta. Sarah teria uma tarde livre por semana, privilégio que a Sra. Poulteney considerava um reconhecimento mais que generoso de sua posição de superioridade em relação às outras criadas, e que devia ser compensado com a distribuição dos panfletos. Mas os passeios eram conselho do vigário. Tudo pareceu ir muito bem durante dois meses. Então, certa manhã, Sarah não apareceu para as orações matutinas na casa Marlborough, e a criada enviada para procurá-la descobriu que ainda estava deitada. A Sra. Poulteney foi vê-la. Sarah estava novamente em lágrimas, e, dessa vez, a Sra. Poulteney sentiu apenas irritação, mas, assim mesmo, mandou chamar o médico, que ficou trancado no quarto com Sarah por um longo tempo. Quando desceu para falar com a impaciente Sra. Poulteney, deu-lhe uma breve aula sobre a melancolia — era um homem avançado para a sua época e lugar — e ordenou-lhe que concedesse à sua pecadora mais liberdade e ar puro.

— Se insiste em que é tão indispensável.

— Minha senhora, insisto, sim. E com a maior ênfase. Do contrário, não me responsabilizo.

— É uma situação muito desagradável. — Mas o médico estava desaforadamente calado. — Darei duas tardes de folga a ela.

Diferentemente do vigário, o Dr. Grogan não dependia muito, financeiramente, da Sra. Poulteney. Para ser franco, não havia em Lyme um atestado de óbito que ele teria assinado com menos tristeza que o dela. Mas conteve o mau humor lembrando-lhe que a moça deveria dormir todas as tardes, e por ordens expressas suas. Assim foi que Sarah conseguiu um período diário de semiliberdade.

O próximo item de débito seria: "Pode nem sempre estar presente quando houver visitas." Aqui a Sra. Poulteney viu-se mesmo diante de um dilema intolerável. Naturalmente, desejava que vissem a caridade que estava fazendo, o que significava que Sarah deveria aparecer. Mas aquele rosto causava nas visitas um efeito altamente prejudicial. Sua tristeza era uma censura, e sua raríssima participação na conversa — invariavelmente provocada por alguma pergunta a que tivesse que responder (os mais inteligentes dos visitantes assíduos logo aprenderam a dirigir à acompanhante-secretária somente comentários puramente retóricos) — era aflitivamente terminante, não por um desejo da parte de Sarah de encerrar o assunto, mas pela simplicidade e bom senso que impunha com inocência a questões onde dominavam as qualidades opostas. Nessas horas, fazia a Sra. Poulteney pensar numa daquelas figuras penduradas na forca que recordava vagamente ter visto quando jovem.

Nisto Sarah também mostrava sua diplomacia. Com certos visitantes conhecidos, permanecia na sala; com os outros, ou se demorava um pouquinho e logo ia embora, ou se retirava discretamente quando eram anunciados e antes que entrassem. Por isso Ernestina nunca a havia visto na casa Marlborough. Este fato pelo menos permitia à Sra. Poulteney discorrer sobre a cruz que tinha que carregar, embora o afastamento ou a ausência dessa cruz implicasse uma certa falta de habilidade sua para carregá-la, o que era muito desagradável. No entanto, não se poderia recriminar Sarah por isso.

Mas deixei a questão pior para o fim. Era a seguinte: "Ainda mostra sinais de envolvimento com seu sedutor."

A Sra. Poulteney havia feito várias outras tentativas para descobrir os detalhes do pecado e o presente grau de arrependimento em relação a ele. Nenhuma madre superiora poderia ter desejado mais do que ela ouvir a confissão de uma ovelha desgarrada de seu rebanho. Mas Sarah era tão sensível nessa questão quanto uma anêmona-do-mar. Por mais indiretamente que a Sra. Poulteney abordasse o assunto, a pecadora adivinhava suas intenções. E suas respostas às perguntas diretas eram sempre iguais, ainda que com outras palavras, às que dera no primeiro interrogatório.

Como a Sra. Poulteney quase não saía, só o fazia para visitar seus pares, sempre em sua carruagem, nunca a pé, portanto, para se informar sobre as atividades de Sarah fora de sua casa, tinha que se fiar em outros olhos. Felizmente para ela, eles existiam. Melhor ainda, a mente que havia por trás desses olhos era governada pela maldade e pelo ressentimento, e, por conseguinte, comprazia-se em trazer freqüentes informações para a patroa frustrada. Essa espiã, naturalmente, não era outra senão a Sra. Fairley. Embora não encontrasse nenhum prazer na leitura, ficara ofendida por ter sido relegada a segundo plano; e, ainda que Sarah se mostrasse escrupulosamente atenciosa para com ela e procurasse não dar a impressão de estar usurpando o cargo de governanta, era forçoso ocorrerem alguns conflitos. Não agradava à Sra. Fairley ter um pouco menos de trabalho, uma vez que isso também significava um pouco menos de influência. O socorro de Sarah a Millie — bem como outras discretas intervenções suas — a tinha tornado popular e respeitada entre a criadagem, e talvez o que irritasse mais profundamente a Sra. Fairley fosse não poder falar mal da acompanhante-secretária aos subordinados. Era uma mulher rabugenta. Uma criatura cujos únicos prazeres eram saber e temer o que era pior. Assim desenvolveu um ódio por Sarah que logo adquiriu uma intensidade quase cáustica.

Era bastante esperta para esconder esse ódio da Sra. Poulteney. Aliás, fingia ter muita pena da "pobre Srta. Woodruff" e seus relatórios eram abundantemente temperados com expressões como "Receio que...", "Temo que...". Mas tinha excelentes oportunidades para espioná-la, pois não só tinha que ir sempre à cidade, por força de suas obrigações, como também possuía uma vasta rede de parentes e amigos às suas ordens. A esses, deu a entender que a Sra. Poulteney estava interessada — naturalmente pelos motivos mais nobres e cristãos — em ser informada sobre o comportamento da Srta. Woodruff do lado de fora dos altos muros de pedra que rodeavam os jardins da casa Marlborough. E, sendo Lyme Regis, como era e ainda é, um local onde os mexericos pululavam como bichos num queijo passado, todos os passos e atitudes de Sarah em suas horas livres, exagerados e interpretados maldosamente, logo chegavam ao conhecimento da Sra. Fairley.

A rotina de suas atividades externas — quando não tinha que distribuir panfletos — era muito simples. Seus passeios vespertinos tinham um itinerário fixo: descia pela íngreme Pound Street, entrava na também íngreme Broad Street e continuava descendo até o Cobb Gate, que é um terraço quadrado que dá para o mar e nada tem a ver com o Cobb. Ali costumava parar junto ao paredão e contemplar o mar, geralmente por pouco tempo — mais ou menos o que o capitão de um navio leva para fazer um exame cuidadoso quando vai ao passadiço. Depois, ou descia a Cockmoil ou ia para o lado oposto, para o oeste, pelo caminho que margeia a baía por quase um quilômetro e leva ao Cobb propriamente dito. Quando descia pela Cockmoil, quase sempre entrava na igreja e orava por alguns minutos (um fato que a Sra. Fairley nunca achou digno de menção) antes de entrar no beco ao lado da igreja que levava ao relvado de Church Cliffs. A vegetação ali subia em direção aos paredões quebrados do Black Ven. Nesse relvado, podia-se vê-la caminhando, voltando-se a toda hora para o mar, até chegar ao ponto em que a trilha desembocava na estrada velha de Charmouth, já havia muito engolida pelo Ven, de onde então regressava a Lyme. Costumava fazer esse passeio quando o Cobb estava movimentado. Mas, quando o mau tempo ou as circunstâncias o deixavam deserto, ela geralmente tomava aquela direção e terminava parando onde Charles a vira pela primeira vez. Ali, supunha-se, devia se sentir mais perto da França.

Tudo isso, devidamente distorcido e apresentado em tons sombrios, era repetido à Sra. Poulteney. Ela, porém, estava na primeira fase do entusiasmo pelo brinquedo novo, e tão predisposta à benevolência com relação a ele quanto lhe permitia sua natureza azeda e desconfiada. Não hesitou, porém, em chamar às falas o brinquedo.

— Srta. Woodruff, fui informada de que é vista sempre nos mesmos lugares quando sai. — Sarah abaixou a cabeça diante daqueles olhos acusadores. — E fica olhando para o mar. — Sarah continuou calada. — Alegra-me que esteja se sentindo arrependida. Aliás, não posso acreditar que tenha outro sentimento na sua atual situação.

Sarah aproveitou a indireta.

— Sou-lhe grata por isso, senhora.

— Não estou preocupada com sua gratidão a mim. Há Alguém lá em cima a quem ela é devida em primeiro lugar.

A moça murmurou:

— Como eu poderia ignorar isso?

— Aos ignorantes, pode parecer que você está perseverando no pecado.

— Se eles conhecem minha história, não podem pensar assim.

— Mas pensam. Fui informada de que dizem que você está procurando as velas de Satã.

Sarah levantou-se e foi até a janela. Estavam no início do verão, e o perfume das siringas e dos lilases se misturava ao canto dos melros. Olhou por um momento para aquele mar que agora era solicitada a rejeitar, depois se voltou para a velha senhora, sentada implacavelmente em sua poltrona como uma rainha em seu trono.

— A senhora deseja que eu vá embora?

A Sra. Poulteney ficou chocada, no íntimo. Mais uma vez, a simplicidade de Sarah deixou-a completamente desarmada. Poderia perder aquela voz, aqueles outros encantos a que já ficara tão habituada! Pior ainda, poderia perder os juros que se acumulavam em seu nome naquele livro-caixa celeste. Moderou o tom.

— Desejo que demonstre que essa... pessoa foi expurgada de seu coração. Tenho certeza de que foi, mas você precisa demonstrá-lo.

— Mas de que maneira poderei fazer isso?

— Indo passear em outro lugar, não exibindo sua vergonha aos olhos dos outros. E quanto mais não seja, porque estou pedindo.

Sarah permaneceu um instante cabisbaixa e em silêncio. Mas depois, olhou a Sra. Poulteney nos olhos e, pela primeira vez desde sua chegada, esboçou um leve sorriso.

— Farei como deseja, senhora.

Em termos de jogo de xadrez, foi um sacrifício calculado, uma vez que a Sra. Poulteney se sentiu generosa e disse que não desejava privá-la totalmente dos benefícios do ar marinho e que ela poderia de vez em quando ir passear à beira-mar, mas não sempre...

— ... e por favor, nada de ficar ali parada olhando!

Em suma, foi uma barganha entre duas pessoas obsessivas. A sugestão de Sarah de deixar o emprego fizera com que as duas mulheres vissem as coisas claras, cada qual à sua maneira.

Sarah cumpriu sua parte do trato, ou pelo menos a parte que se referia ao itinerário dos passeios. Agora ia muito raramente ao Cobb, mas quando ia, às vezes ainda se permitia ficar parada olhando, como no dia que já descrevemos. Afinal, a região à volta de Lyme é cheia de lugares para passeios, e são raros os que não têm vista para o mar. Se o desejo de Sarah fosse só esse, bastava-lhe atravessar o jardim da casa Marlborough.

A Sra. Fairley passou então vários meses sem se divertir. Não deixou de contar à patroa nenhuma das vezes em que Sarah parou e ficou olhando, mas não foram muitas, e Sarah, a essa altura, adquirira graças aos seus sofrimentos uma certa ascendência sobre a Sra. Poulteney que a livrava de críticas mais severas. Afinal de contas — como a espiã e a patroa sempre lembravam uma a outra —, a pobre "Tragédia" era louca.

Você já terá adivinhado a verdade: ela era muito menos louca do que parecia... ou pelo menos nada tinha daquilo que o senso comum considera loucura. A exibição de sua vergonha tinha uma espécie de propósito, e quem tem um propósito sabe quando o conseguiu suficientemente e pode descansar por uns tempos.

Mas um dia, menos de duas semanas antes do início de minha história, a Sra. Fairley foi procurar a Sra. Poulteney toda empertigada, com uma cara de quem estava prestes a anunciar a morte de um amigo íntimo.

— Tenho que lhe comunicar uma coisa desagradável.

Essa frase já se tornara tão familiar para a Sra. Poulteney quanto uma biruta para um pescador. Mesmo assim, observou as convenções.

— Espero que não diga respeito à Srta. Woodruff.

— Quem dera, senhora. — A governanta encarou solenemente a patroa, como para se assegurar da totalidade de seu horror. — Mas receio que seja meu dever lhe contar.

— Não devemos recear o que é nosso dever.

— Pois não, senhora.

Mas continuava de boca bem fechada. Uma pessoa de fora ali presente poderia ter se perguntado que atrocidade seria revelada. No mínimo, a moça devia ter dançado nua diante do altar da igreja paroquial.

— Ela agora deu para passear na Floresta de Ware, senhora.

Que anticlímax! Mas a Sra. Poulteney não parecia pensar assim, porque seu queixo fez algo de extraordinário. Caiu.

10

E uma vez, apenas uma vez, ela ergueu os olhos
E de repente, de uma maneira doce, estranha, enrubesceu
Ao ver que seus olhos encontravam os meus...

TENNYSON, *Maud* (1855)[1]

... com seus verdes precipícios entre penhascos românticos, salpicados de árvores majestosas e pomares viçosos que revelam terem decorrido muitas gerações desde que o primeiro desmoronamento parcial da rocha começou a preparar o terreno para aquela situação, onde se vê uma paisagem tão maravilhosa e tão encantadora quanto quaisquer das que existem na célebre ilha de Wight...

JANE AUSTEN, *Persuasion*

Entre Lyme Regis e Axmouth, a uns dez quilômetros para oeste, estende-se uma das mais estranhas paisagens litorâneas do sul da Inglaterra. Vista do ar, não impressiona muito. Nota-se apenas que, embora em outros pontos da costa os campos cheguem até a beira do penhasco, ali terminam a uma distância de quase dois quilômetros. O tabuleiro quadriculado de verde e castanho das lavouras interrompe, com uma alegre indisciplina, uma cascata escura de árvores e sub-bosque. Não há telhados. Quando se voa a pouca altura, vê-se que o terreno é muito abrupto, cortado por precipícios profundos e acentuado por estranhas escarpas e torres de calcário e sílica, que assomam sobre a vegetação luxuriante que as envolve como muralhas de castelos em ruínas. Isso, quando se olha do ar... mas quando se está a pé, essa área selvagem que parecia insignificante adquire uma vastidão estranha. Já houve gente que passou horas perdida ali, e, quando vê no mapa, não imagina por que se sentiu tão isolada — e, no caso de haver mau tempo, em meio a tamanha desolação.

O Undercliff — pois esse terreno é na realidade constituído pela vertente de mil e seiscentos metros causada pela erosão da face vertical do antigo penhasco — é muito abrupto. Ali os trechos planos são tão raros quanto os visitantes. Mas sua inclinação acentuada faz com que tenha uma grande insolação, que, juntamente com a erosão provocada pela água de incontáveis nascentes, é responsável pelo exotismo da flora da região — seus árbutos e azevinhos silvestres, e várias outras árvores que raramente crescem na Inglaterra; suas faias e seus freixos gigantescos; suas gargantas verdejantes como no Brasil, estranguladas pela hera e pelos cipós das clematites silvestres; suas samambaias que chegam às vezes a alcançar três metros de altura, e suas flores que abrem um mês antes do que no resto da região. No verão, é o que este país tem para oferecer de mais parecido com uma selva tropical. Tem também, como toda terra que nunca foi trabalhada ou habitada pelo homem, os seus mistérios, as suas sombras, os seus perigos — literais demais do ponto de vista geológico, uma vez que há fendas e despenhadeiros abruptos que podem ser fatais, e lugares onde um homem com uma perna quebrada poderia passar uma semana gritando por socorro sem ser ouvido. Por estranho que pareça, a região era bem menos deserta cem anos atrás do que agora. Não se encontra atualmente uma só cabana no Undercliff, e, no entanto, em 1867, havia várias, habitadas por guardas de caça, lenhadores e um ou outro criador de porcos. Os veados — indício certo do isolamento de uma área — naquela época deviam ter menos sossego. Agora, o Undercliff voltou a um estado totalmente selvagem. As paredes dos chalés desmoronaram, transformadas em tocos cobertos de hera, as trilhas antigas desapareceram. Não há estradas nas proximidades, e o único caminho que resta muitas vezes fica intransitável. Isso tudo é conseqüência de uma lei que declarou aquele sítio uma reserva natural da nação. Nem sempre prevalecem os interesses materiais.

Foi nesse jardim inglês do Éden que, naquele dia 29 de março de 1867, Charles entrou, depois de subir a trilha que saía da praia da baía de Pinhay. E era a parte leste deste mesmo lugar que era chamada de Floresta de Ware.

* * *

Depois de ter matado a sede e refrescado o rosto com o lenço molhado, Charles decidiu olhar seriamente em volta. Pelo menos esforçou-se para fazê-lo, mas a pequena encosta em que se encontrava, a paisagem, os ruídos, os cheiros, aquela mata virgem pujante e fecunda o impediram de manter uma atitude científica. O chão à sua volta estava pontilhado do dourado das celidônias e do amarelo-claro das prímulas, e margeado pelo branco nupcial dos abrunheiros densamente floridos. No pé dos sabugueiros de um verde festivo que sombreavam as margens cobertas de musgo do riachinho em que ele tinha bebido, havia moitas de moscatelinas e azedinhas, a mais delicada flor da primavera inglesa. Mais acima, via as brancas corolas das anêmonas e, por trás delas, os montes de folhas verde-escuras das campânulas azuis. Ao longe, um pica-pau tamborilava nos galhos de alguma árvore alta e, acima dele, os piscos-chilreiros gorjeavam calmamente. Passarinhos recém-chegados cantavam em todas as moitas e copas de árvores. Ao virar a cabeça, viu o mar azul banhando a costa lá embaixo, e toda a extensão da baía de Lyme com os penhascos que desciam até a imensa lâmina amarela de Chesil Bank, cuja ponta encostava na península de Portland, esse estranho Gibraltar inglês, que parecia uma estreita cunha cinzenta incrustada no azul.

Só uma arte — a do Renascimento — foi capaz de captar paisagens semelhantes. Aquele é o fundo sobre o qual caminham as figuras de Botticelli, o ar que envolve as cantigas de Ronsard. Não interessa quais foram os propósitos e objetivos conscientes daquela revolução cultural, tampouco suas crueldades e seus insucessos. Em essência, o Renascimento foi o final verde de um dos invernos mais rigorosos da civilização. Foi o fim dos grilhões, dos limites e das fronteiras. Seu lema era o único lema: tudo o que existe é bom. Em suma, era tudo o que a época de Charles não era. Mas não pense que ele, lá em cima, não soubesse disso. É bem verdade que, para explicar sua vaga sensação de mal-estar, de inadequação, de limitação, recorria a uma fonte mais próxima — a Rousseau e aos mitos pueris de uma Idade Áurea e do Bom Selvagem. Ou seja, procurava não levar em conta as deficiências da visão que sua época tinha da natureza, recorrendo à suposição de que não se pode voltar a uma lenda. Tentava se convencer de que fora muito mimado e estragado pela civilização para poder voltar à natureza, e isso lhe dava uma tristeza agridoce que não deixava de ser agradável. Afinal de contas, era um vitoriano. Não poderíamos esperar dele que percebesse o que nós — com muito mais conhecimentos à nossa disposição, além das lições dos filósofos existencialistas — só agora estamos começando a compreender, ou seja, que o desejo de possuir e o desejo de usufruir se destroem mutuamente. Teria que ter dito a si mesmo: "Agora tudo isso é meu, portanto, estou feliz", em vez de pensar com aquele espírito tão vitoriano: "Não posso ter isso agora para sempre, portanto estou triste."

No fim, a ciência recobrou sua hegemonia e Charles começou a procurar seus ouriços nos estratos de sílex ao longo do riacho. Encontrou um belo fragmento de fóssil de vieira, mas os ouriços não apareciam. Lentamente, foi caminhando para oeste por entre as árvores. Abaixava-se e esquadrinhava o chão com os olhos, dava mais alguns passos e repetia o mesmo procedimento. De vez em quando, virava com a ponta do bordão alguma pedra que parecia promissora. Mas não teve sorte. Passou-se uma hora, e sua noção do dever para com Ernestina começou a sobrepujar seu entusiasmo pelos equinodermos. Consultou o relógio, conteve uma praga e voltou para onde tinha deixado a mochila. Enquanto subia a encosta, já com o sol poente às costas, encontrou uma trilha e pôs-se a caminho de Lyme. A trilha subia descrevendo uma ligeira curva para dentro ao longo de um muro de pedra coberto de hera, e então — à maneira antipática das trilhas — bifurcava-se sem dar explicações. Charles hesitou, depois andou uns quarenta e cinco metros pela trilha inferior, afundada numa grota transversal já na sombra. Mas então encontrou uma solução para seu problema — o de não saber qual era a configuração do terreno —, pois de repente outra trilha convergia à sua direita, voltando em direção ao mar por uma pequena encosta íngreme de cujo topo coberto de relva ele poderia facilmente se orientar. Começou, pois, a subir por entre os galhos entrelaçados das silvas — a trilha raramente era usada — até o pequeno platô verde.

O platô se abria ali de forma muito agradável, formando uma espécie de pequeno prado alpino. As caudas brancas de três ou quatro coelhos explicavam por que a relva estava tão curta.

Charles ficou parado ao sol. As eufrásias e os cornichões salpicavam a relva e tufos de manjerona de um verde vivo já estavam a ponto de florir. Depois, aproximou-se da borda do platô.

E ali, embaixo dele, viu uma figura.

Por um momento terrível, julgou ter topado com um cadáver. Mas era uma mulher adormecida. Escolhera o lugar mais insólito — uma saliência larga e inclinada coberta de relva cerca de um metro e meio abaixo do platô, e que a escondia da vista de qualquer pessoa que não chegasse, como Charles, até a borda. As paredes de calcário que se erguiam por trás dessa pequena sacada natural faziam dela um solário, pois estavam voltadas para o sudoeste. Mas não era um solário que muitos escolheriam, uma vez que sua borda dava para um precipício de uns dez ou doze metros no fundo do qual havia um horrível emaranhado de silvas. Mais além, o penhasco caía a prumo até a praia.

A reação instintiva de Charles foi recuar para a mulher não poder vê-lo. Não via quem era ela. Ficou ali perplexo, olhando sem reparar no belo panorama que se descortinava à sua frente. Hesitou, prestes a se afastar dali, mas a curiosidade o fez adiantar-se de novo.

A moça estava deitada de costas, dormindo profundamente. Seu casaco estava aberto, deixando ver um severo vestido azul, alegrado apenas pela pequena gola branca. Tinha o rosto virado para o lado oposto àquele onde Charles estava e o braço direito dobrado para trás, como uma criança. Em volta do braço, havia um punhado de anêmonas na relva. Em sua atitude, havia algo de muito doce e ao mesmo tempo sensual que despertou em Charles uma vaga recordação de sua estada em Paris. Outra moça, cujo nome já nem sequer se lembrava, e talvez nem tivesse chegado a saber, dormia certa madrugada naquela mesma posição em seu quarto sobre o Sena.

Contornou a beirada curva do platô, chegando até um ponto do qual podia ver melhor o rosto da moça, e só então se deu conta de quem era a pessoa cuja privacidade ele invadira. Era a Mulher do Tenente Francês. Parte de seu cabelo se soltara e lhe encobria parcialmente o rosto. No Cobb, pareceu-lhe castanho-escuro, mas agora via que tinha reflexos ruivos, um brilho autêntico, e não aquele proporcionado pelo então indispensável toque de brilhantina. A pele da mulher parecia muito morena, quase vermelha, à luz da tarde, como se ela fosse mais importante para a saúde que conservar a lânguida palidez ditada pela moda. Um nariz forte, sobrancelhas espessas... a boca ele não conseguia ver.

Curiosamente, irritou-se com o fato de ser obrigado a vê-la de cabeça para baixo, pois a conformação do terreno não lhe permitia colocar-se no ângulo adequado.

Ficou ali parado, incapaz de fazer outra coisa senão olhar para baixo, extasiado com aquele encontro inesperado e invadido por um sentimento estranho, que não era sexual mas sim fraternal, talvez até paternal, a certeza da inocência daquela criatura, de que ela estava sendo injustamente marginalizada, um sentimento que o levou a intuir sua espantosa solidão. Não conseguia imaginar o que, além do desespero, poderia levá-la àquele lugar deserto, numa época em que as mulheres eram apáticas, tímidas e incapazes de um esforço físico prolongado.

Finalmente, aproximou-se da borda do platô acima dela, colocando-se diretamente acima de seu rosto, e viu que toda a tristeza que havia notado antes desaparecera. No sono, sua expressão era doce, e até parecia revelar a sombra de um sorriso. E exatamente quando acabava de espichar o pescoço para olhar, ela acordou.

Olhou para cima imediatamente, tão depressa que, quando ele recuou, já não adiantava mais. Fora descoberto, e seu cavalheirismo não lhe permitia negar o que fizera. Assim, quando Sarah se pôs de pé de um pulo, apanhando o casaco em volta do corpo, e olhou lá de baixo para ele, Charles tirou o chapéu e cumprimentou-a com uma inclinação de cabeça. Ela nada disse, mas havia em seus olhos uma expressão chocada e perplexa, e talvez até envergonhada. Tinha olhos bonitos, escuros.

Os dois permaneceram assim por alguns segundos, sem entender o que se passava. Ali, oculta da cintura para baixo, segurando a gola do casaco, ela lhe pareceu muito pequena, como se estivesse prestes a se atirar para sumir de sua vista, caso ele desse um passo em sua direção. Charles caiu em si e fez o que as circunstâncias mandavam.

— Peço-lhe mil desculpas. Encontrei-a sem querer. — Em seguida, deu meia-volta e foi-se embora. Não olhou para trás, e desceu correndo pela trilha por onde tinha vindo até a bifurcação. Ali, depois de se perguntar por que não tivera a presença de espírito de lhe pedir que indicasse que caminho devia tomar, esperou um instante para ver se a moça o seguia. Mas ela não apareceu, e logo ele se afastou dali a passos firmes pela subida mais íngreme.

Charles não sabia, mas naqueles breves momentos de espera sobre um mar que parecia contemplar a cena expectante, e no silêncio daquele entardecer luminoso, quebrado apenas pelo doce murmúrio das ondas, toda a Era Vitoriana se perdera. E, com isso, não quero dizer que ele havia tomado o caminho errado.

11

Como manda o figurino,
Alheia ao sentido das regras,
Vá à igreja — é o que o mundo exige,
Aos bailes — o mundo também exige,
E se case — é o que papai e mamãe desejam,
E suas irmãs e colegas fazem.

A. H. CLOUGH, "Duty" (1841)[1]

"Oh! não, que homem!", gritou ela com desdém,
"Eu não daria um penny por ele;
O que tem de melhor está à vista;
seu exterior é bem alegre, de fato,
Mas o mundo não o educou
para saber coisa alguma..."

WILLIAM BARNES,
Poems in the Dorset Dialect (1869)[2]

Aproximadamente à mesma hora em que se dava aquele encontro, Ernestina levantou-se impaciente da cama e pegou o diário encadernado de couro preto da gaveta da penteadeira. Primeiro, procurou mal-humorada a anotação daquela manhã, que positivamente não era muito inspirada do ponto de vista literário: "Escrevi carta para mamãe. Não vi meu adorado Charles. Não saí de casa, embora o dia esteja muito bonito. Não me sinto muito feliz."

Fora um dia bastante negativo para a pobre moça, que só tinha tia Tranter a quem mostrar sua infelicidade. Até o buquê de narcisos e jacintos que Charles lhe mandara, cujo perfume ela aspirava agora, irritara-a a princípio. A casa de tia Tranter era pequena, e ela ouvira Sam bater à porta da frente e a maldosa e irreverente Mary abrir — ouviu um murmúrio de vozes, em seguida, distintamente, o riso abafado da criada e a porta batendo com força. Passou-lhe pela cabeça a abominável suspeita de que Charles estivera lá embaixo, flertando, e isso reavivou um de seus maiores receios em relação a ele.

Sabia que ele morara em Paris e em Lisboa, e viajara muito. Sabia também que era onze anos mais velho do que ela e considerado atraente pelas mulheres. As respostas que ele dava às suas perguntas discretas e brincalhonas sobre suas conquistas passadas eram também discretas e brincalhonas, e esse era o problema. Ela achava que ele devia estar escondendo alguma coisa — alguma trágica condessa francesa ou uma apaixonada marquesa portuguesa. Sua cabeça não se permitia chegar a uma mundana parisiense ou a alguma estalajadeira de Sintra, de olhos amendoados, o que estaria muito mais perto da verdade. Mas, de certa forma, ele ter ou não dormido com outras mulheres era uma questão que a preocupava menos do que poderia preocupar a uma moça de hoje. Naturalmente, Ernestina pronunciava seu autocrático "Não devo" tão logo tais especulações pecaminosas lhe ocorriam. Mas era mesmo do coração de Charles que ela sentia ciúmes. Este, ela não suportava a idéia de ter que dividir com ninguém, nem no passado nem no presente. A útil navalha de Okhan lhe era desconhecida. Assim, o simples fato de Charles nunca ter amado realmente alguém passou a ser para Ernestina, em seus dias mais melancólicos, uma prova inequívoca de que ele já tivera uma paixão. Tomava a serena atitude de Charles como o terrível silêncio que reina no campo de batalha, após o combate, Waterloo um mês depois, e não pelo que realmente era — um local sem história.

Quando a porta da frente se fechou, Ernestina conseguiu se controlar exatamente por um minuto e meio, depois sua frágil mãozinha alcançou o cordão dourado da campainha junto à cama e o puxou peremptoriamente. Um tilintar agradável e insistente veio subindo da cozinha no subsolo, e, logo depois, ouviram-se passos e uma batida na porta, que se abriu para dar passagem a Mary trazendo uma jarra com um verdadeiro chafariz de flores de primavera. A moça entrou e parou junto à cama, o rosto sorridente meio escondido pelas flores. Nenhum homem poderia ficar irritado com ela e, por isso mesmo, Ernestina teve a reação oposta e fechou a cara com azedume e reprovação diante daquela aparição inoportuna de Flora.

Das três jovens que passam por estas páginas, Mary era, na minha opinião, de longe a mais bonita. Tinha infinitamente mais vida e era infinitamente menos egoísta, e seus encantos físicos combinavam com essas características... uma tez macia e delicada, ainda que rosada, cabelo cor de trigo e grandes e simpáticos olhos cinza-azulados — olhos que eram um convite à alegre provocação masculina e que a retribuíam com a mesma alegria. Borbulhavam como o mais fino champanhe, irreprimivelmente, e sem causar flatulência. Nem mesmo as tristes roupas vitorianas que era muitas vezes obrigada a usar conseguiam esconder a promessa carnuda de seu corpo bem-feito. Aliás o termo "carnuda" é indelicado. Mencionei o nome de Ronsard ainda há pouco, e o corpo de Mary exigia uma palavra do vocabulário deste poeta, para a qual não temos o equivalente em inglês: *rondelet* — um termo que indica toda a sedução de um corpo carnudo, sem deixar de ter o encanto do um corpo esbelto. A tetraneta de Mary, que acabou de completar vinte e dois anos nesse mês em que escrevo, é muito parecida com sua antepassada. E seu rosto é conhecido no mundo inteiro, pois se trata de uma das mais famosas jovens atrizes do cinema inglês.

Mas, infelizmente, não era o rosto para 1867. Para a Sra. Poulteney, por exemplo, que já o conhecia havia três anos, não tinha atrativo nenhum. Mary era sobrinha de uma prima da Sra. Fairley, que conseguira convencer a Sra. Poulteney a empregar a novata em sua inóspita cozinha. Mas a casa Marlborough e Mary eram tão adequadas uma para outra quanto um túmulo para um pintassilgo. E no dia em que a Sra. Poulteney, enquanto supervisionava sombriamente os seus domínios, viu de sua janela do andar superior a cena repugnante em que seu cavalariço tentava conseguir um beijo da moça e esta não oferecia uma resistência das mais fortes, o pintassilgo foi posto imediatamente em liberdade e voou para a casa da Sra. Tranter, apesar das solenes advertências feitas pela Sra. Poulteney àquela senhora quanto à temeridade de dar guarida a uma pessoa comprovadamente tão devassa.

Na Broad Street, Mary era feliz. A Sra. Tranter gostava de moças bonitas e, mais ainda, de moças bonitas e risonhas.

Obviamente, sendo Ernestina sua sobrinha, preocupava-se mais com ela. Mas só via Ernestina uma ou duas vezes por ano, enquanto via Mary diariamente. Sob a aparência expansiva e namoradeira, a moça era delicada e afetuosa e não era parcimoniosa na hora de retribuir o carinho que recebia. Ernestina desconhecia um terrível segredo daquela casa. Às vezes, quando a cozinheira estava de folga, a Sra. Tranter se sentava à mesa da cozinha e comia ao lado de Mary. E esses não eram os momentos mais desagradáveis da vida de nenhuma das duas.

Mary não era perfeita, e um de seus defeitos era uma certa inveja de Ernestina. E não era apenas porque deixava de ser a tácita favorita da casa quando a moça de Londres chegava, mas também porque esta trazia baús cheios das últimas novidades de Londres e de Paris, o que não era a melhor recomendação para uma criada que só possuía três vestidos, e não gostava realmente de nenhum deles, embora um só tivesse o defeito de ter sido herdado da jovem princesa da capital. Achava também Charles um belo homem para marido; bom demais para uma criatura tão pálida como Ernestina. Por isso Charles tinha o obséquio freqüente daqueles olhos cinza-azulados quando ela lhe abria a porta ou passava por ele na rua. A verdade nua e crua é que a moça dava um jeito de fazer coincidir suas entradas e saídas com as de Charles, e cada vez que ele a cumprimentava na rua ela mentalmente empinava o nariz para Ernestina, pois sabia muito bem por que a sobrinha da Sra. Tranter subia tão depressa para o quarto depois que Charles se despedia. Como todas as *soubrettes,* ousava pensar coisas que sua jovem patroa não teria ousado — e sabia disso.

Tendo maldosamente permitido que seu ar saudável e alegre fosse devidamente notado pela inválida, Mary colocou as flores na mesa-de-cabeceira.

— São do Seu Charles, D. Tina. Com os cumprimentos dele. — Mary falava num dialeto que era notório pelo desprezo por pronomes e sufixos.

— Ponha-as na penteadeira. Não gosto de flores muito perto de mim.

Mary colocou-as obedientemente onde lhe foi mandado e, sem obedecer a nenhuma ordem, começou a rearrumá-las um pouco, antes de se voltar e sorrir para uma Ernestina desconfiada.

— Foi ele mesmo que as trouxe?

— Não, senhora.

— Onde está o Sr. Charles?

— Sei não, senhora. Não perguntei. — Mantinha os lábios muito apertados, como se estivesse contendo o riso.

— Mas ouvi você conversando com o homem.

— É, eu conversei.

— Sobre o quê?

— Foi só sobre o tempo.

— Foi isso que fez você rir?

— Foi, sim senhora. É o jeito dele falar.

O Sam que se apresentara à porta tinha de fato muito pouca semelhança com o rapaz melancólico e indignado que afiara a navalha. Metera o lindo buquê nos braços da travessa Mary, dizendo: — Pra moça bonita lá em cima. — Em seguida, colocara agilmente o pé na quina da porta quando esta já ia bater e, com a mesma agilidade, puxou de trás das costas uma das mãos munida de um ramalhete de açafrão, ao mesmo tempo em que, com a outra, tirava o elegante chapéu quase sem abas bem *à la mode*. — E isto é pra outra, mais bonita ainda, daqui de baixo. — Mary ficara rubra. A pressão da porta sobre o pé de Sam diminuíra misteriosamente e ele pôde vê-la cheirar as flores amarelas, não por educação, mas sim com vontade, de modo que uma pequena mancha de pólen cor de laranja surgiu-lhe no encantador e petulante nariz.

— E este saco de fuligem vai ser entregue como foi encomendado. — Ela mordeu o lábio e ficou esperando. — Com uma condição. Não vendo fiado. Tem que pagar no ato.

— Quanto custa?

O atrevido examinou sua vítima como se estivesse calculando um preço razoável, depois levou um dedo à boca e deu uma piscadela absolutamente inequívoca. E fora isso que provocara o riso abafado e a porta batida com força.

Ernestina lançou-lhe um olhar que não teria envergonhado a Sra. Poulteney.

— Lembre-se que ele vem de Londres.

— Sim, senhora.

— O Sr. Smithson já me falou dele. O rapaz se julga um dom-juan.

— Que quer dizer isso, D. Tina?

Havia no rosto de Mary uma ansiedade tão grande para saber, que Ernestina não gostou.

— Não interessa. Mas se ele voltar a se meter com você, desejo ser informada imediatamente. Agora, traga-me um pouco de água de cevada. E seja mais discreta.

Nos olhos de Mary, brilhou uma luzinha, algo singularmente parecido com um lampejo de desafio. Mas ela baixou os olhos e a cabeça coberta com a touquinha de renda, fez uma pequena reverência e retirou-se do quarto. Ernestina, que na verdade não sentia o menor desejo de beber a saudável mas insípida água de cevada de tia Tranter, consolou-se pensando que a criada teria que descer e tornar a subir três lances de escada.

Mas Mary havia, num certo sentido, levado a melhor, pois o diálogo lembrara a Ernestina, que por temperamento não era tirana e sim uma criança mimadíssima, que em breve precisaria deixar de brincar de dona de casa para ser efetivamente uma. A idéia tinha seus encantos, naturalmente. Ter sua própria casa, ser independente dos pais... Mas os criados eram um problema, como todo mundo dizia. Já não eram como antes, diziam também. Numa palavra, eram uma canseira. Talvez a perplexidade e a angústia de Ernestina não estivessem muito longe das de Charles, enquanto ele avançava pela praia aos tropeções, suando em bicas. A vida era o caminho certo. Pensar o contrário era uma heresia. Mas enquanto isso a cruz tinha que ser carregada, aqui e agora.

Foi para banir esses pressentimentos melancólicos, que continuavam atormentando-a à tarde, que Ernestina pegou o diário, sentou-se na cama e tornou a abri-lo na página marcada com o ramo de jasmim.

Em Londres, em meados do século, já começara uma estratificação plutocrática da sociedade. Naturalmente, nada podia substituir uma boa linhagem, mas, em geral, já se admitia que o dinheiro e a inteligência eram capazes de produzir artificialmente um sucedâneo bem razoável da posição social aceitável. Disraeli era o protótipo, não a exceção de sua época. Quando jovem, o avô de Ernestina podia não ter sido mais que um comerciante de tecidos abastado de Stoke Newington, mas, ao morrer, era um comerciante riquíssimo — e muito mais do que isso, pois havia mudado seu estabelecimento comercial para o centro de Londres e fundado uma das grandes lojas do West End, expandindo sua empresa para lidar com vários outros produtos, além de tecidos. Na verdade, Ernestina recebera do pai exatamente o que ele próprio havia recebido: a melhor educação que o dinheiro podia comprar. A não ser pela origem, em tudo era um cavalheiro perfeito. Casara-se discretamente com uma mulher de posição mais alta que a sua, filha de um dos mais famosos advogados da capital, e entre seus antepassados não muito distantes, incluía-se nada menos do que um procurador geral. Portanto, as preocupações de Ernestina a respeito de sua posição social eram infundadas, até pelos padrões vitorianos, e nunca foram motivo de preocupação para Charles.

— Pense só quão vergonhosamente plebeu é o nome Smithson — disse ele uma vez à noiva.

— É mesmo! Se só chamassem você de lorde Brabazon Vavasour Vere de Vere eu o amaria muito mais!

Mas por trás dessa auto-ironia havia um certo temor.

Charles a conhecera em novembro do ano anterior, na casa de uma senhora que estava de olho nele para uma das careteiras de sua ninhada. Essas jovens tinham tido a infelicidade de receber instruções dos pais antes da festa, e cometeram o erro capital de tentar convencer Charles de que eram fascinadas pela paleontologia, e até pediram a Charles que lhes indicasse os melhores livros sobre o assunto — enquanto Ernestina mostrava uma determinação delicadamente mordaz de não levá-lo muito a sério. Prometeu enviar-lhe amostras de qualquer carvão interessante que encontrasse em seu depósito, e depois lhe disse tê-lo achado muito preguiçoso. Por quê? Porque seria difícil ele entrar em algum salão londrino e não encontrar uma grande variedade de exemplares dos objetos de seu interesse.

Para os dois jovens, aquela prometia ser uma noite tediosa como as outras, mas, quando voltaram para casa, ambos se deram conta de que não tinha sido assim.

Viam um no outro uma inteligência superior, uma vivacidade e uma leve mordacidade que eram simpáticas. Ernestina disse ter achado o "tal Sr. Smithson" muito diferente dos rapazes sem graça que haviam sido submetidos à sua apreciação naquela temporada. Sua mãe fez discretas indagações e consultou o marido, que fez outras tantas, pois nenhum rapaz punha os pés nos salões da casa que dava para o Hyde Park sem antes ter sido investigado com a mesma severidade com que os departamentos de segurança nacional modernos investigam os seus cientistas atômicos. Charles passou brilhantemente nesse exame secreto.

Ernestina havia visto o erro de suas rivais e percebera que a moça que visasse a cabeça de Charles jamais conseguiria conquistar seu coração. Assim, quando começou a freqüentar as festas e reuniões da mãe de Ernestina, Charles se surpreendeu ao não encontrar o menor sinal de armadilha matrimonial, não ouvir indiretas da parte da mãe sugerindo o quanto a filhota adorava crianças, ou que, "no íntimo, ansiava para que a temporada chegasse ao fim" (supunha-se que Charles fosse morar definitivamente em Winsyatt quando o tio fizesse o que deveria fazer e deixasse de ser um estorvo); ou alusões menos hábeis de parte do pai sobre o tamanho da fortuna que "minha adorada filha" traria para o marido. Estas, de qualquer maneira, eram visivelmente desnecessárias, pois a casa de Hyde Park era digna de um duque, e a ausência de irmãos dizia mais do que mil extratos bancários.

Tampouco Ernestina demonstrava um interesse exagerado, embora não tivesse demorado muito a decidir conquistar Charles e colocar nisso todo o seu empenho de filha mimada. Dava um jeito para que sempre houvesse outros rapazes interessantes presentes, não dedicando à verdadeira presa qualquer favor ou atenção especial. Por princípio, nunca falava sério com ele e, sem nunca ter dito exatamente isso, dava-lhe a impressão de que gostava dele porque ele era divertido — mas naturalmente sabia que ele nunca se casaria. Então uma noite em janeiro, decidiu plantar a semente fatal.

Viu Charles, sozinho, num lado da sala, e, do outro, uma velha viúva, uma espécie de equivalente da Sra. Poulteney em Mayfair. Sabia que esta senhora seria tão agradável para Charles quanto uma dose de óleo de rícino para uma criança. Aproximou-se dele.

— Por que não vai conversar com Lady Fairwether?

— Prefiro conversar com você.

— Eu o apresento a ela. Assim, você poderá ouvir o relato de uma testemunha ocular do que acontecia na era Cretácea Inferior.

— A era Cretácea Inferior é um período. Não uma era — disse Charles com um sorriso.

— Não importa. Tenho certeza de que é suficientemente antiga, e sei o quanto o entedia qualquer coisa que tenha acontecido nos últimos noventa milhões de anos. Venha.

E assim, os dois começaram a atravessar juntos a sala. Mas, quando estavam a meio caminho da dama do Cretáceo Inferior, ela parou, pôs a mão por um instante no braço de Charles e olhou-o nos olhos.

— Se está decidido a se tornar um velho e rabugento solteirão, Sr. Smithson, convém começar a treinar para o seu papel.

Foi andando antes que ele pudesse responder, e o que dissera poderia ter dado a impressão de ser apenas mais uma de suas implicâncias. Mas, por uma fração de segundo, seus olhos haviam deixado claro que ela estava fazendo uma oferta. A seu modo, era tão inequívoca quanto aquelas feitas pelas mulheres que, na Londres dessa época, rondavam pelas ruas nas vizinhanças do Haymarket.

O que ela não sabia era que havia tocado num ponto cada vez mais sensível no fundo da alma de Charles — a sensação de que estava ficando igual ao tio Winsyatt, de que a vida estava passando, de que estava sendo aí, como em tantas outras coisas, exigente demais, preguiçoso, egoísta... e coisas piores. Fazia dois anos que não viajava para o exterior, e se dera conta de que as viagens anteriores haviam sido uma compensação por não ter esposa. Distraíam-no dos problemas domésticos e lhe permitiam também, de vez em quando, levar uma mulher para a cama, um prazer que, na Inglaterra, proibia-se terminantemente, recordando talvez a noite de trevas provocada em sua alma por sua primeira experiência neste campo.

Viajar já não o seduzia, mas as mulheres, sim, o que fazia com que vivesse num estado de extrema frustração sexual, uma vez que seus elevados princípios morais não permitiam o simples expediente de ir passar uma semana em Paris ou Ostende. Nunca teria permitido que tal finalidade motivasse uma viagem. Passou uma semana muito pensativo. E então, certa manhã, despertou.

Tudo se simplificara. Amava Ernestina. Pensou no prazer de acordar numa manhã como aquela, fria e cinzenta, com uma fina camada de neve no chão, e ver aquele rosto sério e doce dormindo ao seu lado... e — caramba! (esta idéia espantou Charles), legitimamente, aos olhos de Deus e dos homens. Poucos minutos depois surpreendia o sonolento Sam, que subira sem fazer barulho quando ele tocara a campainha com urgência, ao declarar:

— Sam! Deus me perdoe, sou um grandecíssimo idiota!

Um ou dois dias depois, o grandecíssimo idiota teve uma entrevista com o pai de Ernestina. A entrevista foi breve e muito satisfatória. Charles desceu até a sala, onde a mãe de Ernestina aguardava num estado de profunda apreensão. Não conseguiu dizer palavra a Charles, mas apontou com hesitação na direção do jardim de inverno. Charles abriu as portas brancas que davam para lá e foi envolvido por aquele ar cálido e fragrante. Teve que procurar Ernestina, mas afinal encontrou-a num dos cantos mais afastados, meio escondida atrás de um caramanchão de estefanotes. Charles viu-a olhar para ele e depois virar o rosto depressa. Trazia na mão uma tesoura de prata e fingia cortar algumas flores secas da perfumada planta. Charles colocou-se bem atrás dela e pigarreou.

— Vim para me despedir — falou. Fingiu não notar o olhar agoniado que ela lhe lançou, recorrendo ao simples subterfúgio de olhar para o chão. — Resolvi deixar a Inglaterra. Vou passar o resto dos meus dias viajando. Que mais pode fazer um velho solteirão rabugento para se distrair?

Estava pronto para prosseguir nesse tom, mas viu que a cabeça de Ernestina estava abaixada e que os nós de seus dedos haviam ficado brancos com a força com que ela se agarrava à mesa. Sabia que normalmente teria percebido imediatamente a provocação, e compreendeu que sua demora agora era conseqüência de uma profunda emoção, que o contagiou.

— Mas se soubesse que havia alguém que gostasse de mim o bastante para dividir...

Não pôde continuar, pois ela se virara para ele, os olhos cheios de lágrimas. Suas mãos se encontraram e Charles a puxou para si. Não se beijaram. Não podiam. Depois de se aprisionar implacavelmente todo o instinto sexual natural por vinte anos, como não esperar que o prisioneiro seja sacudido por soluços ao ver as portas do cárcere se abrirem?

Minutos depois, Charles acompanhou Tina, já mais recuperada, pelo corredor da estufa até a porta do salão. Mas ao chegar diante de um jasmineiro, deteve-se, pegou um raminho e o segurou alegremente em cima da cabeça dela.

— Não é visco,[3] mas serve, não acha?

E então os dois se beijaram, com lábios tão castamente assexuados como os de duas crianças. Ernestina começou a chorar de novo, depois enxugou os olhos e permitiu que Charles a conduzisse de volta ao salão, onde esperavam seus pais. As palavras foram desnecessárias. Ernestina correu para os braços abertos da mãe, e o choro foi dobrado. Enquanto isso, os dois homens sorriam um para o outro — um deles, como se tivesse acabado de fechar um negócio excelente, e o outro, como se não estivesse bem certo de que planeta era aquele em que acabava de aterrissar, mas esperasse de coração que os nativos fossem amistosos.

12

Em que consiste o trabalho alienante? Primeiramente, em que o trabalho é externo ao trabalhador e não faz parte da sua natureza. Conseqüentemente, ele não se realiza em seu trabalho, mas, pelo contrário, nega a si próprio, sente-se infeliz, frustrado... O trabalhador, por conseguinte, só se sente à vontade nas horas de lazer, ao passo que no trabalho sente-se preso.

MARX, *Manuscritos econômicos e políticos* (1844)

E terá sido o dia do meu gozo
Tão puro e perfeito como digo?

TENNYSON, *In Memoriam* (1850)[1]

Charles seguiu decidido pela Floresta de Ware, deixando para trás a lembrança da misteriosa mulher. Depois de andar quase dois quilômetros, chegou a uma clareira da mata e no primeiro posto avançado da civilização. Era uma cabana comprida de telhado de colmo, situada mais abaixo da trilha e cercada por dois ou três prados que desciam até os penhascos. Na hora em que Charles saiu da mata, um homem tocava umas reses de um estábulo de teto baixo ao lado da cabana. Então, veio-lhe à mente uma imagem: uma tigela de leite deliciosamente fresco. Não comera nada desde a dose dupla de bolinhos. Chá e carinho chamavam por ele na casa da Sra. Tranter, mas a tigela de leite estava gritando... e muito mais à mão. Desceu a íngreme encosta coberta de capim e bateu à porta dos fundos da cabana.

Quem abriu foi uma mulher gorda como uma pipa, os braços brilhantes de espuma. Sim, podia tomar tanto leite quanto quisesse. O nome do lugar? A Granja, pelo visto, era como se chamava. Charles acompanhou-a a uma sala de teto inclinado que se estendia por toda a largura da parte dos fundos da casa. A sala era escura, sombria e muito fresca, com o chão de ardósia, e recendia a queijo sendo curado. Em cima de cavaletes, havia uma fila de caldeirões de cobre, cada qual coroado por uma crosta dourada de nata, colocados embaixo dos queijos acomodados nos caibros acima como um esquadrão de luas de reserva. Charles lembrou-se então de já ter ouvido falar no lugar. Seu creme e sua manteiga eram conhecidos na região, e tia Tranter já lhe falara sobre isso. Mencionou o nome dela, e a mulher que tirava com uma concha o leite gordo de uma lata junto à porta e o despejava — exatamente como ele imaginara — numa tigela de louça azul e branca olhou sorrindo para ele. Sendo menos estranho, foi mais bem recebido.

Enquanto conversava com a mulher, ou antes, escutava-a, no relvado em frente à Granja, o marido voltou depois de ter levado as vacas para o pasto. Era um homem calvo, com uma vasta barba e um ar macambúzio. Um Jeremias. Olhou severamente para a mulher, que na mesma hora largou a conversa e voltou para suas panelas. O marido era evidentemente um homem de poucas palavras, embora tivesse respondido bem depressa quando Charles lhe perguntara quanto devia pela tigela do excelente leite. Um penny, uma dessas encantadoras efígies da jovem Vitória que ainda hoje aparecem de vez em quando no meio do nosso troco, e em que, após um século de manuseio, apagou-se tudo, menos a graciosa cabeça, mudou de mãos.

Charles já ia voltar para a trilha. Mas nem bem dera o primeiro passo quando uma figura vestida de preto saiu do meio do arvoredo que havia no alto. Era a moça. Ela olhou para os dois homens lá embaixo e continuou andando na direção de Lyme. Charles olhou de novo para o granjeiro, que continuava com um ar de censura observando a figura. Evidentemente, não deixou a delicadeza ser um obstáculo para um juízo profético.

— O senhor conhece aquela senhora?

— Conheço.

— Ela vem sempre para esses lados?

— Muitas vezes. — O granjeiro continuava fitando a moça. Então acrescentou: — E não é senhora coisa nenhuma. É a Puta do Tenente Francês.

Charles custou um pouco a entender o significado do primeiro substantivo. E olhou irritado para o barbudo, que era metodista e, portanto, gostava de dar nome aos bois, especialmente quando os bois expressavam o pecado alheio. A Charles, ele pareceu a encarnação de todos os fofoqueiros hipócritas de Lyme. Poderia acreditar em muitas coisas em relação àquela cara adormecida, mas nunca que pertencesse a uma prostituta.

Segundos depois, Charles também estava na trilha de carroças que conduzia a Lyme. Duas faixas de terra batida corriam entre os bosques que subiam a montanha e uma sebe alta que encobria parcialmente o mar. À sua frente, seguia o vulto escuro da moça, já de chapéu. Não ia depressa, mas mantinha um passo regular, sem nenhuma afetação feminina, como uma pessoa acostumada a percorrer grandes distâncias. Charles decidiu-se a alcançá-la e, ao fim de uns cem metros, já estava bem perto dela. A moça não podia ter deixado de ouvir o atrito de suas botas de pregos nas pedras descobertas da trilha, mas não olhou para trás. Charles notou que o casaco era grande demais para ela e que os saltos de seus sapatos estavam sujos de barro. Hesitou um instante, mas a lembrança do olhar antipático do granjeiro de quem discordava fez com que se mantivesse fiel ao propósito cavalheiresco de mostrar àquela pobre mulher que em seu mundo nem todos eram bárbaros.

— Senhora!

Sarah virou-se e o viu sorrindo, de chapéu na mão. E embora a expressão dela refletisse agora uma surpresa bastante normal, seu rosto mais uma vez provocou nele uma impressão extraordinária. Era como se não acreditasse que pudesse sentir o que sentia depois de vê-lo e fosse obrigado a olhá-lo de novo. O rosto parecia envolvê-lo e rejeitá-lo, como se fosse uma figura num sonho, sempre parada, e cada vez distanciando-se mais dele.

— Tenho que lhe pedir desculpas por duas coisas. Ontem eu não sabia que era a secretária da Sra. Poulteney. Acho que fui bastante indelicado quando falei com a senhora.

Ela olhava para o chão.

— Não tem importância, senhor.

— E ainda agora, quando eu... fiquei com medo que estivesse passando mal.

Ainda sem olhar para ele, ela inclinou a cabeça e deu meia-volta para seguir em frente.

— Será que eu não poderia acompanhá-la? Já que vamos para o mesmo lado?

Ela parou, mas não se virou.

— Prefiro ir sozinha.

— Foi a Sra. Tranter que me fez perceber o meu equívoco. Sou...

— Sei quem é o senhor.

Aquela reação brusca de timidez o fez sorrir.

— Então...

Subitamente, ela o olhou nos olhos, com uma espécie de desespero por trás da timidez.

— Por favor, deixe-me ir sozinha. — O sorriso desapareceu dos lábios de Charles, que fez uma mesura e deu um passo atrás. Mas em vez de continuar andando, a moça ficou um instante olhando para o chão. — E, por favor, não diga a ninguém que me viu aqui.

Então, sem olhar mais para ele, virou-se e continuou andando, quase como se soubesse que seu pedido era inútil e já se arrependesse de tê-lo feito. Parado no meio da estrada, Charles ficou vendo o vulto negro se afastar. Tudo o que lhe ficou foi a imagem daqueles olhos — eram exageradamente grandes, como se capazes de ver mais e sofrer mais. E, na firmeza daquele olhar — ele não sabia, mas era o olhar que ela usava quando distribuía panfletos —, havia muito de repulsa. Não se aproxime de mim, diziam. *Noli me tangere.*

Charles olhou em volta, procurando imaginar por que ela não desejava que se ficasse sabendo de seus passeios por aquela floresta inocente. Quem sabe havia algum homem, algum encontro clandestino? Mas, então, lembrou-se da história dela.

Quando afinal chegou à Broad Street, Charles resolveu passar em casa da Sra. Tranter no caminho do White Lion para explicar que tão logo tivesse tomado um banho e vestido roupas decentes iria...

A porta foi aberta por Mary, mas, naquele instante, a Sra. Tranter por acaso passava pelo hall — para ser exato, chegou de propósito e insistiu para que ele deixasse de cerimônias. E não eram seus trajes a melhor desculpa para seu atraso? Sendo assim, Mary, sorridente, tomou-lhe das mãos o bordão e a mochila, e Charles foi conduzido à saleta dos fundos, então iluminada pelos últimos raios do sol poente, onde a inválida jazia em destaque envolta num elaborado e encantador *déshabillé* cinza e carmim.

— Sinto-me como um navegador irlandês transportado ao boudoir de uma rainha — queixou-se Charles ao beijar os dedos de Ernestina de uma forma que demonstrava que, na verdade, ele daria um péssimo navegador irlandês.

Ela retirou a mão.

— Você não vai tomar uma gota de chá até ter explicado cada minuto do seu dia.

Assim, ele descreveu tudo o que lhe acontecera, ou quase tudo, pois Ernestina já deixara claro por duas vezes que a Mulher do Tenente Francês era um assunto que lhe desagradava — a primeira no Cobb e a segunda no almoço em seguida, quando tia Tranter dera a Charles informações quase idênticas às que o vigário de Lyme dera à Sra. Poulteney doze meses antes. Mas Ernestina repreendera sua tia-governanta por estar aborrecendo Charles com intrigas sem interesse, e a pobre senhora — que já fora muitas vezes criticada por seu provincianismo para não se dar conta dele — obedecera humildemente.

Charles exibiu o pedaço de rocha incrustado de amonites que trouxera para Ernestina, que, desarmada, tentou segurá-lo, mas não conseguiu, e perdoou tudo a Charles por tal trabalho de Hércules, mas logo fingiu zangar-se com ele por ter arriscado a vida.

— O Undercliff é um lugar dos mais fascinantes. Eu não fazia idéia de que existissem lugares assim na Inglaterra. Lembrou-me algumas paisagens da costa norte de Portugal.

— Ora, o homem está extasiado — exclamou Ernestina. — Agora confesse, Charles. Você não andou decapitando pobres rochas inocentes, mas sim brincando com as ninfas do bosque.

Charles teve aqui um inexplicável momento de embaraço, que disfarçou com um sorriso. Estava quase contando às duas sobre a moça, e ocorreu-lhe descrever o encontro de maneira engraçada. Mas isso lhe pareceu uma espécie de traição, tanto à moça que sofria de fato como a ele mesmo. Sabia que estaria mentindo se mencionasse levianamente aqueles dois encontros.

E o silêncio acabou não lhe parecendo uma mentira muito grave naquela sala onde só se falavam banalidades.

Falta explicar por que, quinze dias antes, a Floresta de Ware parecera lembrar à Sra. Poulteney Sodoma e Gomorra.

Na verdade, bastaria explicar que era o lugar mais próximo a Lyme aonde as pessoas podiam ir sem ser espionadas. A região tinha um histórico jurídico longo e complicado. Aquelas terras sempre foram consideradas comunitárias até que a promulgação de leis que facultavam a demarcação de áreas permitiu que fossem invadidas, como ainda atestam os nomes dos campos da Granja, todos roubados dessas terras. Um fidalgo que morava numa das grandes propriedades situadas atrás do Undercliff deu um discreto golpe — com a aprovação de seus pares, como é praxe na história. É verdade que os cidadãos de Lyme mais republicanos puseram-se em armas — se é que machado pode ser considerado arma. Pois o fidalgo desejava muito ter um arboreto no Undercliff. O caso foi parar na justiça e chegou-se a um meio-termo: foi garantida uma servidão, e as árvores raras foram respeitadas. Porém as terras deixaram de ser comunitárias.

Mas, na região, persistia o sentimento de que a Floresta de Ware era propriedade pública. Os caçadores clandestinos sentiam-se ali menos culpados quando perseguiam faisões e coelhos; um dia, descobriu-se com horror que havia um bando de ciganos vivendo ali acampados num pequeno vale não se sabia havia quantos meses. Os proscritos foram logo expulsos dali, mas a lembrança da presença deles permaneceu e ficou associada ao desaparecimento de uma criança de uma cidade vizinha mais ou menos na mesma época. Era sabido que os ciganos a haviam raptado, acrescentado sua carne a um guisado de coelho e enterrado seus ossos. Os ciganos não eram ingleses; e, portanto, deviam ser canibais.

Mas a acusação mais grave contra a Floresta de Ware tinha relação com uma infâmia ainda pior: embora nunca tivesse sido dado à trilha que levava à granja o nome familiar nas regiões rurais de Alameda dos Namorados, o caminho de fato era isso. Todo verão, atraía casais de namorados. Havia o pretexto de se ir beber uma tigela de leite na Granja; e, na volta, várias trilhazinhas atraentes levavam a recantos ocultos por moitas de samambaias e pilriteiros.

E, se essa indecência já não fosse bastante grave, havia uma pior. Existia uma tradição antediluviana (muito anterior a Shakespeare), segundo a qual, na noite de São João, os jovens, levando uma lanterna e uma ou duas barricas de cidra, deveriam ir a um pequeno relvado conhecido como Donkey's Green, no coração do bosque, para ali celebrarem o solstício com danças. Alguns diziam que, depois da meia-noite, mais se cambaleava do que se dançava; e os mais severos afirmavam que quase não se fazia nada daquilo e o que se fazia mesmo era outra coisa.

A agricultura científica, com a mixomatose, recentemente nos privou do Green para sempre, mas a tradição em si foi se enfraquecendo à medida que os costumes sexuais ficavam mais frouxos. Há muitos anos, só um ou outro filhote de raposa ou de texugo rola na grama no Donkey's Green na noite de São João. Mas não era assim em 1867.

De fato, apenas um ano antes, um comitê de senhoras, presidido pela Sra. Poulteney, pressionara as autoridades civis para que a trilha fosse cercada e fechada com uma porteira. Mas prevaleceram opiniões mais democráticas. O direito à servidão era sagrado e devia ser respeitado, e houve até alguns sensualistas repulsivos entre os Conselheiros que defendiam que passear na Granja era um prazer inocente e que o Baile de Donkey's Green não passava de uma brincadeira anual. Mas basta dizer que, entre as pessoas mais respeitáveis do lugar, comentar que um rapaz ou uma moça era "do tipo que freqüentava a Floresta de Ware" era o suficiente para deixá-lo marcado para o resto da vida. O rapaz só podia ser um sátiro; e a moça, uma rameira que se prostituía atrás das moitas.

Assim é que Sarah encontrou a Sra. Poulteney à sua espera quando voltou do passeio na tarde em que a Sra. Fairley tão nobremente se achou na obrigação de cumprir com seu dever. Eu disse "à sua espera", mas devia ter acrescentado "em atitude solene". Quando Sarah apareceu na sala íntima para a leitura noturna da Bíblia, pareceu que estava diante da boca de um canhão. Era evidente que a qualquer momento a Sra. Poulteney poderia explodir, e com um estrondo muito forte.

Quando Sarah se dirigiu ao púlpito colocado no canto da sala, onde descansava o grande volume da Bíblia "de família" — não se tratava do que talvez você esteja imaginando como uma Bíblia de família, mas sim uma que havia sido piedosamente expurgada de certas passagens de um mau gosto inexplicável (tais como o Cântico de Salomão) —, viu que nem tudo ia bem.

— Houve algum problema, Sra. Poulteney?

— Houve um problema muito grande — disse a abadessa. — Fui informada de uma coisa em que não posso acreditar.

— Relacionada a mim?

— Eu nunca deveria ter escutado o médico. Deveria ter escutado só os ditames do meu bom senso.

— O que foi que eu fiz?

— Não acho absolutamente que você seja louca. Você é uma criatura esperta e perversa. Sabe muito bem o que fez.

— Posso jurar sobre a Bíblia...

Mas a Sra. Poulteney olhou indignada para ela.

— Não vai fazer nada disso! É blasfêmia.

Sarah se adiantou e parou diante de sua patroa.

— Insisto em saber do que estou sendo acusada.

A Sra. Poulteney lhe contou.

Para seu espanto, Sarah não mostrou o menor sinal de vergonha.

— Mas que mal há em passear na Floresta de Ware?

— Que mal? Você, uma jovem, sozinha, num lugar daqueles!

— Mas, minha senhora, aquilo é só um bosque grande.

— Eu sei muito bem o que é aquilo. E o que acontece lá. E o tipo de gente que costuma ir lá.

— Não vai ninguém. É por isso que eu vou... para ficar sozinha.

— Não me contradiga, menina! Acha que não sei o que digo?

O primeiro simples fato era que a Sra. Poulteney nunca vira a Floresta de Ware, nem de longe, uma vez que não se via aquela mata de nenhuma estrada. O segundo era que ela era viciada em ópio — mas antes que você pense que estou temerariamente sacrificando a plausibilidade ao sensacionalismo, deixe-me acrescentar logo que ela não sabia disso. O que chamamos de ópio, para ela era láudano. Um médico da época, espirituoso, ainda que um pouco blasfemo, chamava-o de Nosso Sagrado Láudano, uma vez que, no século XIX, muitas senhoras distintas, e outras nem tanto — pois a droga (conhecida como Cordial de Godfrey) era bastante barata para ajudar as mulheres de todas as classes a atravessar aquela negra noite da menopausa —, tomavam-na muito mais amiúde do que o vinho da Eucaristia. Era, em suma, um equivalente muito próximo dos sedativos de hoje. Por que a Sra. Poulteney haveria de ser uma habitante do vale das bolinhas vitoriano não precisamos indagar, mas devo assinalar que o láudano, como descobriu Coleridge, proporciona sonhos intensos.

Não posso imaginar que quadro da Floresta de Ware à moda de Bosch a Sra. Poulteney havia criado com o passar dos anos, que orgias satânicas adivinhava atrás de cada árvore, que perversões francesas embaixo de cada folha. Mas acho que podemos afirmar com segurança que era uma associação objetiva das coisas que se passavam em seu subconsciente.

Sua explosão fez com que Sarah e ela mesma se calassem. Depois de ter descarregado, a Sra. Poulteney mudou de tom.

— Você me entristeceu profundamente.

— Mas como eu poderia saber? Não posso ir até o mar. Muito bem, Não vou até o mar. Mas quero ficar sozinha. Mais nada. Isso não é pecado. Não aceito ser chamada de pecadora por isso.

— Nunca ouviu falar na Floresta de Ware?

— Da maneira como a senhora dá a entender, nunca.

A Sra. Poulteney pareceu um tanto desconcertada com a indignação da moça. Lembrou-se de que Sarah não morava em Lyme fazia muito tempo, e que, portanto, poderia perfeitamente não estar a par do falatório que atraía.

— Muito bem, mas que fique bem entendido. Não admito que as pessoas que estejam a meu serviço sejam vistas por aquelas bandas. Restrinja seus passeios aos lugares convenientes. Está claro?

— Sim. Devo caminhar pela trilha da retidão.

Por um momento, a Sra. Poulteney teve a horrível impressão de que a ironizava, mas Sarah tinha os olhos solenemente baixos, como se tivesse proferido uma sentença contra si própria, e retidão fosse sinônimo de sofrimento.

— Então não queremos mais ouvir falar nessa insensatez. Faço isso para o seu próprio bem.

Sarah murmurou:

— Eu sei. — E em seguida: — Eu lhe agradeço, minha senhora.

Ficaram caladas. Sarah voltou-se para a Bíblia e leu a passagem que a Sra. Poulteney marcara. Era a mesma que escolhera para a primeira entrevista, o Salmo 119: "Felizes os de conduta ilibada, que seguem a lei do Senhor." Sarah leu com uma voz muito contida, aparentemente sem emoção. A velha senhora estava sentada de frente para as sombras escuras do fundo da sala; parecia um ídolo pagão, indiferente ao sacrifício sangrento exigido por sua implacável cara de pedra.

Mais tarde naquela noite, Sarah poderia ter sido vista — embora eu não saiba por quem, senão por uma coruja que passasse — na janela aberta de seu quarto escuro. A casa estava em silêncio, e a cidade também, pois naquela época em que não havia eletricidade nem televisão as pessoas iam se deitar às nove. E já era uma hora. Sarah estava de camisola com os cabelos soltos, e olhava para o mar. Ao longe, para os lados da península de Portland, piscava fracamente sobre as águas escuras a luz de algum navio que navegava rumo a Bridport. Sarah vira o pontinho de luz e não lhe dera importância.

Chegando um pouco mais perto, você notaria que ela chorava em silêncio. Não estava parada junto à janela aguardando surgirem as velas de Satã, mas sim preparando-se para atirar-se por ela.

Não a farei vacilar em cima do parapeito; nem debruçar-se ali e depois cair para trás soluçando no tapete surrado do quarto. Sabemos que estava viva quinze dias depois desse incidente, portanto não pulou pela janela. Seu choro também não era aquele choro histérico que precede um ato violento. Suas lágrimas eram provocadas por uma infelicidade profunda que tinha mais a ver com a situação em que se encontrava que com seus sentimentos. Brotavam lentamente, irreprimíveis, escorrendo como sangue através de uma atadura.

Quem é Sarah?

De que sombras surgiu?

13

Pois os desígnios do Criador são obscuros, uma Ísis oculta pelo véu...

TENNYSON, *Maud* (1855)[1]

Não sei. A história que estou contando é pura imaginação. Esses personagens que crio nunca existiram senão em minha mente. Se até agora tive a pretensão de conhecer o espírito e os pensamentos mais íntimos de meus personagens, é porque escrevo (assim como adotei um pouco de seu vocabulário e de sua "voz") seguindo uma convenção universalmente aceita na época de minha história: a de que o romancista está no mesmo plano que Deus. Pode não saber de tudo, mas tenta fingir que sabe. Porém vivo na era de Alain Robbe-Grillet e Roland Barthes; se isso que escrevo é um romance, não pode ser um romance na acepção moderna do termo.

Então, talvez eu esteja escrevendo a minha autobiografia transposta para outra época; talvez eu hoje more numa das casas que coloquei na ficção; talvez Charles seja eu mesmo disfarçado. Talvez seja apenas um jogo. Hoje existem mulheres como Sarah, e eu nunca as entendi. Ou talvez eu esteja tentando lhe passar dissimuladamente um livro de ensaios. Em vez de abrir os capítulos com epígrafes, talvez eu devesse ter dado um título a cada um: "Sobre a Horizontalidade da Existência", "As Ilusões do Progresso", "A História da Forma do Romance", "A Etiologia da Liberdade", "Alguns Aspectos Desconhecidos da Era Vitoriana"... o que você quiser.

Talvez você suponha que baste o romancista puxar os cordões para que suas marionetes se comportem como gente de verdade e apresentem, quando solicitadas, uma análise completa de seus motivos e intenções. Naturalmente, a esta altura (*Cap. Treze — revelação do verdadeiro estado de espírito de Sarah*), eu pretendia contar tudo — ou tudo o que interessa. Mas de repente me vejo igual a um homem que estivesse no jardim da casa Marlborough, embaixo daquela janela escura, numa noite fria de primavera, e sei que, no contexto da realidade do meu livro, Sarah jamais iria enxugar as lágrimas, debruçar-se na janela e abrir-se comigo por um capítulo. Se tivesse me visto ali quando nasceu a lua minguante, teria virado as costas na mesma hora e sumido na escuridão do quarto.

Mas sou um romancista, não um homem num jardim, e posso acompanhá-la aonde eu quiser, não? Mas nem sempre o que é possível é permitido. Os maridos muitas vezes têm a possibilidade de matar as mulheres — e vice-versa — e sair impunes. Mas não o fazem.

Talvez você ache que os romancistas tenham um plano de trabalho e o sigam à risca, de modo que o futuro previsto no Capítulo Um sempre haverá de ser o que inexoravelmente acontece no Capítulo Treze. Mas os romancistas escrevem movidos por vários motivos diferentes: por dinheiro, pela fama, pelas críticas, pelos pais, pelos amigos, pelos entes queridos, por vaidade, por orgulho, por curiosidade, por diversão: assim como os bons marceneiros gostam de fazer móveis, os bêbados, de beber, os juízes, de julgar, os sicilianos, de descarregar uma pistola nas costas de um inimigo. Eu poderia encher um livro com motivos, e todos seriam verdadeiros, embora nem todos para todos os romancistas. Só há um motivo compartilhado por todos nós: *Desejamos criar mundos reais como aquele em que vivemos, mas diferentes.* Por isso não podemos fazer planos. Sabemos que o mundo é um organismo, não uma máquina. Também sabemos que um mundo genuinamente criado deve ser independente de seu criador; um mundo planejado (um mundo que revele totalmente seu planejamento) é um mundo morto. Nossos personagens e nossa trama só adquirem vida quando começam a nos desobedecer. Quando Charles deixou Sarah na beira do penhasco, mandei-o voltar diretamente para Lyme Regis. Mas ele não o fez. De repente, desviou e desceu para a Granja.

Ora essa, você diz... O que eu quero dizer mesmo é que, enquanto eu escrevia, ocorreu-me que talvez fosse mais inteligente fazê-lo parar para tomar leite... e encontrar Sarah de novo.

Aí está, sem dúvida, uma boa explicação para o que aconteceu. Mas só posso dizer — e sou a testemunha mais confiável — que a idéia me parece ter partido claramente de Charles, não de mim. A questão é que, além de ele ter começado a ganhar independência, eu devo respeitá-la e renunciar aos planos quase divinos que concebi para ele, se quiser que ele seja real.

Em outras palavras, para ser livre, tenho que dar também liberdade a ele, a Tina, a Sarah e até à abominável Sra. Poulteney. Só há uma boa definição de Deus: a liberdade que permite a existência de outras liberdades. E devo me conformar com essa definição.

O romancista ainda é um deus, uma vez que cria (e nem mesmo o mais aleatório romance moderno de vanguarda conseguiu eliminar totalmente o seu autor). O que mudou é que já não somos mais os deuses da imagem vitoriana, oniscientes e prepotentes, mas sim os de uma nova imagem teológica, em que nosso primeiro princípio é a liberdade, não a autoridade.

Será que vergonhosamente destruí a ilusão? Não. Meus personagens continuam existindo, e dentro de uma realidade que não é mais nem menos real do que a que acabo de destruir. A ficção está entrelaçada em tudo, como observaram os gregos há dois mil e quinhentos anos. Acho essa nova realidade (ou irrealidade) mais válida. E gostaria que você compartilhasse comigo essa sensação de que não controlo totalmente essas criaturas da minha imaginação, assim como você não controla — por mais que tente, por mais que se pareça com uma Sra. Poulteney moderna — seus filhos, colegas, amigos ou até a si mesmo.

Mas será isso um absurdo? Um personagem ou é "real" ou é "imaginário"? Se pensa assim, *hypocrite lecteur,* eu só posso sorrir. Nem o seu passado você considera totalmente real; você o floreia, doura-o ou o pinta de negro, censura-o ou o constrói com o que está à mão... ficcionaliza-o, em suma, e o guarda numa estante — é o seu livro, a sua autobiografia romanceada. Todos nós fugimos da verdadeira realidade. Esta é a definição básica do *Homo sapiens.*

Assim, se acha que toda essa infeliz digressão (mas este *é* o Capítulo Treze) nada tem a ver com seu Tempo, nem com seu Progresso, nem com sua Sociedade, nem com sua Evolução, nem com todos esses outros fantasmas da noite que arrastam suas correntes por trás da cena deste livro... não vou discutir. Mas desconfiarei de você.

Relato, então, só os fatos externos: que Sarah chorava no escuro, mas não se suicidou, e que, apesar da proibição expressa, continuou a freqüentar a Floresta de Ware. Num certo sentido, portanto, ela de fato havia pulado da janela; e vivia numa espécie de longa queda, já que cedo ou tarde, inevitavelmente, a Sra. Poulteney seria informada de que a pecadora continuava pecando. É verdade que Sarah não ia à floresta com a mesma freqüência de antes, uma privação fácil de suportar porque o tempo esteve chuvoso naquelas duas semanas seguintes. É verdade também que tomava precauções mínimas, do tipo tático. A trilha de carroças ia dar numa pequena alameda, não muito melhor que a trilha, que descia acompanhando o relevo de um amplo vale chamado Vale Ware, e, na periferia de Lyme, encontrava a estrada principal para Sidmouth e Exeter. Havia umas poucas casas respeitáveis aqui e ali no Vale Ware, que, portanto, era um lugar adequado para se passear. Felizmente, nenhuma dessas casas dava para o entroncamento da trilha com a alameda. Uma vez ali, Sarah tinha apenas que olhar em volta para assegurar-se de que estava sozinha. Um dia que saiu com a intenção de ir até a mata, ao chegar ao cruzamento com o caminho da Granja, viu duas pessoas que acabavam de sair da curva mais em cima. Continuou andando em direção a elas, e, ao chegar à curva, prestou atenção para se certificar de que a dupla não tomava o caminho da Granja. Em seguida, retrocedeu e entrou em seu refúgio sem ser vista.

Corria o risco de encontrar outras pessoas passeando na própria trilha; e sempre havia o perigo de ser vista pelo dono da Granja e sua família. Mas, ao descobrir que um daqueles caminhos convidativos que iam dar no recanto das samambaias podia levá-la ao bosque sem passar pela Granja, pôde evitar este perigo. Era o caminho que sempre tomara, até aquela tarde em que, pelo que hoje consideramos uma imprudência, surgiu na frente dos dois homens.

A razão da imprudência era simples. Dormira demais e sabia que estava atrasada para sua leitura. A Sra. Poulteney ia jantar com lady Cotton naquela noite; e a hora da leitura fora antecipada para lhe dar tempo de se preparar para o que era sempre, no fundo, se não na aparência, um choque estrondoso entre dois brontossauros, em que o veludo negro substituía as cartilagens sólidas e as citações da Bíblia, os dentes furiosos e violentos. Mas não deixava de ser uma batalha igualmente dura e implacável.

Ademais, ao ver Charles olhando-a de cima, ficara transtornada. Sentiu a velocidade de sua queda aumentar. Quando o chão cruel vem correndo ao nosso encontro, quando se cai de tão alto, de que servem as precauções?

14

— Para mim, Sr. Elliot, boa companhia é a companhia de gente inteligente e bem informada, que tem conversa; isso é o que chamo de boa companhia.

— A senhora está enganada — disse ele com delicadeza —, essa é o que há de melhor. A boa requer apenas berço, cultura e boas maneiras, e cultura talvez não seja muito importante.

JANE AUSTEN, *Persuasion*

Embora os visitantes de Lyme no século XIX não tivessem exatamente que passar pelas provas enfrentadas pelos visitantes das antigas colônias gregas — Charles não teve que fazer um discurso no estilo de Péricles nem um resumo dos acontecimentos mundiais das escadas da prefeitura —, sem dúvida se esperava que consentissem em ser examinados e interrogados. Ernestina já avisara Charles sobre isso. Devia se considerar, não mais nem menos, um bicho de zoológico e aceitar com paciência que o olhassem sem disfarce e o cutucassem com o guarda-chuva. Assim é que, duas ou três vezes por semana, Charles tinha que fazer visitas às senhoras e suportar horas de um enfado atroz, cujo único consolo era a pequena cena que se repetia com agradável regularidade quando voltavam para a casa de tia Tranter. Ernestina procurava com ansiedade seus olhos, embaçados por nuvens de conversas triviais, e perguntava:

— Foi medonho? É capaz de me perdoar? Você me odeia?

E quando ele sorria, ela se atirava em seus braços, como se ele tivesse escapado milagrosamente de uma arruaça ou de uma avalanche.

Aconteceu que a avalanche da manhã após a descoberta que Charles fizera no Undercliff devia acontecer na casa Marlborough. Aquelas visitas nada tinham de espontânco ncm de fortuito. Não podiam ter, já que a identidade dos visitantes e dos visitados se espalhava pela cidadezinha com uma rapidez incrível, o que criava e ajudava a manter uma noção rígida de protocolo. O interesse da Sra. Poulteney por Charles não devia ser maior do que o dele por ela; mas ela teria ficado mortalmente ofendida se ele não fosse levado acorrentado à sua presença, para que pudesse colocar seu gordo pezinho sobre ele — logo após sua chegada a Lyme, pois quanto mais a pessoa demorasse a fazer a visita, menor a deferência.

Naturalmente, esses "estrangeiros", no fundo, eram meras fichas num jogo. A visita em si não tinha importância, mas quantas formas deliciosas de explorá-la havia! "*Que amor* a Sra. Tranter, ela queria que eu fosse a primeira a conhecer..." e "Me espanta muito que Ernestina ainda não a tenha visitado. Ela nos mima, já foi duas vezes lá em casa..." e "Tenho certeza de que foi um descuido — A Sra. Tranter é uma pessoa afetuosa, mas muito distraída..." Essas e outras gostosas oportunidades semelhantes para punhaladas sociais dependiam de um suprimento de visitantes "importantes" como Charles. E ele tinha tão poucas probabilidades de escapar do seu destino quanto um camundongo gordo diante de um gato esfaimado — para ser exato, diante de várias dezenas de gatos esfaimados.

Na manhã seguinte ao encontro na mata, quando a chegada da Sra. Tranter e de seus dois jovens acompanhantes foi anunciada, Sarah levantou-se imediatamente para sair da sala. Mas a Sra. Poulteney, que sempre ficava de mau humor com a felicidade dos jovens, e que, de qualquer forma, tinha bons motivos para estar nesse estado, após uma noitada passada em companhia de lady Cotton, ordenou-lhe que ficasse. Considerava Ernestina uma jovem fútil, e tinha certeza de que seu pretendente também devia ser um rapaz fútil. Sentia-se quase na obrigação de constrangê-los. Sabia, além do mais, que essas ocasiões sociais eram como um cilício para o pecador. Tudo conspirava contra eles.

Os visitantes foram introduzidos na sala. A Sra. Tranter adiantou-se farfalhando, efusiva e simpática. Sarah ficou timidamente em segundo plano, dolorosamente deslocada. Charles e Ernestina estavam à vontade parados sobre o tapete, logo atrás das duas velhas senhoras, que se conheciam havia bastantes décadas para tornar necessária uma espécie de abraço simbólico. Então, Ernestina foi apresentada, fazendo um imperceptível esboço de reverência antes de segurar a régia mão.

— Como vai, Sra. Poulteney? Parece extremamente bem-disposta.

— Na minha idade, Srta. Freeman, a saúde espiritual é só o que conta.

— Então não devo me preocupar com a senhora.

A Sra. Poulteney gostaria de prosseguir nesse assunto interessante, mas Ernestina virou-se para apresentar Charles, que se curvou sobre a mão da velha senhora.

— Muito prazer, minha senhora. Sua casa é encantadora.

— É muito grande para mim. Conservo-a em memória do meu querido marido. Sei que ele teria desejado, aliás, que deseja que seja assim.

E, por cima da cabeça de Charles, olhou para o ícone principal da casa, um retrato a óleo de Frederick, feito apenas dois anos antes de sua morte, em 1851, em que ficava patente que ele era um belo homem, sábio, cristão e digno e, sobretudo, acima da média. Cristão ele era, e extremamente digno também, mas, para representar as outras qualidades, o pintor recorrera à sua imaginação. O há muito falecido Sr. Poulteney fora uma nulidade total, embora muito rico. E o único ato realmente importante que fizera na vida foi deixá-la. Charles observou esse esqueleto presente à festa com a devida deferência.

— Ah. Com certeza. Compreendo. Muito natural.

— A vontade *deles* deve ser obedecida.

— Exatamente.

A Sra. Tranter, que já havia sorrido para Sarah, usou-a para encerrar aquele intróito fúnebre.

— Minha cara Srta. Woodruff, é um prazer vê-la aqui. — Foi apertar a mão de Sarah e, olhando para ela com uma solicitude sincera, perguntou-lhe num tom mais baixo: — Irá me visitar quando minha querida Tina for embora? — Uma expressão estranha passou por um segundo pelo rosto de Sarah. Aquele computador em seu coração havia analisado a Sra. Tranter havia muito tempo e arquivado os dados obtidos. Aquela reserva, aquela independência que tão perigosamente se aproximava do desafio e que se tornara a sua máscara na presença da Sra. Poulteney, foi abandonada momentaneamente. Ela até sorriu, embora com tristeza, e fez um gesto de cabeça imperceptível: se pudesse, iria.

Foram feitas as outras apresentações. As duas jovens se cumprimentaram com uma fria inclinação de cabeça, e Charles fez uma mesura. Prestou atenção para ver se a moça trairia de alguma forma seus dois encontros da véspera, mas os olhos dela evitaram calculadamente os seus. Estava curioso para saber como aquele animal selvagem se comportaria naquele ambiente fechado, e logo se decepcionou ao constatar que aparentemente foi com uma mansidão absoluta. A não ser para lhe pedir que fosse buscar algo ou tocar a campainha quando ficou decidido que as senhoras aceitavam um chocolate quente, a Sra. Poulteney fez como se Sarah não estivesse ali. E Ernestina idem, como notou Charles contrariado. Tia Tranter fez o possível para atrair a moça para a conversa; mas ela sentou-se um pouco à parte, com uma atitude impassível e retraída, que bem poderia ser tomada como reconhecimento de sua posição inferior. O próprio Charles virou-se educadamente uma ou duas vezes para ela esperando a confirmação de uma opinião — mas não teve êxito. Dava a resposta mais curta possível e continuava evitando seus olhos.

Só no fim da visita é que Charles percebeu que a situação não era bem aquela. Viu que a silenciosa docilidade da moça era contrária à sua natureza, que ela estava fingindo e que, na verdade, nada tinha a ver com a patroa e a desaprovava. A Sra. Poulteney e a Sra. Tranter foram seguindo uma com melancolia e a outra com entusiasmo a pauta protocolar de assuntos de conversa. Uma pauta curta, mas de desenvolvimento interminavelmente longo — os criados; o tempo; os nascimentos, os enterros e os casamentos iminentes; o Sr. Disraeli e o Sr. Gladstone (estes, aparentemente, em deferência a Charles, embora tenha proporcionado à Sra. Poulteney a oportunidade de condenar severamente os princípios pessoais do primeiro e as idéias políticas do segundo);* depois passaram ao último sermão dominical, às deficiências do comércio local e daí, naturalmente, voltaram aos criados. Enquanto sorria, erguia as sobrancelhas e balançava a cabeça ao enfrentar esse purgatório familiar, Charles chegou à conclusão de que a calada Srta. Woodruff se sentia injustiçada e não fazia o menor esforço para esconder isso, o que era muito interessante para um observador arguto.

Isso demonstrava perspicácia da parte de Charles, pois ele reparara em algo que passara despercebido a quase todos os habitantes de Lyme. Mas talvez sua dedução tivesse permanecido uma mera suspeita se sua anfitriã não tivesse feito um dos comentários que lhe eram peculiares.

— Aquela moça que demiti... ela lhe deu algum problema?

A Sra. Tranter sorriu.

— Mary? Eu não me separaria dela por nada no mundo.

— A Sra. Fairley me diz que a viu hoje de manhã mesmo conversando com uma pessoa. — A Sra. Poulteney disse "pessoa" no mesmo tom em que dois franceses patriotas diriam "nazistas" durante a ocupação. — Um rapaz. A Sra. Fairley não o conhece.

Ernestina lançou um olhar incisivo de reprovação a Charles que, por um momento, ficou aflito, achando que a acusação se referia a ele, mas depois viu que não e sorriu.

* Talvez, para fazer jus à senhora, se possa dizer que, naquela primavera de 1867, sua desaprovação era compartilhada por muita gente. O Sr. Gladraeli e o Sr. Dizzystone realizaram naquele ano uma tarefa vertiginosa. Às vezes nos esquecemos de que a aprovação do último grande projeto de lei de Reforma (promulgada no mês de agosto seguinte) foi proposto pelo Pai do Conservadorismo Moderno e ferozmente combatida pelo Grande Liberal. Os tóris como a Sra. Poulteney, portanto, viram-se sendo defendidos do horror de que seus subalternos dessem mais um passo em direção ao voto pelo líder do partido que repudiavam em praticamente todos os outros pontos. Marx observou, em um de seus artigos no *New York Daily Tribune,* que na realidade os liberais ingleses "representam algo muito diferente dos princípios liberais e esclarecidos que professam. Assim, estão na mesma posição do bêbado que, levado à presença do prefeito, declarou ser contra o consumo de bebidas alcoólicas, mas que, por um motivo ou outro, sempre se embriagava aos domingos". Ainda há pessoas assim.

— Deve ter sido Sam. O meu criado, senhora — acrescentou, explicando à Sra. Poulteney.

Ernestina, evitando olhar para ele, disse:

— Eu ia lhe contar. Eu também os vi conversando ontem.

— Mas... não vamos proibi-los de conversar um com o outro quando se encontrarem.

— Há uma diferença enorme entre o que se pode aceitar em Londres e o que é adequado aqui. Acho que você devia falar com Sam. A moça se deixa levar com muita facilidade.

A Sra. Tranter se ofendeu.

— Ernestina, minha querida... ela pode ser alegre, mas nunca tive a menor razão de...

— Minha querida e bondosa tia, sei muito bem o quanto gosta dela.

Charles percebeu o tom seco de sua voz e se apressou a sair em defesa da ofendida Sra. Tranter.

— Eu desejaria que houvesse mais patroas assim. Não há melhor sinal de uma casa feliz do que uma criada sorridente à porta.

Ernestina baixou os olhos e contraiu os lábios. A boa Sra. Tranter corou levemente ao ouvir o elogio, e também baixou os olhos. A Sra. Poulteney, que assistira a esse fogo cruzado com um certo prazer, decidiu que antipatizava com Charles o suficiente para ser grosseira com ele.

— Sua futura mulher sabe julgar melhor esses assuntos que o senhor, Sr. Smithson. Conheço essa moça. Tive que demiti-la. Se o senhor fosse mais velho, saberia que toda a severidade é pouca nesses assuntos.

— Curvo-me diante de sua experiência bem maior, minha senhora.

Mas seu tom era inequivocamente frio e sarcástico.

As três senhoras evitavam olhar umas para as outras: a Sra. Tranter por constrangimento; Ernestina por irritação consigo mesma — pois não tivera a intenção de fazer com que Charles levasse tamanha descompostura, e se arrependia de não ter ficado calada; e a Sra. Poulteney por ser quem era. Assim é que não viram o olhar trocado entre Sarah e Charles. Foi breve, mas eloqüente; dois estranhos haviam descoberto que tinham um inimigo comum. Pela primeira vez, Sarah olhou para ele e não como se ele não estivesse ali, e Charles decidiu vingar-se da Sra. Poulteney e dar a Ernestina uma lição de humanidade, de que, sem dúvida, ela estava precisada.

Lembrou-se também de sua recente discussão com o pai de Ernestina sobre Charles Darwin. A intolerância grassava no país, e ele não a admitiria na moça com quem iria se casar. Falaria com Sam. Por Deus, sim, falaria com Sam.

De que maneira falou, já veremos. Mas o teor dessa conversa, na verdade, já fora antecipado, uma vez que a "pessoa" mencionada pela Sra. Poulteney estava naquele momento sentada na cozinha da casa da Sra. Tranter.

Sam encontrara efetivamente Mary na Coombe Street, naquela manhã, e lhe perguntara inocentemente se o saco de fuligem poderia ser entregue em uma hora. Sabia, obviamente, que as duas senhoras não estariam em casa.

A conversa que tinha lugar naquela cozinha era muito séria, muito mais que a que se desenvolvia no salão da Sra. Poulteney. Mary estava encostada no grande aparador, com os lindos braços cruzados, e uma mecha loura a lhe fugir da touca. De vez em quando, fazia uma pergunta, mas era Sam que falava quase o tempo todo, embora parecesse dirigir-se ao tampo escovado da mesa comprida. Só muito de vez em quando é que seus olhos se encontravam, e então, de comum acordo, afastavam-se timidamente.

15

... No que tange às classes trabalhadoras, os modos semi-selvagens da última geração foram substituídos por uma sensualidade profunda e quase generalizada...

Report from the Mining Districts (1850)

Ou no brilho de uns olhos mais profundos
Há razão para um sorriso fugaz.

TENNYSON, *In Memoriam* (1850)[1]

Quando na manhã seguinte Charles se dedicou a sondar de forma desrespeitosa o coração *cockney* de Sam, não estava traindo Ernestina, apesar do que ocorrera na casa da Sra. Poulteney. Haviam se despedido dela pouco depois da conversa que acabamos de descrever, e Ernestina descera calada toda a ladeira até a Broad Street. Chegando em casa, dera um jeito de ficar sozinha com Charles, e, tão logo a porta se fechou depois que a tia entrou, a jovem caiu em prantos (sem as auto-acusações preliminares de praxe) e se atirou nos braços dele. Era o primeiro desentendimento a toldar o amor dos dois, e ela ficou horrorizada de pensar que, por sua causa, o seu meigo e delicado Charles havia sido repreendido por uma velha horrível. Foi o que lhe disse, depois que o rapaz lhe dera palmadinhas nas costas e lhe enxugara os olhos. De vingança, Charles aplicou-lhe um beijo em cada pálpebra molhada e a perdoou imediatamente.

— Ora, Tina, minha bobinha querida, por que deveríamos negar aos outros o que nos faz tão felizes? E se essa empregadinha travessa e o safado do Sam se apaixonarem? Vamos apedrejá-los por isso?

Sentada em sua cadeira, ela olhou para ele e riu.

— Isso é o que acontece quando se tenta agir como adulto.

Charles se ajoelhou ao lado dela e pegou-lhe a mão.

— Para mim, você nunca vai deixar de ser uma menina meiga. — Ernestina curvou-se para beijar-lhe a mão, e ele beijou-lhe a cabeça.

Ela murmurou:

— Oitenta e oito dias. Não agüento essa idéia.

— Vamos fugir. E ir a Paris.

— Charles... que coisa feia!

Levantou a cabeça, e ele a beijou nos lábios. Então ela se recostou no canto da cadeira, os olhos úmidos, ruborizada, o coração batendo tão depressa que achou que iria desmaiar; era muito frágil para essas emoções repentinas. Ele não largava sua mão, e a apertava carinhosamente.

— E se a digna Sra. P. nos visse agora.

Ernestina tapou o rosto com as mãos e tentou abafar a gargalhada que contagiou Charles e o obrigou a se levantar e ir até a janela para recuperar o ar sério, mas não conseguiu deixar de se virar para trás e viu que ela o espiava por entre os dedos. Ouviram-se mais risadas abafadas na sala silenciosa. Ambos tiveram o mesmo pensamento: as novas liberdades maravilhosas que sua época trazia. Era uma maravilha serem jovens tão modernos, com um senso de humor também tão moderno, a um milênio de...

— Ah, Charles... Ah, Charles... você se lembra da dama do Cretáceo Inferior?

Isso os fez tornar a cair na gargalhada, e deixou totalmente aturdida a pobre Sra. Tranter, que estava em brasa do lado de fora, imaginando que os dois estivessem brigando. Afinal criou coragem e entrou, para ver se podia consertar as coisas. Tina, ainda rindo, correu para ela e a beijou nas duas faces.

— Titia querida. A senhora não é boa demais, eu é que sou uma menina desagradável e mimada. E não quero mais aquele meu vestido verde de passeio. Posso dá-lo a Mary?

Assim é que, naquela noite, Ernestina foi sinceramente lembrada nas preces de Mary. Não sei se estas foram ouvidas, pois em vez de se deitar logo depois da oração, como deve fazer todo bom fiel, Mary não resistiu à tentação de experimentar mais uma vez o vestido verde. Só tinha a luz de uma vela para iluminar, mas luz de vela nunca fez mal a mulher nenhuma. Aquela nuvem de cabelos dourados, aquele verde vivo, aquelas sombras trêmulas, aquele rosto tímido e feliz, admirado com a própria imagem... Se o seu Deus estivesse olhando naquela noite, talvez desejasse ser o Anjo Caído.

— Resolvi que não preciso de você, Sam. — Charles não podia ver a cara de Sam, pois tinha os olhos fechados. Estava sendo barbeado. Mas pelo modo como a navalha parou, sentiu que conseguira o impacto desejado. — Pode voltar para Kensington. — Fez-se um silêncio que teria amolecido o coração de um patrão menos sádico. — Não tem nada a dizer?

— Tenho, sim, senhor. Estou mais feliz aqui.

— Cheguei à conclusão de que você anda se metendo onde não deve. Sei bem que você é assim mesmo, mas prefiro que se meta onde não deve em Londres, onde estão mais acostumados com esse tipo de gente.

— Eu não fiz nada, Seu Charles.

— Também quero lhe poupar o aborrecimento de ter que encontrar aquela criadinha abusada da Sra. Tranter. — Ouviu-se um suspiro. Charles abriu um olho, cautelosamente. — Não é uma prova de generosidade minha?

Sam olhava fixamente por sobre a cabeça do patrão.

— Ela já pediu desculpas, e eu aceitei.

— O quê! De uma simples criadinha? Impossível.

Charles teve então que fechar os olhos depressa, para evitar uma pincelada de espuma aplicada com brutalidade.

— Foi ignorância dela, Seu Charles. Pura ignorância.

— Entendo. Então as coisas estão piores do que eu pensava. Você tem que ir embora daqui.

Mas Sam já estava farto. Deixou a espuma onde estava, até Charles ser obrigado a abrir os olhos para ver o que havia. E o que havia era que Sam estava de mau humor, ou pelo menos de cara emburrada.

— O que foi?

— Bem... seu...

— Como? Está falando latim? Deixe estar, sou mais esperto que você. Agora quero a verdade. Ontem você estava decidido a não tocar naquela jovem nem com uma vara. Você nega isso?

— Eu fui provocado.

— Ah, mas onde está o *primum mobile*? Quem provocou primeiro?

Mas Charles agora via que havia ido longe demais. A navalha tremia na mão de Sam, não porque este tivesse idéias assassinas, mas sim porque tentava conter a indignação. Charles tomou-a e a apontou-a para ele.

— Em vinte e quatro horas, Sam? Em vinte e quatro horas?

Sam começou a limpar a bacia com a toalha destinada ao rosto de Charles. Fez-se um silêncio; e, quando ele falou, foi com a voz embargada.

— A gente não é cavalo. É ser humano.

Charles sorriu, levantou-se, foi para trás do criado, pôs a mão em seu ombro e o fez virar-se.

— Sam, peço desculpas. Mas você tem que admitir que suas relações passadas com o sexo frágil não me prepararam para isso. — Sam baixou os olhos com ar ressentido; um pouco daquela expressão cínica de antes voltou. — Agora essa moça, como é mesmo o nome dela? Mary? Pode ser muito divertido você e essa tal Mary implicarem um com o outro, mas... deixe-me terminar... fui informado de que, no fundo, ela é uma criatura meiga e confiante. E não admito que a façam sofrer.

— Pode me cortar os braços, Seu Charles!

— Muito bem, acredito em você, dispensando a amputação. Mas você não vai mais pôr os pés naquela casa nem conversar com a moça na rua até eu ter falado com a Sra. Tranter para saber se ela autoriza as suas atenções.

Sam, que andava cabisbaixo, olhou para o patrão, sorrindo com tristeza, como um jovem soldado agonizante aos pés de seu capitão.

— Estou caído por ela, senhor. Não tenho salvação.

16

Maud, à luz de sua juventude e graça,
Cantando a Morte e a Honra que não pode morrer,
Quase me fazendo chorar por um tempo tão sórdido e infeliz,
E por mim mesmo, tão fraco e vil.

TENNYSON, *Maud* (1855)[1]

Jamais, acredite, conheci os sentimentos entre um homem
e uma mulher,
Até que, nos campos de uma aldeia em festa hoje sem graça,
Um dia, a perambular "alto e melancólico", como diz
Tennyson,
Alto e melancólico a passear, desengonçado na adolescência,
Meus olhos bateram numa donzela sem touca e sem chapéu...

A. H. CLOUGH, "The Bothie of Tober-na-Vuolich" (1848)[2]

Depois do que acabo de narrar, passaram-se cinco dias sem nenhum acontecimento relevante. Charles não teve novas oportunidades de prosseguir com sua exploração do Undercliff. Fizeram uma longa excursão a Sidmouth, e as manhãs dos outros dias foram ocupadas com visitas ou diversões mais agradáveis, tais como o arco-e-flecha, então a mania das jovens damas inglesas — o traje verde-escuro *de rigueur* ficava-lhes muito bem, e era agradável ver os cavalheiros treinados indo buscar as flechas nos alvos (onde temo que as da míope Ernestina raramente acertassem) e, ao voltar, fazer piadas simpáticas sobre Cupido, os corações e a Donzela Marian.

Quanto às tardes, Ernestina geralmente convencia-o a permanecer em casa de tia Tranter. Havia assuntos domésticos muito sérios a discutir, uma vez que a casa de Kensington era pequena demais e o contrato de aluguel da de Belgravia, para onde iriam se mudar, só vencia dali a dois anos. Aquele pequeno aborrecimento parecia ter mudado Ernestina, que agora tratava Charles com tanta deferência, tantas atenções de esposa que ele se queixava de que começava a se sentir como um paxá e, sem a menor originalidade, pedia-lhe que ela discordasse dele em alguma coisa se não quisesse que ele se esquecesse que o deles seria um casamento cristão.

Charles suportava com bom humor aquele súbito acesso de respeito a todos os seus desejos. Era bastante perspicaz para perceber que Ernestina fora apanhada de surpresa. Até aquela pequena desavença, ela talvez estivesse mais apaixonada pelo casamento do que pelo noivo; agora, reconhecia o homem e o estado civil. Charles, é preciso confessar, às vezes ficava um pouco enfastiado com aquela passagem da secura ao derramamento. Gostava de receber mil atenções, de ser adulado, consultado e obedecido. Que homem não gosta? Mas tivera durante anos uma vida muito livre de solteiro, e, à sua maneira, era também uma criança mimada. Ainda não se acostumara a não ser dono de suas manhãs, a ter que sacrificar seus planos para a tarde aos caprichos de Tina. Naturalmente, ele tinha o dever a respaldá-lo. Os maridos deviam agir daquela maneira, e, portanto, ele também, da mesma forma como devia usar roupas de flanela e botas de prego para andar no campo.

E as noites! Era preciso encher todas aquelas horas iluminadas a lampião a gás e sem a ajuda do cinema ou da televisão! Para os que tinham que ganhar a vida, isso não era problema: depois de uma jornada de doze horas de trabalho, resolve-se facilmente o que se vai fazer depois do jantar. Mas pobres dos ricos, pois se tinham licença para ficar sozinhos durante o dia, à noite, as convenções exigiam que se aborrecessem na companhia uns dos outros. Então vejamos como Charles e Ernestina estão atravessando um desses desertos. De tia Tranter, pelo menos, estão livres, uma vez que a boa senhora foi tomar chá com uma vizinha inválida e solteirona, que, em tudo, menos no físico e na história, é sua réplica exata.

Charles está elegantemente esparramado no sofá, com dois dedos no rosto, e os outros dois mais o polegar embaixo do queixo, o cotovelo apoiado no braço do sofá, olhando sério para Ernestina que, do outro lado do tapete Axminster, lê um livrinho encadernado de marroquim vermelho que segura com a mão esquerda. Na direita, tem o protetor de rosto (um objeto parecido com uma raquete de pingue-pongue de cabo comprido, recoberto de cetim bordado e debruado com um galão bordô, cuja finalidade é impedir que o calor do braseiro ouse avermelhar aquela tez castamente pálida), com que, sem muito ritmo, marca a cadência bem regular do poema narrativo que está lendo.

Trata-se de um best-seller dos anos 1860: *The Lady of La Garaye,* da Sra. Caroline Norton, a respeito do qual nada menos que *The Edimburgh Review* declarou: "O poema é uma história pura, terna e tocante que fala de dor, tristeza, amor, dever, piedade e morte", o que é, com certeza, uma bela seqüência de adjetivos e substantivos-chave de meados da era vitoriana (e, permita-me acrescentar, boa demais para que eu a tenha inventado). Você pode achar que a Sra. Norton foi uma mera poetisa insípida da época. Insípidos os versos são, como você já poderá ver; mas sua autora nada tinha de insípida. Para começar, era neta de Sheridan; corriam rumores de que fora amante de Melbourne — seu marido sem dúvida acreditara neles a ponto de entrar com uma ação por adultério contra o grande estadista, e acabar perdendo; e era uma ardorosa feminista — o que hoje chamaríamos de liberal.

A dama do título é a esposa animada de um animado fidalgo francês que ficou inválida em conseqüência de um acidente sofrido durante uma caçada e dedicou o resto da vida excessivamente sombria a obras de caridade — mais úteis que as de lady Cotton, uma vez que funda um hospital. Apesar de ambientado no século XVII, é um elogio óbvio a Florence Nightingale.[3] Sem dúvida, foi por esse motivo que o poema calou tão fundo em tantos corações femininos naquela década. Nós, que vivemos depois, imaginamos que os grandes reformadores tiveram que vencer uma grande oposição ou uma grande apatia. A verdadeira Dama da Lanterna de fato teve que enfrentar oposição e apatia, mas, como já ressaltei, algumas manifestações de simpatia fazem tão mal quanto a oposição e a apatia. Não era a primeira vez que Ernestina lia o poema. Sabia alguns trechos quase de cor. Cada vez que o lia (e agora o relia porque estavam na Quaresma) sentia-se elevada e purificada, melhor como pessoa. Basta eu acrescentar aqui que ela jamais pusera os pés num hospital, nem cuidara de um aldeão doente. Obviamente, seus pais não a teriam deixado fazer isso, mas a idéia nunca sequer lhe passara pela cabeça.

Ah, dirá você, naquela época as mulheres estavam presas ao seu papel. Mas lembre-se da data daquela noite: 6 de abril de 1867. Em Westminster, apenas uma semana antes, John Stuart Mill, durante um dos primeiros debates sobre o projeto de lei de reforma eleitoral, disse que chegara a hora de dar às mulheres direitos eleitorais iguais. Sua corajosa tentativa (a moção foi derrubada por 196 a 73, com uma abstenção — a de Disraeli, a velha raposa) foi saudada com sorrisos pelo homem comum, com gargalhadas pelo *Punch* (em uma de suas caricaturas, um grupo de cavalheiros assediava uma ministra do Gabinete, ah, ah, ah), e, o que era triste, com caras de desaprovação pela maioria das mulheres instruídas, que afirmavam exercer melhor sua influência a partir do lar. Não obstante, o 30 de março de 1867 é a data que marca o início da emancipação feminina na Inglaterra; e Ernestina, que rira quando Charles lhe mostrara o *Punch* da semana anterior, não pode ser totalmente desculpada.

Mas havíamos começado a falar das noites caseiras na época vitoriana. Voltemos a elas. Ouçam. Com uma expressão ligeiramente opaca no olhar adequadamente solene, Charles fita o rosto sério de Ernestina.

— Continuo?

— Você lê divinamente bem.

Ela pigarreia delicadamente e torna a pegar o livro. Acaba de acontecer o acidente durante a caçada, e o lorde de La Garaye socorre sua dama que caiu.

"Ele afasta suas melenas douradas,
Levanta-a, impotente e trêmulo, cheio de desvelo,
Encara-a com o olhar apavorado; —
Está morrendo — sua adorada — está morrendo!"

Os olhos de Ernestina pousam solenemente em Charles, que tem os seus fechados, como se estivesse imaginando a cena trágica. Ele balança a cabeça com gravidade. É todo ouvidos.

Ernestina continua.

Ao lhe ocorrer tão terrível pensamento,
Seu pulso disparou por um momento,
Mas logo serenou seu coração,
Aliviado do susto com súbita emoção
Ao ouvir de seus lábios um trêmulo murmúrio
'Ah! Claud!', foi só — mas foi o bastante,
Para que ele pensasse que nunca dantes,
Desde a primeira vez que a vira,
Ela para ele fora tão importante.

Lê a última estrofe com uma entonação significativa. Torna a olhar para Charles, que continua de olhos fechados, tão comovido que nem balança a cabeça. Ernestina toma fôlego, sem tirar os olhos do noivo solenemente recostado, e prossegue.

"'Oh, Claud!... que dor!' 'Oh, Gertrude, meu amor!
E esboçou-se em seus lábios um sorriso sem cor,
Revelando o conforto que a voz dele lhe dava —
Você dormiu, companheira desnaturada.'"

Silêncio. A cara de Charles é como a de um homem num enterro. Outro suspiro e outro olhar incisivo da leitora.

"Ah! Feliz aquele que na agonia ou na dor
Não busca em vão o rosto do seu amor..."

— CHARLES!

O poema de repente se transforma num míssil, que bate no ombro de Charles e cai no chão atrás do sofá.

— O quê? — Ele vê Ernestina em pé, mãos nas cadeiras, numa atitude nada característica. Endireita-se no sofá e murmura: — Ai, meu Deus.

— O senhor foi pego em flagrante. Não tem desculpa.

Mas as desculpas ou a penitência de Charles devem ter sido suficientes, pois logo no almoço do dia seguinte, ele teve a coragem de protestar quando Ernestina propôs pela décima nona vez discutir a decoração do escritório dele na casa que ainda não haviam encontrado. Deixar sua pequena e confortável residência em Kensington não era o menor dos sacrifícios que Charles teria que fazer; e não gostava que o lembrassem disso a toda hora. Tia Tranter o apoiou, e o rapaz teve licença para dedicar uma tarde às suas "tristes escavações" no meio das pedras.

Imediatamente soube aonde desejava ir. Depois que encontrou a Mulher do Tenente Francês naquele prado do penhasco, só pensava nela. Mas antes de vê-la, na base da pequena falésia em cujo topo ficava o prado, notara vários amontoados de fragmentos de sílex. Foi certamente isso o que o fez ir naquela tarde até lá. Aquele novo calor, a intensificação de seu amor por Ernestina, havia afastado de seu consciente toda lembrança, ou quase toda lembrança, da secretária da Sra. Poulteney.

Quando chegou ao trecho das silvas, lembrou-se dela com nitidez. Parecia estar vendo-a ali deitada. Mas, ao se aproximar da borda e olhar para a saliência abaixo, não viu ninguém, e logo se esqueceu da mulher. Descobriu um caminho para descer até a base da falésia e começou a procurar seus ouriços-do-mar no meio do entulho. Estava mais frio do que da outra vez. Sol e nuvens se alternavam rapidamente, como costuma acontecer em abril, mas o vento vinha do norte. Na base da falésia voltada para o sul, portanto, estava quente e agradável; e Charles sentiu-se muito mais satisfeito ao descobrir a seus pés um magnífico equinodermo, que aparentemente se desprendera havia pouco tempo da matriz de sílex.

Quarenta minutos depois, porém, teve que se conformar com o fato de que entre os fragmentos de sílex que havia embaixo da falésia não encontraria mais nada. Subiu de novo ao relvado e atravessou em direção à trilha que levava à mata. E ali, viu algo escuro que se movia!

A mulher estava na metade da ladeira, muito ocupada em soltar o casaco de um espinho recalcitrante para ouvir os passos de Charles abafados pela relva. Quando a viu, ele se deteve. A trilha era estreita, e ela tinha a preferência. Mas, então, viu-o. Ficaram ambos parados a menos de cinco metros um do outro, visivelmente constrangidos, mas com expressões muito diferentes. Charles sorria, e Sarah o fitava com profunda desconfiança.

— Srta. Woodruff!

Ela fez um imperceptível gesto de cabeça e pareceu hesitar, como se sua vontade fosse voltar, se pudesse. Mas então percebeu que ele chegara para o lado para lhe dar passagem, e apressou o passo. Por isso escorregou no barro da trilha traiçoeiramente íngreme e caiu de joelhos. Charles acudiu rapidamente, e a ajudou a se levantar. Agora parecia mesmo um bicho selvagem, incapaz de olhar para ele, trêmula, aturdida.

Com toda a delicadeza, a mão sustentando seu cotovelo, ele a conduziu até o prado sobre o mar. Ela usava o mesmo casaco preto, o mesmo vestido azul de gola branca. Mas fosse porque escorregara, ou porque ele segurava seu braço, ou porque o ar estivesse mais frio, o fato é que sua pele tinha um viço, um tom rosado que se harmonizava perfeitamente com seu jeito arisco. O vento a despenteara um pouco, e havia nela algo que lembrava um garoto pego roubando maçãs... uma atitude em que havia culpa, mas também rebeldia. De repente, lançou para Charles um rápido olhar de esguelha com aqueles olhos castanhos meio esbugalhados, com o branco muito branco: um olhar ao mesmo tempo tímido e ameaçador, que o fez soltar seu braço.

— Srta. Woodruff, nem gosto de pensar no que poderia acontecer se um dia torcesse o tornozelo num lugar como esse.

— Isso não tem importância.

— Mas tem, minha cara jovem. Pelo que me pediu semana passada, presumo que não queira que a Sra. Poulteney saiba que vem aqui. Longe de mim querer conhecer seus motivos, mas devo lembrar-lhe que, se lhe acontecesse algum acidente, a única pessoa em Lyme que poderia indicar onde deveriam socorrê-la seria eu, não?

— Ela já sabe. Adivinharia.

— Ela sabe que costuma vir aqui, a esse lugar?

Sarah ficou olhando para a relva, como se quisesse lhe dar a entender que não iria mais responder a nenhuma pergunta, e pediu que ele fosse embora. Mas naquele rosto que Charles via de perfil havia algo que o fez ficar. Agora percebia que seus olhos eram o seu traço mais marcante. Não podiam esconder sua inteligência e seu espírito independente, e neles havia também uma recusa muda de qualquer compaixão; uma determinação de ser o que ela era. Na época, estavam na moda as sobrancelhas delicadas, finas e arqueadas, mas as de Sarah eram grossas, ou pelo menos inusitadamente escuras, quase da cor de seu cabelo, o que as fazia parecerem grossas e às vezes lhe dava um ar de menino. Não quero dizer que ela tivesse um daqueles belos rostos masculinizados e de queixo largo comuns na época edwardiana, o tipo de beleza retratado por Gibson. Seu rosto era bem modelado e bem feminino; e a intensidade contida de seus olhos se harmonizava com a sensualidade contida de seus lábios. Sua boca era grande, e também não correspondia ao gosto da época, que oscilava entre boquinhas de lábios muito finos e em arcos de cupido infantis. Charles, como a maioria dos homens de sua época, ainda era influenciado pelo sistema fisionômico de Lavater. Observou aqueles lábios, e o modo artificial como estavam comprimidos não o enganou.

Sem dúvida, o relance daqueles olhos escuros despertou em Charles algumas recordações; mas não recordações da Inglaterra. Ele associava aquele rosto a mulheres estrangeiras — para ser franco (muito mais franco do que ele teria sido consigo mesmo), a camas estrangeiras. Isso marcou uma nova fase de sua percepção de Sarah. Já percebera que ela era mais inteligente e independente do que parecia. Agora, adivinhava qualidades mais misteriosas.

Para a maioria dos ingleses de seu tempo, essa noção da verdadeira natureza de Sarah teria sido repugnante; e de fato deixou Charles um pouco repugnado, ou pelo menos chocado. Estava bastante imbuído dos preconceitos de seus contemporâneos para que qualquer forma de sensualidade lhe parecesse suspeita; mas enquanto eles, por uma dessas terríveis equações impostas pelo superego, teriam vagamente responsabilizado Sarah por ter nascido assim, Charles não responsabilizava. E isso, devemos agradecer a seus passatempos científicos. O darwinismo, como percebiam seus adversários mais perspicazes, abria as comportas para algo muito mais sério que o enfraquecimento da explicação bíblica sobre as origens do homem; suas implicações mais profundas apontavam na direção do determinismo e do behaviorismo, ou seja, de filosofias que reduzem a moral à hipocrisia e o dever a uma palhoça no meio de um furacão. Não quero dizer que Charles desculpasse Sarah completamente; mas era menos propenso do que ela imaginava a considerá-la culpada.

Em parte, pois, a seus passatempos científicos... mas Charles tinha também a vantagem de ter lido — muito em segredo, pois o livro fora proibido por obsceno — um romance publicado na França uns dez anos antes. Era um romance de premissas profundamente deterministas, o célebre *Madame Bovary*. E foi enquanto olhava para o rosto da mulher que estava ao seu lado que lhe ocorreu sem mais nem menos o nome de Emma Bovary. Esse tipo de associação revela o que sabemos e o que nos tenta. Por isso, decidiu ficar.

Por fim, Sarah falou.

— Não sabia que estava aqui.

— Como poderia saber?

— Preciso voltar.

E deu meia-volta, mas ele começou a falar depressa.

— Permita-me dizer uma coisa primeiro? Uma coisa que eu, sem conhecer a senhora nem a sua situação, talvez não tenha direito de dizer. — Ela estava cabisbaixa, de costas para ele. — Posso continuar?

Ela não respondeu. Charles hesitou por um momento e depois disse:

— Srta. Woodruff, não posso negar que sua situação tenha sido comentada na minha presença... pela Sra. Tranter. Só quero dizer que foi discutida com simpatia e compaixão. Ela acredita que a senhora não está satisfeita com seu emprego, que, pelo que entendi, aceitou mais obrigada pelas circunstâncias do que por gosto. Só conheço a Sra. Tranter há pouco tempo, mas acho que um dos grandes privilégios que meu futuro casamento me trouxe foi ter tido a oportunidade de conhecer uma pessoa tão boa. Vou direto ao assunto. Tenho certeza que...

Interrompeu-se quando Sarah se virou rapidamente para as árvores atrás deles. Seu ouvido aguçado havia escutado um ruído, o estalar de um galho ao ser pisado. Mas, antes que lhe pudesse perguntar o que havia, ele também ouviu uns homens falando em voz baixa. Porém, a essa altura, a moça já agira. Arrepanhando as saias, correu para leste do prado e desapareceu atrás de uma moita de tojo que começava a invadir a relva a quarenta metros dali. Charles ficou perplexo, sentindo-se um cúmplice mudo de sua culpa.

As vozes se aproximavam. Ele precisava fazer alguma coisa. Caminhou a passos largos para o ponto em que a trilha desembocava no relvado entre as silvas. Fez bem, pois quando avistou o caminho mais abaixo, viu também duas caras que olhavam para cima e pareciam surpreendidas. Era evidente que aqueles dois homens pretendiam subir pelo caminho onde ele se encontrava. Charles abriu a boca para lhes dar bom-dia, mas as duas caras desapareceram com uma rapidez espantosa, e ele ouviu sussurrarem:

— Corra, Jem, corra!

E ouviu uma correria. Logo depois, ouviu um assobio baixo e urgente, e um latido. Em seguida, silêncio.

Esperou um pouco até se certificar de que haviam ido embora e se encaminhou para a moita de tojo. Sarah espremia-se contra as agulhas da planta, o rosto virado para o outro lado.

— Já foram embora. Dois caçadores clandestinos, imagino.

Ela fez que sim com a cabeça, mas continuou evitando seus olhos. O tojo estava em plena florescência, tão carregado de flores amarelo-cádmio que quase não se via folhagem. Seu perfume almiscarado impregnava o ar.

Ele disse:

— Acho que não precisava fazer isso.

— Nenhum cavalheiro que zele por seu bom nome deve ser visto com a mulher marcada de Lyme.

Era um passo; pois havia uma amargura em sua voz. Ele sorriu para aquele rosto que o evitava.

— Acho que as únicas marcas que enxergo na senhora são as manchas coradas no seu rosto.

Os olhos dela então se arregalaram para ele, como se ele estivesse torturando um animal acuado. Aí, tornou a virar-lhe as costas.

Charles falou com delicadeza:

— Não me interprete mal. Lamento muito sua triste situação, e agradeço sua delicadeza no que diz respeito à minha reputação. Mas me é indiferente o que pessoas como a Sra. Poulteney pensam de mim.

Ela não se mexeu. Charles continuou sorrindo, à vontade graças a todas as suas viagens, suas leituras, seu conhecimento do mundo.

— Minha cara Srta. Woodruff, já vi muita coisa na vida. E sinto de longe o cheiro desses fanáticos... por mais que se apresentem ao mundo como sérios e piedosos. Agora quer fazer o favor de sair do seu esconderijo? Não há nada de impróprio nesse nosso encontro fortuito. E tem que me deixar terminar o que eu ia dizer.

Chegou para o lado, e ela tornou a se encaminhar para o relvado. Ele percebeu que seus cílios estavam molhados e se conservou alguns passos atrás dela, sem querer lhe impor sua presença.

— A Sra. Tranter gostaria... está ansiosa para ajudá-la, se quiser mudar sua situação.

A única resposta da mulher foi sacudir a cabeça.

— Quem consegue despertar a simpatia alheia pode sempre contar com alguma ajuda. — Fez uma pausa. O vento soprou uma mecha do cabelo de Sarah, que a puxou para trás, alisando-a nervosamente. — Só estou dizendo o que a própria Sra. Tranter gostaria de dizer.

Charles não exagerava; pois durante o alegre almoço que se seguiu à reconciliação, falou-se da Sra. Poulteney e de Sarah. Charles só foi vítima do temperamento da velha senhora durante um breve instante, e era natural que se lembrassem daquela que era sua vítima permanente. Já que havia chegado tão longe e se encontrava numa área em que anjos menos metropolitanos que ele tinham medo de pisar, Charles resolveu contar a Sarah as conclusões a que chegaram naquele dia.

— A senhora deveria ir embora de Lyme... sair dessa região. Sei que tem qualificações excelentes. Tenho certeza de que poderiam ser muito mais bem aproveitadas em outro lugar. — Sarah não respondeu. — Sei que a Srta. Freeman e a mãe dela teriam muito gosto de indagar se há algo para a senhora em Londres.

Ela se afastou dele um pouco então, aproximando-se da borda do penhasco, e contemplou o mar; depois, voltou-se para ele, que estava ao lado da moita de tojo, e lhe lançou um olhar estranho, faiscante, tão direto que ele sorriu: um daqueles sorrisos que a pessoa sabe que são forçados, mas não consegue terminar.

Ela baixou os olhos.

— Eu lhe agradeço, mas não posso ir embora.

Charles encolheu os ombros de maneira quase imperceptível. Estava desconcertado, sentindo-se vagamente injustiçado.

— Então mais uma vez peço-lhe desculpas por me intrometer em sua vida particular. Isso não voltará a acontecer.

Inclinou-se e deu meia-volta para ir embora. Mas, mal dera dois passos, Sarah falou:

— Eu... eu sei que a Sra. Tranter quer me ajudar.

— Então deixe que ela faça isso.

Ela olhou para a relva que os separava.

— Estou muito agradecida... por alguém falar comigo como se eu não fosse quem eu sou... Mas tanta bondade...

— Tanta bondade?

— Tanta bondade é mais cruel para mim do que...

Sem terminar a frase, virou-se para o mar. Charles teve muita vontade de pegá-la pelos ombros e sacudi-la. A tragédia fica muito bem no teatro, mas pode parecer mera teimosia na vida comum. E isso, em termos muito menos rudes, foi o que lhe disse.

— O que chama de teimosia é a única coisa que me ajuda.

— Srta. Woodruff, permita-me ser franco. Já ouvi dizer que não é... muito certa da cabeça. Acho que isso está longe de ser verdade. Acho que simplesmente a senhora julga a si mesma de forma muito radical por sua conduta passada. Mas por que precisa passear sempre sozinha? Já não se puniu o suficiente? A senhora é jovem, tem capacidade de trabalhar para ganhar a vida. Creio que não há nenhum vínculo familiar que a prenda a Dorset.

— Tenho outros vínculos.

— Refere-se a esse cavalheiro francês? — Ela virou-lhe as costas, como se aquele assunto fosse proibido. — Permita que eu insista, esses assuntos são como as feridas. Se não se tem coragem de mencioná-los, eles supuram. Se ele não voltar, é porque não é digno da senhora. Se voltar e não a encontrar em Lyme Regis, não posso acreditar que vá desistir facilmente de ir procurá-la onde estiver. Não acha isso lógico?

Fez-se um longo silêncio. Charles se aproximou, embora se mantivesse a uma certa distância, de modo a poder vê-la de perfil. A expressão dela era estranha, quase calma, como se o que ele dissera tivesse confirmado uma profunda convicção em seu íntimo.

Sarah continuava contemplando o mar, onde, a uns dez quilômetros de distância, numa mancha de sol, avistava-se um brigue de velas vermelhas navegando para oeste. Falou baixinho, como se falasse com o navio distante.

— Ele nunca voltará.

— *Teme* que não volte?

— Eu sei que não volta.

— Não a entendo.

Ela olhou para a cara espantada e solícita de Charles. Por um bom tempo, pareceu até se divertir com a perplexidade dele. Depois tornou a se voltar para o mar.

— Há muito tempo, recebi uma carta. Esse cavalheiro é... — e calou-se de novo, como se arrependida de ter falado tanto. De repente, começou a andar, quase a correr, pelo prado, em direção à trilha.

— Srta. Woodruff!

Ela deu mais um ou dois passos, depois se voltou. E mais uma vez aqueles olhos pareceram repeli-lo e ao mesmo tempo transpassá-lo. Sua voz tinha uma dureza contida, embora parecesse mais dirigida contra ela mesma do que contra Charles.

— Ele é casado!

— Srta. Woodruff!

Mas ela não fez caso. Charles ficou ali parado. Seu espanto era natural. O que não era natural era ele se sentir culpado como se sentia agora. Apesar de ter tentado fazer o melhor que podia, era tratado como se tivesse sido duro e sem compaixão. Ficou olhando para o lugar onde ela havia desaparecido. Depois olhou para o brigue ao longe, como se esse gesto pudesse dar uma resposta para o enigma. Mas não pôde.

17

Os barcos, a areia, a esplanada,
A multidão feliz;
Alegres e ruidosas saudações
De alguns a quem nada falta:

Os penhascos ensolarados da tarde
conversas, chamadas, paradas,
a maresia pungente,
A banda, a valsa Morgenblätter.

E sempre quando eu me recolhia à noite,
Ela vinha me receber,
Triste, mas sempre igual...

HARDY, "At a Seaside Town in 1869"[1]

Naquela noite, no Espaço de Cultura e Lazer de Lyme, Charles se viu sentado entre a Sra. Tranter e Ernestina. O Espaço de Cultura e Lazer de Lyme talvez não fosse grande coisa, comparado aos de Bath e Cheltenham; mas, com seus salões espaçosos e suas janelas dando para o mar, era um lugar agradável. Infelizmente, era um ponto de reunião agradável e excepcional demais para não ser sacrificado a esse Grande Deus Britânico, a Conveniência. E, por conseguinte, foi demolido há muito por um Conselho Municipal obsessivamente preocupado com as bexigas da comunidade, para dar lugar ao que pode ser considerado o banheiro público mais feio e de pior localização das Ilhas Britânicas.

Mas não vá pensar que o contingente Poulteney em Lyme combatia apenas o frívolo estilo arquitetônico do Espaço de Cultura e Lazer. Era o que acontecia lá dentro que os chocava. Aquele lugar estimulava as pessoas a jogar uíste, a dançar e a assistir a concertos, e os cavalheiros a fumar charutos. Em suma, incentivava o prazer. E a Sra. Poulteney e a gente de sua laia sabiam muito bem que o único local onde as pessoas podiam se reunir numa cidade decente era na igreja. Quando o Espaço de Cultura e Lazer de Lyme foi demolido, foi como se arrancassem seu coração; e até agora ninguém conseguiu trazê-lo de volta.

Charles e suas damas estavam no prédio condenado para assistir a um concerto. Obviamente, não era um concerto de música profana, uma vez que estavam na Quaresma. O programa era sacro do princípio ao fim. Mas até mesmo isso chocava os habitantes de Lyme de mentalidade mais estreita, que, pelo menos em público, declaravam ter um respeito pela Quaresma equivalente ao do muçulmano mais ortodoxo pelo Ramadã. Portanto, diante do estrado ornado por uma franja de samambaias em que se realizavam os concertos, havia lugares vazios.

Nosso trio de mentalidade mais aberta chegara cedo, como a maioria do público; pois aqueles concertos, como acontecia no século XVIII, eram apreciados tanto pela platéia quanto pela música. Proporcionavam às senhoras uma oportunidade excelente para avaliar e comentar a elegância de suas vizinhas; e, naturalmente, exibir a própria. Nem mesmo Ernestina, com todo o seu desprezo pela província, deixava de ser vítima dessa vaidade. Pelo menos ali, sabia que poucas mulheres poderiam competir com ela no que se referia ao bom gosto e ao luxo de suas roupas; e os olhares disfarçados lançados ao seu *canotier* (não queria saber daquelas toucas antiquadas) guarnecido de fitas brancas e verde-trevo, ao seu vestido *vert espérance,* à sua peliça preta e malva, às suas botas Balmoral, compensavam o aborrecimento que era obrigada a suportar outras vezes.

Naquela noite, Ernestina estava animada e brincalhona. À medida que o público entrava na sala, Charles tinha que escutar com um ouvido o comentário da Sra. Tranter — lugar de residência, parentes e antepassados —, e, com o outro, as observações maliciosas de Tina, feitas *sotto voce.* Aquela senhora ali com cara de John Bull era, segundo a tia, a "Sra. Tomkins, boníssima criatura, meio surda, mora naquela casa em cima da casa Elm, o filho está na Índia"; enquanto outra voz o informava sucintamente: era "maçante". Segundo Ernestina, a maioria daquelas pessoas que, pacientemente — já que falavam da vida alheia —, aguardavam o início do concerto eram maçantes. Cada época tem seus epítetos; nos anos 1860, "maçante" significava "tudo o que era tedioso e fora de moda; hoje, Ernestina teria chamado aqueles dignos freqüentadores de concerto de "quadrados"... termo que com certeza descrevia a forma da Sra. Tomkins, pelo menos de costas.

Mas finalmente a famosa soprano de Bristol apareceu, com seu acompanhante, o ainda mais famoso Signor Ritornello (ou algo parecido, pois um pianista tinha que ser italiano), e Charles ficou livre para examinar sua consciência.

Pelo menos preparou-se mentalmente para isso, como se fosse sua obrigação fazê-lo, o que ocultava o fato constrangedor de que era também um prazer. A verdade pura e simples era que ele ficara meio obcecado por Sarah... ou pelo menos pelo enigma que ela representava. Tinha sido sua intenção — ou assim pensava ele — quando foi buscar as senhoras para acompanhá-las até o Espaço de Cultura e Lazer, mencionar o seu encontro — embora, obviamente, deixando bem claro que elas não deveriam falar com ninguém sobre os passeios de Sarah pela Floresta de Ware. Mas, de alguma forma, o momento não pareceu oportuno. Sobretudo porque teve que arbitrar uma discussão muito concreta: a extravagância de Ernestina em usar granadina quando a estação ainda exigia lã, uma vez que um dos novecentos e noventa e nove mandamentos que seus pais haviam acrescentado aos dez regulamentares era: Não usarás granadina até maio. Charles eliminou a preocupação com o elogio. Mas não falou de Sarah, sobretudo porque começava a achar que se deixara ir longe demais, que não se deveria ter envolvido tanto na conversa com ela. Sim, ele perdera toda noção de medida. Fora muito tolo, permitindo que um cavalheirismo descabido lhe ofuscasse o bom senso. E o pior de tudo é que agora estava infernalmente difícil explicar isso a Ernestina.

Sabia muito bem que o ciúme era um traço fortíssimo, embora ainda latente, da personalidade da moça. Na pior das hipóteses, ela acharia seu comportamento incompreensível e ficaria furiosa com ele, e, na melhor, iria apenas implicar com ele — mas esta "melhor" não era das melhores. Não queria que implicassem com ele por causa desse assunto. Charles poderia, quem sabe, ter confiado mais na Sra. Tranter. Estava certo de que ela compartilharia de suas preocupações caridosas, mas a duplicidade não entrava na constituição do caráter dela. Ele não poderia lhe pedir para não contar a Ernestina; e, se Tina ficasse sabendo do encontro pela tia, ele estaria mesmo em maus lençóis.

Quanto aos outros sentimentos que Ernestina lhe inspirava naquela noite, quase não se atrevia a pensar neles. A espirituosidade da moça não o irritava propriamente, mas parecia-lhe artificial, como se fosse algo que ela tivesse adotado para combinar com o chapéu francês e a peliça nova; estava mais de acordo com esses acessórios do que com a ocasião. Além do mais, exigia dele uma resposta... um olhar cúmplice, um sorriso constante, coisas que lhe prodigalizava, mas também artificialmente, de modo que os dois pareciam envolvidos num duplo fingimento. Talvez fosse devido ao tédio pelo excesso de Handel e Bach, ou pelas freqüentes discordâncias entre a *prima donna* e seu acompanhante, o fato é que ele se pegou lançando olhares furtivos para a moça a seu lado como se fosse uma estranha. Ela era muito bonitinha, encantadora... mas será que aquele rosto não era um pouco destituído de personalidade, um pouco monótono, oscilando apenas entre o recato e a mordacidade? Se fossem retiradas essas duas qualidades, o que restava? Um egoísmo insípido. Mas Charles afastou imediatamente esse pensamento cruel. Como poderia a filha única de pais ricos ser outra coisa? Diante das moças ricas da sociedade londrina que procuravam marido, Ernestina tinha personalidade — e por que outra razão se apaixonara por ela? Mas seria esse o único contexto, o único mercado para noivas? Uma regra fixa no credo de Charles dizia que ele não era igual à grande maioria de seus pares e contemporâneos. Por isso tinha viajado tanto; achava a sociedade inglesa muito rígida, a gravidade inglesa muito solene, as idéias inglesas muito moralistas e a religião inglesa muito intolerante. Mas então? Naquela questão vital como era a escolha da mulher com quem compartilharia sua vida, não fora ele excessivamente convencional? Em vez de ter tomado a decisão mais inteligente, não tomara a mais óbvia?

E qual teria sido a decisão mais inteligente? Esperar.

Debaixo desse enxame de questionamentos irritantes, ele começou a ter pena de si mesmo — um homem brilhante preso numa armadilha, um Byron domesticado; e seu pensamento voltou para Sarah; tentou recordar aquele rosto, aquela boca, aquela boca generosa. Sem dúvida aquela boca despertava nele alguma lembrança, muito tênue, talvez vaga demais para ser associada a qualquer momento de seu passado. Mas perturbava-o e o perseguia, apelando para um eu oculto de cuja existência ele não sabia. Disse a si mesmo: é a maior asneira, mas aquela moça me atrai. Parecia-lhe evidente que não era Sarah em si que o atraía — como poderia, se ele era comprometido? —, mas sim um sentimento, uma possibilidade que ela simbolizava. Sarah o conscientizava de uma perda. Sempre pensara que seu futuro era muito promissor e, de repente, passara a ser uma viagem de itinerário fixo para um lugar conhecido. Sarah o fizera lembrar-se disso.

Uma cotovelada de Ernestina o fez voltar com delicadeza ao presente. A cantora exigia aplausos, e Charles languidamente contribuiu com a sua parte. Enfiando de novo as mãos no regalo, Ernestina olhou-o de soslaio fazendo uma careta, motivada em parte por sua distração e em parte pela péssima qualidade do espetáculo. Ele lhe sorriu. A noiva era muito criança. Como poderia ficar zangado com ela? Afinal de contas, ela era apenas uma mulher. Havia muitas coisas que nunca entenderia: a riqueza da vida masculina, a dificuldade imensa de ser alguém para quem o mundo era bem mais que roupas, casa e filhos.

Tudo estaria bem quando ela fosse realmente sua, em sua cama e em seu banco... e, claro, também em seu coração.

Sam, naquele momento, pensava exatamente no oposto. Em quantas coisas sua porção de Eva era capaz de entender. É difícil imaginar hoje as enormes diferenças que separavam um rapaz nascido em Seven Dials e a filha de um carroceiro de um vilarejo remoto de East Devon. O entendimento entre os dois era quase tão difícil como se ele fosse esquimó e ela zulu. Mal falavam a mesma língua, e muitas vezes um não entendia o que o outro dizia.

No entanto, essa distância, esses abismos intransponíveis, que, na época, o rádio, a televisão, as viagens baratas e tudo o mais não ajudavam a superar, não eram de todo maus. Talvez as pessoas não tivessem tanta informação a respeito umas das outras, mas sentiam-se mais livres, e eram mais individuais. Para elas o mundo não se reduzia a apertar um botão e trocar de canal. Os estrangeiros eram estranhos, e às vezes essa estranheza era bela e interessante. Talvez seja melhor para a humanidade que as pessoas se comuniquem cada vez mais. Mas sou um herege, e acho que o isolamento de nossos antepassados era igual ao espaço maior de que desfrutavam: só se pode invejá-lo. Hoje, literalmente, o mundo está muito junto da gente.

Nas tabernas, Sam podia dar a impressão, e dava, de saber tudo que havia para saber sobre a vida urbana — e muito mais. Tinha um desprezo agressivo por tudo o que não viesse do West End londrino, que não tivesse a sua energia. Mas, no seu íntimo, a história era outra. Era uma pessoa tímida e insegura, e, embora soubesse o que queria ser na vida (e que era muito diferente daquilo que era), não tinha certeza de ter capacidade para conseguir isso.

Já Mary era exatamente o oposto. Para começar, estava deslumbrada com Sam: considerava-o um ser muito superior e, se o provocara, fora para se defender daquela evidente superioridade cultural, daquela eterna habilidade dos homens da cidade para saltar obstáculos, encontrar atalhos e forçar o passo. Mas possuía firmeza de caráter e uma espécie de autoconfiança natural; estava convencida de que um dia seria uma boa esposa e uma boa mãe, e sabia avaliar as pessoas, percebia a diferença entre sua patroa e a neta de sua patroa. Afinal de contas, era uma camponesa e os camponeses estão muito mais próximos dos valores reais do que os servos urbanos.

Sam apaixonou-se por ela porque parecia-lhe um raio comparada com as mulheres que haviam constituído sua experiência sexual passada, criadinhas que se dedicavam à prostituição nas horas vagas ou meras prostitutas. Neste aspecto, não lhe faltava autoconfiança — como não falta à maioria dos *cockneys*. Tinha belos cabelos pretos, olhos muito azuis e uma pele descansada. Era esguio e de compleição muito franzina, e todos os seus movimentos eram precisos e elegantes, embora com tendência a copiar com exagero alguns maneirismos de Charles que considerava particularmente aristocráticos. Quando batiam os olhos nele, as mulheres raramente desviavam a vista, mas, de suas intimidades com as moças de Londres, nunca conseguiu muito mais do que um reflexo de seu próprio cinismo. O que o deixara realmente de cabeça virada fora a inocência de Mary. Ele se sentia como um garoto que se diverte pregando peças nas pessoas e um dia faz uma maldade com alguém que não merece tal tratamento. De repente, quis mostrar o seu verdadeiro eu para ela, e descobrir como ela era.

Essa afinidade recíproca brotara subitamente na manhã da visita à Sra. Poulteney. Começaram discutindo os respectivos empregos, as qualidades e os defeitos do Sr. Charles e da Sra. Tranter. Ela achava que ele tinha sorte por trabalhar para um cavalheiro tão simpático. Sam hesitou, e então, para seu próprio espanto, viu-se contando àquela simples criadinha algo que até então só tinha contado a si próprio.

Sua ambição era muito simples: queria ter um armarinho. Não conseguia passar por uma dessas lojas sem parar para olhar as vitrines e criticá-las ou admirá-las, conforme o caso. Acreditava que tinha um dom para saber o que estava na última moda. Havia estado no exterior com Charles e pegara algumas idéias estrangeiras no campo das miudezas...

Tudo isso (e também sua profunda admiração pelo Sr. Freeman, por sinal) ele havia exposto de maneira um tanto incoerente — sem deixar de mencionar seus grandes obstáculos: falta de dinheiro e falta de instrução. Mary escutara com simplicidade, adivinhando essa nova faceta de Sam e sentindo-se honrada com o fato de ele ter se aberto com ela tão depressa. Sam tinha a sensação de que estava falando demais, mas cada vez que levantava os olhos nervosamente, temendo encontrar uma expressão de escárnio ou uma risadinha zombeteira diante de suas pretensões absurdas, só via uns olhos cheios de compreensão e respeito, pedindo-lhe timidamente que continuasse. Sua ouvinte sentia que ele precisava dela, e uma moça que sente isso já está prestes a se apaixonar.

Chegou a hora de ir embora. Sam tinha a sensação de que mal acabara de chegar. Levantou-se, e Mary voltou a lhe sorrir com um ar meio travesso. Desejava dizer que nunca tinha falado com tanta franqueza — bem, com tanta seriedade — a respeito de si mesmo com ninguém. Mas não encontrava as palavras.

— Bem... acha que a gente vai se encontrar amanhã?

— É capaz.

— Você tem algum pretendente?

— Nenhum que eu goste de verdade.

— Aposto que tem. Já ouvi dizer.

— Aqui as pessoas falam muito. A gente nem pode olhar para um homem que vão logo dizendo que a gente está namorando.

Sam brincava com o chapéu-coco.

— Em todo lugar é assim. — Silêncio. Olhou-a nos olhos. — Eu não sou dos piores, sou?

— Eu nunca disse que era.

Silêncio. Sam contornou com o dedo toda a aba do chapéu.

— Conheci muitas garotas. De todo tipo. Nenhuma feito você.

— Não é muito difícil de achar.

— Nunca achei antes. — Houve outro silêncio. Ela não queria olhar para ele, e fitava a barra do avental. — E Londres, você gostaria de ir para Londres?

Ela sorriu, então, e balançou afirmativamente a cabeça — com muita veemência.

— Espero que venha. Quando os dois lá de cima se casarem. Eu mostro a cidade pra você.

— Mostra?

Ele deu uma piscadela então, e Mary tapou a boca com as mãos. Olhou-o com os olhos brilhantes e as bochechas coradas.

— Com as moças elegantes de Londres, você não ia querer sair comigo.

— Se tivesse as roupas, você não ia fazer feio. Ia se sair muito bem.

— Não acredito.

— Juro.

Seus olhos se encontraram e eles se fitaram por um bom tempo. Sam fez uma profunda mesura, tirou o chapéu e o levou até o coração.

— Ademã, mademosele.

— Que que é isso?

— É francês, e quer dizer amanhã de manhã, na Coombe Street, onde esse seu criado vai estar esperando.

Ela então virou as costas, sem conseguir olhar para ele. Sam se adiantou rapidamente, pegou sua mão e a levou aos lábios. A moça retirou-a bruscamente e ficou olhando para ela, como se os lábios tivessem deixado ali uma marca de fuligem. Mais um olhar de relance entre os dois. Mary mordeu os lindos lábios, ele deu outra piscadela e foi embora.

Se os dois se encontraram na manhã seguinte, apesar da proibição expressa de Charles, eu não sei. Porém naquele mesmo dia, mais tarde, quando Charles voltou da casa da Sra. Tranter, viu Sam esperando do outro lado da rua, o que lhe pareceu uma coincidência forçada. Charles fez o gesto romano de absolvição, e Sam tirou o chapéu e, de novo, colocou-o reverentemente sobre o coração, como se saudasse um enterro, só que sorria de orelha a orelha.

E isto me leva àquela noite do concerto, quase uma semana depois, e ao que fez Sam chegar a conclusões tão diferentes das de seu patrão a respeito do sexo feminino. Pois ele se encontrava de novo naquela cozinha. Infelizmente, havia agora a presença de uma aia — a cozinheira da Sra. Tranter. Mas a aia estava ferrada no sono em sua cadeira Windsor, diante de seu fogão aceso. Sam e Mary estavam sentados no canto mais escuro. Não conversavam. Não tinham necessidade, pois estavam de mãos dadas. Da parte de Mary, este era apenas um procedimento de autodefesa, pois só assim podia impedir que aquela mão tentasse rodear sua cintura. Por que Sam, apesar disso e do silêncio, achou Mary tão compreensiva é um mistério que não precisa ser explicado a nenhum enamorado.

18

Quem há de se espantar que as leis da sociedade sejam às vezes esquecidas por aqueles que o olho dessa sociedade habitualmente não enxerga e que seu coração costuma descartar?

DR. JOHN SIMON, *City Medical Report* (1849)

Aproximei-me, ajoelhei-me e aconchei a mão
Como se para beber do ribeirão,
E, no alto, um vulto difuso parecia pairar,
Com o ar de quem já se foi.

HARDY, "On a Midsummer Eve"[1]

Passaram-se dois dias, durante os quais as ferramentas de Charles permaneceram ociosas dentro da mochila. Não queria pensar nos equinodermos que esperavam ser descobertos, nem em imagens agora associadas a eles de mulheres adormecidas ao sol nos penhascos. Mas graças a uma enxaqueca de Ernestina, viu-se de repente com mais uma tarde livre. Hesitou um pouco, mas as coisas que aconteciam diante da janela de seu quarto eram poucas e sem o menor interesse. O emblema da pousada — um leão branco com cara de pequinês subnutrido e uma grande semelhança, segundo Charles já havia notado, com a Sra. Poulteney — encarava-o melancolicamente. Havia um pouco de vento, um pouco de sol... e um alto e cinzento dossel de nuvens, alto demais para que significasse chuva. Pretendera escrever cartas, mas não estava a fim disso.

Para dizer a verdade, não estava a fim de nada. O estranho é que lhe voltara de forma violenta o antigo desejo de viajar, que ele julgava ter perdido ultimamente. Gostaria de estar em

Cádiz, em Nápoles, na Moreia, em algum lugar do Mediterrâneo numa primavera resplandecente, não apenas pela primavera mediterrânea em si, mas para ser livre, para ter pela frente infinitas semanas de viagem, navegando rumo a ilhas e montanhas, rumo às sombras azuis do desconhecido.

Meia hora depois, passava diante da Granja e entrava na Floresta de Ware. Poderia ter seguido para outro lado? Sim, de fato poderia. Mas tinha se proibido severamente aproximar-se do prado do penhasco. Se encontrasse a Srta. Woodruff, faria, polidamente, mas com firmeza, o que deveria ter feito no último encontro, isto é, recusar-se a lhe dar conversa. De qualquer forma, era evidente que ela sempre ia ao mesmo lugar. Tinha certeza de que não iria encontrá-la se ficasse longe dali.

Assim, ainda faltando muito para chegar até lá, virou para o norte e começou a subir a montanha, atravessando um vasto bosque de freixos cobertos de hera. As árvores eram enormes, das maiores que havia dessa espécie na Inglaterra, com colônias de polipódios exóticos nas grossas forquilhas. Fora o tamanho delas que fizera o cavalheiro usurpador decidir criar o seu arboreto no Undercliff. E Charles se sentia pequeno, agradavelmente pequeno, enquanto subia rumo aos paredões quase verticais de pedra calcária que ele via no alto. Começou a se sentir mais animado, principalmente quando viu os primeiros estratos de sílica aflorarem entre os azougues e os áruns que atapetavam o chão. Quase em seguida, achou um *Echinocorys scutata.* Estava muito desgastado... só restava um pequeno risco dos cinco conjuntos de linhas pontilhadas convergentes que decoram a concha perfeita. Mas era melhor do que nada, e assim animou Charles a começar sua busca, parando e se abaixando pelo caminho.

Aos poucos, foi se aproximando da base da pedreira, onde os amontoados de lascas de pedra eram maiores e onde os ouriços deviam estar menos corroídos e desgastados. Manteve-se nesse nível e começou a andar para oeste. A hera em alguns trechos era densa, subindo indiscriminadamente pelas paredes da rocha e pelos galhos das árvores mais próximas, de onde pendia sobre a cabeça de Charles em grandes cortinas esfiapadas. Num ponto, ele teve que abrir caminho por um verdadeiro túnel dessa hera, que dava numa clareira onde houvera um recente desmoronamento de pedra. Era o tipo de lugar onde a probabilidade de se encontrarem ouriços-do-mar era bem alta e Charles se preparou para esquadrinhá-lo, metodicamente, cercado por todos os lados de densas moitas de silva. Trabalhou nisso durante uns dez minutos sem ouvir um som a não ser o mugido de um bezerro em algum pasto distante mais para o interior, o bater de asas e o arrulho de alguma pomba do mato e, lá embaixo, do outro lado das árvores, o murmúrio quase imperceptível das águas tranqüilas do mar. Foi então que escutou outro ruído, tal qual o que uma pedra faz ao cair. Como olhou e não viu nada, imaginou que, de fato, algum fragmento de rocha tivesse se desprendido do morro. Ficou procurando por mais um instante e, logo depois, por uma dessas intuições inexplicáveis, talvez o vestígio de alguma faculdade de nosso passado paleolítico, sentiu que não estava sozinho. Olhou bruscamente em volta.

Sarah estava na saída do túnel de hera, a uns quarenta metros de distância, um pouco acima dele. Não sabia dizer havia quanto tempo ela estava ali, mas lembrou-se do ruído que ouvira dois minutos antes. Por um momento, chegou quase a ter medo. Era estranho ela aparecer tão silenciosamente. Ela não usava botas com sola de prego, mas mesmo assim devia ter andado com grande cautela. Para surpreendê-lo. Por conseguinte, seguira-o deliberadamente.

— Srta. Woodruff! — Ele tirou o chapéu. — Como chegou até aqui?

— Eu vi o senhor passar.

Ele subiu mais um pouco o monte de entulho para se aproximar dela. De novo, ela estava com o chapéu na mão. Seu cabelo — ele notou — estava solto, como se ela tivesse ficado exposta ao vento, mas não ventava. Isso lhe dava um ar selvagem, que a firmeza de seu olhar focado nele só conseguia agravar. Charles se perguntou o que o teria levado a pensar que ela não tivesse mesmo um parafuso a menos.

— Tem alguma coisa para me dizer?

E de novo aquele olhar fixo, mas não como se ele fosse invisível, e sim bem focado nele lá embaixo. Sarah tinha uma dessas caras femininas singulares cuja atratividade varia muito segundo as circunstâncias, de acordo com uma combinação sutil de ângulos, luzes, estado de espírito. Naquele momento, era favorecida pelo efeito teatral de um raio de sol pálido e oblíquo que conseguira passar por uma pequena fresta nas nuvens, como não é raro acontecer num final de tarde na Inglaterra. Iluminava seu rosto e sua figura contra o fundo verde atrás dela. E de repente seu rosto ficou muito bonito, realmente lindo, com uma gravidade delicada, como se iluminado por uma luz que vinha tanto de dentro quanto de fora. Charles recordou que fora justamente assim que um camponês dos arredores de Gavarnie, nos Pirineus, afirmara ter visto a Virgem Maria, no alto de um monte de pedras na beira da estrada... poucas semanas antes de Charles ter passado por ali. Fora levado até o local, que não tinha o menor interesse. Mas se uma figura como essa lhe tivesse aparecido...

No entanto, essa figura, evidentemente, tinha um objetivo mais banal. Meteu as mãos nos bolsos do casaco e lhe apresentou dois esplêndidos exemplares de ouriços *Micraster,* um em cada mão. Charles aproximou-se para identificar a que espécie pertenciam. Depois olhou admirado para o rosto sério da moça. Então se lembrou que durante a visita à casa da Sra. Poulteney mencionara rapidamente a paleontologia e a importância dos ouriços-do-mar. Olhou de novo para os dois pequenos objetos na mão dela.

— Não quer ficar com eles?

Ela não usava luvas, e seus dedos se tocaram. Charles examinou os dois ouriços, mas só pensava no contato daqueles dedos frios.

— Sou muito grato à senhorita. Estão em ótimo estado.

— São o que procura?

— De fato, são.

— Eles já foram conchas do mar?

Charles hesitou, depois apontou para os traços característicos do exemplar mais perfeito: a boca, os ambulacros, o ânus. Enquanto falava e era ouvido com sério interesse, sua desaprovação evaporou-se. O aspecto da moça era estranho, mas sua mente — como pôde comprovar por duas ou três perguntas que lhe foram feitas — nada tinha de perturbada. Finalmente, ele guardou com cuidado os dois ouriços no bolso.

— Foi muita gentileza sua ter procurado esses exemplares.

— Não tinha nada melhor para fazer.

— Eu já ia voltar. Posso acompanhá-la até a estrada?

Mas ela não se mexeu.

— Sr. Smithson, queria também lhe agradecer... por me ter oferecido ajuda.

— Já que a recusou, minha dívida de gratidão é maior ainda para com a senhorita.

Houve uma pequena pausa. Charles passou por ela e afastou a hera com o bordão, para lhe abrir caminho. Mas a moça ficou parada, ainda voltada para a clareira.

— Não devia ter seguido o senhor.

Ele gostaria de poder ver o seu rosto, mas não podia.

— Acho melhor eu ir embora.

Sarah não disse nada, e ele se virou para a hera. Mas não resistiu ao desejo de olhá-la mais uma vez. Ela o observava por cima do ombro, como se seu corpo desaprovasse o que o rosto fazia e quisesse voltar as costas para tamanho descaramento, porque seu olhar, embora conservasse um vestígio de sua antiga reprovação, tinha agora uma expressão de súplica. Eram uns olhos angustiados... e angustiantes. Transmitiam a indignação de uma pessoa fraca abominavelmente violentada. Não acusavam Charles daquela afronta, e sim de não ter percebido que esta fora cometida. Os dois ficaram um bom tempo se encarando, olhos nos olhos, depois, ruborizada, como se falasse para o chão que havia entre eles, Sarah disse:

— Não tenho a quem recorrer.

— Eu esperava ter deixado bem claro que a Sra. Tranter...

— Tem um coração boníssimo. Mas eu não preciso de bondade.

Fez-se silêncio. Charles continuava, afastando a hera.

— Ouvi dizer que o vigário é um homem muito compreensivo.

— Foi ele que me apresentou à Sra. Poulteney.

Charles estava diante da hera como se estivesse diante de uma porta. Evitava olhar para Sarah, e buscava umas palavras de despedida.

— Se eu puder falar da senhorita com a Sra. Tranter, terei muito prazer... mas não ficaria bem eu...

— ... o senhor se envolver mais no meu caso.

— Sim, é isso o que eu queria dizer. — A reação dela foi olhar para o outro lado. Ele a tinha repreendido. Bem devagar, Charles deixou cair a cortina de hera. — Já reconsiderou a minha sugestão... de que deveria deixar a cidade?

— Se eu fosse para Londres, o senhor sabe o que iria acontecer comigo. — Ele ficou tenso por dentro. — Eu acabaria me tornando o que tantas mulheres que perderam a honra se tornam nas grandes cidades. — Virou-se para ele e enrubesceu ainda mais. — Eu me tornaria isso que algumas pessoas de Lyme já me chamam.

Era escandaloso, profundamente inconveniente.

— Minha cara Srta. Woodruff! — murmurou ele. Também estava ruborizado.

— Sou fraca. Como eu não iria saber disso? — Acrescentou com amargura: — Eu pequei.

Essa nova revelação a um estranho, em semelhantes circunstâncias, desfez a boa impressão que lhe causara a atenção com que ela acompanhara sua pequena aula sobre o fóssil do ouriço-do-mar. Mas, no entanto, ele sentia os dois ouriços no bolso; Sarah ainda o controlava de alguma maneira, e Charles, sem querer assumir, sentiu-se vagamente lisonjeado, como um padre a quem se pede conselho para resolver um problema espiritual.

Charles contemplava a ponta de ferro de seu bordão.

— É esse medo que a segura em Lyme?

— Em parte.

— Alguém mais sabe daquilo que a senhora me contou outro dia, quando ia embora?

— Se alguém soubesse, não perderia a oportunidade de me dizer.

Houve um silêncio mais longo. Nas relações humanas, há momentos que são como modulações: o que até então fora uma situação objetiva, uma situação que a mente talvez descreva para si mesma em termos mais ou menos literários, e que pode simplesmente ser classificada dentro de uma rubrica geral (homem com problema de alcoolismo, mulher com passado infeliz e assim por diante), de repente passa a ser subjetiva, única, uma situação que, por empatia, se torna algo que já não se observa simplesmente, mas que se compartilha. Uma metamorfose desse tipo ocorreu na mente de Charles enquanto olhava para a cabeça da pecadora inclinada à sua frente. Como costumamos fazer numa situação dessas — quem já não foi abraçado por um bêbado? —, ele procurou uma maneira rápida, mas diplomática, de restaurar o *status quo.*

— Sinto muitíssimo pela senhora. Mas devo confessar que não entendo por que procura... por assim dizer... me tornar seu confidente.

Então, como se estivesse esperando aquela pergunta, Sarah começou a falar depressa; parecia repetir um discurso, uma ladainha que sabia de cor.

— Porque o senhor é viajado. Porque é instruído. Porque é um cavalheiro. Porque... porque... não sei, mas vivo no meio de pessoas que, segundo todo mundo, são boas, piedosas, cristãs. E elas me parecem mais cruéis do que os bárbaros mais desumanos e mais estúpidas do que os animais mais estúpidos. Não posso acreditar que essa seja a verdade. Que na vida não haja compreensão nem compaixão. Que não existam espíritos generosos o bastante para compreender o que eu sofri e por que sofro... e que, sejam quais forem os pecados que cometi, não é justo eu sofrer tanto. — Calou-se. Despreparado para essa explicação clara de seus sentimentos e para essa prova de uma inteligência acima do comum, cuja existência havia imaginado, mas não enfrentado, Charles nada disse. Sarah virou-lhe as costas e continuou com voz mais calma: — Só estou feliz quando estou dormindo. Quando acordo, o pesadelo recomeça. Sinto-me abandonada numa ilha deserta, aprisionada, condenada por um crime que não sei qual é.

Charles olhava para a moça de costas para ele, consternado, como um homem a ponto de ser engolfado por um desmoronamento de terra. Como se quisesse correr, mas não pudesse; falar, mas não conseguisse.

De repente, ela o encarou.

— Por que nasci assim? Por que não sou como a Srta. Freeman? — Porém, mal lhe saiu da boca o nome, ela tornou a virar as costas, consciente de que exagerara um pouco.

— Seria melhor não ter feito essa pergunta.

— Não tive a intenção...

— A inveja é perdoável em sua...

— Não é inveja. É incompreensão.

— Está além das minhas forças... das forças de homens muito mais sábios que eu, ajudá-la nesse ponto.

— Não acredito. Não posso acreditar nisso.

Algumas mulheres, freqüentemente a própria Ernestina, o contradiziam rindo. Mas sempre num contexto de brincadeira. Uma mulher não contradizia a opinião de um homem quando ele falava sério, a menos que fosse em termos cuidadosamente medidos. Quase parecia que Sarah presumia estar no mesmo plano intelectual de Charles, e justamente numa situação em que devia se mostrar o mais deferente possível, se quisesse alcançar os seus objetivos. Ele se sentiu insultado, sentiu... não sabia explicar o quê. A conclusão lógica de seus sentimentos teria sido levantar o chapéu com um frio e definitivo gesto de despedida e ir embora com suas botas de pregos. Mas continuou onde estava, como se estivesse plantado. Talvez tivesse uma idéia demasiado estereotipada do aspecto de uma sereia e das circunstâncias em que costumava aparecer — tranças longas, uma casta nudez de alabastro, uma cauda de peixe, ao lado de um Ulisses cujo rosto poderia ser aceito nos melhores clubes. Não havia nenhum templo dórico no Undercliff, mas lá estava uma Calipso.

Ela murmurou:

— Agora o ofendi.

— A senhora me deixa perplexo. Não sei mais o que pode esperar de mim que eu já não tenha me oferecido para tentar fazer. Mas certamente deve se dar conta de que uma intimidade maior entre nós dois... por inocente que seja... é totalmente impossível na minha atual situação.

Fez-se silêncio. Um pica-pau ria num nicho da mata, zombando daqueles dois bípedes imóveis lá embaixo.

— Acha que eu iria... atirar-me a seus pés dessa maneira se não estivesse desesperada?

— Não duvido que esteja. Mas pelo menos deve admitir minha absoluta impossibilidade de atender ao seu pedido. — E acrescentou: — Que ainda não sei qual é.

— Gostaria de poder contar ao senhor o que aconteceu há um ano e meio.

Silêncio. Sarah olhou para ver sua reação. De novo Charles ficou tenso. As cadeias invisíveis desapareceram e seu lado convencional triunfou. Charles empertigou-se, um monumento à desconfiança escandalizada, rigidamente desaprovador, e no entanto em seus olhos alguma coisa investigava os dela... procurando uma explicação, um motivo... Imaginou que ela fosse dizer mais alguma coisa e já estava prestes a voltar pelo túnel de hera, sem mais uma palavra. Porém, como se tivesse adivinhado sua intenção, de repente, Sarah fez uma coisa totalmente inesperada. Caiu de joelhos.

Charles ficou horrorizado, imaginando o que pensaria alguém que os estivesse espionando. Deu um passo atrás, como se para se esconder. Ela, porém, parecia singularmente calma. Não foi um gesto de histeria. Só seus olhos eram mais intensos, uns olhos sem sol, banhados por um eterno luar.

— Srta. Woodruff!

— Eu lhe imploro. Ainda não estou louca, mas, se não for ajudada, acabarei ficando.

— Controle-se, por favor. Se nos vissem aqui...

— O senhor é a minha última esperança. Não é um homem cruel, sei que não é.

Ele a encarou, depois olhou desesperadamente em volta, aproximou-se, ajudou-a a se levantar e a conduziu por baixo da hera, a mão rígida apoiando-lhe o cotovelo. Ela parou diante dele com o rosto escondido nas mãos, e Charles, vítima de um daqueles ataques atrozes e rápidos do coração à razão, teve que lutar consigo mesmo para não tocar nela.

— Não quero parecer indiferente a seus problemas. Mas deve compreender que... não tenho outra escolha.

Ela começou a falar rapidamente, em voz baixa.

— Tudo o que peço é que consinta em se encontrar comigo mais uma vez. Virei aqui todas as tardes, ninguém nos verá. — Charles tentou argumentar, mas a moça não se deixou interromper. — O senhor é bom, e compreenderá o que as pessoas de Lyme nunca compreenderiam. Deixe-me terminar. Há dois dias, quase fiquei louca. Precisava ver o senhor, falar com o senhor. Sei onde está hospedado. Teria ido lá procurá-lo se... felizmente, uns restos de sanidade não me tivessem detido na porta.

— Mas isso é imperdoável. Se não estou enganado, a senhorita me ameaça agora com um escândalo.

Sarah negou veementemente com a cabeça.

— Prefiro morrer a que pense isso de mim. É que... não sei como dizer, mas o desespero me leva a pensar nessas coisas terríveis. Depois fico horrorizada comigo mesma. Não sei para onde me virar, o que fazer, não tenho ninguém a quem possa... por favor... o senhor não me entende?

O único pensamento de Charles era escapar da terrível enrascada em que se metera, daqueles olhos implacavelmente sinceros e nus.

— Preciso ir. Estou sendo esperado em Broad Street.

— Mas voltará outro dia?

— Não posso...

— Venho aqui todas as segundas, quartas e sextas, quando não tenho outras obrigações.

— O que sugere é que... Devo insistir que a Sra. Tranter...

— Eu não poderia dizer a verdade a ela.

— Pois então não fica bem uma pessoa estranha, e ainda por cima do sexo oposto, ouvir.

— Uma pessoa estranha... e do sexo oposto... muitas vezes é o juiz mais imparcial.

— Sem a menor dúvida, eu gostaria de dar uma interpretação caridosa à sua conduta, mas repito que estou perplexo com a sua...

Mas a moça continuava a fitá-lo, e ele não disse mais nada. Charles, como você há de ter notado, tinha diversos vocabulários. Um que usava com Sam, pela manhã, um com Ernestina, durante um almoço alegre, e agora outro ali, em seu papel de Defensor Alarmado das Conveniências... era quase como se houvesse nele três homens diferentes, ou até mais, como veremos mais adiante. Biologicamente, esse fato pode ser explicado com um termo de Darwin: *coloração críptica* — a capacidade de se confundir com o ambiente para poder sobreviver, aceitando sem discussão os princípios impostos pela época ou pela classe social. Ou podemos explicar sociologicamente esta fuga para a formalidade. Quando alguém patinava sobre uma camada de gelo tão fina — opressão econômica generalizada, medo da sexualidade, a inundação da ciência mecanicista —, era essencial saber fechar os olhos para não ver a própria rigidez ridícula. Muito poucos vitorianos optavam por questionar as virtudes dessa coloração críptica, mas algo no olhar de Sarah o fazia. Embora direto, seu olhar era tímido, mas por trás dele havia uma expressão muito moderna: Jogue limpo, Charles, jogue limpo. O que deixava o alvo desarmado. Ernestina e as outras como ela comportavam-se como se estivessem dentro de uma redoma de vidro: eram infinitamente frágeis, mesmo quando atiravam livros de poesia em alguém. Incentivavam que se mantivesse a máscara, e uma certa distância. Mas essa moça, por trás de sua fachada de humildade, inibia tais subterfúgios. Charles, por sua vez, baixou os olhos.

— Só peço uma hora do seu tempo.

Ele percebeu uma segunda razão para o presente dos ouriços. Levaram mais de uma hora para serem encontrados.

— Se eu concordasse, embora relutando muito...

Sarah adivinhou o que ele ia dizer e o interrompeu, em voz baixa.

— O favor que me prestaria seria tão grande que eu seguiria o seu conselho, fosse qual fosse.

— Certamente seria que não devemos continuar arriscando...

De novo, Sarah completou a pequena pausa que Charles fizera para buscar o termo apropriado.

— Isso eu entendo. E também que tem compromissos que o prendem muito mais.

O sol se escondeu após uma única e rápida aparição. O dia terminava gelado. Era como se o caminho que Charles seguia, que aparentemente atravessava uma planície, de repente margeasse um precipício. Percebeu isso ao contemplar a cabeça inclinada da moça. Não sabia dizer o que o desencaminhara, nem onde havia se enganado ao consultar o mapa, mas sentia-se perdido e desencaminhado. E agora empenhado em cometer mais uma loucura.

— Não sei como lhe agradecer — disse ela. — Estarei aqui nos dias que já mencionei. — Em seguida, como se a clareira fosse a sua sala de visitas, acrescentou: — Não quero prendê-lo por mais tempo.

Charles fez uma mesura, hesitou e, depois de um último olhar tranqüilo, afastou-se. Segundos depois, atravessava o outro extremo da cortina de hera e seguia aos tropeções morro abaixo, fazendo lembrar muito mais um veado assustado que um sofisticado cavalheiro inglês.

Chegou à estrada principal que atravessava o Undercliff e seguiu a passos largos para Lyme. Uma coruja piou antes da hora, mas pareceu a Charles que aquela não fora especialmente uma tarde ajuizada. Deveria ter sido mais firme, ido embora antes, devolvido os ouriços e sugerido — não, imposto — outras soluções para o desespero da moça. Sentia que ela fora mais esperta que ele e pensou em parar para esperá-la. Mas seus pés avançavam cada vez mais depressa.

Sabia que estava se envolvendo com uma coisa proibida, ou melhor, que a coisa proibida o estava envolvendo. Quanto mais se distanciava de Sarah no tempo e no espaço, mais se dava conta da loucura do próprio comportamento. Era como se, quando estava diante dela, ficasse cego e não conseguisse enxergar o que ela era — uma mulher muito perigosa, não deliberadamente, mas uma mulher presa de uma intensa frustração emocional e, sem dúvida, de um profundo ressentimento social.

Todavia, dessa vez, nem sequer pensou em se perguntar se devia contar a Ernestina. Sabia que não. Sentia-se envergonhado, como se tivesse embarcado para a China no Cobb sem avisá-la.

19

Como nascem muito mais indivíduos de cada espécie do que os que têm possibilidade de sobreviver; e como, em vista disso, há uma luta constante pela existência, qualquer ser que, no curso das complexas e às vezes variáveis condições de sua vida, sofra alguma modificação, por menor que seja, que lhe traga benefícios, terá mais chance de sobreviver e, portanto, de ser naturalmente selecionado.

DARWIN, *A origem das espécies* (1859)

A vítima com destino à China teve, na realidade, que fazer o papel de anfitrião num jantar surpresa que planejara com Ernestina para a tia Tranter. As duas deveriam ir jantar em sua sala de estar no White Lion. Preparou-se um suculento prato com as primeiras lagostas da temporada, cozinhou-se um salmão recém-pescado e saqueou-se a adega da pousada. O médico, que conhecemos rapidamente um dia em casa da Sra. Poulteney, foi convidado para que os sexos estivessem corretamente equilibrados.

Uma das grandes figuras de Lyme, ele costumava ser considerado uma presa tão cobiçada no rio do matrimônio como havia sido no rio Axe o salmão que seria servido naquela noite. Ernestina implicava impiedosamente com a tia, acusando aquela senhora boníssima de crueldade desumana para com aquele pobre solitário que suspirava por sua mão. Mas uma vez que essa trágica figura já suportava com valentia sua triste solidão havia sessenta anos ou mais, pode-se duvidar de seus suspiros como da crueldade da senhora.

O Dr. Grogan era, de fato, tão aferrado a seu estado civil como a tia Tranter. Sendo irlandês, possuía no mais alto grau essa estranha habilidade eunucóide dos hibérnicos de borboletear em volta das mulheres, flertando com elas e adulando-as sem jamais permitir que seu coração fique enredado. Era um homenzinho seco como um falcão, incisivo e às vezes quase violento, mas fácil de dobrar quando a companhia lhe agradava, que acrescentava à sociedade de Lyme uma reconfortante nota de sensatez, pois dava a impressão de estar sempre à espreita de uma oportunidade para saltar sobre qualquer tolice. E no entanto, se gostava da pessoa, tratava-a sempre com uma inteligência tonificante e a humanidade de quem tinha vivido e, à sua maneira, aprendido a deixar os outros viverem. Possuía também uma aura meio nebulosa, pois era de origem católica. Nos dias de hoje, seria como alguém que tivesse sido comunista por volta de 1930 — agora era aceito, mas continuava com a marca do diabo. Decerto naquela época, como Disraeli, era um respeitado membro da Igreja Anglicana; do contrário, como a Sra. Poulteney iria recebê-lo em sua casa? Além do mais, diferentemente de Disraeli, assistia escrupulosamente às matinas todos os domingos. Que um homem pudesse ser tão indiferente à religião a ponto de ser capaz de freqüentar uma mesquita ou uma sinagoga, sc um desses templos fosse o principal local de devoção da cidade, era uma desonestidade que ia além do que o povo de Lyme conseguia imaginar. Mas era um bom médico, com um sólido conhecimento desse importantíssimo ramo da medicina: o temperamento de seus pacientes. Intimidava aqueles que, no íntimo, desejavam ser intimidados, e com a mesma habilidade lisonjeava, mimava e fechava os olhos, conforme o caso.

Não havia ninguém em Lyme que apreciasse mais a boa comida e os bons vinhos, e tendo o repasto oferecido por Charles e o White Lion recebido sua aprovação, ele tacitamente assumiu o papel de anfitrião no lugar do rapaz. Estudara em Heidelberg e exercera a profissão em Londres, e conhecia o mundo e seus absurdos como só um irlandês inteligente é capaz de conhecer. E isso significa que sempre que lhe faltavam os conhecimentos ou a memória, sua imaginação estava pronta para preencher a lacuna. Ninguém acreditava em todas as suas histórias, mas nem por isso deixava de querer ouvi-las. Tia Tranter conhecia-as provavelmente melhor que ninguém em Lyme, pois ela e o doutor eram velhos amigos, e ela devia saber que ele cada vez contava uma versão diferente. No entanto, era quem mais ria — e às vezes de maneira tão escandalosa que nem quero pensar o que poderia ter acontecido se o pilar da comunidade, lá no alto da colina, a ouvisse.

Em circunstâncias normais, Charles teria apreciado a noite; sobretudo porque o médico se permitiu certas liberdades de linguagem e conteúdo em suas histórias, especialmente depois que o salmão foi dissecado até ficar reduzido a ruínas e os cavalheiros passaram a uma decantadeira de porto, liberdades que não eram exatamente *comme il faut* na sociedade que Ernestina havia sido acostumada a freqüentar. Charles notou que ela ficara um tanto escandalizada algumas vezes e tia Tranter não. E sentiu uma certa nostalgia daquela época mais aberta que os dois convidados mais velhos haviam vivido na juventude e à qual ainda gostavam de voltar. Observando os olhinhos maliciosos do doutor e a jovialidade de tia Tranter, sentiu que sua própria época lhe dava uma ligeira náusea por causa daquela asfixiante obsessão pelas boas formas, daquela adoração pela máquina, e não só a máquina no sentido literal dos meios de transporte e de produção, mas a outra, muito mais terrível, agora montada pelas convenções sociais.

Essa admirável objetividade pode parecer ter muito pouca relação com seu comportamento anterior naquele dia. Charles não apresentou as coisas para si mesmo com tanta crueza, mas percebia as próprias incoerências. Disse a si mesmo, agora tomando outro rumo, que levara a Srta. Woodruff muito a sério, que ficara confuso em vez de não se deixar abater. Foi particularmente solícito com Ernestina, já não mais *souffrante*, embora ainda sem toda a vivacidade habitual, se bem que fosse difícil dizer se isso se devia à enxaqueca ou ao ritmo irlandês da conversa do doutor. Mas de novo ele teve a sensação, como na noite do concerto, de que havia nela algo de superficial — que sua acuidade tanto intelectual quanto verbal não passava de afetação. Não havia, sob aquele recato estudado, algo nela que lembrava um autômato, uma daquelas engenhosas meninas-máquinas dos Contos de Hoffmann?

Mas depois pensou: ela é uma criança entre três adultos — e apertou-lhe carinhosamente a mão sob a mesa de mogno. Ela ficava encantadora quando corava.

Os dois cavalheiros, Charles muito alto, lembrando vagamente o falecido Príncipe Consorte, e o médico, miúdo e franzino, acompanharam finalmente as senhoras até em casa. Eram dez e meia, hora em que a vida social em Londres mal começava, mas a cidade de Lyme já dormia. Quando a porta se fechou diante de seus rostos sorridentes, os dois eram as únicas pessoas que passavam pela Broad Street.

O médico encostou um dedo no nariz.

— Quanto a você, meu caro, receito-lhe um grogue generoso, preparado por minha mão sábia. — Charles fez uma expressão educada de hesitação. — Ordens médicas, sabe. *Dulce est desipere,* como diz o poeta. É agradável perder o juízo no momento certo.

Charles sorriu.

— Se me prometer que a bebida será melhor que o latim, aceito com prazer.

E assim foi que, dez minutos depois, Charles achou-se confortavelmente instalado no que o Dr. Grogan chamava de sua "cabana" — um estúdio com uma janela abaulada no segundo andar de sua casa e que dava para a pequena baía situada entre o Cobb Gate e o Cobb propriamente dito, uma sala que, segundo o irlandês, era particularmente agradável no verão porque permitia apreciar as nereidas que iam a Lyme tomar os banhos de mar. O que mais podia pedir um médico além de receitar a suas pacientes algo que lhe era agradável aos olhos? Sobre a mesa diante da janela abaulada, havia um elegante telescópio gregoriano em latão. Grogan pôs a língua para fora rapidamente, com ar malicioso, e deu uma piscadela.

— Objetivos puramente astronômicos, é claro.

Charles debruçou-se na janela e aspirou o ar salgado. Um pouco à sua direita, na praia, viu as silhuetas negras e quadradas das cabanas de banho usadas pelas nereidas. Mas a única música que vinha do mar nessa noite era o marulho das ondas nos seixos. E bem mais ao longe, os guinchos não muito ruidosos das gaivotas pousadas nas águas serenas. Atrás dele, na sala iluminada por lampiões, ouvia-se o tilintar que Grogan fazia ao preparar seu "remédio". Charles sentia-se suspenso entre dois mundos: atrás, a civilização confortável e organizada; à frente, o mistério obscuro e fresco. Todos nós escrevemos poesia, só que os poetas são aqueles que escrevem com palavras.

O grogue estava excelente, e o charuto Burma que o acompanhou foi uma grata surpresa, e aqueles dois homens ainda viviam num mundo onde duas pessoas cultas, ainda que não se conhecessem bem, compartilhavam de uma paisagem comum de conhecimentos, de uma comunidade de informações, com uma série de regras conhecidas e seus significados implícitos. Hoje, que médico conhece os clássicos? Que amador pode conversar detalhadamente com um cientista? O mundo desses dois homens era um mundo ainda livre da tirania da especialização. E eu não gostaria — nem o Dr. Grogan, como se verá a seguir — que você confundisse felicidade com progresso.

Permaneceram calados um momento enquanto voltavam felizes àquele mundo masculino, muito mais sério, que as senhoras e a ocasião os haviam obrigado a abandonar. Charles ficou curioso para saber quais eram as idéias políticas do médico e, para entrar no assunto, perguntou de quem eram os dois bustos brancos colocados entre os livros do seu anfitrião.

O médico sorriu.

— *Quisque suos patimur manes.* Isso é Virgílio, e significa mais ou menos que "Determinamos nosso destino ao escolher nossos deuses".

Charles sorriu por sua vez.

— Estou reconhecendo Bentham,[1] não?

— Está. E o outro pedaço de mármore de Paros é Voltaire.

— Donde deduzo que o nosso partido é o mesmo.

O médico brincou com ele.

— E um irlandês tem escolha?

Charles confirmou com um gesto que não, e explicou por que era um liberal.

— Parece-me que o Sr. Gladstone pelo menos reconhece que há uma corrupção fundamental nos princípios éticos de nossa era.

— Caramba, será que estou na companhia de um socialista?

Charles riu.

— Por enquanto, não.

— Pode estar certo de uma coisa, nesta época de ebulição e de hipocrisia, eu perdoaria tudo num homem, menos a Religião Vital.

— Ah, é mesmo.

— Fui partidário de Bentham na juventude. Voltaire me fez abandonar Roma, e ele, o partido conservador. Mas essa nova loucura que está na moda agora, que todo mundo tenha direito a voto, isso não é para mim. Não dou importância para linhagem. Um duque, e Deus sabe que até mesmo um rei, pode ser tão imbecil quanto qualquer pessoa. Mas graças à Mãe Natureza não estarei vivo daqui a cinqüenta anos. Quando um governo começa a ter medo da plebe é sinal de que tem medo de si mesmo. — Seus olhos faiscavam. — Sabe o que meus conterrâneos disseram a um revolucionário que foi a Dublin fazer propaganda do cartismo? "Irmãos", disse o tal cartista, "um homem não é tão bom quanto qualquer outro?" "Realmente, Sr. Orador, o senhor tem razão", retruca meu camarada, "e até um pouco melhor!" Charles sorriu, mas o médico levantou um dedo incisivo. — Você sorri, Smithson, mas ouça bem, meu camarada tinha razão. Não disse bobagem. Esse "um pouco melhor" ainda fará a ruína desse país. Preste atenção no que estou dizendo.

— Mas os seus dois deuses do lar estão completamente isentos de culpa? Quem foi que pregou que a felicidade deve chegar ao maior número de pessoas possível?

— Não discuto a máxima, mas sim a maneira de conseguir aplicá-la. Quando eu era jovem, estávamos muito bem sem o Civilizador de Ferro (referia-se à estrada de ferro). Não se cria a felicidade do maior número de pessoas possível fazendo-as correr antes de andar.

Charles murmurou algumas palavras educadas de assentimento. Já tocara na mesma ferida com seu tio, um homem de idéias políticas muito diferentes. Muitos dos que lutaram pelos primeiros projetos de leis de reforma nos anos 1830 combateram os que vieram três décadas depois. Sentiam que o oportunismo e a duplicidade haviam envenenado o século e criado um perigoso espírito de inveja e rebelião. Talvez o médico, nascido em 1801, fosse na realidade um exemplo do humanitarismo da Inglaterra neoclássica. Sua noção de progresso estava muito ligada à ordem social, uma ordem que lhe permitia ser exatamente o que sempre fora, o que o colocava muito mais próximo do cripto-liberal Burke do que do cripto-fascista Bentham. Mas os de sua geração não se equivocavam inteiramente ao olhar com desconfiança para a Nova Bretanha e os estadistas que surgiram durante a longa expansão econômica iniciada em 1850. Muitos homens mais moços, alguns desconhecidos, como Charles, outros célebres, como Matthew Arnold, eram da mesma opinião. Não se ouvira o supostamente convertido Disraeli, no leito de morte, murmurando a oração dos mortos em hebraico? E Gladstone, sob a capa de nobre orador, não foi o mais consumado mestre da ambigüidade, das declarações corajosas que encobriam interesses covardes, da história política moderna? Quando os grandes homens são indecifráveis, os pequenos... Mas era evidente que chegara a hora de mudar de assunto. Charles perguntou ao anfitrião se a paleontologia o interessava.

— Não, meu caro. Já devia ter confessado isso, mas não queria estragar aquele agradável jantar. Sou decididamente um neontólogo. — Sorriu para Charles do fundo de sua poltrona. — Quando soubermos mais sobre os vivos, terá chegado a hora de estudar os mortos.

Charles aceitou a reprimenda e aproveitou a oportunidade.

— Há dias fui apresentado a um espécime da flora local que me deixa inclinado a concordar em parte com o senhor. — Fez uma pausa astuciosa. — Um caso muito estranho. Sem dúvida, o senhor deve conhecê-lo melhor do que eu. — Então, percebendo que essa abordagem indireta do assunto talvez sugerisse algo mais do que um interesse casual, apressou-se a esclarecer: — Creio que se chama Woodruff. Trabalha para a Sra. Poulteney.

O médico olhou para o suporte com asa de prata de seu copo.

— Ah, sim. A pobre Tragédia.

— Estou sendo indiscreto? Talvez ela seja sua cliente.

— Bem, eu trato da Sra. Poulteney. E não permito que se fale mal da moça.

Charles olhou com cautela para ele. Mas era evidente que havia uma expressão de raiva nos olhos do médico, atrás das lentes daqueles óculos de aro quadrado. O rapaz baixou os olhos, com um sorriso amarelo.

O Dr. Grogan se debruçou para atiçar o fogo.

— Sabemos mais sobre os fósseis que encontramos na praia do que sobre o que se passa na cabeça daquela moça. Há um médico alemão inteligente que classificou a melancolia em vários tipos. Um, ele chama de natural, querendo com isso dizer que a pessoa já nasce com temperamento triste. Outro, ele chama de circunstancial, significando que surge em determinadas circunstâncias. É algo que, como você sabe, todos já experimentamos alguma vez. O terceiro, ele chama de melancolia obscura. E, com isso, o pobre homem quer dizer que desconhece totalmente sua etiologia.

— Mas ela tem um motivo, não?

— Ora, espere aí. Será que ela é a primeira mulher a ser abandonada pelo noivo? Poderia enumerar uma dezena na mesma situação em Lyme.

— Em circunstâncias tão brutais?

— Piores, em alguns casos. E hoje estão felizes da vida.

— Então classifica a Srta. Woodruff na categoria obscura?

O médico ficou um instante calado.

— Fui chamado (tudo isso é estritamente confidencial, você compreende) para vê-la... há uns dez meses atrás. Vi logo qual era o problema... chorava sem razão, não falava, tinha um olhar esquisito. Um caso de melancolia tão claro como sarampo. Eu conhecia a história dela, conheço os Talbot, ela trabalhava para eles quando tudo aconteceu. E acho... bem, a causa é óbvia: seis semanas, e até mesmo seis *dias* na casa Marlborough seriam suficientes para mandar qualquer ser normal para o hospício. Cá entre nós, Smithson, eu sou herege. Gostaria de ver um incêndio destruir aquele palácio de piedade junto com a dona. E juro que dançaria de alegria sobre as cinzas.

— Acho que eu seria capaz de acompanhá-lo.

— E não seríamos os únicos. — O médico bebeu furiosamente um trago do seu grogue. — A cidade inteira estaria na rua. Mas isso não vem ao caso. Fiz o que pude pela moça. Mas vi que só há um meio de curá-la.

— Tirá-la de lá.

O médico assentiu veementemente com um gesto de cabeça.

— Quinze dias depois, ao entrar em casa uma tarde, eu a vi indo em direção ao Cobb. Convidei-a a entrar e conversei com ela. Fui tão carinhoso como se ela fosse minha sobrinha predileta. Mas ela foi inflexível. Não iria embora de jeito nenhum. E não fiquei só na conversa. Tenho um colega em Exeter, um amor de pessoa, com uma mulher encantadora e quatro filhos que são uns anjos. Ele estava justamente procurando uma governanta. E eu disse isso a ela.

— E ela não quis ir embora!

— De jeito nenhum. É isso, entende. A Sra. Talbot é um anjo, e estava disposta a readmiti-la. Mas, não, ela vai para uma casa que é um vale de lágrimas, cuja dona não sabe a diferença entre um criado e um escravo, e aceita um emprego que é um verdadeiro cilício. E ninguém a tira de lá. Você não vai acreditar, Smithson, mas se oferecessem a essa moça o trono da Inglaterra, aposto mil libras contra um penny que ela iria recusar.

— Mas... não dá para entender. O que o senhor está dizendo é que ela recusou exatamente o que tínhamos pensado em oferecer. A mãe de Ernestina...

— Vai perder tempo, meu caro, com todo o meu respeito por essa senhora. — Sorriu melancolicamente para Charles e, pegando a chaleira de grogue, que havia deixado junto à lareira, tornou a encher os copos. — Mas o bom Dr. Hartmann descreve casos bastante semelhantes. E sobre um deles diz algo impressionante. Uma viúva, se estou lembrado, uma viúva jovem, de Weimar. O marido dela era oficial de cavalaria e morreu num acidente, durante umas manobras. Você vê que há alguns paralelos. A mulher entrou num luto fechado. Muito bem, era de se esperar. Mas passavam-se os anos, e ela não tirava o luto, nem permitia que se mudasse nada na casa. A roupa do morto continuava pendurada no armário, seu cachimbo, ao lado de sua poltrona favorita, até mesmo cartas endereçadas a ele e recebidas depois de sua morte continuavam ali... — o médico apontou para o escuro atrás de Charles — na mesma bandeja de prata, fechadas, ficando cada vez mais amarelas com o passar dos anos. — Fez uma pausa e sorriu para Charles. — Suas amonites jamais oferecerão um mistério como esse. Mas é isso o que Hartmann diz.

Parou diante de Charles, apontando o dedo para ele enquanto falava.

— *Era como se a mulher tivesse ficado viciada em melancolia, como uma pessoa é viciada em ópio.* Agora entende como é? O seu sofrimento vira o seu gozo. Quer se oferecer em sacrifício, Smithson. Onde você e eu recuamos, ela salta à frente. Está possessa, entende? — Tornou a se sentar. — Misterioso, muito misterioso.

Os dois se calaram. Charles atirou no fogo o toco do charuto, que, por um momento, ardeu em chamas. Percebeu que não tinha coragem de olhar nos olhos do médico quando lhe perguntou.

— E ela não falou a ninguém sobre o que lhe vai realmente na cabeça?

— Sem dúvida, sua melhor amiga é a Sra. Talbot. Mas, segundo me diz, a moça nem com ela se abre. Me gabo de ser... mas com certeza fracassei.

— E... digamos que ela conseguisse revelar seus sentimentos a uma pessoa compreensiva...

— Ficaria curada. Mas ela não quer se curar. É como se se recusasse a tomar remédio.

— Mas num caso desses o senhor, naturalmente...

— Pode me dizer como se pode obrigar a alma, rapaz? — Charles encolheu os ombros, desarmado. — É impossível, claro. E vou lhe dizer uma coisa. É melhor assim. Não se pode querer entender uma pessoa violentando-a.

— Então, ela é um caso perdido?

— No sentido que você insinua, é. A medicina nada pode fazer. É preciso lembrar que ela não é como nós, os homens, que somos capazes de raciocinar com clareza, de examinar nossos motivos e compreender por que agimos de determinada maneira. Devemos considerá-la um ser perdido na névoa. Tudo o que podemos fazer é esperar, torcendo para que a névoa se dissipe. Aí, talvez... — Calou-se, depois repetiu sem esperança: — Talvez.

Nesse exato momento, o quarto de Sarah está mergulhado no silêncio negro que reina na casa Marlborough. Ela dorme, virada para o lado direito, os cabelos escuros caídos no rosto, quase encobrindo-o. Mais uma vez podem-se notar a tranqüilidade e o aspecto pouco trágico de suas feições: uma moça saudável, de vinte e seis ou vinte e sete anos, com um braço esguio e bem torneado estendido para fora das cobertas, pois a noite está calma e as janelas, fechadas... estendido, como eu dizia, e pousado sobre outro corpo.

Não de um homem. É de uma moça de uns dezenove anos, também adormecida, de costas para Sarah, mas bem junto dela, pois a cama, embora larga, não foi feita para duas pessoas.

Uma idéia lhe passou pela cabeça; mas você se esquece que estamos no ano de 1867. Suponhamos que a Sra. Poulteney aparecesse de repente à porta, de lampião em punho, e se deparasse com aqueles dois corpos afetuosos deitados ali tão juntinhos. Talvez você imagine que ela vá estufar o peito, como um cisne negro enfurecido para explodir em execrações escandalizadas e já está vendo as duas moças, vestidas apenas com aquelas miseráveis camisolas, expulsas daqueles portais de granito.

Pois bem, estaria redondamente enganado. Como sabemos que a Sra. Poulteney tomava sua dose de láudano todas as noites, é bem pouco provável que tal hipótese se verificasse. Mas, se realmente tivesse aparecido ali, é quase certo que teria simplesmente dado meia-volta e ido embora, e talvez até tivesse fechado a porta de mansinho para não acordar as moças.

Inconcebível? Mas alguns vícios eram tão insólitos naquele tempo que não existiam. Duvido que a Sra. Poulteney tivesse alguma vez ouvido a palavra "lésbica", e, se tivesse, a palavra provavelmente estaria relacionada com uma grega. Além do mais, estava tão convencida de que as mulheres não sentiam prazer carnal como de que o mundo era redondo ou de que o bispo de Exeter era o Dr. Phillpotts.[2] Sabia, naturalmente, que as mulheres do tipo inferior apreciavam uma certa espécie de carícia masculina, como aquele repugnante beijo que aplicaram nas faces de Mary, mas considerava que isso se devia unicamente à vaidade e à fraqueza femininas. As prostitutas existiam, como lhe lembrava a célebre obra de caridade de lady Cotton, mas deviam ser criaturas tão depravadas que, nelas, o amor ao dinheiro era mais forte do que a inata aversão feminina às relações carnais. Fora esta, na verdade, a sua primeira impressão de Mary, pois, se ria tanto após ser tão grosseiramente tratada pelo cavalariço, era óbvio que acabaria na prostituição.

Mas... e os motivos de Sarah? No que se refere ao lesbianismo, ela era tão ignorante quanto sua patroa. Mas não compartilhava da aversão da Sra. Poulteney às coisas carnais. Sabia, ou pelo menos suspeitava, que havia um prazer físico no amor. No entanto era, acredito, tão inocente quanto se pode ser. Começara a dormir com Millie logo depois do acesso de choro que a moça tivera na frente da Sra. Poulteney. O Dr. Grogan recomendou que ela fosse tirada do dormitório das criadas e instalada num quarto mais ensolarado. Aconteceu que havia um quarto de vestir desocupado ao lado do quarto de Sarah, e Millie foi instalada ali. Sarah se incumbiu da maior parte dos cuidados especiais exigidos pela moça clorótica, que era filha de um lavrador. Era a quarta de onze irmãos que moravam com os pais numa miséria indescritível, numa choupana de dois cômodos, úmida e apertada, situada num dos vales que se estendem para o oeste na triste região de Eggardon. Um jovem arquiteto de Londres que está muito na moda é atualmente proprietário da casa. Passa ali os fins de semana e adora a região, tão selvagem, tão isolada de tudo, tão pitorescamente bucólica; e talvez isso exorcize os horrores que aconteciam ali na época vitoriana. É o que espero. Aquelas imagens do lavrador satisfeito cercado pela prole, que George Morland[3] e outros seus seguidores (Birket Foster era o criminoso-mor por volta de 1867) puseram em voga, eram uma sentimentalização tão idiota e nociva — e portanto um mascaramento da realidade — quanto a dos filmes de Hollywood sobre a vida "real". Bastava olhar para Millie e seus dez miseráveis irmãos para reduzir a cinzas o mito do Camponês Feliz. Mas poucos olhavam. Cada época, cada época culpada, ergue altos muros em torno do seu Versalhes, e pessoalmente odeio esses muros, ainda mais quando são erguidos pela literatura e a arte.

Uma noite, então, Sarah ouviu a moça chorar. Foi até o seu quarto e a consolou, o que não foi muito difícil, pois Millie era uma criança em tudo, a não ser na idade. Não sabia ler nem escrever, e era tão incapaz de julgar os outros seres humanos à sua volta quanto o seria um cão. Se lhe faziam carinho, ela entendia. Se a tratavam aos pontapés... bem, a vida era assim mesmo. Era uma noite muito fria, e Sarah simplesmente se metera na cama, abraçara a moça, beijara-a e, literalmente, lhe fizera carinho. Para ela, Millie era como um daqueles seus cordeirinhos doentes que eram alimentados na mão antes que seu pai, movido pelas ambições sociais, excluísse de sua vida tais costumes rurais. E Deus sabe que a comparação se aplica à filha do lavrador.

Desde então, o cordeirinho aparecia duas ou três vezes por semana, com uma cara desolada. Dormia mal, pior ainda do que Sarah, que muitas vezes ia dormir sozinha e, ao acordar pela manhã, encontrava-a ao seu lado — lá pelas insuportáveis horas mortas, Millie entrava tão de mansinho em sua cama que ela nem sentia. A pobrezinha tinha medo do escuro e, se não fosse por Sarah, teria pedido para voltar ao dormitório do andar de cima.

Essas ternas relações eram quase mudas. Raramente se falavam, e quando o faziam, era sobre os assuntos domésticos mais triviais. Sabiam que o que importava era aquela companhia amiga e silenciosa no escuro. Teria havido algo de sexual em seus sentimentos? Talvez, mas elas nunca foram mais longe do que duas irmãs teriam ido. Não havia dúvida de que em outro meio — entre os pobres urbanos mais grosseiros ou os aristocratas mais emancipados — havia nessa época casos de um lesbianismo verdadeiramente orgástico. Entretanto, podemos atribuir esse fenômeno vitoriano tão comum, de dormirem juntas as mulheres, muito mais à fria arrogância dos homens da época do que a motivos mais suspeitos. Além do mais, nesses poços de solidão, qualquer tentativa de aproximação não é algo mais humano que perverso?

Vamos então deixar essas duas inocentes dormirem e voltar àquela outra dupla mais racional, mais instruída e de sexo mais nobre na casa junto ao mar.

Os dois senhores da criação haviam passado do assunto Srta. Woodruff, com suas metáforas de duplo sentido a respeito da névoa, para o campo menos ambíguo da paleontologia.

— O senhor tem de admitir — disse Charles — que os achados de Lyell têm muito mais do que uma importância intrínseca. Receio que o clero se veja envolvido numa querela tremenda.

Lyell — deixe-me explicar — foi o pai da geologia moderna. Buffon, na famosa obra *Époques de la Nature*, de 1778, já tinha feito ir pelos ares o mito, inventado pelo arcebispo Ussher no século XVII e registrado solenemente em incontáveis edições da Bíblia oficial inglesa, segundo o qual o mundo fora criado às nove horas do dia 26 de outubro de 4004 a.C. Mas nem mesmo o grande naturalista francês tinha ousado remontar a origem do mundo a mais de 75 mil anos atrás. Os *Princípios de geologia,* de Lyell, publicados entre 1830 e 1833 — coincidindo assim com muita exatidão com as reformas em curso em outras partes —, jogaram-na milhões de anos atrás. Embora poucos se lembrem dele, sua figura é fundamental, pois criou um campo importantíssimo para sua era, e para inúmeros cientistas de outras áreas. Suas descobertas tiveram o efeito de um vendaval — deixando gelados os tímidos, mas estimulando os ousados — nos corredores mal-arejados da metafísica da época. Porém é bom lembrar que à época sobre a qual escrevo, poucos eram os que tinham ouvido falar na obra-prima de Lyell, e muito poucos os que aceitavam todas as suas idéias. O Gênese é uma grande mentira, mas é também um grande poema. E um útero de seis mil anos é muito mais quente e confortável do que um de dois milhões.

Charles, por conseguinte, estava interessado em saber se o Dr. Grogan compartilhava de sua preocupação em relação aos teólogos ou a desprezava, e tanto seu futuro sogro como o seu tio tinham-no ensinado a ser muito cauteloso ao fazer esse tipo de pergunta. Mas o médico não disse muito. Continuou contemplando o fogo e murmurou:

— É mesmo.

Houve um pequeno silêncio, que Charles quebrou em tom casual, como se de fato para não deixar a conversa morrer.

— O senhor já leu esse Darwin?

A resposta de Grogan foi um olhar incisivo por cima dos óculos. Depois se levantou e, pegando o lampião, dirigiu-se para uma estante que havia no fundo da estreita sala. Logo depois, voltou e entregou a Charles um livro. Era *A origem das espécies.* O jovem fitou os olhos severos do médico.

— Eu não quis dizer...

— Já leu o livro?

— Já.

— Então não foi muito sábio de sua parte referir-se a um grande homem como "esse Darwin".

— Mas pelo que o senhor me disse...

— Este livro é sobre os vivos, Smithson. Não sobre os mortos.

O médico voltou-se com uma certa irritação para pousar novamente o lampião na mesa. Charles pôs-se de pé.

— O senhor tem toda razão. Peço desculpas.

O homenzinho olhou-o de esguelha.

— Alguns anos atrás, Gosse esteve aqui acompanhado por um grupo de intelectualóides coletores de fósseis. Você já leu o *Omphalos*?*

Charles sorriu.

— Achei esse livro totalmente absurdo.

E Grogan, então, após tê-lo feito passar por dois testes, um positivo, outro negativo, sorriu melancolicamente por sua vez.

— Foi o que eu lhe disse quando terminou suas conferências aqui. Ah! Se não disse. — E o médico bufou triunfalmente duas vezes pelas ventas irlandesas. — Imagino que esse fundamentalista presunçoso vai pensar duas vezes antes de voltar para esses lados do litoral de Dorset.

Olhou para Charles com mais benevolência.

— Você é darwinista?

— Apaixonado.

Grogan agarrou então sua mão e a apertou com força, como se Charles fosse Sexta-Feira e ele Crusoé. E talvez entre eles se tenha passado algo não muito diferente do que ocorrera inconscientemente entre as duas moças adormecidas a oitocentos metros dali. Sabiam que eram como dois grãos de fermento num mar de massa letárgica — dois grãos de sal numa vasta terrina de caldo insosso.

Nossos amigos de espírito carbonário — pois o menino que há em todo homem não gostou sempre de brincar de socie-

---

* *Omphalos: uma tentativa de desatar o nó geológico* está esquecido agora, o que é uma pena, pois se trata de um dos livros mais curiosos e, sem querer, cômicos de toda essa época. O autor era membro da Sociedade Real e a maior autoridade em biologia marinha de seu tempo. Entretanto, o temor que Lyell e seus seguidores lhe inspiravam fez com que desenvolvesse em 1857 uma teoria que eliminava totalmente todas as discrepâncias entre a ciência e a versão bíblica da Criação. O engenhoso argumento de Gosse era que, no dia em que Deus criou Adão, criou também todos os fósseis e as formas extintas de vida — o que indubitavelmente constitui uma das mais incompreensíveis operações de camuflagem até hoje atribuídas pelo homem à divindade. A própria data da publicação de *Omphalos* — exatamente dois anos antes de *A origem das espécies* — não pode ter sido mais ingrata. Gosse seria imortalizado meio século depois graças à célebre e primorosa autobiografia de seu filho Edmund.

dades secretas? — partiram então para uma nova rodada de grogue, acenderam outro charuto e começaram uma longa apologia de Darwin. É possível imaginar que se sentissem intimidados com a grandeza daquelas novas verdades que estavam discutindo, mas receio que o estado de espírito de ambos — principalmente o de Charles, quando voltava para casa de madrugada — fosse de exaltada superioridade, de distanciamento intelectual em relação ao comum dos mortais.

Às escuras, Lyme representava a massa comum da humanidade, visivelmente mergulhada num sono imemorial, ao passo que o naturalmente selecionado (o advérbio aí tem os dois sentidos) Charles era o intelecto puro, que caminhava desperto e livre como um deus, em comunhão com as estrelas sempre vigilantes, e compreendia tudo.

Isto é, tudo menos Sarah.

20

Então estão em guerra Deus e a Natureza,
E por isso ela nos inspira tais pesadelos?
Tão zelosa da espécie parece,
Tão indiferente ao indivíduo...

TENNYSON, *In Memoriam* (1850)[1]

Finalmente ela quebrou o silêncio e contou tudo ao Dr. Burkley. O médico particular de John Kennedy ajoelhou-se e apontou com a mão trêmula sua saia horrivelmente ensangüentada.

— Outro vestido? — sugeriu timidamente.

— Não — murmurou ela com raiva. — Que eles vejam o que fizeram.

WILLIAM MANCHESTER, *A morte do presidente Kennedy*

Sarah estava dissimulada nas sombras, na outra extremidade do túnel de hera. Não se virou; já o tinha visto subir por entre os freixos. O dia estava radioso, azul, com uma brisa cálida soprando de sudoeste que trouxera bandos de borboletas da primavera — essas borboletas esverdeadas, com a ponta das asas laranja, ou brancas com estrias verdes, que agora são consideradas incompatíveis com um elevado rendimento agrícola e passaram a ser combatidas praticamente até a extinção. Tinham vindo dançando em volta de Charles durante todo o caminho, desde a Granja até a mata, e agora uma delas — um pontinho sulfurino brilhante — pairava na clareira luminosa por trás do vulto escuro de Sarah.

Charles parou antes de entrar na sombra verde-escura da hera e olhou em volta iniquamente para se certificar de que ninguém o via. Mas os grandes freixos estendiam seus galhos ainda desfolhados sobre um bosque deserto.

Sarah só se virou quando ele chegou perto, e mesmo assim não quis olhar para ele. Enfiou a mão no bolso do casaco e, sem dizer palavra, de olhos baixos, entregou-lhe mais um ouriço, como se fosse uma oferenda expiatória. Charles pegou-o, mas o constrangimento dela foi contagioso.

— A senhora vai me permitir que eu pague por esses ouriços o mesmo que pago na loja da Srta. Anning.

Sarah levantou a cabeça, e finalmente seus olhos se encontraram. Ele viu que a moça se ofendera, e de novo sentiu aquela inexplicável sensação de que aquele olhar o transpassava, de não estar à altura do que ela esperava dele, de ter falhado com ela. Mas, dessa vez, o olhar o chamou à razão, isto é, levou-o à atitude que tinha decidido adotar, pois o encontro teve lugar dois dias depois dos acontecimentos narrados nos últimos capítulos. A pequena observação do Dr. Grogan a respeito da prioridade que se devia dar aos vivos sobre os mortos havia germinado, e Charles via agora em sua aventura um motivo científico além do humanitário. Fora bastante sincero consigo para admitir que aquela aventura, apesar de imprópria, lhe dava algum prazer. Mas agora via claramente que lhe impunha também um dever. Sem sombra de dúvida, ele pertencia à classe dos mais aptos, mas os seres *humanos* mais aptos não deixavam de ter uma certa responsabilidade em relação aos menos aptos.

Chegara até mesmo a reconsiderar a idéia de contar a Ernestina o que se passara entre ele e a Srta. Woodruff. Mas infelizmente antevia com demasiada clareza que ela poderia fazer perguntas femininas tolas — perguntas a que ele não poderia responder honestamente sem se meter em águas perigosas. Logo decidiu que Ernestina não tinha nem o sexo nem a experiência para compreender o altruísmo de suas intenções, e assim esquivou-se convenientemente desse outro aspecto, menos atraente, do dever.

Então, evitou o olhar acusador de Sarah.

— O acaso fez com que eu nascesse rico e a senhora, pobre. Acho que não devemos ser tão cerimoniosos.

Esse era mesmo o seu plano: mostrar solidariedade, mas estabelecendo uma distância, para lembrar a ela a diferença de posição... mas com delicadeza, é claro, e uma ironia despretensiosa.

— É tudo o que tenho para dar.

— Não vejo razão para que me dê alguma coisa.

— O senhor veio até aqui.

Ele achou sua humildade quase tão desconcertante quanto seu orgulho.

— Vim porque me convenci de que a senhora precisa mesmo de ajuda. E embora ainda não tenha entendido por que resolveu me honrar fazendo com que eu me envolvesse em seu... — vacilou ao chegar aí, pois estava a ponto de dizer "caso", o que mostraria que estava bancando o médico além do cavalheiro — ... seu problema, vim preparado para ouvir o que me pediu... não pediu? ... para ouvir.

Sarah tornou a olhar para ele, o que o deixou lisonjeado. Ela apontou timidamente para onde o sol batia.

— Conheço um lugar afastado aqui perto. Quer ir até lá?

Charles concordou, e a moça saiu ao sol, atravessando a clareira pedregosa em que ele estivera procurando fósseis quando ela o encontrara da primeira vez. Caminhava com agilidade e segurança, arrepanhando a saia ligeiramente com uma das mãos enquanto a outra segurava as fitas do chapéu preto. Acompanhando-a, com muito menos agilidade, Charles notou os remendos no calcanhar das meias pretas, os saltos gastos dos sapatos; e também o brilho ruivo de seu cabelo. Imaginou que devia ser um cabelo lindo quando solto — cheio e sedoso. E embora agora estivesse puxado para trás e metido para dentro da gola do casaco, ele se perguntou se não seria por vaidade que ela sempre levava o chapéu na mão.

Charles entrou atrás dela em outro túnel de hera, mas, do outro lado, deram numa encosta relvada onde, muito tempo atrás, a parede vertical do penhasco havia desmoronado. Tufos de capim ofereciam apoio para os pés, e Sarah foi escolhendo o caminho cautelosamente, em ziguezague, até o alto. Penando para segui-la, Charles viu a barra de suas ceroulas enfeitadas de fitas brancas, que lhe chegavam quase aos tornozelos. Uma dama teria subido atrás dele, não na frente.

Sarah parou para esperá-lo. Então Charles foi atrás dela pelo topo da escarpa. O terreno tornava a subir até outra elevação, situada a uns cem metros acima deles. Aqueles eram os enormes "degraus" de sedimentação que se divisavam do Cobb, a três quilômetros dali. Depois de atravessá-los, chegaram a uma saliência mais inclinada, cujo ângulo pareceu perigoso a Charles. Uma escorregadela, e a pessoa caía direto no precipício. Se estivesse sozinho, teria vacilado. Mas Sarah passou por ali calmamente, como se não percebesse o perigo. Do outro lado dessa saliência, o terreno se nivelava um pouco. Ali estava o seu "lugar isolado".

Era um pequeno grotão, voltado para o sul e cercado por moitas fechadas de silvas e abrunheiros, uma espécie de anfiteatro em miniatura. Um espinheiro-alvar atrofiado erguia-se mais para o fundo da arena, se é que podemos usar esse termo para classificar um espaço de menos de cinco metros de largura. Alguém — que obviamente não fora Sarah — havia colocado uma grande pedra plana de sílex junto ao tronco, formando uma espécie de trono rústico, do qual se descortinava uma magnífica vista das copas das árvores e do mar. Charles, ofegando um pouco e suando muito com aquela roupa de flanela, olhou em volta. As paredes do grotão estavam atapetadas de prímulas, violetas e das estrelas brancas das framboesas silvestres. Suspenso no céu, e aconchegado ao sol da tarde, o recanto era encantador e protegido em todos os aspectos.

— Tenho que lhe dar os parabéns. A senhora é um gênio para achar ninhos de águia.

— Para achar retiros.

Sarah lhe indicou o trono de pedra embaixo do espinheiro.

— Tenho certeza de que essa é a sua cadeira.

Mas ela se virou e se sentou depressa, elegantemente, de lado num ressalto a alguns palmos da árvore, de frente para o mar, para que, como Charles pôde comprovar ao aceitar o melhor assento, ele não pudesse ver todo o seu rosto e também, por uma faceirice engenhosa de sua parte, para que ele não deixasse de reparar no seu cabelo. Mantinha-se muito empertigada, mas com a cabeça baixa, entretida com um implausível ajuste do chapéu. Charles a observava, sorrindo por dentro, se não por fora. Via que ela não sabia como começar, e, no entanto, a situação era natural e informal demais, como se eles fossem dois irmãos, para justificar a timidez e a formalidade que ela demonstrava.

Ela colocou o chapéu de lado, desabotoou o casaco e cruzou as mãos sobre o regaço. Mas continuava calada. Aquele casaco de gola alta tinha um corte um tanto masculino, principalmente nas costas. Dava-lhe um certo ar de mulher cocheiro, ou de mulher soldado, com que seu cabelo absolutamente não condizia. Com alguma surpresa Charles viu que aquelas roupas surradas não a desmereciam e de certa maneira até a favoreciam, mais até que uma roupa mais fina. Os últimos cinco anos haviam trazido uma grande emancipação à moda feminina, pelo menos em Londres. Os primeiros modeladores de busto começavam a ser habitualmente usados, pintavam-se os cílios e as sobrancelhas, passava-se pomada nos lábios, empoavam-se e tingiam-se os cabelos... e isso tornava as mulheres mais elegantes, e não apenas as do *demi-monde.* Mas Sarah não tinha essas preocupações. Parecia totalmente indiferente à moda, e apesar disso sobrevivia, assim como as singelas prímulas aos pés de Charles sobreviviam a toda concorrência das exóticas plantas de estufa.

Charles mantinha-se calado, um tanto majestoso diante da estranha suplicante a seus pés, e não muito propenso a ajudá-la. Mas ela não falava, talvez por timidez e recato, e ele começou a perceber claramente que estava sendo desafiado a arrancar dela o segredo. Finalmente, rendeu-se.

— Srta. Woodruff, detesto a imoralidade, mas detesto muito mais a moralidade sem clemência. Prometo não ser um juiz severo demais.

Ela fez um leve movimento com a cabeça. Mas ainda hesitava. E então, com aquela brusquidão do banhista relutante que ronda a beira d'água, ela mergulhou em sua confissão.

— O nome dele era Varguennes. Foi levado para a casa do capitão Talbot depois do naufrágio de seu navio. Toda a tripulação morreu afogada, com exceção de duas outras pessoas. Mas já não lhe contaram isso?

— Só as circunstâncias. Não como ele era.

— A primeira coisa que admirei nele foi a coragem; eu não sabia na época que os homens podiam ser ao mesmo tempo muito valentes e muito falsos. — Olhou para o mar, como se falasse com ele e não com Charles. — Tinha uma ferida horrível. Um corte do quadril até o joelho. Se gangrenasse, ele teria perdido a perna. Sofreu demais nos primeiros dias. Mas não deu um ai. Nem uma vez. Quando o médico fazia os curativos, apertava a minha mão. Com tanta força que um dia quase desmaiei.

— Ele não falava inglês?

— Algumas palavras. O francês da Sra. Talbot não era melhor que o inglês dele. E o capitão Talbot viajou a serviço logo que ele chegou. Varguennes nos contou que era de Bordeaux. Que seu pai era um advogado rico, que havia se casado de novo e deserdado os filhos do primeiro casamento. Varguennes embarcou então num navio da marinha mercante que fazia comércio de vinhos. Disse que na ocasião do naufrágio era primeiro oficial. Mas era tudo mentira. Não sei quem ele era realmente. Parecia um cavalheiro. E é só.

Expressava-se como se não tivesse o hábito de falar durante muito tempo, fazendo pequenas pausas estranhas após cada frase hesitante e cortada. Charles não saberia dizer se fazia isso para pensar no que ia dizer a seguir, ou para permitir que ele a interrompesse.

— Compreendo — murmurou.

— Às vezes acho que ele nada tinha a ver com o naufrágio. Era o diabo disfarçado de marinheiro. — Olhou para as mãos. — Era muito bonito. Eu nunca tinha recebido tantas atenções de um homem... Quer dizer, quando já convalescia. Não queria saber de livros. Era pior que uma criança. Gostava de conversar, de ter gente em volta, de ser ouvido. Dizia-me bobagens a meu respeito. Que não entendia por que eu ainda não estava casada. Coisas assim. Caí na asneira de acreditar nele.

— Cortejava-a, em resumo?

— O senhor precisa compreender que conversávamos sempre em francês. Talvez por isso o que dizíamos não me parecia muito real. Nunca estive na França, e não tenho um bom domínio da língua falada. Muitas vezes não entendia inteiramente o que ele estava dizendo. A culpa não é só dele. Talvez eu compreendesse mal o que ele queria dizer. Ele ria de mim. Mas não parecia ter intenção de me ofender. — Hesitou um momento. — Eu... eu até gostava disso. Dizia que eu era má porque eu não o deixava beijar minha mão. Chegou um dia em que eu também me achei má.

— E deixou de ser?

— Deixei.

Perto deles, planava uma gralha negra de plumagem reluzente que adejou um instante, indecisa, antes de se afastar assustada.

— Compreendo.

Disse isso meramente para estimulá-la a continuar, mas ela o interpretou ao pé da letra.

— O senhor não pode compreender, Sr. Smithson. Porque não é mulher. Porque não é uma mulher que nasceu para se casar com um camponês, mas que foi educada para... uma coisa melhor. Já fui pedida várias vezes em casamento. Quando estava em Dorchester, um rico criador de gado... mas isso não interessa. O senhor não é uma mulher que nasceu com um respeito e um amor à inteligência, à beleza, à cultura... não sei como dizer, não tenho o direito de desejar essas coisas, mas meu coração anseia por elas e não posso acreditar que seja só por vaidade... — Calou-se um momento. — E o senhor nunca foi uma governanta, Sr. Smithson, uma moça sem filhos que é paga para olhar os filhos dos outros. Não pode saber que quanto mais meigas são as crianças, mais a gente sofre. Não deve pensar que falo apenas por inveja. Eu adorava aquelas duas crianças, Paul e Virginia, e não sinto pela Sra. Talbot senão gratidão e afeição... Daria a *vida* por ela e por seus filhos. Mas viver dia após dia numa casa alegre, ser espectadora da felicidade de um casal com um lar, filhos adoráveis. — Fez uma pausa. — A Sra. Talbot é exatamente da minha idade. — Nova pausa. — Chegou a me parecer que me permitiam viver no paraíso, mas me proibiam de desfrutá-lo.

— Mas todos já sentimos alguma vez essa privação, de um modo ou de outro, não?

Sarah fez que não com a cabeça com uma veemência surpreendente. Ele percebeu que tinha tocado num ponto muito sensível.

— Só quis sugerir que os privilégios sociais não necessariamente trazem felicidade.

— Não se pode comparar uma situação em que a felicidade é, pelo menos, possível com outra em que... — Tornou a fazer que não com a cabeça.

— Mas certamente não pretende dizer que todas as governantas sejam infelizes... ou que fiquem solteiras.

— Todas as que são como eu.

Charles ficou calado um instante, depois falou:

— Interrompi sua história. Perdoe-me.

— E acredita quando digo que não falo por inveja?

Virou-se então para ele com um olhar intenso, e ele assentiu com a cabeça. Arrancando do barranco ao seu lado um raminho de poligales que pareciam microscópicos órgãos genitais de querubim, ela prosseguiu.

— Varguennes se restabeleceu. Isso foi quando faltava uma semana para que fosse embora. Mas, a essa altura, ele já tinha se declarado.

— Ele lhe pediu em casamento?

Sarah custou a responder.

— Falou-se em casamento. Ele disse que quando voltasse à França seria promovido a capitão de um navio que fazia transporte de vinhos. E que tinha esperança de reaver o patrimônio que ele e o irmão haviam perdido. — Hesitou um pouco, depois falou. — Queria que eu fosse para a França com ele.

— A Sra. Talbot sabia disso?

— Ela é uma mulher boníssima. E a mais inocente do mundo. Se o capitão Talbot estivesse lá... mas não estava. No início, não contei nada por vergonha. E depois, por medo. — E acrescentou: — Medo dos conselhos que eu sabia que ela me daria. — Começou a desfolhar o raminho. — Varguennes insistia. Fez-me acreditar que sua felicidade dependia de que eu fosse embora com ele... e, mais ainda, que a minha também. Descobriu muitas coisas a meu respeito. Que meu pai tinha morrido num asilo de loucos. Que eu não tinha recursos, nem parentes próximos, e que, por um mistério qualquer, eu me sentia condenada, sem saber por quê, à solidão. — Deixou o raminho de lado e crispou os dedos no colo. — Minha vida sempre foi solitária, Sr. Smithson. Como se tivesse sido decretado que eu nunca pudesse fazer amizade com uma pessoa igual a mim, nunca pudesse ter o meu próprio lar, nunca pudesse ver o mundo senão como uma generalidade dentro da qual eu fosse a única exceção. Há quatro anos, foi declarada a falência do meu pai. Todos os nossos bens foram vendidos. Desde então tenho a sensação de que até mesmo os objetos... cadeiras, mesas, espelhos... conspiram para aumentar a minha solidão. Você nunca será nossa dona, dizem eles, nunca seremos seus. Sempre seremos dos outros. Sei que é uma loucura. Sei que nas cidades industriais há uma pobreza e uma solidão diante das quais minha vida é de luxo e conforto. Mas, quando leio sobre os violentos atos de vingança que os sindicalistas cometem, uma parte de mim compreende. E quase os inveja, pois eles sabem onde e como se vingar. E eu sou impotente. — Alguma coisa surgiu em sua voz, uma emoção intensa que em parte negava a última frase. Ela acrescentou, mais calma: — Receio não estar sendo clara.

— Não sei bem se posso aprovar seus sentimentos, mas eu os compreendo perfeitamente.

— Varguennes foi tomar o navio-correio em Weymouth. A Sra. Talbot achava, é óbvio, que ele embarcaria tão logo chegasse. Mas ele me disse que esperaria até que eu fosse ter com ele. Não prometi que iria. Pelo contrário, jurei que... mas eu estava chorando. Finalmente, ele me disse que esperaria uma semana. Respondi que jamais iria acompanhá-lo. Mas passou-se um dia, depois outro, e ele já não estava mais ali para conversar comigo. Aquela solidão de que falei há pouco voltou. Senti como se fosse me afogar nela, pior ainda, como se tivesse deixado escapar o que poderia ser minha tábua de salvação. Estava desesperada. Um desespero que era duplamente intolerável pelo esforço que eu fazia para escondê-lo. No quinto dia, não suportei mais.

— Mas deduzo que escondeu isso tudo da Sra. Talbot. A senhora não ficou desconfiada? Um homem bem-intencionado não age assim.

— Sr. Smithson, reconheço que minha loucura e minha cegueira em relação a ele devem ser tão incompreensíveis para quem não conhece meu temperamento e minha situação naquele momento que só podem ser consideradas criminosas. Não posso esconder isso. Talvez sempre tivesse sabido a verdade. Sem dúvida minha alma tem um lado obscuro que desejava que o meu lado bom não enxergasse. E nós já tínhamos começado mentindo. Quando se envereda por esse caminho, é difícil sair dele.

Isso poderia ter servido de advertência a Charles, mas ele estava tão concentrado na história de Sarah que não conseguia pensar na sua.

— A senhora foi para Weymouth?

— Menti para a Sra. Talbot dizendo que uma colega de escola estava seriamente doente. Ela achou que eu estivesse indo para

Sherborne. Para ir a qualquer uma dessas cidades é preciso passar por Dorchester. Uma vez lá, tomei a diligência para Weymouth.

Mas aí Sarah calou-se e baixou a cabeça, como se não tivesse forças para continuar...

— Não precisa entrar em detalhes, Srta. Woodruff. Já posso imaginar...

Ela balançou negativamente a cabeça.

— Agora vem o acontecimento que preciso contar. Mas não sei como. — Charles também olhava para o chão. Nos ramos de um dos grandes freixos lá embaixo, um tordo cantava, com uma voz selvagem naquele dia azul tão sereno. Por fim ela continuou. — Achei uma pensão no porto. Depois fui à pousada onde ele disse que ficaria. Não o encontrei lá, mas havia um recado para mim, com o nome de outra pousada. Fui até lá. Não era um lugar... respeitável. Percebi isso pela maneira como me responderam quando perguntei por ele. Disseram-me onde ficava o seu quarto, como se esperassem que eu subisse até lá. Insisti para que ele fosse chamado. Ele desceu. Pareceu exultar quando me viu, e foi tudo o que um homem apaixonado deveria ser. Desculpou-se pela modéstia do lugar, dizendo que era mais em conta que o outro, e que muitos marinheiros e mercadores franceses se hospedavam ali. Eu estava assustada, e ele foi muito gentil. Eu não tinha comido nada nesse dia, e ele mandou preparar alguma coisa...

Ela hesitou, depois prosseguiu:

— Havia muito barulho na sala de jantar, por isso fomos para uma saleta privada. Não sei como, mas senti que ele estava mudado. Embora tenha se mostrado atencioso, todo sorridente e carinhoso, percebi que se eu não tivesse ido até lá, ele não teria ficado nem surpreso nem muito triste. Então vi que não tinha sido para ele mais que uma distração em sua convalescença. Caiu a venda dos meus olhos. Vi que não era sincero... que mentia, e que me casar com ele seria me casar com um aventureiro que não valia nada. Percebi isso em cinco minutos. — Pareceu notar que agora havia em sua voz um tom amargo de auto-recriminação, e se interrompeu um momento. Depois prosseguiu em tom mais baixo: — O senhor pode se perguntar por que não vi isso antes. Acho que vi. Mas ver uma coisa não é o mesmo que admiti-la. Acho que ele era um pouco como o camaleão, que muda de cor de acordo com o ambiente. Na casa de um cavalheiro, dava muito mais a impressão de ser um cavalheiro. Naquela pousada, eu o enxerguei como ele era. E compreendi que aquela cor era muito mais natural nele do que a outra.

Sarah olhou para o mar por um momento. Charles achou que a moça estava mais ruborizada, mas ela estava com a cabeça virada para o outro lado.

— Nessas circunstâncias eu sei que... uma mulher decente teria ido embora imediatamente. Já fiz mil exames de consciência desde aquela noite. Tudo o que descobri foi que para justificar minha conduta não basta uma única explicação. No primeiro momento, fiquei como que paralisada de horror ao perceber o meu erro... que, por ser tão grande, me fazia querer ver nele algumas qualidades, como honra, respeitabilidade. Depois, fiquei furiosa por ter sido enganada. Disse a mim mesma que, se não tivesse sido vítima de uma solidão tão intolerável no passado, não teria sido tão cega. Assim, culpei as circunstâncias pela minha situação. Nunca havia passado por aquilo. Nunca havia estado num lugar como aquela pousada, onde parecia não se saber o que era decência e o culto do pecado era tão normal quanto é o da virtude num prédio mais nobre. Não sei explicar. Estava confusa. Talvez me achasse na obrigação de parecer dona do meu destino. Tinha fugido para junto desse homem. Um excesso de pudor poderia parecer ridículo... quase vaidade. — Ela fez uma pausa. — Fiquei lá. Aceitei o jantar que me serviram. Bebi o vinho que ele me ofereceu. Não me deixou embriagada. Acho que me fez ver as coisas com mais clareza... Seria possível?

Virou-se para ele imperceptivelmente, esperando a resposta; como se Charles pudesse ter desaparecido e ela quisesse se certificar, apesar de não poder olhar, de que não tinha sumido.

— Sem dúvida.

— Parecia que o vinho me dava força e coragem... e compreensão também. Não era um instrumento do diabo. Chegou o momento em que Varguennes não conseguiu mais esconder a natureza de suas verdadeiras intenções a meu respeito. Nem eu pude fingir surpresa. Minha inocência era falsa desde o momento em que decidi ficar. Sr. Smithson, não estou tentando me defender. Sei muito bem que eu ainda poderia ter ido embora quando a porta se fechou atrás da camareira que tirou a mesa. Poderia mentir para o senhor e dizer que ele me dominou, que me embriagou... o que quiser. Mas não é verdade. Ele era um homem sem escrúpulos, cheio de caprichos e de um egoísmo atroz. Mas jamais violaria uma mulher contra a sua vontade.

E então, no momento mais inesperado, ela se virou para Charles e o encarou. Tinha o rosto vermelho, mas ele achou que não era tanto de vergonha quanto de raiva, que o olhava com uma espécie de ardor, de desafio, como se estivesse nua diante dele, e se orgulhasse disso.

— Eu me entreguei a ele.

Charles não conseguiu suportar o olhar dela e baixou o seu, com um imperceptível sinal de assentimento.

— Compreendo.

— Assim, sou uma mulher duplamente desonrada. Pelas circunstâncias e pela escolha que fiz.

Fez-se silêncio. Sarah virou-se de novo para o mar.

— Não lhe pedi para me contar essas coisas — murmurou Charles.

— Sr. Smithson, o que quero que compreenda não é o fato de eu ter cometido esse ato vergonhoso, mas o que me levou a cometê-lo. Por que sacrifiquei o bem mais precioso da mulher pelo prazer efêmero de um homem que eu não amava. — Cobriu as faces com as mãos. — Fiz isso para que nunca mais fosse a mesma. Para que o povo me apontasse com o dedo e dissesse: lá vai a Puta do Tenente Francês... ah, sim, que a palavra seja dita. Para que saibam que sofri, e ainda sofro, como outras sofrem em qualquer cidade ou aldeia desta terra. Eu não podia me casar com aquele homem. Assim, casei-me com a vergonha. Não pretendo dizer que sabia o que estava fazendo, que deixei a sangue-frio Varguennes fazer o que queria comigo. Senti na ocasião como se me tivesse atirado num precipício ou cravado um punhal no coração. Foi uma espécie de suicídio. Um ato de desespero, Sr. Smithson. Sei que agi mal... que profanei uma coisa sagrada, mas não vi outra maneira de romper com o passado. Se eu tivesse deixado aquele quarto e voltado para a Sra. Talbot e recomeçado a minha antiga vida, sabia que a essa hora estaria morta mesmo... e por minhas próprias mãos. O que me mantém viva é a minha vergonha, o fato de saber que não sou verdadeiramente igual às outras mulheres. Nunca terei filhos, nem marido, nem conhecerei essa felicidade inocente que todas têm. E elas jamais entenderão as razões do meu crime. — Fez uma pausa, como se estivesse compreendendo pela primeira vez o que ela própria dizia com tanta clareza. — Às vezes quase tenho pena delas. Acho que tenho uma liberdade que elas não podem entender. Nenhum insulto, nenhuma acusação me atinge. Porque me coloquei além dos limites da lei e da decência. Não sou nada, já quase não sou humana. Sou a Puta do Tenente Francês.

Charles não entendeu direito o que ela quis dizer com aquele seu longo discurso. Até o momento em que ela lhe falara daquela estranha decisão em Weymouth, sua conduta lhe inspirara mais benevolência do que lhe havia demonstrado. Podia imaginar a agonia lenta, o suplício de Tântalo que era para ela aquela vida de governanta e a facilidade com que havia de cair nas garras de um vilão tão persuasivo quanto Varguennes. Mas essa conversa de liberdade além dos limites da lei e da decência, de se casar com a vergonha, era incompreensível para ele. E, no entanto, de certa maneira ele a entendia, pois, no final de sua explicação, Sarah começara a chorar. Mas escondeu, ou tentou esconder o pranto, ou seja, sem cobrir o rosto com as mãos nem procurar um lenço, continuou olhando obstinadamente para o outro lado. A princípio, Charles não atinou com a verdadeira razão do seu silêncio.

Mas depois se levantou guiado por algum instinto e deu dois passos silenciosos sobre a relva para poder ver a moça de perfil. Viu que tinha as faces molhadas, e se sentiu profundamente comovido, perturbado, cercado por um torvelinho de correntes cruzadas e arrastado para longe do porto seguro de sua imparcial e judiciosa compaixão. Imaginava a cena que ela não tinha descrito: a de sua entrega. E se sentiu ao mesmo tempo como Varguennes, que se aproveitava dela, e como o homem que avançava sobre ele e o derrubava, do mesmo modo que via em Sarah a vítima inocente e uma mulher desvairada e abandonada. No fundo, perdoava sua falta de castidade; e vislumbrava as sombras escusas em que também poderia ter desfrutado dela.

Hoje é impossível acontecer uma mudança brusca de enfoque sexual como essa. Basta um homem e uma mulher terem o mais casual dos contatos para que considerem a possibilidade de se relacionar sexualmente. Essa franqueza com respeito aos verdadeiros impulsos do comportamento humano nos parece saudável, mas, na época de Charles, a consciência íntima não admitia os desejos proibidos pela consciência pública, e, quando levava o bote daqueles tigres que aguardavam à espreita, a consciência pública estava ridiculamente despreparada.

E, além disso, os vitorianos tinham alguma coisa dos egípcios — essa claustrofilia que fica patente nas roupas que os envolviam como múmias, na arquitetura de janelas estreitas e corredores longos, em seu medo dos espaços abertos e da nudez. Oculte a realidade, barre a natureza. Sem dúvida, o movimento artístico revolucionário na época de Charles era o pré-rafaelita. Seus seguidores pelo menos tentavam aceitar a natureza e a sexualidade. Mas basta-nos comparar os cenários bucólicos de um Millais ou de um Ford Madox Brown com os de um Constable ou de um Palmer para ver o quanto havia de idealização, de preocupação com o *décor* na forma como os dois primeiros representavam a realidade exterior. Assim, para Charles, a franqueza da confissão de Sarah — que além de franca foi feita em plena luz do dia —, mais que expor uma crua realidade, deixava entrever um mundo ideal. Um mundo que não era estranho por ser mais real, mas sim por ser menos; um mundo mítico em que a beleza nua contava muito mais do que a verdade nua.

Charles contemplou-a por alguns momentos tumultuados, depois se virou e retornou ao seu assento, o coração palpitando como se tivesse acabado de dar um passo atrás na beira do precipício. Ao longe, no mar, no ponto mais ao sul do horizonte, surgia uma esquadra de nuvens. Creme, âmbar e neve, como uma majestosa cordilheira cujas cristas e contrafortes se estendiam até onde a vista alcançava... e no entanto longínquas — tão longínquas como uma abadia de Thélème, como uma terra de um idílio puro e arrebatador, por onde ele, Sarah e Ernestina poderiam vagar...

Não quero dizer que os pensamentos de Charles fossem tão específicos, tão vergonhosamente maometanos. Mas as nuvens distantes lhe lembravam sua própria insatisfação, seu desejo de voltar a navegar pelo mar Tirreno; de cavalgar, sentindo o cheiro da terra árida nas narinas, em direção às longínquas muralhas de Ávila; ou de chegar a um templo grego sob o sol deslumbrante do Egeu. Mas até mesmo então, um vulto, uma sombra escura — a de sua irmã morta —, avançava à sua frente, ágil e sedutora, precedia-o na escadaria de pedra ao penetrar no mistério das colunas partidas.

21

Perdoa-me! Perdoa-me!
Ah, Marguerite, felizes
Estariam estes braços de se estender e te envolver.
Mas vês, é inútil!

No ar vazio, para ti
Estendo meus braços cansados.
Mas corre um mar entre nós
Nossos passados diferentes.

MATTHEW ARNOLD, "Parting" (1853)[1]

Um minuto de silêncio. Levantando ligeiramente a cabeça, Sarah mostrou que se acalmara. Virou-se um pouco.

— Posso terminar? Há pouca coisa a acrescentar.

— Por favor, não se angustie.

A moça se curvou em sinal de assentimento e prosseguiu.

— Ele embarcou no dia seguinte. Um navio saía. Ele tinha as desculpas. Problemas de família, sua longa ausência de casa. Disse que voltaria logo. Eu sabia que era mentira, mas fiquei quieta. Talvez o senhor ache que eu deveria ter voltado para a Sra. Talbot, fingindo ter estado mesmo em Sherborne. Mas não dava para esconder meus sentimentos, Sr. Smithson. Estava desesperada. Bastava olhar para mim para ver que alguma coisa tinha mudado a minha vida. E eu não podia mentir para a Sra. Talbot. Não queria mentir.

— Então contou a ela tudo o que acaba de me contar?

Ela olhou para as mãos.

— Não. Disse que tinha encontrado Varguennes e que ele voltaria um dia para se casar comigo. Não disse isso por... orgulho. A Sra. Talbot tinha coração para compreender a verdade, quer dizer, para me perdoar, mas eu não podia lhe dizer que, em parte, a felicidade dela é que me levara a agir daquela maneira.

— Quando soube que ele era casado?

— Um mês depois. Ele se fez de marido infeliz. Ainda falou em amor, em encontrarmos uma solução... Não me espantei nem fiquei magoada. Respondi sem raiva. Disse que não gostava mais dele e nunca mais queria vê-lo.

— E escondeu isso de todos, menos de mim?

Ela custou a responder.

— Sim. Já lhe disse por quê.

— Para se castigar?

— Para ser o que devo ser. Uma renegada.

Charles lembrou-se do comentário sensato do Dr. Grogan diante de sua preocupação em relação a ela.

— Mas, minha cara Srta. Woodruff, se todas as mulheres que foram enganadas por um homem sem escrúpulos se comportassem dessa maneira, acho que o país estaria cheio de renegadas.

— E está.

— Ora, vamos. Isso é absurdo.

— As renegadas que têm medo de parecer que o são.

Charles olhava para as suas costas, e lembrou-se de outra coisa que o Dr. Grogan dissera... a respeito de pacientes que se recusavam a tomar remédio. Mas decidiu fazer mais uma tentativa. Inclinou-se à frente, com as mãos juntas.

— Compreendo perfeitamente que algumas situações possam parecer dolorosas a uma pessoa inteligente e instruída. Mas será que essas qualidades não deveriam lhe permitir vencer...

Aí Sarah se pôs de pé bruscamente, e foi para a beira do penhasco. Charles seguiu-a depressa e se colocou ao seu lado, pronto para agarrá-la pelo braço, pois percebeu que suas mal inspiradas palavras de conselho haviam tido o efeito contrário do que deveriam. Sarah olhava o mar com uma expressão que sugeriu a Charles que ela julgava ter se enganado; que ele era vulgar e convencional. Havia nela algo de masculino naquele momento. Charles sentiu-se como uma velha, e não gostou da sensação.

— Perdoe-me. Talvez eu esteja pedindo muito. Mas minha intenção foi boa.

Ela baixou a cabeça, aceitando a desculpa implícita, mas logo voltou a contemplar o mar. Agora estavam mais à vista, expostos aos olhares de qualquer pessoa que estivesse no bosque abaixo deles.

— E por favor, recue um pouco. Não é seguro aqui.

Então ela se virou para olhá-lo. Tinha uma expressão que, de novo, mostrava com uma franqueza desconcertante que percebia qual era o verdadeiro motivo de sua preocupação. Às vezes podemos reconhecer num rosto moderno um olhar do século anterior, mas nunca do século que ainda está por vir. Após um momento, a moça foi para junto do espinheiro. Charles continuou no meio da pequena arena.

— O que acaba de me contar confirma meu ponto de vista anterior. É preciso que saia de Lyme.

— Se eu fizer isso, deixarei minha vergonha para trás. Estarei perdida.

Levantou o braço e pegou um galho do arbusto. Charles não podia afirmar com certeza, mas pareceu-lhe que ela o apertava de propósito com o dedo. Logo depois, olhava para uma gota de sangue. Aí, tirou um lenço do bolso e limpou-a furtivamente.

Charles primeiro nada disse, e depois a repreendeu:

— Por que recusou a ajuda do Dr. Grogan no verão passado? — Ela arregalou os olhos em sua direção, acusadoramente, mas ele esperava essa reação. — É... eu pedi a opinião dele. Não pode negar que eu tinha esse direito.

Ela tornou a lhe dar as costas.

— Tem razão. Tinha, sim.

— Então deve responder à minha pergunta.

— Porque não escolhi procurá-lo para pedir ajuda. Não tenho nada contra o doutor. Sei que queria ajudar.

— E ele não deu os mesmos conselhos que eu?

— Deu.

— Então, com todo o respeito, devo lembrar a você a promessa que me fez.

Ela não respondeu, mas isso já era uma resposta. Charles deu alguns passos em direção à moça, que fitava o espinheiro.

— Srta. Woodruff?

— Agora que já sabe a verdade... continua me aconselhando a isso

— Evidentemente.

— Quer dizer que perdoa o meu erro?

Essa conclusão deixou Charles sem jeito.

— A senhora atribui um valor exagerado ao meu perdão. O principal é que a senhora mesma se perdoe. E ficando aqui nunca conseguirá isso.

— Não respondeu à minha pergunta, Sr. Smithson.

— Deus me livre de me pronunciar a respeito de algo que só o Nosso Criador pode decidir. Mas estou convencido, estamos todos, de que já pagou o bastante por seu erro. Está perdoada.

— E posso ser esquecida.

O tom seco e cortante de sua voz o surpreendeu por um momento. Depois, ele sorriu.

— Se com isso quer dizer que os seus amigos não pretendem lhe dar a menor assistência...

— Não se trata disso. Sei que são bem-intencionados. Mas eu sou como esse espinheiro, Sr. Smithson. Ninguém o censura por nascer aqui nesta solidão. É quando caminha pela Broad Street que ofende a sociedade.

Charles bufou levemente em sinal de protesto.

— Mas, minha cara Srta. Woodruff, não pretende me dizer que a sua função é ofender a sociedade. — Acrescentou logo depois: — Se é isso que devo deduzir de suas palavras.

Ela se virou levemente.

— Mas não é a sociedade que quer me mandar para outra solidão?

— O que a senhora questiona agora é a justiça da existência.

— E isso é proibido?

— Não é proibido, mas não dá frutos.

Sarah fez que não com a cabeça.

— Dá frutos, mas amargos.

Mas disse isso sem espírito de contradição, era como se falasse consigo mesma, com profunda tristeza. Charles foi invadido então por uma sensação de frustração, como conseqüência daquelas confissões. Percebeu que a franqueza do seu olhar se coadunava com a franqueza de seu pensamento e de sua linguagem. O que às vezes lhe parecera uma presunção dc igualdade intelectual (portanto, um ressentimento suspeito contra os homens) era, mais que igualdade, intimidade — uma intimidade semelhante a uma nudez, uma familiaridade de idéias e sentimentos até então inimaginável para ele no contexto de uma relação com uma mulher.

Ele não pensou isso de maneira subjetiva, antes pelo contrário: cá está uma mulher extraordinária, e quem dera houvesse algum homem aberto e inteligente o bastante para percebê-lo. Não era um sentimento de inveja masculina, e sim de perda humana. Bruscamente, pôs-lhe uma mão no ombro, num gesto de consolo, e, com a mesma brusquidão, deu meia-volta. Ficaram em silêncio.

Depois, como se percebesse a frustração dele, Sarah falou:

— Acha então que devo ir embora?

Imediatamente, ele se sentiu aliviado e virou-se para ela depressa.

— Imploro-lhe que faça isso. Novos ambientes, novas caras... e não se preocupe com questões práticas. Só esperamos a sua decisão para nos envolver com os seus interesses.

— Pode me dar uns dois dias para pensar?

— Se achar necessário. — Charles aproveitou a oportunidade para se aferrar à normalidade que ela tornava tão fugaz. — Proponho que agora deixemos o caso com a Sra. Tranter. Se me permitir, cuidarei para que ela tenha meios de atender às suas necessidades.

Sarah baixou a cabeça, parecendo de novo à beira das lágrimas. Murmurou:

— Não mereço tanta bondade. Eu...

— Nem mais uma palavra. Não poderia haver dinheiro mais bem empregado.

Uma delicada sensação de triunfo percorria Charles. Tudo acontecera como Grogan havia previsto. A confissão trouxera a cura, ou pelo menos deixara entrever claramente a sua possibilidade. Ele foi buscar o bordão junto ao banco de pedra.

— Devo procurar a Sra. Tranter?

— Excelente idéia. Naturalmente, não há necessidade de falar sobre nossos encontros.

— Não direi nada.

Charles já imaginava a cena; sua reação polida de surpresa, mas sem grande demonstração de interesse, e se ofereceria generosamente para arcar com todos os gastos necessários. Ernestina poderia zombar dele — mas ele se sentiria aliviado. Sorriu para Sarah.

— Agora que contou seu segredo, acho que se sentirá mais leve em muitos aspectos. A senhora tem muitas qualidades naturais. Nada tem a recear da vida. Há de chegar o dia em que esses seus últimos anos de sofrimento não serão mais que aquela nuvem em cima de Chesil Bank. Vai viver uma época luminosa e achará graça em suas tristezas passadas. — Ele julgou detectar uma luz de esperança naquele olhar de dúvida. Por um instante, ela lhe pareceu uma criança, querendo e não querendo ser iludida, ou que lhe passassem um sermão, para fazê-la parar de chorar. O sorriso de Charles ficou maior: — Não seria melhor descermos agora?

Sarah parecia ter ainda alguma coisa a dizer, talvez insistir em seu agradecimento, mas foi andando depois de olhar um instante em seus olhos e ver sua postura impaciente.

Descia com passos tão seguros como quando subira. Enquanto caminhava atrás dela, Charles sentia uma certa pena. Não tornar a vê-la sozinha... Pena e alívio. Era uma moça extraordinária. Não a esqueceria. E era um consolo pensar que isso não lhe seria possível. Tia Tranter seria sua espiã, no futuro.

Chegaram ao sopé do penhasco inferior e atravessaram o primeiro túnel de hera, passando pela clareira e entrando no segundo corredor verde. E então...

Ouviu-se uma risada abafada, vindo bem lá de baixo, da estrada principal que passava pelo Undercliff. Causou um efeito estranho, como se alguma ninfa do bosque — pois o riso era inequivocamente feminino — estivesse observando aquele encontro clandestino e não tivesse conseguido conter o riso diante da tola convicção dos dois de que não haviam sido vistos por ninguém.

Charles e Sarah pararam como que em uníssono. A sensação de alívio de Charles transformou-se instantaneamente em susto. Mas a cortina de hera era densa, e o riso viera de uns duzentos ou trezentos metros dali. Não podiam ter sido vistos. A menos que, ao descerem a encosta... pouco depois ela levou rapidamente um dedo aos lábios, indicando que ele devia ficar quieto, e avançou com cuidado até o fim do túnel. Charles viu-a espichar o pescoço e olhar em direção ao caminho, depois virar-se rapidamente para ele, fazendo sinal para que ele fosse ao seu encontro, mas da maneira mais silenciosa possível. E simultaneamente ouviu-se de novo aquela risada, dessa vez não tão alta, porém mais próxima. Quem quer que tivesse subido pelo caminho o havia deixado e agora subia por entre os freixos em direção a eles.

Charles foi andando com cautela até onde estava Sarah, tentando não fazer barulho com aquelas malditas botas. Sentia-se afogueado e terrivelmente embaraçado. Não poderia dar nenhuma explicação plausível. O simples fato de ser visto com Sarah constituiria um *flagrante delicto.*

Chegou junto da moça, onde, por sorte, a hera era mais densa. Sarah virara as costas para os intrusos e estava apoiada no tronco de uma árvore, de olhos baixos, como se reconhecendo sua culpa por tê-lo metido naquela complicação. Charles olhou entre as folhas para a encosta coberta de freixos... e seu sangue gelou. Subindo na direção deles, e como se buscassem o mesmo esconderijo, vinham Sam e Mary. Sam passara um braço ao redor dos ombros da moça. Ambos levavam o chapéu na mão. A moça usava o vestido verde que Ernestina lhe dera — na verdade, a última vez que Charles vira esse vestido fora em Ernestina — e apoiava a cabeça no rosto de Sam. Via-se que eram jovens namorados, assim como se via que os freixos eram seculares, tão espontaneamente eróticos quanto as plantas de abril sobre as quais pisavam.

Charles recuou um pouco, mas sem os perder de vista. Viu que Sam puxou o rosto da moça e o beijou. Ela levantou o braço e o abraçou. Depois, se separaram um pouco e ficaram de mãos dadas, tímidos. Sam levou Mary até um pequeno relvado entre as árvores. Ela se recostou sobre a relva e Sam sentou-se ao seu lado, inclinando-se sobre ela; afastou uma mecha de cabelo de seu rosto e beijou-a ternamente nos olhos.

Charles ficou sem jeito: olhou para Sarah, para ver se ela sabia quem eram os intrusos. Mas ela fitava as samambaias no chão, como se os dois estivessem ali simplesmente para se protegerem de uma pancada de chuva. Passaram-se dois minutos, depois, três. Charles foi ficando mais à vontade — era óbvio que os dois criados estavam mais interessados em explorar um ao outro do que investigar os arredores. Olhou de novo para Sarah. Agora, ela também os observava de trás do tronco de árvore. Então virou de costas, de olhos baixos. Mas de repente deu meia-volta e olhou Charles nos olhos.

Um momento.

E então fez uma coisa tão estranha e escandalosa como se tivesse tirado a roupa.

Sorriu.

Foi um sorriso tão complexo que, no primeiro momento, Charles só conseguiu ficar olhando, incrédulo. O sorriso vinha numa hora muito estranha. Dava a impressão de que Sarah andara esperando uma oportunidade daquelas para dá-lo, mostrando que tinha senso de humor e que nem tudo nela era tristeza. E naqueles olhos grandes, tão sombrios, tristes e francos, percebia-se uma ironia, um novo aspecto dela que os dois meninos, Paul e Virginia, deviam ter conhecido bastante em outros tempos, mas que nunca tinha sido mostrado a ninguém em Lyme.

Quais são as suas pretensões agora? — pareciam dizer aqueles olhos e aqueles lábios delicadamente repuxados. Onde estão agora a sua linhagem, a sua ciência, a sua etiqueta, a sua ordem social? Além do mais, não era um sorriso a que se pudesse responder com uma expressão dura ou com uma carranca, e sim com outro sorriso, pois desculpava Sam e Mary, desculpava tudo. E, de uma certa maneira, sutil demais para ser analisada, minava tudo o que se tinha passado entre ela e Charles até então. Afirmava a existência entre eles de um entendimento muito mais profundo, o reconhecimento daquela igualdade estranha que se transformava numa intimidade que não havia sido admitida conscientemente. Na verdade, Charles não retribuiu o sorriso conscientemente. Quando viu, já estava sorrindo. Só com os olhos, mas sorrindo. E excitado, de uma forma muito vaga e generalizada para que se pudesse considerar sexual, até o mais fundo do seu ser, como um homem que, depois de caminhar um bom tempo ao longo de uma muralha, acaba encontrando a porta que procurava... mas trancada.

Por um bom tempo, ficaram ali parados, a mulher que era a porta e o homem que não tinha a chave. Depois ela tornou a baixar os olhos, o sorriso morreu. Um longo silêncio pairou sobre os dois. Charles percebeu a verdade: estava de fato com um pé na borda do precipício. Por um momento pensou que iria pular, que devia pular. Sabia que, se estendesse os braços, não encontraria resistência... só uma apaixonada reciprocidade de sentimentos. O vermelho de suas faces se tornou mais intenso, e ele sussurrou por fim:

— Não devemos mais nos encontrar a sós.

Sarah, sem levantar a cabeça, fez um imperceptível sinal de assentimento. Depois, num gesto quase mal-humorado, virou-lhe as costas, para que ele não pudesse ver seu rosto. Charles espiou de novo entre as folhas. A cabeça e os ombros de Sam estavam curvados sobre a invisível Mary. O tempo custava a passar, mas Charles continuava observando enquanto sua mente continuava rodopiando por aquele precipício abaixo, quase sem se dar conta de estar espionando, mas cada vez mais contaminado, à medida que o tempo passava, por aquele mesmo veneno que tentava repelir.

Mary o salvou. De repente, empurrou Sam para um lado e, rindo, desceu correndo na direção da trilha. Parou um instante para lançar um olhar travesso para Sam, arrepanhou as saias e continuou descendo, pisando nas violetas e nas mercuriais, a barra vermelha da anágua aparecendo por baixo da saia verde. Sam correu atrás dela. Seus vultos diminuíram de tamanho entre os troncos cinzentos, confundiram-se com eles, sumiram, viraram um ponto verde, um azul; ouviu-se uma gargalhada que terminou num gritinho, e depois silêncio.

Cinco minutos se passaram, durante os quais o par escondido não trocou uma palavra. Charles não tirava os olhos da encosta, como se fosse importante manter a vigilância. Tudo o que desejava, na verdade, era evitar o olhar de Sarah. Afinal quebrou o silêncio.

— É melhor a senhorita ir embora. — Sarah assentiu com a cabeça. — Espero aqui uma meia hora. — Ela tornou a assentir com a cabeça e passou por ele. Seus olhos não se encontraram.

Só quando já estava no meio do arvoredo foi que ela olhou para trás, um instante. Não dava para ver o rosto dele, mas devia saber que ele estava olhando. E nos olhos dela havia aquela velha expressão pungente. Depois, continuou descendo agilmente por entre as árvores.

22

Também senti o peso de levar
Uma carga excessiva de emoções
Também desejei, mais do que qualquer mulher,
Que este agitado e apaixonado coração sossegasse.

Também ansiei por uma força férrea
E a tenacidade de uma lança
Louvei a firme e decidida atitude
Dos que não têm dúvidas nem sentem medo.

Mas no mundo aprendi o que ali
Tu sem dúvida algum dia aprenderás:
Que essa vontade e essa energia, embora raras
São, no entanto, muito, muito menos raras do que o amor.

MATTHEW ARNOLD, "A Farewell" (1853)[1]

Os pensamentos de Charles, ao voltar finalmente para Lyme, eram todos variações em torno de um tema popular entre os homens em qualquer época: "Menino, você anda brincando com fogo." Mas o tema era exatamente esse, ou seja, o teor de seus pensamentos coincidia com o teor da afirmação. Agira como um tolo, mas sua tolice não teve conseqüências. Tinha corrido um risco ridículo, e escapara incólume. E agora, ao ver surgir lá embaixo a grande garra de pedra do Cobb, sentiu-se eufórico.

E como haveria de se sentir muito culpado? Desde o início, seus motivos não podiam ter sido mais puros. Havia curado Sarah de sua loucura, e, se alguma coisa de impuro ameaçava minar suas defesas, não afetava mais que o molho de menta afeta um bom cordeiro. Ele seria culpado, é claro, se não se afastasse do fogo, e de uma vez por todas. E isso ele teria todo o cuidado de fazer. Afinal de contas, não era uma mariposa fascinada com a vela. Era um ser altamente inteligente, dos mais aptos, e totalmente dotado de livre-arbítrio. Se não tivesse certeza dessa última garantia, teria se aventurado em águas tão perigosas? Estou misturando as metáforas — mas era assim que a cabeça de Charles funcionava.

E assim, apoiado no livre-arbítrio tanto quanto em seu bordão, Charles descia o morro em direção à cidade. A partir daquele momento, eliminaria rigorosamente, por escolha sua, toda afinidade física que sentisse pela moça. Qualquer pedido para outros encontros secretos seria recusado com firmeza, por escolha sua. Por escolha sua, a administração de seu interesse pela moça deveria ser delegada à tia Tranter. O que lhe permitia, ou antes, o obrigava, a manter Ernestina na ignorância — também por escolha sua. Quando afinal avistou o White Lion, por escolha sua, sentia-se muito satisfeito consigo mesmo... num estado em que podia ver Sarah como um ser que pertencia ao passado.

Uma moça extraordinária, uma moça extraordinária. E desconcertante. Decidiu que isso era — ou melhor, tinha sido — o seu encanto: a imprevisibilidade. Não percebia que ela possuía duas qualidades tão características dos ingleses quanto a sua mistura de ironia e convencionalismo. Quero dizer que era apaixonada e cheia de imaginação. A primeira qualidade talvez Charles tivesse começado a perceber vagamente, mas a segunda, não. Nem poderia, pois nenhuma delas era aceita na época, sendo a primeira considerada equivalente à sensualidade, e a segunda, à fantasia. Aceitar essa analogia dupla desdenhosa era o maior defeito de Charles que, nesse particular, era um fiel representante de sua época.

Charles ainda tinha que enfrentar seu engano, ou seja, Ernestina. Mas quando chegou ao hotel, verificou que a família viera em seu socorro.

Um telegrama o aguardava. Era de seu tio que vivia em Winsyatt. Pedia-lhe que fosse vê-lo urgentemente "por motivos importantíssimos". Receio que Charles tenha sorrido ao ler o telegrama, chegando quase a beijar o envelope laranja. A mensagem lhe permitia escapar de novas situações imediatas e embaraçosas, novas mentiras por omissão. Não podia ter chegado em momento mais oportuno. Fez indagações... havia um trem, que partia nas primeiras horas da manhã seguinte de Exeter, na época a estação mais próxima de Lyme, o que lhe dava um bom pretexto para partir imediatamente e pernoitar ali. Pediu a caleche mais rápida que houvesse em Lyme. Ele mesmo a conduziria. Estava propenso a apressar a partida de tal maneira que lhe bastasse deixar um bilhete para a tia Tranter. Mas achou que isso seria covardia demais. Sendo assim, com o telegrama na mão, subiu a rua.

A boa senhora ficou toda preocupada, uma vez que, para ela, telegramas significavam más notícias. Ernestina, menos supersticiosa, ficou simplesmente irritada. Achou "uma falta de consideração" de tio Robert comportar-se como se fosse um grão-vizir. Tinha certeza de que não era nada de importante. Apenas uma fantasia, um capricho de velho ou, pior ainda, inveja do amor dos jovens.

Ela já havia, naturalmente, feito uma visita a Winsyatt, acompanhada dos pais. E não gostara de sir Robert. Talvez porque se tivesse sentido na berlinda, ou porque o tio tivesse como antepassados um número suficiente de gerações de fidalgos para possuir, pelos padrões londrinos de classe média, modos bem rudes — embora um crítico mais benevolente pudesse dizer que eram simpaticamente excêntricos. Ou então porque tivesse achado a casa parecida com um galpão velho, com móveis, cortinas e quadros *tremendamente* antiquados, ou porque o tal tio fosse tão atencioso com Charles, e Charles, por sua vez, fosse um sobrinho tão *provocantemente* extremoso, que Ernestina começou a se sentir *positivamente* enciumada. Mas, acima de tudo, porque ela estava assustada.

Havia sido apresentada às senhoras da vizinhança, que sabiam que o pai *dela* podia comprar os pais e os maridos *de todas elas,* com tudo o que possuíam. Mesmo assim ela achava que a olhavam com desdém (embora fosse mesmo inveja) e a humilhavam de várias maneiras sutis. Também não a entusiasmava a idéia de ter que morar em Winsyatt, embora, por outro lado, isso lhe permitiria gastar uma boa parte de seu imenso dote exatamente no que ela queria, como na substituição geral de todas aquelas ridículas cadeiras de madeira entalhadas (estilo Carlos

II e de valor quase incalculável), aqueles armários deprimentes (Tudor), aquelas tapeçarias roídas de traças (Gobelins) e aqueles quadros sem graça (incluindo dois Claudes e um Tintoretto) que não tinham sua aprovação.

Não ousou dizer a Charles que antipatizava com o tio, e as outras objeções foram insinuadas mais com humor do que com sarcasmo. Não creio que ela deva ser censurada. Como tantas filhas de pais ricos, antes daquela época e desde então, tinha um bom gosto muito convencional — isto é, sabia gastar muito dinheiro com costureiras, chapeleiras e lojas de móveis. Esse era o seu território, e, como não tinha outro, não gostava que se intrometessem nele.

O apressado Charles enfrentou sua muda desaprovação e seus lindos beicinhos, assegurando-lhe que voltaria tão depressa quanto tinha que partir. Na verdade, já imaginava perfeitamente por que o tio o chamara de forma tão inopinada. O assunto já fora abordado quando lá estivera com Tina e seus pais — abordado cerimoniosamente, pois o tio era um homem tímido. Tratava-se da possibilidade de que Charles e sua mulher fossem morar em Winsyatt com ele quando se casassem. Poderiam arrumar a ala leste. Charles sabia que o tio não queria dizer que fossem passar temporadas na casa, mas sim que Charles se instalasse definitivamente ali e começasse a aprender a tocar a propriedade. Ora, essa idéia não lhe agradava mais que a Ernestina. Sabia que não daria certo, que o tio alternaria as atenções com as repreensões... e que Ernestina precisava aprender a gostar de Winsyatt em circunstâncias mais folgadas do que nos primeiros anos de casamento. Mas, em particular, seu tio lhe insinuara algo além disso: que Winsyatt era grande demais para um velho solitário e que talvez se sentisse melhor numa casa menor. E não faltavam casas menores na redondeza... na verdade algumas figuravam na lista de casas que Winsyatt arrendava. Uma dessas, uma mansão em estilo elisabetano situada no vilarejo de Winsyatt, quase se via da casa grande.

Charles agora desconfiava que o velho estava se achando egoísta, e o chamara a Winsyatt para lhe oferecer ou a mansão elisabetana ou a casa grande. Qualquer das duas seria agradável. Podia ser qualquer uma, contanto que o tio não estivesse nela. Estava certo de que poderia fazer o velho solteirão aceitar qualquer uma das duas, que o tio parecia um cavaleiro nervoso diante de um obstáculo, querendo que o ajudassem a saltá-lo.

Conseqüentemente, após uma breve conversa a três na Broad Street, Charles pediu para trocar algumas palavras a sós com Ernestina, e tão logo tia Tranter se retirou, contou à moça as suas suspeitas.

— Mas por que ele nunca falou nisso?

— Minha querida, acho que tio Bob é assim mesmo. Mas me diga o que devo responder.

— Qual opção você prefere?

— A que você escolher. Ou nenhuma das duas, se preciso for. Mas ele ficaria magoado...

Ernestina rogou uma discreta praga contra tios ricos. Mas a visão de si própria como lady Smithson, numa Winsyatt decorada ao seu gosto, passou-lhe pela cabeça, talvez porque estivesse na saleta dos fundos da casa da tia, que não era muito espaçosa. Afinal de contas, um título requer um cenário. E, se aquele velho horroroso estivesse morando tranqüilamente sob outro teto... e ele já era velho. E o querido Charles. E os seus pais, a quem ela devia...

— Essa casa no vilarejo é aquela pela qual passamos de carruagem?

— É, está lembrada? Era a que tinha todas aquelas velhas cumeeiras pitorescas.

— Pitorescas para serem vistas de fora.

— Naturalmente teria de ser reformada.

— Como disse que se chamava?

— Os aldeões a chamam de Casa Pequena. Mas só em comparação com a outra. Já faz muitos anos que entrei nela, mas acho que é muito maior do que parece.

— Conheço essas casas antigas. Dezenas de quartinhos miseráveis. Acho que os elisabetanos eram todos anões.

Ele sorriu (embora tivesse feito melhor se corrigisse sua curiosa idéia sobre a arquitetura Tudor) e passou o braço em volta de seus ombros.

— Ficamos então com Winsyatt?

Ela lhe lançou um olhar rápido e direto, por sob as sobrancelhas arqueadas.

— Você quer?

— Você sabe o que a casa significa para mim.

— E eu posso decorá-la a meu modo?

— Por mim, pode botá-la abaixo e construir um segundo Palácio de Cristal.

— Charles! Fale sério!

Afastou-se dele. Mas o rapaz logo recebeu um beijo de perdão, e seguiu seu caminho todo satisfeito. Por sua vez, Ernestina subiu para o quarto e tirou das gavetas a sua grande coleção de catálogos.

23

Parte deste teixo
É um homem que meu avô conheceu...

HARDY, "Transformations"[1]

A caleche, com a capota arriada para que Charles pudesse aproveitar o sol de primavera, passou pela casa do porteiro. O jovem Hawkins estava ao lado do portão aberto, e a Sra. Hawkins sorria timidamente junto à porta da casinhola. Charles pediu ao segundo cocheiro, que fora esperá-lo em Chippenham e agora conduzia o veículo levando Sam ao seu lado na boléia, que parasse um instante. Havia uma ligação especial entre Charles e a velha mulher. Órfão de mãe desde um ano, tivera que se conformar com uma série de substitutas quando criança. Durante as temporadas que passava em Winsyatt, apegara-se à Sra. Hawkins, naquela época a chefe da lavanderia, tecnicamente falando, mas que, por tempo de casa e popularidade, estava abaixo apenas da própria augusta governanta no reduto da criadagem. Talvez a afeição de Charles por tia Tranter fosse um eco de suas primeiras lembranças dessa mulher simples — a imagem perfeita de Baucis[2] — que agora vinha mancando pelo caminho para cumprimentá-lo no portão.

Ele teve que responder a todas as suas perguntas entusiasmadas sobre o casamento iminente e, por sua vez, perguntar pelos filhos dela. Ela lhe pareceu mais solícita do que de hábito, e Charles viu em seus olhos aquela sombra de piedade que os pobres de bom coração às vezes reservam aos ricos favorecidos pela sorte. Era uma sombra que ele conhecia de longa data, do olhar com que a camponesa inocente e esperta só usava com o pobre menino sem mãe e cujo pai era um depravado — pois, em Winsyatt, chegavam rumores obscenos sobre a forma como o viúvo gozava dos prazeres de Londres. Agora essa muda compaixão parecia totalmente fora do lugar, mas Charles aceitou-a com tolerância, achando graça. Era um sinal de amor a ele, assim como o bem cuidado jardim da casa do porteiro, o parque que se estendia além e os grupos de velhas árvores — todas batizadas com um nome querido: Bosque de Carson, Outeiro dos Dez Ciprestes, Ramillies (plantada em comemoração da batalha do mesmo nome), Carvalho-e-Olmo, Bosque das Musas e dezenas de outros, nomes que Charles sabia tão bem como os das partes de seu corpo —, a larga alameda dos limoeiros, as cercas de ferro, e tudo que sua vista alcançava na propriedade parecia-lhe ser fruto do amor a ele. Finalmente, sorriu para a velha lavadeira.

— Preciso ir. Meu tio está esperando.

Por um momento, pareceu que a Sra. Hawkins não iria deixá-lo ir com tanta facilidade, mas a criada foi mais forte que a mãe postiça. Contentou-se em tocar na mão dele, apoiada na porta da caleche.

— É, Seu Charles. Seu tio está esperando.

O cocheiro bateu de leve com o chicote na anca do cavalo-guia, e a caleche começou a subir a ladeira suave e entrou na sombra rala dos limoeiros ainda desfolhados. Pouco depois a pista se aplainava, e o chicote tornou a lamber preguiçosamente a anca do cavalo baio, e os dois animais, lembrando que a manjedoura estava perto, irromperam num trote acelerado. O rangido alegre das rodas de ferro, o leve chiado de um eixo pouco lubrificado, a antiga afeição reavivada pelo encontro com a Sra. Hawkins, a convicção de que em breve entraria na posse daquela paisagem — tudo isso evocou em Charles aquela sensação inefável de destino privilegiado e de direitos naturais, que sua temporada em Lyme havia de certa forma atrapalhado. Aquele pedaço da Inglaterra e ele se pertenciam; eram dele as responsabilidades, o prestígio e a organização secular inerentes à terra.

Passaram por um grupo de empregados do tio: o ferreiro Ebenezer, que, ao lado de sua forja portátil, desempenava uma das grades de ferro que havia entortado. Atrás dele, dois lenhadores matavam o tempo. Havia um quarto homem, muito idoso, ainda vestido com a túnica de sua juventude e usando um chapéu-coco antiqüíssimo. Era o velho Ben, pai do ferreiro, um dos doze ou mais pensionistas da fazenda que tinham permissão de continuar vivendo ali e que podiam circular por toda ela com a mesma liberdade que o patrão. Eram uma espécie de arquivo vivo, e ainda consultado com freqüência, dos últimos oitenta anos ou mais da história de Winsyatt.

Os quatro voltaram-se quando a caleche passou, ergueram os braços e o chapéu-coco. Charles acenou em resposta, com um gesto senhorial. Conhecia a vida de todos, assim como todos conheciam a sua. Sabia até mesmo por que a grade empenara. O enorme Jonas, o touro favorito de seu tio, havia atacado o landau da Sra. Tomkins. "A culpa foi dela", tinha escrito o tio na carta, "por pintar a boca de escarlate". Charles sorriu ao lembrar que, na carta com que respondeu à do tio, perguntara sem rodeios por que uma viúva tão atraente ia a Winsyatt sem uma acompanhante...

Mas o mais gostoso era voltar àquela imensa e imutável paz rural. Quilômetros de campos relvados, a baixada de Wiltshire em segundo plano, a casa começando a aparecer ao longe, creme e cinza, com seus enormes cedros, a famosa faia vermelha (todas as faias vermelhas são famosas) junto à ala oeste, os estábulos quase escondidos nos fundos, com a torrezinha de madeira e o relógio como um ponto de exclamação branco aparecendo no meio da ramagem. Aquele relógio do estábulo era simbólico, porque nada — apesar do telegrama — jamais era realmente urgente em Winsyatt, onde o hoje ameno dava lugar ao amanhã ameno, e porque, a não ser na época da colheita do feno, o trabalho era pouco para tanta mão-de-obra, e porque a sensação de ordem era profunda, quase mecânica; parecia que nada poderia perturbá-la, que continuaria sempre assim, benevolente e divina. Os céus — e Millie — eram testemunhas de que existiam injustiças e misérias tão abomináveis na zona rural quanto em Sheffield e Manchester, mas esses problemas não existiam nas vizinhanças das grandes propriedades inglesas, talvez apenas porque seus donos gostassem de ver os colonos bem cuidados assim como os campos e os animais. Sua relativa bondade para com sua enorme criadagem talvez não fosse mais que uma conseqüência de seu empenho em embelezar a paisagem. Mas os subordinados saíam ganhando com isso. E as razões que movem a administração moderna "inteligente" não são provavelmente mais altruísticas. Os exploradores bondosos de ontem buscavam a beleza da paisagem; os de hoje, uma maior produtividade.

Quando a caleche chegou ao fim da alameda dos limoeiros, onde os pastos cercados davam lugar a gramados e moitas de arbustos mais harmoniosos e começava a longa curva que ia dar na frente da casa — um edifício palladiano que não havia sido melhorado nem ampliado com muita crueldade pelas últimas gerações dos senhores de Wyatt —, Charles sentiu que entrava efetivamente na posse de sua herança. Pareceu-lhe que aquilo explicava por que passara a vida à toa, entretendo-se com a religião, a ciência, as viagens. Andara à espera desse momento... do chamado para assumir o trono, por assim dizer. A absurda aventura do Undercliff estava esquecida. Tinha diante de si enormes responsabilidades, a preservação daquela paz e daquela ordem, as mesmas que tiveram no passado tantos jovens de sua família. O dever — aí estava a sua verdadeira esposa, a sua Ernestina e a sua Sarah, e ele saltou da caleche para recebê-la com a alegria de um garoto que não tivesse nem a metade da sua idade.

Foi recebido, porém, por um salão vazio. Correu à sala de estar, esperando ver o tio levantar-se sorridente para recebê-lo. Mas aquela sala também estava vazia. E havia nela qualquer coisa diferente, que, por um momento, deixou Charles intrigado. Mas logo sorriu. Havia cortinas novas... e os tapetes, sim, também eram novos. Ernestina não ficaria satisfeita quando soubesse que a escolha lhe tinha sido tirada das mãos. Mas que melhor prova podia existir de que o velho solteirão havia decidido passar o bastão com elegância?

Porém havia outra mudança. Charles custou um pouco a perceber o que era. A imortal abetarda havia desaparecido. No lugar onde ficava sua vitrina via-se agora um armário de objetos de porcelana.

Mas mesmo assim ele não adivinhou.

Também não atinou — e nesse caso, como poderia fazê-lo? — com o que acontecera com Sarah depois que o havia deixado na tarde anterior. Ela atravessara rapidamente o bosque até que chegou ao lugar onde normalmente pegava a trilha mais alta, a que não se via da Granja. Alguém que a tivesse observado a teria visto hesitar e, se tivesse ouvidos tão apurados quanto os de Sarah, teria adivinhado por quê: por entre as árvores, chegava o som de umas vozes que vinham da Granja uns cem metros abaixo. Devagar e sem fazer ruído, Sarah foi avançando até chegar a uma grande moita de azevinho, através de cuja densa folhagem podia ver os fundos da casa. Permaneceu ali algum tempo sem que seu rosto deixasse transparecer o que se passava em sua mente. Então, lá embaixo, aconteceu algo que fez com que ela se mexesse... mas não para voltar a se esconder entre as árvores. Saiu de trás do arbusto e pegou a trilha que dava no caminho acima da casa, bem na frente das duas mulheres que estavam à porta, uma das quais carregava um cesto e, pelo visto, se preparava para voltar para casa.

O vulto escuro de Sarah surgiu diante delas. A moça passou depressa, sem olhar para aqueles dois pares de olhos espantados. Pouco depois, desapareceu atrás da sebe de um dos campos que ficavam acima da Granja.

Uma daquelas mulheres era a esposa do granjeiro. A outra era a Sra. Fairley.

24

Uma vez ouvi sugerirem que a frase típica dos vitorianos era: "Lembre-se de que ele é seu tio..."

G. M. YOUNG, *Victorian Essays*

— É monstruoso. Monstruoso. Não posso acreditar que ele não tenha perdido a cabeça.

— O que perdeu foi a noção de medida, que não é a mesma coisa.

— Mas a essa altura da vida!

— Minha cara Tina, o Cupido tem um desprezo notório pelas conveniências alheias.

— Você sabe muito bem que o Cupido nada tem a ver com isso.

— Acho que tem tudo a ver. Os corações velhos são os mais sensíveis.

— A culpa é minha. Sei que ele não me aprova.

— Ora, isso é bobagem.

— Não é bobagem. Sei perfeitamente bem que, para ele, sou a filha de um comerciante de tecidos.

— Minha querida, controle-se.

— É por sua causa que estou tão furiosa.

— Muito bem, então deixe que eu fico furioso por minha conta.

Fez-se silêncio então, o que me permite dizer que a conversa acima ocorreu na saleta dos fundos da casa de tia Tranter. Charles estava junto à janela, de costas para Ernestina, que havia chorado e agora retorcia furiosamente o lenço de renda.

— Sei o quanto gosta de Winsyatt.

A resposta que Charles teria dado ficará no campo das conjecturas, pois a porta se abriu naquele momento e tia Tranter apareceu, com um alegre sorriso de boas-vindas.

— Você voltou tão depressa! — Eram nove e meia da noite, daquele mesmo dia em que vimos Charles encaminhando-se para a propriedade Winsyatt.

Charles deu um sorriso amarelo.

— Os negócios foram resolvidos... com certa rapidez.

— Aconteceu uma grande desgraça. — Tia Tranter olhou alarmada para o rosto trágico e escandalizado da sobrinha, que acrescentou: — Charles foi deserdado.

— Deserdado!

— Ernestina está exagerando. É simplesmente que meu tio decidiu se casar. Se tiver a sorte de ter um filho homem...

— Sorte...! — Ernestina lançou-lhe um rápido olhar fulminante. Tia Tranter olhava consternada de um para o outro.

— Mas quem é a dama?

— Chama-se Sra. Tomkins. É viúva.

— E jovem o suficiente para ter dez filhos.

— Nem tanto. Mas é jovem o suficiente para ter filhos — disse Charles com um sorriso.

— Você a conhece?

Ernestina não deixou Charles responder.

— Isso é o que é mais lamentável. Há apenas dois meses o tio caçoava dela numa carta a Charles. E agora está rastejando aos seus pés.

— Minha querida Ernestina...

— Não vou me acalmar! É demais. Depois desses anos todos...

Charles respirou fundo, e virou-se para tia Tranter.

— Ouvi dizer que é muito bem relacionada. O marido era coronel do 40º Regimento de Hussardos e a deixou muito bem de vida. Não há nenhum motivo para se suspeitar que ela seja uma caçadora de fortunas. — O olhar furioso de Ernestina mostrava claramente que, na sua opinião, havia todos os motivos. — Dizem que é muito atraente.

— Sem dúvida gosta de caçar.

Charles deu um sorriso amarelo para Ernestina, que se referia a um estigma que ganhara no livro do monstruoso tio.

— Sem dúvida. Mas isso ainda não é crime.

Tia Tranter desabou numa cadeira e tornou a olhar para os dois, em busca, como sempre acontece nessas situações, de um raio de esperança.

— Mas ele não é velho demais para ter filhos?

Charles conseguiu esboçar um sorriso simpático diante da inocência dela.

— Tem sessenta e sete anos, Sra. Tranter. Não é muito velho.

— Embora ela tenha idade para ser neta dele.

— Minha querida Tina, nessas circunstâncias, tudo o que nos resta é manter a dignidade. Peço-lhe em consideração a mim que não fique amarga. Precisamos aceitar o fato com todo o tato possível.

Ela ergueu os olhos e percebeu o quão sério e nervoso ele estava; e que precisava mudar de atitude. Correu para ele, agarrou sua mão e a beijou. Charles puxou-a para si e lhe deu um beijo no cabelo, mas não se iludiu. Um musaranho e um rato podem parecer a mesma coisa, mas não são. E embora não encontrasse no momento uma expressão para descrever a reação de Ernestina diante da chocante e indesejável notícia, imaginava que seria algo próximo de "mal-educada". Ele havia saltado da caleche que o trouxera a Exeter e ido direto para a casa de tia Tranter, esperando compreensão e meiguice, e não um acesso de fúria, por mais que com isso a moça quisesse lisonjeá-lo, mostrando que se solidarizava com seus sentimentos. Talvez aí estivesse o problema. Ernestina não ser capaz de compreender que um cavalheiro jamais poderia deixar transparecer a raiva que ela lhe atribuía. Mas Charles notou nela também naqueles primeiros minutos algo que lhe lembrou muito a filha de um comerciante de tecidos, uma pessoa que tivesse levado a pior numa transação, e a quem faltava aquela serenidade tradicional, aquela atitude aristocrática de não permitir que os reveses da vida a fizessem perder a elegância.

Levou Ernestina pela mão ao sofá de onde ela se levantara bruscamente. O motivo principal de sua visita, a decisão a que chegara na longa viagem de volta, devia ser deixado para o dia seguinte, ele agora percebia. Procurou a forma de demonstrar qual era a atitude correta, e não achou outra melhor do que mudar displicentemente de assunto.

— E o que aconteceu de importante hoje em Lyme?

Como se a pergunta lhe lembrasse o assunto, Ernestina voltou-se para a tia.

— A senhora teve notícias dela? — E em seguida, antes que a tia pudesse responder, virou-se para Charles. — Houve de fato um acontecimento. A Sra. Poulteney despediu a Srta. Woodruff.

Charles sentiu o coração falhar. Mas qualquer emoção que seu rosto pudesse trair passou despercebida graças à avidez de tia Tranter para contar a *sua* novidade, pois este fora o motivo de sua ausência no momento da chegada de Charles. Aparentemente, a demissão ocorrera na noite anterior. A pecadora fora autorizada a passar uma última noite na casa Marlborough. E no dia seguinte, à primeira hora, um carregador fora buscar a sua mala, tendo recebido instruções para levá-la ao White Lion. Foi aí que Charles ficou literalmente lívido, mas tia Tranter afastou seus temores com a frase seguinte.

— É a garagem das diligências, como sabe. — A diligência de Dorchester não descia a ladeira íngreme até Lyme, e tinha que ser tomada a uns seis quilômetros para o interior, no cruzamento com a estrada principal, no sentido oeste. — Mas a Sra. Hunnicott conversou com o homem. Ele foi categórico ao afirmar que a Srta. Woodruff não estava lá. A arrumadeira disse que ela tinha partido ao amanhecer, e só deixou instruções para o envio do baú.

— E a partir daí?

— Nenhum sinal dela.

— A senhora falou com o vigário?

— Não, mas a Srta. Trimble me garantiu que ele foi à casa Marlborough esta manhã. Disseram-lhe que a Sra. Poulteney não estava bem. Ela conversou com a Sra. Fairley, que só sabia que tinha chegado ao conhecimento da Sra. Poulteney um fato escandaloso e que ela estava profundamente chocada e nervosa... — A boa Sra. Tranter calou-se, parecendo quase tão preocupada com sua ignorância quanto com o desaparecimento de Sarah. Procurou os olhos da sobrinha e de Charles. — O que pode ser, o que pode ser?

— Ela nunca deveria ter ido trabalhar na casa Marlborough. Foi como dar um cordeiro a um lobo. — Ernestina olhou para Charles solicitando a confirmação de sua opinião. Bem menos calmo do que aparentava, ele se virou para a Sra. Tranter.

— Não há perigo de...

— É o que todos tememos. O vigário despachou uma equipe de resgate na direção de Charmouth. Ela costuma passear nos penhascos.

— E a equipe...?

— Não encontrou nada.

— A senhora me disse que ela já trabalhou para...

— Também foram até lá. Nenhuma notícia dela.

— E Grogan... ele não foi chamado à casa Marlborough? — Charles aproveitou habilmente a menção a esse nome para explicar, dirigindo-se a Ernestina: — Naquela noite em que estive na casa dele, ele falou nela. Sei que se preocupa com a sua situação.

— A Srta. Trimble o viu conversando com o vigário às sete horas. Disse que parecia muito nervoso. Irritado, foi a palavra que usou. — A Srta. Trimble tinha uma loja de miudezas na parte baixa da Broad Street, e portanto estava muito bem localizada para ser o centro geral de informações da cidade. O rosto afável da tia Tranter conseguiu o impossível: mostrar uma expressão dura e severa. — Não irei visitar a Sra. Poulteney, por mais doente que ela esteja.

Ernestina escondeu o rosto nas mãos.

— Ai, que dia terrível!

Charles olhou para as duas mulheres.

— Talvez fosse aconselhável eu falar com Grogan.

— Ah, Charles, o que você pode fazer? Já há bastante gente procurando.

Isso, obviamente, não era o que preocupava Charles. Desconfiava que a demissão de Sarah estivesse ligada a seus passeios no Undercliff — e, naturalmente, ficava apavorado de imaginar que pudesse ter sido visto ali com ela. Estava numa indecisão atroz. Tinha que descobrir até que ponto se sabia o que havia motivado a demissão. De repente o ambiente da saleta se tornou claustrofóbico para ele. Precisava ficar sozinho. Refletir sobre o que fazer. Pois se Sarah ainda estivesse viva — mas quem poderia saber que decisão louca ela teria tomado numa noite de desespero, enquanto ele dormia sossegado em seu hotel em Exeter? —, se ela ainda não tivesse morrido, ele imaginava saber onde ela estava. E era um peso para ele ser a única pessoa em Lyme a saber. E, no entanto, não ousava revelar a ninguém.

Poucos minutos depois, descia a passos largos a ladeira, em direção ao White Lion. A temperatura era amena, mas o céu estava encoberto. Os dedos preguiçosos da umidade do ar acariciavam-lhe as faces. Havia ameaça de trovoada no céu e em seu coração.

25

Ó jovem senhor-amante, que suspiros são esses,
Por aquela que nunca será tua?

TENNYSON, *Maud* (1855)[1]

Era sua primeira intenção mandar Sam com um recado para o médico irlandês. Enquanto caminhava, ia redigindo-o mentalmente: "A Sra. Tranter está preocupadíssima"... "Se precisar de dinheiro para formar um grupo de busca"... ou melhor, "Se eu puder ajudar em algo, seja financeiramente ou de alguma outra forma" — frases desse tipo lhe passavam pela cabeça. Ao entrar no hotel, chamou o cavalariço que não era surdo e pediu-lhe que fosse buscar Sam na taverna e o mandasse subir. Mal entrou em sua sala de estar, recebeu o terceiro susto daquele dia agitado.

Havia um bilhete em cima da mesa redonda. Estava selado com lacre preto. A letra não era conhecida: *Sr. Smithson, no White Lion.* Rasgou o selo e desdobrou o papel. Não havia cabeçalho nem assinatura.

> Peço-lhe que se encontre comigo uma última vez. Esperarei esta tarde e amanhã pela manhã. Se não aparecer, não voltarei a incomodá-lo.

Charles leu o bilhete duas, três vezes, depois olhou para a escuridão da noite. Ficou furioso ao ver que Sarah punha em risco de forma tão leviana sua reputação, sentiu-se aliviado com esta prova de que ela estava viva e tornou a ficar irritado com a ameaça implícita na última frase. Sam entrou na sala limpando a boca com o lenço, numa insinuação pouco sutil de que fora interrompido enquanto jantava. Como seu almoço consistira apenas em uma garrafa de cerveja e três biscoitos mofados, pode-se perdoá-lo. Mas viu logo que o estado de espírito do patrão não melhorara desde que saíram de Winsyatt.

— Desça e procure saber quem me mandou este bilhete.

— Sim, senhor.

Sam saiu, mas nem bem dera seis passos quando Charles disse da porta:

— E peça a quem o recebeu para vir aqui.

— Sim, Seu Charles.

Charles voltou para o quarto. E então lhe veio à mente a imagem daquele antigo cataclismo cujo registro encontrou no lias azul e levara para Ernestina — as amonites apanhadas de surpresa em alguma poça d'água, uma microcatástrofe ocorrida havia noventa milhões de anos. Num estalo, num lampejo negro, compreendeu que a vida seguia em linhas paralelas — que a evolução não era vertical, subindo sempre até alcançar a perfeição, mas sim horizontal. O tempo era o maior engano, a existência não tinha história, era sempre agora, sempre esse ser apanhado pela mesma máquina perversa. Todos esses biombos pintados que o homem erguia para se isolar da realidade — a história, a religião, o dever, a posição social — eram meras ilusões, fantasias provocadas pelo ópio.

Voltou-se para a porta quando Sam entrou com o mesmo cavalariço com quem Charles acabara de falar. Um menino tinha trazido o bilhete. Às dez da manhã. O cavalariço o conhecia de vista, mas não sabia o seu nome. Não, não sabia quem o enviara. Charles dispensou-o com impaciência e, com a mesma impaciência, perguntou a Sam para que estava olhando.

— Para nada, Seu Charles.

— Muito bem. Diga a eles para me mandarem o jantar. Qualquer coisa, qualquer coisa.

— Sim, Seu Charles.

— E não quero ser incomodado de novo. Pode arrumar minhas coisas agora.

Sam entrou no quarto contíguo, e Charles ficou à janela. Ao olhar para a rua, viu, no clarão das luzes do hotel, um menino atravessar a rua correndo e sumir de vista embaixo de sua janela. Por pouco Charles não se debruçou e chamou, pois tinha o palpite de que era o mensageiro que voltava. Continuou ali, nervoso e constrangido. Houve uma pausa longa o bastante para que começasse a achar que estava enganado. Sam saiu do quarto e se dirigiu à porta de saída. Mas então alguém bateu. Sam abriu.

Era o cavalariço, com o sorriso idiota de quem agora tem certeza de não ter cometido nenhum erro. Em sua mão, havia um bilhete.

— Foi o mesmo menino, doutor. Eu perguntei. Ele disse que foi a mesma mulher da outra vez, mas que não sabe o nome dela. A gente chama ela aqui de...

— Está bem, está bem. Dê-me o bilhete.

Sam pegou-o e o passou a Charles, mas, por baixo de sua máscara de criado solícito, havia uma insolência muda, uma cumplicidade cheia de ironia. Fez um sinal com o polegar para o cavalariço, piscando-lhe um olho disfarçadamente, e o rapaz se retirou. Sam já ia atrás dele quando Charles o chamou. Demorou um pouco a falar, escolhendo as palavras que tivessem um sentido suficientemente plausível e delicado.

— Sam, estou interessado no caso de uma infeliz mulher daqui. Eu desejava... aliás, ainda desejo, que o assunto não chegue ao conhecimento da Sra. Tranter. Compreende?

— Perfeitamente, Seu Charles.

— Espero conseguir para essa pessoa uma situação mais condizente com... suas aptidões. Aí, é claro, contarei tudo à Sra. Tranter. Trata-se de uma pequena surpresa. Uma pequena retribuição por sua hospitalidade. Ela se preocupa com essa pessoa.

Sam assumiu uma atitude que Charles classificava para si mesmo de "atitude de lacaio", uma obediência profundamente respeitosa às ordens do patrão. Essa atitude combinava tão pouco com a verdadeira personalidade de Sam que Charles foi induzido a insistir:

— Então, embora a questão não tenha importância nenhuma, você não deve falar com ninguém sobre ela.

— Claro que não, Seu Charles. — Sam pareceu tão escandalizado quanto um cura acusado de se dedicar à jogatina.

Charles voltou para a janela e, sem se dar conta, recebeu um olhar de Sam que disse tudo, graças a um curioso franzir dos lábios e um aceno de cabeça. Então, abriu o segundo bilhete quando a porta se fechava atrás do criado.

Je vous ai attendu toute la journée. Je vous prie — une femme à genoux vous supplie de l'aider dans son désespoir. Je passerai la nuit en prières pour votre venue. Je serai dès l'aube à la petite grange près de la mer atteinte par le premier sentier à gauche après la ferme.[2]

Sem dúvida por falta de lacre, o bilhete não estava fechado, o que explicava a redação em francês de governanta. Estava escrito, ou melhor, rabiscado, a lápis, como se redigido às pressas, à porta de algum chalé ou no Undercliff — pois Charles sabia que era para lá que a moça devia ter fugido. O menino devia ser o filho de algum pescador pobre do Cobb — havia uma trilha que descia do Undercliff e ia dar lá, o que evitava a necessidade de passar por dentro da cidade. Mas que loucura, que risco!

O francês! Varguennes!

Charles fechou o punho, amassando o pedaço de papel. Um relâmpago ao longe anunciou a chegada da tempestade; e, quando Charles olhou pela janela, as primeiras gotas de chuva, pesadas e melancólicas, batiam na vidraça e escorriam. Ele se perguntou onde estaria Sarah, e uma imagem daquela mulher correndo, encharcada, no meio dos relâmpagos e da chuva, distraiu-o momentaneamente da profunda angústia que sentia por si mesmo. Mas isso era demais! Depois de um dia como aquele!

Estou abusando dos pontos de exclamação. Mas, enquanto Charles andava de um lado para o outro, pensamentos, reações, e reações às reações jorravam iradas em sua cabeça. Obrigou-se a parar diante da janela e olhar para a Broad Street. Logo se lembrou do que Sarah dissera sobre o espinheiro que passeasse por ali. Girou nos calcanhares e levou as mãos às têmporas, depois entrou no quarto e se olhou no espelho.

Mas sabia muito bem que estava acordado. Repetia sem cessar a si mesmo: preciso fazer alguma coisa, preciso agir. E foi dominado por uma espécie de raiva por sua fraqueza, por uma determinação selvagem de tomar alguma atitude capaz de provar que era mais do que uma simples amonite encalhada numa poça seca, que era capaz de lutar contra as nuvens negras que o envolviam. Precisava falar com alguém, abrir seu coração.

Voltou para a sala e deu um puxão na corrente que pendia do lampião a gás, fazendo com que a pequena chama esverdeada se transformasse num clarão incandescente. Em seguida puxou com força o cordão da campainha junto à porta. E, quando o velho garçom se apresentou, Charles peremptoriamente mandou-o trazer um copo do melhor *cobbler* que houvesse no White Lion — uma mistura aveludada de xerez e conhaque que já havia feito muitos vitorianos perderem a rigidez.

Não muito mais que cinco minutos tinham se passado quando o atônito Sam, ao subir com a bandeja do jantar, estacou no meio da escada ao ver o patrão descendo, a cara afogueada e vestido com sua capa de chuva. Charles parou um degrau acima, levantou o guardanapo que cobria a sopa marrom, o carneiro com as batatas cozidas, e continuou a descer sem dizer palavra.

— Seu Charles...

— Coma você.

E o patrão zarpou, ao contrário de Sam, que ficou onde estava, com uma cara desconfiada, olhando com raiva para o corrimão ao seu lado.

26

Deixem-me dizer-lhes, meus amigos, que a coisa toda depende
De um antigo direito senhorial.

LEWIS CARROLL, *The Hunting of the Snark* (1876)

O efeito causado por Mary na mente do jovem *cockney* fora de fato ruminativo. Sam amava Mary pelo que ela era, como qualquer rapaz normal e saudável. Mas amava-a também pelo papel que ela representava em seus sonhos — que não era absolutamente o que as moças costumam representar nos sonhos dos rapazes de nossa época, uma época de desinibição e falta de imaginação. Na maioria das vezes, ele a via lindamente engaiolada atrás de um balcão numa loja de artigos masculinos. De todas as partes de Londres, como atraídos pelo magnetismo daquele rosto sedutor, afluíam os distintos clientes. A rua coalhada de cartolas pretas ressoava com o barulho ensurdecedor de suas carruagens. Uma espécie de samovar mágico, cuja torneira era administrada por Mary, servia uma torrente inesgotável de luvas, cachecóis, meias, chapéus, ligas, oxonianos (um modelo de sapato então na moda) e colarinhos de vários tipos — Piccadilly, Shakespeare, Dux e de padre. Sam tinha mania de colarinhos, e não estou bem certo se não se tratava de uma espécie de fetiche, pois sem dúvida via Mary experimentando-os em seu pescocinho branco diante dos olhos admirados de duques e lordes. E, durante esta cena encantadora, o próprio Sam ficava no caixa, recolhendo uma chuva de ouro.

Estava perfeitamente ciente de que se tratava de um sonho. Mas Mary, por assim dizer, sublinhava esse fato, e ainda por cima acentuava as feições medonhas do demônio que impedia de forma tão direta sua realização. Que demônio era esse? A falta de dinheiro. Talvez fosse esse inimigo onipresente do gênero humano que Sam ainda contemplava na sala do patrão, onde se instalara confortavelmente — depois de se certificar, contraindo os lábios misteriosamente, de que Charles desaparecera no fim da Broad Street — e onde beliscava o seu segundo jantar daquela noite: uma ou duas colheradas de sopa, os pedaços mais tenros do carneiro, pois Sam tinha todos os instintos, embora não as finanças, de uma pessoa da alta-roda. Mas agora olhava de novo o vazio, longe daquele pedaço de carneiro untado com molho de alcaparras que tinha espetado no garfo, como se o tivesse esquecido.

A palavra *mal* (se o leitor me permite aumentar sua cultura inútil) é um empréstimo que o inglês antigo tomou do norueguês antigo e que chegou a nós por intermédio dos vikings. Seu significado original era "fala", mas, como os vikings só se dedicavam a essa atividade mais própria das mulheres ao exigir algo ameaçando com o machado, a palavra passou a significar "taxa" ou "pagamento de tributos". Um ramo dos vikings foi para o sul e fundou a Máfia na Sicília, mas outro — e a essa altura a grafia de *mal* já era *mail* — se dedicava a organizar sua própria rede de proteção nas fronteiras da Escócia. Se dava valor às suas colheitas ou à virgindade de sua filha, a pessoa via-se obrigada a pagar o *mail* ao chefe do bando local; e as vítimas, com o tempo, acabaram chamando aquela proteção cara de *black mail.*[1]

Apesar de não estar exatamente envolvido com especulações etimológicas, não havia dúvida de que Sam pensava no significado da palavra, pois adivinhara de pronto quem era a "infeliz mulher". Um acontecimento como a demissão da Mulher do Tenente Francês era um assunto muito suculento para já não ter passado de boca em boca por toda Lyme no decorrer do dia. E durante seu primeiro jantar, que acabara sendo interrompido, Sam entreouvira uma conversa na taberna. Sabia quem era Sarah, pois Mary lhe falara sobre ela um dia. Conhecia também o seu patrão e o seu jeito. O patrão estava diferente, tramando alguma coisa. Ia para algum lugar que não era a casa da Sra. Tranter. Sam largou o garfo com o bocado de carne e começou a bater com os dedos no nariz — um gesto comum em Newmarket quando um turfista experiente fareja um rato querendo passar por puro-sangue. Mas receio que o rato, no caso, fosse Sam, e o que ele pressentira era que o navio estava afundando.

No andar de baixo, em Winsyatt, todos sabiam muito bem o que se passava: o tio ia acabar com a festa do sobrinho. Com o respeito inato que os trabalhadores do campo têm pelo bom cultivo da terra, desprezavam Charles por não freqüentar muito a propriedade — ou seja, por não bajular sir Robert em todas as oportunidades. Naqueles tempos, os criados eram considerados quase como parte do mobiliário, e seus patrões com freqüência se esqueciam de que também tinham ouvidos e inteligência. Alguns diálogos ásperos entre o velho e o seu herdeiro não lhes passaram despercebidos e não deixaram de ser discutidos. E embora houvesse uma certa tendência entre a ala feminina mais jovem da criadagem a ter pena do belo Charles, os mais sensatos adotavam o ponto de vista da formiga em relação à frívola cigarra e seu castigo merecido. Tinham trabalhado a vida toda para ganhar um salário, e alegrava-os ver Charles punido por sua preguiça.

Além do mais, a Sra. Tomkins, que, como Ernestina desconfiara, era uma aventureira de classe média alta, espertamente fizera de tudo para cair nas boas graças da governanta e do mordomo, e essas duas pessoas dignas haviam outorgado o seu *imprimatur* — ou *ducatur in matrimonium* — à efusiva e rechonchuda viúva, que, ademais, havia comentado com a governanta, ao lhe serem mostradas as acomodações na já referida ala leste havia muito desocupada, que aqueles quartos dariam um excelente apartamento para as crianças.

É bem verdade que a Sra. Tomkins tinha um filho e duas filhas do primeiro casamento, mas, na opinião da governanta — gratuitamente revelada ao Sr. Benson, o mordomo —, a Sra. Tomkins já estava praticamente grávida de novo.

— Poderiam nascer meninas, Sra. Trotter.

— Ela é do tipo insistente, Sr. Benson. Preste atenção no que estou dizendo. Ela é insistente.

O mordomo tomou um gole do seu chá, depois acrescentou:

— E dá boas gorjetas. — O que Charles, sendo da família, não fazia.

O teor dessa conversa toda chegou aos ouvidos de Sam enquanto esperava por Charles no alojamento dos criados. E o teor não era agradável em si nem no que dizia respeito a Sam, uma vez que este, na qualidade de criado da cigarra, tinha que compartilhar parte do mau juízo que se fazia do patrão. E todas essas coisas não deixavam também de ter ligação com uma espécie de corda sobressalente que Sam sempre guardava para o seu arco; um sonho em que — *faute de mieux* — ele se via na mesma posição importante ocupada em Winsyatt pelo Sr. Benson. Chegara mesmo a lançar displicentemente essa semente — que germinaria com facilidade se ele quisesse — no espírito de Mary. Não era agradável alguém ver uma de suas tenras plantinhas, mesmo não sendo a preferida, erradicada tão brutalmente.

Quando deixaram Winsyatt, Charles não lhe disse nada, de forma que oficialmente Sam nada sabia a respeito de suas esperanças frustradas. Mas a cara frustrada do patrão dizia tudo.

E agora isso.

Finalmente, Sam comeu o carneiro, que estava esfriando, mastigou-o e o engoliu. E todo o tempo seus olhos contemplavam o futuro.

A conversa de Charles com o tio não foi tempestuosa, uma vez que ambos se sentiam culpados — o tio pelo que estava fazendo, e o sobrinho pelo que deixara de fazer no passado. A reação de Charles diante da notícia, que o tio transmitiu de chofre mas, significativamente, evitando seu olhos, fora, após a ducha gelada do primeiro choque, distante e cortês.

— Só posso dar minhas congratulações, senhor, e lhe desejar toda a felicidade.

O tio, que entrara na sala logo depois que lá deixamos Charles, virou-se para uma janela, como se esperasse que suas terras verdejantes lhe dessem coragem. Fez um breve relato de sua paixão. A princípio tinha sido rejeitado: isso ocorrera três semanas antes. Mas não era homem de desanimar à primeira rejeição. Percebera uma certa indecisão na voz da senhora. Uma semana atrás fora a Londres e "havia voltado à carga a galope"; e a barreira tinha sido finalmente vencida.

— Ela disse "não" de novo, mas chorando. Percebi que eu tinha transposto o obstáculo. — Aparentemente o "sim" definitivo levou dois ou três dias para sair. — E então, meu caro rapaz, compreendi que tinha de enfrentá-lo. Você é o primeiro a saber.

Mas Charles lembrou-se então do olhar desolado da velha Sra. Hawkins. Winsyatt inteira já sabia da novidade. A narrativa um tanto engasgada da saga amorosa do tio lhe dera tempo para digerir o choque. Sentia-se derrotado e humilhado; sem o seu mundo. Mas só lhe restava uma defesa: aceitar tudo calmamente, mostrar-se estóico e esconder a raiva.

— Agradeço o seu zelo, meu tio.

— Você terá todo o direito de me chamar de velho tolo e caduco. É o que fará a maioria dos meus vizinhos.

— As escolhas tardias muitas vezes são as melhores.

— Ela é uma mulher cheia de vivacidade, Charles. Não uma dessas moças de hoje, todas melindrosas. — Por um momento, Charles julgou que isso fora uma censura a Ernestina; como de fato fora, mas não intencional. O tio, sem se dar conta, continuou: — Ela diz o que pensa. Hoje, muita gente acha que mulheres assim são metidas. Mas não é o caso dela. — Procurou a concordância de seus jardins. — É reta como um olmo de boa cepa.

— Nunca achei que pudesse ser outra coisa.

O tio então lhe lançou um olhar perspicaz. Da mesma forma como Sam bancava o lacaio humilde para Charles, Charles bancava o sobrinho respeitoso para o velho.

— Preferia que você se mostrasse zangado, e não... — Ia dizer indiferente, mas se aproximou e passou o braço ao redor dos ombros de Charles, pois procurara justificar sua decisão envenenando-se contra o sobrinho, mas tinha bastante espírito esportivo para saber que a justificativa era mesquinha. — Charles... ora, droga, isso precisa ser dito. Altera todo o seu futuro. Embora, na minha idade, Deus sabe que... — Mas recusou-se a terminar a frase. — Mas, se isso acontecer, Charles, dê no que dê o meu casamento, quero que saiba que não me esquecerei de você. Não posso lhe dar a Casa Pequena, mas desejo sinceramente que fique com ela enquanto viver. Gostaria que fosse o meu presente de casamento a você e Ernestina. E, naturalmente, as despesas com a reforma da casa.

— É muita generosidade sua, meu tio. Mas acho que estamos mais ou menos resolvidos a ir morar na casa de Belgravia, quando o contrato de aluguel terminar.

— Sim, sim. Mas vocês precisam de uma casa no campo. Não quero que esse negócio atrapalhe nossa relação, Charles. Estou disposto a rompê-lo amanhã se...

Charles deu um sorriso forçado.

— Agora o senhor está sendo ridículo. Poderia ter se casado há muitos anos.

— Poderia. Mas o fato é que não o fiz.

Foi nervosamente até a parede e endireitou um quadro. Charles ficou calado. Talvez o choque da notícia lhe doesse menos que a lembrança dos sonhos de posse tolos que acalentara quando se dirigia para Winsyatt. E o velho podia ter dado a notícia por carta. Mas, para o velho, isso seria uma covardia. Afastou-se do quadro.

— Charles, você é jovem e passa grande parte da vida viajando. Não sabe como eu me sentia só e entediado. Não sei o que é, mas metade do tempo, para mim, seria melhor estar morto.

Charles murmurou:

— Eu não tinha idéia...

— Não, não, não pretendo criticá-lo. Você tem sua própria vida para viver. — Mas, no fundo, como a maioria dos homens sem filhos, o tio culpava Charles por não ter sido como ele imaginava que todos os filhos fossem; tão obedientes e afetivos que apenas dez minutos na pele de um pai de verdade lhe mostrariam que aquele era um sonho sentimental. — Apesar de tudo, há coisas que só uma mulher nos pode proporcionar. As velhas cortinas desta sala, por exemplo. Você notou? A Sra. Tomkins me disse um dia que eram muito tristes. E, droga, sou cego, eram tristes mesmo. É isso que uma mulher faz. Leva a gente a ver as coisas que estão diante do nosso nariz. — Charles sentiu-se tentado a dizer que um par de óculos faz o mesmo trabalho e por um preço muito mais em conta, mas limitou-se a inclinar a cabeça em sinal de assentimento. Sir Robert fez um gesto um tanto melífluo com a mão: — Que acha dessas novas?

Charles então teve que rir. Havia tanto tempo que os julgamentos estéticos do tio se restringiam a questões como a correta linha dorsal de um cavalo ou a superioridade de Joe Manton sobre qualquer outro armeiro conhecido na história, que se sentiu como se um assassino pedisse sua opinião sobre cantigas infantis.

— Muito melhores.

— Pois é. Todos dizem o mesmo.

Charles mordeu os lábios.

— E quando vou conhecer a noiva?

— Eu já ia falar sobre isso, na verdade. Ela está ansiosa por ser apresentada a você. E Charles, ela se sensibiliza com... bem, como direi?

— A limitação de minhas perspectivas?

— Exatamente. Semana passada me confessou que primeiro me rejeitou exatamente por esse motivo. — Charles percebeu que esse comentário era para ser um elogio, e demonstrou uma surpresa polida. — Mas assegurei a ela que você ia fazer um casamento excelente. E iria compreender e aprovar a minha escolha de uma companheira... para os últimos anos de minha vida.

— O senhor ainda não respondeu à minha pergunta, tio.

Sir Robert pareceu um pouco encabulado.

— Ela foi visitar uns parentes em Yorkshire. É aparentada com os Daubeny, como sabe.

— Muito bem.

— Vou ao encontro dela amanhã.

— Ah.

— E achei melhor tratar disso de homem para homem. Mas ela está louca para conhecê-lo. — O tio hesitou e em seguida, com uma timidez ridícula, sacou do bolso do colete um medalhão. — Semana passada ela me deu isso.

Charles ficou olhando para uma miniatura, emoldurada em ouro e pelos dedos grossos do tio, da Sra. Bella Tomkins. Parecia irritantemente jovem; tinha a boca firme e o olhar incisivo. Não era desprovida de atrativos, mesmo para Charles. Curiosamente, de cara, lembrava um pouco Sarah, o que aumentou sutilmente em Charles a sensação de ter sido humilhado e espoliado. Sarah era uma mulher profundamente inexperiente, e aquela era uma mulher do mundo. Ambas, entretanto, cada uma à sua maneira — e nesse ponto seu tio tinha razão —, destacavam-se do comum das mulheres cheias de melindres. Por um momento sentiu-se como um general no comando de um exército fraco, estudando as sólidas posições do inimigo. Antevia com demasiada clareza o desfecho de um confronto entre Ernestina e a futura lady Smithson. Seria um desastre.

— Vejo que tenho mais uma razão para lhe dar os parabéns.

— Ela é uma grande mulher, maravilhosa. Uma pela qual vale a pena esperar, Charles. — O tio deu-lhe um cutucão nas costelas. — Você vai sentir inveja. Espere para ver. — Tornou a olhar o medalhão com ternura, depois fechou-o reverentemente e voltou a guardá-lo no bolso. Em seguida, como que para contrabalançar aquela explosão de sentimentalismo, convidou Charles a acompanhá-lo ao estábulo para ver sua última aquisição, uma égua reprodutora, comprada por "cem guinéus menos do que valia", e que mentalmente, embora sem se dar conta, não podia deixar de comparar com sua outra recente aquisição.

Eram ambos cavalheiros ingleses, e evitaram cuidadosamente tornar a discutir o assunto que mais os preocupava, ainda que tivesse sido impossível deixar de mencioná-lo, pois sir Robert estava tão contente com sua boa sorte que sempre o trazia à baila. Mas Charles insistia em dizer que precisava voltar a Lyme e à sua noiva ainda naquele dia, e o tio, que em outros tempos teria mergulhado numa tristeza atroz por esse abandono, não fez grandes objeções agora. Charles prometeu discutir a questão da Casa Pequena com Ernestina e trazê-la para conhecer a outra noiva, tão logo possível. Mas, apesar do carinho com que seu tio apertou sua mão ao despedir-se, Charles compreendeu que o velho estava aliviado com sua partida.

O orgulho tinha sustentado Charles durante as três ou quatro horas que durou a visita, mas sua volta foi melancólica. Aquele gramado, aqueles pastos, aquelas cercas, aqueles bosques desenhados pareciam lhe fugir por entre os dedos enquanto deslizavam lentamente diante de seus olhos. Sentia que jamais teria vontade de voltar a Winsyatt. O céu azul daquela manhã agora estava encoberto por um véu de cirros altos, arautos da tempestade que, como já sabemos, desabaria aquela noite sobre Lyme, e logo a mente de Charles começou a entrar num clima semelhante de introspecção taciturna.

Esta última dirigia-se em grande parte a Ernestina. Charles sabia que o tio não ficara muito bem impressionado com seu jeito caprichoso de moça londrina, nem com seu desinteresse quase absoluto pela vida rural. Para um homem que dedicara tanto de sua vida à criação de animais, ela devia ter parecido uma contribuição pobre para uma linhagem tão distinta como a dos Smithson. Além do mais, um dos elos que ligavam o tio ao sobrinho era o do celibato, e talvez a felicidade de Charles tivesse aberto um pouco os olhos de sir Robert: se ele se casa, por que não eu? E depois havia a única coisa que o tio sempre aprovara incondicionalmente em Ernestina: o imenso dote que receberia quando se casasse. Mas fora isso precisamente que lhe tinha permitido deserdar Charles com a consciência tranqüila.

Mas o pior de tudo era que Charles se sentia agora numa posição muito desagradável de inferioridade em relação a Ernestina. A renda da herança de seu pai sempre fora suficiente para as suas necessidades, mas ele não aumentara o capital. Como futuro dono de Winsyatt, poderia se considerar em pé de igualdade com Ernestina, em termos financeiros, mas como simples *rentier*, seria dependente dela. Ao se incomodar com isso, Charles mostrava-se muito mais escrupuloso do que a maioria dos rapazes de sua classe e de sua época. Para eles, a caça ao dote (e por esse tempo os dólares já eram tão aceitáveis quanto as libras esterlinas) era uma ocupação tão respeitável quanto a caça à raposa ou o jogo. Talvez fosse isso: sentia pena de si mesmo, mas sabia que poucos compartilhariam de seus sentimentos. E sentia-se mais ressentido ainda porque as circunstâncias não fizeram parecer ainda maior a injustiça cometida pelo tio. Se tivesse passado mais tempo em Winsyatt, digamos, ou se nunca tivesse conhecido Ernestina, para início de conversa...

Mas foi Ernestina, e uma vez mais a necessidade de se manter impassível diante da adversidade, que conseguiu arrancá-lo do abatimento em que caíra naquele dia.

27

Quantas vezes me sento a refletir sobre
Minha juventude estranha e pervertida,
Buscando em vão, em todo meu ser,
Um sentimento baseado na verdade; ...
Tão constante desejava ser meu coração,
E tão volúvel não pode deixar de ser,
Seria melhor para os outros e para mim
Que ele fosse seco como a poeira do verão.
As emoções chegam e as obras e as palavras
Fluem livremente, mas não,
Nem elas nem coisa alguma podem atingir
O mundo sepultado lá embaixo.

A. H. CLOUGH, Poema (1840)[1]

A porta foi aberta pela governanta. Ao que parecia, o médico estava no consultório; mas se Charles quisesse aguardar lá em cima... sendo assim, desvencilhado do chapéu e da capa, Charles logo se viu de novo na mesma sala onde tinha tomado grogue e se declarado a favor de Darwin. Um fogo ardia na lareira, e vestígios do jantar solitário do médico, que a governanta se apressou em levar embora, jaziam sobre a mesa redonda junto à janela que dava para o mar. Charles logo ouviu passos na escada. Grogan entrou na sala caloroso, com a mão estendida.

— É um prazer, Smithson. E essa idiota não lhe ofereceu nada para neutralizar o efeito da chuva?

— Obrigado... — Charles ia recusar a garrafa de conhaque, mas mudou de idéia. E quando se viu com o copo na mão, entrou direto no assunto. — Tenho um problema íntimo e muito pessoal para discutir com o senhor. Preciso de um conselho seu.

Nos olhos do médico, apareceu um brilho de reconhecimento. Outros rapazes bem-nascidos já o haviam procurado pouco antes de se casarem. Às vezes era gonorréia e, com menos freqüência, sífilis; outras vezes, simplesmente medo ou fobia das conseqüências da masturbação. Uma teoria muito difundida na época era a de que a masturbação provocava impotência. Mas, em geral, os jovens iam procurá-lo porque eram ignorantes; fazia apenas um ano, um jovem marido, infeliz por não conseguir ter filhos, fora ao Dr. Grogan, que precisara lhe explicar seriamente que uma criança não é gerada nem parida através do umbigo.

— Precisa agora? Bem, não estou muito certo de que ainda me sobre algum. Já dei uma quantidade enorme deles hoje. Principalmente no que se refere às medidas a serem tomadas contra aquela maldita beata da casa Marlborough. Já soube o que ela fez?

— É precisamente sobre isso que quero lhe falar.

O médico respirou fundo, aliviado, e mais uma vez chegou a uma conclusão errada.

— Ah, claro... A Sra. Tranter está preocupada? Diga-lhe, de minha parte, que está sendo feito tudo o que é possível no caso. Já há um grupo procurando nas redondezas. Ofereci cinco libras a quem a trouxer de volta... — sua voz ficou amarga — ... ou que encontre o corpo da pobre criatura.

— Ela está viva. Acabo de receber um bilhete dela.

Charles baixou os olhos diante da expressão de espanto do médico. Então, como se falasse com o copo de conhaque, começou a contar a verdade sobre os seus encontros com Sarah — isto é, quase toda a verdade, pois deixou de fora os seus sentimentos mais íntimos. Conseguiu — ou tentou conseguir — atribuir parte da culpa ao Dr. Grogan e à última conversa que tinham tido, assumindo uma espécie de posição científica que o astuto homenzinho sentado à sua frente não deixou de notar. Os médicos velhos e os padres velhos têm uma coisa em comum: um faro para descobrir a mentira, seja ela evidente ou, como no caso de Charles, fruto do constrangimento. Enquanto ele prosseguia com a confissão, o Dr. Grogan começou, metaforicamente, a ter espasmos na ponta do nariz, e esses espasmos invisíveis tinham o mesmo significado que o franzir dos lábios de Sam. O médico não deixou transparecer nenhum sinal de suas suspeitas. De vez em quando fazia uma pergunta, mas, basicamente, deixou que Charles, num tom cada vez menos convincente, contasse sua história até o fim. Então, levantou-se.

— Bem, vamos começar pelo que é prioritário. Precisamos dar um jeito de chamar de volta aqueles pobres-diabos. — Os trovões soavam cada vez mais perto, e embora as cortinas estivessem fechadas, o clarão prateado dos relâmpagos piscava atrás de Charles.

— Vim logo que pude.

— Sim, a chuva não é culpa sua. Agora, vamos ver... — O médico já estava sentado diante de uma pequena escrivaninha nos fundos da sala. Por alguns momentos não se ouviu outro ruído senão o rangido rápido de sua pena. Depois, ele leu para Charles o que escrevera.

— "Caro Forsyth: Acabo de ser informado que a Sra. Woodruff está em segurança. Não deseja que seu paradeiro seja revelado, mas pode ficar tranqüilo. Espero ter mais notícias dela amanhã. Peço-lhe oferecer a gratificação anexa aos homens do grupo de busca, quando voltarem." Acha que está bom?

— Está excelente. Mas a gratificação deve ficar por minha conta. — Charles sacou uma bolsinha bordada, obra de Ernestina, e colocou três soberanos sobre o pano verde que cobria a escrivaninha, ao lado de Grogan, que afastou dois. Levantou os olhos com um sorriso.

— O Sr. Forsyth está tentando abolir o demônio do álcool. Acho que uma moeda de ouro é suficiente. — Colocou o bilhete e a moeda num envelope, lacrou-o e saiu da sala para providenciar o rápido envio da carta.

Voltou já perguntando:

— Agora, quanto à moça, o que se vai fazer a respeito dela? Não tem nenhuma idéia de onde esteja agora?

— Nenhuma. Embora tenha certeza de que estará amanhã de manhã no lugar que indicou.

— Mas naturalmente você não pode ir. Na sua situação, você não pode correr o risco de se comprometer ainda mais.

Charles olhou para ele, depois para o tapete.

— Estou em suas mãos.

O médico ficou olhando pensativo para Charles. Acabara de fazer um teste para sondar o que ia na cabeça do convidado.

E o teste revelara o que ele previra. Aproximou-se da estante junto à escrivaninha e pegou o mesmo livro que já havia mostrado a Charles: a grande obra de Darwin. Sentou-se diante dele, do outro lado da lareira; depois, com um leve sorriso e uma olhadela por cima dos óculos para Charles, colocou a mão sobre *A origem das espécies*, como se fizesse um juramento sobre a Bíblia.

— Nada do que já foi ou ainda está para ser dito nesta sala passará além das paredes. — Em seguida, pôs o livro de lado.

— Meu caro doutor, isso não era necessário.

— Metade do remédio é a confiança no médico.

Charles sorriu debilmente.

— E a outra metade?

— Confiança no paciente. — Mas levantou-se antes que Charles pudesse dizer qualquer coisa. — Muito bem, você veio me pedir um conselho, não é verdade? — Olhava para Charles quase como se estivesse a ponto de bater nele; já não era mais o homem brincalhão, mas sim o lutador irlandês. Então começou a andar de um lado para o outro em sua "cabine", as mãos metidas para dentro da sobrecasaca.

— Sou uma mulher jovem de inteligência superior e alguma instrução. Acho que o mundo foi injusto comigo. Não consigo controlar inteiramente as minhas emoções. Faço tolices, tais como me atirar em cima do primeiro patife bonitão que passar na minha frente. E o que é pior, gosto do meu papel de vítima do destino. Consegui me tornar uma profissional da arte de parecer melancólica. Tenho olhos trágicos. Choro à toa. Etcetera etcetera. E agora... — o médico fez um gesto em direção à porta, como num passe de prestidigitação — ... entra um jovem deus. Inteligente. Bonito. Um exemplar perfeito dessa classe que minha educação me ensinou a admirar. Vejo que está interessado em mim. Quanto mais triste me mostro, mais interessado ele parece. Ajoelho-me diante dele, ele me faz levantar. Trata-me como se eu fosse uma dama. Não, mais que uma dama. Com um espírito de fraternidade verdadeiramente cristão, oferece-se para me ajudar a sair de minha triste situação.

Charles tentou falar, mas o médico o fez calar-se.

— Mas sou muito pobre. Não posso usar nenhum dos truques a que as mulheres mais afortunadas que eu recorrem para atrair e subjugar os homens. — O médico levantou o dedo. — Só tenho uma arma. A piedade que inspiro nesse homem bondoso. Mas piedade é uma coisa que precisa ser alimentada. Alimentei esse bom samaritano com a história do meu passado, e ele a devorou. Então o que posso fazer? Preciso levá-lo a ter piedade do meu presente. Um dia, quando estou passeando por um lugar aonde eu estava proibida de ir, surge a oportunidade. Apareço para alguém que eu sei que irá me denunciar à pessoa que não o perdoará. Consigo ser demitida do emprego. Desapareço, fazendo supor que estou fugindo para me atirar do primeiro penhasco que encontrar. E então, *in extremis* e *de profundis*; ou antes, *de altis*; peço socorro ao meu salvador. — Fez uma longa pausa, e os olhos de Charles lentamente se voltaram para ele. O médico sorriu. — Apresentei o que, em parte, é uma hipótese, claro.

— Mas sua acusação específica de que ela provocou a própria...

O médico sentou-se e reavivou o fogo com o atiçador.

— Fui chamado hoje cedo à casa da Sra. Poulteney. Não sabia por que, só que ela estava muito indisposta. A Sra. Fairley, a governanta, contou-me em linhas gerais o que havia acontecido. — Fez uma pausa e olhou firme nos olhos tristes de Charles. — A Sra. Fairley esteve ontem na Granja, em Ware Cleeves. A moça saiu ostensivamente da mata nas barbas dela. Ora, aquela mulher não fica atrás da patroa, e garanto que cumpriu sua obrigação subseqüente com toda a mesquinhez das pessoas do tipo dela. Mas estou convencido, meu caro Smithson, de que foi incentivada a fazer aquilo.

— Está querendo dizer que... — O médico fez que sim com a cabeça. Charles lançou-lhe um olhar terrível, depois revoltado. — Não posso acreditar. Não é possível que ela...

Não terminou a frase. O médico murmurou:

— É possível. Infelizmente.

— Mas só uma pessoa com... — ia dizer "uma mente doentia", mas levantou-se abruptamente e foi até a janela, abriu as cortinas e ficou contemplando a escuridão. O clarão lívido de um relâmpago iluminou o Cobb, a praia, o mar parado. Virou-se para o médico: — Em outras palavras, fui levado pelo nariz.

— Sim, acho que sim. Mas isso exigia um nariz generoso. E lembre-se que uma mente perturbada não é uma mente criminosa. Nesse caso, deve encarar o desespero como uma doença, nem mais nem menos. Essa moça, Smithson, tem uma espécie de cólera, de tifo das faculdades mentais. Você deve pensar nela assim. Não como uma intrigante maldosa.

Charles voltou para o centro da sala.

— E o que acha que é o objetivo final dela?

— Duvido muito que ela saiba. Vive o dia-a-dia. Na verdade, precisa fazer isso. Uma pessoa previdente não poderia agir dessa maneira.

— Mas ela não pode ter imaginado que alguém na minha posição de...

— De noivo de outra? — O médico sorriu melancolicamente. — Conheci muitas prostitutas. E me apresso em acrescentar: em função da minha profissão, não da delas. E quem me dera ter recebido um guinéu por cada uma que tivesse se gabado para mim de que os maridos e os pais de família constituíam a maioria de suas vítimas. — Ficou olhando para o fogo, lembrando-se de seu passado. — "Sou marginalizada. Mas serei vingada."

— Você faz com que ela pareça um monstro, e não é. — Disse isso com muita veemência, virando as costas rapidamente para o médico. — Não posso acreditar que seja.

— E isso porque, se permite que um homem com idade para ser seu pai lhe diga, você está meio apaixonado por ela.

Charles girou nos calcanhares e encarou o rosto impassível do médico.

— Não permito que diga isso. — Grogan baixou a cabeça. Depois de um silêncio, Charles acrescentou: — É uma falta de respeito com a Srta. Freeman.

— De fato, é. Mas quem está faltando com o respeito?

Charles engoliu em seco. Não podia suportar aquele olhar inquisitivo, e foi andando pela sala comprida e estreita como quem se retirasse. Mas, antes que chegasse à porta, Grogan agarrou-lhe um braço e, obrigando-o a se virar, agarrou o outro, feroz, um terrier verdadeiro avançando na dignidade de Charles.

— Ora, ora, não somos homens que acreditam na ciência? Não afirmamos que a verdade é o princípio mais importante? Por que Sócrates morreu? Pelas convenções sociais? Pelo decoro? Acha que nesses meus quarenta anos de profissão não aprendi a perceber quando um homem está agoniado? E por que está escondendo a verdade de si mesmo? Conhece-te a ti mesmo, Smithson, conhece-te a ti mesmo!

A mistura de grego antigo e fogo gaélico na alma de Grogan fez Charles murchar. Ficou parado, olhando para o médico, depois virou-se para a lareira, dando as costas para seu torturador. Fez-se um longo silêncio. Grogan o observava com atenção.

Por fim, Charles falou.

— Não fui feito para o casamento. A minha infelicidade é que descobri isso tarde demais.

— Já leu Malthus? — Charles fez que não com a cabeça. — Para ele, a tragédia do *Homo sapiens* é que os menos aptos à sobrevivência são os que mais procriam. Assim, não diga que não foi feito para o casamento, meu filho. E não se culpe por ter se apaixonado por essa moça. Acho que sei por que aquele tenente francês fugiu. Sabia que um homem podia se afogar nuns olhos como os dela.

Charles girou nos calcanhares, angustiado.

— Juro pelo que há de mais sagrado que nada de indecoroso se passou entre nós. Você tem que acreditar nisso.

— E acredito. Mas deixe-me recordar-lhe o velho catecismo. Sente desejo de ouvir a voz dela? De vê-la? De tocar nela?

Charles tornou a virar as costas e deixou-se afundar na cadeira, com o rosto entre as mãos. Isso não era uma resposta, mas dizia tudo. Pouco depois, levantou o rosto e ficou olhando para o fogo.

— Ah, meu caro Grogan, se soubesse o desperdício que era a minha vida... inútil... sem objetivo. Não tenho firmeza moral, nem senso de dever para com coisa nenhuma. Parece que foi ontem que fiz vinte e um anos, cheio de esperanças... todas frustradas. E agora me envolvo nesse caso infeliz...

Grogan aproximou-se dele e segurou seu ombro.

— Você não é o único homem a questionar sua escolha de uma noiva.

— Ela não compreende como eu realmente sou.

— Mas quantos anos ela tem? Uns doze a menos que você? E o conhece há menos de seis meses. Como poderia compreendê-lo? Mal saiu da escola.

Charles assentiu com tristeza. Não podia dizer ao médico o que realmente pensava de Ernestina: que jamais o compreenderia. Sentia-se fatalmente desiludido pela própria inteligência. Ela o deixara na mão na hora de escolher uma companheira para toda a vida. Como tantos homens da época vitoriana e talvez de outras mais recentes, Charles estava fadado a viver toda sua vida sob a influência da imagem ideal. Alguns homens se consolam com a idéia de que há mulheres menos atraentes que suas esposas, enquanto outros não conseguem tirar da cabeça a idéia oposta. Charles agora percebia perfeitamente a que categoria pertencia.

— Não é culpa dela — murmurou. — Não pode ser.

— Acho que não. Uma moça tão linda e tão inocente...

— Honrarei meu compromisso com ela.

— Claro.

Silêncio.

— Diga-me o que devo fazer.

— Primeiro me diga quais são os seus sentimentos em relação à outra.

Charles olhou para ele em desespero, depois para o fogo, e afinal tentou dizer a verdade.

— Não sei, Grogan. Em tudo o que se refere a ela, sou um enigma para mim mesmo. Não a amo. Como poderia amá-la? Uma mulher tão comprometida, uma mulher que, segundo você, está mentalmente doente. Mas é como se... Eu me sinto como um homem possuído contra a sua vontade, contra tudo o que há de melhor em seu caráter. Agora mesmo o rosto dela surge diante de mim, negando tudo o que você diz. Essa mulher tem alguma coisa. Uma percepção das coisas mais nobres e uma sabedoria incompatíveis com a maldade e a loucura. Por baixo do que não presta... Não sei explicar.

— Não a acuso de maldade, mas sim de desespero.

Silêncio, a não ser por um ou outro estalo nas tábuas do assoalho enquanto o médico andava de um lado para o outro. Afinal, Charles tornou a falar.

— Que me aconselha a fazer?

— A deixar o caso inteiramente em minhas mãos.

— Vai procurá-la?

— Vou calçar minhas botas. Vou dizer a ela que você recebeu um chamado urgente. E você *precisa* se afastar, Smithson.

— Acontece que tenho mesmo negócios urgentes a tratar em Londres.

— Ótimo. E sugiro que antes de partir ponha a Srta. Freeman a par de tudo.

— Já estava resolvido a fazer isso. — Charles pôs-se de pé. Mas aquele rosto ainda aparecia à sua frente. — E quanto a ela... o que pretende fazer?

— Tudo depende de seu estado mental. Pode ser que o que vem conservando a sanidade dela no momento seja a convicção de que você sente compaixão, e quem sabe algo mais doce, por ela. O abalo que sofrerá se você não comparecer talvez agrave sua melancolia. Acho que devemos prever isso, infelizmente. — Charles baixou os olhos. — Mas você não deve se sentir culpado. Se não fosse com você, seria com outro. De uma certa maneira, esse agravamento facilitará as coisas. Saberei que caminho seguir.

Charles contemplava o tapete.

— Um asilo...

— Esse colega que já mencionei compartilha da minha opinião quanto ao tratamento de casos como esse. Faremos tudo o que pudermos. Você estaria disposto a gastar algum dinheiro?

— Qualquer coisa para me livrar dela... sem prejudicá-la.

— Conheço um sanatório particular em Exeter. Meu amigo Spencer tem alguns pacientes internados lá. A casa segue uma orientação inteligente e esclarecida. Não aconselharia uma instituição pública a essa altura.

— Deus me livre. Já ouvi coisas horríveis desses lugares.

— Fique tranqüilo. Esse é um modelo do seu gênero.

— Você não está falando em internação?

Pois agora surgira na mente de Charles a idéia de que estava cometendo uma traição: falar clinicamente do caso dela, imaginando-a trancafiada num quartinho...

— Absolutamente. Estamos falando de um lugar onde seus males espirituais poderão ser curados, onde será tratada com bondade e poderá se ocupar, com a vantagem de receber a excelente assistência de Spencer. Ele já tratou de casos semelhantes. Sabe o que deve ser feito.

Charles hesitou, depois se levantou e estendeu a mão. Naquele seu estado, precisava de ordens e de receitas, e tão logo as recebeu sentiu-se melhor.

— Você me salvou a vida.

— Bobagem, meu caro.

— Não, não é bobagem. Ficarei lhe devendo isso para o resto da vida.

— Então, deixe-me incluir o nome de sua noiva na conta.

— A dívida será honrada.

— E dê tempo a essa criatura encantadora. Os melhores vinhos são os que levam mais tempo para amadurecer, não é mesmo?

— Receio que, no meu caso, o vinho seja de uma safra muito inferior.

— Ora, conversa fiada! — O médico deu-lhe uma palmadinha amigável no ombro. — A propósito, acho que você lê francês, não?

Charles assentiu espantado. Grogan procurou na estante e pegou um livro, sublinhando um trecho a lápis antes de passá-lo ao visitante.

— Não precisa ler o processo todo. Mas gostaria que lesse os depoimentos médicos apresentados pela defesa.

Charles olhava para o livro.

— Uma expiação?

O médico franzino tinha nos lábios um sorriso significativo.

— Mais ou menos.

28

Precipitadas, toscas e vãs suposições
É o que se digna a usar a ciência amiúde;
As bóias que o novato usa hoje
O nadador logo dispensará.

A. H. CLOUGH, Poema (1840)[1]

De novo me precipito para fazer minha escolha;
De novo, em tom furibundo,
Ouço a tremenda voz de um Deus —
"Seja sensato e recue!"

MATTHEW ARNOLD, "The Lake" (1853)[2]

O julgamento do tenente Émile de La Roncière em 1835 é, do ponto de vista psiquiátrico, um dos casos mais interessantes do início do século XIX. Filho do rígido conde de La Roncière, era um jovem bastante frívolo — tinha uma amante e estava afogado em dívidas —, mas não fugia à regra geral dos rapazes de seu país, época e profissão. Em 1834, servia na famosa escola de cavalaria de Saumur no vale do Loire. Seu comandante era o barão de Morell, que tinha uma filha temperamental de dezesseis anos, chamada Marie. Naquela época, as casas dos comandantes, nas guarnições militares, faziam as vezes de clube de oficiais. Uma noite, o barão, tão rigoroso como o pai de Émile, mas muito mais influente, chamou à sua presença o tenente e, diante de seus companheiros de caserna e de várias senhoras, ordenou-lhe furioso que se retirasse de sua casa. No dia seguinte, foram mostradas a La Roncière várias cartas venenosas que continham ameaças à família Morell. Todas elas revelavam um misterioso conhecimento dos detalhes mais íntimos da vida da casa, e todas

— e este foi o primeiro absurdo da acusação — estavam assinadas com as iniciais do tenente.

Mas o pior ainda estava para acontecer. Na noite de 24 de setembro de 1834, a governanta inglesa de Marie, uma certa Srta. Allen, foi acordada no meio da noite por sua pupila de dezesseis anos, que lhe contou aos prantos que La Roncière, vestido de uniforme, acabara de entrar à força pela janela do seu quarto, contíguo ao da governanta, tirara a chave da porta, fizera ameaças obscenas, apalpara-lhe os seios e mordera-lhe a mão, e, depois, obrigara-a a levantar a camisola e a ferira na coxa. Em seguida, fugira por onde entrara.

Na manhã seguinte, outro tenente, que, segundo se dizia, tinha a simpatia de Marie de Morell, recebeu outra carta insultante enviada também, aparentemente, por La Roncière. Houve um duelo. La Roncière venceu, mas o adversário, que ficou gravemente ferido, e os padrinhos deste negaram-se a reconhecer que a acusação era falsa. Ameaçaram La Roncière dizendo que contariam a seu pai se ele não assinasse uma confissão. Se assinasse, o assunto seria esquecido. Após uma noite angustiante de indecisão, La Roncière cometeu a insensatez de assinar.

Em seguida pediu uma dispensa e foi para Paris, convencido de que o assunto seria abafado. Mas continuavam chegando cartas assinadas na casa dos Morell. Algumas afirmavam que Marie estava grávida, outras que seus pais seriam assassinados em breve, e assim por diante. O barão achou que era demais. La Roncière foi preso.

O número de circunstâncias favoráveis ao réu era tão grande, que hoje não se concebe que ele tenha sido levado a julgamento, e ainda mais condenado. Para início de conversa, em Saumur, era público e notório que Marie estava com ciúmes da evidente admiração que La Roncière demonstrava por sua bela mãe, de quem a filha tinha uma grande inveja. Depois, a casa estava cercada de sentinelas na noite da tentativa de estupro, e ninguém notou nada estranho, embora o quarto de Marie ficasse no último andar e fossem necessários três homens para colocar uma escada capaz de chegar até ali, e uma escada assim teria deixado marcas na terra fofa embaixo da janela... e a defesa demonstrou que não havia nenhuma. Ademais, o vidraceiro que havia consertado a janela declarou que os vidros quebrados haviam caído fora da casa e que, de qualquer maneira, era impossível alcançar o trinco da janela através da pequena abertura que haviam feito. Em seguida a defesa perguntou por que, durante o ataque, Marie não havia gritado por socorro; por que a Srta. Allen, que tinha o sono leve, não acordara com o barulho do arrombamento; por que ela e Marie então *voltaram para a cama*, sem acordar a Sra. Morell, que dormia no andar de baixo; por que o ferimento da coxa só foi examinado vários meses depois do incidente (sendo então diagnosticado como um leve arranhão, já totalmente cicatrizado); por que Marie foi a um baile apenas duas noites depois e levou uma vida perfeitamente normal até ser finalmente efetuada a prisão — quando sofreu um repentino ataque de nervos (a defesa demonstrou também que não havia sido o primeiro de sua vida ainda curta); por que continuavam chegando cartas na casa dos Morell embora La Roncière, já sem um tostão, estivesse na prisão aguardando julgamento; por que uma pessoa que escrevia cartas ameaçadoras não procurava disfarçar a letra (que era fácil de imitar), e ainda por cima assinava seu nome; por que as cartas eram redigidas com grande correção ortográfica e gramatical (os estudantes de francês hão de gostar de saber que La Roncière sempre se esquecia de fazer a concordância do particípio passado), correção esta nitidamente ausente na correspondência autêntica exibida para confronto; por que em duas ocasiões, até escreveu errado o próprio nome; por que as cartas incriminadoras estavam escritas num papel que parecia idêntico ao encontrado na escrivaninha de Marie, como reconheceu a principal autoridade nessas questões na época. Por quê, por quê e por quê, em suma. Como dúvida final, a defesa também assinalou que uma série de cartas semelhantes já havia sido encontrada antes na residência dos Morell em Paris, e numa ocasião em que La Roncière se achava do outro lado do mundo, servindo em Caiena.

Mas a injustiça final do julgamento (assistido por Hugo, Balzac e George Sand, entre outras celebridades) foi a recusa do tribunal em permitir que a principal testemunha, Marie de Morell, fosse interrogada pela defesa. Marie de Morell prestou depoimento com frieza e serenidade; mas o presidente do tribunal, diante do olhar furioso do barão e de uma imponente legião de distintos parentes, declarou que seu "recato" e a "fragilidade de seu estado de nervos" proibiam um interrogatório.

La Roncière foi considerado culpado e sentenciado a dez anos de prisão. Praticamente todos os eminentes juristas da Europa protestaram, mas em vão. Pode-se entender por que ele foi condenado, ou antes, o que o levou a ser condenado: o prestígio social, o mito da virgem pura e inocente, o desconhecimento de psicologia, o fato de se tratar de uma sociedade em plena reação contra os conceitos perniciosos de liberdade disseminados pela Revolução Francesa.

Mas deixe-me traduzir agora as páginas que o médico havia marcado. Fazem parte das *Observations Médico-psychologiques* de um certo Dr. Karl Matthaei, médico alemão famoso na época, escritas em apoio a um malogrado apelo em favor da anulação da sentença de La Roncière. Matthaei tivera a boa idéia de anotar cuidadosamente as datas das cartas mais obscenas, que culminaram com a tentativa de estupro. Elas se enquadravam claramente dentro de um ciclo mental — ou menstrual. Após analisar as provas apresentadas ao tribunal, Herr Doktor passa a explicar, num tom levemente moralista, a doença mental que hoje chamamos de histeria — isto é, a simulação de sintomas de doença ou de incapacidade física no intuito de provocar a atenção e a compaixão dos outros: uma neurose ou psicose invariavelmente causada, hoje se sabe, pela repressão sexual.

> Ao rever mentalmente minha longa carreira de médico, recordo vários casos protagonizados por moças jovens, embora, durante muito tempo, sua participação neles tivesse parecido totalmente impossível...
>
> Uns quarenta anos atrás, eu tinha entre meus pacientes a família de um tenente-general de cavalaria. O tenente-general possuía uma pequena propriedade situada cerca de nove quilômetros do local onde estava instalada sua guarnição. Morava ali e ia a cavalo até a cidade quando seus deveres assim exigiam. Tinha uma filha de dezesseis anos, belíssima. A moça desejava muito que o pai morasse na cidade. Seus motivos reais nunca foram descobertos, mas era evidente que desejava a companhia dos oficiais e os prazeres da vida social. Para conseguir seus objetivos, ela escolheu um processo altamente criminoso: pôs fogo na casa de campo da família.

Uma ala foi totalmente destruída e reconstruída. Novas tentativas foram feitas, e um dia outra parte da casa pegou fogo. Nada menos do que trinta incêndios criminosos ocorreram depois disso. E ainda que muitas vezes o culpado quase tivesse chegado a ser surpreendido, sua identidade jamais seria descoberta. Muitos foram detidos e interrogados. A única pessoa de quem jamais se suspeitou foi da linda e inocente jovem. Passaram-se vários anos, e um dia finalmente ela foi apanhada em flagrante, sendo condenada à prisão perpétua numa casa de correção.

Em uma grande cidade alemã, uma moça encantadora e pertencente a uma próspera família sentia prazer em mandar cartas anônimas a dois jovens recém-casados, com o objetivo de destruir sua felicidade recente. Espalhou também terríveis calúnias a respeito de outra jovem senhora, muito admirada por suas qualidades e, portanto, objeto de sua inveja. As cartas continuaram a aparecer durante vários anos. Jamais recaiu a menor sombra de suspeita sobre sua autora, embora várias pessoas tivessem sido acusadas. Finalmente, ela se traiu. Foi acusada e confessou o crime... Cumpriu longa sentença na prisão.

E agora, novamente, no mesmo momento e no mesmo lugar em que escrevo,* a polícia está investigando um caso semelhante...

Pode-se objetar que Marie de Morell não se mutilaria para conseguir seus objetivos. Mas seu sofrimento foi leve, comparado com o de outros casos registrados nos anais da medicina. Aqui vão alguns exemplos notáveis:

O professor Herholdt, de Copenhague, conhecia uma jovem atraente de boa família e educação esmerada. Como vários de seus colegas, ele também foi completamente iludido por esta moça. Ela usava de grande habilidade e perseverança ao praticar seus logros, e o fez durante vários anos. Chegava a ponto de se infligir as

* Hanover, 1836.

torturas mais atrozes. Enfiava centenas de agulhas em várias partes do corpo, e quando ocorria a inflamação ou a supuração, era necessário removê-las mediante uma incisão. Recusava-se a urinar, e sua urina tinha de ser retirada todas as manhãs com o auxílio de uma sonda. Ela própria introduzia ar na bexiga, que escapava quando lhe aplicavam a sonda. Durante um ano e meio, permaneceu muda e imóvel, recusando os alimentos, fingindo contrações espasmódicas e crises de desmaio, e assim por diante. Antes que seus truques fossem descobertos, vários médicos famosos, alguns vindos do estrangeiro, examinaram-na e ficaram horrorizados diante de tanto sofrimento. Sua triste história foi publicada em todos os jornais, e ninguém duvidava da autenticidade de seu problema. Finalmente, em 1826, descobriu-se a verdade. A única motivação daquela hábil impostora (*cette adroite trompeuse*) era o seu desejo de se tornar um objeto de espanto e admiração dos homens, de fazer de tolos os homens mais eruditos, famosos e inteligentes de sua época. A história desse caso, tão importante do ponto de vista da psicologia, pode ser encontrada em Herholdt: *Notes on the Illness of Rachel Hertz between 1807 and 1826.*

Em Lüneburgo, duas mulheres, mãe e filha, armaram um plano cujo objetivo era atrair a simpatia das pessoas — um plano que as duas levaram até o fim com uma determinação espantosa. A filha queixava-se de uma dor insuportável em um dos seios, lamentava-se e chorava, tendo consultado vários médicos e experimentado todos os remédios receitados. A dor continuava, e suspeitou-se de que poderia ter câncer. Ela mesma escolheu sem hesitar que o seio fosse extirpado. Verificou-se que estava perfeitamente são. Alguns anos depois, quando seu caso já não inspirava tanta compaixão, ela voltou à carga. O outro seio foi extirpado e encontrado são como o primeiro. Quando de novo a compaixão começou a diminuir, ela queixou-se de dor na mão. Queria que fosse também amputada. Mas surgiram suspeitas. Ela foi mandada para um hospital, acusada de falsidade ideológica e, finalmente, despachada para a prisão.

Lentin, em seu *Supplement to a Practical Knowledge of Medicine* (Hanover, 1798), conta a seguinte história, da qual foi testemunha. De uma moça bastante jovem, foram retiradas a fórceps após incisão praticada na bexiga e no colo desta, nada menos do que cento e quatro pedras em dez meses. Embora estas tenham sido introduzidas pela própria moça, as cirurgias subseqüentes causavam grandes perdas de sangue e dores atrozes. Anteriormente, ela já tivera crises de vômitos, convulsões e outros sintomas violentos. Demonstrava um talento raro em seus embustes.

Depois de exemplos como esses, dos quais seria fácil enumerar outros, quem há de dizer que é impossível a uma moça se mutilar para alcançar o objetivo desejado?*

Essas últimas páginas foram as primeiras que Charles leu. Causaram-lhe um choque brutal, pois não tinha idéia da existência de tais perversões — e no âmbito do puro e sagrado sexo. Nem, obviamente, podia compreender o que significavam realmente as doenças mentais do tipo histérico, isto é, uma necessidade de amor e segurança digna de pena. Voltou ao começo

* Não posso deixar de lado a história de La Roncière — que tirei do mesmo relato, publicado em 1835, que o Dr. Grogan entregara a Charles — sem acrescentar que em 1848, alguns anos depois de ter o tenente cumprido sua pena, um dos advogados de acusação do processo, num rasgo de honestidade atrasado, reconheceu ter contribuído para que se cometesse um gravíssimo erro judiciário. Nesta época, ele se achava em posição de poder autorizar a reabertura do caso. La Roncière foi completamente exonerado de culpa e reabilitado. Voltou à sua carreira militar, e talvez estivesse, no exato momento em que Charles lia sobre aquela negra passagem em sua vida, levando uma existência bastante agradável como governador militar do Taiti. Mas sua história dá uma guinada incrível no final. Só há relativamente pouco tempo, descobriu-se que ele merecia em parte a vingança histérica de Mlle. de Morell. A quem quiser conhecer a verdade final, a um tempo obscena e absurda, sobre os acontecimentos daquela noite de setembro de 1834 — uma noite em que a representante da *perfide Albion,* a Srta. Allen, a governanta, não fez um papel muito honroso — recomendo a leitura de *Les Erreurs Judiciaires,* de René Floriot, Paris, 1968.

da narrativa sobre o julgamento e logo foi fatalmente arrastado por ele. Não preciso dizer que ele se identificou quase que instantaneamente com o infeliz Émile de La Roncière. E quase no final do relato deparou-se com uma data que lhe deu um frio na espinha. O dia da condenação do outro tenente francês era exatamente o mesmo em que Charles viera ao mundo. Por um momento, na silenciosa noite de Dorset, a razão e a ciência se dissolveram. A vida era um mecanismo tenebroso, uma astrologia sinistra, uma sentença proferida na hora do nascimento e contra a qual não há apelação, um nada que cobria tudo.

Nunca se sentira menos livre.

Nem mais desperto. Olhou o relógio. Faltavam dez minutos para as quatro. Lá fora, estava tudo em paz. A tempestade passara. Charles abriu a janela e aspirou o ar frio da primavera. Estrelas piscavam debilmente no céu, inocentes, negando qualquer influência, sinistra ou benigna, sobre o destino dos homens. E ela, onde estava? Também desperta, a um quilômetro e pouco dali, em algum recanto escuro e úmido da mata.

Os efeitos do *cobbler* e do conhaque de Grogan já haviam passado havia muito, deixando em Charles apenas um profundo sentimento de culpa. Julgava ter notado um certo brilho malicioso nos olhos do médico irlandês, como se este estivesse guardando na cabeça todos os problemas do vaidoso cavalheiro londrino, que logo seriam espalhados à boca pequena e comentados por toda Lyme. Não era sabido que seus conterrâneos não eram capazes de guardar segredo?

Quão pueril e indigna fora sua atitude! Aquele dia, perdera não só Winsyatt como também todo o respeito próprio. E até essa última frase era tautológica. Tinha simplesmente perdido o respeito por tudo o que conhecia. A vida era uma solitária na prisão de Bedlam. Por trás dos rostos mais inocentes escondiam-se as iniqüidades mais vis. Ele era um sir Galahad a quem tinham mostrado que Guinevere era uma prostituta.

Para pôr fim a essas ruminações inúteis — se ele ao menos pudesse *agir*! —, Charles apanhou de novo o livro fatal e tornou a ler algumas das passagens do trabalho de Matthaei sobre a histeria. Viu menos semelhanças agora com a conduta de Sarah. Sua culpa começou a se prender ao objeto mesmo dessa culpa. Tentou recordar o rosto de Sarah, as coisas que ela dissera e a expressão de seus olhos quando as dizia. Mas não conseguia entendê-la. Entretanto, ocorreu-lhe que talvez ninguém a conhecesse melhor do que ele. O relato de seus encontros que fizera a Grogan — *isso* ele conseguia lembrar, quase palavra por palavra. Não teria ele, em sua ansiedade em ocultar seus próprios sentimentos, induzido Grogan a se equivocar? Exagerado a estranheza da moça? Deturpado o que ela realmente dissera?

Não teria ele condenado Sarah para não se condenar?

Andava sem parar de um lado para outro na sala, examinando sua alma e seu orgulho ferido. E se ela fosse mesmo o que pretendia dar a impressão de ser — uma pecadora, decerto, mas também uma mulher excepcionalmente corajosa, que se recusava a voltar as costas ao seu pecado? E se agora, ao começarem a lhe faltar forças em sua terrível luta com o passado, estivesse pedindo socorro?

Por que havia permitido que Grogan a julgasse por ele?

Porque estava mais preocupado em salvar as aparências do que em salvar a própria alma. Porque não tinha mais livre-arbítrio do que uma amonite. Porque era um Pôncio Pilatos — ou pior ainda, pois não só consentia na crucificação, como a provocava. Tudo não havia começado durante seu segundo encontro, quando Sarah tentara ir embora, mas ele a forçara a falar de sua situação?

Tornou a abrir a janela. Duas horas tinham decorrido desde que a abrira pela primeira vez. Uma leve claridade se alastrava agora desde o nascente. Ergueu os olhos para as estrelas moribundas.

O destino.

Aqueles olhos.

Voltou-se abruptamente.

Se encontrasse Grogan, tanto pior. Sua consciência explicaria sua desobediência. Entrou no quarto. E ali, com uma atitude externa de gravidade azeda que refletia a decisão íntima que tinha tomado — surpreendente e indecifrável —, começou a trocar de roupa.

29

Porque sopra uma brisa matutina
E o planeta do Amor está no zênite.

TENNYSON, *Maud* (1855)[1]

Faz parte da prudência individual não se fazer uma coisa porque se tem pendor para ela, mas sim porque é um dever, ou porque é razoável.

MATTHEW ARNOLD, *Notebooks* (1868)

Um sol vermelho acabava de surgir sobre as leves ondulações das colinas cinzentas que se erguiam atrás da praia de Chesil quando Charles, se não com os trajes, pelo menos com a expressão de um agente funerário, passou pela porta do White Lion. Não havia uma nuvem no céu, lavado pela tempestade da noite anterior, e de um azul deliciosamente suave e etéreo. E o ar era pungente como suco de limão, e ainda mais puro e adstringente. Quem se levanta atualmente a essa hora em Lyme tem a cidade só para si. Mas Charles, naquela época de madrugadores, não teve tanta sorte. Porém, o povo que já estava de pé tinha essa agradável despretensão social, essa ausência de noção de classe da gente da madrugada — gente simples que ia a caminho do trabalho. Um ou dois saudaram Charles animadamente, e, em troca, receberam acenos de cabeça muito peremptórios e um seco movimento do bordão. Charles teria preferido encontrar na rua, em vez daquelas caras risonhas, alguns cadáveres simbólicos, e alegrou-se quando deixou para trás a cidade e chegou à estrada do Undercliff.

Mas seu mau humor (e a desconfiança que o corroía — desconfiança essa que deixei de mencionar —, de que sua decisão era baseada muito mais no adágio do ladrão de ovelhas e num perigoso desespero do que em nobres ditames de sua consciência) aumentou ali. A caminhada rápida o encheu de calor — um calor interno complementado pelo calor externo, produzido pelos raios do sol. Aquele sol puro do amanhecer tinha uma nitidez estranha. Quase cheirava a pedra quente, era como uma poeira concentrada de fótons correndo pelo espaço. Cada folha de relva estava perolada de sereno. Nas encostas acima do caminho, os troncos dos freixos e dos sicômoros, que os raios de sol oblíquos deixavam cor de mel, erguiam uma abóbada verde e orvalhada de folhas tenras. Havia algo estranhamente religioso nelas, mas de uma religião anterior à religião — um bálsamo druídico, uma doçura verde sobre todas as coisas... e uma infinidade de matizes de verde, uns quase negros nos recônditos extremos da folhagem, outros que iam do tom de esmeralda mais vibrante até o mais pálido verde-maçã. Uma raposa cruzou seu caminho, e, curiosamente, examinou-o por um instante, como se o intruso fosse ele. E pouco depois, de uma forma tão parecida que chegava a ser estranha, com a mesma atitude divina de quem se arvora de dono do território, um veado levantou a cabeça e o observou com olhos altivos antes de dar meia-volta e desaparecer silenciosamente na mata. Há um quadro de Pisanello na National Gallery que capta exatamente um momento como esse: São Huberto num bosque do início da Renascença, confrontado por pássaros e bichos. O santo está perplexo, como se acabassem de lhe pregar uma peça e toda a sua arrogância tivesse desaparecido diante da súbita revelação do segredo mais profundo da natureza: a igualdade universal da existência.

Não foram apenas aqueles dois animais que pareceram estar carregados de significação. As árvores estavam cheias de pássaros cantores — toutinegras, tordos, melros, o arrulhar das rolas, o que dava àquele alvorecer sem vento a serenidade de um entardecer, mas sem sua tristeza, sem seu caráter elegíaco. Charles teve a sensação de estar caminhando através das páginas de um bestiário, e um de tamanha beleza, de uma perfeição tão minuciosa, que cada folha nele, cada passarinho, cada trinado, vinha de um mundo perfeito. Parou um instante, impressionado com aquela sensação de se encontrar num universo particular e singular, em que tudo tinha o seu lugar determinado, tudo era único. Uma minúscula cambaxirra pousou no alto de uma silva a poucos passos de Charles e começou a cantar com estridência. Ele via seus olhos pretos e brilhantes e sua garganta vermelha e amarela — uma bolinha de plumas, que, no entanto, conseguia se fazer de Anjo Anunciador da evolução: sou o que sou, e tu não és mais que eu. Charles sentia-se como o santo de Pisanello, talvez ainda mais perplexo com sua própria perplexidade diante da existência daquele outro mundo tão próximo, tão ao alcance da sufocante banalidade cotidiana. Naqueles rápidos instantes de canto desafiador, as horas e os lugares normais — e, portanto, toda a infinidade de horas e lugares na vida de Charles até então — pareciam ter ficado vulgares, grosseiros, espalhafatosos. O terrível tédio da realidade humana agarrava-se à essência, e o coração de toda vida pulsava ali, na garganta triunfal da cambaxirra.

Parecia anunciar uma realidade mais profunda e mais estranha do que aquela realidade pseudolineana que Charles intuíra naquela manhã na praia — talvez não tivesse nada mais original que a prioridade da vida sobre a morte, do indivíduo sobre a espécie, da ecologia sobre a classificação. Hoje, aceitamos como certas essas prioridades, e não podemos imaginar as hostis implicações que Charles encontrava na obscura mensagem anunciada pela cambaxirra. Pois para ele, mais que uma realidade mais profunda, aquela mensagem parecia implicar um caos universal que se erguia ameaçador por trás da frágil estrutura da ordem humana.

Havia uma amargura mais direta nessa comunhão da natureza, uma vez que Charles se sentia excomungado de tudo. Estava de fora, expulso do paraíso. Mais uma vez, encontrava-se na mesma situação de Sarah — podia estar ali no Éden, mas sem usufruir dele, e só podia invejar o êxtase da cambaxirra.

Seguiu pelo caminho por onde Sarah costumava passar, e que não se via da Granja. Fez bem, pois o chocalhar de um balde advertiu-o de que o granjeiro e a mulher já estavam acordados e em plena atividade. Então entrou na mata e seguiu o seu caminho com a devida determinação. Uma paranóica sensação de culpa fazia-o sentir que as árvores, as flores e até as coisas inanimadas o observavam. As flores se transformavam em olhos, as pedras tinham ouvidos, os troncos das árvores reprovadoras eram como um incontável coro grego.

Ao chegar à bifurcação do caminho, virou à esquerda. A trilha descia por um denso matagal e o terreno ficava cada vez mais acidentado, pois ali a terra já começava a desmoronar. Agora estava mais perto do mar, um mar infinitamente calmo e de um azul leitoso. Ali, onde uma série de pequenos prados fora conquistada ao bosque, o terreno ficava um pouco mais plano. A uma centena de metros do último desses prados, para oeste, numa pequena depressão que ia terminar na beira do penhasco, Charles viu o telhado de palha de um celeiro. A palha já estava coberta de musgo e apodrecida, o que aumentava a sensação de abandono que causava o pequeno prédio de pedra, que na verdade estava mais para uma cabana. Originalmente, fora a residência de verão de um criador de gado, mas agora era usada pelo granjeiro como depósito de feno. Hoje, desapareceu sem deixar vestígios, devido ao profundo desgaste que essa região sofreu nos últimos cem anos.

Charles se deteve no alto do caminho e ficou contemplando o celeiro. Esperara ver ali a figura de uma mulher, e ficou ainda mais nervoso ao notar que o lugar parecia deserto. Desceu para a cabana com a precaução de alguém que estivesse atravessando uma selva infestada de tigres. Esperava que saltassem sobre ele, e não confiava muito em sua habilidade com a arma.

Havia uma velha porta fechada. Charles deu a volta no pequeno edifício. Do lado leste, uma janelinha quadrada. Espiou para o interior, e o leve odor adocicado e úmido de feno penetrou em suas narinas. Conseguiu distinguir o início de uma pilha de forragem no fundo do celeiro, em frente à porta. Continuou a dar a volta à casa. Sarah não estava ali. Ele olhou para o caminho pelo qual descera, pensando que talvez estivesse adiantado. Mas nada se movia no terreno acidentado, envolto na quietude plácida da manhã. Charles hesitou um pouco, depois tirou o relógio e esperou alguns minutos, sem saber o que fazer. Por fim, empurrou a porta do celeiro e a abriu.

Viu um assoalho de pedra irregular, e na outra extremidade duas ou três baias desmanteladas, cheias de feno que ainda iria ser usado. Mas era difícil enxergar a parte dos fundos, pois a luz do sol que entrava pela janela ofuscava. Charles deu alguns passos na direção da faixa oblíqua de luz, mas logo parou, assustado. Do outro lado da luz, viu alguma coisa pendurada num prego, numa coluna velha: era um chapéu preto. Talvez suas leituras da noite anterior lhe tenham inspirado a terrível suspeita de que do outro lado das tábuas bichadas da parede divisória, embaixo do chapéu pendurado ali como um sinistro vampiro saciado, aguardava-o um espetáculo medonho. Não sei o que esperava encontrar: talvez uma mutilação atroz, um cadáver... Quase deu meia-volta e saiu correndo para Lyme. Mas um rumor quase inaudível o fez avançar. Assustado, debruçou-se sobre a divisória.

30

Mas quanto mais se demonstra que essas ilusões conscientes das classes dirigentes são falsas e não concordam com o que exige o senso comum, tanto mais dogmaticamente se sustentam e mais enganosa, moralizante e espiritual se torna a linguagem da sociedade estabelecida.

MARX, *A ideologia alemã* (1845-1846)

Sarah havia, obviamente, chegado em casa — embora dizer "casa" pareça um sarcasmo nessas circunstâncias — antes da Sra. Fairley. Havia cumprido o seu papel de sempre nas devoções vespertinas da Sra. Poulteney, e em seguida se recolhera ao seu quarto por alguns minutos. A Sra. Fairley aproveitou logo a oportunidade: não precisava de mais que aqueles poucos minutos. Foi pessoalmente bater à porta do quarto de Sarah. Esta a abriu. Tinha aquele ar costumeiro de tristeza e resignação, mas a Sra. Fairley mal cabia em si de satisfação.

— A senhora está à sua espera. Imediatamente.

Sarah baixou os olhos e fez um leve aceno com a cabeça. A Sra. Fairley lançou um olhar sardônico e azedo como vinagre para aquela cabeça humildemente abaixada, e se afastou farfalhando, cheia de veneno. Porém, não desceu as escadas, e ficou esperando num canto até ouvir a porta da sala da Sra. Poulteney abrir e fechar atrás da secretária-dama de companhia. Depois se aproximou em silêncio da porta e ficou escutando.

Por uma vez, a Sra. Poulteney não estava instalada no trono, mas sim de pé na frente da janela, colocando nas costas toda a sua eloqüência.

— Deseja falar comigo?

Mas pelo visto a Sra. Poulteney não desejava, pois não se moveu nem emitiu qualquer som. Talvez tivesse emudecido diante da omissão do tratamento de "senhora" costumeiro; o tom de Sarah deixava claro que a omissão era deliberada. Seu olhar passou daquelas costas negras para a mesa que havia entre elas duas. Em cima da mesa havia um envelope. Sua única reação diante daquela majestade assustadora foi apertar imperceptivelmente os lábios, num gesto de determinação ou ressentimento, é difícil definir. Na verdade, a majestade estava perdida, sem saber qual seria a melhor maneira de esmagar aquela serpente a quem tivera a péssima idéia de acolher em seu seio. A Sra. Poulteney optou finalmente por um golpe cortante.

— Neste envelope há o salário de um mês. É o seu aviso prévio. Deverá deixar esta casa amanhã de manhã o mais cedo possível.

Sarah teve então o desplante de usar a mesma arma da Sra. Poulteney. Não se moveu nem respondeu; até que a senhora, ultrajada, dignou-se a mostrar seu rosto pálido, em que ardiam duas manchas rubras de emoção reprimida.

— Não ouviu o que eu disse, moça?

— Não vai me dizer por quê?

— E ainda se atreve a ser impertinente!

— Atrevo-me a perguntar por que estou sendo demitida.

— Escreverei ao Sr. Forsyth. Tomarei providências para que seja trancafiada em alguma instituição. A senhora é um escândalo.

Esta impetuosa descarga surtiu efeito. Duas manchas começaram a aparecer também nas bochechas de Sarah. Houve uns instantes de silêncio, durante os quais o volumoso busto da Sra. Poulteney cresceu ainda mais.

— Ordeno-lhe que se retire imediatamente desta sala.

— Muito bem. Uma vez que tudo o que encontrei aqui foi hipocrisia, farei isso com o maior prazer.

Com este dardo, Sarah virou-se para sair. Mas a Sra. Poulteney era uma daquelas atrizes que não suportam a idéia de não ter a última fala da cena; ou talvez eu esteja sendo injusto com ela e, por mais que o tom de sua voz sugerisse o contrário, ela tentava ser caridosa.

— Tome seu dinheiro!

Sarah virou-se para ela e fez que não com a cabeça.

— Pode ficar com ele. E se for possível com uma soma tão pequena, sugiro que compre algum instrumento de tortura. Tenho certeza de que a Sra. Fairley gostará de ajudá-la a usá-lo com quem tiver a infelicidade de cair em suas garras.

Durante um instante ridículo, a Sra. Poulteney fez lembrar Sam — isto é, ficou ali parada boquiaberta.

— Você... vai... responder... por... isso.

— Perante Deus? A senhora está certa de que Ele lhe dará ouvidos na outra vida?

Pela primeira vez desde que se conheciam, Sarah sorriu para a Sra. Poulteney: um levíssimo sorriso, mas sagaz e revelador. Durante uns momentos, a senhora olhou para ela com incredulidade e de um modo que chegava a ser patético, como se Sarah fosse o demônio em pessoa que tivesse ido reclamar o que lhe pertencia. Depois, apoiando-se nos móveis e andando como um caranguejo, encaminhou-se para sua cadeira e desabou sobre ela, num desfalecimento não de todo simulado. Sarah ficou olhando para ela um instante, em seguida se dirigiu rapidamente até a porta e a abriu. A governanta endireitou-se depressa, assustada, como se achasse que Sarah fosse saltar sobre ela. Mas a moça afastou-se para o lado e apontou para a Sra. Poulteney que arfava engasgada, o que deu à Sra. Fairley a oportunidade de socorrê-la.

— Sua malvada Jezebel! Você a matou!

Sarah não respondeu. Ficou observando por algum tempo enquanto a Sra. Fairley ministrava sais à sua patroa, depois virou as costas e foi para o seu quarto. Parou diante do espelho, mas não se olhou nele; lentamente, tapou o rosto com as mãos, e depois, muito devagarinho, levantou os olhos por cima dos dedos. O que viu foi insuportável. Pouco depois, estava ajoelhada junto à cama, chorando silenciosamente, debruçada sobre a colcha surrada.

Seria melhor ter rezado? Mas Sarah acreditava estar rezando.

31

Quando trêmulos suspiros enchem o peito,
E mãos unidas pelo acaso fazem palpitar
Em uníssono com uma deliciosa dor
Os pulsos e os nervos de dois seres;
Quando olhares que antes sem pejo se encontravam
Se buscam, com timidez, desejosos
De uma união extática e consciente, —
Dize-me, são essas as preliminares seguras
que introduzem a tensão do amor
Que cantam os anjos no céu?

Ou será isso apenas uma toada vulgar,
Que todos os que vivem sob a lua
Logo aprendem — e tão bem?

A. H. CLOUGH, Poema (1844)[1]

E agora dormia.

Esta foi a triste cena que se apresentou aos olhos de Charles quando ele afinal criou coragem para olhar por sobre a divisória. Ela estava enrodilhada como uma menina embaixo daquele casaco velho, os pés encolhidos para fugir do frio da noite, a cabeça voltada para o outro lado, deitada num lenço verde-escuro, como para proteger seu único tesouro, seu cabelo, da poeira do feno ali embaixo. Naquele silêncio, sua respiração suave e regular era ao mesmo tempo visível e audível; e, por um momento, o fato de estar ela dormindo ali tão placidamente pareceu a Charles um crime tão grande como qualquer outro que ele imaginara encontrar.

No entanto, surgiu dentro dele, de modo incontrolável, um desejo de protegê-la. Acometeu-o de forma tão impetuosa que ele desviou a vista e se virou de costas, chocado com essa prova de que a acusação do médico era verdadeira, pois sabia que o seu impulso era ajoelhar-se ao lado dela e confortá-la... e até pior, uma vez que a obscura intimidade do celeiro e a postura da moça faziam lembrar irresistivelmente a intimidade de um quarto. Sentia o coração bater como se tivesse corrido um quilômetro. O tigre estava dentro dele, não dela. Um instante depois, em silêncio, mas depressa, voltava sobre seus passos em direção à porta. Olhou para trás, pronto para ir embora, mas então ouviu a própria voz dizer o nome dela. Não tivera a intenção de falar. E no entanto falara.

— Srta. Woodruff.

Nenhuma resposta.

Chamou de novo, um pouco mais alto, mais seguro de si, agora que aquela ameaça havia passado.

Um leve movimento, um ligeiro farfalhar; e, por cima da divisória de madeira, de uma forma quase cômica, surgiu a cabeça de Sarah, na hora em que ela se ajoelhava depressa para espiar. Charles teve uma vaga impressão, vendo-a naquela luz deficiente, de que estava sobressaltada e assustada.

— Ah, perdoe-me, perdoe-me...!

A cabeça desapareceu. Charles saiu para o sol. Duas gaivotas passaram por cima dele, guinchando. Ele foi para um lugar de onde não pudesse ser visto dos campos mais próximos à Granja. De Grogan não tinha medo, e não o esperava para já. Mas o local era muito aberto; o granjeiro poderia vir buscar feno... se bem que, por que o faria se seus campos estavam tão verdes com o capim de primavera? Charles estava nervoso demais para pensar nisso.

— Sr. Smithson?

Voltou até a porta, a tempo de impedir que ela o chamasse de novo, dessa vez com mais ansiedade. Estavam a uns dez metros um do outro, Sarah à porta e Charles na esquina da casa. Ela havia se arrumado às pressas, vestira o casaco e segurava na mão o lenço, como se o tivesse usado à guisa de escova. Tinha o olhar preocupado, mas suas feições ainda estavam suavizadas pelo sono, embora um pouco afogueadas pelo brusco despertar.

Sarah parecia agitada. Não era a agitação da loucura ou da histeria, mas sim aquela mesma que Charles notara no canto da cambaxirra... a agitação da inocência, quase uma sofreguidão. E, assim como aquele brusco desvio que aquele passeio matinal havia confundido — e agravado — sua sincera tristeza autobiográfica, assim também aquele rosto intensamente direto confundia e agravava todos os terríveis conceitos clínicos que os eminentes doutores Matthaei e Grogan tinham metido em sua cabeça. Apesar de Hegel, a época vitoriana não tinha inclinação para a dialética. Os vitorianos não costumavam refletir sobre pólos opostos, encarar os aspectos positivos e negativos como parte de um todo. Para eles, os paradoxos mais perturbavam do que distraíam. Não eram para os momentos existencialistas, mas sim para encadear causas e efeitos, para aceitar teorias explícitas, cuidadosamente estudadas e religiosamente aplicadas. Naturalmente, eles se empenhavam em construir, ao passo que nós andamos há tanto tempo empenhados em demolir que agora qualquer construção nos parece tão efêmera quanto uma bolha de sabão. Assim, Charles não se entendia. Conseguiu esboçar um sorriso muito pouco convincente.

— Não podem nos ver aqui?

Sarah acompanhou o olhar dele até a Granja que não se via.

— Hoje é dia de feira em Axminster. Logo que terminar a ordenha o granjeiro vai sair.

Mas a moça entrou de novo no celeiro. Charles a acompanhou, e de novo ficaram parados, distantes um do outro, Sarah de costas para ele.

— Passou a noite aqui?

Ela fez que sim. Houve uma pausa.

— Não está com fome?

Sarah fez que não, e de novo o silêncio os envolveu. Mas dessa vez ela mesma o quebrou.

— Já soube?

— Estive fora ontem o dia todo. Não pude vir.

Novo silêncio.

— A Sra. Poulteney já se recuperou?

— Acho que sim.

— Ficou furiosa comigo.

— Sem dúvida foi melhor assim. A casa dela não servia para a senhorita.

— E qual serve?

Charles lembrou-se de que precisava escolher as palavras com cuidado.

— Ora, vamos... não deve ter pena de si mesma. — Aproximou-se uns passos. — Todos ficaram muito preocupados. Um grupo saiu à sua procura ontem à noite. No meio da tempestade.

Ela se virou como se desconfiasse que ele a estivesse enganando. Mas viu que não estava. Por sua vez, ele percebeu pelo seu ar surpreso que ela não fingia quando disse:

— Não tive a intenção de causar tanto incômodo.

— Bem... deixe estar. Atrevo-me a dizer que se divertiram. Mas agora é óbvio que precisa ir embora de Lyme.

Ela baixou a cabeça. Ele falara com muita severidade. Hesitou, depois se aproximou e colocou a mão sobre seu ombro para confortá-la.

— Não tenha medo. Vim aqui para ajudá-la a fazer isso.

Tivera a intenção, com aquele breve gesto e aquelas palavras de apoio, de dar o primeiro passo no sentido de apagar o fogo que, segundo o médico, acendera. Mas, quando o combustível é a própria pessoa, apagar o fogo é uma luta vã. Sarah era toda fogo. Tinha os olhos em chamas quando contemplou Charles apaixonadamente. Ele retirou a mão, mas ela agarrou-a e a levou aos lábios, antes que ele pudesse impedir. Ele puxou-a, assustado, e a moça reagiu como se tivesse levado uma bofetada.

— Minha cara Srta. Woodruff, controle-se, por favor. Eu...

— Não consigo.

As palavras eram quase inaudíveis, mas fizeram Charles se calar. Tentava se convencer de que a intenção dela fora dizer que não conseguia controlar sua gratidão pela generosidade dele. Tentava... tentava... Mas uma lembrança fugaz de Catulo lhe ocorreu: "Quando a vejo, nada mais ouço, minha voz falta, minha língua trava, um ardor suave percorre todos os meus membros, algo ruge dentro de mim, e a escuridão me tolda os ouvidos e os olhos." Catulo estava traduzindo Safo, e o amor sáfico ainda é a melhor descrição clínica do amor na medicina européia.

Sarah e Charles permaneciam imóveis, presas — sem que o soubessem — exatamente dos mesmos sintomas, admitidos por um e negados pelo outro, embora o que negava não tivesse forças para ir embora. Decorreram alguns segundos carregados de uma emoção intensa e contida. E então Sarah não pôde mais se agüentar, literalmente. Caiu de joelhos a seus pés. As palavras jorraram de sua boca.

— Eu lhe menti. Procurei fazer com que a Sra. Fairley me visse. Sabia que iria contar à Sra. Poulteney.

Toda a serenidade que Charles conseguira conquistar tornou a desaparecer. Olhou apavorado para o rosto levantado para ele. Era evidente que a moça lhe pedia perdão, mas ele mesmo estava em busca de uma orientação, já que os médicos haviam falhado de novo. As jovens distintas que se dedicavam a incendiar casas e a escrever cartas anônimas tinham, todas elas, esperado até que fossem apanhadas para confessar seu crime, mostrando respeito pelos juízos morais maniqueístas.

Havia lágrimas nos olhos de Sarah. Charles tinha uma fortuna à sua espera, um mundo dourado, e, em contraposição a isso, lhe era oferecida uma pequena secreção das glândulas lacrimais, duas trêmulas gotas d'água, tão minúsculas, tão efêmeras, tão breves. E no entanto sentia-se como um homem diante de uma represa prestes a romper, e não como um homem diante de uma mulher que chora.

— Mas por quê?

Ela virou-se para ele, então, com um olhar de súplica intenso e sincero, uma declaração de amor tão inequívoca que as palavras eram desnecessárias. Com uma transparência que tornava qualquer evasão — qualquer "Minha cara Srta. Woodruff!" — impossível.

Lentamente, Charles estendeu as mãos e a ajudou a se levantar. Mantinham os olhos fixos um no outro como se estivessem hipnotizados. Ela lhe parecia — ou eram aqueles olhos arregalados e afogados em lágrimas que o faziam pensar assim — a coisa mais arrebatadoramente bela que já tinha visto. O que havia por trás deles não importava. O momento sobrepujava a época.

Tomou-a nos braços e a viu fechar os olhos quando a abraçou. E então fechou os seus e buscou os lábios dela. Sentiu não apenas a sua maciez, como também o contato com toda a substância de seu corpo, sua súbita pequenez, sua fragilidade, sua fraqueza, sua ternura...

Afastou-a de si violentamente.

Um olhar agoniado, como se ele fosse o mais abjeto dos criminosos apanhado ao cometer seu crime mais abominável. Então se virou e saiu precipitadamente pela porta... para encontrar mais um horror. Não era o Dr. Grogan.

32

E ela, de musselina branca, ali à espera
Na varanda, o coração expectante,
Enquanto a leve melodia mecânica
seguia tocando lá dentro.

HARDY, "The Musical Box"[1]

Ernestina não conseguira dormir na noite anterior. Sabia perfeitamente quais das janelas do White Lion eram as de Charles, e não deixou de notar que, muito tempo depois que os roncos da tia começaram a ecoar na casa silenciosa, ele continuava de luz acesa. Sentia-se magoada e culpada em partes iguais — isto é, inicialmente. Mas, quando se levantou da cama pela décima sexta vez para ver se a luz ainda estava acesa, e *estava*, seu sentimento de culpa começou a aumentar. Obviamente, Charles estava aborrecido com ela, e com razão.

Pois bem, após a partida de Charles, quando Ernestina dissera a si mesma — e em seguida à tia Tranter — que não dava a mínima para Winsyatt, talvez você pense que a metáfora das "uvas verdes" seria mais apropriada. Naturalmente, ela havia conseguido se convencer a aceitar generosamente o papel de castelã, quando Charles partiu para a casa do tio, tendo inclusive começado a fazer listas de "Questões a cuidar"... mas o fim súbito deste sonho lhe trouxera um certo alívio. As mulheres que administram uma casa grande devem possuir dotes de general, e Ernestina não tinha nenhuma aspiração militar. Gostava de luxo e de ser servida, mas tinha uma noção de medida francamente burguesa. Ter trinta cômodos quando bastariam quinze era para ela uma extravagância. Talvez tivesse herdado essa sensibilidade para os valores relativos do próprio pai, que no fundo acreditava que "aristocrata" era sinônimo de "ostentação frívola", embora isso não o tivesse impedido de basear nessa falha uma parte substancial de seus negócios nem de manter em Londres uma casa que muitos nobres gostariam de ter — *nem* de agarrar o primeiro pretendente que oferecia à sua adorada filha a chance de ter um título de nobreza. Para lhe fazer justiça, é preciso dizer que ele teria recusado um visconde, por lhe parecer exagerado. Um baronato era o mais adequado.

Não estou sendo justo com Ernestina, que afinal de contas era uma vítima das circunstâncias, de um meio nada liberal. Obviamente, o que faz da classe média uma mistura tão singular de fermento e massa é sua atitude essencialmente esquizofrênica em relação à sociedade. Nossa tendência nos dias de hoje é esquecer que esta sempre foi a classe revolucionária por excelência. Vemos nela só o seu aspecto de massa, a burguesia como núcleo de reação, o insulto universal, sua atitude sempre egoísta e conformista. Mas essa ambivalência decorre da única virtude que redime essa classe, isto é: ela é a única das três grandes castas sociais que habitualmente, e com sinceridade, despreza a si própria. E Ernestina não era exceção. Charles não era o único a perceber um desagradável azedume em sua voz, ela também percebia. Mas sua tragédia (e que continua onipresente) estava em que empregava mal esse precioso dom do autodesprezo, e se fazia assim uma vítima da eterna falta de fé em si mesma, inata em sua classe. Ao invés de encarar os erros de sua classe como uma razão para rejeitar o sistema de classes em sua totalidade, ela via neles um motivo para aspirar a uma classe mais alta. Não podemos culpá-la por isso, naturalmente. Fora treinada irremediavelmente para encarar a sociedade como uma série de degraus numa escada, o que reduzira seu próprio passo a uma simples tentativa de alcançar algo supostamente melhor.

Assim foi que ("Estou envergonhada, agi como a filha de um comerciante de tecidos"), de madrugada, Ernestina desistiu de tentar dormir, levantou-se, vestiu o *peignoir* e abriu o diário. Quem sabe, Charles acabaria notando que *sua* janela também ainda estava contritamente iluminada na escuridão pesada que se seguiu à tempestade. Enquanto isso, consagrou-se à escrita.

> Não consigo dormir. Meu adorado C. está aborrecido comigo — fiquei nervosíssima com a terrível notícia de Winsyatt. Tive vontade de chorar, estava *muito* humilhada, mas, como uma idiota, falei com raiva muitas coisas horríveis — pelas quais peço perdão a Deus, lembrando que as disse por amor ao meu adorado C., e não por maldade. Chorei *amargamente* quando ele viajou. Que isso me sirva de lição para gravar em minha consciência as belas palavras do Ritual do Casamento, para que eu saiba honrar e *obedecer* meu *adorado* Charles, mesmo quando meus sentimentos me forcem a ir contra ele. Que eu aprenda com humildade e sinceridade a dominar minha odiosa e horrenda teimosia e a me curvar diante de sua sabedoria superior. Que eu possa prezar o seu discernimento e me acorrentar ao seu coração, pois "A doçura do verdadeiro Arrependimento é a porta aberta para a Felicidade Celestial".

Você deve ter notado que falta um pouco da secura habitual de Ernestina nesse parágrafo, mas Charles não era o único a ter várias vozes. E assim como ela desejava que Charles tivesse percebido a luz acesa até tarde em seu quarto, também imaginava o dia em que ele acabaria por persuadi-la a compartilhar daquele íntimo registro de sua alma pré-nupcial. Escrevia em parte para ele e em parte para *Ele* — tal como metade das mulheres vitorianas. Voltou aliviada para a cama, sentindo-se tão completa e convenientemente imbuída do espírito de casta noiva que não tenho outra alternativa senão concluir que ela acabará por recuperar seu infiel Charles.

E ainda dormia profundamente quando um pequeno drama se desenrolou quatro andares abaixo. Sam não se levantara tão cedo quanto o patrão naquela manhã. Ao dirigir-se à cozinha do hotel para tomar o seu chá com queijo assado — uma coisa que poucos criados vitorianos faziam era comer menos do que seus patrões, ainda que não soubessem comer bem —, o engraxate do hotel recebeu-o com a notícia de que seu patrão acabara de sair e que Sam devia arrumar as malas e estar pronto para partir ao meio-dia. Sam escondeu a surpresa. A arrumação das malas levaria apenas meia hora. Tinha negócios mais prementes a resolver.

Foi imediatamente à casa de tia Tranter. Não é necessário indagar o que ele disse ali, a não ser que deve ter sido algo trágico, pois quando tia Tranter (que tinha o hábito rural e pouco civilizado de se levantar cedo) desceu à cozinha um minuto depois, encontrou Mary desfeita em lágrimas debruçada sobre a mesa da cozinha. O queixo da cozinheira surda, sarcasticamente empinado, indicava que ali a compaixão era pouca. Mary foi interrogada, e, em poucos instantes, tia Tranter arrancou dela, do seu jeito delicado e incisivo, a causa da tragédia e lhe aplicou um remédio muito mais agradável do que o usado por Charles. A moça podia ausentar-se até a hora em que Ernestina tivesse que ser servida. E, uma vez que as pesadas cortinas de brocado da Srta. Ernestina permaneciam cerradas até as dez, isso significava três horas livres. Tia Tranter foi recompensada pelo sorriso mais agradecido que o mundo viu naquele dia. Cinco minutos depois, Sam podia ser visto estatelado no chão, bem no meio da Broad Street. Não se deve correr em pista de calçamento de pedra, nem mesmo para ir ao encontro de Mary.

33

Oh! Que eu possa amar sozinho o meu amor
Sabendo que o que sei o mundo não sabe,
Não chamar nenhuma testemunha,
Ver, sem ser visto por ninguém.

A. H. CLOUGH, Poema (1852)[1]

Seria difícil dizer quem levou um choque maior — o patrão, que ficara paralisado a dois metros da porta, ou os criados, não menos paralisados uns trinta metros mais à frente. Tão espantados ficaram estes que Sam nem sequer retirou o braço da cintura de Mary. O que os tirou da imobilidade foi o aparecimento de uma quarta figura: a de Sarah, agitada, à porta. Recuou tão depressa que dela ficou pouco mais que uma visão subliminar. Mas foi o bastante. O queixo de Sam caiu e sua mão largou a cintura de Mary.

— O que diabos estão fazendo aqui?

— Passeando, Seu Charles.

— Acho que deixei instruções para...

— Já fiz tudo, Seu Charles. Está tudo pronto.

Charles sabia que era mentira. Mary, com uma delicadeza que lhe caía bem, virou as costas. Charles hesitou um pouco, depois se aproximou depressa de Sam, por cuja mente passaram visões de demissão, agressão...

— A gente não sabia, Seu Charles. Sinceramente.

Mary olhou timidamente para Charles com uma expressão perplexa e receosa, mas que deixava transparecer uma pontinha de admiração maliciosa. Charles dirigiu-se a ela.

— Quer nos deixar sozinhos um instante, por favor? — Mary assentiu com a cabeça e se afastou depressa. Charles olhava para Sam, que assumira novamente sua mais servil atitude de lacaio e fitava com atenção as botas do patrão. — Vim até aqui por causa do assunto de que já lhe falei.

— Sim, senhor.

Charles baixou a voz.

— A pedido do médico que está tratando dela e que está a par de toda a situação.

— Sim, senhor.

— Que não deve de forma alguma ser divulgada.

— Compreendo, Seu Charles.

— E ela?

Sam levantou a cabeça.

— Mary não vai dizer nada, patrão. Juro pela minha vida.

Foi a vez de Charles baixar os olhos. Sabia que tinha as faces rubras.

— Muito bem. Eu... lhe agradeço por isso. Cuidarei para que... Tome aqui. — Procurou o porta-moedas.

— Isso não, Seu Charles. — Sam deu um passo atrás, com uma dramaticidade um tanto exagerada para que pudesse convencer um observador imparcial. — Nunca.

A mão de Charles parou, vacilante. O patrão e o criado se entreolharam. Talvez ambos soubessem que acabava de ser feito um sacrifício sensato.

— Muito bem. Hei de recompensá-lo. Mas nem uma palavra.

— Juro por tudo o que tem de mais sagrado, patrão.

Com este juramento superlativo, Sam deu meia-volta e foi ter com sua Mary, que, de costas, esperava-o discretamente a uns cem metros dali no meio dos tojos e das samambaias.

Por que o destino dos dois seria o celeiro é uma questão sobre a qual só se pode especular. Você talvez já tenha achado estranho que uma moça sensata como Mary fosse cair em prantos diante da idéia de uma ausência de apenas poucos dias. Mas deixemos Sam e Mary por um instante, quando, já no bosque, depois de terem caminhado um trecho em estado de choque, calados, se entreolham dissimuladamente... e são acometidos por um ataque de riso incontrolável e silencioso; e voltemos ao ruborizado Charles.

Depois de acompanhá-los com o olhar até que desaparecessem de vista, virou-se para o celeiro que nada dizia. Seu procedimento lhe rasgara a alma, mas o ar puro lhe permitira refletir um momento. O dever, como tantas vezes acontece, veio acudi-lo. Havia atiçado flagrantemente o fogo proibido. Naquele mesmo instante talvez a outra vítima estivesse perecendo nas chamas ou passando uma corda por cima da viga... Após vacilar um pouco, voltou para o celeiro e para Sarah.

Ela estava parada junto à janela, de maneira a não ser vista pelo lado de fora, como se tivesse tentado ouvir a conversa entre Charles e Sam. Este ficou à porta.

— Peço que me perdoe por ter me aproveitado de maneira imperdoável de sua triste situação. — Fez uma pausa e continuou. — E não só hoje de manhã. — Sarah baixou os olhos. Charles sentiu alívio ao ver que ela parecia envergonhada e não tinha mais aquele olhar agitado. — A última coisa que eu queria era despertar sua afeição. Comportei-me de maneira insensata, totalmente insensata. A culpa é toda minha. — Ela olhava para o chão tosco de pedra como um prisioneiro aguardando a sentença. — O mal está feito, infelizmente. Peço que me ajude a repará-lo. — Ela continuava sem aceitar a oportunidade de ter a palavra. — Tenho negócios a resolver em Londres. Não sei quanto tempo estarei fora. — Ela olhou-o então rapidamente. Charles continuou, aos tropeções: — Acho que a senhora devia ir para Exeter. Peço que aceite o dinheiro que há nesta bolsa, como um empréstimo, se assim desejar... até que possa encontrar um emprego conveniente... e se precisar de mais ajuda financeira... — Sua voz sumiu. Já vinha se tornando cada vez mais formal. Sabia que precisava falar num tom antipático. Ela virou as costas para ele.

— Nunca mais tornarei a vê-lo.

— Não espera que eu conteste isso.

— Embora vê-lo seja minha única razão de viver.

A terrível ameaça pairou no silêncio que se seguiu. Ele não se atrevia a falar abertamente. Sentia-se como um homem acorrentado, e sua libertação chegou de forma tão inesperada como teria vindo para um homem condenado à morte. Ela se voltou e nitidamente leu seus pensamentos.

— Se eu quisesse me suicidar, já teria tido razões de sobra. — Olhou pela janela. — Aceito seu empréstimo... com gratidão.

Charles fechou os olhos um instante, dando graças aos céus em silêncio. Pôs a bolsa — não a que Ernestina tinha bordado — numa prateleira ao lado da porta.

— Vai para Exeter?

— Se é o que aconselha.

— Com toda a ênfase.

Ela baixou a cabeça.

— E devo lhe dizer outra coisa. Estão falando na cidade em interná-la numa instituição. — Ela revirou os olhos. — A idéia sem dúvida partiu da casa Marlborough. Não deve levá-la a sério. Por tudo isso, a senhora pode evitar uma situação constrangedora se não regressar a Lyme. — Hesitou um pouco, e acrescentou: — Soube que um grupo de homens sairá daqui a pouco pra procurá-la de novo. Por isso vim tão cedo.

— Meu baú...

— Cuidarei disso. Farei com que seja enviado para a garagem em Exeter. Ocorreu-me que, se tiver forças, talvez seja mais sensato ir a pé até o cruzamento de Axmouth. Isso evitaria... — um escândalo para ambos. Mas ele sabia o que estava pedindo. Axmouth ficava a dez quilômetros dali; e o cruzamento, onde passavam as diligências, a três quilômetros mais adiante.

Sarah concordou.

— E avisará a Sra. Tranter tão logo encontre um emprego?

— Não tenho referências.

— Pode dar o nome da Sra. Talbot. E o da Sra. Tranter. Falarei com ela. E não deve permitir que seu orgulho a impeça de lhe pedir mais ajuda financeira, se precisar. Tomarei providências nesse sentido também antes de partir.

— Não será necessário. — Sua voz estava quase inaudível. — Mas lhe agradeço.

— Acho que eu é que devo lhe agradecer.

Ela olhou-o nos olhos. A lança continuava naquele olhar, enxergando-o por inteiro.

— É uma mulher extraordinária, Srta. Woodruff. Sinto-me profundamente envergonhado por não ter percebido isso antes.

Ela disse:

— Sim, sou uma pessoa extraordinária.

Mas disse isso sem orgulho; sem sarcasmo; sem outra coisa senão uma simplicidade amarga. E o silêncio voltou. Ele suportou-o até não poder mais, então tirou o relógio da algibeira, uma indicação muito pouco inspirada de que devia partir. Sentiu-se desajeitado e formal diante da dignidade superior que Sarah demonstrava; talvez ainda sentisse os seus lábios.

— Não quer me acompanhar até a trilha?

Não desejava que ela, nesta última despedida, visse que ele se sentia envergonhado. Se Grogan aparecesse, já não tinha mais importância. Mas Grogan não apareceu. Sarah foi na frente dele, por entre as samambaias secas e o tojo verde ao sol do início da manhã, o cabelo reluzindo. Caminhava em silêncio e não se voltou uma só vez. Charles sabia muito bem que Sam e Mary poderiam estar observando, mas agora lhe parecia melhor que o vissem abertamente com ela. O caminho subia por entre as árvores e acabou desembocando na trilha principal. Ela se voltou. Charles se aproximou, a mão estendida.

Ela hesitou, depois estendeu a sua. Ele apertou-a com firmeza, evitando mais loucuras.

Ele murmurou:

— Nunca hei de esquecê-la.

Sarah levantou o rosto para ele, examinando-o com atenção, como se quisesse lhe dizer que havia algo que ele precisava ver, que ainda não era tarde demais para isso: que havia uma verdade além de suas verdades, uma emoção além de suas emoções, uma história além de todas as suas concepções de história. Era como se Sarah tivesse a capacidade de expor mundos de coisas, mas ao mesmo tempo soubesse que ele não conseguia compreender essas coisas sem que ela as dissesse.

Passou-se um bom tempo. Então ele baixou os olhos e largou a mão dela.

Um minuto depois, olhava para trás. Ela estava parada onde ele a deixara, observando-o. Ergueu o chapéu. Sarah não se mexeu.

Dez minutos depois, Charles parou junto a um portão na estrada que ia para a Granja, do lado do mar. Dali se divisavam uns campos que desciam até o Cobb. Abaixo, ao longe, um pequeno vulto subia a trilha que ia dar no portão onde Charles estava parado. Ele recuou um pouco, vacilou um instante... depois, foi seguindo seu caminho pela trilha que descia para a cidade.

34

E a rosa murcha é arrancada do muro.

HARDY, "During Wind and Rain"[1]

— Você andou passeando.

O que demonstrava que sua segunda troca de roupa daquele dia havia sido inútil.

— Precisava clarear as idéias. Dormi mal.

— Eu também. — E ela acrescentou: — Você disse que estava exausto.

— E estava.

— Mas ficou acordado até depois de uma hora.

Charles voltou-se para a janela um tanto bruscamente.

— Tinha muitas coisas em que pensar.

O papel de Ernestina nesse diálogo seco demonstra uma certa incapacidade para manter à luz do dia o tom de suas juras noturnas. Mas além do passeio, também sabia, por intermédio de Sam, Mary e da perplexa tia Tranter, que Charles planejava deixar Lyme naquele dia. Decidira não lhe tomar satisfações sobre essa mudança repentina em seus planos. Que sua senhoria as desse quando lhe aprouvesse.

E então, quando finalmente chegara, pouco antes das onze, enquanto ela esperava sentada de forma comportada na saleta dos fundos, ele teve a indelicadeza de conversar longamente no saguão com tia Tranter, *e* ainda por cima num tom inaudível, o que era o pior de tudo. Assim, Ernestina espumava por dentro.

Talvez o seu ressentimento não se devesse pouco ao fato de não ter recebido nenhum elogio de Charles depois de ter caprichado tanto na toalete aquela manhã. Estava com um vestido para a manhã cor-de-rosa, de mangas de bispo justas na cava delicada, fartamente pregueadas, formando uma cascata de gaze que se cerrava nos punhos. O vestido ressaltava lindamente sua fragilidade; e as fitas brancas em seu cabelo e a delicada fragrância de lavanda que a envolvia cumpriam seu papel. Ela era uma Afrodite de açúcar, embora com leves olheiras, recém-saída de um leito de lençóis brancos. Charles talvez tenha achado bastante fácil ser cruel. Mas conseguiu dar um sorriso e, sentando-se ao seu lado, pegou-lhe a mão e deu-lhe umas palmadinhas.

— Minha querida, peço que me desculpe. Estou um pouco confuso. E sinto dizer que resolvi que preciso ir a Londres.

— Ah, Charles!

— Quem dera não precisasse. Mas, depois dessa reviravolta, não posso deixar de ir falar imediatamente com Montague. — Montague, naquela época em que não havia contadores, era o procurador que cuidava dos negócios de Charles.

— Não pode esperar até eu voltar? Faltam só dez dias.

— Já estarei aqui para acompanhá-la.

— Mas o Sr. Montague não pode vir?

— Infelizmente não, há uma papelada muito grande. Além do mais, o motivo não é só esse. Preciso informar seu pai sobre o que aconteceu.

Ela retirou a mão do braço dele.

— Mas o que isso tem a ver com ele?

— Minha queridinha, tem tudo a ver. Ele confiou-a aos meus cuidados. Uma mudança tão importante em minhas perspectivas...

— Mas você ainda tem a sua própria renda!

— Bem... claro, sim. Continuarei com uma situação confortável, mas há outras coisas. O título...

— Eu tinha esquecido. Claro. É totalmente impossível eu me casar com um simples plebeu. — Olhou para ele com a firmeza sarcástica que a situação pedia.

— Meu bem, seja paciente. Essas coisas têm que ser ditas... você tem um dote importante. Claro que nossa afeição é o que conta acima de tudo. Apesar disso, há um lado... bem, um lado legal e contratual no casamento que...

— Bobagens!

— Minha querida Tina...

— Você sabe perfeitamente bem que eles me deixariam casar com um hotentote, se eu quisesse.

— Pode ser. Mas até mesmo os pais mais complacentes preferem ser informados...

— Quantos cômodos tem a casa de Belgravia?

— Não tenho idéia. — Ele hesitou, depois acrescentou: — Vinte, eu diria.

— E mencionou um dia que tinha duas mil e quinhentas libras por ano. Que, acrescentadas ao meu dote, darão...

— Se teremos o suficiente para viver com conforto em nossa nova situação não está em questão.

— Muito bem. Imagine que papai lhe diga que não lhe concede minha mão. E aí?

— Você quer se fazer de desentendida. Conheço minhas obrigações. Numa situação dessas, todos os escrúpulos são poucos.

Esse diálogo ocorrera sem que eles tivessem coragem de olhar um para o outro. Ernestina baixou a cabeça, numa clara demonstração de rebeldia. Charles se levantou e postou-se atrás dela.

— Trata-se apenas de uma formalidade. Mas essas formalidades contam.

Ela olhava obstinadamente para baixo.

— Estou farta de Lyme. Aqui vejo você muito menos que na cidade.

Ele riu.

— Isso é bobagem.

— É o que parece.

Uma ruguinha de mau humor apareceu em sua boca. Não estava disposta a ceder. Charles colocou-se na frente da lareira, com o braço apoiado no consolo, sorrindo para ela; mas era um sorriso amarelo, uma máscara. Não gostava da teimosia dela; fazia um contraste muito grande com aquelas roupas complicadas, feitas para mostrar que eram totalmente inadequadas fora do recesso do lar. Uma década e meia antes do ano sobre o qual escrevo, a ignominiosa Sra. Bloomer tentara introduzir na sociedade o uso de roupas mais práticas, mas essa primeira tentativa de lançar o conjunto de calça e paletó foi amplamente desbancada pela crinolina — um pequeno detalhe de importância considerável em nossa compreensão dos vitorianos. Ofereceram-lhes bom senso; e eles optaram por uma extravagância de quase dois metros, sem paralelo na história da que era a mais cheia de extravagâncias das artes menores.

No entanto, no silêncio que se seguiu, Charles não refletia sobre a idiotice da moda, e sim sobre a melhor maneira de sair dali sem criar mais caso. Felizmente para ele Tina andara, nesse meio-tempo, refletindo sobre sua posição: afinal de contas, era coisa de empregadinhas (tia Tranter explicara por que Mary não pôde atender ao toque da campainha pela manhã) fazer tanto barulho por causa de uma breve ausência. Além do mais, a vaidade masculina se satisfazia ao ser obedecida; a feminina, em usar a obediência para conseguir a vitória final. Chegaria o dia em que Charles teria que pagar por sua crueldade. Seu sorrisinho para ele era de arrependimento.

— Vai me escrever todos os dias?

Ele afagou-lhe o rosto.

— Prometo.

— E voltar logo que puder?

— Assim que despachar os assuntos com Montague.

— Escreverei a papai com ordens expressas para mandá-lo de volta logo.

Charles aproveitou a oportunidade.

— Eu levo a carta, se escrevê-la agora. Parto daqui a uma hora.

Ela então se levantou e lhe estendeu as duas mãos. Desejava ser beijada. Ele não conseguiu se obrigar a beijá-la nos lábios. Então, pegou-a pelos ombros e lhe deu dois beijos na testa. Em seguida, encaminhou-se para sair. Mas, por alguma estranha razão, se deteve. Ernestina olhava com ar recatado e submisso para o que tinha à frente — sua gravata azul-escura com o alfinete de pérola. Por que Charles não conseguia ir embora não se viu logo; na verdade, duas mãos estavam firmemente enganchadas nos bolsos de seu colete. Ele sabia o preço de sua liberdade, e o pagou. O mundo não desabou, ele não ouviu nenhum rugido interno, nem se viu envolto em trevas enquanto colou seus lábios nos dela durante vários segundos. Mas Ernestina estava vestida com uma roupa muito linda; uma visão, talvez mais uma impressão táctil, de um corpinho claro e delicado passou pela mente de Charles. A cabeça dela estava apoiada em seu ombro, e ela se aninhava em seu peito. E enquanto ele lhe dava palmadinhas e dizia algumas palavras bobas, de repente sentiu-se constrangido. Sentira uma excitação inequívoca. Ernestina sempre tivera senso de humor, aqueles caprichos tolos e aqueles arroubos de emoção, e sempre houvera a promessa de um fogo escondido... uma disposição para aprender perversões, para um dia morder com timidez, mas com delícia, o fruto proibido. O que Charles sentiu inconscientemente talvez não tenha sido mais que aquela atração eterna que o homem sente por mulheres superficiais, imaginando poder fazer delas o que quiser. O que sentia conscientemente era uma sensação de poluição: ter desejo carnal agora, quando tocara os lábios de outra mulher naquela manhã!

Deu um beijo bastante apressado no alto da cabeça de Ernestina, desvencilhou-se com delicadeza de suas mãos, beijou-as por sua vez e foi embora.

Ainda tinha mais uma provação, uma vez que Mary estava postada à porta com seu chapéu e suas luvas. Mantinha os olhos baixos, mas suas faces estavam rubras. Enquanto calçava as luvas, ele olhou para a porta fechada da sala de onde acabara de sair.

— Sam explicou a situação de hoje de manhã?

— Explicou sim senhor.

— Você... entendeu?

— Entendi sim senhor.

Charles descalçou de novo uma das luvas e meteu a mão no bolso do colete. Mary não recuou, embora tivesse abaixado ainda mais a cabeça.

— Ah, doutor, não precisa.

Mas já tinha o dinheiro na mão. Pouco depois, fechava a porta atrás de Charles. Muito devagar, abriu a mão — uma mão pequenina, e receio dizer, bem vermelha — e ficou olhando a moedinha de ouro em sua palma. Depois, levou-a à boca e mordeu-a com seus dentes brancos, como sempre vira o pai fazer, para se certificar de que não se tratava de latão; não quc soubesse distinguir uma coisa da outra com uma mordida, mas a mordida de certa forma provava que *era* ouro; assim como estar no Undercliff provava que havia pecado.

O que uma inocente donzela do campo conhecia do pecado? A pergunta exige uma resposta. Enquanto isso, Charles pode partir para Londres sozinho.

35

Em ti está minha única possibilidade
De permanecer aqui despreocupado.

HARDY, "Her Immortality"[1]

Muitas meninas grávidas, com idades que vão dos quatorze, e às vezes treze, aos dezessete anos, são trazidas para serem internadas na enfermaria. Elas reconhecem que sua desgraça ocorreu... quando iam ou voltavam do trabalho (no campo). Bandos de meninas e meninos dessa idade percorrem a pé oito, nove e até dez quilômetros por estradas e atalhos para ir trabalhar. Eu mesmo já presenciei grandes indecências entre meninos e meninas de quatorze a dezesseis anos. Uma vez vi cinco ou seis rapazes abusando de uma menina na beira da estrada. Havia várias pessoas mais velhas a poucos metros dali, mas não fizeram caso. A menina gritava, o que me fez parar. Também vi rapazinhos tomando banho nos riachos, enquanto meninas entre treze e dezenove anos observavam da margem.

Relatório da Comissão de Emprego de Menores (1867)

Com que nos defrontamos no século XIX? Com uma época em que a mulher era sagrada; e em que se podia comprar uma menina de treze anos por algumas libras... ou alguns xelins, se o seu trabalho fosse apenas por uma ou duas horas. Uma época em que se construíram mais igrejas do que em toda a história do país; em que uma de cada sessenta casas de Londres era um bordel (a proporção atual seria de aproximadamente uma em seis mil). Em que a santidade do casamento (e a castidade antes do casamento) era apregoada do alto de cada púlpito, em todos os editoriais e em todos os pronunciamentos públicos; e em que nunca — ou quase nunca — houve tantas figuras públicas, a começar pelo futuro rei, levando uma vida particular escandalosa. Uma época em que, progressivamente, se humanizava o sistema penal, mas em que a flagelação era tão comum que um francês se propôs seriamente a provar que o Marquês de Sade devia ter ascendência inglesa. Em que o corpo da mulher nunca foi tão encoberto, e em que todo escultor era julgado por seu talento em esculpir nus femininos. Em que não há um único romance, peça teatral ou poema de grande valor literário que vá além da sensualidade de um beijo. Em que o Dr. Bowdler[2] (cuja data de falecimento, 1825, nos lembra que a moral vitoriana já estava em vigor muito antes do início oficial da época) era considerado um benfeitor público; em que a produção de pornografia nunca foi tão grande. Em que as funções excretoras nunca eram mencionadas; em que as instalações sanitárias eram tão primitivas (a privada com descarga só apareceu no fim da era e até 1900 ainda era um luxo) que existiam poucas casas e poucas ruas em que a pessoa não era constantemente lembrada de sua presença. Em que se sustentava categoricamente que as mulheres não tinham orgasmos; e, no entanto, ensinava-se a todas as prostitutas a simulá-los. Em que houve um progresso e uma liberação enormes em todos os campos da atividade humana; e nada mais que tirania no que havia de mais pessoal e fundamental.

À primeira vista, a resposta parece simples: é uma questão de sublimação. Os vitorianos descarregavam sua libido nesses outros campos; como se algum gênio da evolução, com preguiça, tivesse dito a si mesmo: precisamos de algum progresso, então vamos represar e desviar esse grande canal e ver o que acontece.

Ainda que conceda que a teoria da sublimação tem um fundo de verdade, às vezes me pergunto se isso nos induz ao erro de supor que os vitorianos de fato não eram muito sexuados. Mas eram tanto quanto os nossos contemporâneos — e, embora hoje sejamos bombardeados pelo sexo dia e noite (como os vitorianos eram pela religião), muito mais preocupados com o assunto do que nós na verdade somos. Sem dúvida se preocupavam com o amor, e lhe dedicavam muito mais de suas artes do que o fazemos hoje. Não cabe responsabilizar Malthus nem a falta de anticoncepcionais* pelo fato de que procriavam como coelhos e reverenciavam a fertilidade com muito mais fervor que nós. E nem o nosso século fica atrás no que diz respeito ao progresso e à liberalização; no entanto, não podemos afirmar que conseguimos isso porque possuímos grandes reservas de energia sublimada. Já vi a permissiva década de 1890 ser representada como uma reação a muitas décadas de abstinência; acho que meramente trouxe para a esfera pública o que até então ficava circunscrito ao âmbito privado, e desconfio que na verdade estamos lidando com uma constante humana: a diferença está no vocabulário e no grau das metáforas.

* Os primeiros preservativos (de tripa de porco) começaram a ser comercializados no fim do século XVIII. E Malthus (logo quem!) condenou as técnicas de controle da natalidade, considerando-as impróprias, mas o alvoroço em relação ao seu uso começou nos anos 1820. O primeiro equivalente do que seria um moderno "manual do sexo" foi publicado pelo Dr. George Drysdale e tinha o título, um tanto obscuro, de *Elementos de ciência social, ou religião física, sexual e natural. Uma exposição das verdadeiras causas e do único método para a cura dos três males fundamentais: miséria, prostituição e celibato.* Publicado em 1854, foi amplamente divulgado e traduzido. Eis os conselhos práticos de Drysdale, com um parêntese final bastante revelador: "A concepção poderá ser evitada pela retirada do pênis imediatamente antes da ocorrência da ejaculação (recurso que é com muita freqüência usado por homens casados e solteiros); pelo uso do protetor (que também é comum, porém mais freqüente no continente do que neste país); pela introdução de uma esponja na vagina...; ou pela injeção de água morna na vagina imediatamente após o coito.

"O primeiro desses métodos é prejudicial fisicamente, e pode provocar distúrbios nervosos, enfraquecimento sexual e congestão... O segundo, ou seja, o uso do protetor, diminui o prazer, e com freqüência provoca impotência no homem e insatisfação em ambas as partes, de modo que também é prejudicial.

"Essas objeções não se aplicam, creio eu, ao terceiro método, ou seja, a introdução de uma esponja ou alguma outra substância para proteger a entrada do útero. Isso pode facilmente ser feito pela mulher, e quase não interfere, me parece, nos prazeres sexuais, nem tem qualquer efeito prejudicial sobre a saúde de quaisquer das partes. (Todas as medidas preventivas, para que sejam satisfatórias, devem ser tomadas pela *mulher*, pois, se o homem tiver que pensar nelas, seu ímpeto e o ardor do ato venéreo seriam prejudicados.)"

Os vitorianos preferiam encarar com seriedade algo que tratamos com bastante leviandade, e a forma como expressavam sua seriedade consistia em não *falar abertamente* de sexo, ao passo que nós fazemos exatamente o oposto. Mas essas "maneiras" de demonstrar seriedade são meras convenções. O fato que há por trás delas permanece constante.

Acho que há também outro erro comum: o de associar um alto grau de ignorância sexual a um baixo grau de prazer sexual. Não tenho dúvida de que, quando os lábios de Charles e Sarah se tocaram, muito pouca habilidade amorosa foi demonstrada de parte a parte; mas daí eu não deduziria que houvesse falta de excitação sexual. De qualquer maneira, uma relação muito mais interessante existe entre o desejo e a habilidade de satisfazê-lo. Nisso também podemos achar que estamos numa situação muito melhor que nossos bisavós. Mas o desejo é condicionado pela freqüência com que é despertado: nosso mundo gasta boa parte do seu tempo incitando-nos a copular, enquanto nossa realidade passa esse tempo todo nos frustrando. Não somos tão frustrados como os vitorianos? Talvez. Mas se só se pode comer uma maçã por dia, é melhor não ter que viver num pomar cheio dessas frutas vagabundas. Poderíamos até achar as maçãs mais doces se só estivéssemos autorizados a comer uma por semana.

De modo que nada garante que o prazer sexual experimentado pelos vitorianos não fosse muito mais intenso, posto que menos freqüente, que o que hoje sentimos; que não soubessem mais ou menos isso e, portanto, tivessem convencionado adotar a supressão, a repressão e o silêncio, a fim de manter a intensidade do prazer. De certa forma, ao transferir para a imaginação pública o que eles restringiam à pessoal, somos mais vitorianos ainda — no sentido pejorativo do termo —, uma vez que, ao destruir tanto do mistério, da dificuldade, da aura das coisas proibidas, destruímos também grande parte do prazer. Obviamente não se podem mensurar graus comparativos de prazer, mas talvez essa impossibilidade seja mais favorável a nós do que aos vitorianos. E, ademais, o método usado por eles lhes proporcionava a vantagem de um excedente de energia. Este mistério, este abismo entre os sexos, que tanto perturbou Charles quando Sarah tentou transpô-lo, certamente produzia mais energia, e, muitas vezes, mais franqueza, em todas as outras áreas.

Tudo isso parece nos ter levado para muito longe de Mary, embora eu me recorde agora que ela gostasse muito de maçãs. Mas ela não tinha nada da virgem camponesa inocente, pela simples razão de que os dois adjetivos eram incompatíveis no seu século. Os motivos não são difíceis de descobrir.

A grande maioria das testemunhas e dos cronistas, em todas as épocas, pertence às classes instruídas. Isso provocou, ao longo da história, uma certa distorção da realidade feita por uma minoria. O puritanismo pudico que atribuímos aos vitorianos, e que um tanto preguiçosamente estendemos a todas as classes da sociedade dessa época, na verdade, é uma visão da classe média, da moral da classe média. Os personagens das classes operárias de Dickens são todos muito engraçados (ou muito patéticos) e constituem uma incomparável galeria de tipos grotescos, mas, para conhecer a fria realidade, precisamos procurá-la em outras fontes — em Mayhew, nos relatórios das comissões parlamentares e no resto, e principalmente nesse aspecto sexual de suas vidas, que Dickens (cuja vida não era das mais autênticas) e seus contemporâneos apresentaram de uma maneira totalmente bowdlerizada. A verdade é que na Inglaterra rural da época vitoriana, aquilo que naqueles tempos mais simples se costumava chamar de "provar antes de comprar" (relações sexuais pré-conjugais, no jargão de hoje) *constituía a regra, não a exceção.* Ouçam esse depoimento, de uma senhora que ainda vive. Ela nasceu em 1883 e seu pai era o médico de Thomas Hardy.

> No século XIX, a vida de um trabalhador rural era muito diferente do que é agora. Por exemplo, entre os camponeses de Dorset a concepção antes do casamento era considerada perfeitamente normal, e o casamento só se realizava depois que a gravidez se tornava óbvia... A razão disso estava nos baixos salários pagos aos trabalhadores e na necessidade de se assegurarem novos braços nas famílias para ganhar o sustento.*

---

* Outro motivo de ordem econômica era constituído pelo diabólico sistema de se pagar aos homens solteiros — embora fizessem o mesmo trabalho que os outros — a metade do salário recebido pelos casados. Esse magnífico sistema de assegurar a mão-de-obra — à custa do que vai citado a

Acabo de me colocar à sombra — uma sombra muito importante, do grande romancista que domina esta parte da Inglaterra sobre a qual escrevo. Quando lembramos que Hardy foi o primeiro a tentar romper o selo com que a classe média vitoriana fechara a suposta caixa de Pandora do sexo, vemos que uma das coisas mais interessantes a respeito do escritor (e certamente a mais paradoxal) é o fanatismo com que defendeu a inviolabilidade do selo de sua própria vida sexual e da de seus ancestrais mais próximos. Naturalmente isso era, e teria continuado a ser, um direito inalienável seu. Mas poucos segredos literários — esse só foi revelado na década de 1950 — foram tão bem guardados. Esse segredo e a realidade da vida rural vitoriana, de que tentei dar uma idéia neste capítulo, respondem à famosa reprimenda de Edmund Gosse: "Que terá a Providência Divina feito ao Sr. Hardy para que se levante nas férteis terras de Wessex agitando o punho contra o seu Criador?" Seria razoável perguntar da mesma forma por que os átridas agitavam seus punhos de bronze contra o céu em Micenas.

---

seguir — só desapareceu com o uso generalizado da maquinaria agrícola. Poderíamos acrescentar que Dorset, cenário do Martírio de Tolpuddle, era reconhecidamente a região rural da Inglaterra onde a exploração do trabalhador era mais vergonhosa.

Eis o que escreveu o reverendo James Fraser, nesse mesmo ano de 1867: "O recato deve ser uma virtude desconhecida e a decência uma coisa inconcebível quando, num mesmo quarto, atulhado de camas até o limite de sua capacidade, pai e mãe, filhos já homens, meninos, moças e meninas — duas e às vezes três gerações — se amontoam na maior promiscuidade; onde todos os atos de toalete e os ditados pela natureza, os atos de despir-se, de vestir-se, os partos, as mortes são realizados na frente de todos, onde reina uma atmosfera de sensualidade, e a natureza humana é degradada abaixo do nível dos porcos... Casos de incesto não são raros. Queixamo-nos da falta de castidade de nossas mulheres antes do casamento, do palavreado e da conduta livre das moças que trabalham nos campos, da naturalidade com que as nossas donzelas se desfazem de sua honra, e da indiferença com que seus pais e irmãos reagem ao fato... Aqui, no confinamento das pessoas como gado nos chalés, está a explicação clara de tudo isso...

E por trás dessa situação toda ainda pairavam ameaças mais sinistras, comuns em todo gueto desde os princípios dos tempos: escrofulose, cólera, tifo endêmico e tuberculose.

Este não é o lugar para penetrarmos a fundo nas sombras de Egdon Heath.[3] O que se sabe ao certo é que, em 1867, Hardy, então com vinte e sete anos, voltou a Dorset, depois de terminar seus estudos de arquitetura em Londres, e apaixonou-se perdidamente por sua prima Tryphena, de dezesseis anos. Ficaram noivos. Cinco anos mais tarde o noivado foi rompido, inexplicavelmente. Embora o fato não tenha ficado totalmente provado, hoje parece claro que o compromisso foi desfeito ao ser revelada a Hardy a existência de um sinistro segredo de família: Tryphena não era sua prima, e sim a filha ilegítima de uma meia-irmã sua, também ilegítima. Vários poemas de Hardy fazem alusão a isso: "At the wicket gate", "She did not turn", "Her immortality",* e muitos outros. E está provado que havia vários casos de ilegitimidade no lado materno de sua família. O próprio Hardy nasceu "cinco meses depois da ida ao altar". Algumas almas piedosas afirmam que ele rompeu o noivado por questões de classe — era um rapaz com um futuro muito promissor para se conformar com uma simples moça de Dorset. É verdade que se casou afinal em 1874 com uma mulher de nível social superior ao seu, a desastrosamente insensível Lavinia Gifford. Mas Tryphena era uma jovem excepcional. Tornou-se diretora de uma escola de Plymouth aos vinte anos, tendo sido aprovada em quinto lugar no curso para o magistério oferecido por uma escola de Londres. É difícil não aceitar que o que realmente obrigou os dois a se separarem tenha sido algum terrível segredo de família. Foi um segredo de certo modo feliz, claro, pois nunca houve um gênio inglês mais dedicado a uma musa, e só a uma, e que devesse mais a ela. O seu segredo nos deu suas mais belas elegias de amor. Deu-nos Sue Bridehead e Tess, que são pura Tryphena em espírito; até mesmo *Judas, o Obscuro* é tacitamente dedicado a ela no próprio prefácio de Hardy — "O enredo foi esboçado em 1890... e alguns de seus detalhes foram sugeridos pela morte de uma mulher..." Tryphena, na época casada com outro, morreu naquele ano.

---

* Não é o melhor poema de Hardy, embora seja um dos mais reveladores, neste contexto. Sua primeira versão talvez date de 1897. A pergunta crucial de Gosse foi feita em sua crítica de *Judas, o Obscuro,* em janeiro de 1896.

Esta tensão, pois — entre luxúria e renúncia, entre a eterna lembrança e a eterna repressão, entre a entrega lírica e o trágico dever, entre os fatos sórdidos e seu uso nobre —, dinamiza e explica um dos maiores escritores dessa época, estruturando-a para além dele. Foi para lhe mostrar isso que fiz essa digressão.

Mas voltemos às nossas ovelhas. Agora vocês podem adivinhar por que Sam e Mary estavam a caminho do celeiro; e, como não era a primeira vez que lá iam, talvez compreendam melhor as lágrimas de Mary... e por que ela entendia mais de pecado do que se poderia imaginar ao ver pela primeira vez sua carinha de dezenove anos; ou do que teríamos imaginado se passássemos por Dorchester mais tarde, naquele mesmo ano, e víssemos a cara de uma moça do mundo real três anos mais jovem e com mais instrução; uma moça, hoje para sempre inescrutável, parada ao lado do jovem arquiteto pálido que acaba de voltar de seus cinco anos monótonos na capital, e prestes a se tornar ("Até que a chama tenha consumido os seios, a boca e os cabelos da amada") o perfeito emblema do maior mistério de sua era.

36

Mas em sua fronte arde um fogo:
Ela assume sua expressão ousada
E se lança no futuro,
Submetendo tudo ao desejo.

TENNYSON, *In Memoriam* (1850)[1]

Há cem anos, Exeter era muito mais longe da capital do que é hoje, e por isso ainda fornecia aos seus habitantes algumas das reprováveis distrações que atualmente todos os britânicos buscam em Londres. Seria exagero dizer que a cidade possuía uma zona do meretrício em 1867; mesmo assim, tinha um bairro distintamente pouco recomendável, bastante afastado do centro e da influência purificadora da catedral. Ficava situado na parte que desce até o rio, considerada, no passado (muito antes de 1867), quando Exeter era um porto importante, o coração da cidade. Consistia em um labirinto de ruas mal iluminadas, malcheirosas e infestadas de gente, ainda com muitas casas em estilo Tudor. Ali havia bordéis, salões de dança e bares. Mas o mais comum eram as mulheres em situação irregular — mães solteiras, amantes, toda uma população que se vira obrigada a abandonar os claustrofóbicos vilarejos e cidadezinhas de Devon. Em suma, era um lugar para a pessoa se esconder, cheio de pensões e pousadas baratas como aquela descrita por Sarah em Weymouth, refúgios seguros para se escapar da onda moralizante que varria o país inteiro. Exeter, nesse aspecto, não era exceção à regra. Todas as cidades provincianas de um certo tamanho na época tinham que acomodar esse infeliz exército de mulheres feridas na luta pela pureza masculina universal.

Numa rua situada na periferia desta zona, havia uma fileira de casas de estilo georgiano. Não havia dúvida de que, quando foram construídas, possuíam uma vista agradável para o rio. Mas depois foram erguidos armazéns que bloquearam essa vista; era óbvio que as casas tinham perdido a confiança na própria elegância. As superfícies de madeira precisavam de pintura, faltavam telhas nos telhados, as portas estavam rachadas. Uma ou duas ainda eram residências particulares; mas havia um bloco central composto de cinco casas, melancolicamente uniformizadas pela aplicação de uma blasfema camada de tinta marrom sobre os tijolos originais que, por meio de uma comprida tabuleta de madeira colocada sobre a porta da casa central, se declarava um hotel — o Hotel Familiar Endicott, para ser preciso. Sua proprietária e administradora (segundo informava ainda a tabuleta aos passantes) era a Sra. Martha Endicott, cuja principal característica consistia, podemos afirmar, numa sublime falta de curiosidade no que dizia respeito à sua clientela. Era uma típica mulher de Devon — isto é, não enxergava os hóspedes e sim o dinheiro que sua estada no hotel representava. E classificava de acordo com o que pagavam por semana os hóspedes que a procuravam em seu pequeno escritório pegado ao salão: os de dez xelins, os de doze, os de quinze e assim por diante... os preços correspondiam a uma semana de hospedagem. Os que estão hoje habituados a soltar quinze xelins a cada vez que tocam a campainha para chamar um criado, num quarto de hotel moderno, não devem pensar que o hotel da Sra. Endicott fosse barato. O aluguel normal de uma casinha naqueles tempos era de um xelim por semana, no máximo dois. Havia muitas casinhas simpáticas em Exeter que podiam ser alugadas por seis ou sete xelins. E dez xelins por semana pelo quarto mais barato tornavam o Hotel Familiar, ainda que sem outra justificativa visível senão a ganância de sua proprietária, um estabelecimento seleto.

É um anoitecer cinzento. Dois lampiões a gás já foram acesos na calçada em frente pelo acendedor, com sua comprida vara, e iluminam as paredes de tijolo do armazém. Há vários quartos iluminados no hotel; com uma luz mais forte no andar térreo e mais suave no de cima, já que em muitas casas dessa época a tubulação de gás era considerada demasiado cara para ser levada até o andar superior, onde ainda se usavam os lampiões a óleo. Por uma janela do térreo, ao lado da porta principal, podia ser vista a própria Sra. Endicott sentada a uma mesa junto a um braseiro e debruçada sobre a sua Bíblia — isto é, seu livro-caixa. E se, a partir dessa janela, traçarmos uma diagonal até outra na última casa da direita, uma janela apagada do andar superior, cujas cortinas vermelhas ainda não foram fechadas, veremos um bom exemplo de um "doze e meio" — embora eu aqui me refira ao quarto, não ao hóspede.

Na realidade são dois cômodos — uma saleta pequena e um quarto ainda menor, obtidos com a divisão de um quarto de tamanho decente da casa georgiana. As paredes estão forradas com um papel de padronagem indeterminada, em que se vêem minúsculas flores amarronzadas. Há um tapete surrado, uma mesa redonda de três pés e coberta com um pano verde-escuro, em cuja barra alguém tentara — visivelmente era sua primeiríssima tentativa — aprender a bordar; duas poltronas pesadas, de madeira exageradamente trabalhada e forrada com um veludo castanho sem viço; e uma cômoda de mogno escuro. Na parede, uma gravura de Charles Wesley atacada por fungos e uma péssima aquarela da catedral de Exeter — aceita com relutância alguns anos atrás como parte do pagamento da hospedagem de uma dama em situação apertada.

Afora um montinho de utensílios colocado embaixo da grade do fogo, agora um braseiro adormecido — era este o inventário da saleta. Só um pequeno detalhe se salvava: a moldura branca da lareira, que era georgiana, com um friso de graciosas ninfas e cornucópias de flores. Talvez aquelas ninfas sempre tivessem tido um leve ar de surpresa nos rostos clássicos; e, sem dúvida, agora o tinham, ao ver as terríveis mudanças que a cultura de um país pôde ter sofrido em meros cem anos. Tinham nascido num quarto agradável forrado com lambris de pinho; agora se encontravam numa cela miserável.

Se pudessem, com certeza teriam soltado um suspiro de alívio quando a porta se abriu e, no vão, surgiu o vulto da pessoa que se hospedava ali, até então ausente. Aquele casaco de corte estranho, aquele chapéu preto, aquele vestido azul-anil de golinha branca... mas Sarah entrou de forma brusca, quase impaciente.

Já estava hospedada no Hotel Endicott havia uns dias. A maneira como fora parar ali foi simples. O nome do hotel tinha sido motivo de piadas entre as alunas da academia onde estudara em Exeter. O adjetivo "familiar" levou-as a achar que os Endicott fossem tão numerosos que precisavam de um hotel inteiro só para eles.

Sarah se vira de repente no terminal das diligências de Dorchester. Seu baú a esperava, tendo chegado na véspera. Um carregador perguntou-lhe aonde queria ir, e ela se apavorou. Nenhum nome lhe ocorreu, a não ser aquela piada de que vagamente se lembrava. Alguma coisa na fisionomia do carregador, quando ouviu o endereço que lhe deu, indicou que ela não escolhera o hotel mais distinto de Exeter. Mas o homem jogou o baú às costas sem discutir, e ela o seguiu pela cidade até o bairro que já mencionei. Sarah não gostou da aparência do lugar. Em sua lembrança (mas só havia visto o hotel uma vez) tinha um ar mais familiar, mais digno, mais arejado... porém, quem é pobre não pode ser exigente. Sentiu-se de certa forma aliviada pelo fato de sua condição de mulher sozinha não ter despertado comentários. Pagou uma semana adiantado, o que evidentemente era uma recomendação suficiente. Pretendera alugar o quarto mais barato, mas, ao descobrir que um quarto simples custava dez xelins e que por mais meia coroa teria um quarto e meio, mudou de idéia.

Entrou depressa no quarto e fechou a porta. Riscou um fósforo e levou-o ao pavio do lampião, cuja manga de vidro leitoso, quando a recolocou no lugar, espantou suavemente a escuridão. Em seguida, tirou o chapéu e sacudiu os cabelos, soltando-os daquele seu jeito característico. Pousou a sacola de lona em cima da mesa, visivelmente muito ansiosa por esvaziá-la para se preocupar em tirar o casaco. Com vagar e cuidado, foi tirando os pacotes, um a um, e colocando-os sobre o pano verde. Em seguida, pôs a cesta no chão e começou a desembrulhar as compras.

Começou por um bule de chá de Staffordshire, decorado com um lindo decalque colorido representando uma casinha à beira de um regato e um casal de namorados (examinou a dupla com atenção); depois, uma caneca tipo Toby,[2] mas não um desses monstrengos espalhafatosamente coloridos, de fabricação vitoriana, e sim de uma delicada peça cor de malva e amarelo-claro — as joviais feições do velho encantadoramente esmaltadas num tom azul suave (os peritos em cerâmica talvez reconhecessem nele um Ralph Wood). Essas duas aquisições tinham custado a Sarah nove pence numa loja de porcelana antiga. A Toby tinha uma trinca e, com o tempo, ganharia outra, como posso testemunhar, pois comprei-a eu mesmo uns dois anos atrás, por muito mais que os três pennies pagos por Sarah. Gostei da peça porque era de Ralph Wood. Já ela gostou do sorriso.

Sarah tinha senso estético, embora nunca a tenhamos visto usar esse dom. Ou talvez se tratasse mais de um sentimento — uma reação contra o deprimente ambiente em que se encontrava. Não tinha a menor idéia da idade de sua pequena Toby, mas achava que já fora muito usada, passara por várias mãos... e agora era sua. *Agora era sua...* Colocou-a sobre o consolo da lareira e, sem ter ainda tirado o casaco, ficou olhando para ela absorta, como uma criança, como se não quisesse perder nem um átomo daquela primeira sensação de propriedade.

Seu devaneio foi interrompido pelo som de passos no corredor. Lançou um olhar rápido porém intenso para a porta. Os passos se afastaram. Ela tirou então o casaco, atiçou o fogo e pôs uma chaleira enegrecida na chapa. Depois voltou a cuidar das outras compras: um pacotinho de chá, outro de açúcar e uma latinha de leite, que ela colocou ao lado do bule de chá. Apanhou então os três embrulhos restantes e foi para o quarto: uma cama, um lavatório de mármore, um espelho pequeno, um melancólico pedaço de tapete e mais nada.

Mas ela só tinha olhos para seus pacotes. O primeiro continha uma camisola. Sarah não a chegou ao corpo para experimentá-la, mas sim estendeu-a em cima da cama e abriu o outro embrulho. Era um xale de lã verde-escuro com uma franja de seda cor de esmeralda. Esse ela segurou algum tempo numa espécie de transe — sem dúvida pelo preço, pois custara muito mais que o resto das compras. Por fim, levou-o pensativamente ao rosto, sentindo o toque da lã macia, enquanto fitava a camisola. E então, fez o primeiro gesto feminino que lhe permiti fazer: pôs uma de suas tranças fulvas em cima do pano verde. Pouco depois, desdobrou o xale, que tinha mais de um metro de largura, e enrolou-o em volta dos ombros. Continuou olhando, dessa vez para o espelho. Depois voltou para junto da cama e ajeitou o xale em volta dos ombros da camisola ali estendida.

Abriu o terceiro pacote — o menor —, mas se tratava apenas de um rolo de ataduras, que ela, depois de admirar de novo o conjunto verde e branco sobre a cama, levou para a antecâmara e guardou numa gaveta da cômoda de mogno, bem na hora em que a chaleira começava a chiar.

A bolsa que Charles lhe dera continha dez soberanos, e só isso — não importa o que mais pudesse estar envolvido — bastou para transformar a atitude de Sarah em relação ao mundo. Desde o dia em que as recebera, todas as noites, contava aquelas dez moedas de ouro. Não como faria um avarento, mas como alguém que assiste a um filme várias vezes, porque sente um prazer irresistível no enredo e em certas imagens.

Nos primeiros dias depois de sua chegada a Exeter, ela gastou apenas o mínimo necessário, ainda assim tirado de suas míseras economias. Mas parava diante das lojas e olhava os vestidos, as cadeiras, as mesas, os comestíveis, os vinhos e centenas de coisas que sempre lhe pareceram hostis, a gente que a provocava e zombava dela, aqueles cidadãos hipócritas de Lyme, que desviavam a vista quando ela passava e depois riam às suas costas. Por isso levara tanto tempo para comprar um bule de chá. A pessoa pode se arranjar com uma chaleira, e sua pobreza a acostumara a não possuir nada, e de tal forma lhe tirara o apetite de comprar que, como um marinheiro que subsistiu semanas com meio biscoito por dia, ela não conseguia comer tudo o que tinha à sua disposição se o pedisse. O que não quer dizer que se sentisse infeliz. Longe disso. Simplesmente estava desfrutando as primeiras férias de sua vida adulta.

Preparou o chá. Pequenas chamas douradas refletiamse no bule e reverberavam na lareira. Ela parecia aguardar algo naquele clarão suave do fogo que crepitava e lançava sombras no quarto. Talvez você imagine, ao vê-la tão mudada, tão serena e aparentemente satisfeita com a sorte, que ela tivesse tido alguma notícia de Charles. Mas não teve nenhuma. E não pretendo descobrir o que se passava em sua mente enquanto contemplava o fogo como não tentei naquela noite, no silêncio da casa Marlborough, quando as lágrimas lhe subiram aos olhos. Após alguns instantes, ela se levantou e foi até a cômoda, tirando da gaveta uma colher de chá e uma xícara sem pires. Após ter-se servido de chá à mesa, abriu o embrulho que faltava. Era uma pequena torta de carne. Então começou a comer, e sem a menor delicadeza.

37

A respeitabilidade estendeu seu manto de chumbo sobre todo o país... e vence a corrida quem souber adorar essa grande divindade com uma devoção absoluta.

LESLIE STEPHEN, *Sketches from Cambridge* (1865)

A burguesia... obriga todas as nações, sob pena de extinção, a adotar o modo de produção burguês; obriga-as a introduzir em seu seio o que chama de civilização, isto é, a se tornarem burguesas. Em suma, cria um mundo à sua própria imagem.

MARX, *Manifesto Comunista* (1848)

A segunda entrevista formal de Charles com o pai de Ernestina foi bem menos agradável que a primeira, embora não por culpa do Sr. Freeman. Apesar da opinião que, no íntimo, tinha sobre os aristocratas — de que eram um bando de parasitas —, externamente era um esnobe. Empenhava-se tanto em parecer um cavalheiro quanto em cuidar de seus outros prósperos negócios. Estava convencido de que era um perfeito cavalheiro; e talvez só por sua obsessiva determinação em aparentar sê-lo é que podemos detectar certas dúvidas íntimas.

Os recém-chegados à classe média alta estavam numa posição incômoda. Se socialmente se sentiam inexperientes, sabiam muito bem que eram poderosos capitães em seu mundo do comércio. Alguns escolheram uma nova versão da coloração críptica e se empenharam em adquirir em todos os detalhes (como o Sr. Jorrocks[1]) os passatempos, as propriedades e as atitudes do verdadeiro aristocrata rural. Outros, como o Sr. Freeman, tentaram redefinir o termo. O Sr. Freeman possuía uma casa recém-construída nos bosques de Surrey, mas sua mulher e sua filha passavam lá muito mais tempo do que ele. Era, a seu modo, um precursor do trabalhador rico que enfrenta diariamente o trajeto entre a casa na periferia e o trabalho no centro da cidade, com a diferença de que passava apenas os fins de semana na casa, e quase só no verão. Enquanto o seu homólogo de hoje se dedica ao golfe, ou às rosas, ou ao gim e ao adultério, o Sr. Freeman se dedicava à seriedade.

Na verdade, Lucro e Seriedade (nesta ordem) poderiam ser o seu lema. Havia prosperado durante a grande transformação econômico-social ocorrida entre 1850 e 1870 — quando passou a se dar mais importância à loja do que à fábrica, ao consumidor que ao produtor. Essa primeira grande onda de consumo perdulário fez muito bem aos seus livros contábeis. Como uma compensação — e para imitar uma geração anterior de exploradores puritanos, que também preferiam a caça ao pecado à caça à raposa —, tornara-se excessivamente severo e cristão na vida privada. Assim como alguns magnatas de nosso tempo se dedicam a colecionar objetos de arte, encobrindo o que é na realidade um investimento excelente com uma simpática pátina de filantropia, o Sr. Freeman contribuía generosamente para a Sociedade Difusora do Conhecimento Cristão e outras associações militantes de caridade. Seus aprendizes, auxiliares e demais empregados moravam em péssimas condições e eram explorados de forma atroz segundo os padrões atuais, mas, pelos padrões de 1867, a empresa Freeman era excepcionalmente avançada, um modelo no gênero. Quando o Sr. Freeman fosse para o céu, deixaria aqui uma mão-de-obra satisfeita, e seus herdeiros teriam o lucro gerado por ela.

O Sr. Freeman era um homem sério, com aspecto de diretor de escola e olhos cinzentos penetrantes, cuja astúcia fazia com que aqueles a quem eles observavam se sentissem como um artigo ordinário produzido em Manchester. No entanto, ouviu a notícia dada por Charles sem o menor sinal de emoção, embora tenha balançado a cabeça gravemente quando ele terminou sua explanação. Seguiu-se um silêncio. A conversa aconteceu no escritório do Sr. Freeman na casa de Hyde Park. A casa não deixava transparecer qual era sua profissão. As paredes estavam forradas de livros de aspecto adequadamente solene; um busto de Marco Aurélio (ou seria de lorde Palmerston no banho?), uma ou duas gravuras grandes mas indefinidas, era difícil dizer se retratavam um carnaval ou uma batalha, embora conseguissem dar a impressão de uma humanidade primitiva e muito distante do ambiente atual.

O Sr. Freeman pigarreou e fitou o couro vermelho e dourado de sua escrivaninha; parecia prestes a se pronunciar, mas mudou de idéia.

— É surpreendente. Muito surpreendente.

Seguiu-se novo silêncio, durante o qual Charles sentiu-se ao mesmo tempo irritado e divertido. Já sabia que iria ter que agüentar uma dose do papai solene. Mas, como havia provocado a situação, só lhe restava aceitar, e engolir, aquela resposta insatisfatória. A reação íntima do Sr. Freeman na verdade fora mais a de um homem de negócios que a de um cavalheiro, pois imediatamente lhe passara pela cabeça que Charles fora ali para lhe pedir que aumentasse o dote de sua filha. Isso ele tinha condições de fazer, mas uma hipótese terrível ocorreu-lhe simultaneamente — a de que Charles desde o princípio sabia dos planos de casamento do tio. Uma coisa que ele odiava era levar a pior numa transação importante — e essa, afinal de contas, dizia respeito ao objeto que mais prezava.

Charles afinal rompeu o silêncio.

— Não preciso dizer que essa decisão de meu tio foi uma grande surpresa para mim também.

— Claro, claro.

— Mas achei que era meu dever informá-lo de tudo o quanto antes, e pessoalmente.

— Muito correto de sua parte. E Ernestina... está sabendo?

— Foi a primeira a quem contei. Naturalmente está influenciada pela afeição que deu a honra de dedicar à minha pessoa. — Charles hesitou, depois enfiou a mão no bolso. — Trago uma carta dela para o senhor. — Levantou-se e a colocou sobre a escrivaninha, onde o Sr. Freeman ficou a contemplá-la com aqueles astutos olhos cinzentos, visivelmente pensando em outras coisas.

— Você ainda tem uma renda razoável, não?

— Não posso dizer que fui deixado na miséria.

— Além do mais, existe a possibilidade de que seu tio talvez não tenha a sorte de ter um herdeiro.

— Exatamente.

— E há a certeza de que Ernestina não lhe chega sem os recursos necessários.

— O senhor foi muito generoso.

— E um dia serei chamado ao repouso eterno.

— Meu senhor, eu...

O cavalheiro vencera. O Sr. Freeman levantou-se.

— Entre nós, podemos falar dessas coisas. Vou ser franco com você, meu caro Charles. Minha principal preocupação é a felicidade de minha filha. Mas não preciso chamar-lhe a atenção para o prêmio que ela representa, em termos financeiros. Quando me pediu a sua mão, uma das coisas que mais o recomendavam aos meus olhos era a minha segurança de que seria uma aliança equilibrada em termos sentimentais bem como financeiros. Você me garante que essa mudança em sua situação ocorreu inesperadamente. Ninguém que conheça a sua integridade moral poderá lhe atribuir um motivo ignóbil. É só isso o que me interessa.

— E principalmente a mim, Sr. Freeman.

Novo silêncio se seguiu. Ambos sabiam o que realmente estava sendo dito: que agora o casamento estaria envolvido em comentários maldosos. As pessoas diriam que Charles já desconfiava do que ia perder quando se declarou, e Ernestina seria motivo de chacota por ter perdido o título que tão facilmente poderia ter comprado em outro lugar.

— É melhor que eu leia a carta. Com licença.

O Sr. Freeman pegou seu corta-papel de ouro maciço e abriu o envelope. Charles encaminhou-se para uma janela e contemplou as árvores do Hyde Park. Ali, do outro lado da fila de carruagens na Bayswater Road, ele viu uma moça — pela aparência, uma vendedora ou uma criada — esperando num banco em frente à grade. Enquanto a observava, aproximou-se um soldado de jaqueta vermelha. O soldado a cumprimentou, e a moça se virou. Charles estava muito longe para ver o rosto dela, mas a animação com que ela se virara deixara claro que os dois eram namorados. O soldado pegou sua mão e a apertou por um momento de encontro ao peito. Falaram alguma coisa, depois a moça pegou seu braço e os dois começaram a andar lentamente em direção à Oxford Street. Charles estava concentrado na cena e teve um ligeiro sobressalto quando o Sr. Freeman aproximou-se dele com a carta na mão. Sorria.

— Talvez eu deva ler o que ela diz no pós-escrito. — Ajustou os óculos de aro de prata. — "Se o senhor der ouvidos às bobagens de Charles, por um momento que seja, farei com que ele fuja comigo para Paris." — Olhou secamente para Charles. — Como pode ver, não temos alternativa.

Charles deu um sorriso amarelo.

— Mas se desejar mais tempo para refletir...

O Sr. Freeman colocou a mão sobre o ombro do escrupuloso rapaz.

— Direi a ela que acho seu pretendente muito mais admirável na adversidade que nas horas felizes. E acho que quanto antes você voltar para Lyme, melhor.

— É muita consideração sua.

— Ao fazer minha filha feliz, você demonstra uma consideração ainda maior para comigo. A carta dela não é toda tão frívola. — Segurou o braço de Charles e levou-o de volta ao centro da sala. — Meu caro Charles... — essa frase dava ao Sr. Freeman um certo prazer — ... não creio que a necessidade de controlar um pouco as despesas nos primeiros tempos do casamento seja uma coisa totalmente desaconselhável. Mas se as circunstâncias... Bem, você sabe o que quero dizer.

— É muita bondade...

— Não vamos falar mais nada.

O Sr. Freeman tirou do bolso o chaveiro, abriu uma gaveta da escrivaninha e guardou ali a carta da filha, como se fosse um precioso documento de Estado. Ou, quem sabe, ele conhecia mais a natureza dos criados que a maioria dos patrões vitorianos. Depois de trancar a gaveta, olhou para Charles, que agora tinha a desagradável impressão de se ter tornado ele próprio um empregado seu — privilegiado, sem dúvida, mas de certa forma agora à disposição daquele gigante do comércio. O pior ainda estava para acontecer. Talvez, no fim das contas, a consideração que o Sr. Freeman demonstrara não fora apenas ditada pelo cavalheirismo.

— Já que o momento parece oportuno, posso agora abrir meu coração sobre um assunto que diz respeito a você e Ernestina?

Charles inclinou-se em sinal de cortês assentimento, mas o Sr. Freeman pareceu por um momento não saber o que dizer. Guardou um tanto nervosamente o corta-papel em seu lugar e tornou a se aproximar da janela da qual haviam acabado de se afastar. Então, virou-se para o rapaz.

— Meu caro Charles, eu me considero um homem de sorte em todos os aspectos. Exceto um. — Olhou para o chão. — Não tenho um filho varão. — Parou de novo, dando ao futuro genro um olhar perscrutador. — Compreendo que o comércio deve lhe parecer uma atividade detestável. Não é uma ocupação para um cavalheiro.

— Isso é um mero clichê, Sr. Freeman. O senhor está aí para provar que é.

— Fala sério? Ou quem sabe está me respondendo com outro clichê?

Os olhos cor de aço de repente estavam muito francos. Charles ficou confuso por um momento. Abriu as mãos.

— Vejo o que todo homem inteligente vê... a grande utilidade do comércio, o lugar essencial que ocupa em nosso país...

— Ah, sim. Isso é o que diz todo político. Eles precisam falar assim, pois a prosperidade do país depende do comércio. Mas você gostaria se dissessem que você se dedica... ao comércio?

— Essa possibilidade nunca surgiu.

— Mas e se surgisse?

— O senhor está querendo dizer que... eu...

Finalmente percebeu aonde o sogro queria chegar, e este, ao ver sua perplexidade, apressou-se a ceder lugar ao cavalheiro.

— É claro que não estou pretendendo que se ocupe com o dia-a-dia da minha empresa. Essa é a obrigação dos meus superintendentes, dos funcionários e do resto. Mas meus negócios estão prosperando, Charles. No próximo ano, vamos abrir empórios em Bristol e Birmingham. E isso é apenas o começo. Não lhe posso oferecer um império geográfico ou político, mas estou convencido de que um dia Ernestina e você terão uma espécie de império. — O Sr. Freeman começou a andar de um lado para o outro. — Enquanto pareceu claro que você teria que se encarregar de administrar a propriedade de seu tio, eu não disse nada. Mas você tem energia, cultura, grande capacidade...

— Mas minha ignorância do que tão amavelmente sugere é... bem... praticamente total.

O Sr. Freeman fez um gesto descartando a objeção.

— As qualidades que mais importam são a probidade, a capacidade de impor respeito, o tino para julgar as pessoas. E não acho que elas lhe faltem.

— Acho que não compreendi muito bem o que o senhor está sugerindo.

— Não estou sugerindo nada de imediato. De qualquer maneira, nos próximos dois anos, você tem o seu casamento com que se preocupar. Não precisará de outras preocupações, nem de interesses. Mas chegará a hora em que talvez possa ser... divertido para você saber algo mais sobre a grande empresa que herdará, através de Ernestina, e nada daria mais prazer a mim e a minha mulher, devo acrescentar, do que satisfazer esse interesse.

— A última coisa que quero é parecer ingrato, mas... bem, isso parece tão em desacordo com as minhas tendências naturais, com as poucas qualidades que possuo...

— Não estou sugerindo mais que uma sociedade. Em termos práticos, nada mais oneroso, para início de conversa, do que uma visita ocasional ao escritório, uma supervisão geral do que está acontecendo. Acho que ficaria surpreso com o tipo de homens que agora emprego nos cargos de mais responsabilidade. Ninguém precisa se envergonhar de se dar com eles.

— Asseguro-lhe que minha hesitação não se deve a considerações sociais.

— Nesse caso, só pode se dever à sua modéstia. E nisto, meu caro, você se subestima. Há de chegar o dia que mencionei... em que já não estarei mais aqui. Naturalmente, você poderá se desfazer do que levei a vida inteira para construir. Poderá encontrar bons administradores para cuidarem da empresa para você. Mas sei do que estou falando. Uma empresa de sucesso precisa de um proprietário ativo tanto quanto um bom exército precisa de um general. Nem os melhores soldados do mundo poderão ajudar se ele não estiver ali para comandar a batalha.

Charles sentiu-se, ao primeiro impacto dessa atraente comparação, como Jesus de Nazaré ao ser tentado por Satanás. Ele também tinha tido os seus dias no deserto para tornar a proposta mais tentadora. Mas era um fidalgo, e os fidalgos não se podem dedicar ao comércio. Procurou uma maneira de explicar isso, e falhou. Numa discussão de negócios, a indecisão é sinal de fraqueza. O Sr. Freeman aproveitou a oportunidade.

— Você nunca conseguirá me convencer de que nós todos descendemos dos macacos. Acho essa idéia blasfema. Mas pensei muito em algumas coisas que disse durante o nosso pequeno desentendimento. Gostaria que me repetisse o que falou... sobre essa teoria da evolução... Que uma espécie precisa mudar...

— Para sobreviver. É necessário adaptar-se às mudanças do meio ambiente.

— Exatamente. Já nisso eu consigo acreditar. Sou vinte anos mais velho do que você. Além do mais, passei toda a vida numa posição em que, se não nos modificamos, e com muita inteligência, para nos adaptar ao gosto do momento, não conseguimos sobreviver. Vamos à falência. Os tempos estão mudando, você sabe. Esta é a era do progresso. E o progresso é como um cavalo fogoso. Ou montamos nele ou ele monta em nós. Deus me livre de pensar que a ocupação de cavalheiro não seja uma atividade satisfatória na vida. Que nunca poderá ser. Mas esta é uma era de realizações, Charles, de grandes realizações. Você pode dizer que essas coisas não lhe interessam, que estão abaixo do seu nível. Mas pergunte a si mesmo se não devem lhe interessar. É tudo o que proponho. Reflita sobre isso. Não há necessidade de uma decisão já, absolutamente não há. — Fez uma pausa. — Mas não rejeite a idéia de cara.

Charles sentia-se realmente àquela altura como uma amostra de guardanapo mal acabada, uma vítima da evolução em todos os sentidos. Suas velhas dúvidas sobre a inutilidade de sua existência foram facilmente reavivadas. Adivinhava agora o que o Sr. Freeman pensava realmente dele: que era um vagabundo. E também o que lhe propunha: que ganhasse o dote de sua filha. Gostaria de se mostrar discretamente frio, mas, por trás daquela veemência, havia um certo calor na voz do Sr. Freeman que supunha intimidade. Charles sentia-se como se tivesse viajado toda a sua vida por colinas aprazíveis e agora visse diante de seus olhos uma vasta planície de tédio e — ao contrário de um outro peregrino,[2] mais famoso, divisasse apenas o Dever e a Humilhação lá embaixo, não a Felicidade ou o Progresso.

Fazendo um esforço, fitou aqueles olhos expectantes e penetrantes de comerciante.

— Confesso que estou meio aturdido.

— Só lhe peço que pense um pouco no assunto.

— Claro. Sem dúvida. Vou pensar seriamente.

O Sr. Freeman foi até a porta e abriu-a. Sorriu.

— Receio que ainda tenha que passar por uma provação. A Sra. Freeman está à nossa espera, não vendo a hora de saber de todos os mexericos de Lyme.

Pouco depois, os dois seguiam por um largo corredor em direção ao amplo patamar que dava para o imponente vestíbulo da casa. Quase tudo ali estava dentro do melhor padrão de bom gosto da época. E, no entanto, enquanto desciam a escadaria em curva ao pé da qual um lacaio os esperava, Charles sentia-se vagamente desvalorizado; um leão enjaulado. De repente, sentiu uma onda de ternura por Winsyatt, por seus "malditos" quadros e móveis velhos, por sua antiguidade, sua segurança, seu *savoir-vivre.* Teoricamente, a idéia da evolução era atraente, mas, na prática, parecia tão carregada de ostentação vulgar quanto aquelas colunas coríntias recém-douradas que emolduravam a porta em cujo limiar ele e seu algoz agora se detiveram um segundo antes de entrar.

— Sr. Charles Smithson, senhora.

38

Cedo ou tarde posso também adquirir passivamente a marca
Da era de ouro — por que não? Não tenho fé nem esperança;
Meu coração pode virar mó e meu rosto pedra
Enganar e ser enganado, e morrer: quem sabe? Somos todos cinza e pó.

TENNYSON, *Maud* (1855)[1]

Quando Charles se viu finalmente na larga escadaria da mansão londrina dos Freeman, os lampiões de gás já brilhavam no fresco anoitecer. Havia uma ligeira bruma, em que o perfume da vegetação primaveril do parque em frente se misturava à fuligem costumeira. Charles respirou fundo aquele cheiro acre típico de Londres e decidiu seguir a pé. A carruagem que haviam chamado para ele foi dispensada.

Foi andando meio sem rumo, na direção de seu clube em St. James. Primeiro acompanhou o sólido gradil do parque, o mesmo cuja queda diante da turba (e dos olhos horrorizados de seu recente interlocutor) apenas três semanas depois precipitaria a aprovação do grande projeto de lei da reforma. Entrou em seguida em Park Lane, mas a pressão do tráfego ali era desagradável. Os engarrafamentos dos meados da época vitoriana eram tão incômodos quanto os modernos — e muito mais barulhentos, uma vez que todas as rodas tinham uma cinta de ferro que rangia nos paralelepípedos. Então, pegando o que imaginava ser um atalho, mergulhou no coração de Mayfair. O nevoeiro engrossara e, embora não impedisse totalmente a visibilidade, dava às coisas um aspecto ligeiramente onírico; como se ele fosse um visitante de outro mundo, um Cândido que só conseguisse entender explicações óbvias, um homem subitamente desprovido do senso de ironia.

Estar sem aquela faculdade fundamental de sua personalidade era quase como estar nu; e esta talvez seja a melhor descrição do que Charles sentia. Ele já não sabia ao certo o que o levara a procurar o pai de Ernestina; o assunto podia ter sido tratado por carta. Seus escrúpulos agora pareciam ridículos, assim como toda aquela sua conversa sobre pobreza, sobre a necessidade de controlar os rendimentos. Naquela época, e especialmente numa noite de nevoeiro como aquela, as pessoas em melhor situação andavam de carruagem; a pé, andavam os pobres. Assim, quase todas as pessoas com quem Charles cruzava pertenciam às classes mais modestas; criados das grandes casas de Mayfair, funcionários, dependentes, mendigos, varredores de rua (uma profissão muito mais comum naquela época em que reinava o cavalo), vendedores ambulantes, moleques de rua, uma ou outra prostituta. Sabia que, para todos eles, possuir uma renda de cem libras por ano seria uma fortuna; e ele acabava de inspirar pena em alguém por ter que viver com uma renda vinte e cinco vezes maior.

Charles não era um socialista de primeira hora. Não percebia a enormidade do problema moral representado por sua situação econômica privilegiada, porque estava longe de se considerar privilegiado em outros aspectos. A prova disso estava à sua volta. De um modo geral, os passantes não pareciam estar infelizes com sua sorte, a menos que fossem mendigos, e estes tinham que ter uma aparência miserável para se dar bem. Mas ele *era* infeliz. Diferente e infeliz; parecia que todo aquele enorme aparato que o cavalheiro tinha que erguer ao seu redor era como a espessa couraça que constituíra a sentença de morte de tantas antigas espécies de sáurios. Essa imagem do monstro superado por uma espécie mais preparada o fez diminuir o passo. Chegou mesmo a parar — pobre fóssil ambulante, enquanto outras formas de vida mais adequadas passavam atarefadas por ele, como amebas vistas num microscópio, ao longo da fileira de lojas em que ele chegara.

Dois tocadores de realejo competiam entre si, e um banjoísta competia com os dois. Vendedores de purê de batatas, de pés de porco ("Um penny por pezinho, coma enquanto está quentinho"), castanhas assadas. Uma velha vendia fósforos, outra, uma cesta de narcisos. Barqueiros, controladores dos registros de água, lixeiros com seus gorros guarnecidos de aba para proteger o pescoço, mecânicos com seus chapéus quadrados; e um enxame de moleques sentados como filhotes de abutres nas soleiras, nos meios-fios ou encostados nos postes em que se amarravam as carruagens. Um deles, que pulava para se aquecer — como a maioria, andava descalço —, interrompeu o aquecimento para assoviar para um colega que vendia gravuras, que correu brandindo o maço de estampas coloridas e foi oferecê-las a Charles, que havia parado nos bastidores daquele palco animado.

Charles afastou-se depressa e buscou uma rua mais escura. Uma vozinha áspera o perseguiu cantando os versos zombeteiros de uma balada vulgar daquele ano.

Por que não vai lá em casa, lorde Marmaduke
E vem jantar comigo?
E quando tivermos virado uma caneca de cerveja
Faremos quebra-cabeças larari-rará,
Larari-lará.

O que fez lembrar a Charles, quando afinal conseguiu escapar da voz e das vaias que a acompanhavam, aquele outro ingrediente que entrava na composição do ar londrino — não tão físico, mas tão inconfundível quanto a fuligem —, o perfume do pecado. Não era tanto as miseráveis mulheres de rua com quem ele cruzava e que o olhavam sem se oferecer a ele (era óbvio que ele era um cavalheiro e elas buscavam presas menores) quanto o anonimato geral da cidade; quanto a sensação de que nela se podia ocultar qualquer coisa, que tudo passava despercebido.

Lyme era uma cidade de olhos perscrutadores; e aquela era uma cidade cega. Ninguém se voltava para olhá-lo. Ele era quase invisível, não existia, e isso lhe deu uma sensação de liberdade, mas era uma sensação horrível, pois na verdade perdera essa liberdade — era como Winsyatt, em suma. Tudo em sua vida estava perdido, e tudo lhe lembrava isso.

Um homem e uma mulher passaram apressados, conversando em francês. E eram franceses. Charles se viu desejando estar em Paris, e daí desejou estar no estrangeiro... viajando. De novo! *Se ao menos eu pudesse fugir, se ao menos eu pudesse fugir...* Murmurou as palavras para si mesmo umas dez vezes. Então, metaforicamente, se sacudiu por ser tão pouco prático, tão romântico, tão irresponsável.

Passou por umas cavalariças, que ainda não eram uma vila sofisticada de casinhas elegantes, e desempenhavam ruidosamente sua função original: ali, cavalos eram escovados e tratados, carruagens, desatreladas, os cascos repicavam quando os animais eram obrigados a recuar no meio dos varais. Um cocheiro assoviava estridentemente enquanto lavava as laterais da carruagem, e todos se preparavam para os trabalhos da noite. Charles teve então uma idéia espantosa: as classes baixas eram, no fundo, mais felizes do que as altas. Não eram, como queriam os radicais, uma infra-estrutura sofredora gemendo oprimida pelas extravagâncias dos ricos, mas antes pareciam parasitas felizes. Lembrou-se de ter encontrado poucos meses antes um ouriço-cacheiro nos jardins de Winsyatt. Cutucara-o com sua bengala e o fizera se transformar numa bola. E, entre os espinhos eriçados, vira um enxame de pulgas nervosas. Seu interesse pela biologia o fez sentir mais fascínio do que asco ao ver aquela relação entre mundos distintos — do mesmo modo que a depressão que agora sentia o levava a se identificar com o ouriço: um animal cuja única defesa era fingir-se de morto e eriçar os espinhos, sua sensibilidade aristocrática.

Um pouco mais tarde passou pela loja de um ferreiro e parou à janela. Viu o balcão lá dentro, o ferreiro de chapéu-coco e avental de algodão, contando velas para uma menina de dez anos, que olhava para ele, os dedos vermelhos já segurando no alto a moeda para o pagamento.

Profissão. Comércio. E, ao lembrar a oferta que acabavam de lhe fazer, corou. Via agora que era um insulto, que aquela sugestão fora inspirada pelo desprezo à sua classe. Freeman devia saber que ele nunca poderia entrar no comércio, bancar o lojista. Deveria ter rejeitado friamente a sugestão tão logo fora mencionada. Mas como fazer isso, se toda a sua fortuna viria exatamente dessa fonte? E aqui chegamos perto da verdadeira origem do mal-estar de Charles: aquela sensação de que agora era o marido comprado, o boneco dos sogros. Não importava que esses casamentos fossem tradicionais na sua classe. A tradição remontava a uma época em que o casamento entre um homem e uma mulher de categoria era um contrato público de negócios que não se esperava que nem o marido nem a mulher honrassem além dos termos implícitos: dinheiro em troca de posição. Mas o casamento era agora uma união casta e sagrada, uma cerimônia cristã para a consagração do amor puro, e não da pura conveniência. Mesmo que ele fosse bastante cínico para tentar uma união de conveniência, sabia que Ernestina jamais permitiria que o amor se tornasse um princípio secundário em seu casamento. Exigiria sempre que ele a amasse, e só a ela. E, em decorrência disso, outras coisas se fariam necessárias: sua gratidão pelo dinheiro dela, a chantagem moral para que se associasse...

Como que levado por um feitiço fatal, chegou a uma esquina. No final de uma travessa escura, via-se a fachada iluminada de um prédio. Charles imaginava estar a essa altura perto de Piccadilly, mas sem dúvida se enganara de direção, pois aquele palácio dourado que se via no fim do cruzamento de cor sépia à sua frente ficava na Oxford Street... e, por uma fatal coincidência, no ponto exato em que estava situada a grande loja do Sr. Freeman. Como que hipnotizado, seguiu pela travessa e chegou à Oxford Street, onde pôde ver toda a extensão do gigantesco prédio amarelo de três andares, cujas vitrinas apinhadas (que recentemente haviam substituído as janelas) expunham sua variedade de algodões, rendas, vestidos, rolos de tecido. Alguns dos cilindros e das volutas de anilina nova pareciam quase manchar o que estava em volta, de tal maneira eram intensos e *nouveau riche*. Cada artigo trazia a etiqueta branca que anunciava o preço. A loja ainda estava aberta, e havia um entra e sai de gente. Charles tentou se imaginar cruzando aquelas portas, e não conseguiu. Preferiria ser o mendigo acocorado no portal ao lado.

Não era simplesmente que a loja tivesse deixado de ser para ele o que fora até então — uma piada de humor negro, uma mina de ouro na Austrália, um lugar que não existia na realidade. Agora se mostrava cheia de poder — uma máquina colossal, um monstro pronto para sugar e triturar quem passasse por perto. Para muitos homens, mesmo naquela época, a idéia de que aquele enorme prédio, com todo o seu ouro e o seu poder, estava ao alcance de sua mão seria como o céu na terra. Mas Charles, em pé na calçada em frente, fechou os olhos como se esperasse tirar essa idéia da cabeça para sempre.

Decerto, havia uma certa baixeza em sua rejeição — um simples esnobismo, uma anuência em se deixar julgar por um tribunal de antepassados. Havia também um pouco de preguiça; o medo do trabalho, da rotina, de se concentrar nos detalhes. E covardia também — pois Charles, como você já deve ter notado, se intimidava com os outros seres humanos, especialmente os de classe inferior à sua. A idéia do contato com todos aqueles vultos que ele via em destaque passando diante das vitrinas e entrando e saindo da loja dava-lhe náuseas. Era uma impossibilidade.

Mas havia uma certa nobreza em sua rejeição: a idéia de que procurar ganhar dinheiro era um objetivo de vida insatisfatório. Ele jamais seria um Darwin ou um Dickens, um grande artista ou cientista. No máximo seria um diletante, um parasita, um zero à esquerda que deixa os outros trabalharem e não contribui com nada. Mas sua nulidade lhe dava uma estranha espécie de dignidade momentânea, a noção de que escolher não ser nada — e não ter nada senão espinhos — era o último privilégio de um cavalheiro, quase que a sua última liberdade. Tudo lhe pareceu muito claro então: se eu algum dia puser os pés ali, estou liquidado.

Este pode lhe parecer um dilema muito datado; e não defendo particularmente o Cavalheiro, que em 1969 é uma espécie muito mais próxima da extinção do que até mesmo Charles, com seu pessimismo, poderia imaginar naquela longínqua noite de abril. A morte não está na natureza das coisas; ela é a natureza das coisas. Mas o que morre é a forma. A matéria é imortal. Através dessa sucessão de formas ultrapassadas que nós chamamos de existência, flui uma espécie de vida após a morte. Podemos acompanhar as melhores qualidades do cavalheiro vitoriano remontando aos *parfit knights* e *preux chevaliers* da Idade Média e avançando até os cavalheiros da época moderna, essa raça que chamamos de cientistas, uma vez que foi para eles, sem dúvida, que o rio correu. Em outras palavras, toda cultura, por mais antidemocrática ou mais igualitária que seja, necessita de uma elite ética e autoquestionadora que esteja limitada por certas regras de conduta, algumas das quais podem ser inteiramente antiéticas, e por isso explicam a eventual morte da forma, embora seu objetivo oculto seja bom: constituir uma estrutura para os melhores efeitos de sua função na história.

Talvez você não encontre nenhuma ligação entre o Charles de 1267, imbuído das novas idéias francesas sobre a castidade e dedicado à busca de Santos Graais; o Charles de 1867, com seu horror ao comércio; e o Charles de hoje, um cientista da informática, surdo aos clamores dos delicados humanistas que começam a perceber a própria redundância. Mas existe um elo: todos eles rejeitaram e ainda rejeitam a noção de *posse* como objetivo de vida, seja a posse do corpo de uma mulher, de lucros altos a qualquer preço ou do direito de determinar o ritmo do progresso. O cientista não passa de uma nova forma que também será ultrapassada.

Pois bem, tudo isso constitui a grande e eterna relevância do mito do Novo Testamento da Tentação no Deserto. Toda pessoa inteligente e instruída tem automaticamente seu próprio deserto; e em algum momento da vida, terá tido sua tentação. Rejeitá-la pode ser tolice, mas nunca é condenável. Você acaba de recusar uma tentadora oferta na área da ciência aplicada comercial para continuar se dedicando à sua carreira acadêmica? Sua última exposição não fez tanto sucesso quanto a anterior, mas você está decidido a manter seu novo estilo? Acaba de tomar uma decisão em que não levou em conta seu interesse pessoal? Então não diga que o estado de espírito de Charles não passa de mero condicionamento de um esnobismo fútil. Veja-o como ele é: um homem em luta para vencer a história, ainda que ele próprio não perceba isso.

O que oprimia Charles era mais do que o instinto humano comum de preservar a sua identidade pessoal. Atrás dele, estavam todos aqueles anos de reflexões, de especulações, de autoconhecimento. Parecia-lhe que o preço que exigiam que ele pagasse era renegar todo o seu passado, o que ele foi de melhor como indivíduo. Não podia acreditar que tudo o que havia desejado fosse sem valor, por mais que tivesse falhado na tentativa de ajustar a realidade ao sonho. Buscara o sentido da vida — mais do que isso, acreditara, pobre palhaço, que às vezes até chegara a entrevê-lo. Seria culpa sua, se não tinha talento para transmitir aos outros essas conjeturas? Se, para um observador de fora, parecia um diletante, um amador incurável? Pelo menos havia chegado à conclusão de que o sentido da vida não podia ser encontrado na loja do Sr. Freeman.

Mas a base de tudo isso, pelo menos no caso de Charles, era a doutrina da sobrevivência do mais forte e, mais particularmente, um aspecto dessa doutrina que ele tinha discutido — e fora uma discussão imbuída de otimismo — com Grogan naquela noite em Lyme: que o ser humano não pode deixar de considerar a sua capacidade de auto-análise como um privilégio muito especial em sua luta para se adaptar. Os dois homens tinham visto nisso uma prova de que o livre-arbítrio não estava em perigo. Se era necessário mudar para sobreviver — o que até mesmo os Freeman admitiam —, pelo menos a pessoa tinha o direito de escolher os métodos. Mas chega de teoria. A prática... como Charles agora constatava, era outra coisa.

Estava preso numa armadilha. Não podia estar, mas estava.

Por um momento, revoltou-se contra as imensas pressões de sua era. Depois ficou gelado até a medula, dominado por um frio ódio contra o Sr. Freeman e o freemanismo.

Fez sinal com a bengala para um coche que passava. Lá dentro, recostou-se na banqueta de couro bolorenta e fechou os olhos. Em sua mente, surgiu uma imagem consoladora. Esperança? Coragem? Determinação? Acho que não. Viu uma tigela de ponche de leite e uma garrafa de champanhe.

39

Ora, e se eu sou uma prostituta, que direito tem a sociedade de me insultar? A sociedade me fez algum favor? Se sou um câncer medonho da sociedade, as causas da doença não devem ser procuradas na podridão de sua carcaça? Não sou filha legítima dessa sociedade e não sua bastarda, senhor?

De uma carta publicada no *The Times*
(24 de fevereiro de 1858)*

Ponche de leite e champanhe talvez não pareçam uma conclusão filosófica muito profunda para tanta meditação; mas sempre haviam sido receitados em Cambridge como solução para todos os problemas conhecidos. E embora, desde que deixara a universidade, Charles tivesse aprendido muito mais coisas sobre os problemas, nunca encontrou solução melhor. Felizmente seu clube, como a maioria dos clubes ingleses para cavalheiros, baseava-se no princípio muito simples e benéfico de que os tempos de estudante eram os melhores na vida de um homem. Oferecia todo o conforto de um colégio de luxo sem nenhum de seus aborrecimentos supérfluos (professores, reitores e exames). Em suma, agradava o adolescente que há no homem. E também servia um excelente ponche de leite.

Aconteceu que os dois primeiros sócios do clube que Charles viu ao entrar no salão de fumar haviam sido seus colegas de escola. Um era filho caçula de um bispo, e tido como uma desgraça para o pai. O outro era o que Charles até muito

* O essencial desta célebre e sarcástica carta, que teria sido escrita por uma prostituta bem-sucedida ou, mais provavelmente, por alguém como Henry Mayhew, pode ser lido em *Human Documents of the Victorian Golden Age.*

recentemente esperara ser: um baronete. Tendo nascido com um bom pedaço de Northumberland no bolso, sir Thomas Burgh mostrara-se uma rocha sólida demais para que a história pudesse movê-la. As imemoriais ocupações de seus ancestrais sempre tinham sido as caçadas, a bebida e as prostitutas, e sir Thomas continuava se dedicando a elas com um adequado senso de tradição. Tinha sido o chefe do grupo de farristas para o qual Charles se deixara arrastar em sua época de estudante em Cambridge. Suas aventuras, tanto do tipo Mytton[1] quanto do tipo Casanova, eram famosas. Foram feitas várias tentativas para expulsá-lo do clube, mas, como o carvão usado ali provinha de uma de suas minas e a um preço que era quase um presente, os conselhos mais prudentes sempre prevaleciam. Além do mais, sua conduta era de certo modo honesta. Pecava sem vergonha nenhuma, mas também sem hipocrisia. Era generoso demais; a maioria dos membros mais jovens do clube já lhe devera dinheiro em algum momento. E seus empréstimos eram os de um cavalheiro — sem prazo para pagamento e sem juros. Era sempre o primeiro a assinar qualquer lista de aposta que aparecesse, e, de uma certa maneira, fazia lembrar a todos os membros do clube, à exceção dos infalivelmente sóbrios, os seus tempos menos sóbrios da juventude. Era baixo e corpulento e estava sempre corado pelo efeito do vinho e da vida ao ar livre. E em seus olhos havia essa esplêndida inocência, essa opaca candura azul dos que sucumbiram a Satanás. Esses olhos brilharam quando Charles entrou.

— Charley! Que diabo está fazendo aqui, longe da prisão do matrimônio?

Charles sorriu, não sem deixar de se sentir tristemente idiota.

— Boa-noite, Tom. Como vai, Nathaniel? — Com seu eterno charuto na boca, a pedra no sapato do infeliz bispo levantou languidamente a mão. Charles voltou-se para o baronete.

— Liberdade condicional, sabe. Minha cara-metade está em Dorset, tomando as águas.

— Enquanto isso, você areja as idéias e as rega com álcool, não? — disse Tom, com uma piscadela. — Ouvi dizer que ela é a rosa da temporada. Nat falou. Está com inveja, sabe. Aquele desgraçado do Charles, diz ele. A melhor garota e o melhor casamento. Não é justo, é, Nat? — O filho do bispo vivia precisando de dinheiro e Charles adivinhou que não era a beleza de Ernestina que ele invejava. Em qualquer outra ocasião ele teria, a essa altura, deixado os dois para dedicar-se à leitura dos jornais ou procurar amigos menos depravados. Mas naquela noite continuou ali. "Topariam" um ponche com champanhe? Toparam. Assim, Charles sentou-se com eles.

— Como vai o querido tio, Charles? — Sir Tom deu outra piscadela, mas de uma forma tão natural que era impossível a pessoa se ofender. Charles murmurou que ele estava em plena forma.

— E como vai de cachorros? Pergunte a ele se quer um reforço do que há de melhor em Northumberland. Uns verdadeiros anjos, embora o criador seja eu. Tornado, você se lembra do Tornado? Netos dele. — Tornado passara um trimestre clandestinamente no quarto de sir Tom em Cambridge.

— Lembro, sim. E os meus tornozelos também.

Sir Tom abriu um sorriso largo.

— Ih, ele gostou de você. Sempre mordia as pessoas de quem gostava. Pobre Tornado, que Deus o tenha. — E esvaziou o copo de ponche com tanto pesar que seus dois companheiros começaram a rir. O que foi maldade, pois a tristeza era sincera.

Assim se passaram duas horas — e mais duas garrafas de champanhe, além de outra tigela de ponche, acompanhadas de boas porções de costeletas e rins (os três cavalheiros haviam passado à sala de jantar), que exigiram ser copiosamente regadas com clarete, que, por sua vez, necessitou ser purgado com uma ou duas garrafas de porto.

Sir Tom e o filho do bispo eram bebedores profissionais e ingeriram uma quantidade muito maior de bebida do que Charles. No fim da segunda garrafa de porto, aparentemente, estavam mais bêbados que ele. Mas, na verdade, a fachada de Charles era de sobriedade, ao passo que a deles era de embriaguez, exatamente o oposto do estado de cada um, como ficou claro quando saíram da sala de jantar para o que sir Tom chamou vagamente de "dar uma voltinha pela cidade". Charles era o único que não se mantinha firme nas pernas. Não estava embriagado a ponto de não se sentir embaraçado com isso, e lhe parecia ver os críticos olhos cinzentos do Sr. Freeman voltados para ele, embora nenhuma pessoa tão intimamente ligada ao comércio como o Sr. Freeman pudesse jamais ser admitida naquele clube.

Ajudaram-no a vestir a capa e lhe puseram nas mãos o chapéu e a bengala; em seguida, viu-se envolvido pelo frio cortante da rua — o prometido nevoeiro não tinha se materializado, mas a bruma persistia — enquanto olhava com a maior concentração para o escudo de armas pintado na portinhola do coche de sir Tom. Winsyatt o apunhalava perversamente outra vez, mas aí o brasão dançou diante de seus olhos. Seguraram-no pelos braços, e logo depois ele se viu sentado ao lado de sir Tom, de frente para o filho do bispo. Não estava bêbado a ponto de não notar a piscadela trocada entre os dois amigos; mas estava o bastante para não perguntar o que significava. Pensou com seus botões que não fazia diferença. Sentia-se feliz por estar bêbado, por ver tudo dançando um pouco, pelo fato de o passado e o futuro não terem a menor importância. Teve muita vontade de lhes contar tudo sobre a Sra. Bella Tomkins e Winsyatt; mas não estava bêbado a esse ponto. Um cavalheiro é sempre um cavalheiro, mesmo quando bebe. Virou-se para Tom.

— Tom... Tom, meu amigo querido, você tem uma sorte danada.

— Você também, Charles, meu garoto. Todos nós temos uma sorte danada.

— Aonde vamos?

— Aonde todo sujeito que tem uma sorte danada vai para passar uma noitada alegre. Ei, Nat, não é?

Fez-se silêncio então, enquanto Charles tentava vagamente descobrir em que direção estavam indo. Dessa vez não notou a segunda troca de piscadelas. Lentamente, registrou as palavras-chave da frase de sir Tom. Voltou-se para ele solenemente.

— Noitada alegre?

— Vamos para a casa da velha madame Terpsícore, Charles. Fazer um ato de devoção do santuário das musas, não sabe?

Charles encarou o rosto sorridente do filho do bispo.

— Santuário?

— Maneira de dizer, Charles.

— Isso é metonímia. Vênus por *puella* — explicou o filho do bispo.

Charles continuou olhando para eles e, de repente, sorriu.

— Excelente idéia. — Mas aí reassumiu aquele ar bastante solene e voltou a olhar pela janela. Achou que devia mandar parar a carruagem e se despedir dos dois. Lembrou-se, num breve momento de sensatez, da reputação que aqueles dois tinham. Então surgiu do nada a cara de Sarah, aquela cara de olhos fechados voltada para a dele, o beijo... tanto alvoroço por nada. Sabia qual era a causa de seus males: precisava de uma mulher, precisava fornicar. Precisava de uma última farra, assim como às vezes precisava de um purgante. Olhou para sir Tom e para o filho do bispo. O primeiro estava esparramado em seu canto, o segundo esticara as pernas, pousando-as no assento. As cartolas de ambos estavam colocadas de lado, num ângulo engenhosamente dissoluto. Desta vez as piscadelas foram trocadas pelos três.

Logo entraram no tráfego intenso de carruagens que se dirigiam para aquela zona da Londres vitoriana que, um tanto misteriosamente — uma vez que se tratava de uma zona central em muitos aspectos —, deixamos de lado ao fazer nosso retrato da época: uma zona de cassinos (mais pontos de encontro que salões de jogos), cafés onde as pessoas se reuniam e salões de fumar nas áreas mais públicas (o Haymarket e a Regent Street) e um bordel ao lado do outro em todas as travessas adjacentes. Passaram pela famosa Casa das Ostras no Haymarket ("Lagostas, Ostras, Salmão marinado e defumado") e pela não menos famosa Royal Albert Potato Can, dirigida pelo Khan, que era o legítimo *khan* dos vendedores de batata assada de Londres, atrás de uma enorme barraca escarlate e dourada, que apregoava seus produtos. Depois passaram por grupos de mulheres da vida (e então o filho do bispo sacou o lornhão de seu estojo de couro cru), as mais ilustres em suas carruagens, as outras fazendo o *trottoir*... desde as pálidas costureirinhas até as viragos de cara avermelhada pela bebida. Uma torrente de cores — e de extravagância, pois ali eram permitidas as coisas mais inimagináveis. Mulheres trajadas como barqueiros parisienses, de calças e chapéu-coco, como marujos, como *señoritas* espanholas, como camponesas sicilianas. Era como se tivessem despejado nas ruas todo o elenco dos inúmeros teatros baratos das redondezas. Muito mais discretos, os clientes, iguais em número, observavam a qualidade da noite, bengala na mão e charuto à boca. E Charles, embora desejasse não ter bebido tanto para não ter que olhar as coisas duas vezes, achava também tudo maravilhoso, alegre, animado e, acima de tudo, a antítese do Sr. Freeman.

Desconfio que Terpsícore não teria concedido sua chancela ao público do qual nossos três amigos faziam parte dez minutos mais tarde. Pois eles não estavam sozinhos. Havia mais seis ou sete rapazes e dois velhos, um dos quais Charles reconheceu como sendo um dos pilares da Câmara dos Lordes. Estavam sentados num amplo salão decorado no melhor estilo parisiense, ao qual se tinha acesso através de uma viela estreita e barulhenta que dava numa rua situada num dos extremos do Haymarket. No fundo da sala, iluminada por vários candelabros, havia um pequeno palco, oculto por cortinas vermelhas, nas quais estavam bordados dois pares de sátiros e ninfas. Um dos sátiros preparava-se claramente para tomar posse de sua pastora, e o outro já havia sido recebido. Em letras negras sobre uma placa dourada acima das cortinas estava escrito: *Carmina Priapea XLIV.*

> Velle quid hanc dicas, quamvis sim ligneus, hastam,
> oscula dat medio si qua puella mihi?
> augure non opus est: "in me" mihi credite, dixit
> "utetur veris viribus hasta rudis".*

O tema da copulação se repetia em várias gravuras com molduras douradas que estavam penduradas entre as janelas guarnecidas de cortinas. Uma moça de cabelos soltos e saiote já servia champanhe de Roederer aos cavalheiros. Em segundo plano, uma senhora de uns cinqüenta anos, excessivamente pintada, mas vestida com mais decoro, observava tranqüilamente sua clientela. A despeito da diferença entre as duas profissões, tinha

---

* É o deus Príapo quem fala (nas hortas romanas eram comuns as estatuetas de madeira representando este deus com o falo ereto, tanto para afugentar os ladrões como para trazer fecundidade): "Querem saber por que as moças beijam esta minha lança, embora seja feita de madeira? Não é preciso ser adivinho para descobrir. 'Tomara', pensam elas, 'que os homens usem essa lança em mim, e com brutalidade'."

a mesma mentalidade da Sra. Endicott de Exeter, embora seus cálculos fossem feitos antes em guinéus do que em xelins.

Cenas como as que se seguiram provavelmente mudaram menos no curso da história do que as relacionadas com qualquer outra atividade humana. O que se fez diante dos olhos de Charles também foi feito, de maneira idêntica, diante de Heliogábalo, e sem dúvida de Agamemnon. E continua sendo feito hoje em inúmeras espeluncas do Soho. O que me agrada particularmente nesse passatempo tão antigo e tão respeitado é que nos permite recorrer à imaginação dos outros. Andei fuçando recentemente o tipo de sebo que considero melhor: o desorganizado. Na seção de "Medicina", entre uma *Introdução à hepatologia e doenças do sistema brônquico,* encontrei o título ainda mais desinteressante: *A história do coração humano.* Tratava-se, na realidade, da história nada desinteressante de um animado pênis humano. A primeira edição datava de 1749, o mesmo ano da publicação da obra-prima do gênero, *Fanny Hill*, de Cleland. O autor do livro não tem o talento deste, mas serve.

> A primeira Casa em que entraram era um conhecido bordel onde encontraram um Bando de Perdizes Urbanas, que foram mais apreciadas por Camillo do que todas as aves para as quais tinha preparado Armadilhas no Campo. Entre elas, se achava a Srta. M., a famosa Garota das Posições, cuja Presença deu a nosso Bando de Farristas a idéia de mostrar ao seu novo Companheiro uma Cena com que ele jamais sonhara até então.
>
> Foram levados para uma ampla Sala, o Vinho foi trazido e o Criado dispensado. Depois de tomar um Copo, as Damas receberam ordem de se preparar. Imediatamente se despiram, ficando nuas em pêlo, e treparam em cima da Mesa. Camillo ficou admiradíssimo com essa Organização, e não menos curioso para saber o que as moças tinham em Mente para se colocar naquele lugar Elevado. Todas tinham pernas bem-feitas, tez fresca e pele alva como a Neve, que sobressaía em contraste com seus Cabelos negros. Seus Rostos eram muito bonitos, e o Rosado natural que lhes iluminava

as Faces tornou-as, aos olhos de Camillo, autênticas Beldades, dignas de rivalizar com a própria Vênus. Depois de contemplar seus Rostos, ele baixou discretamente os Olhos para o Altar do Amor, que nunca tinha tido oportunidade de Ver tão bem como Então...

As partes da famosa Garota das Posições tinham qualquer coisa que atraía mais sua Atenção do que tudo o que havia visto até então. O Trono do Amor era recoberto por um tufo de cabelos negros, com mais de um palmo de comprimento e que ela havia engenhosamente repartido ao meio para deixar à mostra a Entrada da Gruta Mágica. A Aparência incomum dessa peluda região causou a Camillo um tipo de prazer muito estranho, que foi intensificado pelo Resto das Cerimônias realizadas por aquelas Devassas. Cada uma encheu uma Taça de Vinho e deitou-se na mesa, colocando a Taça sobre o Monte de Vênus, e todos os Homens do Grupo iam beber da taça colocada sobre a tentadora Protuberância, enquanto as Mancebas não poupavam lascivos Movimentos para aumentar a Diversão. Depois, fizeram os vários Truques e Posições para levantar o Desejo enfraquecido quando saciado após o Gozo natural, e depois obrigaram o pobre Camillo a passar por baixo da Ponte e sob as tépidas Cataratas, o que o deixou mais perturbado do que se tivesse caído de uma barca de Gravesend. Contudo, embora isso tivesse provocado Risadas em toda a confraria, Camillo suportou as brincadeiras com uma boa dose de paciência, ao ser informado da necessidade de todos os novos Membros serem assim iniciados nos Mistérios daquela Sociedade. Camillo começava agora a ficar repugnado com a prodigiosa Impudência das Mulheres; já não sentia a pungente emoção que sentira no início do espetáculo, e teria desejado que a confraria mandasse as lascivas damas se retirarem, mas seus companheiros não queriam separar-se delas até elas terem terminado o Exercício; as Ninfas, que angariavam uma nova Contribuição por cada nova Descoberta de suas impudentes Invenções, não se faziam de rogadas para gratificar os jovens Libertinos, mas continuavam, sem a menor Vergonha, a lhes mostrar até que ponto a Natureza Humana era capaz de se rebaixar.

Sua última Façanha inflamou de tal maneira aqueles Filhos da Devassidão que eles propuseram, para Encerrar o Espetáculo, que cada Homem escolhesse sua Posição e levasse a cabo o que até então só havia visto ser feito por mímica. Mas aí estava um Passo que as ninfas não estavam dispostas a dar, já que constituía a Principal Regra dessas donzelas nunca aceitar os abraços dos homens, temendo que isso viesse a estragar seu Lucrativo Negócio. Essa atitude espantou sobremaneira Camillo, que, diante do seu Comportamento anterior, convencera-se de que não existia uma única perversão que elas não estivessem dispostas a executar por dinheiro. E embora, antes dessa Recusa, a Obscenidade desenfreada daquelas mulheres tivesse afogado nele qualquer desejo de se deitar com elas, agora sentia renascer violentamente esse desejo, como se todas elas fossem Virgens pudicas, e ele não tivesse assistido a nenhuma de suas Depravações. Então tentou obrigá-las a se submeter com a mesma insistência do que qualquer outro Homem do Grupo.

Isto dá uma idéia geral do que se passava na casa da madame Terpsícore, embora com uma certa diferença: as moças de 1867, não tão exigentes quanto as de 1749, eram leiloadas de bom grado na cena final.

Mas Charles não estava lá para fazer um lance. Apreciara bastante os preâmbulos menos obscenos. Pôs a máscara de homem viajado, que já vira coisas melhores em Paris (pelo menos foi o que sussurrou a sir Tom), e bancou o jovem entediado que sabe de tudo. Mas, à medida que as roupas iam caindo, sua embriaguez se dissipava. Ele olhava para a boca lascivamente entreaberta dos homens que estavam no escuro ao lado dele, e ouviu sir Tom indicar ao filho do bispo a escolha que já fizera. Os corpos alvos abraçavam-se, contorciam-se, faziam as mímicas, mas parecia a Charles haver um certo desespero por trás dos sorrisos sugestivos congelados das moças. Uma delas era uma criança que mal devia ter chegado à puberdade. E em sua afetação de casta inocência parecia haver algo de genuinamente virginal, que ainda se afligia, sem estar totalmente calejada pela profissão.

Mas, apesar de sua repugnância, Charles sentia-se sexualmente excitado. Abominava o caráter público daquela exibição, mas havia nele muito de animal para que não se sentisse intimamente perturbado e excitado. Um pouco antes do fim, levantou-se calado e saiu da sala, como se fosse ao banheiro. Na ante-sala a pequena *danseuse* que servira o champanhe estava sentada diante de uma mesa com as capas e as bengalas dos cavalheiros. Um sorriso artificial enrugou sua cara pintada quando ela se levantou. Charles contemplou um instante seus cachos estudadamente desalinhados, seus braços nus e seu busto quase nu. Estava prestes a lhe dizer algo, mas mudou de idéia e apontou para as suas coisas. Atirou meio soberano na mesa ao lado da moça e saiu depressa.

Na rua, no fim da travessa, havia vários carros de praça à espera. Tomou o primeiro e gritou para o cocheiro o nome de uma rua em Kensington, nas vizinhanças de sua casa (tal era a prudente convenção vitoriana) e se afundou no assento. Não se sentia nobremente decente, mas sim como se tivesse engolido um insulto ou não tido coragem de aceitar um duelo. Seu pai levara uma vida em que noites como aquela eram lugar-comum. O fato de não conseguir suportá-las mostrava que ele não era normal. Onde estava o homem viajado e cosmopolita? Tinha virado um covarde. E seu noivado com Ernestina? Mas pensar nisso fazia com que se sentisse um prisioneiro despertando do sonho em que era livre e, ao tentar se levantar, seus grilhões faziam com que ele caísse de novo na negra realidade de sua cela.

O coche seguia devagar por uma rua estreita, congestionada com outros coches e carruagens, pois ali, sem dúvida, ainda era a zona do pecado. Sob cada lampião, em cada portal, havia prostitutas. Do escuro, Charles as observava. Sentia-se ferver por dentro, era intolerável. Se passasse por um objeto pontiagudo, deixaria que espetasse sua mão, lembrando Sarah diante da árvore de espinhos, tão forte era seu desejo de se machucar, de se punir, de fazer alguma coisa que lancetasse sua bile.

Uma rua mais calma. Passaram por um lampião embaixo do qual estava parada uma moça desacompanhada. Talvez devido à abundância de mulheres que havia visto na outra rua, aquela parecia abandonada, muito inexperiente para se aventurar a chegar mais perto. Mas sua profissão era inequívoca. Ela usava um vestido de algodão rosa, ordinário, com rosas artificiais no busto, e um xale branco nos ombros. Um chapéu preto, na última moda, pequeno e masculino, pousado num grande coque acaju coberto por uma rede. Ela olhou para o coche que passava, e algo no tom do cabelo, no olhar vivo de seus olhos sombreados, em sua postura vagamente melancólica, fez com que Charles espichasse o pescoço para vê-la da janela oval da carruagem. Teve um momento de indecisão intolerável, depois pegou a bengala e bateu-a com força no teto. O condutor parou imediatamente. Ouviram-se passos apressados, e o rosto apareceu logo abaixo dele, na abertura da frente do coche.

Na verdade, ela não se parecia muito com Sarah. Ele viu que o cabelo era vermelho demais para ser natural. E havia nela uma certa vulgaridade, uma audácia artificial em seu olhar firme e no sorriso de seus lábios vermelhos; excessivamente vermelhos — como um talho que sangrasse. Mas... apenas uma leve semelhança — algo na linha firme de suas sobrancelhas ou talvez de sua boca.

— Você tem um quarto?

— Tenho, sim senhor.

— Dê a ele o endereço.

Ela desapareceu por um momento de sua vista e disse qualquer coisa ao cocheiro. Depois subiu no estribo, fazendo balançar o coche, e sentou-se ao lado dele, impregnando o espaço estreito com seu perfume barato. Charles sentiu o tecido leve de sua manga e sua saia roçar nele, mas os dois não se tocaram. O coche seguiu em frente. Houve um silêncio que durou uns cem metros ou mais.

— É para a noite toda, senhor?

— É.

— Pergunto, porque se não for eu cobro a viagem de volta.

Ele fez que sim com a cabeça e ficou olhando para a escuridão à sua frente. Percorreram calados mais outros cem metros marcados pelo ruído dos cascos do cavalo. Charles sentiu que ela relaxava um pouco, pois fazia uma leve pressão em seu braço.

— Está um frio terrível para esta época do ano.

— É. — Charles olhou para ela. — Vocês devem notar esse tipo de coisa.

— Eu não trabalho quando neva. Tem umas que trabalham, mas eu, não.

Outro silêncio. Dessa vez, Charles falou.

— Já está há muito tempo...

— Desde os dezoito anos. Vai fazer dois anos em maio.

— Ah.

Tornou a olhar furtivamente para ela no novo silêncio que se fez. Um cálculo sinistro roía o cérebro de Charles: trezentos e sessenta e cinco dias, digamos, trezentos "de trabalho", vezes dois... Havia seiscentas probabilidades contra uma de que ela não tivesse alguma doença. Haveria alguma forma delicada de lhe perguntar? Não havia. Ele tornou a olhar para ela ao passar por uma luz da rua. Sua pele parecia perfeita. Mas ele era um idiota. No que se referia à sífilis, sabia que estaria dez vezes mais seguro numa casa de luxo como a que acabara de deixar. Pegar uma mulher da rua... mas sua sorte estava lançada. Assim o desejava. Rumavam para norte, para a Tottenham Court Road.

— Quer que eu lhe pague agora?

— Não sou exigente. Como o senhor quiser.

— Muito bem, quanto é?

— O de sempre, moço — disse depois de hesitar um pouco.

Ele olhou-a rapidamente e assentiu com a cabeça.

— Pela noite toda, costumo cobrar... — sua ligeira hesitação era pateticamente desonesta — ... um soberano.

Ele meteu a mão no bolso da casaca e lhe passou a moeda.

— Obrigada, moço. — Guardou discretamente o dinheiro na bolsa. E então conseguiu responder de forma indireta ao que ele temia no íntimo. — Só ando com cavalheiros. O senhor não precisa se preocupar com isso.

Ele, por sua vez, disse:

— Obrigado.

40

Ah, aos lábios de outros
Esses lábios já estiveram colados,
E outros, antes de mim,
Este peito abraçaram...

MATTHEW ARNOLD, "Parting" (1853)[1]

O coche parou à porta de uma casa situada numa travessa a leste da Tottenham Court Road. A moça saltou depressa do veículo, subiu umas escadas, abriu a porta e entrou. O cocheiro era um homem velhíssimo, e usava havia tanto tempo aquele capote e aquela cartola que era difícil imaginar que não fossem parte do seu corpo. Depois de colocar o chicote no suporte ao lado do assento e tirar o cachimbo da boca, estendeu a mão encardida para receber o dinheiro. Enquanto isso, olhava fixo para o fim da rua, como se não pudesse suportar a idéia de tornar a pousar os olhos em Charles. Este, embora feliz por não ser observado, sentia-se quase tão desprezível quanto aquele cocheiro velho parecia determinado a fazer com que se sentisse. Teve um momento de hesitação. Poderia tornar a subir no coche, pois a moça desaparecera... mas aí uma obstinação atroz o obrigou a pagar.

Charles encontrou a prostituta esperando num corredor mal iluminado, de costas para ele. Não se virou, mas começou a subir as escadas tão logo o ouviu fechar a porta. Havia um cheiro de comida no ar e vozes ecoavam nos fundos da casa.

Subiram dois lances da escada velha. A moça abriu a porta e trancou-a com o ferrolho depois que ele entrou. Em seguida, acendeu os lampiões em cima da lareira e atiçou o fogo, alimentando-o com mais carvão. Charles olhou em volta. Tudo no quarto, à exceção da cama, era surrado, mas sem nenhuma mancha. A cama era de ferro e latão, tão polido que reluzia como ouro. Num canto havia um biombo, atrás do qual Charles viu um lavatório. Alguns enfeites e estampas baratos nas paredes. As cortinas de chamalote puídas estavam cerradas. Nada no quarto parecia sugerir os fins lúbricos para os quais era usado.

— Com licença, senhor. Fique à vontade. Eu já volto.

Entrou por outra porta num quarto dos fundos da casa. Estava escuro, e Charles reparou que ela fechou a porta de mansinho. Ele se aproximou da lareira e ficou de costas para o fogo. Através da porta fechada, ouviu os resmungos de uma criança ao ser despertada, um psiu, umas palavras cochichadas. A porta tornou a se abrir, e a prostituta reapareceu. Tirara o xale e o chapéu e sorria nervosamente para ele.

— É minha garotinha. Ela não vai incomodar. É uma santa. — Ao perceber a desaprovação dele, acrescentou logo: — Tem um restaurante aqui perto, se estiver com fome.

Charles não estava. E também não estava com apetite sexual. Custava-lhe olhar para a moça.

— Pode pedir o que quiser para você. Eu não... vá lá... um vinho, talvez, se for possível.

— Francês ou alemão?

— Um copo de vinho do Reno, você gosta?

— Obrigada, senhor. Vou mandar o garoto buscar.

Desapareceu de novo. Ele a ouviu chamar no corredor, com uma voz muito menos delicada:

— Harry!

Um burburinho, a batida da porta da frente. Quando ela voltou, Charles perguntou se não tinha que lhe dar o dinheiro. Mas, ao que tudo indicava, aquele serviço estava incluído.

— O senhor não quer se sentar?

Estendeu as mãos para pegar seu chapéu e sua bengala, que ele ainda trazia consigo, e ele os entregou. Depois, afastou as abas da casaca e sentou-se junto ao fogo. O carvão estava custando a arder. Ela se ajoelhou diante da lareira e de Charles, e voltou a atiçar as brasas.

— É da melhor qualidade, não devia custar tanto a pegar. É o porão. Úmido como em toda casa velha.

Charles contemplou seu perfil à luz vermelha do fogo. Não era um rosto bonito, mas era vigoroso, plácido, simplório.

Tinha o busto bem desenvolvido, e pulsos e mãos surpreendentemente delicados, quase frágeis. Essas coisas, e sua farta cabeleira, por um momento acenderam seu desejo. Ele quase esticou a mão para tocá-la, mas mudou de idéia. Iria sentir-se melhor quando tivesse tomado mais vinho. Ficaram assim durante uns dois minutos. Afinal ela olhou para ele, e ele sorriu. Pela primeira vez naquele dia, Charles experimentou uma fugaz sensação de paz.

Ela tornou a olhar para o fogo, e murmurou:

— Não deve demorar. É aqui do lado.

E de novo ficaram em silêncio. Mas momentos como aquele eram muito estranhos para um homem vitoriano. Mesmo entre marido e mulher, a intimidade era regida pelas rígidas leis da convenção. E no entanto lá estava Charles, sentado junto à lareira daquela mulher que ele nem conhecia uma hora atrás, como...

— O pai da sua filhinha...?

— É um soldado, senhor.

— Um soldado?

A mulher olhava para o fogo: lembranças.

— Está na Índia agora.

— Não quis se casar com você?

Ela sorriu da inocência dele, depois balançou a cabeça.

— Me deu dinheiro para quando eu fosse dar à luz. — Com isso, parecia sugerir que o homem tinha feito tudo o que decentemente se poderia esperar dele.

— E você não conseguiu encontrar outro meio de ganhar a vida?

— Trabalho, tem. Mas é o dia todo. E depois de pagar uma pessoa para tomar conta da Mary... — Encolheu os ombros. — Depois que nos fazem mal, não tem jeito, a gente tem que se virar como pode.

— E acha que essa é a melhor maneira?

— Não conheço outra.

Falava sem demonstrar muita vergonha ou arrependimento. Seu destino estava traçado, e lhe faltava imaginação para ver isso.

Ouviram-se passos na escada. A mulher se levantou, foi até a porta e abriu-a antes que batessem. Charles entreviu um garoto de uns treze anos, a quem evidentemente haviam treinado para ser discreto, uma vez que permaneceu de olhos baixos enquanto a própria mulher levou a bandeja para uma mesa ao lado da janela e voltou com a bolsa. Ouviu-se o tilintar de moedas e a porta foi fechada com delicadeza. Ela serviu um copo de vinho e levou para ele. Depois pousou a meia garrafa num tripé junto à lareira ao lado dele, como se todo vinho devesse ser aquecido. Então, sentou-se e retirou o guardanapo que cobria o prato sobre a bandeja. Pelo canto do olho, Charles viu uma pequena torta, batatas, e um copo que obviamente continha gim e água, pois ela não iria pedir que lhe levassem água pura. Seu vinho estava ácido, mas ele o bebeu na esperança de que lhe entorpecesse os sentidos.

O leve crepitar do fogo que afinal tinha pegado, o leve chiado dos lampiões a gás, o tilintar dos talheres... Charles não via como passar ao verdadeiro objetivo de sua presença ali. Tomou outro copo do vinho avinagrado.

Mas a mulher logo terminou a refeição. A bandeja foi levada para fora. Ela tornou a entrar no quarto escuro onde dormia a garotinha. Passou-se um minuto. A mulher voltou. Agora usava um *peignoir* branco, que segurava junto ao corpo para manter fechado. Tinha os cabelos soltos, caídos nas costas, e segurava os lados do robe de modo a mostrar que não usava nada por baixo. Charles se levantou.

— Não tem pressa. Pode terminar seu vinho.

Charles olhou para a garrafa ao seu lado, como se não soubesse que estava ali. Com um gesto de assentimento, tornou a sentar-se e serviu-se de outro copo. Ela passou por ele e estendeu uma das mãos, a outra ainda segurava o *peignoir*, para diminuir a chama do gás. O clarão do fogo a iluminava, suavizando suas jovens feições. Então, ela se ajoelhou a seus pés, virada para a lareira. Passado um momento, estendeu as duas mãos à frente e o robe se abriu um pouco. Ele viu um seio branco, sombreado, não de todo descoberto.

— O senhor quer que eu me sente no seu colo? — perguntou olhando para o fogo.

— Quero... por favor.

Esvaziou o copo. Cingindo de novo o roupão, ela se levantou, em seguida se sentou com desenvoltura no colo de Charles e passou o braço direito em volta de seus ombros. Ele lhe envolveu a cintura com o braço esquerdo, enquanto o direito permanecia apoiado no braço da cadeira com uma falta de naturalidade ridícula. Ela agarrou o tecido do roupão com a mão esquerda, mas logo o largou e afagou-lhe a face. Um instante; ela beijou-lhe a outra face. Seus olhos se encontraram. Ela olhou para sua boca, como que timidamente, mas dedicou-se à sua tarefa sem timidez nenhuma.

— Você é um cavalheiro muito bonito.

— Você é uma moça bonita.

— Gosta de meninas más assim?

Ele percebeu que já abandonara o "senhor". Fez mais um pouco de pressão com o braço esquerdo.

Então ela pegou sua recalcitrante mão direita e a levou por baixo da roupa ao seu seio nu. Ele sentiu a ponta de carne rija no meio da palma. A mulher puxou sua cabeça para si e eles se beijaram, enquanto a mão dele, relembrando a carne proibida, sedosa e de contornos arredondados, um poema esquecido, avaliava e aprovava o seio, e seguia deslizando por dentro do roupão até a curva da cintura. Ela estava nua, e sua boca tinha um leve gosto de cebola.

Talvez tenha sido isso o que lhe causou a primeira onda de náusea. Disfarçou-a e passou a ser duas pessoas: uma que bebera demais e outra que agora estava sexualmente excitada. O roupão se abriu despudoradamente, revelando o leve contorno do ventre, o negro tufo de pêlos pubianos, as coxas brancas que o seduziam não só pela imagem como pela textura. Sua mão não descia da cintura; mas subia, acariciando aqueles seios oferecidos, o pescoço, os ombros. Ela não tomou mais nenhuma iniciativa depois de ter guiado sua mão. Era sua vítima passiva, a cabeça repousando em seu ombro, mármore com calor, uma Etty nua, o mito de Pigmalião com um final feliz. Sentiu outra onda de náusea. Ela percebeu, mas interpretou equivocadamente.

— Sou muito pesada para você?

— Não... quer dizer...

— A cama é boa. Macia.

Levantou-se, foi até a cama e dobrou a colcha com cuidado, depois se virou para fitá-lo. Deixou cair o roupão. Era bem-feita, e tinha nádegas bonitas. Passado um momento, sentou-se na cama, enfiou as pernas embaixo das cobertas e se deitou de olhos fechados, numa atitude que ela nitidamente julgava ser discreta e de abandono. A chama de uma brasa começou a tremeluzir, criando sombras intensas porém trêmulas; atrás da mulher, a grade da cama era uma jaula dançando na parede. Charles se levantou, lutando com o estômago. Era o vinho — fora loucura beber aquilo. Viu-a abrir os olhos para observá-lo. Após hesitar um pouco, ela estendeu aqueles braços alvos e delicados. Ele apontou para a casaca.

Passados alguns instantes, sentiu-se um pouco melhor e começou a se despir com determinação, pendurando as roupas nas costas da cadeira muito mais cuidadosamente do que jamais o fizera em seu próprio quarto. Teve que se sentar para tirar as botas. Olhava para o fogo enquanto tirava as calças e as cuecas, que, de acordo com a moda vigente na época, chegavam até abaixo dos joelhos. Mas a camisa não conseguiu tirar. A náusea voltou. Ele se apoiou no consolo da lareira, olhos fechados, lutando para se controlar.

Dessa vez, ela atribuiu sua demora à timidez e jogou para trás as cobertas como se fosse levantar-se para buscá-lo. Ele se forçou a ir até ela. Ela tornou a se deitar, mas sem se cobrir. Ele ficou parado junto à cama, contemplando-a. Ela estendeu os braços. Ele continuava olhando, consciente apenas de que sua cabeça rodava, da incompatibilidade total entre o ponche de leite, o champanhe, o clarete, o vinho do Porto e o raio daquele vinho do Reno.

— Não sei o seu nome.

Ela sorriu para ele e puxou-o para si.

— Sarah, senhor.

Ele teve um engulho fortíssimo. Virou a cabeça para o lado e começou a vomitar no travesseiro, enquanto ela, horrorizada, afastava a cabeça.

41

Levanta e foge
Do fauno trôpego, do festim sensual;
Eleva-te, livrando-te da fera,
E deixa morrer o símio e o tigre.

TENNYSON, *In Memoriam* (1850)[1]

Pela vigésima nona vez naquela manhã, Sam trocou um olhar com a cozinheira, e voltou os olhos para a fileira de campainhas no alto da porta e, por fim, de forma eloqüente, fixou-os no teto. Era meio-dia. Seria possível imaginar que Sam estivesse feliz por ter a manhã livre, mas as únicas manhãs que ele cobiçava eram as que podia passar com uma companhia feminina mais atraente do que a obesa Sra. Rogers.

— Ele está diferente — disse a mulher, também pela vigésima nona vez. Se estava irritada, porém, era com Sam e não com o jovem patrão lá em cima. Desde que haviam voltado de Lyme dois dias antes, o criado não parava de fazer insinuações obscuras. É verdade que lhe comunicara voluntariamente a novidade sobre Winsyatt, mas sempre acrescentando: — Isso não é nem metade da história. — Recusava-se a ser mais explícito. — Tem umas confidências que ainda não podem ser reveladas, Sra. Rogers. Mas meus olhos viram coisas incríveis.

Naturalmente, Sam tinha um motivo imediato para estar ressentido. Charles esquecera-se de dispensá-lo na noite em que saíra para falar com o Sr. Freeman. E Sam, que ficara acordado à espera dele até depois de meia-noite, quando o ouviu entrar em casa, foi recompensado por um olhar zangado de um rosto muito branco.

— Por que diabo não está deitado?

— Porque o senhor não disse que ia jantar fora, Seu Charles.

— Eu estava no clube.

— Sim senhor.

— E pare de me olhar com essa cara de cínico.

— Sim senhor.

Sam estendeu a mão e pegou — ou agarrou no ar — os vários objetos que Charles atirou em cima dele, começando por vários acessórios de seu traje de passeio e terminando com um olhar fulminante. Então o patrão subiu majestosamente as escadas. Sua mente já estava perfeitamente sóbria, mas seu corpo continuava um tanto embriagado, um fato que o sorriso escarninho amargo mas disfarçado de Sam refletia claramente.

— Tem razão, Sra. R. Ele está diferente. E chegou em casa ontem bêbado feito um gambá.

— Não dá para acreditar.

— Tem muitas coisas que não dá para a gente acreditar, e nem por isso elas deixaram de acontecer.

— Ele nunca vai querer quebrar o compromisso!

— Não abro a boca nem que um macaco me morda, Sra. R. — A cozinheira respirou fundo. O relógio tiquetaqueava em cima do fogão. Sam riu para ela. — Mas a senhora é esperta. Muito esperta.

Obviamente, o ressentimento de Sam logo faria o que os macacos não conseguiriam fazer. Mas foi salvo pela campainha, para grande contrariedade da Sra. Rogers. Sam apanhou a lata de água quente que andara esperando pacientemente no canto do fogão, piscou para a colega e desapareceu.

Há dois tipos de ressaca: um em que a pessoa se sente mal e incapaz de pensar, e outro em que se sente mal e lúcida. Na verdade, quando tocou a campainha, Charles já estava acordado, e de pé, havia muito tempo. Lembrava-se perfeitamente de tudo o que havia acontecido na noite anterior.

Seu vômito havia eliminado completamente daquele quarto o já precário elemento sexual. Sua eleita, de nome ingrato, levantou da cama depressa, vestiu o roupão e demonstrou tanto sangue-frio como enfermeira como prometia demonstrar como prostituta. Levou Charles para sua cadeira perto do fogo, onde foi só ele bater o olho na garrafa de vinho que recomeçou a vomitar. Mas, dessa vez, ela já tinha à mão a bacia do lavatório. Charles gemia se desculpando entre um espasmo e outro.

— Sinto muito... Que falta de sorte!... Alguma coisa me fez mal...

— Não tem importância, senhor, não tem importância. Bote para fora.

E Charles tinha mesmo que botar. Ela foi buscar o xale e enrolou-o em seus ombros. Ele ficou ali sentado por algum tempo, lembrando ridiculamente uma velhinha, curvado sobre a bacia em seus joelhos, a cabeça baixa. Após alguns instantes, começou a se sentir um pouco melhor. Gostaria de dormir um pouco? Gostaria, sim, mas em sua própria cama. Ela foi até a janela, olhou para a rua e saiu do quarto, enquanto ele se vestia tremendo. Quando voltou, ela também já estava vestida. Ele olhou para ela apavorado.

— Não vai...?

— Vou chamar um coche, doutor. Se esperar um pouco...

— Ah, sim... obrigado.

Sentou-se de novo, enquanto ela descia as escadas e saía. Embora não tivesse a menor certeza de que o enjôo tivesse passado, psicologicamente sentia-se muitíssimo aliviado. Não importava qual tivesse sido a sua intenção, a questão é que não havia consumado o ato fatal. Ficou contemplando o fogo e, por estranho que pareça, sorriu debilmente.

Então, no quarto ao lado, ouviu-se um choramingo. Um silêncio, o choro recomeçou, agora mais alto e mais prolongado. A garotinha acordara, obviamente. E seu choro — silêncio, gemidos, engasgos, silêncio, gemidos — tornou-se insuportável. Charles foi até a janela e abriu as cortinas. A névoa tirava a visibilidade. Não havia vivalma na rua. Ele se deu conta de que havia muito tempo não se ouvia passar um cavalo por ali; e imaginou que a moça deveria ter ido longe para achar um coche. Enquanto ficava ali indeciso, ouviu batidas fortes na parede da casa ao lado. Uma voz masculina indignada reclamava aos gritos. Após um momento de hesitação, Charles largou o chapéu e a bengala em cima da mesa e abriu a porta que dava para o outro quarto. Distinguiu na claridade refletida um guarda-roupa e um velho baú.

O quarto era muito pequeno. No canto mais afastado, ao lado do penico embutido, viu um bercinho. Os gritos da criança voltaram de repente, atravessando o quartinho. Charles continuou parado à porta como um idiota, medonho gigante negro.

— Shh, shh. Sua mãe já volta.

A voz estranha, naturalmente, só piorou a situação. Charles achou que a vizinhança inteira iria acordar com aqueles gritos lancinantes. Bateu na cabeça desesperado, e foi no escuro até o berço. Ao ver quão pequena era a menina, percebeu que não adiantava falar. Abaixou-se e deu palmadinhas em sua cabeça. Uma mãozinha quente agarrou a sua, mas o berreiro continuou. Aquele rostinho miúdo e contorcido expulsava suas grandes reservas de medo com uma força incrível. Era preciso encontrar um meio de resolver aquilo. Charles encontrou-o. Pegou seu relógio, soltando-o da corrente presa ao colete, e balançou-o em cima da criança. O efeito foi imediato. Os gritos viraram um choramingo miado. Então os bracinhos se estenderam para pegar o delicioso brinquedo de prata, e tiveram sucesso, mas logo o perderam no meio das cobertas. A garotinha tentou sentar mas não conseguiu, e os gritos recomeçaram.

Charles tentou fazer com que ela se recostasse no travesseiro. Teve então uma tentação. Tirou do berço aquela criancinha com seu camisolão e se sentou no tampo do penico, com ela nos joelhos, enquanto balançava o relógio diante dos bracinhos que agora se agitavam animados. Era uma daquelas criancinhas vitorianas de cara redonda, olhos como duas contas pretas e um simpático tufo de cabelos negros. E Charles achou graça em sua instantânea mudança de humor, em seus arrulhos de alegria quando finalmente conseguiu agarrar o cobiçado relógio. Ela começou a conversar. Charles respondia murmurando: sim, sim, muito bonito, menina boazinha, bonito bonito. Imaginou sir Tom e o filho do bispo entrando ali naquele momento... o fim de sua grande farra. Os estranhos e obscuros labirintos da vida; o mistério dos encontros.

Charles sorriu, pois, mais que ternura sentimental, aquela garotinha o fez sentir que havia recuperado o senso de ironia, o que, por sua vez, equivalia a recuperar a fé em si mesmo. Horas antes, quando estava no coche de sir Tom, tivera uma sensação falsa de viver o presente. Sua rejeição do passado e do futuro não fora mais que um mergulho perverso na irresponsabilidade e no esquecimento. Agora tinha uma intuição muito mais profunda e genuína da grande ilusão dos homens a respeito do tempo, ou seja, a de que o tempo é como uma estrada — em que a pessoa sempre vê onde estava e onde provavelmente estará —, em vez da verdade: que o tempo é uma sala, um agora tão perto de nós que normalmente não conseguimos vê-lo.

A experiência de Charles era exatamente o oposto da de Sartre. A mobília simples em volta dele, a claridade quente do quarto ao lado, as sombras humildes, acima de tudo aquela criaturinha que ele segurava nos joelhos, tão insubstancial depois do peso da mãe (mas ele não pensava absolutamente nela), não eram objetos invasivos e hostis, mas sim amigos. O inferno final era um espaço infinito e vazio, e era mantido a distância. Sentiu-se de repente apto a enfrentar seu futuro, que era apenas uma forma desse vazio terrível. O que quer que acontecesse com ele, momentos como aquele se repetiriam; encontrá-los era preciso, e possível.

Uma porta se abriu. A prostituta ficou parada na claridade. Charles não conseguiu ver seu rosto, mas imaginou que ela chegara a se assustar. Depois ficara aliviada.

— Ah, senhor. Ela chorou?

— Um pouquinho. Acho que já dormiu de novo.

— Tive que ir até o ponto da Warren Street. Aqui não tinha nada.

— Você foi muito gentil.

Passou-lhe a criança e ficou observando enquanto ela a deitava de novo no berço. Depois, virou-se bruscamente e saiu do quarto. Meteu a mão no bolso, contou cinco soberanos e deixou-os em cima da mesa. A criança tornara a acordar, e a mãe a acalmava de novo. Charles hesitou um instante e saiu em silêncio do quarto.

Já estava dentro da carruagem quando a mulher desceu as escadas correndo e chegou à porta. Olhou para ele. Tinha uma expressão intrigada, quase magoada.

— Ah, senhor... obrigada. Obrigada.

Ele viu lágrimas em seu olhos. Nada choca mais um pobre que o dinhciro não ganho.

— Você é uma boa moça.

Estendeu a mão e tocou na dela, encostada na porta. Depois bateu no teto com a bengala.

42

A história não é como o indivíduo, que se serve dos homens para alcançar seus fins. A história não é mais que as ações dos homens em busca de seus fins.

MARX, *Die Heilige Familie* (1845)

Como vimos, quando chegou a Kensington, Charles não estava num estado de espírito tão filantrópico como quando se despediu da prostituta. Tornou a se sentir enjoado durante aquela viagem de uma hora; que também lhe deu tempo para se sentir enojado consigo mesmo. Mas acordou mais bem disposto. Como os homens fazem, deu o devido valor à ressaca, olhando horrorizado para sua cara macilenta e examinando a boca seca e amarga. Depois decidiu que, de modo geral, já podia enfrentar o mundo. Naturalmente, enfrentou Sam quando este entrou com a água quente, e pediu desculpas pelo mau humor da noite anterior.

— Não notei nada, Seu Charles.

— Tive uma noite muito cansativa, Sam. Agora, seja um bom rapaz e me traga um bule de chá bem grande. Estou com uma sede dos diabos.

Sam retirou-se, guardando para si a opinião de que o patrão tinha outras coisas dos diabos além daquela sede. Charles levantou-se e fez a barba, e pensou em Charles. Estava claro que não fora feito para ser um libertino; mas sua formação não o havia preparado para o pessimismo cheio de remorso. Pois o próprio Sr. Freeman não lhe dissera que ainda tinha dois anos pela frente antes de precisar tomar qualquer decisão quanto ao seu futuro? Muita coisa poderia acontecer em dois anos. Não chegou propriamente a dizer a si mesmo: "Meu tio pode morrer"; mas essa idéia lhe passava pela cabeça. E o lado carnal da experiência da noite anterior lembrou-lhe que em breve poderia usufruir legitimamente de prazeres daquela natureza. Mas por ora devia abster-se. E aquela criança... por quantas falhas da vida os filhos têm que pagar!

Sam voltou com o chá — e com duas cartas. A vida voltava a ser uma estrada. Charles viu logo que o primeiro envelope fora carimbado duas vezes; postado em Exeter e encaminhado para Kensington pelo White Lion de Lyme Regis. O outro vinha direto de Lyme. Ele hesitou, e, para evitar suspeitas, pegou um corta-papel e foi para a janela. Abriu primeiro a carta de Grogan; mas antes de a lermos, precisamos ler o bilhete que Charles escrevera ao voltar para Lyme, ao regressar de seu passeio matinal ao celeiro de Carslake. Dizia o seguinte:

> Meu caro Dr. Grogan,
>
> Escrevo-lhe às pressas para lhe agradecer sua ajuda e seus inestimáveis conselhos da noite passada, e para lhe assegurar mais uma vez que terei o maior prazer em arcar com as despesas de qualquer tratamento que o senhor e seu colega julgarem necessários. Espero que, ciente de que tenho plena consciência da loucura de meu interesse insensato, me comunique suas impressões a respeito do encontro que já terá ocorrido quando ler estas palavras.
>
> Infelizmente, não consegui abordar o assunto hoje de manhã na Broad Street. Minha partida um tanto repentina e várias outras circunstâncias com que não vou agora aborrecê-lo tornaram a ocasião francamente inoportuna. Tratarei do assunto tão logo eu voltar. Peço-lhe por ora que o guarde para si.
>
> Parto imediatamente. Meu endereço em Londres está abaixo. Com profunda gratidão,
>
> C. S.

Não fora uma carta honesta. Mas fora necessário escrevê-la. E agora Charles abria nervosamente a resposta.

> Meu caro Smithson,
>
> Demorei a lhe escrever na esperança de obter algum *éclaircissement* sobre nosso pequeno mistério de

Dorset. Lamento informá-lo de que a única representante do sexo feminino que encontrei durante minha expedição naquela manhã foi a Mãe Natureza — uma senhora cuja conversa, após três horas de espera, comecei a achar um pouco tediosa. Em suma, a pessoa não apareceu. Ao voltar para Lyme, enviei um rapaz esperto para fazer o serviço por mim. Mas ele também ficou lá *sub tegmine fagi* em agradável solidão. Escrevo estas palavras em tom de brincadeira, mas confesso que, naquela noite, quando o rapaz voltou, comecei a recear o pior.

No entanto, chegou aos meus ouvidos na manhã seguinte que haviam sido deixadas instruções no White Lion para que o baú da moça fosse enviado para Exeter. De quem partiram essas instruções, não tenho como descobrir. Sem dúvida, ela mesma enviou o recado. Acho que podemos supor que desapareceu.

Meu único receio agora, meu caro Smithson, é que ela o tenha seguido para Londres e tente obrigá-lo a ouvir suas aflições. Não ria do meu receio. Se tivesse tempo, eu poderia lhe citar outros casos em que aconteceu justamente isso. Segue anexo um endereço. Trata-se de um homem excelente, com quem me correspondo há muito tempo, e aconselho-o enfaticamente a colocar o caso em suas mãos, se novas complicações vierem, *à la lettre,* bater à sua porta.

Asseguro-lhe que nenhuma palavra saiu nem sairá de meus lábios. Não repetirei meu conselho com relação à *encantadora criatura* — que tive aliás o prazer de encontrar na rua ainda há pouco, mas recomendo uma confissão na primeira oportunidade. Não creio que o *Absolvitur* vá exigir uma penitência muito longa e severa.

Cordialmente,

MICHAEL GROGAN

Charles já havia respirado aliviado muito antes de terminar de ler a carta. Não havia sido descoberto. Ficou um bom tempo olhando pela janela do quarto, depois abriu a segunda carta.

Esperara várias páginas, mas só havia uma.

Esperara uma torrente de palavras, mas só havia uma.

Um endereço.

Amassou o papel, depois voltou para junto do fogo, que a arrumadeira havia acendido às oito da manhã, enquanto ele roncava, e atirou-o às chamas. Em cinco segundos, tinha virado cinzas. Pegou a xícara de chá que Sam segurava há algum tempo. Esvaziou-a de um trago e a devolveu, esperando mais.

— Já resolvi meus negócios, Sam. Voltamos amanhã para Lyme. No trem das dez. Veja as passagens. E leve ao telégrafo essas duas mensagens que estão na minha escrivaninha. Depois, pode ficar com a tarde livre para escolher umas fitas para a bela Mary, isto é, se não entregou seu coração a outra desde que voltamos.

Sam andara esperando essa deixa. Olhou rapidamente para as costas do patrão enquanto reabastecia a xícara dourada, e anunciou ao apresentá-la a Charles numa bandejinha de prata.

— Seu Charles, vou pedir a mão dela em casamento.

— Vai mesmo?

— Bem, eu pediria, não fosse pelo fato de eu não ter um futuro dos melhores trabalhando com o senhor.

Charles sorvia o chá.

— Desembuche, Sam. Pare de falar por enigmas.

— Se eu me casasse, teria que morar fora, senhor.

O olhar imediato de objeção instintiva que Charles lhe lançou mostrava quão pouco ele já havia pensado no assunto. Foi sentar-se perto do fogo.

— Ora, Sam, Deus me livre de ser um empecilho para o seu casamento, mas naturalmente você não vai me abandonar quando falta tão pouco para o meu, vai?

— O senhor não entendeu minha intenção. Eu estava pensando no depois.

— Vamos ter uma casa muito maior. Tenho certeza de que minha mulher vai ficar encantada de poder contar com Mary... Então, qual é o problema?

Sam respirou fundo.

— Andei pensando em abrir um negócio, Seu Charles. Quando o senhor já estiver instalado. Espero que saiba que eu nunca largaria o senhor quando mais precisa de mim.

— Negócio! Que negócio?

— Meu sonho é ter uma lojinha, Seu Charles.

Charles deixou a xícara na bandeja rapidamente oferecida.

— Mas você não... Quer dizer, você tem dinheiro para isso?

— Tenho umas economias, Seu Charles. E a minha Mary também.

— Sim, sim, mas tem o aluguel para pagar, e um mundo de coisas, homem, a mercadoria para comprar... Que tipo de negócio?

— Tecidos e miudezas, Sr. Charles.

Charles olhou para Sam como se o *cockney* tivesse se convertido ao budismo. Mas lembrou-se de alguns pequenos incidentes passados, do seu *penchant* pelo refinamento; e o único aspecto de sua atual profissão em que Sam não dava motivo de queixa era o cuidado com as roupas. Na verdade, mais de uma vez (mais de mil, para ser exato), Charles zombara dele por sua vaidade nesse sentido.

— E você economizou bastante para...

— Infelizmente não, Seu Charles. A gente vai ter que economizar no duro.

Fez-se um silêncio carregado. Sam ocupava-se com o leite e o açúcar. Charles esfregou o lado do nariz, mais ou menos como Sam fazia. E então ele sacou. Tomou uma terceira xícara de chá.

— Quanto?

— Conheço uma loja do jeito que eu quero, Seu Charles. O homem quer cento e cinqüenta libras pelo ponto e cem pelo estoque. E fica faltando as trinta libras do aluguel. — Observou Charles, e prosseguiu: — Não é que eu não esteja muito satisfeito com o senhor. Só que eu sempre quis ter uma loja.

— E quanto juntou até agora?

Sam hesitou.

— Trinta libras, senhor.

Charles não riu, e foi para a janela do quarto.

— Quanto tempo levou para juntar isso?

— Três anos, senhor.

Dez libras por ano podem não parecer muito, mas representavam um terço de três anos de salário, como Charles rapidamente calculou; e, proporcionalmente, revelavam uma capacidade de poupança muito maior do criado que dele próprio. Olhou por cima do ombro para Sam, que esperava humildemente — mas esperava o quê? — ao lado da mesa do chá. Durante o silêncio que se seguiu, Charles incorreu em seu primeiro erro fatal, que foi dar a Sam sua opinião sincera sobre o projeto. Talvez, de certa forma, fosse um blefe, a tentativa de fingir não ter nem de leve percebido a insinuação de Sam a respeito dos serviços prestados. Mas, sem dúvida, era também muito mais uma afirmação da antiga responsabilidade — que não é bem sinônimo de sublime arrogância — do patrão infalível para com o subalterno falível.

— Estou avisando-o, Sam, quando você começa a encher a cabeça com idéias que estão fora do seu alcance, só vai encontrar dissabores. Você vai se sentir infelicíssimo sem uma loja. E mais ainda com uma. — Sam baixou mais um pouco a cabeça. — E além do mais, Sam, estou acostumado com você... gosto de você. Não quero perdê-lo de jeito nenhum.

— Eu sei, Seu Charles. E a recíproca é verdadeira. Com todo o respeito.

— Pois bem. Estamos satisfeitos um com o outro. Vamos continuar assim.

Sam inclinou a cabeça e foi recolher a louça do chá. Sua decepção era flagrante. Era a Esperança Perdida, a Vida Ceifada Antes da Hora, a Virtude Não Recompensada, e uma dezena de outras estátuas desconsoladas.

— Ora, Sam, não me faça essa cara de cachorro judiado. Se você se casar com essa moça, claro que deverá ter um salário de homem casado, e mais alguma coisa para poder começar a vida. Pode ter certeza de que vou ser generoso com você.

— É muita bondade sua, Seu Charles. — Mas a voz era sepulcral, as estátuas continuavam em pé. Charles se viu um momento pelos olhos de Sam. Durante os anos que estava a seu serviço, vira-o gastar muito dinheiro e, sem dúvida, sabia que quando se casasse teria muito mais. Não seria de estranhar que ele, com um motivo inocente, acabasse acreditando não ser muito pedir duzentas ou trezentas libras.

— Sam, você não deve achar que sou mesquinho. O fato é que... bem, o que me fez ir a Winsyatt é que... bem, sir Robert vai se casar.

— Essa não, doutor, o sir Robert? Não é possível!

Pela surpresa de Sam, dava para desconfiar que sua ambição real seria dedicar-se ao teatro. Só faltou deixar cair a bandeja que tinha na mão. Mas isso obviamente foi antes de Stanislavski. Charles virou-se para a janela e continuou.

— Isso significa, Sam, que, numa época em que já tenho que fazer face a tantas despesas, não me sobra muito dinheiro.

— Eu não tinha idéia, Seu Charles. Caramba... Não dá para acreditar, na idade dele!

Charles cortou logo a avalanche de manifestações de pesar.

— Devemos desejar a sir Robert toda a felicidade. Mas é isso. E logo o fato será do conhecimento de todos. Mas, Sam, não comente isso com ninguém.

— Ah, Seu Charles, o senhor sabe que sei guardar segredo.

Charles virou-se depressa para ver Sam, mas o criado havia baixado modestamente os olhos. Charles desejou desesperadamente poder perscrutá-los, mas eles lhe fugiam. Isso o levou a incorrer em seu segundo erro fatal — pois o desespero de Sam não provinha tanto do fato de não ter sido atendido quanto da suspeita de que o patrão não tinha nenhum segredo inconfessável que ele pudesse usar para subir na vida.

— Sam, eu... isto é, quando eu me casar, as coisas vão ser mais fáceis... Não quero destruir completamente suas esperanças. Deixe-me pensar no assunto.

— Seu Charles, eu não devia ter falado. Eu não sabia.

— Não. Não. Foi bom você ter tocado nesse assunto. Talvez eu peça um conselho ao Sr. Freeman se tiver uma oportunidade. Sem dúvida ele tem experiência nesse tipo de empreendimento.

— Ouro em pó, Seu Charles, ouro em pó! É o que será para mim qualquer conselho que saia da boca desse cavalheiro.

Com essa hipérbole, Sam retirou-se. Charles continuou olhando para a porta. Começava a pensar se não havia algo de Uriah Heep[1] começando a vir à tona na personalidade de Sam, uma certa duplicidade. Ele sempre imitara seu modo de vestir e seu comportamento de fidalgo; e agora havia mais alguma coisa naquela figura do fidalgo espúrio que ele imitava. Era uma época de tantas transformações! Tantas coisas estabelecidas que começavam a se dissolver e a desaparecer!

Continuou parado um bom tempo olhando para o vazio, mas depois... ora bolas! Qual era o problema de atender ao pedido de Sam, quando tinha no banco o dinheiro de Ernestina? Foi até a escrivaninha e abriu uma gaveta. Tirou uma caderneta e anotou ali qualquer coisa. Sem dúvida um lembrete para falar com o Sr. Freeman.

Enquanto isso, no andar de baixo, Sam lia os textos dos dois telegramas. Um era para o White Lion, informando sobre a volta do patrão. O outro dizia o seguinte:

> SRTA. FREEMAN — A/C DA SRA. TRANTER, BROAD STREET, LYME REGIS. A ORDEM PARA MEU REGRESSO IMEDIATO SERÁ OBEDECIDA COM O MAIOR PRAZER POR ESTE SEU CHARLES SMITHSON QUE MUITO A ESTIMA.

Naquela época, só os rudes ianques usavam linguagem telegráfica.

Essa não era a primeira correspondência particular que passara sob os olhos de Sam naquela manhã. O envelope da segunda carta que levara para Charles fora colado mas não lacrado. Um pouco de vapor faz milagres, e Sam tivera a manhã inteira para conseguir ficar sozinho um minuto naquela cozinha.

Talvez você esteja começando a concordar com Charles a respeito de Sam. Há que reconhecer que ele não está se revelando o mais honesto dos homens. Mas a idéia de casamento provoca efeitos estranhos. Faz com que os futuros esposos desconfiem que exista uma desigualdade nas coisas e desejem possuir algo mais para poder oferecer ao parceiro; acaba com a despreocupação da juventude; suas responsabilidades se isolam, e os aspectos mais altruístas do contrato social ficam indistintos. É mais fácil, em suma, ser desonesto pensando em duas pessoas do que só em uma. Sam não achava desonesto o seu procedimento; chamava-o de "saber jogar bem". Em termos mais claros, isso agora significava que o casamento de Ernestina deveria acontecer, pois só através do dote dela ele poderia esperar conseguir as suas duzentas e cinqüenta libras; e, se entre seu patrão e aquela devassa de Lyme acontecesse mais alguma coisa, deveria ser à vista do jogador habilidoso, e talvez não fosse uma coisa de todo má, uma vez que, quanto mais culpado Charles se sentisse, mais fácil seria se aproveitar dele; mas se as coisas fossem longe demais... Sam mordeu o lábio inferior e franziu o cenho. Não era de espantar que começasse a se achar mais importante. Os alcoviteiros sempre começam.

43

Mas julguei vê-la erguida,
Uma sombra ali aos meus pés,
Dominando a terra em sombras.

TENNYSON, *Maud* (1855)[1]

Talvez o mito de uma racionalidade do comportamento humano seja mais plausível numa era rígida como a vitoriana do que em qualquer outra. Após sua noite de rebelião, Charles certamente decidira levar avante seu projeto de casamento com Ernestina. Nunca lhe passara seriamente pela cabeça que não o levaria. Madame Terpsícore e a prostituta, por incrível que pareça, não passaram de confirmações dessa intenção, as últimas dúvidas de um fato consumado, um último questionamento de algo inquestionável. Fora o que ele dissera a si mesmo ao voltar enjoado para casa, o que talvez explique o tratamento áspero que Sam recebeu. Quanto a Sarah... a outra Sarah tinha sido sua substituta, sua pá de cal triste e sórdida, e o que o fizera despertar.

Por tudo isso, ele poderia ter desejado que sua carta revelasse uma culpa mais explícita — que ela lhe tivesse pedido dinheiro (mas não poderia ter gastado dez libras em tão pouco tempo), ou confessado todos os seus sentimentos ilícitos por ele. Mas é difícil descobrir paixão e desespero em três palavras: Hotel Familiar Endicott. E nem sequer havia uma data, uma inicial! Era sem dúvida um ato de desobediência, uma demonstração de que passava por cima de tia Tranter; mas a moça não poderia ser acusada de bater à sua porta.

Foi fácil decidir que o convite explícito deveria ser ignorado: nunca mais deveria tornar a vê-la. Mas talvez Sarah, a prostituta, tivesse lembrado a Charles a singularidade de Sarah, a marginalizada: a total ausência de sentimentos elevados na primeira só afirmava a espantosa sobrevivência destes na outra. Quão perspicaz e sensível ela era, à sua estranha maneira... não dava para tirar da cabeça algumas coisas que ela dissera após sua confissão...

Durante a longa viagem para oeste, Charles pensou muito em Sarah — se recordar é pensar. Não podia deixar de sentir que interná-la numa instituição, por mais esclarecida que fosse, seria uma traição. Digo "la", mas o pronome é uma das máscaras mais terríveis que o homem inventou; o que veio à mente de Charles não foi um pronome, foram olhos, traços, a linha do cabelo na testa, um passo ágil, um rosto adormecido. Não estava sonhando acordado, claro, mas refletindo seriamente sobre um problema moral causado por uma solicitude augustamente desinteressada pelo bem-estar futuro daquela infeliz.

O trem chegou a Exeter. Pouco depois de ter soado o apito que anunciava a chegada, Sam apareceu à janela do compartimento. Naturalmente, viajara no vagão de terceira classe.

— Vamos passar a noite aqui, Seu Charles?

— Não. Chame uma carruagem. De quatro rodas. Parece que vai chover.

Sam tinha apostado consigo mesmo mil libras que iriam ficar em Exeter. Mas obedeceu sem hesitar, assim como o patrão, ao vê-lo, decidira sem hesitar — mas no fundo ainda faltava se decidir — sobre o que fazer. Foi mesmo Sam que o decidira: Charles não era capaz de enfrentar mais prevaricações.

Só quando já atravessavam a periferia leste da cidade é que Charles teve uma sensação de mágoa e de perda, de ter afinal lançado o dado fatal. Parecia-lhe espantoso que uma simples decisão, uma resposta a uma pergunta trivial, fosse tão determinante. Até então, tudo era potencial; agora, tudo estava inexoravelmente determinado. Tinha feito o que era ético, decente, correto; e, no entanto, sua atitude parecia revelar uma fraqueza intrínseca sua, um conformismo, que acabariam um dia — ele sabia disso por uma dessas premonições que são tão certas quanto os fatos — levando-o para o mundo do comércio; a agradar Ernestina porque ela queria agradar o pai, a quem ele devia tanto... Contemplava a paisagem do interior onde já se encontravam, e sentiu-se sugado como se aquele panorama fosse um tubulão monstruoso.

A carruagem seguia avançando, e uma mola solta rangia um pouco a cada solavanco, com um som tão lúgubre quanto o de uma carreta de condenados. O céu do entardecer estava encoberto e começara a chuviscar. Em ocasiões como essa, quando viajava sozinho, Charles costumava chamar Sam, deixando-o sentar-se no interior do veículo. Mas não conseguia enfrentar Sam (não que este, que não via senão ouro na chuvosa estrada de Lyme, se importasse com o ostracismo). Era como se jamais pudesse tornar a estar sozinho. Os poucos momentos de solidão que lhe restavam precisavam ser aproveitados. Tornou a pensar na mulher que deixara para trás na cidade. Naturalmente, não pensou nela como uma alternativa para Ernestina nem como alguém com quem poderia ter-se casado, se assim tivesse escolhido. Isso seria impossível. Na verdade, não estava pensando em Sarah — ela era apenas o símbolo que reunia todas as suas possibilidades perdidas, suas liberdades extintas, suas viagens que nunca se realizariam. Precisava despedir-se de algo e ela estava convenientemente perto e ao mesmo tempo ficando para trás.

Não havia dúvida. Ele era uma das vítimas da vida, mais uma amonite apanhada na vasta engrenagem da história, agora encalhada para toda a eternidade, um potencial transformado em fóssil.

Momentos depois, ele cometeu a maior fraqueza: adormeceu.

44

O dever — quer dizer submeter-se
Ao que quer que se espere aqui...
Conformar-se devidamente com as formas,
Sem se perguntar o que significam de fato...
É a supressão pronta e rígida,
Como um evidente pecado mortal,
Da essência da alma:
É a covarde aceitação
das leis do destino.

A. H. CLOUGH, "Duty" (1841)[1]

Chegaram ao White Lion pouco antes das dez naquela noite. As luzes ainda estavam acesas na casa de tia Tranter, uma cortina mexeu quando passaram. Charles se arrumou rapidamente e, enquanto Sam desfazia as malas, caminhou decidido rua acima. Mary exultou ao vê-lo, e tia Tranter, toda rosada logo atrás dela, era só sorrisos. Recebera ordens expressas para se retirar tão logo cumprimentasse o viajante: aquela noite não haveria *chaperonne* nenhuma. Ernestina, dando-se ao respeito como de costume, ficara na sala dos fundos.

Não se levantou quando Charles entrou, lançando-lhe apenas um demorado olhar de reprovação. Ele riu.

— Esqueci de comprar flores em Exeter.

— Estou vendo, meu senhor.

— Estava com muita pressa de chegar aqui antes de você ir se deitar.

Ela baixou os olhos para as mãos, ocupadas com um bordado. Charles chegou mais perto, e as mãos bruscamente pararam de bordar, virando a pequena peça em que trabalhavam.

— Vejo que tenho uma rival.

— Você merece ter muitas.

Ajoelhou-se ao lado dela, pegou uma de suas mãos e a beijou. Ela o fitou rapidamente.

— Não dormi um minuto depois que você viajou.

— Estou vendo. Está pálida e com olheiras.

Ela não quis sorrir.

— Se a insônia tem esse efeito em você, mandarei botar em nosso quarto um despertador que não pare de tocar.

Ela corou. Charles sentou-se ao seu lado, fez com que ela virasse o rosto e beijou-lhe a boca e os olhos fechados, que, depois de terem sido assim tocados, se abriram e fitaram os dele, já sem um pingo de severidade.

Ele sorriu.

— Agora vamos ver o que você está bordando para seu admirador secreto.

Ela mostrou o trabalho. Era um porta-relógio de veludo azul — um desses estojos que os cavalheiros vitorianos penduravam ao lado da mesa-de-cabeceira para guardar o relógio enquanto dormiam. Na aba, havia um coração bordado em branco com as iniciais C e E de cada lado. No corpo do estojo, ela começara, mas ainda não terminara, a bordar um dístico em fio de ouro. Charles leu-o em voz alta.

— "Cada vez que corda me deres"... e como diabos isso vai acabar?

— Adivinhe.

Charles olhava para o veludo azul.

— "Conhecerás tantas mulheres"?

Ela tomou-lhe o estojo e escondeu-o.

— Agora não digo. Você é pior que um cocheiro de ônibus.

Naquela época, os cocheiros de ônibus eram famosos pelas réplicas grosseiras.

— Que nunca cobraria passagem de uma passageira tão linda.

— A falsa lisonja é tão detestável quanto as piadas de mau gosto.

— E você, minha querida, é linda quando fica zangada.

— Então vou perdoá-lo, só para parecer horrorosa.

Afastou-se dele um pouco, embora ele continuasse com o braço passado em volta de sua cintura, e a pressão de sua mão na dela tivesse voltado. Ficaram alguns momentos em silêncio. Ele tornou a beijar sua mão.

— Posso dar uma volta com você amanhã de manhã? E mostraremos a todo mundo como somos uns namorados elegantes, e, pela nossa cara de tédio, todos saberão que o nosso é um casamento de conveniência.

Ela sorriu, e impulsivamente lhe mostrou o estojo do relógio.

— "Cada vez que corda me deres, Tua amada será a mais feliz das mulheres."

— Minha querida.

Continuou olhando-a nos olhos mais um pouco, depois tirou do bolso uma caixinha de couro cor de vinho e a depositou em seu colo.

— Uma espécie de flor.

Timidamente, Ernestina apertou o fecho e abriu a caixinha. Sobre um fundo de veludo carmim, reluzia um elegante broche suíço: um pequeno mosaico oval representando um buquê de flores. Rodeado por uma fileira de pérolas e contas de coral dispostas alternadamente e engastadas em ouro. Ela olhou para Charles com os olhos marejados, e ele gentilmente fechou os dele. Ela virou-se e depositou um beijo casto e terno em seus lábios. Depois deitou a cabeça em seu ombro, tornou a olhar para o broche e também o beijou.

Charles lembrou-se da letra daquela canção priápica. Sussurrou-lhe no ouvido:

— Gostaria que amanhã fosse o dia do nosso casamento.

Era simples: vivia-se de ironia e sentimentalismo, e se guardavam as conveniências. O que poderia ter acontecido era assunto para uma observação imparcial e irônica, como o que poderia acontecer. A pessoa se rendia — em outras palavras — e aprendia a ser o que era.

Charles apertou o braço da moça.

— Minha querida, tenho uma pequena confissão a fazer. Refere-se àquela infeliz mulher da casa Marlborough.

Ela endireitou-se ligeiramente, meio surpresa, mas já achando graça.

— Está falando da pobre Tragédia?

Ele riu.

— Acho que o apelido vulgar é mais adequado. — Apertou-lhe a mão. — Na verdade, é uma coisa totalmente estúpida e trivial. O que aconteceu foi só isso. Durante uma de minhas pequenas excursões em busca do esquivo equinodermo...

E assim termina a história. O que aconteceu com Sarah não sei — o que quer que tenha sido, ela não voltou a perturbar Charles em pessoa, não importa quanto tempo possa ter ficado em sua lembrança. É o que costuma acontecer. As pessoas somem de vista, tragadas pelas sombras das coisas mais próximas.

Charles e Ernestina não viveram felizes para sempre, mas viveram juntos, embora Charles tenha sobrevivido a ela dez anos (e lamentado sinceramente sua perda durante esse tempo todo). O casal teve... digamos, sete filhos. Sir Robert cometeu a dupla afronta de, aos dez meses de casado com a Sra. Bella Tomkins, pôr no mundo não um, mas sim dois herdeiros. Este par de gêmeos fatal foi o que finalmente levou Charles a entrar para o comércio. No princípio, ele se aborrecia, mas depois criou gosto. Seus filhos não tiveram opção; e hoje os filhos deles ainda controlam a grande loja com todas as suas filiais.

Sam e Mary — mas quem irá se preocupar com a biografia de criados? Casaram-se, tiveram filhos e morreram, como fazem monotonamente as pessoas de sua classe.

Quem mais? O Dr. Grogan? Morreu com noventa e um anos. E como a tia Tranter também passou dos noventa, temos uma prova cabal da salubridade dos ares de Lyme.

Que, no entanto, não podem servir para todos, uma vez que a Sra. Poulteney morreu dois meses depois da volta de Charles a Lyme. Neste caso, alegra-me dizê-lo — interesso-me o suficiente para dar uma olhada no futuro —, ou seja, em sua vida no além. Devidamente vestida de negro, ela chegou em seu coche às Portas do Paraíso. Seu lacaio — pois naturalmente, como no Egito antigo, toda sua criadagem morrera com ela — saltou e abriu solenemente a porta da carruagem. A Sra. Poulteney subiu as escadas e, após pensar que não podia deixar de avisar o Criador (quando o conhecesse melhor) de que seus criados deveriam estar mais atentos quando esperassem visitas importantes, tocou a campainha. O mordomo apareceu afinal.

— Senhora?

— Sou a Sra. Poulteney. Vim me radicar aqui. Tenha a bondade de prevenir o seu Patrão.

— O Altíssimo já foi informado de seu falecimento, minha senhora. E os anjos já entoaram um *Jubilate* para celebrar o acontecimento.

— É muita consideração e muita bondade d'Ele.

E a digna senhora, cheia de empáfia, fez menção de entrar no imponente vestíbulo branco que via atrás do mordomo. Mas este não lhe deu passagem. Em vez disso, chacoalhou com bastante impertinência um molho de chaves que por acaso tinha na mão.

— Meu rapaz! Chegue para lá. Eu sou ela. A Sra. Poulteney de Lyme Regis.

— Já foi de Lyme Regis, minha senhora. E atualmente é de uma morada muito mais tropical.

Com isso, o lacaio grosseiro bateu-lhe a porta na cara. A primeira reação da Sra. Poulteney foi olhar em volta, temendo que seus criados tivessem ouvido a cena. Mas seu coche, que ela julgara ter sido recolhido ao alojamento dos criados, desaparecera misteriosamente. Na verdade, tudo havia desaparecido, o caminho e a paisagem (muito parecidos com os do acesso ao castelo de Windsor, por uma razão qualquer), tudo, tudo desaparecera. Não havia nada a não ser o vazio — e, horror dos horrores, um vazio devorador. Um a um, os degraus pelos quais a Sra. Poulteney subira tão majestosamente também começaram a desaparecer. Restaram apenas três, depois, dois, depois um. A Sra. Poulteney agora pisava no ar. Ouviram-na dizer distintamente:

— Lady Cotton está por trás disso tudo.

Em seguida, caiu como um corvo alvejado, as saias esvoaçando e tremulando, até onde a esperava seu verdadeiro senhor.

45

Quem dera surgisse dentro de mim um homem,
E o homem que sou deixasse de existir!

TENNYSON, *Maud* (1855)[1]

E agora, tendo dado um final totalmente tradicional a este romance, será melhor explicar que tudo o que descrevi nos últimos dois capítulos aconteceu, mas não exatamente da forma como você foi levado a crer.

Já disse antes que todos nós somos poetas, embora nem todos façamos poesia; do mesmo modo, somos todos romancistas, ou seja, temos o hábito de escrever futuros ficcionais para nós mesmos, embora hoje em dia talvez nos sintamos mais propensos a nos colocar num filme. Projetamos em nossa mente hipóteses sobre qual seria o nosso comportamento, sobre o que poderia nos acontecer; e essas hipóteses literárias ou cinematográficas costumam influir muito mais em nosso comportamento real do que geralmente admitimos quando o futuro se torna presente.

Charles não era exceção; e as páginas que você acaba de ler não representam o que aconteceu de fato, mas sim o que ele imaginou durante a viagem entre Londres e Exeter. É verdade que suas idéias não formavam uma narrativa detalhada e coerente como a que elaborei, nem eu poderia jurar que ele tenha acompanhado com detalhes tão interessantes a carreira de além-túmulo da Sra. Poulteney. Mas não há dúvida de que a teria mandado para o inferno, de modo que dá mais ou menos no mesmo.

Acima de tudo, ele sentia que estava chegando ao final de uma história; e a um final que não lhe agradava. Se nesses dois últimos capítulos você tiver notado uma certa brusquidão, uma certa inconsistência, uma indicação do potencial maior de Charles e a naturalidade com que lhe é atribuída uma existência de quase um século e um quarto; se você desconfia que o autor começa a dar sinais de cansaço, como tantas vezes acontece na literatura, e arbitrariamente terminou a corrida enquanto ainda está ganhando, não me culpe; porque todos esses sentimentos, ou reflexos deles, estavam presentes na mente de Charles. O livro de sua existência, assim lhe parecia, estava chegando a um final claramente sem graça.

E o "eu", essa entidade que encontrou motivos tão habilmente enganosos para enviar Sarah para as sombras do esquecimento, não foi a minha pessoa, mas sim a mera personificação de uma certa indiferença monumental existente nas coisas — muito hostil para Charles pensar nela como "Deus" — que havia decidido colocar sua inércia malévola no prato da balança correspondente a Ernestina. Esta parecia ser uma direção inexorável, tão determinada como a do trem em que Charles viajava.

Eu não estava mentindo quando disse que Charles decidira, em Londres no dia seguinte à sua escapada, levar avante seus planos de casamento; esta foi sua decisão oficial, assim como já havia sido sua decisão oficial (reação talvez seja um termo mais preciso) de entrar para a vida religiosa. Onde menti foi na análise do efeito que aquela carta de três palavras continuava tendo sobre ele. Ela o atormentava, obcecava-o, confundia-o. Quanto mais pensava nela, mais lhe parecia típico de Sarah enviar apenas o endereço — e nada mais. Estava perfeitamente de acordo com o comportamento dela, que só podia ser descrito como paradoxal: ela era sutil e simples, orgulhosa e suplicante; e atraía e recuava, defendia e acusava. A era vitoriana foi uma era prolixa; e pouco afeita aos enigmas délficos.

Mas, acima de tudo, aquela carta parecia dar a Charles uma opção; e enquanto uma parte dele odiava ter que escolher, chegamos perto do segredo de seu estado naquela viagem para oeste quando sabemos que outra parte dele se sentia intoleravelmente excitada pela proximidade do momento da escolha. Ele não contava com a ajuda de uma terminologia existencialista; mas o seu era um caso claro de angústia da liberdade — ou seja, a consciência de que somos livres, e a de que ser livre é uma situação aterradora.

Então vamos mandar Sam de seu hipotético futuro para seu presente em Exeter. Ele vai para o compartimento do patrão quando o trem pára.

— Vamos passar a noite aqui, senhor?

Charles olha para ele um instante, ainda indeciso, e levanta os olhos para o céu encoberto.

— Acho que vai chover. Vamos ficar no Ship.

Assim Sam, mais rico em mil libras que não possuía, pouco depois estava com o patrão em frente à estação, observando a bagagem ser acomodada no teto de um coche velho. Charles dava claras mostras de nervosismo. O baú afinal foi amarrado, e todos esperavam suas ordens.

— Acho, Sam, que depois do raio dessa viagem de trem, vou esticar as pernas. Você vai com a bagagem.

Sam sentiu um aperto no coração.

— Com todo o respeito, Seu Charles, eu não faria isso. Ainda mais com essas nuvens carregadas ameaçando chuva.

— Um pouco de chuva não me faria mal.

Sam engoliu em seco e inclinou a cabeça.

— Sim, Seu Charles. Quer que eu mande preparar o jantar?

— Quero... bem... vou ver quando chegar. Talvez eu vá assistir às Vésperas na catedral.

Charles começou a subir a ladeira em direção à cidade. Sam observou-o melancolicamente por algum tempo, depois virou-se para o cocheiro.

— Já ouviu falar no Hotel Familiar Endicott?

— Já.

— Sabe onde fica?

— Sei.

Então me leva voando até o Ship e pode sair no lucro com isso.

E cheio de pose, como convinha, Sam embarcou na carruagem. Não demoraram a alcançar Charles, que caminhava com ostensiva lerdeza, como se tomando ar puro. Mas tão logo a carruagem desapareceu, apertou o passo.

Sam tinha muita experiência no trato com pousadas provincianas pouco movimentadas. Descarregou a bagagem, escolheu os melhores quartos disponíveis, acendeu o fogo, tirou da mala as roupas de dormir e os artigos de higiene pessoal — tudo em sete minutos. Depois voltou depressa para a rua, onde a carruagem continuava à espera. Houve outra corrida. Antes de saltar e pagar o cocheiro, Sam olhou cuidadosamente em volta.

— A primeira à esquerda, moço.

— Obrigado, chefe. Tome esses dois níqueis para você. — E com essa gorjeta vergonhosamente mesquinha (até para Exeter), Sam inclinou o chapéu sobre os olhos e desapareceu entre as sombras do anoitecer. Na metade da rua, e em frente àquela que o cocheiro havia indicado, erguia-se uma capela metodista cujo frontão era sustentado por imponentes colunas. Atrás de uma delas, postou-se o detetive rudimentar. Já era quase noite, que o céu carregado fizera chegar mais cedo.

Sam não precisou esperar muito. Seu coração deu um pulo quando viu surgir um vulto alto. Evidentemente perdido, o vulto se dirigiu a um garoto, que prontamente o levou até a esquina onde estava Sam e apontou, um gesto que lhe valeu, a julgar por seu sorriso, muito mais que dois pence.

As costas de Charles foram se afastando. Então ele parou, olhou para cima e recuou alguns passos na direção de Sam. Depois, como se impaciente consigo mesmo, tornou a virar e entrou numa das casas. Sam esgueirou-se de seu esconderijo atrás da coluna, desceu correndo a escadaria e foi para a rua onde ficava o Hotel Familiar Endicott. Esperou alguns minutos na esquina, mas Charles não tornou a aparecer. Sam criou coragem e passou junto ao armazém defronte à fileira de casas. Chegou ao ponto do qual tinha a visão do saguão do hotel. Estava deserto. Havia luz em vários quartos. Passaram-se uns quinze minutos e começou a chover.

Sam ficou roendo as unhas um bom tempo, raciocinando exaltado. Depois foi embora dali com passos rápidos.

46

Mas quando tudo está pensado e dito,
O coração ainda governa a cabeça;
Ainda devemos acreditar no que esperamos,
E receber o que nos é dado;

Devemos crer ainda, porque ainda esperamos
Que num mundo de mais largo escopo,
O que aqui se iniciou fielmente
Será levado a cabo, não desfeito.

Minha filha, devemos ainda pensar que, quando
Essa vida mais ampla virmos juntos,
Ainda aparecerão frutos
Do que somos, juntos, aqui.

A. H. CLOUGH, Poema (1849)[1]

Charles titubeou um instante no vestíbulo pobre, depois bateu à porta que estava entreaberta e de onde vinha a luz. Mandaram-no entrar, e ele se viu cara a cara com a proprietária, que o analisou muito mais depressa do que ele a ela: um quinze xelins sem sombra de dúvida. Portanto, sorriu reconhecida.

— Um quarto, doutor?

— Não. Eu... bem, quero falar com uma de suas... uma Srta. Woodruff? — O sorriso da Sra. Endicott bruscamente deu lugar a uma expressão preocupada. Charles sentiu um aperto no coração. — Ela não está...?

— Ah, coitadinha, doutor, estava descendo as escadas anteontem e escorregou. Torceu o pé de um jeito horrível. Está inchado como uma abóbora. Eu queria chamar o médico, mas ela nem quis ouvir falar nisso. É verdade que um entorse acaba sarando sozinho. E os médicos cobram muito caro.

Charles olhou para a ponta da bengala.

— Então não posso falar com ela...

— Mas claro que pode subir. Vai animá-la um pouco. Por acaso é parente dela?

— Preciso falar com ela... sobre negócios.

O respeito da Sra. Endicott aumentou.

— Ah, o cavalheiro é advogado?

Charles hesitou um instante, depois respondeu:

— Sou.

— Então deve subir, doutor.

— Acho que... será que a senhora poderia mandar alguém perguntar se seria melhor deixar para quando ela estiver recuperada?

Sentia-se totalmente perdido. Lembrou-se de Varguennes. Encontrar-se na intimidade era pecado. Viera apenas saber notícias e esperara encontrá-la na sala de estar do hotel — um local ao mesmo tempo íntimo e público. A velha hesitou um instante, lançando um olhar rápido para uma caixa aberta ao lado de sua escrivaninha e, pelo visto, concluiu que até os advogados podem ser ladrões — uma possibilidade que poucos daqueles que tinham que lhes pagar honorários contestariam. Sem sair do lugar e com uma violência surpreendente, ela gritou por uma Betty Anne.

Betty Anne apareceu e foi enviada com um cartão de visitas. Custou a voltar, e enquanto isso Charles teve que se esquivar de várias perguntas cujo objetivo era descobrir o motivo de sua visita. Finalmente, Betty Anne voltou: ele era solicitado a subir. Charles seguiu até o último andar a rechonchuda criada, que lhe mostrou o local do acidente. A escada era de fato íngreme, e, naquela época, quando raramente enxergavam os próprios pés, as mulheres viviam caindo: era comum na vida doméstica.

Chegaram a uma porta no final de um corredor lúgubre. Charles, o coração batendo mais depressa até do que os três lances de escada íngreme poderiam justificar, foi anunciado bruscamente.

— O cavalheiro, dona.

Ele entrou no quarto. Sarah estava sentada junto ao fogo numa cadeira voltada para a porta, os pés apoiados num tamborete e as pernas cobertas por uma manta vermelha. O xale verde envolvia-lhe os ombros, mas não escondia o fato de que ela vestia apenas uma camisola de dormir, de mangas compridas. Tinha os cabelos soltos, caídos nos ombros envoltos em verde. Pareceu a ele muito menor — e aflitivamente tímida. Não sorria, mas olhava para as mãos — apenas, quando ele entrou, dirigiu-lhe um olhar rápido, como uma penitente assustada, convencida da raiva dele, antes de baixar de novo a cabeça. Ele ficou parado, com o chapéu numa das mãos, a bengala e as luvas na outra.

— Eu estava de passagem por Exeter.

A cabeça dela baixou imperceptivelmente mais um pouco. Num gesto em que havia um misto de compreensão e vergonha.

— Não seria melhor eu chamar logo um médico?

Ela respondeu olhando para o colo.

— Não, por favor. Ele só me aconselharia a fazer o que já estou fazendo.

Charles não conseguia tirar os olhos dela — vê-la tão presa, tão inválida (embora suas faces estivessem muito coradas), tão desamparada. E depois daquele eterno vestido azul... o xale verde, a fartura daquela cabeleira nunca dantes vista em todo o seu esplendor. Charles sentiu um leve cheiro de cedro do linimento.

— Não está sentindo dor?

Ela fez que não com a cabeça.

— Fazer uma coisa dessas... Não entendo como pude ser tão tonta.

— De qualquer maneira agradeça o fato de que isso não tenha acontecido no Undercliff.

— Sim.

Parecia muito encabulada por causa da presença dele. Ele correu os olhos pelo quarto. Um fogo recém-aceso ardia na lareira. Havia alguns narcisos murchos numa caneca Toby sobre o consolo da lareira. Mas a pobreza da mobília era dolorosamente óbvia, e um constrangimento a mais. Havia manchas pretas no teto, causadas pela fumaça do lampião; como tantas outras relíquias espectrais deixadas por incontáveis tristes ocupantes do quarto.

— Talvez eu devesse...

— Não. Sente-se, por favor. Desculpe-me. Eu... eu não esperava...

Charles pousou suas coisas na cômoda, depois sentou-se na única outra cadeira que havia ali, uma cadeira de madeira colocada junto à mesa, em frente a ela. Como iria ela esperar, apesar de sua carta, algo que ele próprio havia descartado com tanta firmeza? Procurou uma desculpa.

— Já informou seu endereço à Sra. Tranter?

Ela fez que não com a cabeça. Silêncio. Charles olhava para o chão.

— Só a mim?

De novo, ela baixou a cabeça. Charles assentiu gravemente, como se tivesse adivinhado. E tornaram a ficar em silêncio. Uma violenta rajada de chuva fustigou as vidraças da janela atrás dela.

Charles disse:

— É isso o que vim discutir.

Ela ficou esperando, mas ele não continuou. Tinha de novo os olhos grudados nela. A camisola estava abotoada até o pescoço e nos punhos. Sua brancura ganhava cintilações cor-de-rosa no clarão do fogo, pois a chama do lampião sobre a mesa ao lado dele não estava muito alta. E seu cabelo, já realçado pelo xale verde, tinha àquela luz um fulgor vivo; era como se, em todo o seu mistério, com o que tinha de mais íntimo, estivesse exposta diante dele: orgulhosa e submissa, presa e solta, sua escrava e sua igual. Ele sabia por que tinha vindo: para vê-la de novo. Vê-la era tudo o que precisava; como uma sede intolerável que tem que ser aplacada.

Com um esforço, desviou a vista. Mas seus olhos pousaram nas duas ninfas de mármore nuas sobre a lareira: elas também ganhavam um matiz rosado com os reflexos cálidos da manta vermelha. E não ajudaram. Depois Sarah fez um ligeiro movimento, e ele teve que olhar de novo para ela.

Levara a mão rapidamente à cabeça ainda abaixada. Seus dedos afastaram algo de seu rosto, depois pousaram em sua garganta.

— Minha cara Srta. Woodruff, por favor, não chore... Eu não devia ter vindo... Eu não queria...

Mas ela sacudiu a cabeça com súbita veemência. Ele lhe deu tempo para se recompor. E foi quando ela enxugava as lágrimas com um lenço que ele foi invadido por um violento desejo sexual. Um desejo mil vezes mais forte do que qualquer coisa que tivesse sentido no quarto da prostituta. Suas lágrimas indefesas eram talvez a brecha através da qual brotou a certeza — mas de repente ele entendeu por que não conseguia parar de pensar no rosto dela, por que sentia aquela terrível necessidade de se queimar, de se reduzir a cinzas naquele corpo e naqueles olhos. Adiar esse desejo por uma semana, um mês, um ano, até mesmo vários anos, pode ser possível. Mas eternamente, aí é que é duro.

As palavras seguintes dela, explicando as lágrimas, mal se ouviram.

— Achei que nunca mais fosse vê-lo.

Charles não podia lhe dizer quão perto Sarah chegara do que se passava com ele. Ela ergueu os olhos para encará-lo, e ele com a mesma presteza baixou os seus.

O silêncio foi terrível então, tenso como uma ponte prestes a se romper, ou como uma torre prestes a desmoronar; insuportável pela emoção que continha, pela pressão com que a verdade procurava irromper para ser contada. Então, de repente, o braseiro desmoronou. A maioria das brasas ficou dentro da lareira, mas uma ou duas repicaram e rolaram até a borda da manta que cobria as pernas de Sarah. Ela desvencilhou-se depressa do cobertor enquanto Charles se ajoelhava com um gesto rápido e pegava a pequena pá dentro do balde de latão. As brasas sobre o tapete foram devolvidas ao fogo. Mas a manta fumegava. Ele arrancou-a da mão dela e, atirando-a no chão, pisoteou-a para apagar o fogo. Um cheiro de lã chamuscada impregnou o quarto. Sarah continuava com um pé pousado no tamborete, mas o outro estava no chão. Ambos estavam descalços. Ele olhou para a manta, certificou-se com um ou dois tapas que já não fumegava mais, depois tornou a cobrir com ela as pernas de Sarah. Estava inclinado, prestando atenção no que fazia. Então, instintivamente, mas num gesto que mal ousava avaliar, ela estendeu a mão timidamente e pousou-a na dele. Charles sabia que ela olhava para ele. Não conseguia mexer a mão, e de repente não conseguia evitar olhar nos olhos dela.

Havia gratidão neles, e toda a antiga tristeza, e uma preocupação estranha, como se ela soubesse que lhe fazia mal; mas acima de tudo, ela estava esperando. Com uma timidez infinita, mas estava esperando. Se houvesse em seus lábios o mais leve sorriso, talvez ele tivesse se lembrado da teoria do Dr. Grogan; mas ali estava um rosto que parecia quase surpreso consigo mesmo, tão perdido quanto ele mesmo. Por quanto tempo ficaram se olhando assim, ele não sabia. Pareceu-lhe uma eternidade, mas na realidade não foram mais que três ou quatro segundos. Suas mãos agiram primeiro. Por força de uma misteriosa comunhão, os dedos se entrelaçaram. E então Charles pôs um joelho no chão e apertou-a contra si apaixonadamente. Suas bocas se encontraram com uma violência que chocou a ambos e fez com que ela desviasse a dela. Ele cobriu-lhe o rosto e os olhos de beijos. Por fim, sua mão tocou naquela cabeleira, acariciou-a, e sentiu através de seu toque sedoso o contorno da pequena cabeça, enquanto seus braços e seu peito sentiam o contato daquele corpo através da fina camisola. Subitamente, Charles afundou o rosto em seu pescoço.

— Não devemos... não podemos... é uma loucura.

Mas os braços dela envolveram sua cabeça e a colaram em seu peito. Ele ficou imóvel. Sentia-se transportado por asas de fogo, avançando a toda velocidade, mas num ar tão suave, como se fosse um menino afinal livre da escola, um prisioneiro solto num campo verde, um falcão ganhando altura. Levantou a cabeça e olhou para ela com uma fúria quase selvagem. Então tornaram a se beijar. Mas Charles a abraçava com tanta força que a cadeira se inclinou um pouco para trás. Sentiu-a estremecer de dor quando o pé enfaixado caiu do tamborete. Olhou para o pé, depois de novo para seu rosto, seus olhos fechados. Ela afastou a cabeça, encostando-a no espaldar da cadeira, quase como se ele a repelisse; mas seu peito parecia arquear-se imperceptivelmente para ele e suas mãos agarraram as dele convulsivamente. Ele olhou para a porta atrás dela, levantou-se e, em duas passadas, chegou até lá.

Não havia mais luz no quarto a não ser a claridade do crepúsculo e a dos postes de iluminação do outro lado da rua. Mas ele viu a cama cinzenta, o lavatório. Sarah levantou-se desajeitadamente da cadeira, apoiando-se no espaldar, o pé machucado no ar. Uma ponta do xale lhe escorregara do ombro. Cada um refletia a intensidade do olhar do outro, a força que os arrastava. Ela tentou andar num pé só e quase caiu. Ele correu para ampará-la e a abraçou. O xale caiu. Entre Charles e a nudez do corpo de Sarah só se interpunha uma camada de flanela. Comprimiu aquele corpo no seu, colando os lábios nos dela, com toda a avidez criada por uma longa frustração — não apenas sexual, pois toda uma torrente incontrolável de interdições, romance, aventura, pecado, loucura, animalidade percorria-o furiosamente.

A cabeça de Sarah jazia em seus braços, como se ela tivesse desmaiado, quando ele finalmente levantou os lábios de sua boca. Pegou-a no colo e levou-a até o quarto. Ela ficou atravessada na cama onde ele a jogou, meio desfalecida, com um braço esticado para trás. Ele agarrou a outra mão e beijou-a ardentemente; a mão acariciou seu rosto. Ele se levantou e correu até a antecâmara. Começou a se despir furiosamente, arrancando a roupa como se estivesse na praia e visse alguém se afogando. Um botão de sua casaca voou longe, rolando para um canto, mas ele nem olhou para ver onde foi parar. O colete foi arrancado, as botas, as meias, as calças, as ceroulas... o alfinete de pérola da gravata, a gravata. Olhou para a porta de entrada e foi trancá-la. Então, só em fraldas de camisa, entrou no quarto de pernas de fora.

Ela havia mudado ligeiramente de posição, pois sua cabeça agora estava deitada no travesseiro. Tinha o rosto de lado, oculto pelo manto escuro de seus cabelos. Charles ficou um momento parado à beira da cama, o membro ereto empinando a camisa. Então apoiou o joelho esquerdo na cama estreita e caiu sobre ela, com uma chuva de beijos ardentes em sua boca, seus olhos, sua garganta. Mas aquele corpo passivo porém aquiescente se apertava contra o seu, encostando os pés descalços nos seus... ele não pôde esperar. Erguendo-se um pouco, levantou sua camisola. Ela abriu as pernas. Com uma brutalidade frenética, sentindo a ejaculação prestes a explodir, encontrou o lugar e arremeteu. O corpo de Sarah se contraiu de novo, como quando seu pé caiu do tamborete. Ele venceu aquela constrição instintiva, e os braços dela o enlaçaram como se quisessem prendê-lo a ela por aquela eternidade que ele não podia imaginar sem ela. Começou a ejacular no ato.

— Ah, minha querida. Minha querida. Meu anjo adorado... Sarah, Sarah... ah, Sarah.

Momentos depois, ele jazia imóvel. Tinham-se passado exatamente noventa segundos desde que soltara a mão dela para espiar o quarto.

47

Repugnada, como fez Dido com gesto severo
Ao afastar-se no Hades do falso amigo,
Dá-nos adeus, e fica com tua solidão.

MATTHEW ARNOLD, "The Scholar-Gipsy" (1853)[1]

Silêncio.

Os dois jaziam imóveis, como se paralisados pelo que haviam feito. Congelados no pecado, gelados de prazer. Charles, que não sentia a doce melancolia que se segue ao coito, mas sim um horror imediato e universal — era como uma cidade atingida por uma bomba atômica num dia de céu sereno. Tudo estava arrasado. Todos os princípios, todo o futuro, toda a fé, todas as nobres intenções. Mas ele sobrevivera, gozando da mais doce posse de sua vida, o último sobrevivente, infinitamente só... Mas a radioatividade da culpa já ia penetrando em seus nervos e em suas veias. Das sombras distantes, Ernestina o contemplava pesarosa. O Sr. Freeman esbofeteou-o... Como eram empedernidos os dois, justificadamente implacáveis, esperando com determinação.

Mudou de posição, para aliviar Sarah de seu peso, e deitou-se de costas ao seu lado, para que ela pudesse aconchegar-se a ele, a cabeça em seu ombro. Olhava para o teto. Que encrenca, que grande encrenca!

Apertou-a com mais força. Sarah estendeu timidamente a mão e envolveu a dele. Parara de chover. Passos pesados, lentos, ritmados. Um policial, talvez. A lei.

Charles disse:

— Sou pior que Varguennes. — A única resposta de Sarah foi apertar-lhe a mão, como se para contestá-lo e fazê-lo se calar. Mas ele era homem. — O que vai ser de nós?

— Não consigo pensar em nada além deste momento.

De novo, ele apertou seus ombros, beijou-a na testa, depois tornou a olhar para o teto. Ela parecia tão jovem agora, tão assombrada.

— Tenho que romper o noivado.

— Não lhe peço nada. Não posso. A culpa é minha.

— Você me avisou, você me avisou. A culpa é toda minha. Eu sabia quando vim aqui... Preferi não enxergar e virar as costas para todas as minhas obrigações.

Ela murmurou:

— Eu quis que fosse assim. — Repetiu com tristeza: — Eu quis que fosse assim.

Charles lhe acariciava o cabelo, que lhe caía nos ombros e no rosto, velando-a.

— Sarah... é o nome mais doce que existe.

Ela não respondeu. Passou-se um minuto, enquanto a mão dele alisava seus cabelos como se ela fosse uma criança. Mas seu pensamento estava longe. Como se tivesse percebido isso, ela por fim falou.

— Sei que não pode se casar comigo.

— É o meu dever e o meu querer. Do contrário, não poderia mais me encarar no espelho.

— Eu não presto. Há muito tempo imagino um dia como esse. Não sirvo para ser sua mulher.

— Minha querida...

— Sua posição, seus amigos, sua... e ela... sei que ela deve amar você. Como não vou saber o que ela sente?

— Mas não gosto mais dela!

Ela deixou que sua veemência se esgotasse no silêncio.

— Ela é digna de você. Eu não.

Por fim, Charles optou por acreditar no que ela dizia. Obrigou-a a levantar a cabeça e, na claridade tênue que vinha da rua, olharam-se nos olhos sombrios. Os dele estavam cheios de horror; os dela, serenos e ligeiramente sorridentes.

— Você não quer dizer que devo ir embora, como se nada tivesse acontecido entre nós.

Sarah ficou calada; mas, em seus olhos, Charles leu o que ela queria dizer. Ergueu-se, apoiando-se no cotovelo.

— Você não pode me perdoar a esse ponto. Nem pedir tão pouco.

Ela afundou a cabeça no travesseiro, com os olhos postos num futuro negro.

— Por que não, se amo você?

Ele a abraçou. A idéia de tamanho sacrifício lhe trouxe lágrimas aos olhos. Que injustiça Grogan e ele haviam feito! Ela era muito mais nobre que qualquer um dos dois. Charles sentiu uma onda de desprezo por seu próprio sexo: por sua trivialidade, sua credulidade, seu egoísmo. Mas era o seu sexo, e um pouco daquela antiga covardia desleal o contaminou: não poderia aquilo tudo ser apenas sua última farra, a última loucura da juventude? Mas tão logo teve esse pensamento, sentiu-se como um assassino absolvido por uma falha técnica na tese da acusação. Poderia ser um homem livre fora do tribunal, mas, em seu coração, seria eternamente culpado.

— Sinto-me infinitamente estranho a mim mesmo.

— Eu também me sinto assim. É porque pecamos. E não podemos acreditar que pecamos. — Falava como se estivesse olhando para uma noite sem fim. — Só desejo a sua felicidade. Agora que sei que houve pelo menos um dia em que você me amou, posso suportar... posso suportar qualquer pensamento... menos o da sua morte.

Charles levantou-se de novo e olhou para ela. Sarah ainda tinha nos olhos um leve sorriso, uma expressão de profunda compreensão — uma resposta espiritual ou psicológica ao conhecimento carnal que ele tinha dela. Charles nunca se sentira tão próximo, tão unido a uma mulher. Inclinou-se e beijou-a, com um amor muito mais puro do que aquele que já começava a se manifestar de novo em seu corpo ao contato apaixonado com seus lábios. Charles era como muitos homens vitorianos. Não podia crer que uma mulher de sensibilidade refinada pudesse sentir prazer em ser o receptáculo da sensualidade masculina. Já havia abusado de forma intolerável do amor dela. Aquilo não podia acontecer de novo. E a hora... precisava ir embora! Sentouse na cama.

— Aquela mulher lá embaixo... e meu criado está à minha espera no hotel. Peço-lhe que me dê um prazo de dois dias. Agora não consigo pensar no que devo fazer.

De olhos fechados, ela disse:

— Não sou digna de você.

Ele a fitou por um momento, depois se levantou e foi para a antecâmara.

E ali... Um raio o atingiu!

Ao se vestir, percebera uma mancha vermelha na fralda da camisa. Por um momento, achou que pudesse ter-se cortado, mas não sentia dor. Examinou-se furtivamente, depois olhou para a porta do quarto, enquanto se segurava no espaldar da cadeira, pois de repente se dera conta de algo que um amante mais experiente ou menos fogoso teria percebido muito antes.

Havia violado uma virgem.

Percebeu uma movimentação no outro quarto. Estava tonto, com a cabeça girando, mas vestiu-se com uma pressa desesperadora. Ouvia-se a água caindo numa bacia, o tilintar da porcelana de uma saboneteira. Ela não se entregara a Varguennes. Mentira para ele. Sua conduta, suas explicações em Lyme Regis eram baseadas numa mentira. Mas com que intuito? Por quê? Por quê? Por quê?

Chantagem!

Para tê-lo na mão!

E todos aqueles repugnantes súcubos da mente dos homens, que criam nela o temor de uma grande conspiração feminina de lhes sugar a virilidade das veias, de devorar seu idealismo, derretê-los como cera e moldá-los segundo suas fantasias malignas... isso e também a lembrança das provas medonhas apresentadas no caso La Roncière encheram a mente de Charles de um terror apocalíptico.

O discreto ruído das abluções cessaram. Agora ouviam-se várias coisas farfalhando — ele imaginou que ela estivesse se deitando. Já vestido, ficou parado, contemplando o fogo. Ela era louca, perversa, enredando-o na mais estranha das redes... mas *por quê*?

Ouviu-se um ruído. Charles se virou, com os pensamentos estampados na cara. Ela estava parada à porta, já com aquele velho vestido azul, ainda de cabelos soltos, mas com resquícios daquele antigo ar provocante: ele se lembrou então da manhã em que a viu pela primeira vez naquele quebra-mar, quando ela o encarara. Sarah deve ter visto que ele havia descoberto a verdade, e mais uma vez se adiantou a ele, castrando a acusação em sua mente.

Repetiu o que já dissera.

— Não sou digna de você.

E agora, ele acreditava nela. Murmurou:

— Varguennes?

— Quando fui até a pousada de que lhe falei em Weymouth... eu ainda estava a uma certa distância da porta... Vi-o saindo. Com uma mulher. Do tipo que não engana ninguém. — Evitava seu olhar penetrante. — Escondi-me num portal. Quando eles se afastaram, fui-me embora.

— Mas por que disse...

Ela se aproximou bruscamente da janela, e Charles emudeceu. Ela não mancava. Não tinha torcido o pé. Sarah percebeu seu novo olhar acusador e virou as costas.

— Sim, enganei você. Mas não tornarei a incomodá-lo.

— Mas o que foi que eu... por que você iria...

Um enxame de mistérios.

Ela olhou-o nos olhos. Começara a chover torrencialmente de novo. O olhar dela era firme, aquela antiga expressão de desafio voltara; mas agora havia no fundo algo mais delicado, a lhe lembrar que ele acabara de possuí-la. A antiga distância, porém mais suave.

— Você me deu o consolo de me fazer acreditar que, em outro mundo, outra era, outra vida, eu poderia ter sido sua mulher. Deu-me forças para continuar vivendo... no aqui e agora. — Menos de três metros os separavam, e no entanto pareciam três quilômetros. — Numa coisa eu não o enganei. Amei-o... acho que desde o primeiro momento em que o vi. Nisto, não o enganei. O que o enganou foi a minha solidão. Um ressentimento, uma inveja, não sei. Não sei. — Virou-se de novo para a janela e a chuva. — Não me peça para explicar o que fiz. Eu não poderia. Não tem explicação.

No silêncio carregado que se seguiu, Charles olhava para as suas costas. Assim como pouco antes ele se sentira ser arrastado para ela, agora se sentia ser arrastado para longe — e, em ambos os casos, a culpa era dela.

— Não posso aceitar isso. Deve haver uma explicação.

Mas Sarah fez que não com a cabeça.

— Agora vá embora, por favor. Rezo pela sua felicidade. Nunca mais vou incomodá-lo.

Charles não se mexeu. Após alguns instantes, ela se virou para ele e evidentemente leu seu pensamento, como já fizera antes. Sua expressão era calma, quase fatalista.

— É como eu já lhe disse. Sou muito mais forte do que qualquer pessoa seria capaz de imaginar. Minha vida terminará quando a natureza decidir.

Ele continuou olhando para ela mais um pouco, depois virou-se para onde deixara o chapéu e a bengala.

— Essa é a minha recompensa por querer ajudá-la. Arrisquei-me muito para... e agora vejo que não fui mais que um joguete para seus caprichos.

— Hoje pensei na minha felicidade. Se fôssemos nos encontrar de novo, eu poderia pensar na nossa. Não pode haver felicidade para nós dois. Não pode se casar comigo, Sr. Smithson.

Essa volta à formalidade feriu fundo. Olhou magoado para ela, mas ela estava de costas, como se esperasse por aquilo. Charles deu um passo em sua direção.

— Como pode se dirigir a mim desse jeito? — Ela não respondeu. — Tudo que peço é que me seja permitido entender.

— Por favor, vá embora!

Tinha-se virado para ele. Olharam-se como duas pessoas enlouquecidas. Charles parecia prestes a dizer qualquer coisa, a pular em cima dela, a explodir. Mas bruscamente girou nos calcanhares e se retirou.

48

É imoral um homem acreditar que possa receber mais do que é espontaneamente compatível com sua natureza mental e moral.

NEWMAN, *Eighteen Propositions of Liberalism* (1828)

Afirmo como quem canta em vários tons,
Acompanhado de uma harpa cristalina,
Que o homem pode usar sua identidade morta
Para chegar a coisas mais elevadas.

TENNYSON, *In Memoriam* (1850)[1]

Charles assumiu sua atitude mais formal ao descer para o saguão. A Sra. Endicott estava à porta do escritório, já abrindo a boca para falar. Mas Charles, com um rápido e cortês "Obrigado, minha senhora", já estava na rua antes que ela pudesse terminar a pergunta, ou notar que faltava um botão em sua casaca.

Caminhava às cegas, debaixo de um novo aguaceiro. Não sentia a chuva, nem sabia para onde ia. O que mais desejava era a escuridão, a invisibilidade, o esquecimento onde pudesse recobrar a calma. Mas meteu-se, sem se dar conta, naquela zona escusa de Exeter que já descrevi. Como a maioria dos lugares escusos, aquele estava cheio de luzes e vida, de lojas e tavernas, de gente espremendo-se nos portais para se proteger da chuva. Pegou uma rua íngreme que descia até o rio Exe. De cada lado do esgoto congestionado, havia uma fileira de degraus cobertos de excrementos. Mas era uma rua tranqüila. No final, numa esquina, apareceu uma igrejinha de pedra vermelha, e Charles de repente sentiu necessidade de procurar um refúgio. Empurrou uma pequena porta, tão baixa que precisou se inclinar para entrar. Uma escada conduzia à nave da igreja, acima do nível da rua. No alto da escada, um jovem pároco baixava a chama do último lampião, e se surpreendeu ao ver aquele visitante tardio.

— Já estava fechando, senhor.

— Posso lhe pedir licença para rezar por alguns minutos?

O pároco voltou a subir a chama e examinou atentamente o retardatário por um bom tempo. Um cavalheiro.

— Minha casa fica do outro lado da rua. Estão à minha espera. Se fizer a gentileza de trancar a igreja e me levar a chave. — Charles inclinou a cabeça, e o pároco desceu até ele. — É o bispo. Na minha opinião, a casa de Deus deve sempre estar aberta. Mas nossos objetos de culto são muito valiosos. Que época essa em que vivemos...

E assim Charles se viu sozinho na igreja. Ouviu os passos do pároco atravessando a rua. Fechou então o portão pelo lado de dentro e subiu para a nave. Recendia a tinta fresca. O único lampião iluminava fracamente uns dourados recentes, mas uns sólidos arcos góticos, de um vermelho sombrio, mostravam que a igreja era muito antiga. Charles sentou-se num banco no meio da nave principal e contemplou, através da grade do coro, o crucifixo sobre o altar. Depois, ajoelhou-se e murmurou o Pai-Nosso, as mãos crispadas apertando o encosto do banco à sua frente.

Terminadas as palavras rituais, o obscuro silêncio e o vazio voltaram a envolvê-lo. Começou então a compor uma oração especial para sua situação: "Perdoa-me, ó Senhor, por meu egoísmo. Perdoa-me por ter infringido a Tua lei. Perdoa-me a minha desonra, a minha falta de castidade. Perdoa a minha insatisfação comigo mesmo, a minha falta de fé em Tua sabedoria e Tua misericórdia. Perdoa-me e aconselha-me, ó Senhor, em minha agonia..." Mas aí, por uma dessas terríveis peças pregadas por um subconsciente desatento, o rosto de Sarah surgiu diante dele, banhado em lágrimas, angustiado, com todos os traços de uma Mater Dolorosa de Grünewald que havia visto em Colmar, Coblenz, Colônia... não sabia bem onde. Por alguns segundos, sua mente ficou ridiculamente tentando se lembrar do nome da cidade que começava com C... Levantou-se e se sentou no banco. Como a igreja estava vazia e silenciosa! Contemplou o crucifixo, mas em vez do rosto de Cristo, só via o de Sarah. Tentou recomeçar a oração. Mas em vão. Sabia que não seria ouvida. De repente, começou a chorar.

Quase todos os ateus (aquela elite militante dirigida por Bradlaugh[2]) e agnósticos vitorianos sentiam-se totalmente excluídos, privados de uma dádiva. Por mais que entre si pudessem zombar das extravagâncias da Igreja, de suas querelas sectárias, de seus bispos sensuais e de seus cânones intrigantes, de seus priores ausentes,* e párocos mal remunerados, de sua teologia antiquada e do resto, Cristo permanecia — o que era uma terrível anomalia para a razão. Não podia ser para eles o que é hoje para tantos de nós, uma figura completamente secularizada. Um *homem* chamado Jesus de Nazaré que tinha um dom para a metáfora, para criar uma mitologia pessoal e para agir de acordo com suas crenças. Todo o resto do mundo acreditava em sua divindade, por isso o seu descrédito era mais duro para o crente. Entre as crueldades de nossa época e nossa culpa, erguemos o vasto edifício da assistência social administrada pelo estado; a caridade está completamente organizada. Mas os vitorianos viviam muito mais perto dessa crueldade, os sensíveis e inteligentes sentiam-se pessoalmente muito mais responsáveis e assim era muito mais difícil, nos tempos difíceis, rejeitar o símbolo universal da compaixão.

No fundo do coração, Charles não desejava ser agnóstico. Porque nunca tivera necessidade de fé, aprendera a viver feliz sem ela. E sua razão, seus conhecimentos de Lyell e Darwin lhe haviam ensinado que ele estava certo em dispensar os seus dogmas. Mas lá estava ele, chorando não por Sarah, mas sim por sua própria incapacidade de falar com Deus. Sabia, naquela igreja escura, que os fios estavam cortados. Não era possível estabelecer a comunicação.

---

* Mas quem pode culpá-los quando seus superiores davam o exemplo? O pároco referia-se ainda há pouco "ao bispo" — e este em particular, o famoso Dr. Phillpotts de Exeter (cuja diocese abrangia então Devon e a Cornualha), é um caso típico. Passou os dez últimos anos de sua vida "confortavelmente instalado" em Torquay, e diz-se que durante este tempo não pôs os pés em sua catedral. Foi um soberbo príncipe da Igreja Anglicana — um reacionário agressivo até a raiz dos cabelos; e só veio a morrer dois anos depois do ano em que estamos.

Um estrondo quebrou o silêncio. Charles se voltou, enxugando rapidamente os olhos na manga. Mas, pelo visto, quem quer que tivesse tentado entrar havia aceitado que a igreja estava fechada. Era como se uma parte rejeitada de Charles tivesse ido embora. Ele se levantou e começou a andar para cima e para baixo entre os bancos na nave, mãos atrás das costas. Datas e nomes apagados, últimos vestígios fósseis de outras vidas, pareciam contemplá-lo das lápides embutidas no chão. Talvez o fato de estar pisando naquelas pedras e a ligeira sensação de estar sendo irreverente por isso, ou talvez os momentos de desespero por que acabara de passar, afinal lhe devolveram a calma e uma certa lucidez. Iniciou então um diálogo entre seus dois eus, o bom e o mau — ou talvez entre ele e aquela figura de braços abertos envolta em sombras, no fundo da igreja.

Por onde começo?

Comece pelo que fez, meu amigo. E pare de desejar que não o tivesse feito.

Não fui eu que fiz. Fui induzido.

O que o induziu?

Fui enganado.

Com que intenção?

Não sei.

Mas deve imaginar.

Se ela me amasse de verdade não me teria deixado partir.

Se o amasse, poderia continuar a enganá-lo?

Ela não me deu alternativa. Ela mesma disse que nosso casamento era impossível.

E que motivos alegou?

A diferença de nossa posição social.

Um motivo nobre.

E Ernestina. Fiz-lhe uma promessa solene.

Que já foi quebrada.

Consertarei o problema.

Com amor? Ou culpa?

Não importa como. Os votos são sagrados.

Se não importa como, os compromissos não podem ser sagrados.

Meu dever é claro.

Charles, Charles, já vi essa idéia nos olhos mais cruéis. O dever é um recipiente que pode conter qualquer coisa que se ponha dentro dele, desde o pior mal ao maior bem.

Ela queria que eu fosse embora. Dava para ver em seus olhos... o desprezo.

Quer saber o que o Desprezo está fazendo agora? Se acabando de tanto chorar.

Não posso voltar.

Acha que a água pode lavar essa mancha de sangue do seu corpo?

Não posso voltar.

Tinha que se encontrar de novo com ela no Undercliff? Tinha que pernoitar hoje em Exeter? Tinha que ir ao quarto dela? Deixar a mão dela pousar na sua? Tinha...

Admito isso tudo. Pequei. Mas caí na armadilha que ela preparou.

Então, como agora está livre dela?

Não houve resposta de Charles. Sentou-se de novo no banco. Cruzou as mãos com fúria, como se quisesse quebrar os nós dos dedos, os olhos fixos na escuridão. Mas a outra voz não o deixava em paz.

Meu amigo, talvez haja uma coisa que ela ame mais do que a você. E o que você não entende é que, pelo fato de amá-lo de verdade, deseja lhe dar essa coisa. Vou lhe dizer por que ela chora: porque você não tem coragem de lhe devolver o presente dela.

Que direito tinha ela de me atormentar tanto?

Que direito tem você de ter nascido? De respirar? De ser rico?

Não faço mais que dar a César...

Ou ao Sr. Freeman?

Essa é uma acusação mesquinha.

E a mim? É esse o seu tributo? Esses cravos que me enterra nas mãos?

Com todo o respeito — Ernestina também tem mãos.

Pois então vamos ler uma delas. Não vejo felicidade. Ela sabe que não é verdadeiramente amada. Está sendo enganada.

Não só uma vez, mas muitas e muitas vezes, todos os dias do casamento.

Charles apoiou os braços no encosto à sua frente e afundou neles a cara. Sentia-se apanhado num dilema, que era também uma corrente de indecisão: uma corrente quase palpável, não passiva, mas sim ativa, e o empurrava à frente, para um futuro que ela escolheria, não ele.

Meu pobre Charles, faça um exame de consciência. Quando veio para esta cidade, achava que poderia provar a si mesmo que ainda não era prisioneiro do seu futuro. Mas a fuga não se dá com um ato único, meu amigo, assim como não basta você dar um passinho para chegar daqui a Jerusalém. Deve ser empreendida de novo a toda hora, todos os dias, Charles. A cada minuto, o prego espera a martelada para ser fincado. Você sabe o que escolher. Ou ficar na prisão, o que a sua época chama de dever, honra, auto-respeito, e se sentir confortável e seguro. Ou ser livre e crucificado. Sua única companhia serão as pedras, os espinhos, o ostracismo, o silêncio das cidades e seu ódio.

Sou fraco.

Mas se envergonha de sua fraqueza.

O que minha força poderia trazer de bom para o mundo?

Não houve resposta. Mas alguma coisa fez Charles se levantar e aproximar-se da grade do coro. Por uma das janelas de madeira, olhou para a cruz em cima do altar; e, após um instante de hesitação, entrou pela porta central, passou pelos bancos do coro e subiu até o altar. A claridade que vinha da entrada da igreja mal chegava até ali. Quase não podia distinguir as feições de Cristo, mas foi invadido por uma misteriosa empatia. Imaginou-se pregado ali... não, naturalmente, com a nobreza e a universalidade de Jesus, mas crucificado.

Mas não na cruz, e sim em outra coisa. Às vezes pensava em Sarah de um modo que poderia sugerir que ele se visse crucificado *nela*; mas tal blasfêmia, religiosa e real, agora não lhe passava pela cabeça. Sarah parecia estar antes a seu lado, esperando pela cerimônia nupcial, mas com outro intuito. Por um momento, não atinou qual fosse — depois percebeu.

Para descrucificá-lo!

Num estalo, Charles descobriu a verdadeira finalidade do cristianismo. Não era a de venerar aquela imagem bárbara, mantê-la num pedestal porque havia um benefício vantajoso — a redenção dos pecados — a se tirar daí, e sim criar um mundo em que o homem martirizado pudesse ser baixado da cruz, que pudesse ser visto não com o ríctus da agonia no rosto, mas sim com o sorriso tranqüilo de uma vitória conquistada por todos os homens e mulheres viventes, e concretizada em cada um.

Parado ali, ele parecia passar em revista toda a sua era, com sua vida tumultuosa, suas certezas férreas e suas convenções rígidas, suas emoções reprimidas, seu humor jocoso, sua ciência prudente e sua religião imprudente, sua política corrupta e suas castas imutáveis, como o grande inimigo oculto de seus anseios mais profundos. Isso é que o enganara; e era algo totalmente desprovido de amor ou liberdade... mas também de raciocínio, intenção, malícia, porque a ilusão era inerente à sua própria natureza; e não era uma coisa humana, mas sim mecânica. Era esse o círculo vicioso que não lhe saía da cabeça. Essa era a falha, a fraqueza, o câncer, o erro vital que o levava a ser o que era: mais uma indecisão do que uma realidade, mais um sonho que um homem, mais um silêncio que uma palavra, mais ossos do que ação. E fósseis!

Ainda vivo, tornara-se como morto.

Era como estar à beira de um abismo insondável.

E mais: a estranha sensação que tinha desde que entrara naquela igreja — e não era específica dela, mas sim um pressentimento que sempre sentia quando entrava em igrejas vazias — de que não estava sozinho. De que atrás dele havia uma congregação inteira. Virou-se e olhou para a nave.

Silêncio, bancos vazios.

Charles pensou: se eles estivessem de fato mortos, se não houvesse vida após a morte, por que deveria eu me importar com o que pensam de mim? Eles não sabem de nada, não podem julgar.

Então deu o grande salto: *Não sabem de nada, não podem julgar.*

Mas o que estava jogando fora atormentava sua época e a prejudicava profundamente. Tennyson diz isso com muita clareza no qüinquagésimo poema de *In Memoriam.* Ouça:

Desejaremos de fato que os mortos
Permaneçam sempre ao nosso lado?
Não teremos alguma baixeza a ocultar?
Nem alguma vileza íntima que nos apavore?

Deverá aquele por cujo louvor me empenhei,
E cuja censura tanto reverenciei,
Ver com clareza algum defeito secreto
Que diminua seu amor por mim?

Ofendo o túmulo com medos infundados:
Será culpa do amor que lhe falte fé?
Deve haver sabedoria na grande Morte;
Os mortos hão de me ver por inteiro.

Estejam perto de nós nas vitórias ou nas derrotas,
Observem, como Deus, o passar das horas
Com outros olhos mais abertos que os nossos,
Para ser indulgentes com todos nós.

Deve haver sabedoria na grande Morte; os mortos hão de me ver por inteiro. Todo o ser de Charles rebelou-se contra essas duas proposições absurdas; contra esse desejo macabro de caminhar de costas para o futuro, com os olhos fixos, como que hipnotizados, em nossos pais falecidos e não em nossos filhos por nascer. Era como se sua crença anterior na presença fantasmagórica do passado o tivesse condenado, sem que ele jamais se tivesse dado conta disso, a viver na sepultura.

Isso podia parecer um salto para o ateísmo, mas não era. Não diminuía Cristo aos olhos de Charles. Antes fazia com que Ele renascesse, descrucificava-O, se não completamente, pelo menos em parte. Charles voltou devagar para a nave, dando as costas para a indiferente talha de madeira. Mas não para Jesus. Recomeçou a andar para cima e para baixo, os olhos nas lajes do chão. O que via agora era como um vislumbre de outro mundo: uma nova realidade, uma nova causalidade, uma nova criação. Uma cascata de visões concretas — se preferirem, outro capítulo de sua hipotética autobiografia — despejou-se em sua mente. Num momento semelhante vimos como a Sra. Poulteney, enquanto o relógio de mármore e bronze da saleta tiquetaqueava três vezes, passou da salvação eterna a lady Cotton. E eu estaria sonegando a verdade se não revelasse que neste momento Charles pensava no tio. *Ele* não iria culpar sir Robert por um casamento desfeito e uma aliança que não era digna da família; o próprio tio iria se culpar. Outra cena surgiu então em sua mente sem ser chamada: lady Bella frente a frente com Sarah. Maravilhosa para se relatar, ele viu qual das duas se sairia com mais dignidade; pois Ernestina lutaria com as armas de lady Bella, e Sarah... aqueles olhos — como saberiam engolir afrontas e insultos! Compreendê-los em silêncio! Reduzi-los a meros pontinhos de fuligem num céu azul!

E vestir Sarah! Levá-la para Paris, Florença, Roma!

Naturalmente este não é o momento de fazer uma comparação com São Paulo no caminho de Damasco. Mas Charles ficou paralisado — infelizmente, mais uma vez de costas para o altar —, e havia um certo fulgor em seu rosto. Talvez fosse apenas um reflexo da luz do lampião da escada; ele não traduzira de uma maneira muito atraente as razões mais nobres, porém abstratas, que lhe passaram pela cabeça. Mas espero que acredite que a idéia de Sarah de braço dado com ele na galeria Uffizi representava, ainda que da forma mais trivial possível, a pura essência da cruel mas necessária (se quisermos sobreviver — sim, ainda hoje) liberdade.

Voltou para o seu banco, e ali fez algo totalmente irracional, uma vez que se ajoelhou e rezou, embora muito rapidamente. Depois desceu a nave, puxou o cabo do lampião até reduzir a chama a um pálido fogo fátuo e saiu da igreja.

49

Só tenho um criado e uma empregada, sempre prontos para caluniar e roubar...

TENNYSON, *Maud* (1855)[1]

Charles encontrou a casa do pároco e tocou a campainha. Uma empregada atendeu, mas o jovem religioso com seus bigodes rondava pelo corredor atrás dela. A empregada se retirou, quando o patrão se adiantou para receber a velha e pesada chave.

— Obrigado. Celebro a Santa Eucaristia às oito todas as manhãs. Vai ficar muito tempo em Exeter?

— Infelizmente não. Estou apenas de passagem.

— Esperava voltar a vê-lo. Posso ajudá-lo em alguma coisa?

E lhe indicou, pobre rapaz insignificante, uma porta que sem dúvida conduzia ao seu gabinete. Charles já havia notado uma certa ostentação nos ornamentos da igreja, e agora via que estava sendo convidado a se confessar. Não era necessário ter um poder mágico para adivinhar que atrás daquela parede havia um genuflexório e uma discreta imagem da Virgem; pois aquele era um dos jovens que não era nascido na época do movimento de Oxford e agora podia brincar de forma travessa, mas com tranqüilidade — pois o Dr. Phillpotts pertencia à High Church[2] —, com rituais e paramentos, uma forma corrente de dandismo eclesiástico. Charles avaliou-o por um momento e sentiu que aumentava sua confiança na visão que acabava de ter: não podia ser mais tola que aquilo. Então, fez uma mesura, recusou a oferta e seguiu seu caminho. Estava liberado da religião tradicional para o resto da vida.

Seu caminho... você talvez pense que esse caminho deva dar direto no Hotel Familiar Endicott. Um homem moderno sem dúvida teria voltado imediatamente para lá. Mas a maldita noção do Dever e das Conveniências de Charles erguia-se como as muralhas de um castelo contra isso. A primeira coisa que tinha a fazer era se liberar dos compromissos anteriores. Só então poderia se apresentar para oferecer sua mão.

Começava a compreender o truque de Sarah. Ela sabia que ele a amava, e que não tinha capacidade de enxergar a verdadeira profundidade desse amor. A falsa versão da traição de Varguennes e suas outras invenções não passavam de estratagemas para lhe devolver a visão; tudo o que ela dissera depois que o levara a se dar conta disso fora apenas para testar sua nova visão. Ele falhara miseravelmente. E ela então usara os mesmos estratagemas para provar ser indigna dele. Quanta nobreza era necessária para inspirar um sacrifício daqueles! Se ele a tivesse tomado nos braços de novo e lhe dito que ela era sua, inegavelmente!

E se ao menos — ele poderia ter acrescentado, mas não o fez — não houvesse nos vitorianos aquela dicotomia fatal (talvez o resultado mais terrível de sua mania de categorização) que os levava a ver a "alma" como mais real que o corpo, muito mais, o seu único verdadeiro eu; como algo na verdade quase dissociado do corpo, algo que pairava muito acima do animal; e, no entanto, por alguma falha inexplicável na natureza das coisas, era arrastada com relutância na esteira dos movimentos do animal, como um balão cativo puxado por uma criança travessa e desobediente.

Isto — o fato de que todo vitoriano tinha a mente dividida — é o único equipamento que não pode faltar em nossas viagens ao século XIX. É uma esquizofrenia que aparece da forma mais clara, mais patente, na obra dos poetas que citei tantas vezes — Tennyson, Clough, Arnold, Hardy; e de uma forma não tão clara nas extraordinárias guinadas políticas da Direita para a Esquerda e vice-versa de políticos como Mill, na juventude, e Gladstone; nas onipresentes neuroses e doenças psicossomáticas de intelectuais tão díspares entre si em outros aspectos como Charles Kingsley e Darwin; na execração com que foram recebidos os pré-rafaelitas, que tentaram — ou pareciam tentar — ver a arte e a vida com o mesmo espírito. No interminável cabo de guerra entre Liberdade e Restrição, Excesso e Moderação, Conveniência e Convicção, entre o clamor do homem de princípios pela Educação Universal e seu terror ao Sufrágio Universal; evidente também na mania de editar e rever, de modo que, se quisermos conhecer o verdadeiro Mill ou o verdadeiro Hardy, os trechos cortados e as alterações de suas biografias nos ensinam muito mais do que as versões publicadas... como o fazem a correspondência que por acaso escapou do fogo, os diários pessoais; em suma, os detritos da operação de camuflagem. Nunca se confundiram tanto os registros, nunca uma fachada pública foi passada como verdade com tanto sucesso a uma crédula posteridade; e isso, acho eu, torna o livro *O médico e o monstro* o melhor guia dessa época. Por trás de seu estilo gótico atualizado, há uma verdade muito profunda e reveladora de uma época.

Todo vitoriano tinha duas mentes; e Charles não ficava atrás. Enquanto subia a Fore Street em direção à pousada, ia ensaiando as palavras que seu balão branco pronunciaria quando a criança travessa e desobediente tornasse a ver Sarah, os argumentos apaixonados, mas nobres, que iriam reduzi-la a um estado de gratidão chorosa e fazê-la confessar que não podia viver sem ele. Viu isso de forma tão viva que fico tentado a registrá-lo aqui. Mas eis que a realidade, na forma de Sam, está esperando na porta da velha pousada.

— Gostou do serviço religioso, Seu Charles?

— Eu... me perdi, Sam. E estou todo ensopado. Seja um bom rapaz e me prepare um banho. Vou jantar no quarto.

— Sim senhor.

Quinze minutos depois, você poderia ver Charles pelado, dedicando-se a uma tarefa inusitada: a de lavar a roupa. Estendera a camisa manchada de sangue na borda da grande tina que havia sido cheia para ele, e a esfregava diligentemente com um pedaço de sabão. Sentia-se ridículo, e não se saiu muito bem. Quando Sam entrou, algum tempo depois, com a bandeja do jantar, as roupas continuavam na borda da banheira, como se atiradas ali displicentemente, parte dentro d'água, parte fora. Sam recolheu-as sem fazer comentários, e, por uma vez, Charles deu graças por seu notório descuido com relação àqueles detalhes.

Depois de jantar, abriu a escrivaninha portátil.

Minha adorada,

Uma parte de mim se alegra inexprimivelmente de poder chamá-la assim, e a outra se pergunta como pode falar dessa maneira com uma pessoa a quem mal consegue compreender. Eu diria que há em você alguma coisa que conheço profundamente; e outras que continuam tão misteriosas para mim como no dia em que a vi pela primeira vez. Digo isso não para me desculpar, mas sim para explicar meu comportamento desta noite, o qual, embora indesculpável, devo considerar de certo modo feliz, pois me obrigou a fazer um exame de consciência que já devia ter sido feito há muito. Não entrarei em detalhes, mas decidi, minha doce e misteriosa Sarah, que o que nos une agora deverá nos unir para sempre. Estou perfeitamente ciente de que, na minha situação, não tenho o direito de vê-la de novo, e muito menos de lhe pedir que me deixe conhecê-la melhor. Minha primeira necessidade, portanto, é terminar meu noivado.

Já há muito tempo, desde antes de você entrar em minha vida, eu tinha o pressentimento de que me envolver nessa aliança era uma loucura. Imploro-lhe, portanto, que não se sinta culpada quanto a isso. A culpa foi de minha cegueira diante de minha verdadeira natureza. Se eu fosse dez anos mais moço, se não tivesse visto em minha época e em minha sociedade tantas coisas com as quais não concordo, não tenho dúvida de que poderia ter sido feliz com a Srta. Freeman. Meu erro foi esquecer que tenho trinta e dois anos, não vinte e dois.

Portanto, parto amanhã cedo para Lyme numa viagem penosíssima. Você há de entender que neste momento o que mais me preocupa é cumprir o propósito desta viagem. Mas feito isso, meus pensamentos serão só para você, ou melhor, para o *nosso* futuro. Que estranho destino me levou a você, não sei, mas, se Deus quiser, nada há de tirá-la de mim a menos que seja essa a sua vontade. Não direi mais nada por ora, meu doce enigma, a não ser que você terá que apresentar provas e argumentos muito mais convincentes do que fez até agora. Não posso crer que tentará fazer isso. No fundo do seu coração, você sabe que sou seu e que queria chamá-la de minha.

Precisarei dizer-lhe, minha adorada Sarah, que minhas intenções daqui para frente são as mais nobres? Gostaria de lhe fazer mil perguntas, cumulá-la de mil atenções, dar-lhe mil prazeres. Mas sempre me atento às condições impostas pelas conveniências e por sua delicadeza.

Sou aquele que não saberá o que é paz nem felicidade enquanto não voltar a tê-la nos braços.

C.S.

P. S. Ao reler o que acabo de escrever, noto um formalismo que não está em meu coração. Perdoe-me. Você é tão íntima e ao mesmo tempo tão estranha para mim que não sei como expressar o que realmente sinto.

Seu apaixonadíssimo C.

Esta epístola em tom crescente só ficou pronta após vários rascunhos. Aí, já era tarde, e Charles mudou de idéia quanto ao seu envio imediato. A essa altura, ela já deveria ter adormecido, cansada de tanto chorar. Ele a deixaria passar mais uma noite de angústia, mas despertaria para a alegria. Releu a carta várias vezes. Conservava algumas seqüelas do tom que ele usara, um ou dois dias antes apenas, nas cartas de Londres para Ernestina; mas escrevê-las fora um suplício, e elas eram mera concessão às convenções, motivo pelo qual ele acrescentara aquele pós-escrito. Ainda se sentia, como disse a Sarah, um estranho para si mesmo; mas agora, ao se olhar no espelho, ficava assombrado e satisfeito. Sentia-se cheio de coragem, não só em relação ao presente, mas também ao futuro — cheio de originalidade, consciente de ter feito algo sem paralelo. E tinha o que desejava: partia em viagem de novo, uma viagem duplamente deliciosa pela companhia prometida. Tentou imaginar Sarahs desconhecidas — uma Sarah que ria, uma que cantava, uma que dançava. Era difícil imaginá-las, mas não impossível... lembrou-se daquele sorriso quando eles quase haviam sido descobertos por Sam e Mary. Fora um sorriso clarividente, uma visão do futuro. E quando ela estava ajoelhada e ele a fizera se levantar — com que prazer faria isso agora na vida que teriam juntos!

Se esses eram os espinhos e as pedras que o ameaçavam, era capaz de suportá-los. De fato, lembrou-se de um pequeno espinho: Sam. Mas Sam, como todos os criados, podia ser dispensado.

Chamado também. E chamado foi, no dia seguinte, a uma hora surpreendentemente matinal. Encontrou Charles de roupão, tendo nas mãos uma carta lacrada e um pequeno pacote.

— Sam, quero que leve isso ao endereço que está no envelope. Aguarde dez minutos para ver se há resposta. Caso não haja, não estou esperando nenhuma, mas, por via das dúvidas, espere. Caso não haja, volte imediatamente. E alugue uma carruagem veloz. Vamos para Lyme. — E acrescentou: — Mas não levaremos bagagem. Voltamos hoje à noite.

— Hoje, Seu Charles! Mas eu pensei que...

— Não interessa o que você pensou. Faça o que mandei.

Sam assumiu sua expressão de lacaio e se retirou. Ao descer lentamente as escadas, ficou claro para ele que sua posição era insustentável. Como poderia ir à luta sem informações? E com tantos boatos conflitantes quanto à disposição das forças inimigas? Olhou para o envelope em suas mãos. Seu destino era claro: *Srta. Woodruff, Hotel Familiar Endicott.* E só um dia em Lyme? Com o baú aguardando ali! Virou o pequeno embrulho, apertou o envelope. Era grosso, pelo menos três páginas. Olhou em volta, sub-repticiamente, e examinou o lacre. Amaldiçoou quem inventou a cera.

E agora ele está de novo diante de Charles, que já está vestido.

— Então?

— Não tem resposta, Seu Charles.

Charles não conseguiu controlar a expressão. Virou as costas.

— E a carruagem?

— Já está esperando, senhor.

— Ótimo, já vou descer.

Sam se retirou. Mal a porta se fechou, Charles levou as mãos à cabeça, depois abriu os braços, como se estivesse diante de uma platéia, um ator recebendo aplausos, um sorriso de gratidão nos lábios. Pois, ao reler a carta pela nonagésima nona vez na noite anterior, acrescentara um segundo pós-escrito. Referia-se àquele broche que já vimos nas mãos de Ernestina. Charles rogava a Sarah que o aceitasse como sinal de que também aceitava as desculpas por sua atitude. Este segundo pós-escrito terminava: "O portador esperará até que leia isso. Se trouxer de volta o conteúdo do embrulho... mas sei que você não pode ser tão cruel."

Mas o pobre homem se agoniara durante a ausência de Sam.

E cá está Sam de novo, falando eloqüentemente em voz baixa, lançando freqüentes olhares angustiados. A cena se passa à sombra de uma moita de lilases que há em frente à porta da cozinha do jardim de tia Tranter e forma uma espécie de divisória do jardim propriamente dito. O sol da tarde se filtra obliquamente através dos ramos e dos primeiros brotos brancos. A ouvinte é Mary, com as faces afogueadas e a toda hora tapando a boca com a mão.

— Não é possível, não é possível.

— É o tio. Virou a cabeça dele.

— Mas e a senhorita. Ai, o que vai ser dela agora, Sam?

E ambos olharam assustados através dos ramos para as janelas no alto, como se julgassem ter ouvido um grito ou visto um corpo caindo.

— E a gente, Mary... o que a gente vai fazer?

— Ah, Sam... isso não é direito.

— Amo você, Mary.

— Ah, Sam...

— Não é só maldade. Prefiro morrer a perder você agora.

— O que a gente vai fazer?

— Não chore, meu bem, não chore. Estou farto do pessoal de cima. Eles não são melhores que nós. — Agarrou-a pelos braços. — Se ele está pensando que tal patrão, tal criado, está enganado, Mary. Entre você e ele, escolho você. — Empertigou-se, como um soldado pronto para atacar. — Vou largar o emprego.

— Sam!

— Vou sim. Vou carregar carvão, faço qualquer coisa.

— Mas e o dinheiro... agora ele não vai dar mais nada para você!

— Ele não recebeu nada para dar. — Olhou com amargura para o desânimo dela. Mas depois sorriu e estendeu as mãos. — Mas quer que eu diga quem tem? Se a gente souber jogar bem?

50

Creio ser inevitável que, ao longo do tempo, à medida que novas espécies se formam por seleção natural, outras se tornem cada vez mais raras até acabarem se extinguindo. As formas que competem mais diretamente com as que estão em processo de transformação e aperfeiçoamento são naturalmente as que mais sofrem.

DARWIN, *A Origem das Espécies (1859)*

Chegaram a Lyme pouco antes das duas. Por alguns minutos, Charles tomou posse do quarto que tinha reservado. De novo, pôs-se a andar de um lado para o outro, mas agora nervoso e aflito, preparando-se para o encontro que o aguardava. O terror existencialista invadiu-o de novo. Talvez já soubesse que seria assim e por isso queimara seus navios enviando aquela carta a Sarah. Ensaiou de novo os milhares de frases que preparara na viagem de Exeter; mas elas lhe escapavam do pensamento como folhas de outono ao vento. Respirou fundo, pegou o chapéu e saiu.

Mary, com um sorriso largo ao vê-lo, abriu a porta. Ele ensaiou com ela o tom circunspecto.

— Boa-tarde. A Srta. Ernestina está em casa?

Mas antes que ela pudesse responder, a própria Ernestina surgiu no fundo do saguão. Vinha com um sorrisinho nos lábios.

— Não. Minha acompanhante foi almoçar fora. Mas pode entrar.

E desapareceu de volta na saleta. Desejando a morte, Charles entregou o chapéu a Mary, ajeitou a gola do paletó e encaminhou-se para o seu calvário. Ernestina, iluminada pelo sol, junto a uma janela que dava para o jardim, virou-se para ele alegremente.

— Recebi uma carta de papai hoje... Charles! Charles? Algum problema?

E adiantou-se até ele. Charles olhava para o chão, sem conseguir encará-la. Ernestina se deteve. Seus olhos se encontraram. Os dela assustados, os dele circunspectos e constrangidos.

— Charles?

— Por favor, sente-se.

— Mas o que aconteceu?

— É por isso... que vim aqui.

— Mas por que me olha desse jeito?

— Porque não sei como começar o que preciso dizer.

Sem tirar os olhos dele, ela tateou atrás e sentou-se numa cadeira ao lado da janela. Ele continuava calado. Ernestina mostrou uma carta sobre a mesa ao seu lado.

— Papai... — Mas a rapidez do olhar dele fez com que ela interrompesse a frase.

— Seu pai foi a generosidade em pessoa... mas eu não lhe contei a verdade.

— A verdade, que verdade?

— Que, depois de refletir profundamente por horas e horas penosíssimas, cheguei à conclusão de que não sou digno de você.

Ernestina ficou lívida. Por um momento, ele achou que ela fosse desmaiar e se adiantou para segurá-la, mas a jovem apenas levou a mão ao braço esquerdo, como se para certificar-se de que estava acordada.

— Charles... isso é brincadeira.

— Para minha eterna vergonha... não é.

— Você não é *digno* de mim?

— Sou totalmente indigno.

— E você... ai, mas isso é um pesadelo. — Olhou incrédula para ele, depois sorriu timidamente. — Você se esqueceu do seu telegrama. Está brincando.

— Como você me conhece mal se pensa que eu poderia brincar com um assunto desses.

— Mas... mas... seu telegrama!

— Foi enviado antes que eu tomasse minha decisão.

Só então, quando ele baixou os olhos, Ernestina começou a aceitar a verdade. Charles já imaginara que aquele seria o momento crucial. Se ela desmaiasse, ficasse histérica... ele não sabia. Mas tinha horror ao sofrimento e talvez não fosse tarde para retratar-se, para contar tudo, atirar-se aos seus pés pedindo perdão. Mas embora Ernestina tenha ficado um bom tempo de olhos fechados parecendo estremecer um pouco, não desmaiou. Saíra ao pai; era bem possível que desejasse poder desmaiar, mas trair de um modo tão grosseiro seu...

— Então peço que tenha a bondade de explicar o que quer dizer.

Charles sentiu um alívio momentâneo. Ela estava ferida, mas não mortalmente.

— Não posso explicar tudo numa frase só.

Ernestina contemplava as mãos com uma atitude amarga e superior.

— Pois então use várias. Prometo não interromper.

— Sempre tive, e continuo tendo, o maior respeito e a maior afeição por você. Nunca, nem por um segundo, duvidei que você seria uma mulher admirável para qualquer homem que tivesse a sorte de conquistar seu amor. Mas também sempre soube, para minha vergonha, que parte de minha estima por você era ignóbil. Refiro-me à fortuna que você traz, e ao fato de ser filha única. No fundo, Ernestina, sempre achei que minha vida não tinha sentido, que nunca fiz nada digno de nota. Não, por favor, deixe-me terminar. Quando me dei conta no inverno passado de que uma proposta de casamento seria bem recebida por você, fui tentado por Satanás. Vi uma oportunidade de recuperar a fé em mim mesmo graças a um casamento brilhante. Peço-lhe que não pense que agi assim apenas por interesse. Eu gostava muito de você, e acreditava sinceramente que esse sentimento se transformaria em amor.

Ernestina havia levantado a cabeça lentamente. Tinha os olhos fixos nele, mas parecia não o ver.

— Não posso acreditar que seja você que eu esteja ouvindo. Deve ser um impostor cruel e desalmado...

— Sei que isso deve ser um choque muito doloroso para você.

— Choque! — Olhou indignada para ele. — Quando você é capaz de me dizer com a maior frieza que nunca me amou!

Ela levantara a voz, e Charles foi até uma das janelas que estava aberta e fechou-a. Chegou mais perto dela e falou com toda a suavidade que conseguiu, sem deixar de manter seu distanciamento.

— Não estou procurando me desculpar. Quero simplesmente explicar que meu crime não foi premeditado. Se tivesse sido, como eu poderia estar fazendo o que estou fazendo? Meu único desejo é fazê-la entender que não enganei a ninguém a não ser a mim mesmo. Pode me chamar do que quiser... fraco, egoísta... do que quiser, mas não de insensível.

Ela respirou estremecendo um pouco.

— E quando você fez essa grande descoberta?

— Quando percebi que fiquei desapontado, e não posso fugir da atrocidade de minha atitude, ao ver que seu pai não quis romper nosso noivado. — Ela lhe lançou um olhar terrível. — Estou tentando ser honesto. Ele não só mostrou uma grande generosidade quanto à mudança da minha situação, como também propôs que um dia eu me tornasse sócio da empresa.

Ela tornou a erguer os olhos.

— Eu sabia, eu sabia. É porque você iria entrar para a família de um comerciante. Não tenho razão?

Charles virou-se para a janela.

— Eu já me havia acostumado com essa idéia. De qualquer maneira, ter vergonha de seu pai seria o maior esnobismo.

— Dizer as coisas não nos torna menos culpados.

— Se acha que fiquei horrorizado ao ouvir a proposta dele, está certa. Mas não certamente com a proposta em si, e sim com minha incapacidade para aquela função. Agora, por favor, deixe-me terminar minha... explicação.

— Que está me angustiando.

Charles virou-se outra vez para a janela.

— Vamos manter esse respeito que sempre tivemos um pelo outro. Não pense que faço isso só pensando em mim. O que me aflige é a injustiça que eu estaria cometendo contra você e seu pai, se me casasse com você sem amá-la como você merece. Se fôssemos diferentes... mas não somos, percebemos por um olhar, uma palavra, se nosso amor é correspondido...

Ela sibilou.

— Achávamos que percebíamos.

— Minha querida Ernestina, é como a fé no cristianismo. Podemos fingir que temos. Mas um dia a hipocrisia aparece. Estou convencido de que, no fundo do seu coração, você já percebeu ligeiras dúvidas. Naturalmente, você as abafou, dizendo: ele é...

Ernestina tapou os ouvidos, depois, foi deixando os dedos deslizarem lentamente pelo rosto. Fez-se silêncio. Então disse:

— Posso falar agora?

— Claro.

— Sei que para você nunca fui mais que um bibelô... bonitinho. Sei que sou inocente. Sei que sou mimada. Sei que não tenho nada de extraordinário. Não sou nenhuma Helena de Tróia, nenhuma Cleópatra. Sei que digo coisas que às vezes não caem bem para você, que o aborreço com problemas domésticos, que o magôo quando faço pouco caso dos seus fósseis. Talvez eu seja infantil. Mas com seu amor e sua proteção... com a sua orientação... acho que eu poderia melhorar. Eu aprenderia a agradá-lo, a fazer com que amasse a pessoa em quem eu tivesse me transformado. Talvez você não saiba, não pode saber, mas foi isso o que me atraiu em você desde o primeiro momento. Você sabe que fui... acenada para uma centena de outros homens. Nem todos eram caçadores de dotes e joões-ninguém. Não escolhi você por ser inocente a ponto de não saber fazer comparações. Mas sim porque você parecia ser mais generoso, mais sábio, mais experiente. Eu me lembro, e vou buscar o meu diário se não me acreditar, que, pouco depois do nosso noivado, escrevi que você tinha pouca confiança em si mesmo. Senti isso. Você se considera um fracasso, se acha desprezado, não sei... mas esse era o presente de casamento que eu queria lhe dar. Confiança em si mesmo.

Houve um silêncio prolongado. Ela continuava de cabeça baixa.

Charles falou num tom surdo.

— Você me lembra do quanto perdi. Infelizmente, eu me conheço bem. Não se pode ressuscitar uma coisa que nunca existiu.

— E é só isso que significa tudo o que estou lhe dizendo?

— Significa muito, muito mesmo.

Calou-se, embora ela claramente esperasse que ele falasse mais. Ele não esperara aquela contenção. Sentia-se comovido e envergonhado com o que ela dissera. E o fato de não poder demonstrar nenhum desses sentimentos era o que o deixava mudo. Ernestina falou bem baixinho:

— Em vista de tudo isso, você não poderia pelo menos... — Mas não encontrou as palavras.

— Reconsiderar minha decisão?

Ernestina deve ter percebido em sua voz um tom que Charles tinha intenção de usar, pois de repente dirigiu-lhe um olhar de súplica apaixonado. Tinha os olhos molhados de lágrimas contidas, e causava dó ver seu rostinho pálido lutando para conservar uma aparência de calma. Aquilo foi uma punhalada em Charles: quão fundo ele ferira.

— Charles, por favor, eu suplico, espere um pouco. É verdade que sou ignorante, não sei o que quer de mim... se me dissesse onde falhei... como quer que eu seja... Faria qualquer coisa, qualquer coisa, porque para fazer você feliz eu abandonaria tudo.

— Não deve falar assim.

— Eu preciso, não posso evitar. Ainda ontem aquele telegrama. Chorei, beijei-o cem vezes. Não pense que porque implico com você não tenho sentimentos mais profundos... — Mas sua voz virou um murmúrio quando de repente teve uma intuição desagradável. Olhou furiosa para ele. — Você está mentindo. Aconteceu alguma coisa desde que mandou o telegrama.

Charles foi até a lareira e ficou de costas para Ernestina, que começou a soluçar. E isso ele achou insuportável. Virou-se afinal para ela, esperando vê-la de cabeça baixa. Mas a moça o fitava sem tentar esconder o choro e, ao ver que ele se virava, fez um movimento de criança perdida e assustada, estendeu-lhe os braços, semi-ergueu-se da cadeira, deu um passo e caiu de joelhos. Charles sentiu então uma violenta sensação de repulsa — não por ela, mas pela situação toda, por suas meias verdades, seu hábito de dissimular o essencial. Talvez a analogia mais aproximada seria o que sente um cirurgião diante de uma vítima de acidente ou de uma batalha particularmente terrível; a determinação feroz — pois o que mais pode ser feito? — de terminar a operação. De dizer a verdade. Esperou que os soluços se interrompessem um momento.

— Quis poupá-la. Mas, sim, aconteceu uma coisa.

Muito lentamente, Ernestina se levantou e levou as mãos ao rosto, sem tirar os olhos dele um só instante.

— Quem?

— Você não a conhece. O nome não importa.

— E ela... você...

Ele desviou a vista.

— Já a conheço há muitos anos. Achei que a ligação tivesse terminado. Mas em Londres descobri... que não tinha.

— Você a ama?

— Amor? Não sei... é seja lá o que for que impede a pessoa de dar livremente seu coração a outra.

— Por que não me contou isso logo?

Houve uma pausa prolongada. Charles não conseguia suportar o seu olhar, que parecia descobrir todas as mentiras que ele dizia.

— Queria lhe poupar esse desgosto — murmurou.

— Ou se poupar essa vergonha? Você é um monstro!

Deixou-se cair novamente na cadeira, olhando para ele com os olhos arregalados. Depois afundou o rosto nas mãos. Charles deixou-a chorar, e ficou olhando fixo para uma ovelha de porcelana sobre o consolo da lareira. E nunca mais pôde ver uma ovelha de porcelana sem se sentir profundamente enojado consigo mesmo. Quando ela afinal falou, foi com tanta violência que ele estremeceu.

— Se eu não me matar, hei de morrer de vergonha.

— Não mereço um minuto de saudade. Você conhecerá outros homens que não estejam destruídos pela vida. Homens decentes, que... — Então parou, e depois explodiu: — Por tudo o que há de mais sagrado, prometa-me que nunca mais vai tornar a dizer isso!

Ernestina encarou-o ferozmente.

— Acha que eu perdoaria você? — Charles fez que não com a cabeça. — Meus pais, meus amigos... o que vou dizer a eles? Que o Sr. Charles Smithson decidiu afinal que sua amante é mais importante que sua honra, sua promessa, seu...

Ouviu-se um ruído de papel sendo rasgado. Sem olhar, Charles compreendeu que ela descarregara a raiva na carta do pai.

— Achei que ela tivesse desaparecido para sempre de minha vida. Circunstâncias extraordinárias...

Silêncio: como se ela considerasse a hipótese de lhe atirar vitríolo no rosto. Sua voz de repente ficou fria e venenosa.

— Você quebrou sua promessa. Mas as pessoas do meu sexo têm um remédio para isso.

— Você tem todo o direito de me processar. Eu só poderia me declarar culpado.

— O mundo vai ficar sabendo quem você é. É só o que me interessa.

— Aconteça o que acontecer, o mundo vai ficar sabendo.

A atrocidade do que ele havia cometido arrasava-a. Ela balançava a cabeça. Charles foi buscar uma cadeira e sentou-se diante dela, não tão perto que desse para tocá-la, mas a uma distância suficiente para lhe permitir apelar para seus bons sentimentos.

— Pode imaginar a sério que eu não tenha sido castigado? Que esta não foi a decisão mais terrível que tomei na vida? Que não foi o momento mais temido? Que hei de me lembrar com o maior remorso até morrer? Talvez eu seja... muito bem, eu *sou* um farsante. Mas você sabe que não sou um desalmado. Não estaria aqui se fosse. Teria escrito uma carta, fugido para o estrangeiro...

— Quem dera tivesse feito isso.

Charles olhou longamente para o alto da cabeça de Ernestina e se levantou. Então viu seu reflexo num espelho; e o homem no espelho. Charles, em outro mundo, parecia ser seu verdadeiro eu. O que estava na sala era o que ela dizia, um impostor; em suas relações com Ernestina, fora sempre um impostor, um outro observado. Por fim, recorreu a um dos discursos que havia preparado.

— Não posso esperar de você outra coisa a não ser raiva e ressentimento. Tudo o que peço é que quando esses... sentimentos naturais tenham perdido a força, você se lembre que ninguém pode condenar minha conduta com mais severidade que eu... e que minha única desculpa é minha impossibilidade de continuar enganando uma pessoa a quem aprendi a respeitar e admirar.

Aquilo soava falso, era falso. E Charles percebeu incomodado o incontido desprezo de Ernestina.

— Estou tentando imaginar como *ela* é. Suponho que tenha um título, que tenha a pretensão de ser de boa linhagem. Ah... se eu tivesse dado ouvidos ao meu pobre e querido pai!

— Como assim?

— Ele conhece a nobreza. Tem uma expressão para defini-la: Boas maneiras e contas vencidas.

— Não pertenço à nobreza.

— Você é como seu tio. Age como se a sua posição o dispensasse de toda preocupação com as coisas em que nós, comuns mortais, acreditamos. E ela é igual. Que mulher pode ser tão vil para fazer com que um homem quebre sua promessa? Mas já desconfio. — E desembuchou de quem desconfiava. — Ela é casada.

— Não quero falar disso.

— Onde ela está agora? Em Londres?

Charles olhou um momento para Ernestina, depois girou nos calcanhares e encaminhou-se para a porta. Ela se levantou.

— Meu pai arrastará seu nome, o de vocês dois, na lama. Você será desprezado e execrado por todos os seus conhecidos. Terá que sair da Inglaterra, será...

Ele tinha parado à porta. Agora a abria. E isso — ou a impossibilidade de pensar numa infâmia à altura do que ele havia feito — a fez calar. Seu rosto fervilhava, como se ela quisesse dizer muitas outras coisas e não conseguisse. Cambaleou, e então um sentimento contraditório dentro dela a fez dizer seu nome; como se tudo tivesse sido um pesadelo, e agora ela desejasse que lhe dissessem que estava acordando.

Charles não se mexeu. Ela vacilou e, bruscamente, desabou no chão, junto à cadeira. O primeiro impulso de Charles foi ir até ela. Mas algo naquela queda, no cuidado com que seus joelhos se dobraram e seu corpo escorregou de lado no tapete, o deteve.

Olhou por um momento a figura estendida no chão e reconheceu os sintomas do desmaio de conveniência.

— Escreverei ao seu pai imediatamente — disse.

Ela não reagiu e continuou de olhos fechados, a mão pateticamente estendida no tapete. Charles aproximou-se do cordão da campainha ao lado da lareira, puxou com força e tornou a se encaminhar com passos largos para a porta aberta. Tão logo ouviu os passos de Mary, retirou-se. A empregada subia correndo a escada da cozinha. Charles indicou a sala.

— Ela sofreu um choque. Não a deixe sozinha de modo algum. Vou buscar o Dr. Grogan. — Por um instante, Mary também deu a impressão de que ia desmaiar. Apoiou-se no corrimão e olhou esgazeada para Charles. — Entendeu bem? Não a deixe de jeito nenhum. — Mary assentiu com um gesto de cabeça e fez uma reverência. — É só um desmaio. Afrouxe as roupas dela.

Depois de lhe lançar mais um olhar apavorado, a criada entrou na sala. Charles esperou mais uns segundos. Ouviu um leve gemido, depois a voz de Mary.

— Ai, dona Tina, dona Tina, é a Mary. O médico já vem. Está tudo bem, vou ficar aqui com a senhora.

E Charles tornou a entrar rapidamente na sala. Viu Mary ajoelhada, aconchegando Ernestina, que tinha a cara voltada para o peito da criada. Mary olhou para Charles: aqueles olhos vivos pareciam proibi-lo de ficar ali olhando. Ele aceitou seu julgamento simplório.

51

Por muito tempo, como já disse, os arraigados hábitos feudais de subordinação e deferência continuaram a influenciar as classes trabalhadoras. Hoje, a mentalidade moderna dissolveu esses hábitos quase por completo. Cada vez mais este e aquele homem, este e aquele grupo de homens em todo o país começam a afirmar e pôr em prática o direito do inglês de fazer o que quiser: o desejo de ir aonde quiser, encontrar quem quiser, entrar onde quiser, vaiar, ameaçar destruir o que quiser. Tudo isso, afirmo, tende à anarquia.

MATTHEW ARNOLD, *Culture and Anarchy* (1869)

Felizmente o Dr. Grogan não estava visitando seus pacientes. Charles recusou o convite da governanta para que entrasse e ficou à porta aguardando o médico miúdo, que desceu às pressas e, a um sinal seu, saiu à rua a fim de que ninguém pudesse ouvi-los.

— Acabo de romper meu noivado. Ernestina está muito aflita. Peço-lhe que não pergunte o que houve e vá sem demora à Broad Street.

Grogan olhou espantado por cima dos óculos para Charles e, sem dizer uma palavra, tornou a entrar em casa. Segundos depois, voltou com o chapéu e a maleta de médico. Puseram-se a caminho imediatamente.

— Não foi a...?

Charles fez que sim com a cabeça. E, por uma vez, o médico pareceu muito chocado para dizer mais alguma coisa. Deram uns vinte ou trinta passos.

— Ela não é o que você pensa, Grogan. Tenho certeza.

— Não sei o que dizer, Smithson.

— Não procuro me desculpar.

— Ela sabe?

— Sabe que há outra. Mais nada. — Viraram a esquina e começaram a subir a Broad Street. — Peço-lhe que não revele o nome dela. — O médico lhe lançou um penetrante olhar de soslaio. — Pela Srta. Woodruff, não por mim.

O médico parou de chofre.

— Naquela manhã... então...?

— Eu lhe peço, vá agora. Espero no hotel.

Mas Grogan ficou parado olhando para ele, como se também não pudesse acreditar que não estivesse vivendo um pesadelo. Charles agüentou aquele olhar por um instante e, depois de fazer um gesto para que o médico seguisse em frente, começou a atravessar a rua em direção ao White Lion.

— Caramba, Smithson...

Charles virou-se um instante, suportando o olhar zangado do irlandês, e seguiu seu caminho sem dizer palavra. O mesmo fez o médico, mas sem despregar os olhos de Charles até vê-lo desaparecer embaixo da marquise.

Charles chegou ao seu quarto a tempo de ver o Dr. Grogan entrar em casa de tia Tranter. Entrava com ele, em espírito. Sentia-se como um judas, um Efialtes, como todos os traidores desde que o mundo é mundo. Mas uma batida na porta o impediu de continuar se autoflagelando. Sam apareceu.

— Que diabo você quer aqui? Não o chamei. — Sam abriu a boca, mas não emitiu nenhum ruído. Charles não conseguiu suportar a expressão chocada daquele olhar. — Mas já que está aqui, traga-me um copo de conhaque.

Mas isso era apenas para ganhar tempo. O conhaque foi trazido, e Charles tomou um gole; mas de novo teve que enfrentar o olhar do criado.

— Não pode ser verdade, Seu Charles?

— Você estava lá na casa?

— Estava, Seu Charles.

Charles foi até a janela que dava para a Broad Street.

— É verdade, sim. A Srta. Freeman e eu não vamos mais nos casar. Agora, pode ir embora. E fique de boca fechada.

— Mas... Seu Charles, e eu e Mary?

— Mais tarde, mais tarde. Não posso pensar nisso agora.

Depois de beber o resto do conhaque, foi até a escrivaninha e arrancou uma folha do bloco de papel. Passaram-se alguns segundos. Sam não se mexeu. Ou melhor, seus pés não se mexiam. Sua garganta inchava a olhos vistos.

— Ouviu o que eu disse?

Sam tinha um brilho estranho nos olhos.

— Ouvi, sim senhor. Só que, com todo respeito, preciso pensar na minha situação.

Charles virou-se para ele.

— E o que isso quer dizer?

— O senhor vai morar em Londres de agora em diante?

Charles pegou a pena da escrivaninha.

— É bem provável que eu vá para fora do país.

— Então peço licença para avisá-lo de que não vou com o senhor.

Charles deu um pulo da cadeira.

— Como ousa falar comigo nesse tom impertinente? Retire-se daqui!

Sam agora era um galo de briga.

— Só depois que o senhor me ouvir. Não vou voltar para Exeter. Vou deixar o emprego.

— Sam! — Foi um grito de fúria.

— Como eu já devia ter feito...

— Vá para o inferno!

Sam empertigou-se. Por um triz não deixou o patrão de olho roxo (como disse depois a Mary). Mas conseguiu controlar o ardor de *cockney* lembrando-se que os cavalheiros usam armas mais sutis. Assim foi até a porta, abriu-a e dirigiu a Charles um olhar gelado cheio de dignidade.

— Não imagino onde mais posso encontrar seus amigos, *senhor.*

A porta se fechou sem muita delicadeza. Charles abriu-a com violência. Sam se afastava no corredor.

— Como se atreve! Venha cá!

Sam voltou-se com uma calma solene.

— Se deseja alguma coisa, chame os criados do hotel.

E com este último lance, que deixou Charles sem fala, desapareceu na curva do corredor e desceu as escadas. Seu sorriso, quando ouviu a porta bater novamente com violência, não durou muito. Tinha tomado a atitude. E, na verdade, sentia-se como um marinheiro abandonado numa ilha deserta ao ver seu navio se afastar. E o que era pior, no fundo sabia que merecia o castigo. Receio que o motim não fosse seu único crime.

Charles descarregou a raiva no copo vazio de conhaque, que atirou na lareira. Era a primeira vez que experimentava o tratamento de espinhos e pedradas, e não gostou nem um pouco daquilo. Por pouco não saiu correndo do White Lion para atirar-se aos pés de Ernestina. Declararia ter tido um momento de desatino, que, no íntimo, vivia atormentado, que quisera pôr à prova o seu amor... Esmurrava a palma da mão. O que havia feito? O que estava fazendo? O que faria? Se até seus próprios criados o desprezavam e o rejeitavam!

Levou as mãos à cabeça, depois olhou o relógio. Ainda deveria ver Sarah naquela noite. E a visão de seu rosto, doce, aquiescente, com lágrimas de alegria quando ele a abraçasse... foi suficiente. Voltou para a escrivaninha e começou a escrever a carta para o pai de Ernestina. Ainda estava escrevendo quando o Dr. Grogan foi anunciado.

52

Oh, faça para o meu amor um ataúde
Deste ouro amarelo que reluz.
E que ela seja sepultada
Junto aos verdes chorões da ribeira.

CANÇÃO POPULAR DE SOMERSET:
"By the banks of green Willow"[1]

A triste figura em toda essa história é a da pobre tia Tranter. Voltava do almoço esperando encontrar Charles. Em vez disso, encontrou a casa em estado de calamidade total. Mary foi a primeira a recebê-la na entrada, pálida e desconsolada.

— Minha filha, o que aconteceu?

Mary só conseguia sacudir a cabeça, aflita. Uma porta se abriu no andar de cima e a boa senhora, arrepanhando as saias, subiu as escadas como se tivesse metade da sua idade. No patamar, encontrou-se com o Dr. Grogan, que foi logo levando um dedo aos lábios. Até estarem de volta na fatídica saleta e ele ver a Sra. Tranter sentada, não lhe deu a notícia.

— Não pode ser. Não pode ser.

— Minha cara, infelizmente, pode, sim, e é.

— Mas Charles... tão afetuoso, tão carinhoso... ontem mesmo chegou um telegrama... — A senhora parecia não reconhecer a própria sala nem a cara serena do médico.

— A conduta dele é inadmissível. Não entendo.

— Mas que motivos ele alegou?

— Ela não quis dizer. Mas não fique alarmada. Ela precisa dormir. O que lhe dei há de garantir isso. Amanhã tudo será explicado.

— Nem todas as explicações do mundo...

Começou a chorar.

— Pronto, minha querida. Chore mesmo. Não há nada melhor para aliviar as emoções.

— Coitadinha. Vai morrer de desgosto.

— Acho que não. Até hoje nunca tive que colocar desgosto como causa do óbito.

— O senhor não a conhece como eu... e ah, o que Emily vai dizer. Vai pôr toda a culpa em mim. — Emily era sua irmã, a Sra. Freeman.

— Acho que devemos lhe telegrafar imediatamente. Permita-me cuidar disso.

— Ai, meu Deus... e onde ela irá dormir?

O médico riu, mas com muita delicadeza, desse *non sequitur*. Já tivera que lidar com casos semelhantes, e sabia que o melhor remédio era a preocupação sem fim das mulheres com detalhes daquele tipo.

— Agora quero que preste atenção, minha cara Sra. Tranter. Por alguns dias, deve tomar providências para que sua sobrinha seja vigiada dia e noite. Se ela quiser ser tratada como uma inválida, faça a vontade dela. Se quiser se levantar amanhã e ir embora de Lyme, deixe. Façam o que ela quiser, entende? Ela é jovem e tem uma saúde excelente. Garanto que em seis meses estará alegre como um passarinho.

— Como pode ser tão cruel! Ela nunca vai superar isso. Aquele malvado... mas como... — Uma idéia lhe ocorreu e ela tocou no braço do médico. — Há outra mulher!

O Dr. Grogan beliscou o nariz.

— Isso eu não sei dizer.

— Ele é um monstro.

— Mas não tanto a ponto de não reconhecer que o é. E perdeu um partido que muitos monstros por aí teriam devorado gulosamente.

— Sim. Sim. Devemos ser gratos por isso. — Mas seus sentimentos eram contraditórios. — Nunca hei de perdoá-lo. — Outra idéia lhe ocorreu. — Ele ainda está na cidade? Vou procurá-lo e dizer o que penso.

O médico segurou-lhe o braço.

— Isso eu lhe proíbo. Ele mesmo me mandou vir aqui. Está esperando para saber se a pobre moça não corre perigo. Vou falar com ele. Fique descansada que não vou pôr panos quentes. Vou lhe arrancar o couro.

— Ele deveria ser chicoteado e colocado no pelourinho. Quando éramos jovens, era o que teria sido feito. É assim que deve ser. Coitadinha... — Levantou-se. — Preciso ir vê-la.

— E eu preciso ir vê-lo.

— Diga-lhe de minha parte que ele estragou a felicidade da pessoa mais doce, mais crédula...

— Sim, sim, sim... agora, acalme-se. E descubra por que aquela sua criada está tão perturbada. Dá a impressão de *estar* desgostosa.

A Sra. Tranter acompanhou o médico até a porta e, enxugando as lágrimas, subiu para o quarto de Ernestina. As cortinas estavam cerradas, mas a claridade se filtrava pelas bordas. Mary estava sentada ao lado da vítima e levantou-se quando a patroa entrou. Ernestina dormia profundamente, de costas, mas com a cabeça de lado. Tinha uma expressão serena e tranqüila, e respirava sem fazer ruído. Havia até um leve esboço de sorriso em seus lábios. A ironia daquela calma arrasou de novo a Sra. Tranter. Pobrezinha dela, quando acordasse... As lágrimas lhe saltaram novamente. Empertigou-se, enxugou os olhos e então olhou para Mary pela primeira vez. Esta de fato parecia um ser acometido pela pior das desgraças, tendo exatamente o aspecto que Tina deveria ter. Então a Sra. Tranter lembrou-se das palavras um tanto lastimosas do médico ao se despedir. Fez um sinal para a moça e as duas saíram do quarto. Deixaram a porta aberta e começaram a falar sussurrando.

— Agora me conte o que aconteceu, minha filha.

— O Seu Charles me chamou, e dona Tina estava estirada no chão desmaiada. Ele saiu correndo para chamar o médico, e ela abriu os olhos mas não disse nada, então eu a trouxe aqui para cima, e não sabia o que fazer, pois ficou histérica assim que a botei na cama, e eu fiquei apavorada, ela ria e gritava sem parar. Aí o Dr. Grogan chegou e acalmou ela. Ai, madame.

— Calma, calma, Mary, você fez bem. E ela não disse nada?

— Só quando a gente estava subindo e ela perguntou onde o Seu Charles tinha ido. Eu disse que ele tinha ido chamar o médico. Foi isso que provocou o ataque, madame.

— Shhh, Shhh.

Porque Mary começava a levantar a voz, e também demonstrava fortes sintomas de histeria. De qualquer maneira, a Sra. Tranter sentia uma grande necessidade de consolar alguém, então abraçou Mary e lhe passou a mão na cabeça. Embora com isso infringisse todas as leis que regiam o relacionamento entre patroa e criada, acho que aquele mordomo celestial não lhe fechou a porta na cara. O corpo da moça era sacudido por soluços reprimidos, que ela tentava conter por causa da outra sofredora. Por fim, acalmou-se.

— O que foi?

— É o Sam, madame. Está lá embaixo. Discutiu com o Seu Charles e pediu as contas. Agora o Seu Charles não vai dar referências para ele. — Sufocou um último soluço. — Não sei o que vai ser da gente.

— Eles discutiram? Quando, minha filha?

— Pouco antes da senhora chegar. Por causa da dona Tina.

— Mas como foi a discussão?

— Sam sabia que isso ia acontecer, que o Seu Charles é um homem muito mau. Ah, madame, a gente queria contar a ela mas não teve coragem.

Ouviu-se um barulho no quarto. A Sra. Tranter entrou depressa para ver o que havia, mas a sobrinha continuava com uma expressão serena, dormindo profundamente. Voltou então para junto da moça cabisbaixa.

— Agora fico aqui tomando conta, Mary. Mais tarde conversamos. — A moça baixou ainda mais a cabeça. — Esse Sam, você gosta mesmo dele?

— Gosto sim senhora.

— E ele gosta de você?

— Foi por isso que ele não quis ir embora com o patrão.

— Diga a ele para esperar. Quero falar com ele. Vamos arrumar um emprego para ele.

Mary levantou então o rosto choroso.

— Não quero deixar a senhora nunca.

— E não vai, minha filha... até você se casar.

Então a Sra. Tranter se inclinou e lhe deu um beijo na testa. Depois entrou no quarto e sentou-se ao lado de Ernestina, enquanto Mary descia as escadas. Quando chegou à cozinha, para grande desgosto da cozinheira, saiu correndo para a sombra dos lilases e os braços aflitos mas ávidos de Sam.

53

Eis a que ponto nos levou (...) essa insistência em alcançar a perfeição num só aspecto de nossa natureza e não em todos; o destaque e a atenção dados ao lado moral, o lado da obediência e da ação; que faz da rigidez da consciência moral o principal objetivo e adia para mais tarde e para outro mundo a preocupação de ser completo em tudo, de conseguir o pleno e harmonioso desenvolvimento de nossa humanidade.

MATTHEW ARNOLD, *Culture and Anarchy* (1869)

— Ela já... voltou a si?

— Dei-lhe um remédio para dormir.

O médico atravessou a sala e ficou parado junto à janela, com as mãos atrás das costas, olhando para o mar, no fim da Broad Street.

— Ela... não disse nada?

O médico fez que não com a cabeça sem se virar, e ficou calado. Depois, virou-se e explodiu com Charles.

— Exijo uma explicação, senhor!

E Charles começou a dar, francamente, sem atenuantes. De Sarah, disse muito pouco. Só tentou se desculpar por ter mentido para Grogan, e o fez por estar convencido de que internar Sarah num sanatório teria sido uma injustiça grave. O médico o ouvia num silêncio atento e feroz. Quando Charles terminou, ele se virou de novo para a janela.

— Eu gostaria de me lembrar dos castigos que Dante receitou para os libertinos. Então poderia receitá-los a você.

— Acho que serei suficientemente castigado.

— Não é possível. Não pelo meu modo de ver.

Charles deixou passar um momento.

— Não rejeitei seu conselho sem antes refletir muito.

— Smithson, um cavalheiro continua sendo um cavalheiro mesmo quando recusa conselhos, mas não quando mente.

— Menti porque julguei necessário.

— Assim como julgava necessário satisfazer sua luxúria.

— Não aceito essa palavra.

— Seria melhor aprender a aceitar. É a que o mundo associará à sua conduta.

Charles aproximou-se da mesa de centro e parou com a mão apoiada nela.

— Grogan, você queria que eu passasse a vida fingindo? Será que em nossa época já não há bastante hipocrisia e adulação de tudo o que é falso em nossa natureza? Queria que eu também contribuísse para isso?

— Eu gostaria que você tivesse pensado duas vezes antes de envolver essa moça inocente em sua busca de autoconhecimento.

— Mas, uma vez que esse conhecimento nos é dado, podemos fugir de suas determinações, por mais desagradáveis que sejam as conseqüências?

O médico olhou para o outro lado, contraindo o rosto inflexível num pequeno esgar. Charles viu que ele estava irritado e nervoso e que realmente não sabia, depois da ameaça inicial, como lidar com aquela monstruosa afronta às convenções provincianas. De fato, estava sendo travada uma luta entre o Grogan que já morava havia um quarto de século em Lyme e o Grogan que havia corrido o mundo. E havia outras coisas: sua simpatia por Charles, sua opinião pessoal — não muito diferente da de sir Robert — de que Ernestina era muito bonitinha, mas muito superficial. E existia ainda um fato, sepultado havia muito em seu passado, cuja natureza exata não precisa ser revelada, bastando que se diga que fazia com que sua referência à luxúria fosse muito menos impessoal do que ele fizera parecer. Seu tom ainda era de reprovação, mas evitou responder à pergunta de cunho moral que lhe fora feita.

— Sou médico, Smithson. Só conheço uma lei que se sobreponha a todas as outras. Todo sofrimento é um mal.

Pode também ser necessário, mas isso não altera sua natureza fundamental.

— Não sei de onde poderia sair o bem, se não desse mal. Como se pode construir uma personalidade melhor senão sobre as ruínas da antiga?

— E as ruínas dessa pobre jovem no caminho?

— É melhor que ela sofra de uma vez, e se veja livre de mim, do que... — Calou-se.

— Ah. Tem certeza disso, não? — Charles ficou quieto. O médico olhou para a rua. — Você cometeu um crime. Sua punição será lembrar-se dele pelo resto da vida. Portanto, não se considere absolvido. Só a morte pode absolvê-lo. — Tirou os óculos e limpou-os num lenço de seda verde. Houve uma pausa longa, muito longa e, quando voltou a falar, seu tom era mais brando, embora ainda recriminador.

— Vai se casar com a outra?

Charles deu um metafórico suspiro de alívio. Tão logo Grogan entrara na sala, ele se dera conta de que o que dissera a si mesmo — que a opinião de um simples médico de uma estação balneária lhe era indiferente — era falso. O irlandês possuía um lado humano que Charles respeitava muito. De certa forma, Grogan representava *tudo* o que Charles respeitava. Sabia que não podia esperar uma remissão total de seus pecados, mas já bastava sentir que seu destino não seria a excomunhão total.

— É a minha mais sincera intenção.

— Ela sabe? Você lhe disse?

— Sim.

— E ela aceitou a sua proposta, claro?

— Tudo me leva a crer que sim. — Explicou os detalhes da incumbência que dera a Sam naquela manhã.

O médico virou-se para olhá-lo.

— Smithson, sei que você não é perverso. Sei que não teria feito o que fez se não acreditasse na explicação dada pela moça a respeito de seu comportamento inusitado. Mas aviso a você que sempre restará uma dúvida. E uma dúvida que poderá lançar uma sombra permanente sobre qualquer tipo de proteção que você lhe dê no futuro.

— Já pensei nisso. — Charles arriscou um sorriso tímido. — Assim como pensei nessa nuvem de clichês confusos usados pelo nosso sexo para falar das mulheres. Elas devem ficar quietinhas, não é?, como artigos expostos numa loja, esperando que o homem entre, examine a mercadoria e aponte para esta ou aquela: *ela* me agrada. Se permitem isso, dizemos que são decentes, respeitadas, recatadas. Mas quando um desses artigos tem a petulância de falar por si mesmo...

— Ela fez muito mais que isso, me parece.

Charles aceitou a reprimenda.

— Fez uma coisa que é bastante comum na alta sociedade. Não sei por que as inúmeras mulheres casadas nesse ambiente que não respeitam seus votos de casamento devem ser desculpadas, enquanto... além do mais, o maior culpado sou eu. Ela apenas me mandou seu endereço. Eu tinha total liberdade para não ir procurá-la e evitar as conseqüências.

O médico lançou-lhe um olhar rápido. Agora tinha que reconhecer que Charles era honesto. Voltou a contemplar a rua. Passados alguns instantes, falou já quase no tom habitual.

— Talvez eu esteja ficando velho. Sei que essas quebras de promessa como a sua hoje são tão comuns que se escandalizar com elas é passar atestado de antiquado. Mas vou lhe dizer o que me incomoda. Como você, não gosto dos clichês, sejam religiosos ou jurídicos. A lei sempre me pareceu uma cretinice, e grande parte da religião é quase a mesma coisa. Não o ataco por esse lado, nem o atacarei por nenhum outro. Simplesmente lhe darei minha opinião. Que é a seguinte: você acha que pertence a um grupo de eleitos dotados de mentalidade racional e científica. Não, não, já sei que vai dizer que não é presunçoso a esse ponto. Pois bem. No entanto, você *quer* pertencer a esse grupo. Não o censuro. Também desejei isso a vida inteira. Mas peço que se lembre de uma coisa, Smithson; desde sempre, os eleitos apresentam argumentos justificando por que se julgam eleitos. Mas o Tempo só permite uma justificação. — O médico tornou a pôr os óculos e virou-se para Charles. — É esta: que os eleitos, sejam quais forem as justificativas que apresentarem, introduzam uma moral mais justa e mais nobre neste mundo sombrio. Se não passarem neste teste, tornam-se apenas déspotas, sultões, meros egoístas em busca de prazer e poder. Em suma, meras vítimas de seus desejos mais rasteiros. Acho que entende aonde quero chegar, e qual é a relevância que isso tem para você de hoje em diante, depois desse dia infeliz. Se se tornar um ser humano mais nobre e mais generoso, poderá ser perdoado. Mas se ficar mais egoísta... será duplamente condenado.

Charles baixou os olhos diante daquele olhar exigente.

— Ainda que de forma muito menos convincente, minha consciência já me disse isso.

— Então amém. *Alea jacta est.* — Pegou o chapéu em cima da mesa e encaminhou-se para a porta. Mas, chegando ali, hesitou, depois estendeu a mão. — Desejo-lhe boa sorte agora que já cruzou o Rubicão.

Charles agarrou aquela mão quase como se estivesse se afogando. Tentou dizer alguma coisa, mas não conseguiu. Durante um momento, o médico aumentou a pressão dos dedos, depois se virou e abriu a porta. Quando olhou para trás, seus olhos tinham um brilho.

— E se dentro de uma hora não tiver ido embora, voltarei com o maior chicote que eu encontrar.

Ao ouvir isso, Charles ficou tenso. Mas os olhos continuavam brilhando. Charles deu um sorriso amarelo e inclinou a cabeça em sinal de assentimento. A porta se fechou.

Foi deixado em paz com seu remédio.

54

Meu vento se tornou um norte amargo
Que era um sul tão suave antes...

A. H. CLOUGH, Poema (1841)[1]

Para fazer justiça a Charles, há que dizer que mandou procurar Sam antes de sair do White Lion. Mas o criado não estava na taberna nem nas cocheiras. Charles já imaginava onde estaria. E, como não poderia mandar ninguém até lá, deixou Lyme sem tornar a vê-lo. Entrou na carruagem no pátio, e logo baixou as cortinas. Fez três quilômetros como se estivesse num carro fúnebre antes de tornar a abri-las, deixando os raios oblíquos do sol, pois já eram cinco da tarde, iluminarem a pintura e o estofamento surrados da carruagem.

O sol não melhorou imediatamente o humor de Charles. Mas, pouco a pouco, à medida que se afastava de Lyme, foi sentindo como se estivessem lhe tirando um peso dos ombros, como se tivesse sofrido uma derrota, mas sobrevivido. Aceitava a solene advertência de Grogan de que deveria viver o resto da vida comprovando a legitimidade da atitude que tomara. Mas, entre os verdes campos e sebes de Devon no mês de maio, era difícil não ver um futuro igualmente fértil. Uma nova vida se abria à sua frente, com grandes desafios, mas estaria à altura desses desafios. A culpa lhe parecia quase benéfica: sua expiação dava à sua vida o objetivo que até então lhe faltara.

Lembrou-se de uma imagem do Egito antigo — uma escultura que vira no Museu Britânico. Representava um faraó ao lado da esposa, que tinha um braço passado em volta da cintura do marido e a outra mão apoiada em seu braço. A escultura sempre parecera a Charles o emblema perfeito da harmonia conjugal, ainda mais porque as duas figuras foram esculpidas no mesmo bloco de pedra. Ele e Sarah ainda não haviam chegado àquela harmonia. Mas eram da mesma pedra.

Pôs-se então a pensar no futuro, em providências práticas. Sarah devia ser instalada adequadamente em Londres. Viajariam para o exterior tão logo seus negócios pudessem ser resolvidos, ele se desfizesse da casa de Kensington e guardasse suas coisas... talvez Alemanha, para começar, depois descer para Florença ou Roma para passar o inverno (se a situação interna permitisse) ou quem sabe Espanha. Granada! A Alhambra! A lua, o canto distante dos ciganos, aqueles olhos doces e agradecidos... e os dois acordados num quarto recendendo a jasmim, abraçados, infinitamente sós, exilados, mas fundidos nessa solidão, inseparáveis nesse exílio.

Anoitecera. Charles se debruçou na janela e viu ao longe as luzes de Exeter. Gritou ao cocheiro pedindo que o levasse direto ao Hotel Familiar Endicott. Depois se recostou no banco e se deliciou pensando na cena que o esperava. Naturalmente, nenhum ato carnal deveria desfigurá-la. Devia pelo menos isso a Ernestina tanto quanto a Sarah. Mas tornou a ver diante de si um quadro delicado de terno silêncio, as mãos dela nas suas...

Chegaram. Depois de dizer ao cocheiro que esperasse, Charles entrou no hotel e bateu à porta da Sra. Endicott.

— Ah, é o senhor.

— A Srta. Woodruff me espera. Já sei o caminho.

Já se dirigia para a escada.

— A jovem senhora já foi embora, doutor!

— Foi embora! Quer dizer que saiu?

— Não, doutor. Quero dizer que foi embora. — Charles olhava para ela desanimado. — Pegou o trem para Londres hoje de manhã.

— Mas eu... tem certeza?

— Tanta certeza quanto de estar parada aqui. Ouvi muito bem quando disse ao cocheiro para levá-la à estação, e quando ele perguntou que trem, ela respondeu, claramente como estou falando com o senhor, o de Londres. — A senhora gorducha adiantou-se. — Bem, eu também fiquei admirada. Tinha o quarto pago por mais três dias.

— Mas não deixou endereço?

— Nem uma linha. Nem me disse uma palavra sobre aonde ia. — Evidentemente, esse deslize tirava o mérito de não ter pedido a devolução do dinheiro adiantado.

— Não deixou nenhum recado para mim?

— Achei que era com o senhor que ela estava indo embora. Foi o que tomei a liberdade de supor.

Continuar ali se tornou impossível para ele.

— Aqui está meu cartão. Se tiver notícias dela, gostaria que me informasse. Sem falta. Tome, isso é para pagar pelo serviço e a postagem.

A Sra. Endicott sorriu melosamente.

— Oh, obrigada, doutor. Sem falta.

Charles saiu, mas voltou logo.

— Não veio aqui hoje de manhã um criado com uma carta e um embrulho para a Srta. Woodruff? — A Sra. Endicott olhou para ele com cara de quem não sabia de nada. — Pouco depois das oito? — A proprietária continuava com a mesma cara. Então chamou Betsy Anne, que foi severamente interrogada pela patroa... isto é, até que Charles se retirasse bruscamente.

Deixou-se cair no assento da carruagem e fechou os olhos. Sentia-se sem vontade, abúlico. Se não tivesse sido tão escrupuloso, se tivesse voltado logo depois para ela... mas Sam. Sam! Um ladrão! Um espião! Teria sido comprado pelo Sr. Freeman? Ou seria o ressentimento por causa daquelas trezentas libras a explicação de seu crime? Como Charles agora entendia a cena de Lyme! Sam devia saber que seria descoberto tão logo voltassem a Exeter; portanto deve ter lido sua carta... Charles ficou rubro na escuridão. Se tornasse a ver aquele homem, torceria seu pescoço. Por um momento chegou a pensar em ir a um posto policial e acusá-lo... bem, de roubo, pelo menos. Mas na mesma hora viu que isso de nada adiantaria. E em que o ajudaria no essencial, que era descobrir o paradeiro de Sarah?

Viu uma única luz nas trevas que o envolviam. Ela fora para Londres. Sabia que ele morava em Londres. Mas se, como havia sugerido Grogan, pretendia bater à sua porta, não seria mais plausível que tivesse voltado para Lyme, onde supunha que ele estaria? E ele já não tinha chegado à conclusão de que todas as intenções da moça eram dignas? Não teria achado que desistira dele, e ele estava perdido para sempre? Aquela única luz bruxuleou e se apagou.

Naquela noite, Charles fez algo que não fazia havia anos. Ajoelhou-se ao lado da cama e rezou. E, basicamente, pedia em sua prece para encontrá-la; se passasse a vida inteira procurando por ela, iria encontrá-la.

55

— Ora, com você! — exclamou Tweedledee, batendo palmas triunfante. — E se ele deixasse de sonhar com você, onde imagina que você estaria?

— Onde estou agora, claro — respondeu Alice.

— Que nada! — retrucou Tweedledee com desdém. — Não estaria em lugar nenhum. Por que, você só existe nos sonhos dele!

— E se aquele Rei acordasse — acrescentou Tweedledum —, você se apagaria... pimba! Como a chama de uma vela!

— Eu não! — exclamou Alice indignada.

LEWIS CARROLL, *Alice através do espelho* (1872)

Na manhã seguinte, Charles chegou à estação com uma antecedência ridícula e, depois de se ter ocupado com a tarefa desonrosa para um cavalheiro de cuidar da acomodação de suas malas no vagão-bagageiro, escolheu um compartimento vazio de primeira classe e sentou-se ali, esperando impaciente que o trem partisse. De vez em quando, outros passageiros olhavam para dentro do compartimento e eram repelidos por aquele olhar de górgone (este compartimento está reservado para não-leprosos) a que os ingleses facilmente recorrem. Soou um apito, e Charles julgou ter conseguido a solidão que tanto desejava. Mas então, no último minuto, apareceu à sua janela uma cara coberta por uma barba espessa. O olhar frio foi recebido por um mais frio ainda de um homem com pressa de pegar o trem.

O retardatário resmungou um "Com licença, senhor" e foi se sentar no canto oposto do compartimento, mãos nos joelhos, recobrando o fôlego. Era um homem de uns quarenta anos, com a cartola enterrada na cabeça. Havia em sua expressão uma segurança quase agressiva; talvez não fosse bem um cavalheiro... mas sim um ambicioso mordomo (mas os mordomos não viajavam de primeira classe), ou um bem-sucedido pregador leigo — um daqueles que intimidam, usando a retórica barata da condenação eterna para converter as almas. Um homem francamente desagradável, pensou Charles, e muito típico da época — portanto um homem que deveria ser posto no devido lugar se tentasse puxar conversa.

Como às vezes acontece quando se observa uma pessoa disfarçadamente, fazendo conjeturas a seu respeito, Charles foi pego em flagrante, e repreendido por isso. Havia a sugestão bem clara naquele incisivo olhar de soslaio para que Charles parasse de prestar atenção no que não devia. Charles rapidamente desviou a vista para a janela e se consolou com a idéia de que pelo menos o homem evitava intimidades tanto quanto ele.

Logo, embalado por aquele movimento regular, Charles mergulhou num doce devaneio. Londres era uma cidade grande, mas logo a moça teria que procurar trabalho. Ele dispunha de tempo, recursos e vontade. Talvez se passasse uma semana, ou duas, mas ela acabaria por aparecer na sua frente; talvez um novo endereço fosse deixado em sua caixa de correio. As rodas diziam: ela-não-pode-ser-tão-má, ela-não-pode-ser-tão-má... o trem atravessava os vales verdes e vermelhos em direção a Cullompton. Charles viu a igreja, sem saber onde estava, e pouco depois fechou os olhos. Dormira muito mal na noite anterior.

Por algum tempo o homem não fez caso do companheiro de viagem adormecido. Mas, conforme o queixo deste foi afundando — Charles tomara a precaução de tirar o chapéu —, o homem das barbas de profeta começou a olhar para ele, com a certeza de que *sua* curiosidade *não* seria surpreendida.

Seu olhar era estranho: avaliador, reflexivo e bastante desaprovador, como se soubesse muito bem que tipo de homem era aquele (assim como Charles julgara ver muito bem que tipo de homem *ele* era) e não gostasse do que estava vendo. É verdade que, despercebido, o homem parecia um pouco menos frio e autoritário, mas havia em suas feições uma desagradável aura de autoconfiança — ou, se não de autoconfiança, pelo menos de confiança em sua capacidade de julgar os outros, de saber quanto poderia sacar deles, esperar deles, exigir deles.

Um olhar desse tipo que durasse um ou dois minutos poderia se explicar. As viagens de trem são aborrecidas, e é divertido espiar os estranhos. Mas aquele olhar, cuja intensidade foi-se tornando positivamente canibalesca, durou bem mais que um minuto. Durou até depois de Tauton, embora ali tenha sido interrompido por alguns momentos quando o barulho da plataforma despertou Charles. Mas, quando este tornou a adormecer, aqueles olhos grudaram nele de novo como sanguessugas.

Talvez você algum dia seja alvo de um olhar semelhante. E talvez — no contexto muito menos reservado de nosso século — o perceba. O observador não esperará até você adormecer. E o olhar sem dúvida sugerirá alguma coisa desagradável, uma espécie de perversa insinuação sexual... um desejo de conhecê-lo de uma forma que você não deseja que um estranho o conheça. Pela minha experiência, só há uma profissão que emprega esse tipo de olhar, com sua expressão bizarra, ao mesmo tempo inquisitiva e autoritária, irônica e importunadora.

Eu poderia usá-lo?

O que eu poderia fazer com você?

É precisamente, sempre me pareceu, o olhar que um deus onipotente — se tamanho absurdo existisse — deveria ter. Não é absolutamente o que imaginamos que deva ser um olhar divino, mas sim um olhar de uma qualidade moral francamente mesquinha e duvidosa (como já mostraram os teóricos do *nouveau roman*). Vejo esse olhar com toda a clareza no rosto, tão familiar para mim, do homem de barba que olha para Charles. E não vou continuar fingindo.

Mas a pergunta que faço, ao olhar para Charles, não é nenhuma das duas anteriores. Mas, antes, o que diabo vou fazer com você? Já pensei em terminar a carreira de Charles aqui e agora, deixando-o para sempre a caminho de Londres. Mas as convenções da ficção vitoriana não permitem, não permitiam, o final em aberto, inconcluso. E eu já defendi aqui que se deve dar liberdade aos personagens. Meu problema é simples: o que Charles deseja é claro? De fato é. Mas o que a protagonista deseja não é tão claro; e não sei muito bem onde ela está neste momento. É claro que, se esses dois fossem fragmentos da vida real em vez de produtos da minha imaginação, a solução do dilema seria óbvia: um desejo combate o outro, e fracassa ou triunfa dependendo da situação. A ficção em geral finge corresponder à realidade: o escritor coloca os desejos conflitantes na arena e depois descreve a luta — que, na verdade, é combinada, para deixar o desejo pelo qual ele torce vencer. E julgamos os escritores de ficção não só pelo talento que demonstram em armar uma luta cujo resultado é o que ele quer (em outras palavras, em nos convencer que a luta não é combinada) e pelo tipo do lutador pelo qual eles torcem: o bom, o trágico, o mau, o engraçado e assim por diante.

Mas o principal argumento em favor de se encenar uma luta cujo resultado já é carta marcada é mostrar aos leitores a nossa visão de mundo — se somos pessimistas ou otimistas, o que você quiser. Fingi ter voltado a 1867. Mas, naturalmente, este ano, na verdade, já está um século para trás. É inútil demonstrar otimismo, pessimismo ou qualquer outro sentimento em relação a ele, porque sabemos o que aconteceu desde então.

Sendo assim, continuo a olhar para Charles e não vejo razão dessa vez para determinar previamente o resultado da luta em que ele está prestes a entrar. Isso me dá duas alternativas: deixar a luta prosseguir, limitando-me a narrar os incidentes, ou torcer pelos dois lados. Observo este rosto vagamente efeminado, mas não de todo fútil. E quando nos aproximamos de Londres, penso ter encontrado uma solução, isto é, vejo que o dilema é falso. A única maneira de não tomar partido na luta é mostrar duas versões dela. Isso me deixa com um único problema: não posso dar duas versões de uma vez, e a segunda, por causa da tirania do último capítulo, sempre irá parecer a versão final e "real".

Pego a carteira no bolso da casaca, tiro dela um florim, que coloco em cima da unha do polegar, jogo a moeda para o alto e a aparo com a mão esquerda.

Pois bem. E de repente me dou conta de que Charles abriu os olhos e está olhando para mim. Agora em seu olhar há mais que reprovação. Está pensando que devo ser um jogador ou não regular da cabeça. Devolvo-lhe o olhar de censura, e devolvo o florim à carteira. Ele pega o chapéu, espana uma partícula invisível de pó (que substitui a minha pessoa) de sua copa e o coloca na cabeça.

Passamos por baixo de uma das grandes vigas de ferro que sustentam o teto da estação de Paddington. Chegamos, Charles salta do trem, acena para um carregador e, depois de lhe dar suas instruções, se vira. O homem de barba já desapareceu na multidão.

Oh, Cristo, quem nos dera poder ver,
Ainda que por um breve instante,
As almas que amamos, para que nos dissessem
O que são e onde estão!

TENNYSON, *Maud* (1855)[1]

Agência de investigação privada, patrocinada pela aristocracia, e sob a direção exclusiva do próprio Sr. Pollaky. Relações com o Serviço de Detetives da Polícia da Inglaterra e do estrangeiro. *INVESTIGAÇÕES SIGILOSAS E CONFIDENCIAIS REALIZADAS COM DISCRIÇÃO E DILIGÊNCIA NA INGLATERRA, NO CONTINENTE E NAS COLÔNIAS. OBTÊM-SE PROVAS PARA PROCESSOS DE DIVÓRCIO ETC.*

Anúncio da época vitoriana

Talvez se passasse uma semana, ou duas, mas uma hora toparia com ela... Começa a terceira semana e ainda não topou. Mas Charles não tem culpa; anda procurando aqui, ali, por toda parte.

Conseguiu essa ubiqüidade contratando quatro detetives — não sei bem se os quatro estavam sob a direção exclusiva do Sr. Pollaky, mas davam duro. Tinham que fazer isso, pois a profissão era nova, surgira há apenas onze anos, e era vista com desprezo geral. Em 1866, considerou-se que um cavalheiro que matou uma pessoa a punhaladas fez uma coisa perfeitamente correta. "Se as pessoas andam por aí agindo como bandidos", advertia o *Punch,* "elas têm que agüentar as conseqüências."

Os homens de Charles primeiro tentaram as agências especializadas em governantas, sem sucesso. Depois tentaram os conselhos de educação de todas as confissões religiosas que mantinham escolas paroquiais. O próprio Charles alugou uma carruagem e passou horas infrutíferas patrulhando os bairros habitados pelas pessoas de fino trato empobrecidas, examinando com atenção o rosto de toda jovem que passava. Sarah deveria estar morando num lugar como Peckam, Pentonville, Putney ou em dezenas de bairros semelhantes que ele vasculhou, de ruas novas e casas de uma empregada só. Ajudou também seus homens a investigar nas prósperas agências que começavam a se especializar em secretariado feminino. Nelas já se via uma hostilidade generalizada a Adão, uma vez que tinham de suportar todo o peso do preconceito masculino e acabariam se tornando um dos germes mais importantes do movimento de emancipação da mulher. Acho que essa experiência, embora infrutífera no assunto que lhe interessava, foi de alguma utilidade para Charles. Aos poucos, ele começou a compreender melhor um aspecto de Sarah: o ressentimento contra o preconceito injusto, visto que remediável, da sociedade.

Certa manhã, acordou muito deprimido. A terrível possibilidade da prostituição, aquele destino que ela insinuara um dia, tornou-se uma certeza. Naquela noite, dirigiu-se apavorado à área do Haymarket que já havia visitado anteriormente. O que o cocheiro pensou, não posso imaginar, mas com certeza deve ter achado que seu cliente era o homem mais exigente que já existira. Passaram duas horas rodando por aquelas ruas. Só pararam uma vez. O cocheiro viu uma prostituta ruiva parada junto a um lampião. Mas quase imediatamente duas batidas no teto da carruagem fizeram-no seguir em frente.

Enquanto isso, outras conseqüências de sua opção pela liberdade não esperaram para se fazer sentir. A resposta à carta que finalmente conseguiu escrever ao Sr. Freeman levou dez dias para chegar. Mas então teve que assinar o aviso de recebimento dela, entregue em mãos, o que era mau presságio, pelos advogados do Sr. Freeman.

Prezado Senhor,

Re: Srta. Ernestina Freeman

Recebemos instruções do Sr. Ernest Freeman, pai da supracitada Srta. Ernestina Freeman, para solicitar sua presença neste tribunal às 15h da próxima sexta-feira. O seu não comparecimento será considerado como reconhecimento do direito de nosso cliente de prosseguir com a ação.

AUBREY & BAGGOTT

Charles levou a carta aos seus próprios advogados. A firma se encarregava dos negócios da família Smithson desde o século XVIII. E o atual Montague, diante de cuja mesa se encontrava o pecador confesso ora envergonhado, era pouco mais velho que o próprio Charles. Os dois haviam sido contemporâneos em Winchester e, embora não fossem amigos íntimos, simpatizavam bastante um com o outro.

— O que significa isso, Harry?

— Significa, meu caro, que você tem uma sorte dos diabos. Estão com medo.

— Então por que querem falar comigo?

— Não vão deixar você sair dessa totalmente impune, Charles. Isso é pedir demais. Meu palpite é que exigirão que você faça uma *confessio delicti.*

— Uma declaração de culpa?

— Exatamente. E acho que pode esperar um documento feio. Só posso aconselhá-lo a assiná-lo. Você não tem defesa.

Na tarde daquela sexta-feira, Charles e Montague foram introduzidos numa lúgubre sala de espera, em uma das dependências do tribunal. Charles tinha a sensação de que aquilo era uma espécie de duelo, e Montague era seu padrinho. Deixaram-nos mofando até as três e quinze. Mas como essa penitência preliminar havia sido prevista por Montague, suportaram-na com um certo nervosismo, achando graça.

Afinal foram chamados. Um velho baixinho e enfezado levantou-se atrás de uma grande escrivaninha. Um pouco mais atrás, estava o Sr. Freeman. Só tinha olhos para Charles, e eram olhos de fato muito frios, sem o menor humor. Charles cumprimentou-o com uma mesura, mas seu gesto não foi retribuído. Os dois advogados se apertaram as mãos secamente. Havia uma quinta pessoa presente: um homem alto e magro, com uma calva incipiente e olhos escuros e penetrantes. Ao vê-lo, Montague estremeceu imperceptivelmente.

— Conhece o conselheiro Dr. Murphy?

— Só de nome.

Na época vitoriana, um conselheiro era um jurisconsulto. E o conselheiro Murphy era uma fera, o homem mais temido de sua época.

O Sr. Aubrey indicou peremptoriamente as cadeiras que os dois visitantes deveriam ocupar e tornou a sentar-se. O Sr. Freeman continuou de pé, implacável. O Sr. Aubrey pôs-se a remexer papéis, o que deu a Charles um tempo que ele não queria para absorver o clima intimidante que costuma ser o desses lugares: os livros eruditos, os rolos de pergaminho atados com cordão verde, os lúgubres arquivos de casos mortos encostados nas paredes ao longo da sala como urnas de um *columbarium* superpovoado.

O velho advogado ergueu os olhos com severidade.

— Creio, Sr. Montague, que os fatos deste abominável rompimento de compromisso não estão em discussão. Não sei em que termos seu cliente lhe explicou sua conduta. Mas ele mesmo forneceu provas abundantes de sua culpa nesta carta ao Sr. Freeman. Embora eu note que, com o costumeiro descaramento de pessoas da sua laia, ele tenha procurado...

— Sr. Aubrey, estes termos, nestas circunstâncias...

O conselheiro Murphy aproveitou a oportunidade.

— O senhor preferia ouvir os termos que *eu* usaria... num julgamento público?

Montague respirou fundo e baixou os olhos. O velho Aubrey lançou-lhe um olhar pesado de reprovação.

— Montague, conheci bem seu falecido avô. Acho que ele teria pensado duas vezes antes de defender um cliente como o seu. Mas vamos deixar isso passar, por ora. Considero que esta carta... — e levantou-a como se usasse pinças — ... torna uma ofensa já grave mais insultuosa ainda, tanto por registrar a desaforada tentativa de seu autor de se eximir de culpa, como por não fazer qualquer referência ao caso sórdido e criminoso que o autor bem sabe ser o pior aspecto de seu crime. — Fulminou Charles com os olhos. — O senhor talvez pense que o Sr. Freeman não esteja totalmente a par de seu caso amoroso. Engana-se. Sabemos o nome da mulher com quem o senhor iniciou uma convivência tão indigna. Temos uma testemunha de situações que considero demasiado repugnantes para mencionar.

Charles ficou rubro. Os olhos do Sr. Freeman o transpassavam. Ele não conseguia fazer mais que baixar a cabeça e maldizer Sam. Montague disse:

— Meu cliente não veio aqui para defender sua conduta.

— Então o senhor não o defenderá numa ação?

— Uma pessoa tão eminente em nossa profissão deve saber que não posso responder a essa pergunta.

O conselheiro Murphy interveio novamente.

— O senhor não contestaria uma ação judicial que fosse movida?

— Com todo o respeito, não posso me pronunciar sobre esse assunto.

Um sorriso matreiro contraiu os lábios do conselheiro.

— O pronunciamento não está em questão, Sr. Montague.

— Podemos prosseguir, Sr. Aubrey?

O Sr. Aubrey olhou para o conselheiro, que assentiu com uma expressão severa.

— Esta não é uma ocasião, Sr. Montague, em que eu recomendaria dar muita importância às alegações. — Tornou a remexer nos papéis. — Serei breve. Meu conselho ao Sr. Freeman foi claro. Em minha longa experiência, minha longuíssima experiência, este é o pior exemplo de conduta desonrosa com que já me deparei. Mesmo que seu cliente não merecesse o julgamento severo que inevitavelmente iria receber, creio firmemente que tão execrável conduta deva ser divulgada como uma advertência ao público. — Fez então uma longa pausa, para deixar as palavras calarem fundo. Charles desejou poder controlar o rubor de seu rosto. Pelo menos o Sr. Freeman agora havia baixado os olhos. Mas o conselheiro Murphy sabia muito bem como usar uma testemunha ruborizada. Assumira aquela expressão que seus admiradores e subordinados chamavam de "olhar de basilisco", em que se destacavam claramente a ironia e o sadismo.

O Sr. Aubrey, num tom de voz mais sombrio, prosseguiu:

— No entanto, por motivos em que não vou entrar agora, o Sr. Freeman optou por mostrar uma clemência que o caso absolutamente não merece. Ele não tenciona mover imediatamente uma ação, desde que suas condições sejam aceitas.

Charles engoliu em seco, e olhou para Montague.

— Estou certo de que meu cliente agradece ao seu essa decisão.

— Muito bem assessorado... — O Sr. Aubrey fez uma pequena mesura para o conselheiro, que fez um movimento de cabeça sem tirar os olhos do infeliz Charles — ... preparei uma confissão de culpa. Devo informá-lo de que a decisão do Sr. Freeman de não mover imediatamente uma ação está condicionada a que seu cliente assine já e em nossa presença este documento, cujas testemunhas serão todos os presentes.

E entregou o papel a Montague, que o examinou rapidamente e ergueu os olhos.

— Posso discutir o assunto em particular com meu cliente?

— Muito me surpreende que considere necessária uma discussão. — Pareceu um tanto irritado, mas Montague manteve-se firme. — Pois muito bem. Se é necessário.

Assim Montague e Charles se viram de novo na lúgubre sala de espera. Montague leu o documento e em seguida passou-o secamente a Charles.

— Bem, aqui está o seu remédio. Terá que tomá-lo, meu caro.

E enquanto Montague olhava pela janela, Charles leu a declaração de culpa.

Eu, Charles Algernon Henry Smithson, por minha alta recreação e sem outro intuito senão declarar a verdade, admito que:

1. assumi o compromisso de me casar com a Srta. Ernestina Freeman;

2. não me foi dado qualquer motivo pela parte inocente (a mencionada Srta. Freeman) para o rompimento de meu solene compromisso com ela;

3. estava perfeitamente ciente de sua posição na sociedade, de seu caráter, de seu dote e das perspectivas para o futuro antes de pedir sua mão, e nada que tenha posteriormente chegado ao meu conhecimento sobre a mencionada Srta. Ernestina Freeman contradisse ou negou o que me fora informado;

4. rompi o contrato sem justa causa e sem qualquer outra justificativa além do meu egoísmo e minha deslealdade;

5. iniciei uma relação clandestina com uma pessoa chamada Sarah Emily Woodruff, residente em Lyme Regis e Exeter, e tentei manter isso em segredo;

6. minha conduta em toda essa questão foi desonrosa, e perdi para sempre o direito de ser considerado um cavalheiro.

Assim sendo, reconheço o direito da parte ofendida de entrar com uma ação contra mim *sine die* sem termo nem condição.

Assim sendo, reconheço ainda que a parte ofendida tem o direito de fazer uso deste documento como lhe aprouver.

Assim sendo, subscrevo-o por minha alta recreação, com pleno conhecimento das condições aqui impostas, confessando plenamente minha conduta sem coação de espécie alguma e sem direito a compensação, refutação, objeção ou negação de qualquer de seus itens, no presente e no futuro, de acordo com os termos acima mencionados.

— Não tem nada a dizer disso?

— Imagino que a redação tenha suscitado um debate. Nenhum advogado concordaria de bom grado com a sexta cláusula. Se o caso fosse levado a tribunal, poderíamos muito bem alegar que nenhum cavalheiro, por mais tolo que tivesse sido, assinaria uma confissão dessas, a não ser sob coação. Um advogado de defesa tiraria muito partido disso. Na verdade, essa cláusula nos favorece. Espanta-me que Aubrey e Murphy tenham concordado com ela. Meu palpite é que é coisa do papai. Ele quer que você se humilhe.

— Isso é ignóbil.

Por um momento, Charles olhou para o documento como se fosse rasgá-lo em pedacinhos.

Montague delicadamente tirou-o de suas mãos.

— A lei não se preocupa com a verdade, Charles. A essa altura você já devia saber disso.

— E essa história de "fazer uso deste documento como lhe aprouver", o que significa?

— Pode significar que mandem publicá-lo no *The Times*. Acho que me lembro que há alguns anos aconteceu algo assim. Mas tenho a impressão de que o velho Freeman não quer dar publicidade ao caso. Se quisesse colocá-lo no tronco, teria levado você ao tribunal.

— Então devo assinar.

— Se quiser, posso pedir que mudem algumas frases, uma fórmula que lhe reserve o direito de apresentar circunstâncias atenuantes se o caso for levado a juízo. Mas aconselho-o veementemente a não fazer isso. A própria dureza do documento nos favorece. Convém-nos pagar o preço que pedem. Depois, se for necessário, sempre podemos dizer que a conta foi exorbitante.

Charles concordou com um gesto de cabeça, e os dois se levantaram.

— Uma coisa, Harry. Eu queria saber como está Ernestina. Não posso perguntar a ele.

— Vou ver se consigo falar com o velho Aubrey depois. Ele não é má pessoa. Tem que exagerar por causa do papai.

Então voltaram à sala e a declaração foi assinada, primeiro por Charles, em seguida por todos os outros. Todos continuavam de pé. Houve um momento de silêncio constrangedor. Depois o Sr. Freeman falou.

— E agora, seu canalha, nunca mais apareça na minha frente. Se eu fosse mais moço. Se...

— Sr. Freeman!

A voz ríspida do velho Aubrey fez calar o seu cliente. Charles hesitou, fez uma mesura para os dois advogados e saiu, acompanhado por Montague.

Mas na rua Montague disse:

— Espere-me na carruagem.

Dois minutos depois, sentou-se ao lado de Charles.

— Ela está tão bem quanto se pode esperar. São as palavras dele. Também me deu a entender o que o Sr. Freeman pretende fazer, se você voltar a pensar em se casar. Charles, ele mostrará o documento que você acabou de assinar para o próximo futuro sogro. Quer que você fique solteiro a vida inteira.

— Eu imaginava isso.

— O velho Aubrey também me disse, por sinal, a quem você deve sua liberdade condicional.

— A ela? Eu imaginava isso também.

— Ele queria seu sangue, mas, ao que tudo indica, a moça manda na casa.

A carruagem rodou uns cem metros antes que Charles falasse.

— Estou desonrado pelo resto da vida.

— Meu caro Charles, quem banca o muçulmano num mundo de puritanos não pode esperar outra coisa. Como todo homem, eu também gosto de um rabo de saia. Não o critico. Mas não me diga que o preço a pagar não seja justo.

A carruagem prosseguia. Charles olhava tristemente para a rua ensolarada.

— Quem dera eu tivesse morrido.

— Então vamos ao Verrey's destruir umas lagostas. E antes de morrer você me falará dessa misteriosa Srta. Woodruff.

Aquela entrevista humilhante deixou Charles deprimido por vários dias. Ele queria desesperadamente sair do país, nunca mais voltar à Inglaterra. Não tinha coragem de ir ao clube, de enfrentar os conhecidos. Deu ordens expressas: não estava em casa para ninguém. Lançou-se à tarefa de procurar Sarah. Um dia, a agência de detetives descobriu uma Srta. Woodbury que acabara de se empregar num colégio para meninas de Stoke Newington. Tinha cabelo acaju e parecia se encaixar na descrição fornecida por Charles. Uma tarde, ele passou uma hora de agonia em frente à escola. A Srta. Woodbury surgiu, à frente de uma fila dupla de mocinhas. Tinha apenas uma vaga semelhança com Sarah.

Junho chegou, com dias excepcionalmente lindos. Charles viu o mês passar, mas nos últimos dias parou de procurar. A agência de detetives continuava otimista, mas eles tinham que pensar nos honorários. Exeter foi vasculhada como Londres fora e até se enviou um homem a Lyme e Charmouth para fazer discretas indagações. Tudo em vão. Uma noite, Charles convidou Montague para jantar em sua casa de Kensington e, com toda a franqueza e um ar infeliz, colocou-se em suas mãos. O que podia fazer? Montague não hesitou em dizer. Devia sair do país.

— Mas qual teria sido o objetivo dela? Entregar-se a mim e depois me dispensar como se eu não fosse nada para ela...

— Perdoe-me, mas estou convencido de que a verdade está nesta última hipótese. Será que aquele médico não estava com a razão? Tem certeza de que o que a movia não era um desejo vingativo de destruição? Arruinar o seu futuro. Reduzi-lo ao estado em que você se encontra agora?

— Não posso acreditar nisso.

— Mas, *prima facie,* você *tem* que acreditar.

— Por trás de todas as suas histórias e mentiras havia nela uma certa candura... uma certa honestidade. Talvez ela tenha morrido. Não tem dinheiro, não tem família.

— Então deixe que eu mande um escrevente procurar no Registro de Óbitos.

Charles recebeu este conselho sensato quase como se fosse um insulto. Mas no dia seguinte resolveu segui-lo. E não fora registrado o óbito de nenhuma Sarah Woodruff.

Esperou mais uma semana. Depois, bruscamente, resolveu sair do país.

57

Cada um por si ainda é a regra:
Aprendemos isso na escola —
Que o diabo leve quem ficar por último!

A. H. CLOUGH, Poema (1849)[1]

E agora saltemos vinte meses. Estamos num dia límpido de início de fevereiro do ano de 1869. Nesse meio-tempo, Gladstone conseguiu afinal chegar ao nº 10 da Downing Street; já aconteceu a última execução pública na Inglaterra; *A sujeição das mulheres*, de Mill, está prestes a ser publicado, e falta pouco para ser fundado o Girton College. O Tâmisa tem aquele tom cinza barrento de sempre. Mas o céu logo acima está ridiculamente azul. E, se alguém olhasse para o alto, poderia se sentir em Florença.

Olhando para baixo, ao longo do cais novo de Chelsea, há vestígios de neve no chão. Mas há também, ainda que só na luminosidade, os primeiros indícios de primavera. *Iam ver...* Estou certo de que a jovem senhora que eu gostaria de mostrar aqui empurrando um carrinho de bebê (mas não posso, uma vez que só começaram a ser usados dez anos depois) nunca tinha ouvido falar em Catulo, e, se tivesse, não teria ficado muito impressionada com toda aquela conversa sobre amores infelizes. Mas conhecia o sentimento que a primavera desperta. Afinal de contas, acabava de deixar em casa (mil e seiscentos metros a oeste dali) o fruto de uma primavera anterior, envolto em tantas cascas que poderia ser um bulbo embaixo da terra. É evidente também, por mais que sua roupa tente disfarçar, que, como todo bom jardineiro, ela prefere plantar seus bulbos *en masse.* O andar lento e pesado das mulheres grávidas tem uma coisa especial, a arrogância menos ofensiva do mundo, mas que não deixa de ser arrogância.

Essa jovem desocupada e sutilmente orgulhosa apóia-se por um momento no parapeito e contempla as águas cinzentas. Tem as faces rosadas e belíssimos olhos de pestanas douradas, olhos que ficam a dever um pouquinho ao céu em termos de azul, mas nada em termos de brilho. Londres jamais poderia ter criado uma coisa tão pura. Mas, quando ela se volta e observa a fileira de belas casas de tijolo do outro lado da rua, algumas novas, outras antigas, de frente para o rio, vê-se que não tem nada contra Londres. E é um rosto desprovido de inveja, ao olhar para aquelas ricas moradias, mas impregnado de uma felicidade ingênua pelo fato de existirem coisas tão bonitas.

Aproxima-se uma carruagem, procedente do centro da cidade. Os olhos cinza-azulados observam-na, de um modo que sugere que aqueles elementos tão banais da vida londrina continuam exercendo na observadora um estranho fascínio. A carruagem pára diante de uma casa grande. Uma mulher salta para a calçada e tira uma moeda da bolsa.

A moça encostada no cais fica boquiaberta. A cor lhe foge momentaneamente das faces, depois ela enrubesce. O cocheiro leva dois dedos à aba do chapéu. Sua cliente se encaminha depressa para a porta da casa. A moça se adianta até o meio-fio, escondendo-se parcialmente atrás do tronco de uma árvore. A mulher abre a porta e entra.

— Era ela, Sam. Eu vi claro como...

— Quase não consigo acreditar.

Mas conseguia. Aliás, um sexto ou sétimo sentido nele quase já esperava por isso. Quando voltou a Londres, procurara a velha cozinheira, a Sra. Rogers, e ela lhe fizera um relato detalhado das soturnas últimas semanas de Charles em Kensington. Isso acontecera havia muito tempo. Externamente, ele compartilhara as críticas da Sra. Rogers ao antigo patrão. Mas, no íntimo, algo mexera com ele. Ser um casamenteiro é uma coisa, mas ser um desmancha-casamentos é outra bem diferente.

Sam e Mary se olhavam — o assombro atroz nos olhos dela do tamanho da dúvida atroz nos dele — numa saleta minúscula, mas não muito mal mobiliada. Na lareira, ardia um fogo vivo. Enquanto se interrogavam mutuamente, a porta se abriu e apareceu uma criadinha, uma garota sem graça de quatorze anos.

Trazia nos braços o bebê já não tão entrouxado — a última boa safra, acho eu, que saiu do celeiro de Carslake. Sam imediatamente tomou a trouxa nos braços e embalou-a, fazendo-a gritar, um procedimento que se repetia quase invariavelmente quando ele voltava do trabalho. Mary apressou-se a lhe tomar o precioso fardo, rindo do pai bobo, enquanto a enjeitadinha à porta ria para os dois, solidária. E agora podemos ver claramente que Mary já está num estado avançado de gravidez.

— Bom, meu amor, vou me refrescar um pouco. Já começou a preparar o jantar, Harriet?

— Já, sim senhor. Em meia hora está pronto.

— Que menina perfeita! Meu amor. — E como se não tivesse nenhuma preocupação, deu um beijo em Mary e fez cócegas na barriga do bebê.

Não parecia tão feliz cinco minutos depois, sentado num canto de uma taverna das vizinhanças diante de um copo de gim e água quente. Sem dúvida, aparentemente, tinha todos os motivos para estar feliz. Faltava-lhe uma loja própria, mas possuía algo quase tão bom. O primeiro filho fora uma menina, mas ele tinha fé em que aquilo era uma pequena decepção que logo seria remediada.

Sam soubera jogar muito bem em Lyme. Tia Tranter fora fácil de manobrar desde o início. Com a ajuda de Mary, colocara-se à sua mercê. Por acaso não tinha prejudicado seu futuro ao se despedir com tanta coragem? Não era sabido que o Sr. Charles tinha prometido lhe emprestar quatrocentas libras (sempre peça mais do que se atreve) para montar um negócio? Que negócio?

— O mesmo que o do Sr. Freeman, só que muito mais modesto.

E usara muito bem o trunfo de Sarah. Durante os primeiros dias, nada havia conseguido fazer com que ele revelasse os segredos escusos do antigo patrão. Seus lábios estavam selados. Mas a Sra. Tranter era tão boa... o coronel Locke, da casa Jericho, estava procurando um criado, e o desemprego de Sam durou pouco. Como também seu solteirismo. A cerimônia que o encerrou foi realizada às custas da patroa da noiva. Era evidente que ele tinha que retribuir de alguma maneira.

Como todas as senhoras de idade que moram sozinhas, tia Tranter vivia à procura de alguém a quem adotar e ajudar. E não lhe deixavam esquecer que Sam queria montar um armarinho. Assim foi que um dia, enquanto passava uma temporada em Londres, em casa de sua irmã, a Sra. Tranter aventurou-se a tocar no assunto com o cunhado que, a princípio, esteve inclinado a dizer não. Mas depois, com jeito, foi lembrado do comportamento digno que o jovem criado tivera. E ele sabia melhor do que a Sra. Tranter o quanto as informações de Sam haviam sido e ainda poderiam ser úteis.

— Muito bem, Ann. Vou ver o que posso fazer. Talvez apareça alguma vaga.

E foi assim que Sam conseguiu um cargo na grande loja. Era de nível muito baixo, mas lhe bastava. As deficiências de instrução que pudesse ter eram supridas por sua sagacidade natural. Sua experiência como criado foi-lhe de grande valia no trato com os clientes. Vestia-se impecavelmente. E um dia, fez algo melhor ainda.

Era uma esplêndida manhã de abril, uns seis meses depois de sua volta a Londres, já casado, e exatamente nove meses antes daquela noite em que foi visto tão desconsolado naquela taverna. O Sr. Freeman decidira ir a pé de sua casa de Hyde Park até a loja. Afinal, passou pelas vitrinas apinhadas e entrou na loja, o que sempre deixava alvoroçados os funcionários do andar térreo. Havia poucos clientes àquela hora matinal. Ele tirou o chapéu com seu costumeiro ar senhorial, mas, para grande espanto de todos, deu meia-volta e tornou a sair da loja. O gerente do andar saiu nervosamente atrás dele. Viu o magnata parado diante de uma vitrina, contemplando-a. O gerente gelou, mas aproximou-se discretamente do Sr. Freeman.

— Uma experiência, Sr. Freeman. Vou mandar retirar isso já.

Mais três homens pararam ao lado deles. O Sr. Freeman olhou rapidamente para eles, depois pegou o gerente pelo braço e o fez recuar um pouco.

— Agora veja, Sr. Simpson.

Ficaram parados ali uns cinco minutos. As pessoas passavam pelas outras vitrinas e se detinham diante daquela. Alguns, como o próprio Sr. Freeman havia feito, passavam sem prestar atenção mas depois voltavam para olhar.

Receio que descrever o que havia ali será um anticlímax. Mas você tinha que ver as outras vitrinas, monotonamente apinhadas de mercadorias monotonamente etiquetadas, para apreciar a diferença. E tem que se lembrar que, diferentemente do que acontece em nossa época, quando a fina flor da humanidade dedica sua vida ao poderoso deus da Publicidade, os vitorianos acreditavam na idéia absurda de que o bom vinho não precisa de propaganda. O fundo era um simples pano púrpura pendurado. Flutuando na frente do pano, suspensos em arames finos, havia um impressionante conjunto de colarinhos masculinos de todas as formas, tamanhos e estilos concebíveis. Mas o que era astucioso no arranjo era que os colarinhos estavam dispostos de modo a formar palavras. E diziam, ou melhor gritavam: FREEMAN OFERECE ESCOLHA.

— Esta, Sr. Simpson, é a melhor vitrina que fizemos este ano.

— Exatamente, Sr. Freeman. Muito ousada. Muito chamativa.

— "Freeman oferece escolha." É exatamente isso o que oferecemos, senão por que teríamos um estoque tão grande? "Freeman oferece escolha", excelente! Quero essa frase em todos os nossos anúncios e circulares de hoje em diante.

Dirigiu-se para a entrada. O gerente sorriu.

— Devemos isso em grande parte ao senhor. Aquele rapaz, o Sr. Farrow, que entrou aqui por recomendação pessoal sua, o senhor se lembra?

O Sr. Freeman parou.

— Farrow, o nome de batismo dele é Sam?

— Acho que sim, Sr. Freeman.

— Mande chamá-lo.

— Chegou às cinco horas da manhã, especialmente para fazer a vitrina.

E foi assim que Sam, encabulado, afinal foi trazido à presença do grande homem.

— Trabalho excelente, Farrow.

Sam fez uma profunda mesura.

— Fiz isso com grande prazer, Sr. Freeman.

— Quanto estamos pagando a Farrow, Sr. Simpson?

— Vinte e cinco xelins, Sr. Freeman.

— Vinte e sete e seis pence.

E afastou-se antes que Sam pudesse expressar sua gratidão. Mas o melhor ainda estava por vir, pois quando foi receber seu salário no fim da semana, foi-lhe entregue um envelope com três soberanos e um cartão que dizia: "Bonificação por zelo e criatividade."

Agora, apenas nove meses depois, seu salário havia chegado à estonteante cifra de trinta e dois e seis pence. E ele tinha grandes suspeitas de que, uma vez que se tornara um membro indispensável da equipe de vitrinistas, bastaria pedir para conseguir um aumento de salário.

Sam foi pessoalmente buscar uma dose reforçada de gim e voltou ao seu lugar. Seu mal — um defeito de que seus descendentes modernos no ramo da publicidade já conseguiram se livrar — era que tinha consciência... ou talvez tivesse simplesmente a impressão de que não merecia a felicidade e a sorte que tivera. O mito de Fausto é arquetípico no homem civilizado; não importa que a civilização de Sam não tivesse sequer lhe ensinado quem era Fausto, mas ele era sofisticado o suficiente para ter ouvido falar em pactos com o diabo e em seus desdobramentos. Durante um certo tempo, tudo era um mar de rosas; mas, um dia, o diabo vinha reclamar a sua parte. A sorte é um feitor implacável. Estimula a imaginação fazendo-a antever sua perda, relacionando-a intimamente, quase sempre, ao que ela trouxe de bom.

Preocupava-o também o fato de nunca ter contado a Mary o que havia feito. Não havia outros segredos entre os dois; e ele confiava no critério da mulher. De vez em quando, aquele seu antigo anseio de ser o seu próprio patrão lhe voltava. Já não estava comprovado que tinha uma aptidão natural? Mas Mary, com seu tino de camponesa, havia descoberto qual era o melhor campo para arar, e com doçura, mas uma ou duas vezes nem tanto, mandava-o de volta para o trabalho na Oxford Street.

Ainda que quase não se notasse em seu modo de falar, aqueles dois estavam subindo na vida, e sabiam disso. Para Mary, parecia um sonho. Estar casada com um homem que ganhava mais de trinta xelins por semana! Quando seu próprio pai, o carreteiro, nunca recebera mais que dez! Morar numa casa cujo aluguel era dezenove libras por ano!

E o melhor de tudo, ter podido entrevistar recentemente onze mortais inferiores para ocupar um posto que ela mesma havia ocupado apenas dois anos atrás! Por que onze? Receio que Mary achava que o papel de uma patroa era, em grande parte, ser exigente — uma falácia que ela copiava antes da sobrinha do que da tia. Mas também seguia uma linha de conduta bastante comum entre as esposas de jovens bem-apessoados. Para escolher a empregada, seu critério, muito mais que a inteligência e a eficiência, foi a ausência total de atrativos. Disse a Sam que finalmente oferecia a Harriet as seis libras por ano porque sentira pena dela. E não era mentira.

Quando, na noite da dose dupla de gim, Sam voltou para jantar seu ensopado de carneiro em casa, passou o braço em volta da cintura grossa da mulher e beijou-a. Depois olhou para o broche que ela usava entre os seios, só quando estava em casa. Quando saía, sempre o tirava, para o caso de ser assaltada por algum ladrão.

— Como vai o nosso velho broche de pérola e coral?

Ela sorriu e levantou um pouco o broche.

— Contente de ver você, Sam.

E ficaram ali olhando o emblema de sua boa sorte — no caso de Mary uma sorte totalmente merecida, no de Sam, algo pelo qual ele finalmente teria que pagar.

58

Procurei e procurei. Mas, ai, sua alma
Não lançou desde então
Sobre a minha
Um só raio! Sim, ela se foi, ela se foi.

HARDY, "At a Seaside Town in 1869"[1]

E o que foi feito de Charles? Tenho pena do detetive que tivesse que segui-lo durante aqueles vinte meses. Quase todas as cidades da Europa o viram, mas raramente por muito tempo. Visitou as Pirâmides, e também a Terra Santa. Viu milhares de panoramas e pontos turísticos, pois esteve também na Grécia e na Sicília, mas sem enxergá-los; não eram mais que a parede fina que se interpunha entre ele e o nada, o vazio absoluto, a total falta de objetivo. Onde quer que parasse mais que alguns dias, era invadido por uma letargia e uma melancolia insuportáveis. Criou uma dependência das viagens igual à que um viciado tem do ópio. Em geral, viajava sozinho, no máximo com um intérprete ou um criado natural do país em que estivesse. Muito raramente, unia-se a outros viajantes e suportava sua companhia por alguns dias; mas quase sempre eram cavalheiros franceses ou alemães. Dos ingleses, fugia como o diabo da cruz. Um bando de simpáticos conterrâneos seus foi recebido com uma reserva glacial ao tentar se aproximar dele.

A paleontologia, agora muito ligada sentimentalmente aos acontecimentos daquela primavera fatídica, já não lhe interessava. Quando fechara a casa de Kensington, autorizara o Museu de Geologia a escolher as melhores peças de sua coleção; o resto, fora doado a estudantes. Seus móveis foram guardados num depósito, e Montague recebeu instruções para alugar de novo a casa de Belgravia quando vencesse o antigo contrato. Charles não pretendia morar nela.

Lia muito, e mantinha um diário de suas viagens; mas era algo superficial, falava de lugares e incidentes, não do que se passava em seu íntimo — uma simples maneira de encher o tempo nas longas noites passadas nos *khans* e *alberghi* desertos. Sua única tentativa de exprimir seus sentimentos mais profundos foi através da poesia, pois descobriu em Tennyson uma grandeza comparável à de Darwin em seu campo. A grandeza que viu nele certamente não era a que sua época via no poeta laureado. *Maud,* um poema então quase universalmente desprezado — considerado indigno do mestre —, passou a ser o favorito de Charles. Leu-o mais de dez vezes, e alguns trechos mais de cem. Era o único livro que levava sempre consigo. Seus próprios versos eram pobres em comparação. Preferia morrer a mostrá-los a alguém. Mas aqui está um pequeno exemplo para deixar claro como ele se via durante seu exílio.

Ó mares cruéis e áridas montanhas que atravesso,
Ó centenas de cidades de língua estranha,
Para mim não são mais que um pântano maldito
Todas as paisagens alegres por que passo.

Aonde quer que eu vá, pergunto sempre à vida;
O que me trouxe aqui? E o que me leva adiante?
Apenas o desejo de fugir da vergonha?
Ou a simples conseqüência de uma lei implacável?

E para lhe tirar da boca o gosto desse poema, deixe-me citar um outro muito melhor, que Charles aprendeu de cor, e a única coisa sobre a qual ele e eu poderíamos concordar: talvez o mais nobre dos poemas curtos de toda a época vitoriana.

Sim: ilhados no mar da vida,
Com estreitos e canais cheios de ecos entre nós,
Pontilhando as águas bravias sem limites
Nós milhões de mortais vivemos *sós.*
  As ilhas sentem as marés que aprisionam,
E conhecem os seus limites sem fim.

Mas quando a lua ilumina suas baixadas
E elas são inundadas pelos bálsamos da primavera,
E em seus vales, nas noites estreladas,
os rouxinóis cantam divinamente;
E doces notas, de costa a costa,
Derramam-se por estreitos e canais,

Oh, então uma ânsia desesperada
Penetra em suas cavernas mais remotas;
Pois sem dúvida, sentem que houve um tempo,
Em que fizemos parte de um só continente.
Agora à nossa volta se estende a planície do mar —
Quem dera nossas margens tornassem a se unir!

Quem ordenou que a chama desse anseio
Fosse, tão logo acesa, arrefecida?
Quem torna vão esse desejo intenso? —
   Um Deus, um Deus ordenou sua separação;
E decretou que entre suas praias se estendesse
O insondável mar salgado que tudo isola.*[2]

Mas, apesar de toda a tristeza que o tornava um enigma, Charles jamais chegou a pensar em suicídio. Quando teve a grande visão de si mesmo libertado dos preconceitos de sua época, de sua linhagem, de sua classe e de seu país, não havia percebido o quanto essa liberdade era simbolizada por Sarah, pela idéia de um exílio compartilhado. Mas já não acreditava muito nessa liberdade. Sentia que havia escapado de uma armadilha ou de uma prisão para se meter em outra. Mas havia em seu isolamento algo a que podia se aferrar. Ele era o proscrito, o homem diferente dos outros, o resultado de uma decisão que poucos teriam podido tomar, sem que importasse, em última análise, se era uma decisão insensata ou acertada. De vez em quando, ao ver um casal recém-casado, lembrava-se de Ernestina. Fazia então um exame de consciência. Sentia pena ou inveja deles? E descobria que, pelo menos, não tinha muito do que se arrepender. Por mais amargo que fosse o seu destino, era mais nobre do que aquele que ele rejeitara.

---

* Matthew Arnold, "To Marguerite" (1853).

Essas viagens pela Europa e pelo Mediterrâneo duraram cerca de quinze meses, durante os quais não voltou uma só vez à Inglaterra. Não se correspondeu intimamente com ninguém. A maioria de suas cartas eram dirigidas a Montague, e tratavam de negócios, continham instruções a respeito de para onde devia ser remetido o dinheiro etc. Montague fora autorizado a publicar de vez em quando anúncios nos jornais de Londres: "Pede-se a Sarah Emily Woodruff, ou qualquer pessoa que conheça seu paradeiro...", mas nunca recebeu resposta.

No primeiro momento, sir Robert reagiu mal à notícia do rompimento do noivado, que lhe chegou por carta. Mas depois, influenciado por sua própria felicidade iminente, não deu mais importância ao caso. Charles era jovem, caramba, e acabaria por encontrar em outra parte uma moça muito melhor; e pelo menos tinha poupado a sir Robert o constrangimento que uma ligação com Freeman lhe causaria. O sobrinho fora uma vez apresentar seus respeitos à Sra. Bella Tomkins; não gostou da senhora e teve pena do tio. Na ocasião, declinou da oferta da Casa Pequena em que o tio insistira; e não falou de Sarah. Prometera voltar para assistir ao casamento, mas foi fácil quebrar essa promessa inventando uma crise de malária. Não nasceram gêmeos, como ele imaginara, mas sim um herdeiro varão que chegou ao mundo adequadamente treze meses depois de Charles ter partido para o exílio. A essa altura, já estava tão resignado com sua sorte que, após enviar uma carta de felicitações, não sentiu mais nada senão a determinação de não tornar a pôr os pés em Winsyatt.

Se, tecnicamente, não permaneceu totalmente casto — nos melhores hotéis da Europa, era sabido que os cavalheiros ingleses iam para o estrangeiro quando queriam sair da linha, e oportunidades não faltavam —, emocionalmente não se ligou a ninguém. Executava, ou antes deturpava, o ato com uma espécie de mudo cinismo, mais ou menos da mesma forma como contemplava um templo grego ou fazia as refeições. Era simples higiene. O amor havia abandonado o mundo. Às vezes, em alguma catedral ou galeria de arte, imaginava, por um momento, Sarah ao seu lado. Então, percebia-se que ele se empertigava e respirava fundo. Não era apenas que se negava o prazer da nostalgia inútil; o fato é que ficava cada vez mais impreciso para ele o limite entre a Sarah real e a que havia criado em seus sonhos: uma, a Eva personificada, toda mistério, amor e profundidade, e a outra, uma governanta meio ardilosa e meio louca de uma obscura cidade litorânea. Chegou até a se ver topando com ela, e nela não enxergava senão sua loucura e sua ilusão. Não mandou cancelar os anúncios; mas começou a achar que talvez melhor seria ficarem sem resposta.

Seu maior inimigo era o tédio; e foi o tédio que — numa noite em Paris, para ser exato, ao perceber que não desejava mais estar ali nem viajar novamente para a Itália ou Espanha, nem para qualquer outra parte da Europa — finalmente o levou para casa.

Você deve achar que me refiro à Inglaterra, mas não. Charles nunca mais poderia se sentir em casa na Inglaterra, embora tenha sido para lá que foi, por uma semana, ao deixar Paris. Aconteceu que durante sua viagem de Leghorn a Paris, conhecera dois americanos, um cavalheiro de idade e seu sobrinho. Eram da Filadélfia. Talvez tenha sido o prazer de conversar com alguém numa língua que não era totalmente estranha, mas Charles simpatizou bastante com eles; a alegria simplória com que visitavam as atrações turísticas — ele mesmo lhes servira de guia em Avignon e os levara para admirar Vézelay — era ridícula, sem dúvida. Mas era uma alegria sem hipocrisia. Eles não eram de modo algum os ianques idiotas que os vitorianos britânicos gostavam de imaginar que fossem comuns nos Estados Unidos. Sua inferioridade limitava-se exclusivamente à sua ignorância da Europa.

O mais velho dos dois era um homem muito lido, sagaz conhecedor da vida. Certa noite, após o jantar, ele e Charles tiveram uma longa discussão, tendo o sobrinho como ouvinte, sobre os respectivos méritos da mãe pátria e da colônia rebelde. E as críticas do americano à Inglaterra, sempre feitas com educação, encontraram eco em Charles. Por baixo daquele sotaque americano, percebia opiniões semelhantes às suas; e até vislumbrou, ainda que vagamente, e só por uma analogia darwiniana, que algum dia a América poderia substituir a espécie mais antiga. Não quero dizer, obviamente, que ele pensava emigrar para lá, embora milhares de ingleses das classes mais modestas fizessem isso todos os anos. A Canaã que imaginavam encontrar do outro lado do Atlântico (estimulados por uma das mais vergonhosas mentiras da história da propaganda) não era a Canaã com que ele sonhava: uma terra povoada por cavalheiros mais sóbrios, mais simples — exatamente como aquele homem de Filadélfia e seu simpático e atento sobrinho —, e que vivessem numa sociedade mais simples. O tio lhe havia exposto com muita concisão:

— Em geral, em minha terra, dizemos o que pensamos. Minha impressão de Londres, desculpe-me, Sr. Smithson, é que Deus os ajude se *não* disserem o que *não* pensam.

E isso não era tudo. Charles mencionou a idéia para Montague durante um jantar em Londres. Quanto à América, Montague foi morno.

— Não creio que haja muitas pessoas com quem se possa conversar, Charles. Não se pode querer receber todo o rebotalho da Europa e ao mesmo tempo ter uma sociedade civilizada. Embora eu ouse dizer que algumas das cidades mais antigas sejam bastante agradáveis, à sua maneira. — Bebeu um gole de porto. — Mas é lá, aliás, que *ela* deve estar. Imagino que isso já deva ter lhe ocorrido. Ouvi dizer que esses navios de segunda classe estão cheios de moças à cata de maridos. — E acrescentou apressadamente: — Não que seja este o caso *dela*, claro.

— Eu não tinha pensado nisso. Para dizer a verdade, não tenho pensado muito nela nos últimos meses. Já perdi as esperanças.

— Então vá para a América e afogue suas mágoas no seio de alguma charmosa Pocahontas. Ouvi dizer que um cavalheiro inglês bem-nascido pode ter as belas jovens que escolher, *pour la dot comme pour la figure,* se isso o atrair.

Charles riu: se foi da idéia das moças duplamente bonitas ou do fato, ainda não comunicado a Montague, de que sua passagem já estava comprada, é algo que deve ficar por conta da imaginação.

59

Cansado de mim e farto de perguntar
O que sou e o que deveria ser,
Posto-me à proa do barco que me leva
Sempre, sempre em frente, pelo mar estrelejado.
MATTHEW ARNOLD, "Self-Dependence" (1854)[1]

Ele não passou bem na travessia iniciada em Liverpool. Deitava cargas ao mar com freqüência e, quando não estava vomitando, ficava quase o tempo todo se perguntando por que embarcara para aquele outro lado, mais primitivo, do mundo. Talvez tenha sido melhor assim. Começava a imaginar Boston como um miserável agrupamento de cabanas de troncos — e, a realidade, revelada numa manhã ensolarada, de uma cidade de tijolos patinados e flechas brancas de madeira, com aquela imponente cúpula dourada, foi uma grata satisfação para ele. E Boston não desmentiu sua primeira impressão. Assim como simpatizara com seus conhecidos da Filadélfia, simpatizou com a sociedade bostoniana, que possuía um misto de requinte e franqueza. Não foi exatamente recebido com festejos; mas menos de uma semana depois de sua chegada, as duas ou três cartas de apresentação que trouxe lhe abriram as portas de várias casas. Foi convidado a freqüentar o Ateneu, apertou a mão de um senador, nada menos; e também a garra enrugada de alguém ainda mais ilustre, ainda que não tão loquaz — o velho Nathaniel Lodge, que ouvira os disparos de canhão da batalha de Bunker Hill de seu quarto de criança na Beacon Street. Mas Charles não conheceu um personagem de grandeza muito maior, cuja conversa talvez não interessasse muito a quem tivesse feito parte do círculo acadêmico de Lowell em Cambridge, e que por sua vez estava para fazer o caminho inverso por motivos diametralmente opostos — um navio, por assim dizer, com as amarras estiradas por uma corrente contrária, enquanto se preparava para sua sinuosa e loxodrômica viagem até o porto, mais rico embora assoreado, de Rye. Mas não devo continuar a imitar o mestre.

Embora tivesse devidamente apresentado seus respeitos ao berço da liberdade em Faneuil Hall, encontrou também uma certa hostilidade, pois a Grã-Bretanha não fora perdoada pelo papel desleal que acabara de ter na Guerra Civil, e existia um estereótipo de John Bull tão caricatural quanto o do Tio Sam. Mas era evidente que Charles não se encaixava no estereótipo; declarava que via claramente que a guerra da Independência fora justa, admirava Boston por ser o centro do saber americano, do movimento antiescravagista e de muitas outras coisas. Agüentava com um sorriso nos lábios as pilhérias a respeito de chás e dólmãs vermelhos, e tomava muito cuidado para não se mostrar condescendente.

Creio que duas coisas lhe agradaram mais que tudo: a deliciosa novidade proporcionada pela natureza: novas plantas, novas árvores, novos pássaros — e, como descobriu ao cruzar o rio que tinha seu nome para visitar Harvard, alguns novos fósseis fascinantes. E a outra coisa agradável eram os próprios americanos. Talvez no início tenha notado que lhes faltava uma ironia mais sutil, e teve que enfrentar algumas situações embaraçosas quando certas observações humorísticas feitas por ele foram tomadas ao pé da letra... Mas havia tantas outras compensações... uma grande franqueza, o jeito de ir direto ao ponto, uma curiosidade encantadora que acompanhava sua hospitalidade espontânea: uma certa ingenuidade, talvez, mas num rosto que parecia deliciosamente fresco depois da cultura maquiada da Europa. Este rosto logo adquiriu um caráter inconfundivelmente feminino. As jovens americanas expressavam-se com muito mais liberdade que suas contemporâneas européias. Na América, o movimento de emancipação já tinha vinte anos. Charles achou muito atraente aquela desenvoltura delas.

A simpatia era recíproca, uma vez que pelo menos em Boston ainda se concedia a Londres uma certa superioridade nos aspectos mais femininos do gosto social. Em muito pouco tempo, talvez, poderia ter se apaixonado, mas acompanhava-o sempre a lembrança do terrível documento que o Sr. Freeman o obrigara a assinar. Interpunha-se sempre entre ele e qualquer rosto inocente feminino que enxergava. Só um rosto era capaz de exorcizá-lo.

Ademais, em muitos desses rostos americanos ele via uma sombra de Sarah: tinham algo de seu desafio, de sua franqueza. De certa forma, aqueles rostos o faziam reviver a imagem dela: era uma mulher extraordinária e ali se sentiria à vontade. Aliás, Charles pensava cada vez mais na sugestão de Montague: talvez ali ela estivesse mesmo em casa. Havia passado os quinze meses anteriores em países onde as diferenças nacionais de tipo e modo de vestir raramente faziam com que ele se lembrasse dela. Mas agora se encontrava entre mulheres de raça anglo-saxônica e irlandesa. Nos primeiros dias, por mais de dez vezes, deteve-se ao ver uma cabeleira acaju, um modo de andar ou um vulto de mulher.

Um dia, ao atravessar o parque a caminho do Ateneu, viu uma moça numa trilha que encontrava a sua na diagonal. Dirigiu-se a passos largos para ela por cima do gramado, de tal maneira estava certo. Mas não era Sarah. E ele teve que gaguejar uma desculpa. Seguiu em frente, abalado, tão intensa fora sua emoção naquele momento. No dia seguinte, pôs um anúncio num dos jornais de Boston. E a partir de então, aonde quer que fosse, anunciava nos jornais.

Caíram as primeiras neves, e Charles foi para o sul. Visitou Manhattan, que não o encantou tanto quanto Boston. Depois passou quinze dias agradáveis na Filadélfia, com os amigos que conhecera na França. E não achou justa aquela piada que depois seria famosa ("Primeiro prêmio, uma semana na Filadélfia; segundo prêmio, duas semanas"). Dali seguiu rumo ao sul. E visitou Baltimore e Washington, e Richmond e Raleigh, um deleite constante com novas paisagens e novo clima: clima meteorológico, bem entendido, pois o clima político — estamos em dezembro de 1868 — nada tinha de delicioso. Charles se viu em cidades arrasadas, no meio de um povo muito amargo, vítima da Reconstrução, com um desastroso presidente, Andrew Johnson, prestes a ceder o lugar a outro ainda mais catastrófico, Ulysses S. Grant. Na Virgínia, percebeu que tinha que virar britânico de novo; mas por uma ironia que não lhe agradou, os antepassados dos cavalheiros com quem conversou ali e nas Carolinas haviam sido quase que os únicos membros das classes altas das colônias que em 1775 haviam apoiado a Revolução. Chegou até a ouvir referências a uma nova secessão e à reunificação com a Inglaterra. Mas, diplomaticamente, passou ileso por todos esses percalços, sem compreender exatamente o que estava ocorrendo, porém sentindo a extraordinária vastidão e a energia bloqueada daquela nação dividida.

Seus sentimentos talvez não fossem muito diferentes dos de um inglês nos Estados Unidos de hoje: muitas coisas repugnantes, muitas coisas boas; muita falcatrua, muita honestidade; muita brutalidade e muita violência, muita preocupação e empenho em melhorar a sociedade. Passou o mês de janeiro na devastada Charleston e, então, pela primeira vez se perguntou se estava viajando como turista ou emigrante. Reparou que o modo de falar americano começava a se insinuar em seu discurso. Viu-se tomando partido — ou mais precisamente, sentindo-se dividido, como a própria América, uma vez que achava justo que se abolisse a escravidão, mas, por outro lado, compreendia o ódio dos sulistas que sabiam perfeitamente o que estava por trás do interesse dos ianques pela emancipação dos negros. Sentia-se à vontade entre as doces beldades e os rancorosos capitães e coronéis, mas aí pensava em Boston — caras mais rosadas e almas mais brancas... ou pelo menos mais puritanas. Em última análise, sentia-se mais feliz ali, e, como que para demonstrar isso por meio de um paradoxo, continuou a descer ainda mais para o sul.

Já não se sentia entediado. O que a viagem à América, talvez especificamente, à América daquela época, lhe proporcionara — ou lhe devolvera — foi uma certa fé na liberdade. A determinação que via à sua volta de forjar um destino nacional, por mais infelizes que tenham sido as conseqüências imediatas, tinha efeitos mais libertadores do que depressivos. Começou a ver o provincianismo muitas vezes ridículo de seus anfitriões como uma condição de sua falta de hipocrisia. Até mesmo as abundantes provas de uma viva insatisfação, uma propensão a fazer justiça com as próprias mãos — um processo que sempre transforma o juiz em carrasco —, em suma, a violência endêmica originada por uma constituição embriagada de liberdade, era de certa forma justificável aos olhos de Charles. O sul estava imbuído de um espírito de anarquia, mas mesmo isso lhe parecia preferível às regras rígidas de seu próprio país.

Mas dizia tudo isso para seus botões. Uma noite tranqüila, quando ainda estava em Charleston, por acaso encontrou-se num promontório voltado para a Europa a quase cinco mil quilômetros de distância. Ali escreveu um poema um pouco melhor do que o último que você leu.

Vieram em busca de uma verdade maior
Do que a que consentem as cãs de Albion?
Terão seus jovens uma pergunta
Que não ousamos fazer até agora?

Cá estou eu, um estranho em seu meio,
Mas com idéias e metas comuns;
Julgo vislumbrar neles uma época
A que um homem mais feliz terá acesso

E em que todos serão irmãos...
Um paraíso erguido nestas rochas
De ódio e vil iniqüidade
Que importa se a mãe caçoa

Das frágeis mãos do filho infante?
Que importa que hoje ele falhe
Se há de se erguer afinal
E romper a proteção cega da mãe?

Porque um dia percorrerá com orgulho
As calmas vastidões azuis desta terra
E, ao se voltar para leste, abençoará a maré
Que o trouxe à costa salvadora.

E aí, entre seus versos mancos e perguntas retóricas, com suas "calmas vastidões azuis" não de todo más, deixemos Charles por um parágrafo.

Já se haviam passado quase três meses que Mary contara sua novidade — era finalzinho de abril. Mas, nesse meio-tempo, a Sorte se tornara mais credora ainda de Sam ao lhe conceder a segunda fornada que ele tanto almejava. Foi num domingo —

numa noite de flores se abrindo e sinos repicando, com o rumor da louça lá embaixo indicando que sua jovem esposa recém-saída da cama e a criada estavam preparando seu jantar; e com a menina lutando para se pôr de pé junto aos joelhos sobre os quais estava o irmãozinho de três semanas, de olhos negros e vivos que já encantavam Sam ("Vivo como uma águia, o bichinho") — que a coisa se deu: algo naqueles olhos tocou fundo na alma de Sam que nada tinha de bostoniana.

Dois dias depois, Charles, que então peregrinava por Nova Orleans, ao voltar ao hotel após um passeio pelo Vieux Carré, encontrou um telegrama.

Dizia o seguinte: ELA FOI ENCONTRADA. LONDRES. MONTAGUE.

Charles leu aquelas palavras e deu meia-volta. Depois de tanto tempo, de tanta coisa... Olhava sem ver a rua movimentada. E sem saber como, sem notar uma emoção correspondente, sentiu as lágrimas lhe queimando os olhos. Foi para a rua, à entrada do hotel, e ali acendeu um charuto. Um ou dois minutos depois, voltou à recepção.

— Sabe me informar quando sai o próximo navio para a Europa?

60

Lalage chegou: sim
Lalage agora está aqui!

HARDY, "Timing her"[1]

Dispensou a carruagem na ponte. Era o último dia de maio, cálido, esplendoroso, a frente das casas tapadas pelas árvores, o céu em parte azul e em parte coberto por nuvens brancas. A sombra de uma delas se projetou um instante sobre Chelsea, embora os armazéns do outro lado do rio ainda estivessem iluminados pelo sol.

Montague não sabia de nada. A informação viera pelo correio; uma folha de papel contendo apenas um nome e um endereço. De pé diante da mesa de seu advogado, Charles se lembrou do outro endereço que recebera de Sarah, mas este estava escrito em duras letras de imprensa. Só na concisão ele a via.

Seguindo as instruções telegrafadas por Charles, Montague agira com grande cautela. Nenhuma aproximação devia ser tentada, nenhum alarme — nada que desse motivo para que ela tornasse a escapar. Um funcionário da firma bancou o detetive, levando no bolso a mesma descrição que fora dada aos detetives de verdade. Informou que uma jovem com aquelas características parecia de fato residir naquele endereço; que a pessoa em questão era conhecida pelo nome de Sra. Roughwood. A engenhosa inversão das sílabas eliminou qualquer dúvida remanescente quanto à exatidão da informação; e descartou, passado o primeiro choque, o que estava implícito no pronome de tratamento usado para mulheres casadas. Tais estratagemas eram bastante comuns entre as mulheres solteiras de Londres, e indicavam o oposto do que deixavam implícito. Sarah não se casara.

— Vejo que foi postado em Londres. Você não tem idéia...

— Foi enviado para cá, de modo que claramente partiu de alguém que viu os nossos anúncios. Foi endereçado pessoalmente a você, portanto a pessoa sabe que estamos agindo em seu nome, mas não parece interessada na recompensa que oferecemos. Tudo indica que foi enviado pela própria moça.

— Mas por que demorou tanto para se revelar? E além do mais, esta não é a letra dela. — Montague confessou sua perplexidade pelo silêncio. — Seu funcionário não obteve mais nenhuma informação?

— Seguia instruções, Charles. Proibi-o de fazer perguntas. Por acaso, ouviu quando um vizinho lhe desejou bom-dia. Foi assim que soubemos o nome dela.

— E a casa?

— É uma casa de família decente. Foram as palavras dele.

— Deve ser a governanta da casa.

— É bem provável.

Charles se virara para a janela, o que foi uma sorte, pois a maneira como Montague olhou para suas costas sugeria uma certa falta de franqueza. Ele proibira o funcionário de fazer perguntas; mas não se proibira de interrogá-lo.

— Pretende falar com ela?

— Meu caro Harry, eu não atravessei o Atlântico... — Charles sorriu para se desculpar pelo tom exasperado. — Sei o que você gostaria de perguntar. Não posso responder. Perdão, é um assunto muito íntimo. E a verdade é que não sei o que sinto. Acho que só saberei quando a vir de novo. Só sei que... ela não me sai da cabeça. Que *preciso* falar com ela, preciso muito... entende?

— Tem que perguntar à esfinge.

— Se prefere pôr a questão nesses termos...

— Desde que tenha em mente o que acontecia com quem não conseguia decifrar o enigma.

Charles fez uma careta de tristeza.

— Se a alternativa é o silêncio ou a morte, é melhor você mandar preparar a oração fúnebre.

— Desconfio que isso não será necessário.

Os dois sorriram.

Mas Charles não sorria agora, ao se aproximar da casa da Esfinge. Não conhecia aquele bairro; tinha idéia de que era um sucedâneo de nível inferior de Greenwich — um lugar onde os oficiais de marinha reformados terminavam seus dias. O Tâmisa vitoriano era um rio muito mais sujo do que é hoje, terrivelmente poluído em toda a sua extensão pelos esgotos que nele desaguavam. Uma ocasião, o mau cheiro era tão insuportável que expulsou os lordes da Câmara; e o rio era responsabilizado pelas epidemias de cólera. As casas das margens estavam longe de ter o prestígio social que têm hoje em nosso século desodorizado. Apesar de tudo isso, Charles pôde ver que as casas eram bem bonitas; seus habitantes podiam não ter sabido escolher um lugar, mas nitidamente não fora a falta de recursos que os levara para lá.

Por fim, tremendo por dentro, sentindo-se pálido e também indigno — sua nova personalidade americana já havia sido varrida por um sólido e arraigado passado, e ele tinha a constrangedora noção de que era um cavalheiro prestes a visitar um criado de nível mais elevado —, chegou ao portão fatal. Era de ferro forjado, e dava acesso a um passeio curto que levava a uma casa alta de tijolos, coberta até o telhado por um exuberante manto de glicínias cujos cachos cor de malva começavam a desabrochar.

Levantou a aldrava de latão e bateu duas vezes; esperou uns vinte segundos e tornou a bater. Dessa vez, a porta foi aberta, e uma criada postou-se à sua frente. Ele vislumbrou atrás dela uma sala grande com muitos quadros, tantos que o lugar mais parecia uma galeria de arte.

— Desejo falar com a Sra. Roughwood. Creio que ela mora aqui.

A criada era uma criaturinha esbelta, de olhos grandes, e não usava a touca de renda de praxe. Aliás, se não estivesse de avental, ele não saberia como se dirigir a ela.

— Seu nome, por favor.

Reparou que ela não o chamava de "senhor"; talvez não fosse uma criada; seu sotaque era muito superior ao de uma criada. Entregou-lhe seu cartão.

— Por favor, diga-lhe que vim de muito longe para falar com ela.

A moça leu o cartão sem o menor constrangimento. Não era uma criada. Parecia hesitar. Mas então se ouviu um ruído no fundo do vestíbulo e apareceu diante de uma porta um homem uns seis ou sete anos mais velho que Charles. A moça virou-se para ele agradecida.

— Esse cavalheiro quer falar com Sarah.

— Pois não?

Tinha uma caneta na mão. Charles tirou o chapéu e falou, ainda sem entrar na casa.

— Se pudesse ter a bondade... trata-se de um assunto pessoal... eu a conheci antes que ela viesse morar em Londres.

Havia algo ligeiramente desagradável no modo atento porém muito rápido com que examinou Charles; tinha um certo ar judeu, e, em suas roupas, percebia-se alguma ostentação descuidada; um toque do jovem Disraeli. O homem olhou para a moça.

— Ela está...?

— Acho que eles só estão conversando, nada mais.

"Eles", aparentemente, eram seus pupilos: as crianças.

— Pois então, leve-o lá em cima, querida. Senhor.

E, depois de fazer uma pequena mesura, retirou-se tão abruptamente como chegara. A moça fez sinal a Charles para que a acompanhasse. Ele mesmo teve que fechar a porta. Quando ela começou a subir a escada, ele teve tempo de dar uma olhada em todas aquelas pinturas e desenhos. Entendia de arte moderna o suficiente para reconhecer a escola a que a maioria pertencia, e até mesmo o célebre artista cujas iniciais apareciam em vários deles. O furor que causara cerca de vinte anos atrás já havia passado; o que naquela época parecera digno apenas de ser atirado no fogo agora valia alguma coisa. O cavalheiro com a caneta era colecionador de arte. Mas era evidente que se tratava de um homem de algumas posses.

Charles acompanhou as costas esguias da moça escada acima; ainda mais quadros, e ainda com predominância da escola suspeita. Mas a essa altura estava muito nervoso para lhes dar atenção. Quando começaram a subir o segundo lance de escadas, aventurou-se a fazer uma pergunta.

— A Sra. Roughwood trabalha aqui como governanta?

A moça parou no meio da escada e olhou para trás com uma expressão entre divertida e surpresa. Depois, baixou os olhos.

— Ela já não é mais governanta.

Olhou-o de novo rapidamente e continuou a subir.

Chegaram ao segundo patamar. Sua guia sibilina virou-se para uma porta.

— Tenha a bondade de esperar aqui.

Entrou no quarto, deixando a porta aberta. Do corredor, Charles entreviu uma janela aberta, uma cortina de renda ligeiramente enfunada pela brisa de verão e, através da folhagem, a cintilação do rio. Ouviu um leve murmúrio de vozes e mudou de posição para ter uma visão melhor do quarto. Agora via dois homens, dois cavalheiros. Estavam diante de uma tela apoiada em um cavalete colocado de lado em relação à janela para aproveitar a luz que entrava. Quando o mais alto dos dois abaixou-se para examinar um detalhe qualquer, Charles pôde ver o outro que estava atrás olhando para a porta e, por acaso, seus olhares se cruzaram. O homem fez um leve movimento de cabeça e olhou para alguém do outro lado do quarto.

Charles ficou perplexo.

Porque era uma cara conhecida, de uma pessoa a quem até já passara mais de uma hora ouvindo, com Ernestina ao lado. Era impossível, mas... e o homem lá de baixo! Aqueles quadros e desenhos! Recuou rapidamente e, por uma janela alta no fundo do patamar, enxergou um jardim verdejante — o que lhe deu a sensação de estar acordando para, e não de, um pesadelo. Não via nada, só sua insensatez de imaginar que as mulheres perdidas continuavam decaindo cada vez mais... Pois não tinha ele chegado para neutralizar a lei da gravidade? Estava tão abalado quanto uma pessoa que de repente descobre que o mundo à sua volta está de cabeça para baixo.

Um barulho.

Voltou-se rapidamente. Ela estava encostada à porta que acabara de fechar, a mão na maçaneta de latão. Com a brusca diminuição da claridade, era difícil vê-la com nitidez.

E seu vestido! Era tão diferente que por um momento imaginou estar diante de outra pessoa. Em sua lembrança, sempre a via com roupas antigas, um rosto assombrado que surgia entre os crepes do luto. Mas ali estava uma pessoa vestida com o uniforme da Nova Mulher, que rejeitava de modo flagrante as noções contemporâneas formais de moda feminina. Usava uma saia de um belo tom azul-escuro cingida por um cinto roxo com uma fivela dourada em forma de estrela; e uma vaporosa blusa de seda de mangas compridas listrada de rosa e branco, com uma golinha de renda branca fechada por um pequeno camafeu. O cabelo estava atado frouxamente na nuca por uma fita vermelha.

Esta aparição elétrica e boêmia causou em Charles duas impressões imediatas. Uma que, em vez de parecer dois anos mais velha, ela parecia dois anos mais moça; e a outra que, por algum mistério insondável, ele havia voltado para a América e não para a Inglaterra. Pois era exatamente daquela maneira que muitas das moças mais elegantes se vestiam durante o dia. Percebiam a praticidade daquelas roupas — sua simplicidade e elegância depois do sofrimento de anquinhas, espartilhos e crinolinas. Nos Estados Unidos, Charles achara encantador aquele estilo, com suas sutis e paradoxalmente faceiras insinuações de emancipação. Mas agora, com o peso de tantas outras suspeitas, suas faces adquiriram um tom não muito diferente das listras da blusa de Sarah.

Mas depois do choque — o que era ela agora, em que se transformara! — sentiu uma onda de alívio. Aqueles olhos, aquela boca, aquele ar de desafio... tudo continuava igual. Ela *era* a extraordinária criatura de suas melhores lembranças — mas desabrochada, realizada, tendo abandonado o casulo escuro e criado asas.

Durante dez longos segundos, nada foi dito. E então ela apertou nervosamente as mãos na frente do fecho dourado do cinto e baixou os olhos.

— Como chegou aqui, Sr. Smithson?

Não lhe enviara o endereço. Não estava agradecida. Charles não se lembrou que ela lhe fizera aquela mesma pergunta há tempos, quando aparecera de surpresa na sua frente; mas percebia agora que suas posições se tinham invertido. Ele era o suplicante, e ela, a relutante ouvinte.

— Meu advogado foi informado de que mora aqui. Não sei por quem.

— Seu advogado?

— Você não sabia que rompi meu noivado com a Srta. Freeman?

Agora quem ficou perplexa foi ela. Seus olhos sondaram os dele durante um bom tempo, depois pousaram no chão. Ela não sabia. Charles deu mais um passo à frente e falou em voz baixa.

— Procurei-a por toda a cidade. Todos os meses, pus anúncios nos jornais, na esperança de...

Os dois olhavam para o chão; para o belo tapete turco que cobria o patamar da escada. Ele tentava controlar a voz.

— Vejo que você está... — As palavras lhe fugiam, mas queria dizer "totalmente mudada".

Ela disse:

— A vida tem sido boa para mim.

— Aquele cavalheiro que está lá dentro... não é...?

Ela assentiu com um gesto de cabeça diante de seu olhar ainda incrédulo.

— E esta casa pertence a...

Falava agora num tom tão acusador que ela respirou fundo. Charles lembrou-se de mexericos que ouvira sem prestar atenção. Não sobre o homem que havia visto no quarto, mas sim sobre o que encontrara lá embaixo. De repente, Sarah dirigiu-se à escada que subia para outro andar. Charles continuou imóvel. Ela lhe lançou um olhar hesitante.

— Venha, por favor.

Ele a acompanhou e se viu numa sala voltada para o norte, sobre o grande jardim lá embaixo. Era um estúdio de pintor. Sobre uma mesa perto da porta, havia um monte de desenhos; num cavalete, um óleo apenas começado, um esboço, a insinuação de uma jovem que olhava melancolicamente para o chão sobre um fundo de folhagens; outras telas viradas para a parede ao longo da sala; em outra parede, uma fileira de cabides, de onde pendia uma variedade de vestidos femininos, lenços, xales; um grande jarro de cerâmica; mesas cheias de material de pintura — tubos, pincéis, potes de tinta. Um baixo-relevo, pequenas esculturas, uma urna com juncos. Não parecia haver um palmo quadrado de espaço livre.

Sarah parou à janela, de costas para ele.

— Sou sua amanuense. Sua ajudante.

— E lhe serve de modelo?

— De vez em quando.

— Sei.

Mas não sabia nada: ou antes, soube ao ver de canto de olho um dos esboços sobre a mesa ao lado da porta. Era um nu feminino, isto é, um nu da cintura para cima, segurando uma ânfora nos quadris. O rosto não parecia ser o de Sarah; mas, daquele ângulo, não podia ter certeza.

— Mora aqui desde que saiu de Exeter?

— Moro aqui há um ano.

Se ao menos pudesse perguntar como; como se haviam conhecido, qual era sua relação... Hesitou, depois deixou o chapéu, a bengala e as luvas numa cadeira ao lado da porta. O cabelo dela agora podia ser visto em todo o seu esplendor, chegando-lhe quase à cintura. Sarah lhe parecia menor, mais frágil do que ele se lembrava. Um pombo batia as asas, tentando pousar no peitoril da janela, mas assustou-se e foi embora. No andar de baixo, uma porta abriu e fechou. Ouvia-se um leve rumor de vozes enquanto os homens desciam a escada. A sala os separava. Tudo os separava. O silêncio ficou insuportável.

Tinha vindo para tirá-la da miséria, de um sórdido emprego numa casa sórdida. Vestira a armadura completa, pronto para matar o dragão — e agora a donzela havia quebrado todas as regras. Nada de grilhões, nem de soluços, nem de mãos súplices. Ele se sentia como um homem que se apresenta numa festa a rigor com a idéia de que seria um baile à fantasia.

— Ele sabe que você não é casada?

— Passo por viúva.

Sua próxima pergunta foi canhestra; mas ele havia perdido todo o tato.

— A mulher dele não morreu?

— Já, mas continua viva em seu coração.

— E ele não se casou de novo?

— Mora nesta casa com o irmão.

Em seguida, mencionou o nome de outra pessoa que morava ali, como se para dar a entender que, com tantos residentes, os receios mal disfarçados de Charles eram infundados. Mas o nome que mencionou era um dos mais certos para fazer qualquer vitoriano respeitável do fim da década de 1860 torcer o nariz. O horror evocado por sua poesia fora expresso publicamente por John Morley — uma dessas figuras dignas que nasceram para ser os porta-vozes (isto é, as fachadas ocas) de sua época. Charles lembrou-se da frase que resumia a sua condenação: "O libidinoso laureado de um bando de sátiros." E era o próprio dono da casa! Não se dizia que consumia ópio? Charles imaginou um orgíaco *ménage à quatre* — *à cinq*, contando com a moça que o recebera. Mas não havia nada de orgíaco na aparência de Sarah. E o fato de ter dado o nome do poeta como referência até denotava uma certa inocência; e o que estaria fazendo num antro de perdição o famoso conferencista e crítico entrevisto pela fresta da porta, um homem de idéias um tanto exageradas, sem dúvida, mas universalmente respeitado e admirado?

Estou dando uma ênfase exagerada ao lado mau de Charles, quer dizer, o lado oportunista e morleyano; seu lado bom, aquele que já lhe permitira ver, por trás da maledicência de Lyme, a verdadeira natureza de Sarah, lutava para dissipar suas suspeitas.

Começou a se explicar num tom de voz baixo, enquanto outra voz em sua mente amaldiçoava seu formalismo, aquela barreira que não o deixava mencionar os incontáveis dias e noites de solidão, com sua lembrança ao seu lado, na frente e por cima dele... lágrimas, e não sabia dizer lágrimas. Contou-lhe o que acontecera naquela noite em Exeter. Sua decisão. A traição abjeta de Sam.

Desejava que a moça se virasse. Mas ela continuava olhando pela janela para o jardim lá embaixo e ele não via seu rosto. Havia crianças brincando no jardim. Charles calou-se, e se aproximou dela por trás.

— O que estou dizendo não significa nada para você?

— Significa muito. Tanto que eu...

Ele disse docemente:

— Continue, por favor.

— As palavras me faltam.

E se afastou, como se não fosse capaz de olhar para ele de perto. Só quando estava ao lado do cavalete atreveu-se a fazer isso.

Murmurou: — Não sei o que dizer.

Mas disse isso sem emoção, sem o menor vestígio da gratidão que ele buscava tão desesperadamente. A verdade cruel é que o disse com a simplicidade de quem estava desconcertada.

— Você falou que me amava. Deu a maior prova que uma mulher pode dar de que... o que havia entre nós não era só atração e simpatia.

— Não nego isso.

Nos olhos de Charles brilhou uma chispa de ressentimento. Ela baixou os dela. O silêncio voltou a tomar conta da sala, e Charles virou-se para a janela.

— Mas agora você encontrou afeições novas e mais fortes.

— Não imaginei que fosse tornar a vê-lo.

— Isso não responde à minha pergunta.

— Proibi a mim mesma desejar o impossível.

— Mas isso ainda não...

— Sr. Smithson, não sou amante dele. Se o senhor o conhecesse, se soubesse a tragédia de sua vida particular... jamais poderia ser tão... — Mas calou-se. Charles fora longe demais; e agora estava ali todo vermelho depois de ter recebido um corretivo. Silêncio de novo, então ela disse calmamente: — Decerto encontrei novas afeições. Mas não são do tipo que sugere.

— Então não sei como interpretar o seu visível constrangimento ao me ver de novo. — Ela ficou calada. — Embora possa facilmente imaginar que tem... amigos que são muito mais interessantes e divertidos do que posso pretender ser. — Mas apressou-se em acrescentar: — Você me obriga a me expressar de uma maneira que detesto. — Ela continuava calada. Ele virou-se para ela com um sorrisinho amargo. — Já entendi. Agora eu é que sou o misantropo.

Essa sinceridade foi recompensada. Sarah olhou rapidamente para ele, com alguma preocupação. Ela hesitou, depois se decidiu.

— Eu não queria isso. Quis fazer o melhor. Tinha abusado de sua confiança, sua generosidade... sim, eu me joguei nos seus braços, sabendo muito bem que o senhor tinha outros compromissos. Eu estava louca. Só fui perceber isso naquele dia em Exeter. O pior que pensava de mim então não era mais que a verdade. — Fez uma pausa, ele esperou. — Depois disso, vi artistas destruírem obras que um amador poderia considerar excelentes. Uma vez protestei. Disseram-me que se um artista não for o seu juiz mais severo não merece ser artista. Acho que é verdade. E acho que fiz bem em destruir o que tinha começado entre nós. Havia uma falsidade naquilo, uma...

— Não por minha culpa.

— Não, não por culpa sua. — Fez uma pausa, depois continuou num tom mais delicado. — Sr. Smithson, há pouco tempo, uma frase do Sr. Ruskin me chamou a atenção. Ele falava sobre uma inconsistência de concepção. Queria dizer que o natural havia sido adulterado pelo artificial, o puro, pelo impuro. Acho que foi isso o que aconteceu há dois anos. — Acrescentou em voz baixa: — Sei muito bem qual foi a minha contribuição.

Sentiu de novo nela aquela estranha pretensão à igualdade intelectual. Viu também o que sempre havia destoado entre eles: o formalismo de sua linguagem, evidenciado em seu pior grau na carta de amor que ela nunca recebera, e a franqueza dela. Duas linguagens, uma traindo uma superficialidade e uma contenção idiota — uma concepção artificial, ela mesma acabara de dizer — e a outra, uma solidez e uma pureza de raciocínio e de critério; a diferença entre um simples colofão, digamos, e uma página decorada por Noel Humphreys, cheia de volutas e detalhes, mostrando o horror rococó ao vazio. Esta era a verdadeira divergência entre os dois, embora ela, por amabilidade ou por desejo de livrar-se dele, tentasse dissimulá-la.

— Posso continuar com a metáfora? O que chama de parte natural e pura da concepção não poderia ser resgatado e retomado?

— Receio que não.

Mas, ao dizer isso, não olhava para ele.

— Eu estava a mais de seis mil quilômetros daqui quando recebi a notícia de que a haviam encontrado. Foi há um mês. Desde então não houve um momento em que eu não pensasse nessa conversa. Você... você não pode me responder com observações sobre arte, por mais relevantes que sejam.

— Elas também se aplicam à vida.

— Então o que está dizendo é que nunca me amou.

— Eu não poderia dizer isso.

Havia virado as costas. Charles de novo se colocou atrás dela.

— Mas precisa dizer! Precisa dizer: "Não posso ter sido pior, só vi nele um instrumento que eu podia usar, algo que podia destruir. Pois agora não me importa que ele ainda me ame, que em suas viagens não tenha visto uma mulher comparável a mim, que ele seja um fantasma, uma sombra, um ser pela metade quando não está comigo." — Ela baixara a cabeça. Ele abaixou a voz. — Precisa dizer: "Não me importa que seu crime tenha sido ter umas horas de indecisão, não me importa que ele o tenha expiado sacrificando seu bom nome, seu..." Não que isso tenha importância, eu sacrificaria de novo cem vezes todas as minhas posses se ao menos pudesse saber... minha Sarah adorada, eu...

Levara-se perigosamente à beira das lágrimas. Tocou timidamente no ombro dela, mas mal encostou a mão um imperceptível enrijecimento na postura de Sarah o fez retirá-la.

— Existe outra pessoa.

— Sim. Existe outra pessoa.

Charles lançou um olhar de indignação ao rosto que se esquivava, respirou fundo e encaminhou-se para a porta.

— Por favor. Há mais uma coisa que preciso dizer.

— Você já disse a única coisa que importa.

— A outra pessoa não é o que está pensando!

Seu tom era tão diferente, tão veemente, que ele se deteve quando já ia pegar o chapéu. Voltou-se para ela. Via um ser dividido: a Sarah que acusava e uma Sarah que lhe pedia para ser ouvida. Charles olhou para o chão.

— Existe outro no sentido que imagina. É... um artista que conheci aqui. Ele quer se casar comigo. Eu o admiro, respeito-o como homem e como artista. Mas jamais hei de me casar com ele. Se eu fosse obrigada neste momento a escolher entre o... entre ele e o senhor, ao sair desta casa, o senhor não seria o mais infeliz. Peço-lhe que acredite nisso. — Ela se aproximara um pouco, fitando-o nos olhos, com toda a franqueza. E ele teve que acreditar nela. Baixou de novo os olhos. — O rival que ambos têm sou eu mesma. Não desejo me casar. Não desejo me casar porque... primeiro, por causa do meu passado, que me habituou à solidão. Sempre achei que odiava a solidão. Agora vivo num mundo em que é facílimo evitá-la. E descobri que é algo que prezo. Não quero compartilhar minha vida. Desejo ser o que sou, e não o que um marido, por mais bondoso e indulgente que seja, esperaria que eu fosse depois de casada.

— E o outro motivo?

— O outro é o meu presente. Nunca esperei ser feliz. Mas me sinto feliz na situação em que estou. Tenho um trabalho variado e agradável, tão agradável que já não o encaro como tal. Tenho acesso à conversa diária de gênios. Homens desse tipo têm seus defeitos. Seus vícios. Mas estes não são os que o mundo lhes atribui. As pessoas que conheci aqui me permitiram descobrir uma comunidade que trabalha movida por um objetivo nobre e que antes eu não sabia que pudesse existir nesse mundo. — Virou-se para o cavalete. — Sr. Smithson, sou feliz, afinal encontrei o meu lugar, ou pelo menos me parece que encontrei. Digo isso com a maior humildade. Não sou nenhum gênio, tenho apenas a capacidade de ajudar os gênios de uma forma muito simples e modesta. O senhor pode achar que tenho muita sorte. Sei disso melhor que ninguém. Mas me considero em dívida para com essa sorte. Não devo ir procurá-la em outro lugar. Devo considerá-la como uma coisa precária, algo que não posso me permitir perder. — Fez mais uma pausa e o encarou. — Pode pensar o que quiser de mim, mas não posso desejar uma vida diferente da que tenho agora. Nem mesmo quando me vejo solicitada por um homem da minha estima, que me emociona mais do que eu demonstro, e de quem eu não mereço tanta generosidade e afeto. — Baixou os olhos. — E a quem peço que me compreenda.

Houve vários momentos em que Charles desejou interromper este credo. Seu conteúdo lhe parecia uma heresia. Assim mesmo, no fundo, sua admiração pela herege aumentou. Ela era incomparável, mais que nunca incomparável. Ele viu que Londres e sua nova vida a haviam modificado sutilmente, refinando seu vocabulário e sua pronúncia; fazendo-a expressar-se com mais clareza, tornando-a mais segura de suas idéias, ancorando-a em sua concepção básica da vida e em sua função nela, elementos que antes não lhe davam tanta firmeza. Suas roupas alegres o tinham enganado a princípio. Mas agora começava a perceber que não eram mais que um componente de seu novo conhecimento e domínio de si mesma. Ela já não precisava de um uniforme externo. Ele via isso, mas sem querer ver. Voltou até o meio da sala.

— Mas você não pode rejeitar a finalidade para a qual a mulher foi criada. E em troca de quê? Não tenho nada contra o Sr... — fez um gesto indicando o cavalete — e sua roda. Mas você não pode colocar o trabalho que faz para eles acima da lei natural. — Aproveitou a vantagem. — Eu também mudei. Aprendi muito sobre mim mesmo, sobre o que havia de falso em mim. Não imponho nenhuma condição. Tudo o que a Srta. Sarah Woodruff é a Sra. Charles Smithson pode continuar a ser. Eu não lhe pediria para abandonar seu novo mundo nem o prazer que encontra nele. Ofereço-lhe apenas uma ampliação de sua felicidade atual.

Sarah foi até a janela, e Charles adiantou-se até o cavalete, olhando para ela, que se voltou ligeiramente.

— O senhor não compreende. A culpa não é sua. É muito bondoso. Mas nunca me entenderia.

— Você esquece o que me disse antes. Acho que faz disso um motivo de orgulho.

— Eu quis dizer que nem eu mesma me entendo. E não posso lhe dizer por quê, mas acho que minha felicidade depende desse não entendimento.

Charles sorriu sem querer.

— Isso é um absurdo. Você me rejeita porque tem medo que eu a faça entender a si mesma.

— Rejeito, como rejeitei o outro, porque não podem compreender que para mim isso não é nenhum absurdo.

Estava de novo de costas para ele. E ele começou a ver um lampejo de esperança, pois, ao puxar alguma coisa na trave branca à sua frente, ela demonstrava um certo embaraço que denuncia uma criança teimosa.

— Esse subterfúgio não serve. Você pode se reservar todo o mistério que quiser. Ele sempre será sagrado para mim.

— Não é do senhor que tenho medo. É do seu amor por mim. Sei muito bem que aí nada é sagrado para sempre.

Charles sentiu-se como uma pessoa que não pode entrar na posse de uma fortuna por causa de uma frase trivial num documento legal; a vítima de uma vitória da lei irracional sobre uma intenção racional. Mas Sarah não queria se submeter à razão. Ao sentimento, talvez fosse mais aberta. Ele hesitou, depois se aproximou.

— Pensou muito em mim na minha ausência?

Ela olhou para ele, então. Foi um olhar quase seco, como se já tivesse previsto essa nova linha de ataque e quase a desejasse. Virou-se para contemplar os telhados das casas do outro lado do jardim.

— No início, pensei muito. E seis meses depois, quando vi um dos anúncios que colocou, também...

— Então você sabia!

Mas ela continuou implacavelmente.

— O que me obrigou a mudar de residência e de nome. Fiz algumas investigações. Fiquei sabendo então, mas não antes, que o senhor não tinha se casado com a Srta. Freeman.

Charles ficou paralisado, sem acreditar no que ouvia por cinco longos segundos. Então ela virou-se e o fitou rapidamente, com o que ele julgou ser uma leve expressão de exultação, como alguém que já tivesse esse trunfo na mão e, ainda por cima, estivesse esperando até ver todas as suas cartas para jogá-lo. Sarah se afastou calada, e aquele seu silêncio, aquela aparente indiferença, era mais terrível que o próprio movimento. Charles acompanhou-a com os olhos. E talvez tenha afinal começado a entender o seu mistério. Iniciara-se uma terrível distorção do destino sexual do homem; ele não era mais que um soldado raso, um peão numa batalha muito mais abrangente; e, como todas as batalhas, não envolvia amor, mas sim a posse de um território. Viu ainda mais além: não era que ela odiasse os homens, nem que o desprezasse mais do que os demais, e sim que suas manobras eram simplesmente parte de seu armamento, meros instrumentos para conseguir um objetivo maior. E viu mais ainda: que sua suposta felicidade atual era outra mentira. No fundo, ela continuava sofrendo como antes, e este era o mistério que ela realmente temia que ele chegasse a descobrir.

Silêncio.

— Então você não só arruinou a minha vida como também sentiu prazer em fazer isso.

— Eu sabia que um encontro como esse não poderia causar outra coisa senão sofrimento.

— Acho que está mentindo. Acho que sentiu um grande prazer em pensar no meu sofrimento. E acho que foi você quem mandou aquela carta para o meu advogado. — Ela o contestou com um olhar incisivo, mas ele retrucou com uma expressão fria. — Você se esquece que já descobri, às minhas próprias custas, como você sabe representar bem quando lhe convém. Já imagino que esteja me chamando para me dar o *coup de grâce.* Você tem uma nova vítima. Posso aplacar pela última vez seu ódio insaciável e pouco feminino ao meu sexo... e já ser dispensado.

— O senhor me julga mal.

Mas disse isso com uma calma excessiva, como se resistisse a todas as suas acusações, e até, no fundo, as saboreasse perversamente. Charles balançou a cabeça amargurado.

— Não. É como estou dizendo. Você não só cravou o punhal no meu peito como teve prazer em torcê-lo. — Agora ela o encarava como que a contragosto, mas hipnotizada, a ré desafiadora aguardando a sentença. Ele a proferiu. — Há de chegar um dia em que você será chamada a prestar contas pelo que me fez. E, se houver justiça no céu, seu castigo há de durar eternamente.

Palavras melodramáticas; mas às vezes as palavras contam menos que a intensidade dos sentimentos por trás delas — e aquelas vinham do âmago e do desespero de Charles. O que havia por trás delas não era melodrama, mas sim tragédia. Por um bom tempo, Sarah continuou olhando para ele. Seus olhos refletiam um pouco da terrível indignação que havia na alma de Charles. De repente, com um movimento muito brusco, baixou a cabeça.

Ele vacilou um último segundo; seu rosto era como o paredão de uma represa prestes a desmoronar, tamanho era o peso da maldição que o pressionava. Mas, num gesto tão repentino quanto o que traduzira a culpa dela, cerrou as mandíbulas, girou nos calcanhares e encaminhou-se para a porta.

Arrepanhando as saias com uma das mãos, Sarah correu atrás dele. Ao ouvir seus passos, Charles virou-se rapidamente, e ela ficou sem jeito. Mas antes que ele pudesse seguir em frente, ela se colocara entre ele e a porta, barrando-lhe a saída.

— Não posso deixá-lo ir embora com essa idéia.

Arfava, como se lhe faltasse ar, os olhos fixos nele, como se só confiasse neles para detê-lo. Mas, quando ele fez um gesto irritado com a mão, ela falou.

— Há uma senhora nesta casa que me conhece, que me entende melhor do que qualquer pessoa no mundo. Ela quer falar com o senhor. Peço-lhe que consinta nisto. Ela explicará... minha verdadeira natureza muito melhor do que eu. Explicará que minha conduta em relação ao senhor é muito menos censurável do que supõe.

Os olhos dele faiscavam, como se agora ele fosse deixar a represa desmoronar. Via-se que se esforçava muito para se controlar, para perder o ardor e recuperar a frieza. E conseguiu.

— É incrível você achar que uma desconhecida possa explicar sua conduta. E agora...

— Ela está esperando. Sabe que está aqui.

— Não me importa que seja a rainha em pessoa. Não vou falar com ela.

— Eu não estarei presente.

Sarah enrubescera quase tanto quanto Charles. Pela primeira e última vez na vida, ele ficou tentado a usar a força física contra um membro do sexo frágil.

— Saia da minha frente!

Mas Sarah fez que não com a cabeça. As palavras já não adiantavam; era uma questão de vontade. A atitude dela era intensa, quase trágica, mas havia algo estranho em seu olhar — algo acontecera, entre os dois, de modo quase imperceptível, soprava uma leve brisa de outro mundo. Ela olhava para ele como se soubesse que o havia acuado; um pouco assustada, sem saber como ele reagiria, mas sem hostilidade. Quase como se, no fundo, não houvesse nada mais que curiosidade: a atitude de quem espera para ver o resultado de uma experiência. Charles começou a vacilar. Baixou os olhos. Por trás de toda a sua raiva estava a certeza de que ainda a amava, que aquele era o único ser cuja perda ele jamais esqueceria. Falou olhando para o fecho dourado do cinto.

— O que devo entender desse seu comportamento?

— O que um cavalheiro menos respeitável já teria entendido há muito tempo.

Charles examinou a fundo seus olhos. Haveria neles a sombra de um sorriso? Não, impossível. Não havia. Ela o prendeu mais um instante naqueles olhos inescrutáveis, depois afastou-se da porta e atravessou a sala em direção a um cordão de campainha ao lado da lareira. Charles estava livre para ir embora, mas olhava para ela sem se mexer. "O que um cavalheiro menos respeitável..." Que nova monstruosidade o ameaçava agora! Outra mulher, que a conhecia e a entendia melhor do que... aquele ódio dos homens... aquela casa, habitada por... Não se atrevia a pensar. Ela soltou o puxador de bronze e tornou a se aproximar de Charles.

— Ela virá imediatamente. — Sarah abriu a porta e olhou de soslaio para ele. — Peço que ouça o que ela tem a dizer... e a trate com o respeito que sua idade e sua situação merecem.

E saiu. Mas naquelas últimas palavras deixara uma pista essencial. Charles imediatamente adivinhou com quem iria falar. A irmã do patrão de Sarah, a poetisa (não continuarei escondendo nomes) Christina Rossetti.[2] Claro! Pois não havia notado em seus versos, nas raras vezes em que os lera, um certo misticismo incompreensível? Algo de obscuro e apaixonado, a idéia de uma mente muito introvertida e voltada para a feminilidade e, para ser franco, absurdamente confusa em relação às fronteiras do amor divino e do amor humano?

Foi até a porta e abriu-a. Sarah estava diante de uma porta no fundo do patamar, prestes a entrar. Voltou-se para olhá-lo e ele ia dizer alguma coisa, mas ouviu um barulho no andar de baixo. Alguém subindo a escada. Sarah levou um dedo aos lábios e entrou no quarto.

Charles hesitou, depois entrou de novo no estúdio e foi para a janela. Via agora quem era a responsável pela filosofia de vida de Sarah — aquela a quem o *Punch* já chamara de abadessa chorona, a solteirona histérica da Confraria Pré-rafaelita. Como Charles desejava agora não ter voltado! Se ao menos tivesse feito algumas indagações antes de se meter naquela situação horrível! Mas lá estava ele; e de repente se viu prometendo a si mesmo, não sem um prazer melancólico, que a poetisa não levaria a melhor. Para ela, ele poderia não ser mais que um grão de areia entre milhões de outros, uma mera erva daninha naquele exótico jardim de...

Ouviu um barulho. Virou-se, com uma expressão gelada. Mas não era a Srta. Rossetti, e sim apenas a moça que o recebera na entrada. Trazia nos braços uma criancinha. Devia ter visto a porta aberta, quando se encaminhava para o quarto da criança e simplesmente dera uma olhada para dentro. Pareceu surpresa ao vê-lo sozinho.

— A Sra. Roughwood foi embora?

— Ela me deu a entender que... uma senhora deseja falar em particular comigo. Já mandou chamá-la.

A moça inclinou a cabeça.

— Sei.

Mas em vez de se retirar, como Charles esperara, entrou no estúdio e deixou a criança num tapete ao lado do cavalete. Tirou do bolso do avental uma boneca de trapos, que entregou à menina, ajoelhando-se um instante, como para se certificar de que ela estava satisfeita. Então, sem dizer nada, levantou-se e se encaminhou com graça para a porta. Enquanto isso, Charles demonstrava uma expressão entre ofendida e intrigada.

— Imagino que a senhora não vá demorar.

A moça se virou. Tinha um sorrisinho nos lábios. Então, olhou para a criança no tapete.

— Ela já veio.

Durante pelo menos uns dez segundos depois que a porta se fechou, Charles ficou olhando. Era uma garotinha, de cabelos pretos e bracinhos rechonchudos, pouco mais que um bebê, e de repente pareceu se dar conta de que Charles era um ser vivo. Estendeu-lhe a boneca, emitindo um ruído incompreensível. Ele viu uns olhos graves e cinzentos num rosto regular, uma expressão tímida de dúvida, como se não estivesse bem certa do que ele era... Um segundo depois estava ajoelhado no tapete em frente a ela, ajudando-a a se firmar naquelas pernas inseguras, examinando aquela carinha como um arqueólogo que tivesse acabado de desenterrar a primeira amostra de um manuscrito antigo. A garotinha deu sinais inequívocos de não ter gostado do exame. Talvez ele tenha apertado muito os delicados bracinhos. Procurou depressa o relógio, como já fizera numa situação parecida. Surtiu o mesmo efeito, e logo depois ele pôde pegar a menina nos braços, sem protesto, e levá-la para uma cadeira junto à janela. Sentada em seus joelhos, a menina prestava atenção no brinquedo de prata; ele prestava atenção em sua carinha, suas mãos, cada milímetro de seu corpo.

E em cada palavra que tinha sido dita naquela sala. A linguagem é como chamalote; depende muito do ângulo em que é olhado.

Ouviu abrirem a porta sem fazer barulho, mas não se virou. Pouco depois, uma mão pousou no espaldar alto da cadeira em que estava sentado. Nem ele nem a dona da mão falaram; encantada com o relógio, a menina também estava quieta. Em alguma casa das redondezas, uma pianista amadora com tempo de sobra e ritmo de menos — pois a execução era fraca, salva apenas pela distância — começou a tocar piano: uma mazurca de Chopin, filtrada por paredes, folhas e pela luz do dia. Só aquele som manco marcava uma progressão. Em tudo o mais, acontecera o impossível: a História reduzida a um quadro vivo, uma fotografia em carne e osso.

Mas a garotinha se aborreceu e estendeu os braços para a mãe, que a levantou, embalou e passeou com ela um pouquinho. Charles ficou olhando pela janela um bom tempo. Depois, levantou-se e se virou para Sarah e a menina. O olhar dela ainda era sério, mas havia um sorrisinho em seus lábios. Agora estavam caçoando dele. Mas teria viajado seis milhões de quilômetros para que zombassem dele daquele jeito.

A menina estendeu as mãozinhas para o chão ao ver ali sua boneca. Sarah abaixou-se, pegou-a e deu-a a ela. Por um instante, observou o fascínio da criança em seu colo pelo brinquedo; depois seus olhos acabaram pousando nos pés de Charles. Não conseguia encará-lo.

— Como ela se chama?

— Lalage. — Pronunciou o nome como um dátilo, o *g* oclusivo. Continuava sem poder levantar os olhos. — O Sr. Rossetti falou comigo um dia na rua. Eu não sabia, mas ele andava me observando. Pediu permissão para fazer o meu retrato. Ela ainda não tinha nascido. Foi muito gentil comigo em todos os aspectos quando soube da minha situação. Ele mesmo sugeriu o nome. É o padrinho. — E murmurou: — Sei que é estranho.

Estranhos eram os sentimentos de Charles; e o mais estranho de tudo foi essa curiosa solicitação da opinião dele sobre uma questão trivial, dadas as circunstâncias; como se no momento em que seu navio tivesse se chocado com um arrecife, alguém viesse lhe perguntar que tecido deveria ser usado nos estofados do camarote. Apesar de aturdido, viu-se respondendo.

— É grego. Vem de *lalageo*; murmurar como um regato.

Sarah inclinou a cabeça, como se lhe agradecesse humildemente essa informação etimológica. Charles a olhava, ouvindo ressoar em sua mente os estalos de seus mastros quebrando e os gritos dos afogados. Jamais a perdoaria.

Ouviu-a murmurar:

— Não gosta?

— Eu... — Engoliu em seco. — Gosto sim. É um nome bonito.

De novo, ela inclinou a cabeça. Mas ele não conseguia se mexer, não conseguia apagar de seus olhos aquela terrível interrogação; como um homem ao ver uma parede que acabou de desmoronar e poderia tê-lo esmagado minutos antes; ou ao contemplar o acaso, esse elemento a que a mente humana em geral não dá importância, que relega para os desvãos do mito, materializado ali naquela figura, naquelas duas figuras diante dele. Ela conservava os olhos baixos, velados pelos cílios escuros. Mas ele viu, ou sentiu, que havia lágrimas neles. Sem querer, deu alguns passos para ela, mas logo se deteve. Não podia, não podia... As palavras, embora ditas em voz baixa, irromperam de dentro dele.

— Mas por quê? Por quê? E se eu nunca tivesse...

Ela baixou ainda mais a cabeça. Charles mal ouviu a resposta.

— Tinha que ser assim.

E ele compreendeu: aquilo estivera nas mãos de Deus, no perdão que lhes concedia por seus pecados. Mas continuava olhando para o rosto escondido de Sarah.

— E todas aquelas palavras cruéis que você disse... e as que me obrigou a dizer?

— Tinham que ser ditas.

Por fim, ela o fitou. Tinha os olhos cheios de lágrimas, o olhar insuportavelmente desarmado. Todos nós recebemos e retribuímos olhares desse tipo uma ou duas vezes na vida; são olhares em que os mundos se fundem, os passados se dissolvem, momentos em que descobrimos, pressionados pela mais profunda necessidade, que a rocha sobre a qual se assentam as eras não pode ser outra coisa senão o amor, aqui, agora, na união daquelas mãos, naquele silêncio cego, em que uma cabeça vem se aninhar embaixo da outra; e que Charles, após uma eternidade condensada num segundo, rompe, embora a pergunta tenha sido mais suspirada que falada.

— Algum dia entenderei suas parábolas?

A cabeça que se apóia em seu peito nega com muda veemência. Um momento que se estende. A pressão de lábios sobre uma cabeleira acaju. Na casa distante, a pianista sem talento, sem dúvida acossada pelo remorso (ou talvez pelo fantasma torturado do pobre Chopin), pára de tocar. E Lalage, como se aquele silêncio misericordioso a levasse a refletir sobre a estética musical, e, depois, a bater com a boneca de trapo no rosto de Charles, lembra ao pai — já estava na hora — que mil violinos cansam muito depressa sem percussão.

61

A evolução é simplesmente o processo pelo qual o acaso (as mutações fortuitas provocadas pela radiação natural na hélice do ácido nucléico) colabora com a lei natural para criar formas vivas melhores e mais aptas à sobrevivência.

MARTIN GARDNER, *O universo ambidestro* (1967)

A verdadeira piedade consiste em agir de acordo com o que se sabe.

MATTHEW ARNOLD, *Caderno de notas* (1868)

Uma das regras consagradas do romancista é não introduzir no final de um livro senão personagens muito secundários. Espero que Lalage possa ser perdoada, mas a pessoa de aparência importantíssima que, durante a última cena, estava encostada no parapeito do rio, em frente ao nº 16 do Passeio Cheyne, a residência do Sr. Dante Gabriel Rossetti (que, aliás, não consumia ópio, e sim cloral, e morreu em conseqüência disso), poderá à primeira vista dar a impressão de estar quebrando essa regra. Eu não queria introduzi-lo; mas uma vez que ele é o tipo de pessoa que não suporta não ser o foco das atenções, que ou viaja de primeira classe ou não viaja, para quem só existe o pronome de primeira pessoa, que, em suma, só pensa no que vem antes de tudo, e uma vez que sou o tipo de pessoa que se nega a intervir na natureza (mesmo a da pior espécie), ele conseguiu entrar aqui — ou, como ele diria, conseguiu entrar aqui *como realmente é.* Não vou discutir a implicação de que ele tenha sido introduzido aqui tal como não era, e, portanto, não era verdadeiramente um personagem; mas fique certo de que esse personagem é, apesar das aparências, uma figura muito secundária, tão insignificante, na verdade, quanto uma partícula de raio gama.

Como ele é de fato... e seu verdadeiro aspecto não é muito agradável. Aquela barba cerrada e patriarcal de antes, agora é curta e lhe dá um ar de janota afrancesado. Há em suas roupas, no colete de verão ricamente bordado, nos três anéis em seus dedos, no charuto em sua piteira de âmbar, na bengala de castão de malaquita, um inconfundível toque de ostentação. Dá a impressão de ter deixado de ser pregador para se dedicar à ópera; e se dado muito melhor nesta do que naquela atividade. Há nele, em suma, muito mais que um toque do empresário de sucesso.

E agora, apoiado negligentemente no parapeito, ele aperta ligeiramente a ponta do nariz entre os nós dos dedos indicador e médio enfeitados de anéis. Dá a impressão de mal conter o riso. Está olhando a casa do Sr. Rossetti, e faz isso quase com ares de proprietário, como se fosse um teatro que tivesse acabado de comprar e tem certeza de poder encher. Nisso, ele não mudou: é evidente que olha o mundo como coisa sua, algo para ser usado ao seu bel-prazer.

Mas agora ele se endireita. Essa *flânerie* em Chelsea foi um agradável interlúdio, mas um negócio mais importante o aguarda. Saca o relógio da algibeira — um Breguet — e, de um grande molho de chaves que leva preso a outra corrente de ouro, escolhe uma pequena e faz um leve ajuste na hora. Ao que parece — embora seja algo inusitado num instrumento saído das oficinas do maior de todos os relojoeiros —, estava um quarto de hora adiantado. E isso é duplamente estranho, pois não há nenhum relógio à vista pelo qual ele pudesse ter descoberto o erro do seu. Mas pode-se adivinhar o motivo. Ele está simplesmente garantindo a si mesmo uma desculpa por chegar atrasado ao próximo compromisso. Há um certo tipo de magnata que não suporta estar errado mesmo nas questões mais insignificantes.

Com a bengala, faz um sinal peremptório para um landau de capota arriada que aguarda a uns cem metros dali. Os cavalos vêm num trote animado e o coche pára junto ao meio-fio ao lado dele. O lacaio salta e abre a porta. O empresário sobe, senta-se, refestela-se no banco estofado de couro vermelho e recusa a manta com monograma que o lacaio lhe oferece para cobrir as pernas. O lacaio fecha a porta, faz uma mesura e vai ter de novo com o colega na boléia. Uma ordem é dada, o cocheiro toca com o cabo do chicote no chapéu guarnecido com uma roseta.

E a carruagem se afasta rapidamente.

— Não. É como estou dizendo. Você não só cravou o punhal no meu peito como teve prazer em torcê-lo. — Agora ela o encarava como que a contragosto, mas hipnotizada, a ré desafiadora aguardando a sentença. Ele a proferiu. — Há de chegar um dia em que você será chamada a prestar contas pelo que me fez. E se houver justiça no céu, seu castigo há de durar eternamente.

Ele vacilou um último segundo; seu rosto era como o paredão de uma represa prestes a desmoronar, tamanho era o peso da maldição que o pressionava. Mas, num gesto tão repentino quanto o que traduzira a culpa dela, cerrou as mandíbulas, girou nos calcanhares e encaminhou-se para a porta.

— Sr. Smithson!

Charles deu mais uns dois passos, deteve-se e olhou por cima do ombro para ela. Então, com toda a violência de quem está decidido a não perdoar, ficou olhando para a soleira da porta à sua frente. Ouviu o leve farfalhar de suas saias. Ela estava parada bem atrás dele.

— Esta não é a prova do que acabei de dizer? Que teria sido melhor não nos vermos de novo?

— Sua lógica supõe que eu conhecesse a sua verdadeira natureza. Mas eu não conhecia.

— Tem certeza?

— Eu achava sua patroa em Lyme uma mulher egoísta e preconceituosa. Vejo agora que era uma santa comparada com você.

— E eu não estaria sendo egoísta se, sabendo que não posso lhe dar o amor que uma esposa deve dar, aceitasse me casar com o senhor?

Charles lançou-lhe um olhar gelado.

— Houve um tempo em que você dizia que eu era seu último recurso. Sua última esperança na vida. Agora a situação se inverteu. Você não tem tempo para mim. Muito bem. Mas não tente se defender. Isso só agravaria mais ainda uma ofensa já muito grave.

O tempo todo, teve esse discurso na cabeça: era seu argumento mais forte, embora o mais mesquinho. E ao dizê-lo, não conseguiu dissimular seu tremor, nem o fato de ter chegado ao limite de sua paciência, pelo menos em relação a sentir-se ultrajado. Lançou-lhe um último olhar angustiado, e se forçou a ir abrir a porta.

— Sr. Smithson!

De novo. E agora sentia a mão dela em seu braço. Deteve-se pela segunda vez, odiando aquela mão e sua própria fraqueza em permitir que ela o paralisasse. Era como se ela estivesse tentando lhe dizer algo que não podia dizer com palavras. Não mais, talvez, que um gesto de arrependimento ou desculpa. Mas então a mão se teria retirado depois de encostar nele, e isso, não só psicologicamente, como também fisicamente, o detinha. Muito lentamente, Charles voltou a cabeça para olhar para ela. E, para espanto seu, havia em seus olhos, se não em seus lábios, a sugestão de um sorriso, uma sombra daquele que ele recebera antes, de maneira tão estranha, quando quase foram flagrados por Sam e Mary. Seria um sorriso de ironia, dizendo-lhe que não levasse a vida tão a sério? Um último sorriso de satisfação por causa da desgraça dele? Mas nesse caso, quando a sondou com aqueles olhos angustiados e totalmente destituídos de humor, ela não podia ter deixado de retirar a mão. Mas ele continuava sentindo a pressão em seu braço, como se ela estivesse dizendo: veja, não percebe? Existe uma solução.

Então ele se deu conta. Olhou para a mão dela, depois para o rosto. Lentamente, como que em resposta, as faces de Sarah ficaram rubras, e o sorriso desapareceu de seus olhos. A mão caiu ao longo do corpo. E os dois ficaram se olhando, como se suas roupas tivessem caído de repente, deixando-os nus frente a frente. Mas para ele era uma nudez menos sexual do que clínica, em que o câncer oculto se revelava em toda a sua abominável realidade. Procurou em seus olhos algum indício de suas verdadeiras intenções, e só encontrou um espírito preparado para sacrificar tudo menos a si próprio — pronto a abrir mão da verdade, dos sentimentos, talvez até de todo pudor feminino para salvar sua própria integridade. E, ao sentir a possibilidade desse sacrifício, ficou tentado por um momento. Mas ele via que ela percebera que acabava de dar um passo em falso e sentia medo.

E via também que aceitar sua oferta de uma amizade platônica — e mesmo se algum dia mais íntima, nunca consagrada — seria feri-la ao máximo.

Mas, tão logo percebeu isso, compreendeu o que ocorreria de fato num arranjo desse tipo: acabaria por tornar-se o alvo secreto das zombarias naquela casa corrupta, o *soupirant* engomado, o jumento de estimação. E percebeu sua própria superioridade em relação a ela: que não era uma superioridade de berço nem de educação, nem de inteligência nem de sexo, mas sim da capacidade de entrega, que por sua vez o incapacitava a transigir. Ela só era capaz de dar para possuir; e possuí-lo — fosse por ele ser quem era, ou porque sua ânsia de posse era tão imperativa que era necessário satisfazê-la constantemente, não se saciava com uma única conquista, fosse... mas ele não podia saber, e nunca saberia —, possuí-lo não era suficiente.

E percebeu, finalmente, que ela sabia que ele recusaria. Desde o princípio o manipulara e faria isso até o fim.

Charles lançou-lhe um último olhar fulminante de rejeição e saiu da sala. Ela não tentou mais detê-lo. Ele foi andando sem olhar para os lados, como se os quadros nas paredes fossem outros tantos espectadores silenciosos. Ele era o último homem honrado a caminho do cadafalso. Sentia um enorme desejo de chorar; mas nada arrancaria lágrimas de seus olhos naquela casa. E de gritar. Quando chegou ao saguão lá embaixo, a moça que o recebera surgiu de uma sala com um bebê nos braços. Ia dizer alguma coisa, mas o olhar furioso de Charles, apesar de glacial, calou-a. Charles saiu da casa.

E, no portão, com o futuro feito presente, descobriu que não sabia para onde ir. Era como se tivesse renascido, mas com todas as faculdades e lembranças de adulto. Só que com o desamparo de uma criança... tendo que começar tudo de novo, aprender tudo de novo! Atravessou a rua obliquamente, às cegas, sem olhar uma só vez para trás, em direção ao cais do rio. Não havia vivalma; só, ao longe, seguia a trote um landau, que, quando Charles chegou ao cais, já havia dobrado a esquina e desaparecido.

Sem saber por quê, Charles ficou olhando para o rio cinzento, agora próximo, com a maré alta. Significava regresso à América; trinta e quatro anos de luta para subir na vida — tudo em vão, em vão, em vão... Acabara regredindo; significava, disso ele tinha certeza, um coração tão solitário quanto o dela. Significava... e quando todas as coisas, futuras e passadas, começavam a cair em cima dele numa avalanche negra, Charles afinal se virou uma última vez para olhar a casa da qual acabara de sair. Numa janela aberta do andar superior, uma cortina branca de renda pareceu voltar à posição original.

Mas de fato fora apenas impressão, apenas um movimento do vento de maio. Pois Sarah havia ficado no estúdio, olhando o jardim onde uma criança e uma moça, talvez a mãe da criança, estavam sentadas na grama fazendo uma grinalda de margaridas. Há lágrimas em seus olhos? Ela está muito longe para que eu possa ver e, para mim, agora que os vidros da janela refletem a luminosidade do céu de verão, não passa de uma sombra atrás de uma luz.

Você pode achar, obviamente, que não aceitar a oferta implícita naquela mão que o deteve foi a tolice final de Charles; que o gesto traía pelo menos uma certa fraqueza de propósito na atitude de Sarah. Você pode achar que ela estivesse com a razão: que sua batalha para conquistar um território era uma legítima reação do invadido contra o eterno invasor. Mas o que não pode pensar é que este seja um fim menos plausível para a história de Charles e Sarah.

Porque, ainda que por caminhos tortuosos, voltei ao meu princípio original: de que não existe um deus mediador além do que quer que se possa encontrar, nesse sentido, na primeira epígrafe deste capítulo; assim, só a vida que nós mesmos fizemos, com as faculdades que o acaso nos deu, a vida tal como a definiu Marx: "*as ações dos homens* (e das mulheres) *em busca de seus fins.*" O princípio fundamental que deve orientar essas ações, e que acredito sempre tenha orientado as de Sarah, coloquei como a segunda epígrafe. Um existencialista moderno substituiria, sem dúvida, "piedade" por "humanidade" ou "autenticidade"; mas reconheceria a intenção de Arnold.

O rio da vida, de leis e escolhas misteriosas, corre ao longo de um cais deserto. E ao longo daquele outro cais deserto, Charles agora começa a andar, um homem seguindo atrás da carreta invisível sobre a qual repousa o seu próprio cadáver. Caminhará para um suicídio iminente? Acho que não; pois afinal encontrou um átomo de fé em si mesmo, uma verdadeira singularidade sobre a qual construir algo. E já começou, embora continue negando isso amargamente, embora haja lágrimas em seus olhos para sustentar a negativa, a perceber que a vida, por mais que o papel de esfinge pareça adequado a Sarah, não é um símbolo, não é um enigma nem o fracasso em decifrá-lo, não é ter uma cara só nem desistir após um lance de dados malogrado; mas deve ser suportada dentro do coração de ferro da cidade, ainda que da maneira mais inadequada, mais vazia e mais sem esperança. E também lá fora, no insondável mar salgado que tudo isola.

Notas

Capítulo 1

[1]Stretching eyes west / Over the sea, / Wind foul or fair, / Always stood she / Prospect-impressed; / Solely out there / Did her gaze rest, / Never elsewhere / Seemed charm to be.

Capítulo 3

[1]Partidários do movimento de reforma política e social no Reino Unido entre 1837-1848 que exigia, entre outras coisas, o sufrágio universal para os homens e o voto secreto.

Capítulo 4

[1]What's DONE, is what remains! Ah, blessed they / Who leave completed tasks of love to stay / And answer mutely for them, being dead, / Life was not purposeless, though Life be fled.

Capítulo 5

[1]O me, what profits it to put / An idle case? If Death were seen / At first as Death, Love had not been, / Or been in narrowest working shut, // Mere fellowship of sluggish moods, / Or in his coarsest Satyr-shape / Had bruised the herb and crush'd the grape, / And bask'd and batten'd in the woods.

[2]Personagem dissimulada e ambiciosa do romance *Vanity Fair*, de William Thackeray.

[3]Rua de Londres que até hoje concentra um grande número de consultórios médicos.

Capítulo 6

[1]Ah Maud, you milkwhite fawn, you are all unmeet for a wife.

Capítulo 7

[1]Seguidores de um estilo de vida que se desenvolveu em Londres, em fins dos anos 50, obcecados com roupas e música.

Capítulo 8

[1]There rolls the deep where grew the tree. / O earth, what changes hast thou seen! / There where the long street roars, hath been / The stillness of the central sea. // The hills are shadows, and they flow / From form to form, and nothing stands; / They melt like mist, the solid lands, / Like clouds they shape themselves and go.

Capítulo 9

[1]... this heart, I know, / To be long lov'd was never fram'd; / But something in its depths doth glow / Too strange, too restless, too untamed.

Capítulo 10

[1]And once, but once, she lifted her eyes, / And suddenly, sweetly, strangely blush'd / To find they were met by my own...

Capítulo 11

[1]With the form conforming duly, / Senseless what it meaneth truly, / Go to church — the world require you, / To balls — the world require you too, / And marry — papa and mama desire you, / And your sisters and schoolfellows do.
[2]'Oh! no, what he!' she cried in scorn, / 'I woulden gi'e a penny vor'n; / The best of him's outzide in view; / His cwoat is gay enough, 'tis true, / But then the wold vo'k didden bring / En up to know a single thing...'
[3]Na Europa e no Canadá, existe a tradição de que o beijo trocado por um casal apaixonado embaixo do visco equivale a uma promessa de casamento, bem como a uma previsão de felicidade e vida longa.

Capítulo 12

[1]And was the day of my delight / As pure and perfect as I say?

Capítulo 13

[1]For the drift of the Maker is dark, an Isis hid by the veil...

Capítulo 15

[1]Or in the light of deeper eyes / Is matter for a flying smile.

Capítulo 16

[1]Maud in the light of her youth and her grace, / Singing of Death, and of Honour that cannot die, / Till I well could weep for a time so sordid and mean, / And myself so languid and base.

[2]Never, believe me, I knew of the feelings between men and women, / Till in some village fields in holidays now getting stupid, / One day sauntering "long and listless", as Tennyson has it, / Long and listless strolling, ungainly in hobbadiboyhood, / Chanced it my eye fell aside on a capless, bonnetless maiden...
[3]Florence Nightingale (1820-1910), também conhecida como "Dama da Lanterna", é considerada a pioneira da enfermagem moderna.

Capítulo 17

[1]The boats, the sands, the esplanade, / The laughing crowd; / Light-hearted, loud / Greetings from some not ill-endowed: // The evening sunlit cliffs, the talk, / Hailings and halts, / The keen sea-salts, / The band, the Morgenblätter Waltz. // Still, when at night I drew inside / Forward she came, / Sad, but the same...

Capítulo 18

[1]I went, and knelt, and scooped my hand / As if to drink, into the brook, / And a faint figure seemed to stand / Above me, with the bygone look.

Capítulo 19

[1]Jeremy Bentham (1748-1832), filósofo e jurista inglês, proponente do utilitarismo, doutrina que defende a busca da felicidade pessoal e coletiva.
[2]Henry Phillpotts (1778-1869), bispo de Exeter, fora um dos bispos a ficar mais tempo no ofício (1830-1869) e uma das figuras mais marcantes da Igreja Anglicana no século XIX.
[3]George Morland (1763-1804), pintor inglês de cenas campestres.

Capítulo 20

[1]Are God and Nature then at strife, / That Nature lends such evil dreams? / So careful of the type she seems, / So careless of the single life...

Capítulo 21

[1]Forgive me! Forgive me! / Ah, Marguerite, fain / Would these arms reach to clasp thee: — / But see! 'tis in vain. // In the void air towards thee / My strain'd arms are cast. / But a sea rolls between us — / Our different past.

Capítulo 22

[1]I too have felt the load I bore / In a too strong emotion's sway; / I too have wished, no woman more, / This starting, feverish heart, away. // I too have longed for trenchant force / And will like a dividing spear; / Have praised the keen, unscrupulous course, / Which knows no doubt, which feels no fear. // But in the world I learnt, what there / Thou too will surely one day prove, / That will, that energy, though rare, / Are yet far, far less rare than love.

Capítulo 23

[1]Portion of this yew / Is a man my grandsire knew...
[2]Mulher de Filemon. Compõe com ele uma espécie de casal primordial da mitologia grega.

Capítulo 25

[1]O young lord-lover, what sighs are those, / For one that will never be thine?
[2]Esperei-o o dia todo. Peço-lhe... uma mulher de joelhos lhe suplica que a ajude em seu desespero. Passarei a noite rezando por sua vinda. De manhãzinha, já estarei na pequena granja perto do mar, onde se chega pela primeira trilha à esquerda depois da fazenda.

Capítulo 26

[1]Chantagem.

Capítulo 27

[1]How often I sit, poring o'er / My strange distorted youth, / Seeking in vain, in all my store, / One feeling based on truth;… / So constant as my heart would be, / So fickle as it must, / 'Twere well for others and for me / 'Twere dry as summer dust. / Excitements come, and act and speech / Flow freely forth: — but no, / Nor they, nor aught beside can reach / The buried world below.

Capítulo 28

[1]Assumptions, hasty, crude, and vain, / Full oft to use will Science deign; / The corks the novice plies today / The swimmer soon shall cast away.
[2]Again I spring to make my choice; / Again in tones of ire / I hear a God's tremendous voice — / "Be counsell'd, and retire!"

Capítulo 29

[1]For a breeze of morning moves, / And the planet of Love is on high...

Capítulo 31

[1]When panting sighs the bosom fill, / And hands by chance united thrill / At once with one delicious pain / The pulses and the nerves of twain; / When eyes that erst could meet with ease, / Do seek, yet, seeking, shyly shun / Ecstatic conscious unison, — / The sure beginnings, say, be these, / Prelusive to the strain of love / Which angels sing in heaven above? // Or is it but the vulgar tune, / Which all that breathe beneath the moon / So accurately learn — so soon?

Capítulo 32

[1]And her, white-muslined, waiting there / In the porch with high-expectant heart, / While still the thin mechanic air / Went on inside.

Capítulo 33

[1]O let me love my love unto myself alone, / And know my knowledge to the world unknown, / No witness to the vision call, / Beholding, unbeheld of all...

Capítulo 34

[1]And the rotten rose is ript from the wall.

Capítulo 35

[1]In you resides my single power / Of sweet continuance here.
[2]Médico inglês que publicou uma edição expurgada das obras de Shakespeare e que julgava própria para mulheres e crianças.
[3]Cenário do romance *The Return of the Native,* de Thomas Hardy.

Capítulo 36

[1]But on her forehead sits a fire: / She sets her forward countenance / And leaps into the future chance, / Submitting all things to desire.
[2]Pequena caneca em forma de homem sentado, cujo chapéu serve de tampa do utensílio.

Capítulo 37

[1]Personagem dos contos do romancista inglês Robert Smith Surtees (1803-1864). Trata-se de um comerciante de secos e molhados que, depois de rico, adota o comportamento e os interesses dos aristocratas.

[2]Referência a Christian, protagonista de *The Pilgrim's Progress,* alegoria do escritor cristão inglês John Bunyan (1628-1688).

Capítulo 38

[1]Sooner or later I too may passively take the print / Of the golden age — why not? I have neither hope nor trust; / May make my heart as a millstone, set my face as a flint, / Cheat and be cheated, and die: who knows? We are ashes and dust.

Capítulo 39

[1]John Mytton (1796-1834), chamado também de "Mad Jack" Mytton, nobre inglês perdulário e escandaloso, obcecado pela caça e pela bebida.

Capítulo 40

[1]To the lips, ah, of others, / Those lips have been prest, / And others, ere I was, / Were clasped to that breast...

Capítulo 41

[1]... Arise and fly / The reeling faun, the sensual feast; / Move upward, working out the beast, / And let the ape and tiger die.

Capítulo 42

[1]Personagem de *David Copperfield,* de Charles Dickens. Empregado que fica sabendo de certos segredos do patrão e os usa para chantageá-lo.

Capítulo 43

[1]Yet I thought I saw her stand, / A shadow there at my feet, / High over the shadowy land.

Capítulo 44

[1]Duty — that's to say complying / With whate'er's expected here... / With the form conforming duly, / Senseless what it meaneth truly... / 'Tis the stern and prompt suppressing, / As an obvious deadly sin, / All the questing and the guessing / Of the soul's own soul within: / 'Tis the coward acquiescence / In a destiny's behest...

Capítulo 45

[1]And ah for a man to arise in me, / That the man I am may cease to be!

Capítulo 46

[1]Ah yet, when all is thought and said, / The heart still overrules the head; / Still what we hope we must believe, / And what is given us receive; // Must still believe, for still we hope / That in a world of larger scope, / What here is faithfully begun / Will be completed, not undone. // My child, we still must think, when we / That ampler life together see, / Some true results will yet appear / Of what we are, together, here.

Capítulo 47

[1]Averse, as Dido did with gesture stern / From her false friend's approach in Hades turn, / Wave us away, and keep thy solitude.

Capítulo 48

[1]I hold it truth, with him who sings / To one clear harp in divers tones, / That men may rise on stepping-stones / Of their dead selves to higher things.
[2]Charles Bradlaugh (1833-1891), ateísta radical inglês, defensor das liberdades individuais.

Capítulo 49

[1]I keep but a man and a maid, ever ready to slander and steal...
[2]Termo que descreve as paróquias da Igreja Anglicana associadas com o ritual católico da missa.

Capítulo 52

[1]Oh, make my love a coffin / Of the gold that shines yellow, / And she shall be buried / By the banks of green willow.

Capítulo 54

[1]My wind is turned to bitter north / That was so soft a south before...

Capítulo 56

[1]Ah Christ, that it were possible / For one short hour to see / The souls we loved, that they might tell us / What and where they be.

Capítulo 57

[1]Each for himself is still the rule: / We learn it when we go to school — / The devil take the hindmost, O!

Capítulo 58

[1]I sought and sought. But O her soul / Has not since thrown / Upon my own / One beam! Yes, she is gone, is gone.
[2]Yes: in the sea of life enisl'd, / With echoing straits between us thrown, / Dotting the shoreless watery wild, / We mortal millions live *alone.* / The islands feel the enclasping flow, / And then their endless bounds they know // But when the moon their hollows lights / And they are swept by balms of spring, / And in their glens, on starry nights, / The nightingales divinely sing; / And lovely notes, from shore to shore, / Across the sounds and channels pour, // Oh then a longing like despair / Is to their farthest caverns sent; / For surely once, they feel, we were / Parts of a single continent. / Now round us spreads the watery plain — / Oh might our marges meet again! // Who order'd, that their longing's fire / Should be, as soon as kindled, cool'd? / Who renders vain their deep desire? — / A God, a God their severance ruled; / And bade betwixt their shores to be / The unplumb'd, salt, estranging sea.

Capítulo 59

[1]Weary of myself, and sick of asking / What I am, and what I ought to be, / At the vessel's prow I stand, which bears me / Forwards, forwards, o'er the starlit sea.

Capítulo 60

[1]Lalage's come; aye / Come is she now, O!
[2]Christina Georgina Rossetti (1830-1894), poeta inglesa, irmã de Dante Gabriel Rossetti e William Michael Rossetti.

Este livro foi impresso na
LIS GRÁFICA E EDITORA LTDA.
Rua Felício Antônio Alves, 370 – Bonsucesso
CEP 07175-450 – Guarulhos – SP – Fax: (11) 3382-0778
Fone: (11) 3382-0777 – e-mail: lisgrafica@lisgrafica.com.br